U0946042

花好月圆

李亚◎著

CNS 湖南文艺出版社

第一章

咳，啊咳。我这老不死的，动不动，就咳得上气不接下气。是的，人活到这个岁数，活成了一根琉璃棒棒，别说一阵子咳嗽，就是说话间一个高腔，咔吧一声，就过那边去了。不过，老侄儿，你放心，一时半会儿我还死不了。我活了一百多岁，领教过好多次了，一个高龄老人想死掉,谈何容易。有时候你想死,可是你死不了,你大娘那本《圣经》里不是有个万能的上帝嘛，他娘的这个孬孙，他不让你死，麻烦得很，弄得我都发愁了。所以嘛，老侄儿，我向你许诺，不讲完我的故事，我保证不死。等到故事讲完了，死不死到时候看情况再给上帝商量吧。咱们在开讲之前，我这里首先做个声明，关于我的一生，太琐碎了，就像个打烂的玻璃球，碎屑晶莹，遍地闪光，让人目眩，真叫我一时不知道这话儿从何说起才好，所以，我思谋再三，决定这样，我想到哪儿就讲到哪儿吧。当然，你来帮我写回忆录，我也要满足你的要求，尽量按照时间顺序讲述，尽量讲得有些文采，尽量带些温暖的感情。哦，我今儿才知道，感情还是有温度的，算我又长见识了。咳咳，你们这些文化人，叫人敬仰，又高贵，又心细，身上没点灰星，而且学问没边没沿的，了不得。

今儿个是二月二，龙抬头，算是个好日子，就连院子里这棵石榴树，也比前几天泛青得多，好像马上就要冒嫩芽一般。老侄儿，你要帮我整理这个回忆录，咱爷俩也商量了好长时间了，我推三推四，单挑今儿个开始，也是有几分用意的，想当年，我离家出门，前往上海滩，选的就是这个日子，二月初二，咱们选在这一天开始说起，我能感觉到时光倒流，一下子又回到了从前，曾经的岁月，好像次第再来过一遍。哦，这个闪闪发光的东西，就是小帮助给你买的录音笔嘛，还带红绿灯的，我一说话，红灯就灭，绿灯就闪，我不说话，绿灯就灭，红灯就闪，不简单，科学技术高深莫测，所向披靡天下无敌。看来，你的准备工作还是很充分的，也就是说，咱们现在就可以开始了嘛。

好，现在开始。

说起来你也知道，要演讲我这一辈子的故事，那得先说一个人，这个人就是方仪望。在咱们李庄，大人小孩都知道方仪望。这个大能人，老家是咱们亳州城里的，老早就去上海滩了。咱们李庄，虽然没有几个人见过他，但只要提起他来，不管是谁，那腔调，就像和他世交三代还不止嘛。而事实上，方仪望只是咱们家的一个拐弯亲戚，大体上还属于驴尾巴吊棒槌那种，因此，他从来没有来过咱们家，也不可能来咱们家，所以，当时咱们家对他的了解，基本上也是停留在传说的层面上。想必你也知道，在咱们李庄的传说中，方仪望十四五岁就离开亳州，到上海滩投奔一个远亲谋口饭吃。他这个远亲姓丰，叫啥名字，不是我想不起来，是已经失传了，但大家都知道这个姓丰的，在上海滩开了一家钱庄，他把方仪望收留下来，在家里当个跑腿的佣人，在钱庄里也当个跑腿的伙计。方仪望在钱庄干了三年，因为能说会道，又精明能干，在十七八岁这一年，被他家亲戚提拔为跑街经理。那时候，在钱庄当个跑街经理是相当不容易的。钱庄规矩多，一个人进了钱庄讨生活，首先要经过三年的学徒期，天天干杂务，扫地，做饭，倒痰盂，擦水烟筒等等，每天都要低眉垂眼，一点差错不能出，三年后才可能上柜台当实习生。实习生要干多少年才能升为带班经理，或者跑街经理，那就不知道要到猴年马月了。方仪望当的这个跑街经理具体是干啥的，简单地说，就是专门和银行、洋行以及商号打交道的，想方设法，花言巧语，说服人家，让人家把钱存在自己钱庄里生息。方仪望当跑街经理又是三年。经过这三年的历练，这个人虽说不上博闻广见，但八面玲珑是称得起的，他不仅交际广泛，还相与了不少出色的朋友，其中包括那个叫鲍德温的美国佬。这个美国佬原本是洋行大班，也相当于经理角色。在咱们李庄的传说中，这个鲍德温被称为“老包”，这些琐碎话头儿轶闻，你也是知道的。

老侄儿，我一百多岁了，谈论从前的一些情况，我还是了解的。就像，方仪望当跑街经理的那个年代，在上海滩，从事金融活动的中外银行钱庄，以及洋行之类的银钱行业，有一百四十多家。我咋知道这么清楚，为了演说我的回忆录，我也是做过很多功课的，说起来还要感谢你，虽然才是咱们淝河镇上的小小文化馆馆长，在这方面还是给我提供了大大方便的。还有小帮助，远在北京，但有份好工作，图书仓库的“库头”，惦记着大爷爷，源源不断，络绎不绝，给我寄来各种各样的书籍，有一次给我寄来一本《理想国》，我花了一个多月看了一遍，才发现“理想国”里没理想嘛。哦，就是，小帮助啥书都给我寄，这些年来，几间屋里，还有这么宽敞的院子里，到处都堆满了书本，你大娘真是没少抱怨嘛。哦，咱们不说这个。总之，我一百多岁的老人了，还能读几本书长点见识，那我要感谢你们父子两个。哦，不能跑题，咱们继续说上海滩。旧中国的上海滩嘛，做银钱生意的，家家都做着发大财的美梦，人人都想着把别人的钱弄到自己口袋里。遗憾的是，那时候上海滩的市场经济，既无规律，又无组织，人人都在投机取巧，个个都把市场当成赌场。好嘛，既然是赌场，那就会有输有赢。所以有的人赢得盆溢钵满，金山银海，十个脚指头镶金戴玉，更别说手指和牙齿。你们看电视，我以前也看电视，在反映旧上海洋行交易所之类的电视剧里，咱们经常看到一些人油头粉面，西装革履，坐在汽车里玩着手上的珠宝翡翠钻戒，一笑满嘴金牙，我可以作证，那不是艺术夸张，不是故意搞怪，那些画面反映的都是基本事实。当然，发财的人毕竟是少数，更多的人输得血本无归，跳楼的跳楼，上吊的上吊，跳黄浦江的跳黄浦江。还有一些人输得失魂落魄，走到教堂墙角，往那儿一蹲，朝自己脑袋，啪，来上一枪。老侄儿，你是文化馆的馆长，让你们文化馆里那个，他娘的，叫啥名字嘛，哦，叫糖糕，你让他翻翻陈年的报纸，就可以看到当年上海滩那番凄惶景象。糖糕那孩子，上班也没个正经事，就知道天天玩手机。

咱们刚才说方仪望的好朋友，那个鲍德温，就是咱们李庄人言讲的“老包”，很不幸，他也是个输家，虽然还穿着裤子，但已经输得鞋袜都穿不起了。要说鲍德温到底是个美国佬，不过是个普通商人，既不具备西方前辈哲学家的思想，更没有中国古代哲学家的修为，他不理解死掉也是人生的一种解脱，或者说他根本就不理解死亡的奥妙所在。说到这儿，我要恨这个美国佬一下子，多少年了，我想死都死不了，而他连死的念头都没有。这个鲍德温，身上有的只是美国佬不服输的固执劲头儿，所以他下决心返回美国，要一要如簧的巧舌，设法说服他所了解的几家财团，筹集资金以后，再来上海，以图东山再起。要说鲍德温这精神是可嘉的，勇气也是值得鼓励的，不巧的只是，他根本就没有返回美国的盘缠了。但是，人家鲍德温岂能屈服于这点小困难嘛，凭着在上海滩金融行业里朋友多，凭着对上海滩这个魍魉世界的极其熟悉，这个美国佬一肚皮强烈的自信，火焰一般，想象中的美好前景也激励着他，他就像个打足气的皮球，蹦蹦跳跳，到处借钱。他不借太多，只要两千美金，够他的船票和回到美国以后的活动经费就行了。但是，就像一个连帽子都输掉的赌徒，尽管他借钱时扬言，在下一盘的豪赌中将获大胜，并许诺十倍偿还借款，可是谁又愿意搭理他这个茬嘛。大家都在赌场里搞了这么多年，谁都不是白混的。咱们李庄老少爷们儿都懂这个道理，这个美国佬居然不懂，叫人叹息。虽然两千美金在当前不算个啥，但在当年，那可是一个天大的数字。何况乎，鲍德温当时糊口都成问题了，平时他喜欢到霞飞路茹科夫餐厅吃小牛肉饼，喝罗宋汤，现在不行了，连街边的汤包他都吃不起一个了，又是在旧时代上海滩那个市侩地方，他怎么可能借到两千美金嘛。鲍德温饿了两天，饿到发昏，这时候才忽然想起丰盛钱庄，有一个姓方的跑街经理，曾和他一起喝过几次咖啡，就在静安寺路上有名的沙利文咖啡馆喝的。当时，虽然方仪望已经当了三年跑街经理，但他所有的积蓄也不足五百美元。但是，看着这个美国佬赤着双脚，连鞋子都没得穿，竟还戴着礼帽，就觉得美国人了不起，都饿得两眼发花了，还这样讲究礼仪。又听完"老包"信誓旦旦的巨额回报，方仪望心里首先升出一丝同情，接着，赌徒的意念与豪赌一把的意气，也如同火焰一样，将这一缕同情化为灰烬，只剩下博他一博要发大财的妄想了。他瞒着姓丰的亲戚，账面上东挪西借，费了不少心眼儿，才凑够两千美金借给了鲍德温。

老侄儿，我这样讲行不行?

你说行，那咱们就这样讲下去。

哦，我说了这半天，你这个录音笔可能装下?

哈，八个小时都能装下啊。

看样子我真的老了，这些鬼玩意搞不懂了。

咱们接着说上海滩。

两年之后，鲍德温终于说动美国的三大财团，筹款成功，带着数千万美金和一支装满洋货的船队返回上海滩。一到码头，他根本顾不上安置自己的船队，便跳上东洋车直奔丰盛钱庄。那时候，还没有带轮胎的黄包车，只有东洋车，就是那种，车轮上也没有轮胎，只是用铁皮包了一圈，就是这样的人力车。据说这种车子是日本人发明的，所以又叫东洋车。没有轮胎，估计坐上去也不会舒服到哪儿去。日本人，是有这个小聪明的。鲍德温先生坐着这样的东洋车，一路上屁股颠成四五瓣子，方才到了丰盛钱庄，很遗憾，没看到人，那个借给他两千美金的跑街经理小方仔不在了。一问才知道，姓方的跑街经理因为违反钱庄规定，私自挪用客户存款，两年前就被开除了，早已不知去向，兴许当时就跳了黄浦江，喂饱了几只鱼鳖虾蟹。鲍德温当下怅然可想而知。老侄儿，我拽句文的可以吧，我刚才就说了“怅然”这个词儿。好，你说好，你说我说啥都可以，那我就放开讲了，言语间万一带上魏晋风味，你也不要惊讶，且把我当作可谈之客，要是真的听不懂了，你摆手让我停下来，请教几句就是。哦，咱爷俩不客气了。咱们说那个“老包”闷闷不乐，寻故人不见兮，满怀忧伤。世上万事如此，原以为陷入绝地，岂料想柳暗花明，鲍德温就是这样的，他在返回码头的路上，恰巧遇到了方仪望。原来，方仪望自从被钱庄开除之后，丑名宣扬，在银钱业再难找到事儿做，他又不会做别的，又不愿到码头当苦力，想返回亳州吧，一没有路费，二没有颜面，只好贩卖一点点新鲜水果，聊作糊口。哦，你说的对，上海滩的闻人，那位有名的杜先生，也是贩卖水果起家的。由此看来，在上海滩走投无路之际，贩卖水果也是一个前途无量的生意嘛。不过，当时方仪望还看不到这一步。两年来他每天都把“老包”骂上万遍，这时刻迎头一见，那情形难描难画，我哪里能讲得了。老侄儿，你要是在现场就好了。结果，鲍德温不仅当场连本带利还给方仪望几千美金，还领着他来到码头，大手一指，给了方仪望五船洋货。这五船洋货都是啥东西嘛，据说都是些土耳其地毯、法国呢绒、波尔多红酒、瑞士自鸣钟等等，这些玩意，当年在上海滩，可都是十分紧俏的洋货。

在咱们李庄的传说中，方仪望就是这样发财的，既有偶然性，也有必然性，就像神话一样，还带有传奇性。传说里的主人公一旦转了运，那可是要山有山，要水有水，不想要的金子银子，都会自己长腿往家里跑。事实上也真是这样的。义助鲍德温，不仅让方仪望得到了金砌地、玉砌壁的回报，这件事还让他在上海滩扬名立万，成了一个仁义之士。不久，方仪望收购了亲戚家的丰盛钱庄，当然不是为了出口鸟气，而是当时上海金融市场发生了变化，公私银行业突起，丰盛钱庄经营维艰，幸好方仪望将之盘下，姓丰的远亲才能够保本还乡，在亳州当寓公养老，现在曹巷口那儿还有一片他家的地产，我住在亳州荣军院那会儿，有了闲工夫，到那片老宅子上转过几次。咱们说方仪望以丰姓老钱庄为基础，开办了丰盛银行，接着还与鲍德温合伙办了利物浦还有卢士奇商行等等，生意越做越大，名头也越来越响，生活也越来越腐化，和眼下一些鸟干部一个样。这一日，在堂子里和心爱的金钗小娘皮正行着事儿，老侄儿，你不要笑，好像你没和外侉子女人家行过事儿一般，忽地一个陌生人闯将上来，在门外先是请了安，接着自报家门，说自己姓王，是阜阳人，做绸缎贸易的，正与美国洋行做一笔大生意，洋行里需要个担保人，因为方爷您在美国人眼里最有信义，所以人家点名要方爷您担保。请方爷您看在同乡的面情上，成全则个。其时方仪望在小娘皮肚皮上方才得趣，忍不住嗯嗯两声。姓王的阜阳老乡以为方爷答应了，连声道了谢一径去了。不想，两个月之后，姓王的阜阳老乡找到公馆里来，送上一张大额银票，说是微薄红利，诚意敬上,还请方爷笑纳。说着话顺手递上利润清单,请方仪望方爷过目。方仪望这才明白过来，想想当时情况，不禁哑然失笑。这正像咱们李庄人常说的几句话，利来名显，名显利至，此言千年不谬，只要有钱何愁无名，只要有名了，想不到的财富也会无约而来。

方仪望在上海的故事繁多，凡此种种，到现在咱们也分不清孰真孰假。不过，但凡一个人发迹了，自然就会产生诸多传奇，产生诸多的噱头，有时候还会繁衍出诸多轶闻。其中有一则轶闻高入云端，咱们李庄爷们儿觉得过于传奇，都不敢相信，但老伯父我信以为真。我思前想后，也不知该不该讲出来。

啊，哈，好，就依老侄儿你的，暂且在这里讲出来，姑算作给方仪望脸上贴金了嘛。

这则比较特殊的轶闻，说的是中山先生，有一年到了上海滩，住在莫利爱路二十九号。现在咱们都知道了，这套花园洋房，是几个华侨见中山先生居住清苦，合资购买来赠与中山先生的。中山先生一到上海，就住在这里，除了先生的相识同仁往来问候，上海闻人富商也争相到这里拜望。中山先生和蔼可亲，对老朋友握手致礼，对新朋友必问姓名，还要随手写下来，以加强记忆。咱们说的方仪望也是初见中山先生，　报姓名，中山先生微笑点头，说了　句：“仪而有望，当待之以理，请坐那厢。”当时宾客满座，纷纷和中山先生一番言谈，说的都是国家兴亡，民族复兴，甚为热烈。方仪望叨陪末座，插不上嘴嘛，终了别时，方仪望忽地灵机一动，婉转提请中山先生，可否将写有他名字的字条儿送他做个留念。中山先生当然微笑应允。当时，方仪望还不知道这张字条的全部价值，他只是一门心思地觉得，要是用中山先生的手迹影印成名片，在商朋贾友面前，那片儿景致，得有多重的分量嘛。这么一着迷，出了中山先生的寓所，方仪望赶紧就去做名片了。那时候，不像现在技术全面，现在做盒名片立等可取，分分钟就能拿到手，那时候比较麻烦，我亲力亲为过，旧时上海滩，做盒名片，相当费劲，比如像方仪望这样要用名人手迹做名片的，得先将手迹照相影印，再制成铜板，然后印刷，最后切割，一盒名片，通常需要三四天才能完成，加快的也得两天。所以，两天后，方仪望提早从银行下班，亲自前往那家灯箱匾牌名片制作店，取了一大盒名片，回到家里，心中兴奋可想而知，忍不住喊来管家共同欣赏。

方公馆的这个管家叫王西三，也是咱们亳州人。王西三本来是方仪望的姑表弟，但先前由于人隔两地，表兄弟之间往来很少，直到那一年方仪望回亳州娶亲时，在喜筵上见他办事利落，言语得当，所以偕同新婚妻子返回上海滩时，就把他也带上了。这个人物在咱们李庄的传说中也是个有名的，被称为方公馆的智多星。虽然提起方仪望咱们未必就能想起王西三，但说起王西三咱们准会想起方仪望。当时，管家王西三一见名片，自然是赞叹有加，忽然间，眉间一展，双眼一亮，给方仪望一个提示。他说，如果要是请中山先生写个银行名字，咱们制成匾牌挂在银行里，岂不更好？这“更好”二字含义丰富，都在王西三脸上明摆着，当然，方仪望一看就全明白了。

但是，方仪望再次商见中山先生时，已经没有那么方便了。因为时值段祺瑞破坏约法，中山先生正忙着准备前往广州组织护法政府以备再次北伐。老侄儿，这不是我瞎说，史书上有记载的。一时间诸多国会议员云集上海，甚至北洋舰队也一再通电表示响应，舰炮林立，泊在码头伺机出发。只是，中山先生财政支绌，没有南下经费，不能及时成行，这个时候，哪还有心情写啥牌匾嘛。方仪望打探到这个确切消息之后，马上当机立断，立时从银行里取了一袋子钞票，急切切送到了莫利爱路二十九号中山先生住所。真是恰恰巧极了，中山先生刚刚得到了资助，当时闻名上海滩的大富翁哈同那厮，差人刚刚把钱送到。这个犹太人资助了整整五大麻袋钞票，码放在客厅里，尚未开包点验。相形之下，方仪望的这一袋子钞票，只能算是锦上添花了。在这种场面之中，方仪望的心理变化如何，咱们可以想见。咱亳州人好讲面子，老侄儿你也知道，他面子上一时下不来，既没有了豪情，也没有了气焰，哪里还好意思再提请中山先生题写匾额这件小事。不过，说到底，咱们方仪望在上海滩也不是白混这些年的，面对这样尴尬局面，嘴上照样说了一番漂亮话："仪望资历浅微，见识短薄，不敢妄谈'国家兴亡，匹夫有责'之大理，但先生南下护法，是替国家抚乱，让百姓安静，这样的大事，我帮不了大忙，只是尽些微薄之力而已。"孰料中山先生很是欣赏他这番言词，马上叫人写给收据，以便将来政府偿还。到了这个境地，方仪望哪里肯要啥收据嘛，决然表示，只要有助于先生成就革命大业，他完全是自愿无偿捐献，遑论收据。当时在场的伍先生、朱先生、唐先生、林先生，这几个中山先生的忠实挚友，无不动容起敬。中山先生更是高兴，告诉方仪望明天他便出发南下，待到革命成功之日，一定要给你们这些为革命大业做过贡献的人士颁发奖状，以表国民政府的谢忱。但是，从此以后，方仪望再没见过中山先生，包括五年之后，因陈炯明称兵作乱，中山先生回到上海滩，仍然住在莫利爱路二十九号，半年后才再次返回广州。这么长时间，方仪望居然没能再和中山先生见面，真是让咱们李庄老少百思不得其解，甚至不肯原谅他，一说起这事，相互打问，他去哪儿了，他去哪儿了嘛。

老侄儿，我这样讲行不行？

你说行，那咱们就这样讲下去。

后来有人将话儿传回来了，说是那时候方仪望人在北京，因为上海滩几个朋友要办个证券物品交易所，上了数次请呈条文，北洋政府拖拖拉拉，好几年不作处理，于是，几个老友以方仪望是在沪皖籍闻人为借口，特托他前往北京拜见段祺瑞。要知道，段祺瑞是皖系首脑，当时在北洋政府就他说了算嘛，老朋友们甚至责成方仪望，不谋成此事，就不要再回上海滩了。所以，方仪望失去了第二次见到中山先生的绝佳机会。咳，咳，老侄儿，这些历史烟尘缭绕，灰星儿乱飞，哪里是咱们李庄人能够弄得清说得明的。好在，咱们李庄人对历史事物向来烦做考究，不论事大事小，一律当做传说。我很欣赏这一点，管它鸟大鸟小，统统一弹弓了事嘛。

咱们说那方仪望，虽然没能第二次拜见中山先生，但是，用先生的手迹做的名片，照样给他的商业活动增加了不小的声誉，还给他的日常生活添加了许多意想不到的光彩。及至上海滩的报纸刊登了中山先生在北京病逝的消息，方仪望手捧报纸，思前想后，不仅潸然泪下，一连数天不言不语。又过了多年之后，一个姓林的政府高官来到上海滩，敲锣打鼓，到了方公馆，向方仪望颁发奖状，以表彰他为国民政府早期的革命大业做过的贡献。多半天，方仪望才想起当年那一袋子钞票的事，方才认出这位姓林的高官，彼时就在现场。据说，这张奖状被精心装裱制成匾额，被高高挂在方仪望的藏宝室里。闲暇之时，方仪望这老家伙，坐在藏宝室里，通常是一边把玩自己的宝贝，一边观看这张奖状，一边在心里再三赞叹，大人物之所以是大人物，不在乎他能否一言九鼎，重要的是他能否一诺千金。

老侄儿，你知道的，不仅在咱们李庄，即便在咱们整个亳州，关于方仪望的传说也有很多很多。而且，即使同样一件事，各处说法也不尽相同，甚至自相矛盾之处比比皆是。比如他和中山先生的这些轶闻，只是仅仅在咱们这一带传播甚广，从来不见文字记载。老侄儿，你为了证实这些传说都是实有其事的历史，曾下了数年功夫，翻阅了无数与这段历史时代相关的资料，也没有搜见过记载方仪望与中山先生这段传闻的只言片语。哈，你当然找不到了。老侄儿，我要告诉你，在咱们这一带，尤其是在咱们李庄，传闻与历史都不需要记载，这些东西就像高超的手艺一样，只要心口相传，就会活在咱们的记忆里。不管咋说，反正在咱们李庄，有关方仪望的传说都是真实的，字字均可铭刻，句句可入碑石。加上方仪望是咱们家的拐弯亲戚，再加上咱们李庄人特有的固执，咱们一定要坚持真理，凡是方仪望的故事，别处说法，不是盗版的，就是改编的，只有咱们李庄人说的才是正版的原著。咱们有方仪望的照片为证，还怕啥。要给人家讲理，如果说在没有见过方仪望真人之前，咱们李庄人的这种态度是蛮横的，那么，等到看见方仪望的照片之后，就得承认咱们李庄人态度蛮横，也不是没有一点道理的嘛。

老侄儿，我这样讲行不行?

你说行，那咱们就这样讲下去。

咱们说那照片。

哦，哦，就是这张照片，你早先也见过。

这张黑白照片，照得相当漂亮。

方仪望的这张照片，是坐在藤椅上的半身像。那时候尽管样样落后，但是人人做事都特别细心讲究，你看这张照片，八九十年过去了，一点儿也没有褪色，照样可以看清方仪望两眼睛炯炯有神，这道浓密的短髭，就是嘴唇上的这道胡须，纤毫毕现，下巴则刮得一片青光，长眉细眼，两耳招风，一看就是个有福的贵人相。你看看，除了一丝似有似无的笑意，他的神态也比较平静，只是侧目斜视，不知在看啥，仿佛在观看山坡上一匹散步的白马，又好像观望草坪上喁喁私语的两只小鸟，也许他只是随意一瞥慢慢逝去的韶华时光。老侄儿，一看这张照片，我就忍不住要拽文，忍不住大耍诗人情怀，就像你老爹那个混球一样，一看见漂亮女人，一看见令人激动的事物，马上就得写上一大篇四六句儿。你看看，方仪望左手搭在椅子帮上，食指和中指里还夹着一支雪茄烟尤其明显，连一缕烟雾也仿佛还在袅袅飘动，这衬托得方仪望的视线更是渺远，使他所凝视的事物也更加神秘。不过，后来咱们李庄有人解释，说方仪望照这张相时，他的小女儿正在不远处给蚕宝宝采桑叶，好像他们看见了一样。他的小女儿，在咱们李庄的传说中，可谓是大名鼎鼎，你也是知道的。但在这张照片上，谁也看不到她，以咱们李庄这些人贫乏的想象力，根本无法想象大小姐应当在这张照片里的哪个地方。是的，我喜欢把方公馆的千金称为大小姐，我一直都是这样称呼的。呀，这张照片是方公馆的大少爷方迈克照的，他拍这张照片时，我就在当场。我知道大小姐在哪儿，但我这会儿来不及说了，我要尿尿去。

哎哟，老侄儿，今儿就说到这儿吧。

我想尿尿去。哎哟，年纪大了，前列腺老化了，尿多。

好，先憋一会儿，就再说几句吧。

在这张照片上，你看不出方仪望有多大岁数。说三十可能小了点，说六十也可以，说四十也有人相信。上海滩生活的人嘛，你搞不准他多大岁数。咱们先不管他多大岁数，反正，就像传说的那样，这时候的方仪望已是上海滩的闻人了，如果他愿意，把他和那些人们所熟知的大亨们相提并论，也不算为过，比如杜先生，事实上，方仪望和杜先生还真是好朋友嘛。咱们李庄的传说很奇怪，啥都说得像亲眼看见一样。比如，传说中的这时候，方仪望不需要像早年那样拼打，不管是在银行里，还是在家里，能让他操心的事体少之又少。他的大儿子方迈克留学归国多年，当时是上海滩有名的心理学家，除了开了一家心理咨询诊所，还时常到几个有名的学校里讲讲心理学。这在那时候，算是凤毛麟角的新潮职业了。他的二儿子和三儿子是双胞胎，目前还在国外留学。这儿我要加个注脚，这对双胞胎，我只见过照片，从没见过本人。哦，他的那个在这张照片中看不见的小女儿，就是大小姐嘛，正在圣玛丽亚女校读书。那个学校，在当时可是妇孺皆知的女子贵族学校。让他最欣慰的是大儿媳妇，也就是我们李庄人嘴里的大表嫂，虽然专心于钻研金融经济学问，热心于公益事业，在自家银行也没有担任任何职务，但在她的建议和督导下，丰盛银行业绩蒸蒸日上，虽然比不上几家“国”字号银行那样能得天时地利之便，但在很多私家银行里也算得上翘楚，实力与声望，直逼当时江浙财团的“南三行”。说起“南三行”，指的就是浙江兴业银行，浙江实业银行，上海商业储蓄银行,那在当时,可谓是响当当的。至于方公馆里的事情,更不用说了，千头万绪都有管家王西三嘛!

你看咱们李庄人，多有能耐，把人家的事儿全部掌握了。

既然人生状态如此完美，论说起来，方仪望大可以优游岁月，享清福做老爷了，可是，这想法与他几十年来拼搏奋斗养成的性格和习惯太不相符。他闲不下来，总觉得自己好像还有点儿想法没有实现。就像我一样，一百多岁了，还老是觉得有些事我还没做完。也正因为如此，所以方仪望一直保持着良好的生活习惯：每天上午十点起床，洗漱完毕，喝下大半杯白开水之后，便在自家花园里踱步养神，到了十一点半，准时进餐厅吃一碗素面。老侄儿，我也想这样养生，只是，咱们一是没有那个条件，二是没有那个心性，更重要的是咱们没有汤鸣那样好的厨子。哦，对了，方仪望的这碗素面，是厨子汤鸣做的。汤鸣也是咱们亳州人，厨艺是祖传的，祖上是清廷御厨，至于汤鸣的手艺有多好，我咋夸他嘛，这碗素面方仪望方老爷每天午饭必吃无疑，吃了这么多年从不变样，这个就是最好的说明了。当然了，这碗素面要花多少工夫，要费多少食材，恐怕也只有厨子汤鸣心里清楚。

方仪望还有个习惯，吃过饭稍息片刻，趁机看完几份报纸。他最喜欢的那份报纸叫做《密勒氏评论报》。虽然，他老人家会说一口流利的洋泾浜英语，和一些外国朋友也可以随意交谈，但这份英文报纸，除了两行英文刊名下边的那一行中文刊名外，他实在看不懂几个单词，差不多就像我一样，二十几个英文字母都认不清。不过，他喜欢端详报纸上那些印刷精美的中外图片，而且能从图片上猜测出与之相关的英文内容，等到了圈子里，和他的银行家朋友们交谈这些事时，他说得比报纸上报道的内容还要多，还要全面。由此可见，方仪望这个人的想象能力和辨识能力实在过人。而且，那个时代哦，看英文报纸是有讲究的，表明了他们这类资本家的时尚和面子。因此，就像吃甘蔗把最甜的留到最后一样，方仪望总是把《密勒氏评论报》放到最后看。一看完这份报纸，恰好到了时间，外边小汽车喇叭就会嘀嘀一响，方仪望，方老爷，就会西装革履，拎着皮包走出来。大老远的，在公馆里跑腿的男佣双印儿，甩着两瓣子头，就已满脸带笑打开了车门。双印儿这个发型很是独特，就是现今儿俗称的“汉奸头”，电视剧里汉奸动不动也是这个发型，都是盲从，胡想胡推测，事实上在“一·二八”战事之前，上海滩的男青年就以此发型为时髦了。我这样说，手里当然也有过去的照片为证，过几天我找出来给你看看。说那方仪望上了汽车，双印儿笑脸依旧，轻轻把门关上，麻利地后退一步，双手一拢两瓣子头，还是拉着那么个笑脸，站在那儿等汽车开走。开车的司机老魏，四五十岁了，黑亮亮的脸颊，对人一笑露两酒窝，你说奇怪不奇怪。那时候在上海滩司机叫汽车夫嘛。老魏一见双印儿关上了车门，就会侧脸看一下方仪望，只待方仪望方老爷一点头，他便驾驶汽车向大门外驶去。汽车夫老魏是个厚道人，待人和善，因为是方仪望用的老人，所以有时候难免有点小架子，不说也罢。

咱们说那，方仪望每天出门时，都会给管家王西三交代一下去哪儿，即便偶有疏忽，管家王西三包括方公馆里人也都明白，老爷只要是西装革履坐汽车出去的，那多半是去银行理事的，或者是到洋行看生意，或是访见场面上的某个要紧角色，至多是到银联会员部开会去了。要是没有西装革履，也没有坐汽车，而是布鞋长衫独自出门，或者在门口拦辆黄包车，那就是逛街去了。这样子家人们也习以为常，知道老爷并不是有了逛街的闲情逸致，而是像那些微服私访的官员一样，他是去了解一下社会民情，打探一下世态状况，说不定能为自己生意上的新发展，寻找到某种机缘。虽然到如今也没有发现可以使自己的生意发生大改变的契机，但其中也的确获益良多。所以这么多年以来，方仪望的这个类似“微服私访”的习惯从未改变。

这一天午饭后，方仪望又是布鞋长衫，看样子又是上街走动，还没走到大门口，就见门外吵嚷一片，一个土头土脑的乡下小孩子，正在和一个流里流气的黄包车夫发生争执。方公馆看门的那个坏人樊阿大，手里拿着一条木制短棒，短棒上旋转缠绕着红白线条，把手处一根双环的牛皮带子套在手腕上，这只手抱着膀子，这条短棒吊在身边晃荡着，这厮在一旁看笑话，压根不顾有人门前吵嚷，有失公馆体面。只听那乡下小伙子嚷声耳熟，方仪望不由得紧走两步，来到门口。顿时，樊阿大抱膀子的两手失了骨头似的，滑溜到两胯处，腰也跟着弓下来，满脸媚笑着，说话声调又软又尖又跳，特别像上海人。他说这个“阿木林”自说是老爷亲友，以为上海滩是天堂，黄包车车白坐坐玩儿，瞧这个场面，要摆“华容道”阵势，“莫觉人”要吃皮榔头！先生老爷来的好巧，瞅一眼他们当场“出彩”，怕有人要浑身贴膏药哩！

方仪望听惯了樊阿大那副冒牌上海腔，也不以为意，转眼一看那个小伙子，长着一张马脸，右肩挎个包裹，左手里拎着三四封果子，饶是穿着新衣新鞋，就好像在人堆里滚了几天几夜没睡觉，也弄得蓬头垢面。有趣的是，这张马脸上的两眼一翻白，让方仪望竟然觉得有些眼熟，脑海里闪了几闪，也没能想起来。为了避免再次上当，索性又是老办法，咱们方仪望操着亳州腔劈头问了一句：“那个鸟孩子弄啥哩？家是哪庄的？恁爹叫啥名字？”这个乡下鸟孩子，原本紧绷的表情明显松弛下来，想必到了上海滩听到的都是鸟腔鸟语，这一下子，听到乡音，好像又回到了家乡，脸上马上显出咱们亳州人的嬉皮相，眼神僵邦邦更像亳州人了，他就那么盯着方仪望，张嘴就是亳州人特有的硬腔悖气：“俺是淝河集东边李庄的，俺爹名叫李清潭，我的名字叫李娃。麻烦问恁一下，恁可是俺姑父方仪望？”

老侄儿，今儿就说到这儿可好？

时间也不早了，你还得骑电瓶车回家嘛。

我这儿也真的憋不住了，得尿尿去。

咱们爷俩就请了吧。

第二章

不错，老侄儿，你猜对了。

在方公馆门前的这个乡巴佬，就是我，你的老伯父李娃。

别张口又叫我大爷了，那是咱们李庄的叫法。

显得没文化，土鳖鳖嘛。

这个，在人前背后，我纠正你好多次了，下次绝不允许再叫我大爷。你记住，你大娘你可以称呼为大娘，我，你的老伯父，决不允许你称呼为“大爷”。这个称呼不仅有封建气味，这样尊一声有钱人或者当官的，还有奴才气味，腔调里满是媚态，要是这样称呼一声穷苦人，有蔑视，有嘲讽，就算你是好心好意地叫上一声，也有几分同情的意味。他娘的，咱们大家都是一样活在世上，谁比谁高多少，凭啥要人家同情，凭啥要同情人家嘛。老侄儿，你看看，上来就是这几句牢骚，你要是不了解我，这几句牢骚完了，你就知道我是个啥样性格啥样人了。自然了，老侄儿，你不是外人，完全是了解我的，咱们就不说几句酸话过个门槛了。咱们说那事情，都过去八十多年了，眼跟前要我说说当年去上海滩的起因，我脑子里稀里糊涂，记忆里万事一起迸发，想起那章子事体，我忍不住喜上眉梢，想起这章子事体，我忍不住苦笑不已。哎呀，往事宛若都在梦境里，一忽儿我看见了光明大道，一忽儿我满眼都是崎岖迷途。

老侄儿，今儿个我想起多少，就说多少吧。

李娃原本是我的小名，你是知道的，小时候我也上过几年学，因为不好好念书，连个好学名都没得到。学堂里的刘先生，就是咱李庄东边刘庄的，那个饱读诗书的老秀才，年纪大了，又胖，身材长相都走了形，乍一看整个人就像一只大葫芦，仔细一看，脸像只大茄子一般，两个眼睛活像铜铃，有的书上把这种眼睛形容为金鱼眼。这位刘老先生也给我起了个学名，好听得很，只可惜还没叫起来，就被大家忘掉了，所以，李娃，我这个小名，被人当做学名叫起来了。这样的例子很有时代特色，这样的例子在全亳州司空见惯，这样的例子在咱们李庄屡见不鲜。所以，到了现在，咱们李庄方圆十五里的人众，说起我来，依旧叫我李娃。你知道，咱们李庄的人酷爱满嘴打呱啦板嘛，最喜欢说的，就是我小时候跟陈祈合学功夫的事情。陈祈合他老人家，是上了州府县志的，是个大武术家，就是咱们李庄西南方向，陈桥集上的，步行十三里，骑马也是十三里，开车可能要绕道，要走多少里就不知道了。咱们李庄老辈子人一说起来，就说陈桥集离咱们李庄十三里。陈祈合这个老师父不得了，绝对的大武术家，照咱们李庄的话说，那是拳打金刚脚踢罗汉的大捶匠。咱们李庄，前些年，一些上了年纪的人，都还记得我小时候在打麦场上舞枪弄棒的情景，人场里说闲腔，还时常说这个。然而，白云苍狗，岁月怆然，到今儿，这些老家伙也都去那边了，换了你们这一代，哎哟，到了你们这一代，脑壳里除了豆腐渣，没装几件陈年往事，还活得有滋有味，连我这老不死的，都觉得不好意思嘛。黄鼠狼下耗子，一代不如一代。老侄儿，我说的实际情况，你要是不同意，且当笑话听了就算。那时候，咱们家养有十几头牲口，种有一二百亩田地，在方圆十几里，家境算是殷实的。你爷爷，就是我爹，是个受过旧礼教的人，先前他见我诗书无缘，也支持我学拳练武，学会文武艺，货卖帝王家嘛，他老人家特意托人到陈桥集说项，我才能够拜陈祈合为师，学了快十年功夫。后来眼见小子我不事农活，无意生产，天天劁猫骟狗惹是生非，他的马脸就越拉越长。你爷爷的马脸是祖传的，而且遗传性很强，看看咱们这些后人，每人一张马脸，相当英武。你爷爷说过，马脸出战将，比如关公；马脸出忠臣，比如关公；马脸出义士，比如关公。你没有长一张马脸，那是因为你爹不是马脸。老伯父我当然也长了一张漂亮的马脸，所以我的四五个孩子，不管闺女儿子，个个都是马脸。

话休繁琐，细处说起。

在我十五岁那年，你爷爷决定让我学门手艺，将来也好有个饭碗，以防饿死在漫地里。他老人家按照老习俗，托人连说了三次，还置办了两桌海参席，才说成了让我到亳州城里乾泰昌药号学生意。乾泰昌药号，当年在亳州可谓是赫赫有名的。即便现在，老侄儿，你工作方便，翻一翻咱们亳州的文史资料，保准你能看到一些演说方家乾泰昌药号的华丽篇章。是的，方家，就是老家伙方仪望家。乾泰昌药号从小到大，最终能成为行业里的龙头老大，当然离不了在上海滩的银行家方仪望，离不了他不间断的扶持。乾泰昌的当家老板方仪礼，就是方仪望的弟弟，不光在亳州药业，甚至在全亳州各行各业，都是有名的难伺候。照咱们李庄的话讲，阎王惹他不起，小鬼更觉难缠。方仪礼的难伺候主要体现在两个方面，一是做生意极其诚信，但也极其挑剔，买卖上星点儿灰尘不容；二是为人相当厚道，但也相当穷讲究，多好的朋友一起吃饭，饭中谁剔牙不背人，哈欠不用手捂着点儿，他就认定谁缺学少教，是个脏货，不配同席。凡此种种，可想当时要到乾泰昌药号当学徒学生意，天啊，岂能是一般的难嘛。老伯父我之所以能进乾泰昌，一是荐头情面大，就像鲁迅先生说过的，幸亏荐头的情面大，辞退不得，云云。二是有点拐弯亲戚。你爷爷，也就是我爹，托的这个荐头不是别人，就是他的妹夫，也就是我的姑父，论起辈分来，老侄儿，你得叫老掌篙的一声老姑爷。老掌篙的，是咱们李庄这一带的方言，是对长辈的尊称，你是知道的，到现今儿年轻人也不使用了。依着老礼，姑舅论序，这个人也算是咱们家的首席高客。他家在淝河集上，淝河集离咱李庄一十八里。这位老姑父，是淝河集上元和百货店的老板，大名蔡九，不是《水浒》里的那个蔡九，也不是他排行老九，实实在在，他的名字就叫蔡九。老侄儿，你再翻翻咱们亳州的文史资料，保准你能看到，有一篇文章演说当年刘邓大军千里跃进大别山，路过淝河时，刘邓首长在蔡九家歇过脚的，这个“蔡九”，说的就是咱们家的这位高客。咱们李庄的人有个不好的习惯，向来对本村的女婿不论辈分，见了蔡九，也没人叫他姑父或者姑爷，大多胡乱叫他一声九老板就蒙混过去了。我要声明一下，我反对这个，整天这样没个尊卑长幼，看着好笑，时间久了，就没个规矩，没个礼教了。你想嘛，规矩没有了，礼教没有了，那干啥事还有个准则嘛。这样不好，我大摇其头。你爷爷托蔡九说事，凭的就是这层至亲关系。而九老板能说成这件事，凭的也是顶头至亲这个关系。现在一说，你也知道，咱们家蔡九老姑父的姐姐，当年是名传三百里的大美人，就是乾泰昌药号的大儿媳妇，大奶奶，也就是方仪望的太太，论起序来，也是我的老姑妈，你的老姑奶奶，虽然婚罢即随夫君方仪望去了上海滩，几十年来绝少见面，但她的身份，这层亲情，都在那儿摆着，猫没叼走一撇子，遇上这么一点点小事体，哪还有说不成的理儿。更何况，乾泰昌的老板方仪礼几年前还见过我一面，等到咱们老姑父蔡九给他说这个事情，他老人家居然还记得我的样子。

老侄儿，你这位小小文化馆的大馆长，自然知道，我们亳州有药都之称，所指的也不仅仅是城里那一点屁股大个地方。那时候，全亳州乡下，家家都会种上几亩芍药，一是为了增加收入，二是每年满地花开，图一个吉祥喜兴嘛。每年到了花开时节，城里药行、药栈、药号里的老板，都要到乡下看花。他们这些人精，经验丰富，一看花开势头，就知道地下白芍的长势和质量，看好的当场交付押金预定收购。那一年，方仪礼老板来到咱们淝河看花，因是亲戚，老姑父蔡九老板当然要陪同走动了。当年淝河集周边近百个村庄，老姑父蔡九和方仪礼转了一上午，才转到咱们李庄，恰好到了饭时，自然要到咱家吃饭。别说有着这层顶头亲戚关系，就是没有，但凭响当当的乾泰昌老板这个名号，你爷爷这个势利眼，也自然会热情万分，加上有了这层亲戚关系，你爷爷待客礼节更是讲究，当然要使上七个碟子，八个碗，九个小炖锅。招待得方仪礼高兴之至，走时再三叩谢，还把一包刚开封的小金龙香烟留给你爷爷享用。你爷爷和他是平辈的，不好白受他这一礼，赶紧让你奶奶捞了十个咸鸭蛋给贵客带上。那一年咱们家这棵石榴树，压枝子苗儿，刚刚栽活，又瘦又小，只有两三根枝条，三五只小麻雀落上去，就能压弯了它。掐指算来那一年我刚好十岁，我弟弟，也就是你爹，刚才七岁，我们两个黄口小儿，上不了酒桌，眼瞅着鸡腿鱼肠一盘盘从面前路过，肚子里一团火气越烧越旺。老侄儿，自古以来，治气泻火都是咱乡下孩子的拿手好戏，于是，我和你爹，先口角一番，进而厮打一团。当时老伯父我已经学了两三年功夫，平时野马驹子似的，而你爹，那个混球，从小就手无缚鸡之力，又是个近视眼，戴了一副黑圈圈近视镜，小个头，圆溜溜的，像颗豌豆似的，只好被老伯父我弹来弹去，弹得头晕眼花，只有哭的份儿。饭后方仪礼老板告辞时，我们哥俩刚刚战罢第三场，正立在廊下瞪着斗鸡眼怒目对峙，一个是泪眼婆娑犹在抽泣，一个是得意洋洋挤眉弄眼，你分得清谁在抽泣，谁在得意洋洋。今天我想起当时情景，真忍不住仰天大笑一阵子，哈哈哈哈。不过，我对方仪礼的模样记不太清了，因为当时没咋在意客人嘛，只管故意把右手指含在嘴里，专心致志地模仿你爹的呆样子取乐，你爹那混球，小时候一和我打架挨了揍，就会这样把右手食指叼在嘴里，傻呆呆站在那儿，好像思考为啥打我不过。但在我的记忆里，方仪礼来咱们家那天，头上好像戴了一顶凉帽，好像是海蓝色府绸的，好像就这么一点点印象了。我做梦就没有想到，几年后自己会到人家药号里当学徒，自然更想不到的是，几年后人家还会记得我那副样子。咱们家的高客蔡九老板，到了乾泰昌推荐我当学徒时，方仪礼老板立时应允了，而且还提起了那十个一磕就裂纹，一裂纹就流红油的咸鸭蛋，顺嘴他还说了一句："那小孩我见过，打了他老弟，还驴驹子尥蹶子，一脸马羔子相！"这些都是蔡九老板来咱家回话时学说的。只是往后，这位方仪礼老板，再没来过咱们家。但是，后来还是机缘巧合，我再次和他多次相见，我在他家里住了一个多月，他在我家里也住了很长时间，俺爷俩说话儿对了脾气，喝过几百场小酒。等到你们这小一辈子的人，有机会见他时，他已经变成一张黑白照片挂在墙上了。

哦，人生如此，只有唏嘘。

本来，我到乾泰昌学徒这件事是年头里说妥的，但依照着行业里的规矩，得过了年，出了正月，我才能去柜上报到。也不能说这规矩奇怪，得说那时候的人太迷信。说迷信，跟着就是一个鲜明的例子，你爷爷还专门请咱们李庄的活神仙李瞎子，掐算了一个出门的好日子，就定在二月二龙抬头这一天。这一天虎从风龙从雨，吉日好出行。所以说，咱爷俩弄我这个回忆录，我就选择了这一天开工。你从小不是在咱们李庄长大的，你对咱们李庄的一些人物了解不多，可以说咱们李庄怪人辈出，要是挨个儿说起来，那就不要弄我的这个回忆录了，直接撰写李庄怪人列传好了。我单说起李瞎子，很有意思嘛，难免想多说两句。李瞎子根本就不瞎，只是他的眼睛太小，又是个斜眼，两小斜眼就像挖鸡眼的小刀子划了两条小缝子，别看这么小的细眯眼，要是有一只蠓虫子飞过眼前，他照样能看清公母。老侄儿，你知道，咱们李庄人不管这个，凡是小眼斜眼，照样一律叫他瞎子。据说，李瞎子这个人精通柳庄神相，惯常鹩哥叼卦，阴阳通吃，上边通神，下边通鬼，你想拜见哪位神仙，他立时就能让你见到，他还可以让你和死去的亲友相见，交流一下双方未遂的心愿。后来，咱们亳州出了个怪人，叫卞小铲子，原是亳县物资局的局长还是副局长，我记不清了，退休后学成了通灵术，也会这个手段。哦，咱们说李瞎子。谁料想，咱们李庄解放前夕，李瞎子参加了一个反动会道门，等到咱们李庄刚解放就把他抓起来了，傍黑时候，民兵们把他四蹄折叠捆成粽子，吊在村西头那棵老皂角树上。那棵皂角树到现在还没死，好像纪念碑，记载着腥风血雨历史沧桑。结果天明一看，李瞎子身上叮满了马蜂和蚂蚁，蜈蚣和天牛，还有知了和鬼蝴蝶。民兵们一看很蹊跷，一刀挑断绳子，那团昆虫啪嗒一声落在地上，片刻之间风散四去，只剩下一副捆绑状的骷髅摆在那儿，白森森的，很是吓人，但也有几分神秘气象。说起来叫人心里耿耿，想当年咱们李庄不光出能人，还出怪人，总之出人物，哪像现在，能人没出过，怪人也没有了，甚至，几乎，连他娘的小妖也不出一个。

哎呀，年纪大了，牢骚多。老侄儿，你多担待。

咱们接着说。

我不用查万年历，依旧记得，农历一九三四年二月，甲戌年丙寅月，初二这一天，就是阳历三月十六日，星期五。这一天，宜动土，宜婚嫁，宜订盟，宜斋醮，宜出行。活神仙李瞎子掐算的没错，绝对是个吉祥日子，但他没算出这一天有大雾。二月二，煎煎饼，学生不吃敬先生，这也是咱们李庄这一带的老风俗了。所以，一大早，你奶奶这个小脚老太太，还有你二姑，娘儿两个就起来煎煎饼。其实，你奶奶也不能算老，那一年，她老人家不过五十岁，可是，那个时候嘛，男过四十即称老夫，女过四十即称老身。还有你二姑是个待嫁的大闺女；你大姑已嫁出门了。你二姑是个火烈脾气，她不肯裹脚，父母相逼，她一口气杀死七只母鸡，制造满院子血淋淋的景象，终于恫吓成功，第八只母鸡因此得救。这娘儿两个，一个烧锅，一个摊饼，煎了二三十锅子鸡蛋葱花煎饼，张张都是香喷喷的。现在想起来，我真想吃三张。当时我这边行程在即，心急火燎，草草吃了三五张煎饼，喝了一碗有几粒绿豆的小米粥，一抹嘴巴，右肩上挎上行囊，也就是一张床单，裹着三五件替换衣物和鞋袜，还有一把碎钱，刚学徒，药号上不发工钱，短不了要自己准备些日常零用。左手里还提着四封大金果子，便兴高采烈地出门上路了。那时候规矩多嘛，投师学艺，初进师门，都得奉上四封大金果子。我走得疾速，一家人匆匆出来送我，还未及搭话，只见我几步跨进大雾里。就像你爹那混球后来在一篇文章里所写：我哥哥几步跨进大雾里，就像几步跨进历史的烟云里，就像跨进时间的粉尘里。是的，当时你爹也在场，他已经十二岁了，还鼻涕耷拉多长，他的心里满是恼恨和快乐，他是个近视眼，根本看不到我的身影，只是看到雾中一团人影，向前一冲一冲的，就像一只觅食的鹅一样，疾速而茫然。这一点给你爹留下了深刻的印象，他不仅在文章里这样写我，而且一旦说起我出走这一天，他就会模仿觅食的鹅，脖子一伸一伸地走上几步。你爹那个混球，真是小时候挨打少了，他在文章里不仅笑话我，还把全家人讥讽了一遍，甚至家畜家禽都不放过。他写的那篇文章真是天才之作，让我过目不忘。老侄儿，我张口就能来一段。你爹写道：天色拢明，雾气尚浓，我哥李娃上路了。他刚刚走出我们的视野，全家上下，包括家畜家禽，都陷入了又喜悦又荒诞的想象之中。我爹我娘已经看到几年之后的情景——我哥李娃拎着大包小包进得屋里，他的身材变得无比高大，需仰视才见面目。他穿着蓝色呢料的长袍，外罩金线绣麒麟的褐色马褂，脚蹬老猫牌皮鞋，头戴宽边蓝色礼帽，胸前怀表链子闪闪发光，打扮得就像几年前来我家的那位方老板一模一样。我哥拉着暴发户的嘴脸，先是叫声爹，再叫声娘，接着忍不住哈哈大笑，露出上边四颗金牙，露出下边四颗银牙，家里边顿时蓬荜生辉，院子里顿时金光缭绕。就连那条看家护院的花狗，也摇着花尾巴幻想着不久的将来就会有啃不完的骨头。几头牛和几头驴骡也看到了不久的将来，少东家李娃赐给它们丰茂的草地和香气扑鼻的饲料。那头专司磨面的白嘴唇小叫驴，甚至都看到了草地上有一头通体发黑肚皮雪白的小母驴，并嗅到了它们的爱情像雨后的青草一样芳香。我二姐什么也没有看到，她的期待纯粹而单一，她一心一意地想着那个小名叫药碾子的小中医，她马上就要嫁到这个中医世家去了，她和她的药碾子总共才见过两次面。只有我，没有多少期望，并不是因为我哥这贼人老是欺负我，而是先生教的四书五经四维八德制约了我的想象力。我正在学堂里念书，天天诗云子曰之乎者也，直念得一张小马脸蜡黄，一双近视的小眼睛四处飞白，表情痴呆如同饱而无忧的一只大头鹅。我的这些特征一点不落地全都遗传给我儿子了。而我现在的这副样子，全拜老爹所赐。如此云云一大篇儿，都是带哨子的响狗屁。不过，老侄儿，我还要说句实在话，你爹这篇文章写得真有点意思，有点文采，很有想象力，比如说我身材无比高大，须仰视才见面目，也很会夸张，比如说我上下四颗金牙银牙，这一辈子我连铜牙套都没镶过，还镶啥金牙银牙。想象与夸张就是这样的，常常只顾艺术性，不顾人家的实际情况，从而大大失去了真实性。但是，也正是因为有了这篇文章，他在咱们县文化馆干了一辈子也就值了。当然了，虽然一代不如一代，你如今还在咱们滬河镇文化馆里混着，但是，只要你也能写一篇比你爹好的文章，就是混到咱们李庄的报刊阅览室又咋的嘛。所以，我希望，撰写我的回忆录，能给你提供这样一个机会。

咱们接着说。

按照原先说好的计划，我到了淝河集上，先和表哥蔡琅玕会合，然后由表哥蔡琅玕把我送到城里乾泰昌药号。这位表哥蔡琅玕，就是淝河集元和百货店的少掌柜的，他爹咱们说过了，也都见过了，就是咱们家的高客蔡九老板嘛。原先我以为表哥蔡琅玕这个名字好古怪，后来才知道琅玕二字，意思就是像珠子那样的美石，这还是后来到了方公馆，人家大小姐告诉我的。哦，论起来，蔡琅玕和大小姐他们才是至亲的表哥表妹。哦，咱们说蔡琅玕这个名字，还是淝河集上一个老学究起的，这个老学究相当有名，他参加过清末最后一次科考，没考中，很失意，一生潦倒，整天拄着拐棍在街上溜达，见人就说他当年和张状元喝酒的事情，就是江苏南通的张状元，这学究三生有幸，能和张状元同科考试，而且在考试之余，还一同喝过两三场花酒。这位老学究给蔡家表哥起的这个名字，可以说是名副其实。蔡琅玕长相确实漂亮，虽然没有像老学究所期望的那样，能考上头名状元，但蔡琅玕也相当能干，才十八九岁，就成了蔡九老板的得力助手，他们家的元和百货店进购货物，这几年基本上都是由他到徐州或者蚌埠等地采买的。我要去城里乾泰昌药号报到这天，算就的，恰好正逢蔡琅玕要去徐州进货，正好顺路，于是这桩好事的荐头蔡九老板就可以少跑一趟，差事就由他儿子蔡琅玕代办了。两头都是至亲，俗礼节可有可无，这样安排，双方当然都可以理解并接受了。我和表哥蔡琅玕自是烂熟了，逢年过节，亲戚往来，撞到一起，我会教他几手拳脚防身，他会给我说几段行商见闻，听来大是开心。这一回，有了能干的表哥蔡琅玕带领，从淝河集到亳州这一路上确实比较顺利。那时候，从淝河集到亳州只有一趟票车，是从阜阳开过来的，必须路过淝河集才能到达亳州。票车破破烂烂，除了围着破麻絮围脖的司机面前有块玻璃，车上所有的玻璃窗都碎掉了，换上了刻花镂空的木板，速度虽然赶不上现在的拖拉机，但比那时的驴车要快一些。尽管如此车况，也照样超载，车厢里白是人肉挤成一坨，连车顶上也坐满了乘客。好在当时已是二月天气，不热不冷，表哥蔡琅玕虽然买了座位，但他喜欢兜风嘛，自然愿意和我上了车顶。到了亳州汽车站已是午饭时刻。那时候的亳州汽车站光景奇特，只有两间房子，算是车站办差人员有个落脚处，其他一场白地，打圈围的是木栅栏，很低，所以也不需要留个门，来往乘客行人，随时迈腿进出。表哥蔡琅玕和我刚刚跳下车来，就看见猫日的方强在栅栏外吆喝我们，摇头晃脑，眉飞色舞，眼光儿四下里流动，不像个善良孩子，全一副老亳州的痞子相。

老侄儿，尽管你知道方强是谁，但你随着我的言说，到了这儿，你情不自禁也要问了，这方强何许人也?

咱们李庄老少传说中的方强，全是信口雌黄瞎编的，就连我这个当事人，也就是才见过他这一次，在一起的时间，拐弯抹角加起来，最多也不过十几个小时，咱们李庄的老少爷们，竟然都编得那么圆溜，连两粒虎牙都出来了。方强哪里有虎牙嘛。这个方强，我命中的福星，我命中的煞星，我的惆怅，我的梦，令我惆怅的梦中老朋友，他的胖瘦长矬，你且听我细处说来。这方强就是乾泰昌药号老板方仪礼的次子，原本名叫方骅骝。骅骝就是赤色骏马，这个意思还是后来方公馆的大小姐告诉我的。由这个名字你可以想见，方强家里人对他期许甚高。那时候咱们亳州一带，富贵之家的小孩起名字，就像表哥蔡琅玕一样，很是讲究，总是请些个年高德劭的有名学究，推算经月，甚至经年，方才定下，根本不像咱们乡下，学堂里先生随口给你起个学名，还没叫起来，就丢到九霄云外，就像老伯父我。不想方骅骝本人，压根就不喜欢骅骝二字，也不经大人商量，自作主张，很干脆地改为方强，简单,好记,又有棱角。这一点叫我佩服。咳,我很欣赏这点。这些情况，都是年节下走亲戚,表哥蔡琅玕给我说的。蔡琅玕走南闯北,见闻广大，我们表兄弟只要见面，他就给我讲说一些趣事，方强的故事他说得最多，因为论起序来，方强也算是他表弟嘛。蔡琅玕他自己的亲表哥表弟都在遥远的上海滩，够不着看不见，所以，他和这个能够得着看得见的表弟方强甚是亲热。也是咱们亳州的老习俗嘛，越是拐弯抹角的亲戚，越是走得亲热嘛。只是，当时咱一个乡下小孩子，哪儿意识到，这些资本家商人的子弟，是很容易臭味相投的。表哥蔡琅玕说过，他这个表弟方强不仅性格鲜明，而且还怪，这怪不仅怪在心里边，还要外现在身体上。具体情况，就像亳州那句老话说的，开绸缎店的穿麻片，开药栈的生疥癣。方强，亳州最大的药号乾泰昌的少东家，这位二公子，就应了这句亳州老话，也长了一身疥癣。可是，说是疥癣也未必就是疥癣，亳州城里名医挨个看过，谁也说不清是啥疥是啥癣，反正发作起来奇痒难熬。后来咱们亳州名医苏先生使了个疗法：将门窗密封，在屋里架起一口大锅煮盐水，患者赤身裸体在屋里狂奔，等身上出汗了，水蒸气也上来了，患者静坐，以待含有盐分的水蒸气把自己熏蒸个通透，就是类似现在的桑拿嘛。这个办法虽不能除根，但一两个月之内不会再痒痒。这位苏先生，早年留学德国专门习医，可谓是见多识广，这老先生根据自己亲眼所见，建议方强这样的患者，最好去当个水手或者当个水兵，在海上生活几年，也许可以根治此病，想当年他在德国留学的时候，就遇到一个类似的病例，那个满脸雀斑的患者，就是当了两三年水手后才断了病根的。苏先生的这个说法不管真假，但简直就像一颗钉子，一下子钉进方强心眼里。当然了，一直到了十七八岁，方强既没有当水兵，也没有当水手，每年还要挨几次盐水熏蒸。现在想起来，这个混球真是活该。

虽然耳朵里早就灌满了方强的故事，但我却从未和方强见过面。要是按规矩论亲排序，我应当从蔡琅玕这个序列，和方强也算是表兄弟。你想嘛，老伯父我也不是个省油灯，心里边既然有着这么一位蝎虎表哥，免不掉就想会会他。只是，那个时候不是现在这个时候，从咱们李庄去趟亳州，简直等同于唐僧去西天取经，所以嘛，我们这两个拐角表兄弟想见个面，真不是那么容易的。到了此时，看到方强站在汽车站栅栏外吆喝，表哥蔡琅玕一说这就是方强，我不由注目多看了好几眼。老侄儿，你可能想见，一个十四五岁的乡巴佬，张望一个十七八岁的城市青年，那目光该是啥样子的嘛！我对你说吧，仰慕得很。尽管表哥蔡琅玕低声嘱咐我千万别和方强拉手，小心传染，但是，我当时哪里能控制仰慕之情，别说疥癣，就是他两手都是猪屎狗屎包括他自己的屎，我也得和他拉拉手嘛。这样子我就赶紧走上前去，膝盖下隔着木栅栏，拉着方强的手，叫了一声表哥。事情到了今天，我说到这儿，还哭笑不得，还慨叹一声，出门遇到方强这个表哥，等于我人生刚开端就遭遇一场恶作剧。方强到底比我大上两三岁，又是大药号的二少爷，又是县城里的高中生，眼界是开阔的，经历听闻自然也要高人一筹，加上天性直爽，又是个自来熟的脾气，所以根本没有远近亲疏之别，左一声表哥，右一声表弟，热情似文火煮骨头，叫得人骨头缝里筋膜都化开了。老侄儿，你想啊，像我这样，一个从未出过远门的小乡巴佬，哪里承受得住这个！那方强，真会迎合人，当下也不急着带领表兄表弟回药号交差，直接拉着两个表兄弟进了车站旁边的小吃店里，那会儿我还不像现在这般，能识文断字，所以也没记住那个小吃店的名字，只记得方强点了醋鸭蹼、卤羊肠、牛顺风、蛋卷腊肉，四个小凉菜，又要了三份鸡丝面，一时间表兄弟三个亲情不论，先吃起来再说。青少年酒食争逐，那个劲头儿上来了，这一顿吃得我那个美呀，恨不得身上所有的眼儿都笑出声来。老侄儿，请勿见笑，你想想，也确实如此，老伯父我，自出生以来，就没走出过咱们李庄方圆二十几里，哪里知道社会的诡异，世道的险恶，城里的小孩人心难测，资本家商人的子女口蜜腹剑，只要吃得好，我当然就开心了。

方强边吃边说，好似家常。他说家里已经吩咐了，李娃表弟就算今天已经到药号里挂上名号了，先不必到药号里做事，先跟他一块儿，随蔡琅玕大表哥，一块儿去趟徐州办个小事，车票都已买好，一会儿吃了饭，马上坐车出发。我一听真是喜出望外，没想到当个学徒还没进门，就轮着坐汽车四下走动，大开眼界长见识。要知道在那个时代，能坐上汽车到徐州一趟，简直类似于当今坐飞船去趟月球。老伯父我内心的兴奋可想而知，哪里还能看出大表哥蔡琅玕笑里藏奸，他不仅没表示意外，倒是拊掌大笑，一番极力赞成。直到后来，过了很久很久，我才明白，这一切有可能都是大表哥和二表哥早就串通好的，他们城镇上的年轻人，好的是斲猫骟狗，最喜欢使劲儿拿咱们乡下的小孩逗闷子。不明当时的真相嘛，现在只好瞎猜了，即使猜对了，也已经迟了。

老侄儿，咱们李庄的老规矩，万事不说后来，只谈当时嘛。当时，就这样，我和两个表哥一块儿去了徐州，一路上大表哥二表哥叫得甚是亲热。尤其二表哥方强，说古论今，趣事轶闻，鸟话不断，又吹口哨，又擤鼻涕，真是让我笑破肚皮。方强把话头儿还扯到了上海滩，说上海滩遍地金条，谁捡起来就是谁的，鸡鸭鱼肉便宜得很，买一个小角儿的卤羊肉三天吃不完，街上到处都是黄包车，随便坐，你说上哪儿，就拉你上哪儿，到了地方不仅不要车钱，车夫还给你鞠躬，感谢你坐他的车子。方强说这些都是他伯父说的，他伯父每说一样，他就心旌摇曳一会儿，到后来摇得一颗心都找不到了，只觉得五脏六腑空荡荡的。他伯父方仪望更不得了，在上海滩住着花园洋房，天天吃着山珍海味，出门就坐小轿车，一上街就能看到穿旗袍露大腿的美人儿。尽管那时候老伯父我对大腿与美人还没啥概念，但天天吃山珍海味，还能坐小轿车，倒是听得直流口水。加上方仪望这个人的诸多故事，在当年就流布故乡，因为咱们是拐弯亲戚，我自然更是耳闻多多，心眼里也多了一层亲近嘛，眼下听得方强这么一说，心里面不由自主产生了广泛的向往，恨不得一步走到上海滩，好好吃他几顿山珍海味，再坐上黄包车满上海滩转上一遭。方强善于察言观色，加上大表哥蔡琅玕在一旁推波助澜，一齐儿怂恿我不妨借此机会到上海滩玩他几天，又何妨。我开始还以为两个表哥只是说说玩儿，谁料想，一到徐州，情况有了变化，玩笑变成了真的。应了咱们李庄的一句老话，原以为说打嘴是个笑话，啪的一声牙掉了下来，才知道巴掌真的落在嘴上了。当时哪里理会到这儿，对于一个才进青春期的乡村小儿来说，奔走四方的快乐，就像三杯老酒，直接把我灌晕乎了。也不知是几点到的徐州，反正已是夜里。好在火车站离汽车站不太远，所以，一下汽车我们就奔上火车站。也是命该如此，赶巧了刚好有马上就走的车票，方强当即掏钱，给我买了一张去上海滩的火车票，而且还是二等车厢。我那时别说坐过火车，见都没见过，更别说还要坐二等车厢了。在月台上等车到站的片刻间，方强还写了他伯父方仪望的公馆地址，告诉我到上海滩下了火车，坐上黄包车，给车夫看一下这个小字条，人家就得笑眯眯地送到地方，一点也不用多操心。知道我识字不多，又怕遇上个车夫不识字，方强还念了几遍，让我牢牢记下。而且，都把我送上火车了，方强还再三叮嘱我："人家车夫是不要钱的，李娃表弟，你要硬给人家钱，小心人家生气，上海人脾气不好，揍你一顿那可就不太好了。"大表哥蔡琅玕也叮嘱我，见了方仪望他老人家，不要乱叫人，"要从我叫法，称他姑父"。我不免暗笑他多嘴，心想这点规矩我要是不懂，那我还是回到我们李庄吃牛屎好了。老侄儿，事情到了这时候，我居然还没觉察出有何不妥之处，只是觉得出家门这第一天，如在美梦之中，真怕美梦一时醒了。可见彼时，我好像遭了江湖上拍花子的下了药，中蛊匪浅。老侄儿，你可懂，啥是拍花子的，就是拐卖妇女儿童的人贩子，他们想拐走你之前，先给你使法术下迷药。咱们李庄西头的小环，那个小妮子，水灵灵的两大眼睛，不就是遭拍花子的拐走的嘛，到现在也没找到，家里花了多少钱，登报纸，上电视，都没啥用的，还不如钢镚儿扔进水里，还能听见声水响。

哦，咱们回头说我上车坐好了，才发现手上还提着进师门准备的四封大金果子，我真不知道这一路上折腾来折腾去的，咋就没把这东西落下，好像它们是个生灵，将性命粘在我身上了。我赶紧敲着玻璃窗，大声喊叫方强把大金果子带回去。这时候，火车已经开动了，方强也没听见我喊他。我只是看到蔡琅玕和方强，两个表哥勾肩搭背，下月台了，只留给我两个怪怪的背影，又是颤抖，又是摇晃，东倒西歪的，两个表哥好像都笑岔气了。我现在想起这副情景，简直不敢相信它真实地发生过，一切都像梦境一般，一切好像被神鬼摄去了三魂，好像大醉一场断了片儿。这个谜团，我一直到今天都没能解开，我实在想不明白，当年方强为啥非要给我来上这么一手，改变了我的人生走向。

但是，这长长一觉醒来，大梦完结，我到底忍不住击掌赞上一声，哎呀，改变得好！这个谜团，咱们解不开它又如何嘛，一个人，一辈子活得啥事都是糊里糊涂的，那不如早点死了好，但是，一个人一辈子，要是活得万事都明明白白，即便成了多大的气候，那也是苍白的，了无兴味可言。要是一个人一辈子活下来，有那么两三个解不开的谜团，那他这一生就活出几分奥妙了，他的人生就有了几分耐得琢磨的意味。我比较喜欢这样的一生。我有幸能拥有这样的一生，全拜方强所赐，我想恨他，恨不起来，我也想谢他，但是，现在我到哪儿去找他嘛。

哦，咱们接着说我坐火车。

那个时候，一个乡巴佬能坐上火车，简直不可思议，更不可思议的是，我居然还坐上了二等车厢。尽管穿戴土里土气，但好歹都是新衣新鞋，加上几道子又亢奋又僵直的眼神，旅客们还以为我是个演电影的。我这样比喻也不奇怪，因为没多久我就了解到，当时经常有一些拍电影的主角儿，往来北京和上海滩，他们经常穿着戏装坐二等车厢。我这第一次坐火车去上海滩的旅途中，就遇到一个电影演员，只是我当时都不知道电影是啥玩意，更何况还在人生的梦境里没有醒过来，是后来过了很长时间，我才知道在火车上遇到的这位是个演电影的。一开始我相当拘谨，没出过门嘛，坐在那儿不敢动弹，屁眼儿也缩得紧紧的，肩上行囊也不知道摘下来，就那么挎着，四封果子也不知道放在旅客搁水杯吃食的小桌子上，只管放在膝盖上，两只手还紧紧地捂在上面。我一瞥间，看到对面坐的是一个女乘客，以当年我那个年岁，主要是孤陋寡闻嘛，还不知道欣赏漂亮女人，只是看样子比我大不了几岁，大约坐了很久的火车，满脸疲惫之相，比较显眼的是，一双大眼睛里闪着一丝桀骜不驯的光芒，就像从前咱们家那头坏脾气的小母牛，眼睛里也经常会射出这样的光芒。老侄儿，你不用打听也知道，当年在咱们李庄周边十几里，我怕过谁，天不怕地不怕，可是到了这会儿见了这个女人，居然觉得有点瘆得慌。我赶紧收回眼光，只看自己的手指头。纵是天下无理可讲，那我看自己的手指头，不能算犯法吧。

不料对面那位女客伸出一根食指，敲了一下我膝上的果子，示意我可以放在小桌子上。我好像中了咒语，中了她的美人计，很顺从地把四封果子放在小桌子上，依着咱们李庄人的老实脾气和谦恭本性，我还对人家表示谢意，也就是很笨拙地对人家笑一下。想想这还不够，又拿出咱们李庄人的莽撞劲头儿，解开纸绳，打开纸包，露出金灿灿的大金果子，恭恭敬敬，请人家品尝。这大金果子，是咱们亳州这一带的特产，首先得是家传的手艺，而且还要一个手上功夫不低于十七八年的老师傅，经过三十五六道工序，才能做得出上上品。老伯父我要去乾泰昌拜师入门，按规矩拿四封大金果子，当然要拿耿老家那庄的大金果子了，耿老家做大金果子的老行家耿双蝶，手艺超越赞美，制作的大金果子，粒粒都是上上品。要说能有多好，我一打开纸包，好像汽油遇见火星儿，腾地一下子，味道散开了，满车厢噫噫噫噫，唼喋一片。即使对面这位高贵的女客，一见这般精妙吃食，眼中的桀骜不驯霎时化为两潭春水，咧嘴一笑，两个酒窝煞是分明，一看那般馋相，乖乖，我敢断定就是饥饿有时了。果然，人家长相漂亮，性格也是落落大方，不客气，伸手捏了一个便吃起来。我的天哪，咱们在李庄好歹也长了十四五年,何曾见过这样一双又白又细的小手。是啥样的，没法形容，你看到就知道了，遗憾你看不到。我当时真想把四封果子全部打开，让这样一双小手全部捏了吃去。本来这大金果子只有小指大小，一封果子不过十八粒，也就是餐前小吃，茶中点心，一个人吃上三五封也未必吃得饱。可是，这位女客只吃了五粒，我眼都没眨一下，一粒一粒地数着嘛，整整五粒，她便掏出手绢，一边擦手，一边向我表示谢意。她一张嘴说话，我又得说一声我的天哪，好像在施魔法，一下子就把我迷住了。她的声音就像小蜜蜂，一忽儿朝我脑子里钻，一忽儿朝我心里边钻。我刚摸到自己的双耳还在脑袋两边，这位女客又给我攀谈起来，问了我来自何方，去向哪里，又看了方强写那张字条之后，这位女客淡然一笑不再说话，过了一小会儿，便微眯双眼小憩起来。老侄儿，到现在我也说不清是否回答了人家，都给人家说了些啥，因为我的耳畔一直缭绕着她那美妙的说话声，小蜜蜂，嘤嘤嘤，以至于到了上海滩我还满脸傻笑，还保持着全神贯注聆听妙音的神态。老侄儿，你也六七十岁了，不消说，你一定解得，一个十四五岁的少年郎，遇到二十余岁的美艳艳大闺妮子，基本上都是这个状态，神不神魂不魂的。别看如今我到了耄耋之年，牙齿所剩无几，但是，一想起这位女客的说话声音，要是她再给我说上一句话，哪怕半句，我保证让我苍老的皱脸，在瞬间还原为青春容颜。老侄儿，你看看我这会儿的脸色，是不是变样了，是不是很帅，是不是很有弹性的。

长路漫漫无尽头，风烟过眼云自流。论说旅途中的此类小事，在漫长的人生中完全可以忽略不计，但是，八九十年过去了，我之所以念念不忘，就是因为这个女客是个非同凡响的人物。我现在要是说出她的名字，即便万众在场，也会顿时集体无言，心惊肉跳大半天。也正因为这位女客的特殊身份，压在我心底多少年，搞得我一直心神恍惚，以致好几十年以来，我总以为这一趟旅行就是一场荒里荒唐的大梦，或者是我某个大梦的片段景况。反过来，也正因为有这位女客，我才相信这趟旅程真的发生过，甚至，我老成这个样子了，还时常想起她捏着大金果子的那只小白手，一切历历在目，活生生的，几乎让我伸手可握。这里，我先不说这个女客姓甚名谁，反正在我的一生中，有四次遇到她的机会，好像全是宿命一般。要是我说完这四次见到她的情景，你依然不知道她是谁，那么，你太聪明了，老伯父我，也就只好坐在院子里，给这棵石榴树说话了。

也不知火车跑了多长时间，到达上海北站基本上也就是快吃晌午饭的时辰。这个时间是我看了一下太阳才估摸出来的，在咱们李庄，都是太阳到了这个地方，才吃午饭嘛。除了还知道这个之外，我的脑袋大致上成了一团浆糊。蜂拥的人群，满耳朵的人说话如同鸟语，我大是怀疑自己是不是到了神话王国，或者到了地球上另一个国家。多亏了那位女客，在人群里她时而回头张望，她眼神里的暗示我顿时明白了，于是，我跟着人家出了站。在路边，那位女客招手叫来一辆黄包车，让我先上了车，然后又把在火车上了解到的地址告诉车夫，这才款款离去。我坐在黄包车上回头张望，看到那位好心的女客上了一辆黄包车，一团云似的，消失在黄包车和人群混杂的尘雾里。

一直到今天，我还记得拉我的这个车夫穿着缅裆裤，灰纱布小夹袄，下巴上有一个大痦子，痦子上一撮毛，这撮毛比下巴上的胡须要长出一截子。对对，对，就像你们文化馆张发奎副馆长，就像他下巴上的那个痦子一样。哦，张发奎三年前就去那边了，真可惜，正是年富力强的时候，一场酒喝死了。哦，眼前这个怪胡子的车夫话头黏稠，可惜我根本就听不懂他的鸟语，也无法和他交谈，要是依着自己的性子，就像以前遇到这种人一样，我只消喝一声闭嘴，他要敢还上半句嘴，那就有他喝一壶的。后来一想，人家白拉你又不要钱，咱咋好意思再发火嘛。反正一时也不知如何搭腔，索性一言不发。我现在回想一下，得平心而论，从上海北站到法租界霞飞路上，不能算近，再拐一条街，到达方公馆门口，这趟活儿即使不绕路，车夫也没少出力，但到了地方不给钱，可就说不过去了。

当阿拉是猪头三！上得车车，搭搭眼就晓得侬阿木林，莫充莫装，侬是个莫觉人，操伊拉，猪猡，小赤佬，将出洋钿来，装死腔到底，当心吃皮榔头。

老侄儿，我这几句上海话说的像不像，自然，都是旧上海滩流氓阿飞说的老话了，车夫的村话嘛。是的，一见我不掏钱出来，这个混蛋车夫满嘴鸟语，火冒三丈，放下车把，就在脚底下巴掌大那片地方往来奔走，左右跳跃，双臂狂舞，活像吃了仙丹，变成了野兽，要吃了我这个活人一般。我当下还很奇怪，二表哥方强说上海滩车夫拉人不要钱，还要向人道谢给他面子坐了他的车，这个咱们记住了，只是没想到上海滩的车夫道个谢竟然这样麻烦，真的，我真以为这个车夫向我道歉嘛。我平时也没有给谁客气过的经验，这会儿也不知如何应付这个场面。那车夫见老伯父我愣头愣脑的脓包样子，直接将自己气成了猪头三，不免挽起袖子，挥掌劈脸便打。这下子我明白了，二表哥方强是说笑的，上海滩的车夫也是要钱的，你不给钱，人家就会揍你的。咱们李庄的人，到了哪儿都是讲理的嘛，要钱可以明说，何必动手打脸，看起来操伊拉上海人真是脾气不好嘛。思想间，我身形未动，右手一扬，抓住车夫手梢子，一式“白马卧蹄”，那车夫身体一晃，两腿一软，跪在我面前了。

这个时候，方公馆的主人方仪望走了出来。

好了，老侄儿，今天就到这儿啦。

第三章

老侄儿，请喝茶，刚开盒的茉莉花。

前两天忘了，今早才想起来，老侄儿喜欢喝茉莉花茶。

今儿咱们说个快的，现在咱们就到了方公馆大门里。

我这厢里将事情的来龙去脉如此这般说了一遍。当然，我没说那位女客的事，毕竟是个初进青春期的小公鸡嘛，也许是由于害羞，也许慌乱，反正我总觉得，这个事儿要是给人说了，很不好。所以嘛，甚至连那打开了的半封果子，我也说是自己因为馋嘴才吃的。老侄儿你猜咋着了，老姑父方仪望听完了我的言讲，先是哑然失笑，继而放声大笑，笑得我当场懵头懵恼。后来我和他老人家厮混熟了以后，他才对我讲解了初见面他为啥哈哈大笑，他是笑方强这个孩子过于淘气，为啥要这么摆弄一个老实巴交的乡下小孩子，这个玩笑开得有点没有边际了。你看看，虽然方强不是在他老人家眼前长大的，但血缘关系在那儿嘛，再加上他老人家的聪明才智，他还是相当了解亲侄子的为人脾性。狗娘养的嘛。他给我解说这些时，装模作样，还这么骂了方强一句。咱们当时那会儿不知道这个嘛，一个乡巴佬，初到上海，一脑袋麻木，哪里知道这个传奇人物作何想嘛，只是觉得他既然哈哈大笑了，那可能就是热情的表示，就是欢迎的表示。而且，他老人家当时拉着那副迷死人的笑脸，打问我家庭情况，打问我父母情况，滔滔不绝，还说起几十年前他回老家成婚，前往淝河集迎亲时倒是见过我爹李清潭老弟，对他那张漂亮的马脸印象相当深刻，尤其是我爹马脸上的两眼一翻白，那真是让他毕生难忘，如此等等，所以刚才一见我翻两白眼，只觉得眼熟，没想到原来是有缘由的。说到此处，方仪望再一次哈哈大笑起来。这一笑，更让我心头松弛下来，因为眼前这个天天响在耳边的传奇人物，全没有了耳闻里那般威严气象。我当时根本没有意识到，这个老家伙一番东拉西扯的用意，是探探我的根梢，看我是不是冒充亲戚，因为，曾有过几次冒充亲戚骗他钱财的事情嘛。这个也是后来他亲口对我说的。这会儿“验明了正身”，方才掏出钱夹子，拿出一张票子，吩咐樊阿大那厮出去把车钱付了。

老侄儿，即便到了这般境地，我还没意识到遭了贼人的手段，上了两个表哥一当，反而认为大表哥蔡琅玕和二表哥方强完全是出于好心好意，请我到上海滩玩上一趟，这份子人情太重，以后说啥也要还他们的。又过了一会儿，脑门凉下来，才觉察出事情有些蹊跷嘛，虽说咱们刚到方公馆，还没有吃上一顿山珍海味，但从黄包车车夫要钱这件事上，我就隐约觉得，天天吃山珍海味这章子事体，恐怕是不大可能的了。由此又进而一想，自己本来是要到乾泰昌当学徒的，竟然心头一咣当，耳根子一软，被方强那几句热络话弄到上海来了，这章子事体，要是咱们李庄的老少爷们儿知道了，驴嘴马嘴都能笑歪到后脑勺上去，咱们李庄的爷们儿这么一笑话，那我爹的马脸能拉多长就不要说了，挨上一顿拌草棍是绝对难免的。老侄儿，我当年一旦做了窝囊事，惹得你爷爷生气动怒，他老人家就会拿起牛槽旁边的拌草棍，劈头盖脸一顿臭揍。尽管我年少轻狂，身怀武功，但拌草棍是槐木的，木质软硬程度恰到好处，照样敲得我身上青一块紫一块，头上疙瘩摞疙瘩。自从盘古开天地，咱们李庄就是这样，爹打儿子从不客气，只要发起火来，当爹的挥棍便打，当儿子的逆来顺受，从来如此，而且打人者与挨打者都认为此乃天经地义也。到现在，我也不觉得有啥奇怪，我觉得这点好，所谓教育，大道理没用，就是得有点怕头才有效果。老侄儿，从我这个思想中你就可以看出来，当年挨打，对于我来说，都是家常便饭，直如儿戏。但是，要是被咱们李庄父老乡亲笑话一场，这份儿丢人，我万万是扛不住的。这么一想，我恨不得抽身便走，一溜儿小跑回到亳州，赶紧到乾泰昌药号学徒去。

俗话说，事到临头，不能乱起念头，念头一乱，心神就乱。我就是有了想快点回家这个念头，一时不免心神大乱，以致眼前的老姑父方仪望，好像又恢复了传闻中的威严气象。我顿时有些紧张，言谈嗫嚅，颠三倒四，把自己想法说了出来。老姑父方仪望当然没有阻拦，其实那片刻间，我就从这老滑头脸上看出来了，他心里已定下主意，让鸟孩子在上海玩上几天，再买张车票送他回亳州去就是。只是眼跟前，这个老姑父嘴上操着咱们亳州话，答说得很是漂亮："李娃哦，你这个鸟孩子，千百辈子，好容易来一趟上海，还没进门就要回去，太说不过去了，也不成个体统，先安心住下，在上海玩上几天再走。要不然，家乡父老眼前，我如何过得去！见到你那亲姑父蔡九老弟还好说，要是一旦见了李清潭老弟，这层亲戚咱两家可就走到头了。"

说着话儿，老姑父方仪望一伸手，接过我手上的三封半大金果子，当即将那剩下的半封果子打开，捏一粒塞嘴里，先是皱着眉头"吸溜"一声，好似烫了牙齿和舌头，接着眉开眼笑，频频点头，连声赞叹，说那个啥还是老家的味道"拿摩温"。哎呀，这副吃相，真让人想不到，拿现在话说，没想到咱们李庄人的心中偶像，咋会是这副鸟吃相嘛。不过，他这么一吃，吃掉了我与他之间的陌生感和距离感，我反倒觉得老家伙容易亲近了。看门人樊阿大那厮，大门外打发了黄包车车夫，回头来一直在旁边察言观色嘛，又见了主人和这鸟孩子一番亲热言语，我清清楚楚地听见了嘛，这个混蛋心里叫了一声惭愧，眼看着他马上收起了上海人的漠然，满脸都挂上亳州人的油滑，转换得快得很，紧着随声一连串的"拿摩温"，还献媚般对我龇牙咧嘴笑了一下，接着翻译起老姑父的话来，以示他与众不同，只有他最懂老姑父："老爷说的可是地地道道的英国话，就是第一的意思，老爷说你这个大金果子第一好吃！”

樊阿大这厮细皮嫩肉，脸上有几颗浅白麻子，有些南人相，我初时当他是上海滩人，所以一听他说话，大为吃惊：没想到上海人说起亳州话来，简直酷肖之至，一张嘴就是三关十河的腔调，最多是沙土集的。老侄儿，你知道，三关十河沙土集，都是咱们亳州市谯城区的几个集镇嘛。要说老伯父我真算得上聪明，当时猜得一点不错，事实上这个樊阿大，就是沙土集的，是方仪望家的一个远亲。这个人小名叫饭缸，大名叫樊牛，十几年前来上海滩找到方公馆，一直在方公馆看门。这个人自打来到上海滩第一天，就模仿上海人走路，模仿上海人穿着，模仿上海人的发型，模仿上海人的眼神，模仿上海人吃冰糕，名字也要模仿上海人，改成樊阿大。最可笑的是，他还模仿上海人说话！舌头又不是上海产的，说起上海话来，又尖又细，又叫又跳，反正正宗的上海人听不懂他的上海话，就像英国人听不懂洋泾浜英语一样。但是，上海人来到方公馆办事，进门时你得说樊式上海话，就像英国人在上海做生意，或者谈事情，他得先会说洋泾浜英语一样，否则门进不去，事办不成，生意成黄汤。这都是我后来了解到的。我后来还了解到，老姑父方仪望很喜欢他这副卖洋腔，弄张景，包括他认死理的性格，所以，好多豪门大户赶时髦，都换上了印度的红头阿三看门，方公馆看门的，一直还是樊阿大这厮。

好像我拿去的大金果子好吃得很，老姑父方仪望一口气把剩下的半封果子吃了十几粒，或者说就等于吃完了，他老人家这才心满意足，将手里剩的三粒果子让樊阿大也尝尝。又吩咐樊阿大，快快先将没开封的三封果子给老太太送去，告诉她娘家来人了，再麻利儿找到管家王西三，让他给李娃这鸟孩子安排个住处，给伙上交代一声，这一礼拜多一个人的饭菜，让咱家的好亲戚李娃，舒舒坦坦住上几天嘛。樊阿大那厮满脸是笑，直笑得几颗浅白麻子颗颗充血，险些要迸溅一样，这才连声答应着一溜烟地去了。

老侄儿，你看看，我就这样在方公馆暂先住了下来。

本来说好第二天就让男佣双印儿带我上街逛一逛的，没想到第二天下了雨，只好再等一天了。双印儿，头一天咱们就讲过这个人了，就是留着两瓣子汉奸发型的那个，这个人你记住就行了，后边我一旦说到他，你心里有个印象就好。不想第三天又下雨了，真应了那句话，人不留人天留人。上海滩这地方的鬼天气，真是害人不浅，要是不下雨，我玩上两天，第三天就可以坐上火车回家了，那样，就不会发生后来这些事情了。

不过这两天老伯父我也没闲着，因为这儿的一切都让我感到好奇，都让我长了不少见识。我临时住在西厢辅楼里嘛，当时他们都这样称呼西边这栋洋楼，我就住在一层楼梯拐角那一间。当然这是管家王西三安排的。开门一看就知道这只是一间临时客房，除了床铺，一桌一椅，一个窄窄的搁物柜。后来我才知道，这一间房子，基本上是为方公馆一些临时客人准备的，方公馆来往客人多，也有很多今天来明天走的，所以，房间内设施物件比较简单，由此看出，当时方公馆只是把我当成一个临时客人而已。即便是这样简单，我也觉得比咱家里要干净整洁多了。当然了，在那个年代，咱家里也算是干净的了，你爷爷奶奶，都是干净茬子，屋里院里，天天扫尘洒水，弄得咱们家里那条花狗都作难了，走路都得踮着脚尖。方公馆里的管家王西三，也热情得很，张嘴就是地道的亳州话，先是拉着我的手，拍拍胳膊，拍拍头巴子，也就是拍拍后脑勺，热情又亲切，就像咱们李庄传说中的那个王西三一样。真的，王西三连年岁也和传说中一样，他比老姑父方仪望小几岁，身材相貌与传说中基本上也能对上，高个头，瘦身板，浓眉长眼，上唇刮得干净，只有下巴上有一层短须。只是穿着上有些不同，咱们李庄传说中的王西三是穿长袍大褂的，眼前这一个是穿西装穿皮鞋的，哪里像是管家模样嘛，咱们镇长也比他不上嘛，所以，当时，王西三的这副样子让我有些意外，与咱们李庄传说中的管家形象大相径庭嘛。还有一点与传说中的一样，王西三办事情真的是干净利落，考虑的也相当周全。他先是安排好我住下了，又领着我来到盥洗室，教我开水龙头，拉抽水马桶，打开和关上电灯，他心细，怕咱们乡下孩子不懂嘛。说实在的，这一套把戏还真让我大开眼界，十分着迷，在咱们李庄活了十四五年,这些洋玩意儿硬是一样都没见过。王西三还给我客气，说是公馆里客人多，这几日又有些事情，恐怕人手忙乱，要是有一时照应不到的地方，还请小老乡海涵。我初来乍到，加上在家里就拙嘴笨舌，人家的客气话我是能听得懂的，但不知咋个回应，反而木讷地点头。

哦，对了，吃饭也在这座辅楼里，就在一层楼道尽北头的佣人饭堂。不过，在方公馆里，饭堂得叫餐厅。一些临时往来的客人，也都住在这儿吃在这儿。山珍海味是真没有的，菜是一荤两素，每人一份，米饭馒头随便吃，鸡蛋汤也随便喝。来吃饭的人来人往，也没个准时辰，反正餐厅里二十张桌子，都没空过。男女佣人都穿着制式服装，衣服上面还有一串子洋文，后来我才知道，这串子洋文，懂行的一眼就可以认出是方公馆的佣人。客人们男男女女，长袍短褂，西装旗袍，穿着相当杂乱，穿皮鞋和穿布鞋的都有。起先我还唠叨方公馆的客人真多真乱，等到后来，我知道了这些形形色色的客人到底都是干啥的，就闭嘴了。只是当时好奇得很，吃饭时眼珠子乱转个不停，而且又管不住自己的嘴巴子。老侄儿，你爹那混球小时候也是这样，正经场合说不出像样的话，人堆里胡说八道那可是成精。所以嘛，三顿饭下来，我就知道了，这些乱七八糟的客人，有的是大少奶奶的，有的是大少爷的，还有些客人是老爷的，还有一些客人是大姑妈的，还有一些，真说不清是谁的客人了。

老侄儿呀，我当时毕竟才十四五岁，不知道焦灼，也不知道忧伤，就知道玩儿，玩得专心致志，反复玩电灯开关，反复玩那个自来水龙头，反复玩那个抽水马桶。为啥，因为在我看来，一旦回到咱们李庄，这些都是我炫耀的资本，给咱们李庄一群没见过世面的人讲讲马桶，保准惊倒一片，以为我到了天堂里。老侄儿，天堂里有马桶没有，哦，你也不知道，没去过嘛。当时，这些玩意儿确实也给我带来极大的乐趣，简直让我乐此不疲，一按开关，电灯亮了，一按开关，电灯灭了，电灯真好玩，咱们李庄没有。还有自来水龙头，马桶，都是很好玩的，我一天到晚不停地去洗手，不停地坐马桶，弄得一个客人还以为我是不是拉肚子了。这个客人戴副黑框子眼镜，胡子拉碴，特别有道德，懂得关心他人。他给我留下了深刻的印象。我那时做梦都想不到，后来在延安，我再次见到这位客人正在出墙报。不过现在我还是不能说他的名字，因为这个人太不一般了，在革命史上，好歹也是个二三流的人物嘛。咱们说，许多东西，因为神秘才能给人以新鲜感，但到了第三天，那些个新鲜玩意儿顿时失去了神秘，让我觉得一切如此简单，没有啥曲里拐弯的技术可言。我才想起老姑父方仪望，连着好几天也不见他，不知道啥时候天会放晴，那个叫双印儿的男佣啥时候领着自己上街开眼界。这么一想，不免有些焦躁，简直在屋里再待不住，但一时又不敢到处走动，想走出楼去，但有点担心自己找不到门出去，又怕出去了再回来时找不到门了。老侄儿，老伯父我，当时是个年方十五岁的乡巴佬嘛，在全国最时髦的上海滩，这些言行举止，心里活动，可以说都是合情合理的。因此，我心里有些郁闷的时候，就趴在窗台上向外张望，以期忽然看到老姑父方仪望，或者看到管家王西三，哪怕看到门房樊阿大那厮，我也要喊住他，请他转告老姑父，给我买张火车票，赶紧送我返回亳州去乾泰昌药号学徒。但是，整整一下午，除了看见有几辆小汽车在公馆里进进出出，绕了几圈之外，连个人影都没有看见。再就是，我看到稠密的春雨下个不停。没有人注意我。老侄儿，我现在穿越时空，还能看到一个乡村少年在一所豪宅的某扇窗前，向外张望，密集的细雨使他的面孔若隐若现。这个画面，长久地停留在我的脑海里。反正，我的记忆里，在方公馆的第三天，是我这一辈子当中最乏味、最难熬的一天。

有诗云，春雨惹人愁，佳人泪交流。我这个境界只是少年无事，佯装愁上愁嘛。这场春雨，到了次日早上，变成了薄雾状的毛毛雨。

因为夜里胡思乱想没有睡好，所以早上起来时我想赖床片刻，不料砰砰有人敲门，我赶紧爬起来开门，来的是管家王西三，手臂上搭着一套男佣人的制服。当时，我还不像后来那样，和王西三友好如父子，那会儿我在尊敬里对他还有些生分，一时间傻笑笑，又钻被窝里缩了缩身子。一见我那个懒猫儿样子，王西三马上一脸微笑，要我赶紧起床，抓紧洗漱，回来试试这套衣服大小。见我有些犹疑，这王西三连忙道出原委。原来，方公馆有个身份特殊的贵客，只要他来访问，公馆里就召集男佣人，穿上礼服，分列两厢，夹道欢迎。今天偏偏双印儿昨儿个跟着大少爷去了南京，佣人相对而立，少了一人，忽然间他就想起我来，"这才请小老乡补个缺手，站个班"。王西三这般客气，咱们嘛，咋好意思拒绝，何况我也没有不从之理，白吃了两三天饭，出去站上一小会儿，顶个班，还不是应该的嘛。你走亲戚，水缸里没水了，你不得担起水桶打挑子水回来。所以，赶忙去洗漱了，回来换衣服。只是换的这套男佣装是礼服，雪白的内衣，尖硬的领子，已经很不舒服了，还要扎上蓝色的蝴蝶结，这真是让我难受之至，老侄儿你可以想想，在咱们李庄，我哪里受过这份洋罪嘛。而且，下身的裤子也有点长，鞋子也有点挤脚，这让我真是别扭极了。我的天哪，我忍不住要说一句，要牢骚一句，形式主义害死人嘛。王西三帮我穿戴完毕，又将裤腿向内折叠一圈，上下端量，频频点头，好像比较满意，便领着我赶紧出来前去站班。

老侄儿，不怕你见笑，我前天进公馆时，只是扫了一眼角，不敢细看，这几天在西辅楼那间小屋里吃住，三天也没出过门，有马桶，不用出门嘛，这时到了院内一扬眼，我登时呆傻住了。咱们李庄只是传说方仪望住的是花园洋房，但任谁做三天大梦也想不到，花园洋房竟然是这样的，高麻雀说唱大鼓书里的宫廷侯门，想必也不过如此。当前老建筑，老物件越来越少，想必老侄儿你也没有多少机会，再见从前时光的花园洋房了，我今儿试着给你描绘一番：一进大门，迎面庭院里先是一大片带状草坪，逶逶迤迤，蜿蜿蜒蜒，好长一路。二月天气，南方先占春机，草坪上已是草芽泛青，乍看上去，满眼青绿。草坪上有几十株硕大的香樟树，也正是春发景象，虽然似有若无的毛毛雨下成了薄雾一般，但也可以看见枝丫上黄芽初露，百十只小鸟跳跃枝间，好似追逐植物新发的清香。一条弯弯曲曲的柏油路水汪汪的,环绕草坪，旋转于三栋洋楼之间。假四层的主楼坐北朝南，屋顶上用的是暗红色法国平瓦，墙面镶有最时髦的水刷卵石，底层和二层的敞廊都是双柱支撑，门前先是一大片方形磨边的青蓝色大理石露台，连接着洁白的九级大理石台阶，走完这片露台和九级台阶，才能进到楼里。主楼两厢的辅楼也相当气派，都是坡顶折檐式的二层小楼。说老实话，老侄儿，咱们何曾见过这等洋房，我哪里又懂得方公馆的洋房有啥奇妙之处。从那时到现在，八十多年过去了，论说，我的见闻也算是广博的了，但说起方公馆的花园洋房，我现在还是无法讲得清楚，无法说得明白。能说出以上这些关于洋房的形貌，也真够难为老伯父我的。就这些，还是后来老姑父和我闲聊时讲给我听的。哦，对了，有一点我还记得清楚，就是后来听管家王西三说过，这片花园洋房原本是一个名叫霍夫曼·斯塔尔的德国医生的住宅，这位德国人年老回国时，由咱们方仪望挥金购得，至于花了多少大条，那恐怕也只有老姑父方仪望自己知道了。

老姑父方仪望一家人，就住在主楼里，他的书房，他的藏宝室，也都在主楼里，平时要会见贵客，就在主楼里的主客厅，和一般客人见面商谈，则在小客厅里。这些，都是我后来知道的。因为，这一天来的客人是贵中之贵，当然要启动主客厅了。我随着管家王西三一溜小跑过来时，男佣人们已经各立各位，看那整齐样子，就可以肯定，这个阵势，可不是经过十次八次的了。只是，让我感到意外的是，方公馆的佣人居然这样多，从草坪拐向主楼这边的柏油路开始，一直到主楼入口处的露台和台阶上，都是面对面站满了的，恐怕有百十人，一个个精神抖擞，喜气洋洋，好像等待婚礼开始一般。我那时候还没长开身体，因为个头不高，被安排在露台和台阶相连的那级台阶上，也就是第一级台阶上。这样错落有致，看不出人的高矮，由此可见管家王西三心思缜密。王西三摆好阵势，叮嘱一声大家稍候，便小跑着到大门口迎接去了，那副样子，真的很像个称职的大管家。

老侄儿，要说方公馆来的这位客人，绝对非同小可，我这里要是说出他的名字，恐怕你会瞠目结舌。瞠目结舌看似表情游戏，但实际上是情绪大动，中医上讲，情绪大动容易劳心伤神。为了避免老侄儿产生这类不爽之事，加之，我要再三嘱咐你，你们这些文化人，摇笔杆子的，以后闲谈，或者写这些真人真事，可要万万小心，人家尚有后代在世做人，切不可露了人家的行藏。因此上，咱们在这里，暂先只称他为陈先生。

说起这位陈先生与咱们方仪望的交情，那还是早年间在物品证券交易所攒下的深情厚谊。上海滩早年的物品证券交易所，那也是有很多故事的。从咱们李庄的传说中，咱们知道，这个交易所成立前期，老姑父方仪望受人之托，曾经专门到北京托关系找人办批文，找的就是段祺瑞。段祺瑞很有名的，和黎元洪两个人，府院之争，闹得鸡飞狗跳的。以前咱们闲聊过这章子事体嘛。总之，上海滩交易所这一挑子买卖，咱们方仪望也是出过力气的。加之当时他已是上海滩有名的银行家，而陈先生，才刚刚进入交易所练习投机倒把，手头上一旦有了短缺，也都是在咱们方仪望的银行里挪借过的，方仪望念他正值创业的年轻时节，还款时从未收过他的利息。一来二去，交情由浅到深，最后到了陈先生经常出入于方公馆，直若家门，和咱们方仪望亲热起来宛若兄弟。那时候，厨子汤鸣还没来上海，等他们闲谈久了，都是方太太，也就是咱们李庄传说中的老姑奶奶蔡景双，亲自下厨，煎葱油鸡蛋饼，炖莲子银耳粥，给他们佐以说有论无。那时节，咱们方仪望没料到后来陈先生发迹如此，咱们大姑妈方太太更不会想到，他们只是依照咱们亳州人的好客习惯，盛情待客而已。甚至交易所垮台之后，陈先生还欠方仪望银行里一笔账，还是还不上了，晚上到方公馆深鞠一躬，第二天一早就去广州革命了。到了后来陈先生革命成功，再要还这笔账时，咱们方仪望哪里还能要他的嘛，以至于这笔账最终成了烂账，彻底黄汤了。然而，现今儿陈先生身居高位，不忘旧交，每次来上海滩公干，总要抽空到方公馆拜访一下。第一次来时，居然还带着卫队，戒备森严。老姑父方仪望当然热情有加，只是方太太，咱们的老姑奶奶，不管那些排场，依旧直呼陈大陈二，惹得陈先生的卫队长大声呵斥。老姑奶奶何样脾气，顿时甩了脸子，从那以后再不见陈先生。老姑父方仪望当时直瞪眼，再三请陈先生海涵，万勿见怪。倒是陈先生斥退卫队长，坦然大笑，说啥，自家嫂嫂，鸡蛋饼银耳汤的，唤我几声昵称，再好不过，何怪之有？大哥倒是见外了，把我当成官家老爷一般。自此之后，再来方公馆，陈先生都是轻车简从，甚至单身来访。这样一来，咱们方仪望反倒麻烦了，对已是国府大员的陈先生，岂敢掉以轻心，再接到已来上海滩的陈先生要到公馆拜访的电话，他只好先是驱车去接，再就是动用男佣们组成阵势，以示礼节。

这一天，就是老姑父方仪望前去沧州饭店把陈先生接到公馆的。老侄儿，你又要问了，那陈先生为啥正好在上海滩嘛，哦，他当然不是为我而来。当时，他们不是发起一个啥玩意，好像是中国文化建设运动嘛，我记不清了，你回头查查史料，保准会有这章子事体。哦，对了，他们还成立一个中国文化建设协会。陈先生来上海，就是张罗这个事情的。那个时候，就是这个情况嘛，啥事，都是从南京发布命令，南京是国都嘛，但是，都得先经由上海滩，才能推行全国。在那个时代，上海滩很了不起的。

咱们说这一刻，先是，管家王西三冒着毛毛雨在前小跑着领路，后边汽车直接开到主楼露台那儿才停下来，两个男佣，快步上前，打开两边车门，撑伞侍立，先下车是咱们方仪望，后下车的就是陈先生。一时间掌声骤然响起，噼里啪啦，没个节奏，乱响一阵子。老姑父方仪望和陈先生喜颜悦色，肩并肩走上前来。两个男佣打着伞随后跟上。倒是陈先生洒脱，挥手请打伞的男佣退下，说这个毛毛雨自有一番情致，打着伞反倒扫了清兴。老伯父我忝列男佣队列，一边随众人鼓掌，一边观看。只见这位陈先生身穿一袭青色长袍，脚下是一双棕色皮鞋，面颊清瘦，看年纪不过四十岁上下，因为没有胡子，一双大眼睛愈发显得炯炯有神。他一边对大家微笑示意，一边和方仪望谈笑着上了台阶，到了台阶顶端，复又回过身来，再次对大家招手示意一下，这才抬头向庭院里做了个长久眺望，而且面带抒情的笑意，嘴里念念有词，也不知吟哦的是唐诗宋词，还是魏晋诗文，一边吟诵，脚底下一边也随之挪移着步子，一脸春风得色难禁，口中诉诸言词激昂，只是万万没有料到，一步挪空，这陈先生合身扑下台阶来。恰恰应了那句佛家偈语，只看头顶星光灿烂，哪知脚下万丈深渊。那会儿，也是神灵一闪，正该老伯父我露脸时机，一是我眼疾手快，二是我本能驱使，这些都是练出来的嘛，身法也极为敞亮，飞身向前，一式“二郎担山”，斜身托着陈先生的身体。否则，陈先生，这位国府大员，跌破面皮那是肯定的，磕在大理石台阶上，一嘴白生生的牙齿能不能保住也在两说。

当时，眼见着陈先生向下跌去，那势头必摔无疑，方公馆上下人等无不惊出一身冷汗。毕竟不是当年，陈先生在交易所里奔走时节，隔三岔五总要跌上一跤，现在是国府高官，几乎一人之下万人之上，要是在方公馆摔伤破相，那将如何了得嘛。而且在那个时候，很多国府大员都异常迷信，一旦在你公馆里磕着碰着，他们会认为触了“霉头”，不仅从此不再登门，凡是与你有关的事情也会退避三舍。这位陈先生，虽然历来开明，恐怕在这方面也难免落俗。只是，谁都没有料到，一个小玩意儿乡巴佬，一脸村相，竟然不见身动手摇，四两拨千斤似的，轻飘飘，就破了这场劫难。陈先生稳住脚步，挺直身腰，才见刚才之险，不由讶然一声。说到底，不愧是见过世面的大人物，他马上又面带笑容，表情轻松，好似才遭游戏一场，朝咱们方仪望抱抱拳，说道：“务请大哥大大奖励这位小老弟，让我少了一摔，免了一灾。哈哈哈。”老姑父方仪望的魂儿这才回到身上，赶忙一抹额头热汗，也向陈先生抱抱拳说：“老弟高抬他了！不过是老家亲戚，在老家木讷得很，也是他生来命好，前天刚到上海，今天得遇老弟这般贵人，眼色忽地灵便起来，不是老弟赐来机缘，哪有他开起窍来展示能耐的时机，还不是一辈子木讷下去。李娃，快过来谢过陈先生！”

老伯父我那会儿如同鬼神支使，赶紧抱拳冲着陈先生一鞠躬。在心里面，着实佩服老姑父方仪望，真是能说会道，活猴被他说死，死蛤蟆能说得尿淌，这番事情本来是我救了陈先生一险，现在竟变成了全是陈先生的功劳，反过来我还要谢谢他。老姑父方仪望，老家伙怪才，天生奇谋，要是从政，那真是个天生的大政客，大政治家嘛。一直到客人进了楼内，佣人们散下来，我还没有掰扯出其中的奥妙与道理。不过我很快就放弃了这个难解的谜语，转而思想，像陈先生这样的贵客临门，肯定要吃上一顿山珍海味，喝上几瓶琼浆玉液。一时间直馋得我嘴巴渗出口水来。可笑的是，说那王西三，好像看见我的心里活动一般，等到陈先生和老姑父方仪望吃饭时，他居然派我去站班伺候。他把这个荣耀给了我，也是天时地利人和嘛。他大声吩咐完之后，又拽了一下我袖子，小声叮嘱我，眼睛别盯着客人吃饭，耳朵小心听着方爷吩咐。因此，厨子汤鸣亲自送上饭菜，那两位吃饭时，我就立在墙边用耳聆听。当然，我吃不上，那也得瞥上一眼嘛。哎呀，陈先生只吃了一碗素面，就是厨子汤鸣每天上午给老姑父方仪望做的那碗素面，只是外加了一盘鸡皮菠菜，还有一盘瓠条虾仁而已。陈先生吃得滋滋有味，筷子不离面条，舌头留恋碗沿，那吃相，叫人可以想见汤鸣这碗素面绝非人间所有，肯定是天上味道。事实上也真是这样，后来说起来，我才知道，陈先生来方公馆拜访，看望老大哥是其一，挂念这碗素面，也是大心事一桩。

当时他们吃得很慢，边吃边谈，说那蒋先生搞啥新生活运动的事。老侄儿，你可懂新生活运动是啥玩意儿，就是鼓吹尊孔读经，封建道德，要求国民生活艺术化，生产化，还得军事化。一盆浆糊嘛。我现在结合当时的国家形势，当时的世界形势，我还是要说一声，一盆浆糊嘛。咱们方仪望这边还有点抱怨，说政府一月份刚刚发行公债一亿元，说是偿还银行积欠，稳定社会金融秩序，可是这才没几天，又以意大利退还庚款作担保，向上海银行界借款四千四百余万，这一刀，口子还在淌血，政府又向上海银行界再借款一千四百多万，真是左边口袋里的钱掏走了，又来掏右边口袋里的钱。陈先生给咱们方仪望讲的那些道理我没记住，我不懂，不入耳，哪里能入脑嘛。不过，陈先生又说起满洲国的事情，说傀儡溥仪登基了，改国号叫满洲帝国，改年号大同为康德。咱们方仪望嬉笑一声，说这都是日本人捣的鬼。陈先生说，国际国内都不承认这个事，政府已发通告，否认傀儡政权，还下令严厉制裁汉奸。英国掌玺大臣艾登在下院宣称，英国永不承认伪满洲国。就是黑龙江那边的民众，也不同意，依兰县的乡民举行反日武装暴动，十天之内，干掉了日伪军三千多，还成立了东北民众救国军，总司令叫谢文东。说到这儿，两个人倒是有些情绪高亢。陈先生趁着高兴劲头儿，还说蒋先生已下令刘湘部，马上发起第三轮总攻，尽快荡灭川陕“共匪”。蒋先生还准备成立一个鄂豫皖三省“剿共”总司令部，已经说好让钱大均那个混账当参谋长。钱大均这个东西，肉头肉脑的，真是便宜了他。咱们方仪望还恭维说，蒋先生天生伟才，老于纵横捭阖，这下子，四海升平有望了。一顿饭两个人说了很多，反正都是时事要闻。老侄儿，那时候我哪里听得懂他们的话，只是觉得他们这些高级人物吃饭时，也屁啦屁啦的很唠叨，站得我两腿都酸了。

也就是当天晚上，老姑父方仪望和管家王西三，亲自来到我的临时住处，直截了当地告诉我，不要再回亳州了，就在方公馆先跑两年腿儿，再到银行里干个差事。现在想想当时背景，上海滩各行各业，许多熟练工人动辄就会失业，而我李娃，一个十五岁的乡巴佬，小小李庄的鸟孩子，能遇到这种机会，算是祖上有德，神光闪现，说不定就能奔个前程出来。岂料那会儿，我死不开窍，竟然还有点不愿意，嚷嚷说两桌海参席都摆过了，不去乾泰昌当学徒，那家里给药号上方老板咋个交代嘛。管家王西三尖声叫道“哎呀”，之后，啼笑皆非击掌再三。老家伙方仪望又一次哈哈大笑，说这个事情好办得很，先给他弟弟方仪礼写封信说明一声就行了，再给李清潭老弟写封书信商请一下，就一切 OK 啦。

就这样，我说，就这样，我在方公馆留了下来。

第四章

老侄儿，咱们不啰嗦，现在就开始吧。

接着昨天的说。

过了好几天，我才知道，我之所以能在方公馆留下来，陈先生来访是个机缘，而我自己不经意间露了行藏，被管家王西三看出端倪，才是主要原因。先是，由于成了方公馆的正式佣人，我就不必再住西辅楼的临时客房了，加之又是方老爷的亲戚，自然也没有把咱安排进男佣们的集体宿舍，而是住进东辅楼，也是一层，也是尽北头的一间房内，南边紧靠管家王西三的两大间住所。我住的这间房子是个长条，想来建造时就是拟放杂物之所在，不过早被收拾得干干净净，一桌一凳，一床一柜，从窗口那儿沿墙壁一字摆放，倒也算个朴素的格局。这小屋有一处意外生色，就是在桌子上方的墙壁上，悬挂着那一块匾额，是康有为老先生写的四个字：清风明月。别看我到了暮年，没写过几个大字，但提到这块匾额，老伯父我照样得意洋洋。得意何来？这是当年康大圣人从国外归来，在盛宣怀家的老宅里刚刚定居下来，老姑父方仪望就备了重礼前去求来的一幅字。这就是我得意的来处。老姑父方仪望这老家伙，虽然没有工夫研究书法，但天生喜欢附庸风雅，但凡书画名家、社会名流、政坛要角，到了上海滩，他总要设法弄到几帧字画，如此浸淫日久，自然眼力大长，对一些书法画卷也能分出山高水低，这就难免指手画脚，说黑论黄。他老人家，只觉得康大圣人的这几个字，既不近王张，也不抵苏黄，悬在案头几天，左右入不了法眼，但毕竟是康大圣人的墨宝，扔了自是亵渎圣人不说，而且也是花了银子的，左右为难半天，最后让人挂在楼角这间长条房子里，不想后来，竟给我这个乡巴佬添了几分风雅。

住进来没有多久，我就觉出来了，管家王西三把我安排在这间长条屋里，另一层意思就是就近使唤我甚为方便，调教起来也是手起手落之间。也确是这样，在最初的那几天里，我几乎成了管家王西三的小尾巴，除了主楼二层女眷住所不能进去，王西三走到哪儿我就要跟到哪儿，可谓是辛苦之至。王西三每天处理方公馆里的大小事务，我也得在旁边看着听着，还要记在心里，甚至在男佣和女佣面前所使用的不同表情和说话语气，我也得暗暗在心里模仿一遍。说起来，那会儿方公馆的规矩又怪又多，在西辅楼做事的男佣，没事不要到东辅楼乱走，在东辅楼做事的也是一样，没事不要到西辅楼走动，在院子里做事的，不要到楼内走动，在楼内做事的，也不能满院子乱窜。在主楼做事的男女佣人，多是从咱老家亳州带去的远近亲戚，但是，不经呼唤，也不能到二楼以上。外出跑腿的和采买的，都是可靠的心腹男佣，他们的言行也有一定之规，具体情况我还不太清楚。西辅楼的女佣年纪大些，只管公馆来往客人房间卫生。东辅楼的女佣年轻一些，每天的事务除了本楼的清洁外，就是清洁主楼，再就是随时听候老爷太太少爷小姐的吩咐。这些都是最基本的要求，我大致上还能做得到，也基本上受得了，但是到了一些细节上，我觉得真是很难做到。就像，主楼客厅里的那些瓷质茶杯，你洗杯子时，要先在红木托板上铺一层洁白的干毛巾，洗好的杯子要纤尘不染，码放在干毛巾上，再在杯子上搭一层洁白的湿毛巾，这样端起托板走动起来，才不会发出吱吱咯咯的刺耳响声。这套办法是管家王西三发明的，他说这也是做一个好佣人必备的常识和技能。要是我嘴巴一松，稍有一点点牢骚，或者脸上稍有一点点厌烦的神色，王西三就会很严肃地告诫我，当一个合格的男佣人很不容易，要是想当一个优秀的男佣人，更是难上加难，但是，优秀的男佣是通向管家的必经之路。当时，老伯父我在心里就下定了一个决心，我宁愿去当小偷，也坚决不当管家。

当然了，也不是一天到晚都这样辛苦。到了晚饭后时刻，佣人们多少会轻松下来。老姑父方仪望要是没有外出应酬，家里又没有客人到访，晚饭后他一准铆进自己的藏宝室里，鸦雀无声，一边玩赏他的宝贝，一边欣赏自己的灵魂在那些宝贝面前翩翩起舞。大少爷方迈克去南京还没回来，姑且不论。大小姐向学校请了假，由管家婆、也就是王西三的老伴陪着，去杭州那边的乡下观看蚕农植桑养蚕去了。想想，那玩意儿，有个啥看头，咱们淝河集南头就有个蚕行，种桑的，养蚕的，百十户人家，我没见过他们缫丝，但我吃过他们的蚕蛹子，大油小盐，小火炒焦了，要多好吃有多好吃。哦，我当时和方家大少奶奶还不熟悉，也就是大表嫂嘛，只是听闻大少奶奶是个做学问的人，我自从来到方公馆，也未曾见她露过面，也没有听过她的声，我在心里把她想成一个戴眼镜的女学究相。唯一喜欢吼人的方老太太，论序排辈，也就是咱们的大姑妈嘛，晚饭后的这个时刻，也不发脾气了，正在小客厅里欣赏厨子汤鸣唱二夹弦。咱亳州的二夹弦，好听得很，后来，我刚进咱们亳州荣军院头一阵子，天天失眠，荣军院的院长姜小环，就给我放唱片子，放的就是二夹弦唱腔，一段戏文唱下来，我的神经就松成一根面条了，浑身也松成一摊水了，呼呼啦啦就睡着了，你大娘为此狠狠地表扬了姜小环一场，还特地送给他一盒桂花糖。哦，咱们说那个，说汤鸣。想想汤鸣，真他娘的是个能人，做饭天下无敌，他还会唱戏，自拉自唱，惟妙惟肖，引得方老太太也时而挑着嗓子唱上三五句。从着大表哥蔡琅玕的序列，我也得叫她声大姑妈，尽管还没见过，就已经先听到她的唱腔了。说实在的，咱们这位大姑妈唱的不赖，腔还没变，尽管几十年没回过淝河集了，但就是唱戏，也照样能听出几分淝河人的调门来。呀咿呀嗷，就是这样子的。但不知为何，我总不敢向管家王西三提出来要见见这位大姑妈，我老是觉得好像有个啥东西在面前挡着。现在，过去多少年了，再说起这事，我，啊咳，啊咳，那个感觉又回来了。现在想起来，其实就是怯生嘛。这个，也是可以理解的，就是再近的亲戚，常年生活在上海滩，那，在一个乡下小孩的心里，这亲戚就有点高不可攀了。咱们李庄的这个心理很怪的，根本不会想一想，要从伦理上论亲疏，这位大姑妈，是咱亲姑妈的婆家姐姐，那要比她家掌柜的方仪望离咱们更近一步，生分不得嘛。

哦，这时候，管家王西三也难得有了片刻的轻松，他会坐在自己的大屋里，安静地抽上一支烟，之后，他会喊我过去聊上几句。我在这边刚住下才第三天，王西三又喊我过去了，还亲亲热热让我坐下攀谈，我就傻乎乎坐下来了。也不知王西三是有意还是无意，问我是不是学过武练过捶，见我傻乎乎这么一笑，他就有几分得意，说："你救陈先生时，就漏了底子，那一个箭步，即见身手。只是睁眼眨眼之间，快得很，我还没看出你学的是哪一家？"那时候我年少轻狂嘛，自觉天下武功第四，为啥，师父第一，师父的儿子，大师兄第二，还有师父的闺女，大师姐，她第三，那我，只能排第四了嘛。所以说，王西三这个话头儿，我觉得大有趣味，引得我忍不住打开了话匣子。可是，当我说出自己是陈桥集陈祈合的关门弟子时，王西三不再是得意，简直有些惊喜了。随即，让我在房间里亮亮身手，让他开开眼界。这个咱们身上有，手到擒来嘛，也没啥推辞的，我当下探下身腰，只是一个起式，走了两个招式，王西三便看出是真功夫，当下摆手不让我练了，又抽上一支烟，说了一段往事，几乎让我惊叫三声。

原来，我师父陈祈合，他老人家，十几年前也是来过上海滩的，他老人家是应邀参加第一届全国武术大会的，当时就住在方公馆嘛。老侄儿呀，乡党之情在所难免，老姑父方仪望盛情招待也是理所应当。席间，自是相谈甚欢。老姑父方仪望请我师父陈祈合一展绝技，让全家人瞻望一番神采。当时我师父陈祈合也是酒酣耳热，一时技痒，一式"移形贴壁"功夫，如同一幅画挂在了墙上，直叫方家上下惊为天人，就连大少爷方迈克，也是目瞪口呆，半天喘不出气来。要知道，当时大少爷方迈克刚刚迷上心理学，万千俗人俗事不在眼下的。当下，老姑父方仪望就想留下我师父看家护院，哪料到，我师父青松品行，明镜心理，赛事结束当天，即返回咱们亳州，回他家陈桥集了。

这个不是说笑，管家王西三说的这段往事，也不是空穴来风。老侄儿，我今天讲述的这个事情，你不妨借工作方便，查阅一些旧时资料，估计不需费尽九牛二虎之力，就能找到当年的报纸。我记得，当年我养病期间，穷极无聊，曾查到过这份报纸。印象里，虽然相关报道笼而统之，压题照片也模糊不清，但那一骨节简短的行文里，确实提到了我师父陈祈合这个名字，尽管没有报道赛事的名次，想必他老人家准是取得了优异的成绩，若非如此，在那张合影照上，他就不可能坐在第一排中间位置。在查阅资料时，我还有个意外发现，就是，后来在南京举办的双十节全国武术大会上，组委会还特聘我师父陈祈合为六大裁判之一,六大裁判，我现在记不住都叫啥名字了，反正都是国内数一数二的高手。当时参加武术大会的政要，除了孔先生和宋先生，还有一个叫张学良的，对，应该就是他，这个人非常热爱武术，他主动邀请我师父陈祈合合影留念，还在一张彩卡上签名相赠，以示敬意。遗憾，我先前跟师父学艺，不知道这些事体，等到我知道这些事体了，已经没有缘分看到这张彩卡了。当然，后来的这件事情，方公馆的管家王西三是否了解，咱们就不知道了。

咱们说那会儿，我听了这段旧事，自然激动不已，按捺不住，向王西三讲起了自己六岁拜师学艺的往事，并且连珠炮一般，这些年都学了哪些功夫，也一一交代出来。王西三也听得津津有味，果真以为陈师父喜欢我这个关门弟子，肯定要赐教几手压箱子的本事的，言谈话语上不免提问几句。咱们李庄人言讲了，张嘴就是外行话，可是，人家王西三张嘴不是外行话，我一听就意识到他不简单，赶紧红着脸不再说话。王西三以为我红脸是激动所致,便岔开话题,说你六岁拜师，到今天也学了八九年，肯定得了不少陈师父的真传。只是，我这个行外人总以为，在武学上，套路招术不在多寡，要紧的是，见不见功夫，全在自己去修为。这样一说，我哪里还敢坐着，赶紧站立起来，垂着手低着头，连连说是。老侄儿，我现在可以给你说，王西三这老家伙，也真够老奸巨猾的，自始至终，都没透露半点他是练过形意拳的，而且当年我师父陈祈合住在方公馆的那几日里，他和我师父还谈论过手脚，虽然没有出手切磋，但是相谈甚为投机，因为默契，也无需结拜，自成挚友。后来知道这些时，我还再三怪自己太笨，本来从他一番言谈里，一开始就该听出他是个行家的。

老侄儿，我和管家王西三在闲聊中所坦露的这点学武经历，不仅使我进一步受到王西三的青睐，连老姑父方仪望知道后也更加喜欢我了，更重要的是，我还因此得到了早就该得到的亲情关怀。咱们细处讲说吧。次日上午，我在一个老男佣的指点下，正给东辅楼侧面的草圃里浇水时，遇上了散步的老姑父方仪望。咱们这位老姑父面带几分笑意，说话间提起了这个话题，又说了几句我师父陈祈合，表面上看似轻描淡写，但口吻里分明多了一层亲情。他说完了还立时拉一拉我的手，好像哄一哄闹人的小孩子一样，要带我见见方老太太，嘴上还不真不假地说着："论说，这样亲戚早该见个面了，只是这么大岁数了，还任性得很，加上这几天身体又不好……对了，按咱们亳州的老礼节，从蔡九那儿论，你这鸟孩子，得随蔡琅玕那小子叫声大姑哩！"

老侄儿，你自然也知道，这位大姑妈，就是咱们家的高客蔡九老板的姐姐嘛。她原来名本叫蔡玉莲，后来随传奇人物方仪望到了上海滩，就改名叫做蔡景双了，也不知道是谁的主意。她早年是个大美人，未出嫁前就以美艳闻名方圆三百里，在咱们李庄，她的美艳之名更是旷日持久，一直到今天还在传说。遗憾的是，那些见过她的人，如今几乎没有还活在世上的，要不，就请他们到家里来，给你说一说这位蔡大美人，在当年来到咱们李庄时发生的妖怪事情。对，那时候，她还叫蔡玉莲嘛。对，那时候，咱们家姑奶奶李九蝉，已经和她弟弟蔡九老板定好了婚事。那时候，蔡玉莲就是一个藐视法规礼教的人，现在想来，她以她的美艳使自己超然于陈规陋俗之上。她自行其是。她自作主张。她乘坐自家马车来到咱们李庄，她要看一看弟弟的未婚妻，因为她马上就要出嫁，嫁后就要随人家去上海滩了。在那个年代，大姑子要见未婚的弟媳妇，这个事情可是很有讲究的，别的不说，首先要的就是你有没有脱俗的胆量。想想咱们自家老姑奶奶李九蝉，老侄儿，你见过咱家这位老姑奶奶，虽然是上了岁数的，但你依旧可以看出，她年轻时候也是一张很漂亮的马脸，尤其是眉宇间的一丝冷漠，显现出她骨子里有着无视王侯的威严，加上她那张马脸的衬托，无意间加重了这层威严的砝码。这一点风骨，和蔡玉莲抵近得很嘛。所以，这场姑嫂相见，是何情景，咱们不知，但是，咱们都知道大美人蔡玉莲心满意足，告辞而去。但是，坏事情了，她一时走不掉了。咱们李庄的老少爷们儿闻风而来，把她围住了，就连村西头的老欢喜都来了，老欢喜你听说吧，天生是个瞎子，他也想过来看看传闻中的大美人嘛。当时也正是二月时节，春意升腾，鸟兽心动，河边杨柳方才抽芽。那蔡玉莲，在人群中，一不害羞，二不紧张，她微微招手，款款示意，大概是表示来到咱们李庄她非常高兴，这么多父老乡亲出来看她，她很荣幸。老侄儿，你说是不是，她所表示的，至多也就是这层意思嘛。但是咱们李庄老少爷们，不知是被她迷人的微笑勾走了魂魄，还是被她整体的美艳震慑了心灵，顿时个个僵直，人人石化，没有一个还会说话的了，甚至也没有一个还会喘气的了，你说奇怪不奇怪。只有河边的杨柳，眼睁睁伸芽成叶，片刻间柳荫幢幢，飞鸟齐鸣。这不是我的夸张，夸张只是一种艺术手段，雕虫小技，这是咱们李庄的男女老少亲眼所见的真实情景。甚至，还有河边的十几只公鹅，眼见得美人上了马车绝尘而去，顿时纷纷两腿一蹬，死去八九只。这些传说，不，不，你他娘的，这个是真事。也就是说这些事实，足可见蔡玉莲当年之美艳嘛。但是，自从她嫁后远去上海滩，并且改名叫做蔡景双之后，她在咱们李庄的纷纭传说中，也就是到了这次李庄之行，即便戛然而止，包括前传里的许多故事，也都是在这次李庄之行的基础上衍生的。

我在方公馆所见的蔡大美人，虽然当年那般美艳不再，但圆圆虽老风韵犹存。当你老伯父我李娃站在这位大姑妈面前时，突然觉得，仿佛置身于戏曲之中。须知那会儿，我还不知道这位大姑妈有着许多奇特的嗜好，我来见她这天，正处于她老人家迷恋宫廷服饰的时期。尽管也是时值二月花开，但还稍稍有些寒意，所以这位大姑妈当时穿了一件红缎地冬装，白狐狸皮里子，团形鹤纹，吉祥花卉，下摆是海水江崖，也就是旧时宫中贵人常用的那种款式。估计老侄儿你在戏台上也是见过的，你爹，也就是我弟弟那混球，到了四五十岁了突然钻研起这个来，造诣大小咱们不敢说，但他缝制的这种戏服，咱们可都是见过的嘛。当年我第一次见到大姑妈，她老人家，穿的就是这样的衣裳，又因为是小圆领，遮不住她蝤蛴般的脖子，诗经云，领如蝤蛴嘛，说的就是脖子又白又长，咱们这位大姑妈，脖子就很好看，她又胆大妄为，竟然用两副挽袖结成围巾绕在颈间。那两副挽袖黑缎子镶边白缎子做底，上边用打子法精绣着蝶恋花纹样，如今被她这么结成一条，那样绕在肩颈之上，和身上的女吉服搭配一起，竟然相得益彰，别具情趣。哦，我这里能说得这样清楚，并不是我多么懂行，老侄儿，这些都是后来在一个场合下，大姑妈言讲的，我在旁边听来的。咱们说初见那会儿，仅仅这件衣服就让我眼花缭乱半天。等我还魂过来，往大姑妈脸上看了一眼，猛然间，就觉得我李娃十五岁的胸膛里砰砰砰紧跳了三下，然后，我不能自已，双膝一曲，按照咱们李庄的规矩跪了下来，给面前这个老美人磕了一个头，自作聪明，自以为是，叫了一声："大姑妈安好！"

这就算是行了小辈初见长辈之大礼。

老侄儿，你一定留意到了，我没有说咱们这位老姑奶奶的相貌。哎呀呀，我也想说说她老人家的相貌，但是，尽管我费了很大的劲儿，脑海里，实在没有管用的言词，能够准确描绘这位老姑奶奶的形象。后来我知道了，大姑妈对我跪下给她磕头甚为满意，因为来到上海滩之后，这些老家的规矩早就弃之不用，逢年过节，她的儿女也都是给她鞠个躬就算完了，如今这一个头磕下来，大大勾起她的思乡之情，不禁想起几十年前乘坐马车前往咱们李庄的情景。本来，我刚到方公馆那天她就知道了，恰逢河北定兴的那个小于子，送来几件宫里的东西，定兴嘛，以出太监闻名，小于子原本就是个太监，清廷倾亡，太监四散，各自为生嘛，这个小于子那天送来几件东西，分散了咱们大姑妈的心神，让她一忽间大意了。及至机缘巧合，我救了陈先生一险，传到她耳朵里，也只让这位大姑妈心里增加了几分好奇而已。如今这个孩子晓得事理，行着老礼儿，叫人忍不住缅怀往事，呀呀，呀呀，“李娃，这几天大姑妈慢待你了。起来说话吧。”大姑妈下了圣旨，我这边爬了起来。按说在咱们李庄，我是有名的笨嘴拙舌，这会儿好像鬼使神差，竟然自作神通，多了一句嘴：“大姑妈没慢待我，这几天傍黑里，听两回大姑妈唱戏，一耳朵的淝河腔，就跟站在大姑妈面前听你说话没啥两样。”我这两句话，本来是马屁之言，潜意识里不过就是想拉近亲戚关系嘛。孰料大姑妈听了竟然放声大笑起来，一边夸我会说话，一边左一眼右一眼端量着。大约我当时土头土脑的样子太扎眼了，惹得那位大姑妈叹息一声，转脸给咱们老姑父方仪望下命令了：“回头给西三嘱咐一声，带李娃这孩子去剃剃头，顺便给孩子买两身像样的衣服，扎裹打扮一下，里外是自家亲戚，不能真的当佣人使唤。”又扭脸我这边，交代我也不要太见外，在公馆里也别被规矩拦着，都是自家亲戚，又是个小孩子，想到哪儿走动只管去就是了。照情理，论说到这儿，我就该退出来到院子里干活去了。可是，我不得不再耽搁一会儿，因为大少奶奶，也就是大表嫂，她下楼了。

老侄儿，不管过去了多少年，我都不否认，只要一说起大表嫂，我就会眉飞色舞，活像瞬间患了魔怔。你知道，这位方公馆的大少奶奶，之所以在咱们李庄的传说中举足轻重，是因为她在晚年曾经到咱们李庄来过一趟嘛，虽然她来咱们李庄时已经是老态龙钟，但从她的一言一行中，仍然可以感受到她当年的果断与持重，甚至从她偶然的一个眼神里，依旧可以看到她风华正茂岁月里的雍容神态。方公馆的这位大少奶奶，老伯父我不离口的大表嫂，名叫段喜良，她娘家背景一直是个谜语，我一辈子也没弄明白。咱们只知道她早先毕业于沪江大学，留学美国哥伦比亚大学，攻读的是银行学和工商管理学，毕业实习是在纽约花旗银行总行。咱们现在说到她的这会儿，她正息交绝游，在家里安心撰写《晚明经济论述》，时而也会应邀去大学或者社团讲一次课程，都是与钱财有关的课题，也都是咱们不懂的，咱们也说不好，就不说了吧。单说那会儿，大表嫂段喜良下楼来。她全不是我先前想象的那种女学究样子，也根本没有戴眼镜。你看看，咱们光说谁谁想象力丰富，岂不知，更多时候，想象力都是骗人的。大表嫂穿着一袭冰蓝色的旗袍，外罩一件貂皮短衣，在这二月天里，这装束本是典型的上海滩出风头的女人打扮，只是她手臂里少了一只小坤包，双唇也没有擦得猩红，她的双唇是玫瑰色的，她的手里拿出一个牛皮纸宗卷袋，她的发梢微微卷曲，她的鼻梁高挺，她明亮的一双丹凤眼里，焕发着和蔼与执着的光芒……老侄儿，你说咋形容才好，大表嫂她就是漂亮呀，九十年代初，她来咱们李庄，你也跑过来见过她的，哦，你见她时她已经白发苍苍了，你不知道她年轻时，就像从画报上走下来的老上海仕女，但要多一缕书卷气息。哎呀，这个形象，牢牢锁定在老伯父我的心灵深处，几十年来，当我遇到挫折时，陷入困境时，总会在内心深处看到这个形象，就像看到圣母一样，于是，我就浑身充满力量，啥都能扛得住了。当时，我两眼发直，魂不守舍。在老姑父方仪望的介绍下，大表嫂段喜良款款走过来，她自是大大方方的，我自是畏畏缩缩的，她伸手轻轻一拍我的脸颊，口吻好像熟稔之至的亲戚一样，说："这个就是小表弟李娃呀，哈，听爸爸这两天老是夸赞你的。"呼儿嗨哟，呼儿嗨哟，就是那一刻，我喘不出气来，直感到自己的胸膛里砰的一声响，好像解开一个铁扣子，涨得饱满的一颗心迸了出来，当时就觉得浑身上下，在瞬间被注入一股独特的液体，使我的整个灵魂变得透明了，它还一下子飘荡起来。大表嫂自然不知道我这个乡村少年的内心感受，她放下我这一边，又转身和颜悦色地对婆婆说，她要到圣约翰大学去做个讲座，估计下午才能回来，要是方迈克下午从南京回家了，请让他不要出去，她还有个事情要和他商量。方迈克就是方公馆的大少爷，论起来我也得叫做大表哥。这个人很有意思，是根大神经，有说头，哪天咱们单说他。这边说话间，外边汽车轻轻鸣笛两声，是的，老侄儿，大表嫂有自己的小汽车，是一辆白色的小汽车，英国产的"火速”，很漂亮，我后来也是坐过几回的。这会儿鸣笛，自是老姑父的汽车夫老魏把大表嫂的小汽车从汽车房里开出来了。大表嫂给公婆招呼一声，又对俺李娃点点头，款款走了出去。老侄儿，这瞬间，大表嫂段喜良来去匆匆，宛如惊鸿游龙，直教我后来想起来初见大表嫂的情景，大是怀疑这一幕是自己想象出来的。由此可见，想象有时也是美好的嘛。

也正是得到了咱们大姑妈的好感，我觉得，自己终于以正经亲戚的身份融进了方公馆里，人顿时有了几分尊贵的感觉，个头儿好像随之一下子拔高了一大拃。后来时间长了，我才知道，方公馆历来如此，只要大姑妈高兴，就是老姑父方仪望的高兴，就是全家人的高兴。当时好像，老姑父方仪望的兴致也突发而来，亳州人当长辈的豪爽劲头儿，咯吱一声也跟上来了，当天下午，他也没麻烦管家王西三，居然亲自带着我上街逛荡。说是要到霞飞路嘛，离公馆也不算太远，自然也没麻烦汽车夫老魏，只是到了大门口，喊看门人樊阿大招来一辆黄包车坐了，让我徒步跟在黄包车旁边。老侄儿，现在要不要我摆个跑动的姿势，以供你想象一下这副架势，你看，我和老姑父这般张致，是不是显得爷儿俩很亲密嘛。我还骄傲地看一眼看门人樊阿大，那厮，又惑然，又羡慕，嘴张多大，下巴耷拉下来，好像看到同类衔着骨头远遁而去，又馋，又失望，一大摊口水滴滴答答落下来。

那时候的霞飞路是上海最时尚最繁华的地方。马路两边是高大干净的法国梧桐，路中间行驶的是神奇的有轨电车，它发出咣当咣当的声音，好似老古戏里的灵兽打嚏喷。我觉得很奇怪，世界上居然还有这么个古怪东西，走走停停，吞进去一群人，吐出来一群人。大街两厢多是外国人开的商店，旧上海滩的店面嘛，花里胡哨，千奇百怪，让人觉得好似到了月球上，好似到了阴曹地府，恰逢阎王爷娶个小老婆，或者生个小阎王，又有喜事，又有阴森，悲喜交加，叫人无所适从嘛。开店的老板以及沿街逛荡的游人，也多是大鼻子的俄国人，还有眼窝深陷的奥地利人，有额头高大的意大利人，还有相貌堂堂的德国人，也有脸孔没有什么特点但眼神痴迷的犹太人。只是，我那会儿不可能知道得这么详细，在我的思维里，这些长相怪异的人都是外国人。这里能给你说得这么详细，都是后来陪着大小姐上街，她一一讲给我听的。当然，也有穿着不显眼，但器宇轩昂，一看神态就是阔佬的中国人，就像老姑父方仪望那样的。那会儿，我简直是眼花缭乱，目不暇给，尽管置身其中，但我还是要怀疑天底下是不是真的有这么一个好地方。

那天下午，老姑父方仪望带着我，在圣彼得理发店理了发，还在百灵洋行给我买了两套西装一双皮鞋。后来转得有点累了，姑父还带着我在特卡琴科咖啡餐厅一边歇脚，一边吃了一客糕点，喝了一杯咖啡。最后，老姑父让我穿上西装，穿上皮鞋，在最有名的乔治照相馆照了一张半身像。说是等照片洗出来，让我给家里寄去一张，也好让家里人放心。后来家里真的收到了这张照片，全家人简直惊喜莫名，如果不是我这张漂亮的马脸，他们几乎要怀疑这是一个陌生人。因为我出门时穿的衣服不见了，原本长至耳垂、练起拳来随风飞舞的长头发，变成了怪怪的小分头，桀骜狂妄的眼神不见了，代之而来的是木讷与茫然，好像吃了迷魂药一样。老侄儿，这些都是你爹那个混球在文章里写的。看看，小时候我目光短浅，老揍你爹是不对的，到末了他写文章，说是怀念你，其实没有一句不是丑化你的。哦，对了，老姑父方仪望带着我一直逛游到华灯初上，才回到方公馆。当我躺在床上了，心里还在感谢着老姑父真是个厚道人，咋说也比亲姑父蔡九老板要好上一百倍，那蔡九，抠门儿，手指粗短，牙齿焦黄，吝啬鬼，小时候我在他百货店里吃颗糖豆儿，也就是偷吃一颗糖豆儿嘛，就像黄豆一样大小的小小甜丸子，就被他扫头一巴掌，打得我满眼金星，晕了半天，他还在旁边骂个不停，骂我是个混账东西，吃颗糖豆也要偷偷摸摸，就不能大大方方填嘴里吃嘛。哦，这天在方公馆，夜里我太兴奋了，迷迷糊糊进入梦乡，前半截梦里，蔡九老板不是骂我，就是打我，后来我一赌气儿就离开他了，刚刚转个身，恍然间就觉得自己还在霞飞路大街上站着，还看见那辆电车在视野里逶迤远去，看见那些高鼻子蓝眼睛的外国人，在眼前苍蝇般徘徊，嘴里边的那块糕点倒是很甜，就是有些油腻腻的，那杯糖茶看着怪好，喝到嘴里却是苦的。我在梦中纳闷半天，心想外国人真他娘的奇怪，吃甜点，喝苦茶，他们咋恁会想呀，到底安的是啥心眼嘛。

老侄儿，今天就到这儿吧。

第五章

老侄儿，前天讲的那些事情，你觉得管不管使，能不能写进我的回忆录里。

你说能，那我就有信心了。

哦，老年人也需要鼓励嘛。

是的，我这把年纪了，将死之人更需要夸奖嘛。

咱们说那，我在方公馆做事的第十二天，也许是第二十五天，老侄儿，你知道，我头上挨过一枪，脑子往往在关键时刻不咋好使唤了，那就算第二十五天吧，反正是三月里了，管家王西三的老伴吴大婶从杭州回来了，当然，回来的还有大小姐方珊瑚。老侄儿，我特地请你记住，这是我第一次说大小姐的名字。我这一辈子，好像从未当面叫过她的名字。下边我也不叫她名字了，要是说到她，我就称之为大小姐，你要记住，我一说大小姐，那指的就是她。当然，除非特定时候，除非学说他人言语，我才叫她名字。是的，我得嘱咐你一下，你在撰写我的回忆录里，也不能随随便便写她的名字，最好就像我一样，称她大小姐就行了。

啊咳，啊咳咳。

那天晚上，吴大婶和大小姐回到方公馆时已经很晚了，我已经在睡梦中。你想啊，一个小孩子，干了一天活，困得很，天一挤巴眼，也就是天一落黑，就得上床睡觉。朦朦胧胧中，我听到吴大婶在楼道里走动，只是隐隐约约，好像在盥洗室洗漱，水流得先是哗哗响，慢慢就没有声音了。听动静，好像王西三还一直在前后伺候着她，他们还悄声悄语说话，吴大婶好像说起大小姐在杭州玩得很开心，参观了养蚕人家，还看了缫丝厂，简直迷上了缫丝工艺，等等。水龙头又哗哗流了一会儿，停下来，才听王西三好像谈到了刚从老家来了一个小孩，名叫李娃，十四五岁，能得不行。在睡梦中嘛，他们还说了啥话，我也记不清了，反正好像说的是我。倒是吴大婶人很亲热，她说从杭州带回来一包桂花糖，明儿请那小孩过来尝尝。我听到这儿，就幸福地睡沉了。

老侄儿，我想说几句吴大婶，可管?

哈，你说管，我真高兴。

我有自知之明，自会简短捷说。

吴大婶是后边才来上海滩的。她老家也是咱们亳州的，就在城里打铜巷，家里开着铜器铺子。她爷爷，算了，她爷爷是为慈禧太后服务的，太久远了，还是从她爹说起吧。她爹手艺高超，在铜匠行里也是第一高手，只是他死得早，死了，也就不说他了。咱们直接说吴大婶好了。吴大婶本身就是一个熟稔的铜匠，她制作的铜件在全亳州都是有名的，老户人家使用铜器，脸盆啦，香炉啦，烛台啦，笔架啦，镇纸啦，帘钩啦，首饰啦，等等吧，都是在她家铺子里点名要她制作。也正是恋着这份好手艺，当年王西三跟着方仪望来上海滩时，她没跟着来。直到后来孩子大了，继承了她的手艺，立得起门户了，她自己也觉得做起活儿来手眼跟不上趟了，这才来到上海滩。在方公馆里，说起吴大婶来方公馆那天，都还记得她独特的装饰：铜镯子，铜戒指，铜耳环。有意思的是，她不仅送给大表嫂方老太太一套铜首饰当作见面礼，还送给大表哥方仪望一个铜烟袋……只是，大表哥方仪望抽的是雪茄，基本上用不着铜烟袋，但这个铜烟袋做工过于精致，方仪望竟然爱不释手，反而放在藏宝室里当个摆件了。大表嫂方老太太的那套铜首饰也从未佩戴过，也是因为做工极其精巧，不仅让她相与的太太们参观了一次又一次，还被儿媳妇相与的年轻太太们参观了一次又一次，而且，要是方老太太同意的话，早被儿媳妇段博士的好朋友，也就是那位祝太太用全套的金首饰给换了去。这位祝太太不得了，她比咱们大姑妈小一辈，算是咱们大表嫂的朋友，我后边还有好几段要说到她，这里先给她挂个号，老侄儿你且记下来。现在，我这么一讲，单单从绝伦手艺上，你就能看出吴大婶心智之高，手艺之巧，心思之缜密。加之来到上海滩之后，吴大婶不仅万事讲老礼，守得住传统美德，叫人讶然的是，她又敢于追逐时尚，像年龄之类的，在她眼里根本就不是问题，她不仅敢于穿旗袍，而且敢于化妆，在场面上言谈，也尽量不带亳州腔调，这些，都特别适合大姑妈方老太太的胃口，老姑父方仪望也大赞她思想解放，可做妇女前驱。不消多说了，总之方公馆一直将她视若家人，甚为信任，就连宝贝女儿出去旅游这样的事体，也敢交与她全权负责。吴大婶的这些事情，在未见到她之前，我只是从管家王西三那儿听到星点，更多的是我后来了解到的，等到后来我和她熟了，更觉得她很了不起，只是遗憾，现在咱们要弄的是我的回忆录，不便于多说吴大婶的故事了。

关于吴大婶，先说这些好了。

咱们说那第二天，我见到了闻名已久的大小姐。

关于我和大小姐的相见，在咱们李庄有很多传说，有的活龙活现，好像亲眼所见，有的悠长缠绵，令人想入非非。尽管后来，我实话实说了我和大小姐初见的情景，但还是改变不了原先这些传说到处流传。咱们李庄的人嘛，想象力丰富，不是好事就是坏事。老侄儿，如今是你在记录老伯父我这些往事，你肯定也觉得我与大小姐见面的情景应该是精彩的，虽然不至于能写成华彩乐章，但那番情景写出来肯定是别具特色，令人心动的。然而，老侄儿，我要说实话，就算会让你大失所望，我也不能编瞎话嘛。

咱们说第二天，我早早起来，走过王西三门前，见那老两口还没有起床，便像平常那样，到后边花园里打扫卫生，完了再练上几趟拳脚，松一下身子骨。老侄儿，因为，管家王西三一开始想把我培养成他的接班人，过几天看出我不是当管家的材料，就让我打扫卫生去了。只是，看在我和方公馆是拐弯亲戚的分上，他只叫我打扫花后园里的卫生，说的也好听："啊，李娃，你在那儿干活自在，主要是干完活你还可以练练功夫嘛，那儿也清静得很，省得有人偷拳嘛。"当然，王西三也许真是这么想的。

老侄儿，前边咱们说过方公馆前庭那一大片草坪，这儿我再简单说几句方公馆这个后花园。其实，后花园是咱们李庄的习惯性叫法，都是听高麻雀唱大鼓书听迷了心窍，一说后花园，就想到公子小姐私定终身，心里意里就那点事体，可怜得很嘛。当年在方公馆里，上上下下，都把洋楼后边这个院子叫做后园。这个后园虽说不太大，但真的是别有洞天，一座假山峰壑连绵，十几株青松翠柏点缀其间，一条小溪潺潺萦耳，万道阳光照遍后园，设计巧妙结构对称，放眼看去画意盎然。这几句顺口溜，说起来像打个屁般容易，但你要亲眼见到，才知道豌豆上刻凤凰，难上加难。这个后园，老姑父方仪望是花了很多根大条的，请的是江南叠石名家姜小腿的手笔。姜小腿那时候很有名，现在动不动就是名园设计师，著名的假山设计师，啥东西嘛，给姜小腿提鞋都不配。老侄儿，你要是到这个后园里走上一遍，你就会赞同我这个批评意见了。你做梦也不会想到，也可能你做梦会梦到的，我就是在这样的后园里，和大小姐相见了。

我按照王西三的要求，这一天扛着扫把刚到后园里，就看见老姑父方仪望带着一个女佣在那儿栽桑树。起先我并不知道那就是大小姐，因为她的穿戴简直就像个懒散的女佣，而且，也从没见老姑父方仪望起来这么早过，还居然陪着一个女佣栽桑树。我觉得有些奇怪。老姑父方仪望还换上一套运动服装，雪白的那种，虽然不是干活的穿着，但是，看样子，他对劳动兴趣盎然，只是有点儿力不从心，在草地上一个树坑还没挖完，就已经大汗淋漓了。所以，他一抬头看到我时，简直看到了救星，马上命令我赶紧过去帮忙。我近前去，只看了一眼大小姐，马上就低下头去，咱们李庄的人，又封建，又保守，平常赶集走亲戚，路上碰见个外庄的妇女，都是低着头快步走掉，遑论在上海滩方公馆里看见这么一个美少女了。我的局促，我的紧张，我的心怦怦直跳，这状况，老侄儿你一定能理解的。开明的老姑父方仪望给俺们相互介绍，并说俺们是表兄妹，还论起年龄，结果大小姐比我还大了三个半月。我应着声，也没敢再看大小姐第二眼，因为第一眼大小姐的相貌就镌刻在我心上了。我现在到了老掉牙的年岁，依旧记得第一眼看见的大小姐。那会儿，大小姐穿着女佣打扫卫生时穿的花格子罩衫，只是她脑门上勒着一条红缎带，拦着那一帘落下来就会遮住面孔的长发，另一点与女佣不同的是，她穿着一双白色弹力鞋，那个时候，只有富家子女才穿得起那样的白色弹力鞋。哦，当然喽，这些说的只是她的穿着，要说大小姐的长相，咋说才好，我无能为力，这样说吧，大小姐几乎就是咱们大姑妈的少女相片了。如今，我活了一辈子，从未见过哪一个少女的面颊能有大小姐那般粉嫩。说啥明眸皓齿，说啥鼻若悬胆，说啥齿白唇红，这些苍白的词说的都是常人的五官，根本不能形容大小姐的那般相貌。同样无法形容的，哎呀，还有老伯父我这颗少年的心跳，我那少年的感受，恐怕我现在说出来也显得词不达意。反正，大小姐那副姿容，铜人见了也会心动，石头见了也会开花，我恨自己不是铜人，我恨自己不是石头，我恨自己只是一个木讷笨拙的乡巴佬，我的名字叫李娃，一听名字就是个乡巴佬嘛。

现在，我自己都很难说清我当时都有啥感受嘛。

我只记得，赶紧放下扫把，手忙脚乱，准备接过姑父方仪望手上的铁锹。但是，大小姐阻止了我。咱们这位大小姐呀，当时她还有点撒娇，有点迷信，有点执拗，反正她坚持让她的爸爸栽下第一棵桑树。因为，本来就是说好的，这次劳动意义非凡，不要佣人帮忙，只要她和爸爸两人栽下三棵桑树，既然爸爸力不从心，那么让这位亲戚帮助一下也是可以的，表兄弟又不是佣人，道理上说得过去就行，但是，第一棵桑树一定要爸爸亲手栽好它。你看看，大小姐的理由是模糊的，但她的态度是认真的。而且，一方面，老姑父方仪望是老奸巨猾的，我是老实巴交的，所以，到后来，力气活都是我干的，但表面看来，第一棵桑树就是老姑父方仪望一个人完成的。我的老天，余下的两棵桑树，大小姐也参与了，这主要表现在理论指导方面。原来，这三棵桑树苗是大小姐在杭州乡下蚕农手里买来的，这些栽培理论也是从蚕农那儿学来的，但眼下从大小姐嘴里说出来，那口气好像她生来就是植桑养蚕的专家一样。

老侄儿，大小姐出身富贵之家，从小就喜欢养蚕，这个无从由来。只是，所有人都没想到，刚开始植桑实践，就给了我这个乡巴佬一个接近她的契机，而栽下的那三棵桑树，也暗含了她与我将要产生致命友谊的征兆。我和大小姐初见的这个场景，就注定了我和大小姐最终的这般状况，同时，也注定了大小姐的命运结局。好了，我不能细说了，我睡不着了，我吃不香了，我有了甜蜜的梦想，我一颗心破碎了又复合，复合了又破碎，我终于平静下来了。总之吧，自此以后，每天早晨，我到后园里打扫卫生时，几乎都能见到大小姐在观看桑树的长势。或者，大小姐来观察桑树时，就会看到我在练拳脚，因为我早把卫生打扫完毕，想在大小姐面前显摆一下身手嘛。是的，这期间俺们的交谈是必不可少的，但到了今儿，我也无法重述俺们都说了些啥。老侄儿，你是无从推测的，你也不需要推测，仅仅想象一下那番情景，你就足以描绘出一幅少男少女绕桑徘徊的美好画面。哦，顺便提醒一下，据说那三棵桑树，到现在依然活着，而且方公馆成了少年宫，这个要是真的，那么真的就会有一群男孩女孩在桑树下或奔走或徘徊了。我经常回想当年那副情景，也曾经冲动了好多次，但最终我也没有再去看一眼，因为，我想把往事藏在心底。老侄儿，你能理解我这种心理吧。

对，你说得对，有时候老年人就爱活在过去的时光里。

是的，活在过去的时光里，身心大妙嘛。

咱们接着说那。自从大小姐出现之后，我在方公馆的日子突然变得快了起来。我这种感觉，想必你也能理解。就好像高麻雀说的一部大鼓书，主人公没有出现之前，铺垫过程往往是缓慢而无趣的，等到主人公一旦出现了，整个书的节奏就会变快，而且，它的情节也会变得越来越不合情理，人物言行也越来越荒唐，哦，故事细节也越来越荒诞，但奇怪的是，这一部大书竟然会因此越来越吸引听众。怪哉乎，怪哉。高麻雀唱大鼓书，就是这样的。咱们淝河镇文化馆里，也多次请高麻雀到文化馆里唱过大鼓书，你这个文化馆馆长，当然也知道高麻雀是个讲故事的能手，是的，我的意思是，高麻雀要是有我这一生的经历，那他说唱起来，一准儿让活人入迷，让死人坐起来听他说唱大鼓书。

正像我以前偶尔说过的那样，我的故事也是到了大小姐出现之后，才算正式开始。

有一天，管家王西三大叔告诉我，从此以后，每周一早上不必打扫卫生了，但要早点起床，要用心收拾干净一些，要体面一些，家里要你护送大小姐上学去。王西三说话时，好像很严肃，表情也有点儿凝重。很明显，就是要交代我，这件事万万不可掉以轻心。我是这样理解的。我想，我理解得没有错。当时我不知道这是谁的好主意，但我知道其中原委，论说起来，这件好事能落到我的头上，那得先从双印儿说起。老侄儿，想必你还记得，咱们开始说到过一个叫双印儿的男佣，对，就是这个汉奸发型。后来我仔细看他，发现他两个大门牙缝里，还长着一粒小尖牙，这个很怪。哦，你也见过这样的牙齿，哦，世界上有两个长这样怪牙齿的人，那就不怪了。从前，每周都是双印儿接送大小姐上下学。不，他没犯啥错，你他娘的，他要犯错，那大小姐不就麻烦了嘛。恰恰相反，就是因为他把这件事情做得太周到了，太好了，老姑父方仪望提拔了他，叫他到银行做事去了。他跟大少爷方迈克从南京一回来，没过几天就去银行做事了。那时候，不管公私银行，大都有一个调查部，这个部门的人不是数钱的，他们被称为调查员，这么说吧，就像跑街经理，是个外出跑腿的差事。不同的是，跑街经理就和银行、钱庄、洋行、富翁们打交道的，而银行调查部的调查员，做的是工商业的信用调查和市场经济调查。后来这个双印儿了不起，干得很出色，还作为丰盛银行的代表，进了上海联合征信所，就是四联总处联合征信所嘛。哦，你不懂也没关系，我一说它的全名你就明白了，哎呀，年纪大了不好，想点事儿很不容易，哦对了，全名就叫：中央银行、中国银行、交通银行、中国农民银行和中央信托所、邮政储金汇业局联合总办事处辅导设立联合征信所。我的天哪！只有在解放前旧社会里，才会出现这么个啰里啰嗦的蠢名称。解放后，一下子把它改得好记住了：联合征信所。你看，简单好记。由此看来，解放他们还是很有意义的。解放后，这个联合征信所属于华东财经委员会计划局，我得交代一下，大表嫂后来就在这个委员会工作，华东区人民银行也算是这个联合征信所的上级单位。上海滩解放初期，这个联合征信所，遵照华东财委指示，在稳定市场物价、反封锁、反禁运、调整公私经营等方面，还是做了很多工作的。解放后，双印儿就在这个联合征信所工作，后来这个征信所取消了，你问为啥取消，因为它完成了自己的历史使命，双印儿就到人民银行去了。我在上海养伤期间，双印儿去看过我好几次，他那时候是银行的一个小头目了，坐着小汽车来看我，叽哩哇啦的，给我聊过这些个烂事嘛，要不，我咋能说这么清楚。想当初，双印儿去了丰盛银行的调查部，还是留着汉奸头，但身子骨变得有些斤两了。我眼睁睁看着，以前他给方仪望方老爷说事，都是站在那儿，佝偻着腰，满脸带笑，现在不要站着说事了，他可以坐在方老爷面前了，我还得给他倒杯水，双手给他端过去，他接都不接，我只好把烫手的热茶放在他面前桌子上。我的天哪，狗脸变得快得很嘛。我心里知道，老姑父方仪望特意让我过去伺候他们，就是想让我参观一下局面，告诫我好好做事，好好伺候大小姐，将来也是有前途的。老侄儿，别说眼前有着双印儿这面镜子，就是眼前一群鬼影，也影响不了我要伺候好大小姐嘛。我这样想，也不是因为双印儿的模范作用，而是因为，我觉得在方公馆里，恐怕再也找不到比伺候大小姐上学更惬意的事体了。

哦，说那，说大小姐上学。

老侄儿，你们这辈人，大概还可以知道，在旧上海，圣玛丽亚女校可以说是大名鼎鼎的。这个美国教会女子中学，是个贵族学校，旧上海滩的名媛淑女都以毕业于该校为荣耀。当然，这些名校毕业生，大多成了交际花，成了富翁的继室，或者成了官员的小妾，最好的成了外交官的太太。场合上，自我介绍，小腰一扭，小胸脯挺了起来，脖子一挺，血红血红的嘴唇里吐了一句:阿拉圣玛丽亚女中的啦。自然，她们说的是英语，口气也自豪得很。就像现在，你说一句“我是安大毕业的”，再说一句“我是清华毕业的”，试试看，你试试看，腔调绝不一样的。“八一三”之前，这个学校没动过地方，就在沪西，当时叫白利南路，现在叫长宁路。你要去的话，过了中山公园，再过了沪杭铁路，再走上几步就到了。你说啥，我以后没再去过咋知道这么详细?老侄儿，我虽然几十年没再去过，但是，这几十年来，我魂儿梦里去过千百次了，任它千变万化，都在我脑子里。

大小姐就在这所学校里上学……哦，是的，我说过了。

我再说一遍不可以吗?

你他娘的。

你们这些年轻人啊，怎么就不能理解一下老年人的心情嘛。

哦，你也不年轻了，也都六七十岁了嘛。

好好，咱们都是糟鼻老头子，都是说话简洁的好老头儿，咱们不胡扯了，咱们说那，说大小姐上学的事儿。

按照圣玛丽亚女校的规矩，大小姐都是星期一早上去学校，住校，到星期六下午回家。这个规矩是否合理，咱们且不管他，反正，我就是周一早上送去，到周六下午去接。周一大小姐去学校时要带很多东西。她喜欢看书，多是洋文的，一大摞，我那会儿一个字母也不认识，现在我认识几个英文单词了，要不要我说几个你听一听。哦，你不要。我说英文很标准的，哦，那你也不听。好吧，接着说我的。尽管我不认识英文书上的一个字母，但我把那摞书一抱起来，就觉得这些书我都读过了。还要带上两件玩具，都是大小姐喜欢的，一只上了发条就会又叫又跑的鸭子，还有一只蚕，青虚虚，白生生，说是和田玉，是个把玩件，拇指大小，像真的一样。这两件玩意儿，宝贝得不得了，各用一个锦盒子盛着。还有大小姐爱吃的零嘴，大都是特意从霞飞路特拉琴科糖果点心店订购的彩纹糖果，还有俄国人烤制的小点心。还有两双运动鞋，一双白色的，一双棕灰色的。白色的鞋是棕灰色的鞋带，棕灰色的鞋是红色的鞋带。总之，我印象里这几件东西是必带的，至于其他，每星期不同，主要看大小姐当时的情趣啦。每周一，就用老姑父方仪望的坐车送大小姐，就是那种老福特车，高头大马似的。现在，恐怕再也看不见那种款式的汽车了，我只是在电视上偶尔看过一两眼，还不太像。我把刚才列举的这堆东西抱上汽车，司机，哦，那时候叫汽车夫，就是那个老魏，一言不发，只是一个劲儿地笑，他的笑很有特点，有笑的生动表情，没有笑的声音，怪哉乎，怪得很。其时，很多富人家都是雇佣白俄充当汽车夫，而方公馆一直用老魏，也许他这种有特色的笑起了很大作用。论说大小姐自然要坐在后排，但这位大小姐就是要坐在副驾驶位置上，她喜欢视野开阔。我只好和那堆东西坐在后排了，这个坐序，外人不知，还以为是哪家少爷带着丫头上学嘛！老魏开车进了学校，看校门的有时是那个印度红头阿三，是个斜眼，有时是那个穿西服戴礼帽的中国人，嘴唇肥厚，犹如百掌掴击，肿胀之极。要是红头阿三，他就会斜着眼认真核对一下汽车牌号，要是那个中国人，问都不问，一挥手过去了，好像他的嘴唇太沉重，无法张嘴说话。有趣之极。大小姐把红头阿三称为斜眼不足为奇，她把那个中国人称之为阿拉八戒兄，真是笑死我了。汽车到了女生公寓，汽车夫老魏是不下车的，我得上下两三趟，才能把那堆东西给大小姐搬上去。大小姐只管空着手上楼，时而还要呵斥一声，一副资本家大小姐的麻烦德行。真的，老侄儿，真的这样，资本家有时候很会摆架子折磨咱乡下人的。反正，周一搬上去的多，周六搬下来的少，因为吃了嘛。

我第一次接送大小姐上学，想起来我就想笑一阵子。

女生公寓那个管事的，是个白俄，看样子是个老小姐，叫那个啥，好像是弗拉基米尔卡娅，怪得很，一个俄国人的名字，分开了可以够三四个中国人用的。大小姐称这个卡娅为密斯阿丽莎。我听着是这样叫的。唉，这些个外国人的名字呀，我的天哪，我一叫舌头就打拐，活像泥天泥地泥塘里抓泥鳅，难为死我了。后来听大小姐说这个阿丽莎是个贵族，好像还是个啥玩意公主，俄国发生了十月革命嘛，她们家滑坡了，她就来到咱们中国谋生。反正当时上海滩白俄很多的，报纸上都登过，仅仅法租界就有一万多白俄。这个阿丽莎很严格，她不让我进去，一连串的尖叫，啊呜啦嘛噫呀呼呼啦啦，我没有听懂一个字。哎呀，你没听过白俄女人的尖叫，咱们李庄有三大难听，炝锅锉锯驴叫唤，都比不过她这一声叫喊，我毕生难忘。后来，才知道她不允许男人进入女生公寓，即便像我这么大的青少年也不行。那我就要问了，以前双印儿是咋进去的，是不是每次双印儿都会给她一颗糖豆儿吃。自然不是了，也可能是因为看我眼生嘛。当场，大小姐也没和她争论，啪，一张钞票拍她手里，阿丽莎就让我进去了。反正，每周一，大小姐都得往阿丽莎手里拍一张钞票，我眼睁睁看着，后来想想这一两年时间，阿丽莎没少挣钱。我现在还能想起阿丽莎的模样，干瘦，没有屁股一样，老侄儿，都说外国女人奶子大，这个阿丽莎倒好，一块洗衣板上钉两图钉，还一脸雀斑，好似甜麻叶上落了一层子苍蝇，钞票一接到手里，苍蝇嗡一下飞走了，遗渍还在。当然了，到了星期六，我去接大小姐时，阿丽莎就不要钱了，她还对我微笑，操着好怪哉的中国话，说我是个漂亮的男佣，殷勤的男佣，聪明的男佣，皮鞋发亮的男佣。怪得很，她说的话有一股怪怪的味儿，就像烧薄荷叶的味道，凉飕飕的打鼻子。她还不自知，满脸苍蝇飞舞，双手又冲我竖起一双大拇指。那一双大拇指，瘦得锥子似的又尖又长。等我抱了一堆东西下来，她还在楼道里等着，好像还要给我说几句。我一看了得，我的天哪，孙猴子他姥姥，饶了我吧，赶紧出门下台阶。岂料，一下撞了一个要上台阶的女生，把她抱着的几本书，全都撞到地上了。电视里常有这样的画面，应该不是瞎编的，是有生活体验的，我都有过这般亲身经历嘛。啊咳，哦，这个女生，到现在我还记得，她的样子，简直就像栽在我脑子里的一棵小槐树，细长，枝条上还都是葛针，刺刺的。首先，眼前这个女生，戴了一副淡黄色镜框的眼镜，眯缝着眼，好似还没睡醒，一脸麻木相，看人的眼光也很呆滞。真是独特呀。虽说只是上楼下楼搬东西，但我眼角余光也看到几个女学生，没有这个样子的。她既不像大小姐那样烫点儿发梢，也不像大小姐那样穿着窄袖长裙，大小姐穿的是带襻的高跟皮鞋，现在看那个鞋样子傻得很，上海人再要看见了会笑死阿拉，但那个时候的上海滩，这种鞋样子是最时髦的，而这个女生穿的也是带襻的，可她是平跟皮鞋，还是半旧的。她穿的长裙也是宽袖的，料子也一般，不像大小姐的长裙，一看就想用手摸一下。这些倒也罢了，她还瘦，瘦骨嶙峋不足以形容其瘦，这么说吧，她瘦到了叫人看了就想哭的程度。我当时鼻子一酸，赶紧弯腰帮她捡书。这时候，大小姐也下来了，先是呵斥我鲁莽，再就是向那位瘦高个女生道歉。我估计应该是道歉。当然，她们说的全是外国话，我要是能听懂就好了。我听不懂呀，心里直怀疑她们在合伙骂我。

老侄儿，你道我撞的这位是哪个？

张爱玲是也。就是你家那个傻儿子小帮助，曾经一段时间，一直在嘴里念叨的那个。哦，老侄儿你也知道这个女作家啊。小帮助这鸟孩子，上大学学是的图书管理专业的，毕业了干的却是图书仓库的工作，本来学的做豆腐，结果干的是铁匠活儿，纯粹牛头不对马嘴嘛。工作之余有个业余爱好，是件好事情嘛，可是，小帮助这个业余爱好，可真够咱爷俩着急上火的，你说，工作之余，爱好点啥不好，居然业余爱好读书，尤其爱好读那些文学艺术之类的玩意儿，前几年从北京一回来，就给我谈这个大哲学家，那个大作家，还给我推荐这书那书的，哦，有一本讲孤独的，讲了一百年的孤独，小帮助说得神乎其神，咱老年人嘛，心眼实在，老老实实看完了，才觉得上了那小崽子一当，没啥孤独的嘛。不过，咱就觉得写书的这个人，一定好酒量，一边喝酒一边讲故事，咱们看出来嘛，他讲的故事咱们看不大懂，但是字里行间一股子酒味儿是明显的。我那时候还有些闲心情嘛，就经常给小帮助讨论，我问他嘛，文学是啥，艺术是啥，真的像你这鸟孩子说的那样，关乎生命，关乎灵魂，关乎宇宙。我的乖乖，在北京上了几天学，参加了工作，一回到咱们李庄，就像个北京人一样，见面就说这个，好像咱们李庄老少都懂得文学艺术似的。不客气地说，在我这个老不死的看来，文学是啥，艺术是啥，统统不过是幽灵的眼睛看世界。是的，我说的像回事似的。对了，小帮助那鸟孩子，大学刚毕业那会儿，暑假回来，带个小闺妮子过来看我，在我跟前一上午，左一个张爱玲，右一个张爱玲，好像张爱玲就是他的灵魂，就是他的眼珠子，说得那个小闺妮子都眨巴眼了，他还说张爱玲。个孬种孩子。我骇笑，我窃笑，我暗笑，岂不知老爷爷我青少年时代就和张爱玲有过一面之缘。当然了，我当场没给小帮助说这个事情，小孩子家，我让他保持着自己的骄傲嘛。

哦，咱们说当时这个事体，我抱着东西下楼嘛，慌手慌脚，冲撞了张爱玲。后来，不是后来，就是回家的路上，大小姐就给我讲了一些张爱玲的事情。我都记不得了，好像，大小姐说她刚刚在校刊上发表过一篇小说，叫做《霸王别姬》。这个名字我记得很牢实，一直没忘，《霸王别姬》嘛，我知道咋回事，只是没看过这个张爱玲是咋写的。老侄儿，你工作方便，查一查，看看她写的这个《霸王别姬》好不好。

还有一件事，也是这天的事，我记得很清楚。我接了大小姐刚刚回公馆嘛。汽车刚进大门，樊阿大就叫我赶紧到老爷书房一趟。我问啥事嘛，樊阿大这厮，这个细皮嫩肉的麻子，皱着眉，显然不耐烦，但当着大小姐的面，又不得不装作和善样子，哎呀，我的天哪，那表情，德性，真没办法说透他，有话也不明说，只说这是老爷吩咐的，不知道啥事。我心里怦怦跳，很忐忑，不知我有啥事惹老姑父生气了，接送大小姐，今儿才是头一天嘛。所以呀，汽车到了主楼前，我赶紧抱着东西下车来，交给来接大小姐的吴大婶，也顾不及和她说话，也顾不得大小姐是否允许，就朝楼上老姑父方仪望书房里跑。

咱们这位老姑父方仪望，正在屋里抽着雪茄，看报，又是《密勒氏评论报》。你知道,老侄儿,老伯父我在家没念过几年书,但这几个字,我还认得。老姑父方仪望以为我不认得,有一天我给他拿报纸,他还指着那几个字教我:密勒氏评论报。我赶紧装作好学的样子,跟着说一遍:密勒氏评论报。这样,我就把这份报纸牢牢记在心里了。

我一看老姑父这副休闲样子,好像没有啥大事情。

我进去,手按胸口给他鞠个躬,说:“姑父,大小姐接回来了,您老人家还有啥吩咐的?”

你看,人不熟不行,一熟悉,我说话都利索多了。

这位老姑父,抬眼看我一会儿,好像我脸上有不对之处,他表情也有点郑重,叫我不由得快速回想了一下这几天干过错事没有。结果,他老人家只是让我再讲一遍如何来到上海滩的,说得越详细越好。他还强调,要从咱们李庄出门说起。我这才稳下心神来,一五一十,把这一路情景详说了一遍。当然了,在火车上遇到那位女客的事,我还是没有说,因为我上次没说,这次要是说了,那岂不等于我上次撒谎了嘛。哈,小孩子嘛,有时候还是会要点小聪明的。老姑父方仪望听了,沉吟了一句:“这就怪了!你是来了,那两个去哪儿了呢?”我赶紧说:“大表哥和二表哥一块儿去进货了。说好的,他们要一块儿进货的嘛。我在火车上,眼看着他俩搂着肩膀下月台的,好像还笑得不行的样子。”

老姑父方仪望没再说话。

我也不敢说话了。

过了半天,老姑父才说他写了两封信,他弟弟方仪礼收到了,寄到咱李庄的也收到了。只是,他弟弟方仪礼回信说,方强和蔡琅玕这两个孩子都没有回家,一直都没回家,这都快两个月了,也没个音信,家里人气得不行,更是急得不行。哦,不是,老侄儿,不是电报,那时候好像叫做快邮代电吧。说到这儿,我吓得手心里都是汗。我心想,大表哥和二表哥,这两个人好荒诞嘛,想把我弄到上海,我就来到上海了,你们两个还玩啥花招嘛,难道,我走了,你们俩又相互把对方弄到另外的地方了。老侄儿,我这样想,也不是没有根据的,你知道,咱们亳州人都有几个妖怪点子，但凡有两个人凑在一起，就指不定要出多少妖怪事情嘛。这个怪现象，到今天咱们亳州还在流行，不信你上街上打听打听，保证超不出三个人，就给你说出一件更离奇的事情来。当时嘛，我真是百思不得其解啊。好在，老姑父方仪望没再继续问我，要不然，我有可能全部招供，难免要把火车上那个女客给招出来，先挡一阵子再说嘛。

哎呀，那一夜我是真睡不着了。

这个不解之谜，咱们暂且放下。

老侄儿，今天就到这儿吧。

第六章

哦，不，今儿不讲大表哥蔡琅玕和二表哥方强去哪儿了。

老侄儿，我今天还想讲大小姐的故事。

是啊，我还想讲讲大小姐嘛。

至于那两个去哪儿了，胳膊腿儿长在他们身上，他们想去哪儿就去哪儿吧。反正到时候他们自己会出来的。如果到时候他们要不出来，那我就让他们永远消失在我的故事里。想当年我陪大小姐看过几次话剧，大小姐给我讲过戏剧是咋回事，所以，咱们暂且把这个事情当做一出戏，我自然知道咋处理大表哥和二表哥这样的人物。唉，说到这里我不由要叹息一声，给你们这些人说事情真困难，啥都不懂，啥都得解释半天。

好，咱们接着讲大小姐。

说那大小姐不是在圣玛丽亚女校上学吗？我负责接送时，大小姐已经上高中一年级了。那时候高中生不得了，封建社会得称之为举人吧，哦，也可能称之为秀才。这所圣玛丽亚女校更不得了，我好歹也是上过三五年学的，但他们设置的学科，硬是我都没有听说过的。反正比较重视西洋那一套教育吧。体现在哪儿嘛，比如说，教英语的和教国文的，待遇都不一样。教英语的老师大都是英美国家的男女，他们不光有休息室，还有一间设施相当讲究的书房。而那些教国文的，当然都是咱们中国的男老师了，他们没有自己的书房，只有一间门房大小的房间做休息间，还是两三个人一间。看看，美帝国主义的教会学校就是这样对待咱们中国老师的。但也得说句公道话，这个教会学校，除了常规课程外，还教授西方上层社会的礼仪社交知识，对培养咱们中国富家女孩子掌握各种才艺，西方人要比咱们中国自己人重视得多。当然，这些都是大小姐时不时说给我听的。大小姐还说，圣玛丽亚女校设有舞蹈部、表演部、音乐部，还经常组织学生演出。这几门课的老师，基本上都是流落到上海滩的白俄贵族。咱爷俩昨天也说过这章子事体了嘛。这些白俄贵族女人，能歌善舞，才艺非凡，现今儿电影电视里咱们也经常能看到，这些女人了不起，天生就是唱歌的，天生就是跳舞的，她们骨子里有这种天分，她们血液里也有这些元素。她们教起学生来，也带着俄国人那种严谨和认真，包括白俄贵族的那种固执和教条化。大小姐不喜欢表演课，但她喜欢看表演，喜欢看话剧，啊咳，话剧，有意思，所以，她和教表演的老师阿列克塞耶娃相处得很好。这位阿老师还送给大小姐好几本俄语书，我是看不懂的，听大小姐说，都是一些著名的话剧，果子皮、老鸭奥斯基，这几个俄国人写的。哦，对对，你一提醒，我也想起来了，就是果戈理，就是亚·奥斯特洛夫斯基。你他娘的，还是老侄儿你学问大。大小姐本来很喜欢舞蹈，尤其是芭蕾舞嘛，小天鹅嘛，学完了回家还跳给家里人看。她爸爸，也就是老家伙方仪望，根本不懂，只管大声喝彩。她哥哥，也就是大少爷方迈克，虽然懂行，但很捧场，也是大声喝彩。她的老妈妈，也就是咱们李庄人嘴上的老姑奶奶，方老太太，大姑妈，看完了，笑得喘不过气儿来，说俄国女人真能发神经。大表嫂也笑个不停，说作为爱好，也可以跳一跳的，但是，“跳芭蕾有点不适合小妹”，因为大小姐有点儿偏胖嘛，“要是跳咱们中国的《霓裳曲》，那还差不多”。大小姐跳舞时，我在角落里伺候着，我也看不懂，但我笑的模样好像是看懂了才笑的。那会儿，虽然我还不知道大表嫂说的是杨贵妃，但我不觉得大小姐偏胖，十五六的大闺妮子了，身上没点肉肉像个啥。我不觉得大小姐身上肉多，我喜欢。论说起来，搁在咱们李庄，大小姐这算是瘦的，我盼望她身上再多点肉才好。你看，老侄儿，那时候，老伯父我多单纯嘛，传统观念有传统的美德，小闺妮子，瘦了可不好。哦，一见全家人是这个态度，大小姐只好全心全意主攻她喜欢的音乐了。可是，她不喜欢她的音乐老师卡捷琳娜，也不是因为这位老师上课前好卖弄自己的贵族源头，也不是因为这位白俄女贵族在教学方面的固执与教条，而是因为，受不了她身上散发的那股气味，还有她的满脸雀斑。哦，不是狐臭，也不是所有外国人都有狐臭的。那是个啥气味呀，大小姐两手一比画，皱眉挤眼，痛苦万分，说，臭鸭蛋，嗡嗡嗡。

老侄儿，你是懂的嘛。

懂就好。

大小姐喜欢音乐，又受不了卡老师身上散发的味道，那咋办才好嘛，啊咳，这事儿难不住方公馆，咱们上课外班，就像现在一样。现在咱们李庄也来这一套了，小孩子，蛋子儿还没成形哩，就上课外班了，一上就是好几个，又是唱歌，又是奥数，又是弹琴又是书法的。这一套不好，顽童顽童，正是玩耍时机，天天上课外班，很不好，国家应当有个政策，取消这个玩意儿。哦，咱们说那，起初，老姑父方仪望托老朋友王先生找的爱德勒先生。所托的这位王先生了不起，英文好，是中国银行董事长宋先生的亲信秘书，宋先生当财长时，这位王先生就是秘书。老侄儿，你知道，秘书有时候能量很大的，不知道现在当秘书的是不是还这样。这位爱德勒先生也了不起，他当时是工部局交响乐队的首席小提琴手，这个犹太人嘛，好像是犹太人，犹太人都比较聪明，这个犹太人在德国时就得过巴赫奖。巴赫你知道吧，老侄儿，巴赫是大音乐家，我听大小姐说过，这位巴赫兄弟能够流芳百世，全靠门德尔松的传颂。大小姐没有讲门德尔松是谁，所以我就不知道这个兄弟是老几了。可是，这位爱德勒先生太忙，也许别的原因，没说成事。你想呀，一个犹太人，来到咱们上海避难，又是王先生的面子，要没有重要原因，咋能不来教大小姐嘛！咱们得理解人家。不过，也没有啥了不起的，方公馆里客人不断，三教九流，银行家在社会上的交际也极其广泛，处理这件小事，还是有办法的。到末了，大少爷方迈克通过一个洋人心理学家，名叫哈特菲尔德的，据说是啥荣格的朋友，也是个犹太人，他帮忙找到了另一个犹太人维腾贝格，这个人更传奇，是个名列音乐百科全书的大音乐家。当然，这些都是后来我才知道的。维腾贝格这个人有意思，他因为家庭特殊情况，只能在家里带学生，不能上门教授。这位大音乐家，倒是同意收下大小姐，但根据大小姐的实际情况，也就是音乐基础，他只答应教授大小姐最基础的音乐理论，再就是教大小姐弹几首最基础的钢琴曲。

说到这儿，我得说点背景，要不你就听不明白了，我就是说明白了，也经不住像你这样有文化的人细琢磨，不真实嘛。咱们李庄人早几辈子就懂得这个道理，所以嘛，咱们不管啥事都得说点背景。说那个时候，希特勒成了气候，咱们知道这个混蛋迫害犹太人嘛，很多犹太人只好逃亡他国。当时，很多国家都不敢得罪这个坏孩子，小名叫阿迪嘛，咱们在电视上见过他，那个发型，那个胡须，孬孙样子嘛，很多国家都不惹这个怪胎，严格控制犹太移民，签证相当困难。有一个说法，说咱们中国上海是当时唯一不需要签证的地方，还有一个说法，说有一个驻德国的中国大使为了拯救犹太人，大幅度地给犹太人办理签证。我不知道这两个说法哪个是真的，哪个是传说。反正，不管咋说吧，那时候有很多犹太人乘坐那种拉煤的大轮船，你笑啥，那时候真的有很多专门拉煤的大轮船，或者坐车，或者步行，他们绕道西伯利亚，不远万里，逃到中国。这样，就有很多犹太人跑到上海滩谋生。我记得当时上海好像有个犹太救济团体，在虹口一带设立收容所，还供给食宿。这个事体我记不很清楚了，老侄儿，这里边有一段曲折的往事，你查查相关资料，还会发现，在那个风雨交加的年代，咱们中国人，竟然也做过很多让人不禁凛然的事情。

咱们说的那维腾贝格，当时就住在提篮桥附近，住处很偏僻。老魏开着汽车，进不了那个弄堂，我和大小姐只好下来步行。印象里那一片儿很脏，我和大小姐在弄堂里捏着鼻子走，还路过一个屠宰行，臭烘烘的，空气里还弥漫着一股浓浓的血腥味，苍蝇蚊子黄沙一般密集，扑面而来。老侄儿，我都能看见，苍蝇蚊子的小细腿都被牲口血染红了，翅膀也是红的，我的天哪。维腾贝格老先生的住处也很简陋，好像是个报废的旧仓库，几乎家徒四壁，但屋里有一架钢琴，熠熠生辉，叫人肃然起敬。他家里除了那个瘦掉像的太太，还有一个行动蹒跚的老岳母，这个老太婆很奇怪，上嘴唇两边角那儿都是胡子，多长，一开始我还以为是个糟鼻头子哩。后来，也就是大小姐来学习音乐没有多久，这个老婆子就病死了，维腾贝格先生身无分文，没钱出殡，还是大小姐的资助，他才殡葬了老岳母。大小姐自然是参加了葬礼，咱中国的礼节嘛。我是大小姐使唤的小男佣，其实也是保护大小姐的跟班，自然也要参加葬礼了。犹太人也有他们的礼节，也有不少犹太人来参加葬礼。所以，在葬礼上，我和大小姐还认识两个年轻的犹太人。其中那个高个的年长几岁，叫做柯西尼，另一个几乎和我大小差不多，鸟孩子叫布鲁蒙塔尔，小脸圆圆的，很白很白，也是一脸雀斑，猛地看上去，就叫人想起一个白木圆凳上拉了一层苍蝇屎。就这个鸟样子，谁能想到，后来他还成了美国驻联合国代表，卡特那个坏小子当总统时，他出任过财政部长，和咱们大表嫂还见过面。那会儿，大表嫂是咱们国家的著名经济学家嘛。噫嘻乎，真是世界恍若舞台，人生活似戏剧。有好多事，都是当时我和大小姐想象不到的。就像那几年亳州城里闹腾，老伯父我回到咱们李庄，种粮种菜，养鸭养鸡，根本想象不到民主德国首任驻华大使一直在寻找我和大小姐。因为，这个大使就是当年这个叫柯西尼的犹太人。当然主要不是找我嘛，他委托最好的中国朋友，要找当年资助过维腾贝格的那位小姐。那上哪儿找去嘛，连我都找不到大小姐彼时何在，望断秋水，天涯惆怅。但不管咋说，这个犹太佬还记得大小姐,但不知他是否记得,当年他直勾勾地盯着大小姐那会儿,大小姐身边那个青少年鼻子不是鼻子脸不是脸，愤怒地乜视着他。当然了，这些都是我当年护送着大小姐到维腾贝格处学习音乐期间，衍生的几个往事片断，今儿顺嘴说出了罢了。

咱们今儿看来，我得说句实话，大小姐并没有良好的音乐天赋，但是，维腾贝格老先生却绝对是个音乐天才，是个大音乐家，是个出类拔萃的音乐教育家，他懂得因材施教。哦，咱们说那，大小姐到他家里上音乐课，有点儿意思。老先生络腮胡子，花白，不管是说中国话还是说外国话，一律佐以手势，他那个手势有特色，咋说哩，老侄儿，感人肺腑嘛。不过，老先生的中国话说得一般般，就像我说上海话一样，不过我还可以听个半懂，要是他哇啦哇啦夹杂一句半句外国话，那我就不懂了，大小姐应该是懂的，要不她说中国话时就不会也夹杂着外国话了。咱们知道，犹太人的经济头脑是天下无敌的，所以呀，维腾贝格先生上课是计时收费的，说好的每堂课两个半小时，但他每次只讲一点音乐理论，弹上一两段简单的乐曲，最多也就是半个小时，加上他指导大小姐把一两段曲子弹上两遍，总共花上一个半小时足矣。剩下的时间，这老先生就不上课了，纯粹闲谈，讲轶事，一些音乐家的轶事。我当时虽然不知道谁是谁,但事情我还是记住一点儿,时间长了，听多了，我就记住莫扎特啦肖邦啦这些人了。老先生讲莫扎特小时候，老侄儿，莫扎特是神童你知道吧，说有一天，两位女大公带着神童小莫去见女王,由于宫廷里的地板太光滑了,小莫摔了一跤,一位女大公佯装不见，等着小莫自己爬起来，另一位女大公叫玛丽·安东涅特,她赶紧把小莫扶起来,还好言安慰一番。小莫感谢道:“你真好,我将来要娶你。”后来，小莫没能娶成这位女大公，因为女大公玛丽成了法国皇后，最后上了断头台，著名的法国断头皇后嘛。还有，李斯特，在圣彼得堡贵族聚会上弹钢琴，沙皇尼古拉也在场，可是这个鸟沙皇尼古拉，不好好听李斯特弹钢琴，他和几个贵族娘们儿大声调情，李斯特就停下来，站起来走到一旁垂手肃立。沙皇尼古拉马上过来问:

"尊敬的大师，你怎么不弹了？"李斯特说："当皇帝说话时，大家要保持肃静。"如此等等，我也听不出妙在何处，大小姐反倒听得笑声琅琅。而且，有时候，那位维腾贝格老先生，讲着讲着还会激动起来，一边讲，一边做着那种感人肺腑的手势，两眼泪光闪闪，仰脸冲着吊满灰串儿的屋顶说道："那真是一个群星璀璨的时代！"

但是，可以看出，大小姐对维腾贝格先生的感叹不以为意，她倒是十分欣赏老先生讲的那些音乐家轶闻。以至于，很长时间，我一直认为，与其说，整个暑假，大小姐不辞辛苦到维腾贝格那儿学习音乐，不如说，维腾贝格的那些音乐家轶闻吸引了她。老先生不仅音乐修养好，而且轶事也讲得好。我这里说他讲得好，是因为这老先生善于撒谎，惯于胡言，还会穿越时空，直接参与轶事里。就像，他讲有一次，肖邦领着他的老情人乔治·桑参加音乐家的聚会，并逐一介绍自己的朋友，刚刚介绍到他维腾贝格这儿，乔治·桑不待介绍完毕，径自大步穿过众人，一直走到宽大客厅的尽头，往椅子上一座，架起二郎腿，从怀里掏出一根巨大的雪茄，朝客厅另一端大声喊道："肖邦，火！"肖邦赶紧打住了介绍，跑过去给乔治·桑点火了。当时他维腾贝格觉得这个胖女人太没礼貌了，简直是个村妇，气得他老先生胃疼好几天。我当时信以为真，后来才知道，中间差着好几辈子人嘛。不过，这个轶事大小姐很喜欢，一提起来就大笑半天。有好几次，在后园里，大小姐过去观察那三棵桑树的长势，一看见我在干活儿，她马上往石几上一坐，架起二郎腿，从兜里掏出雪茄，冲着我叫一声："肖邦，火！"我赶紧屁颠屁颠跑过去，麻利点火。当然，雪茄是大小姐不知啥时偷老家伙方仪望的，在她手里是个道具，我点火也就是做个点火的样子。但是，我一点完火，大小姐就会放肆大笑起来。

哎呀，何等快活！

唉，唉，何等快活嘛。

不过，话又说回来，大小姐在音乐方面，可以说是天资平平，但在维腾贝格这样的大音乐家的教授下，她的进步还是非常明显的。暑假过后，刚开学没几天吧，圣玛丽亚女校音乐部举行开学前的小测试，除了本校的老师，还请了校外一些著名的音乐家现场评判，其中就包括工部局交响乐队的首席小提琴手，那个爱德勒先生。大小姐弹钢琴，弹的是贝多芬，那个啥钢琴协奏曲，满堂喝彩，连爱德勒先生也赞不绝口。当然，大小姐能取得这般成绩，从中也可以看出维腾贝格先生的教学法是成功的，因人施教，是恰如其分的。遗憾的是，大小姐到维腾贝格先生那儿学音乐这件好事，后来被我搅黄了。

说来惭愧。

但不后悔。

咱李庄人的性格嘛。

我记得是过了年了，对，我过年没回家。老侄儿，你不懂，那个时候，哪里像现在，一到过年，千里遥远也会赶回家，有火车，有飞机，方便得很。那个时候虽说速度没有现在快，但也有火车有飞机，可是，火车，飞机，都不是我想坐就能坐的。因此上，那个年代，几年不回家是常有的事儿。通信更别提了。不过也是好事，数十年不见音信，生死两茫茫，突然站在面前，人间多少悲喜剧，都是由此产生的。所以，过去的事情就是能感动人。现在，也就是想想那回子事了。别扯远了。咱们说过了年，开了春，大小姐开了学，但她学音乐上了瘾，得到鼓励了嘛，每周日，还要到维腾贝格家上课。我记不得是第三个星期天，还是第四个星期天了，年纪大了，脑袋上又挨过一枪，记性不好了，好多事体记不住准日子了。反正就是个星期天嘛。大小姐在屋里跟着维腾贝格先生学习，也就是弹钢琴，弹的是贝多芬《田园交响曲》。我咋知道，来时在车上大小姐说的，今天要弹《田园交响曲》，我到现在都还记得，大小姐说这话时那个兴奋劲头儿。就像以往一样，他们上课，我就在门口坐着，维腾贝格太太给我一把小凳子，一条腿还是另接的，四条腿不一般长，坐上去东摇西晃的，哦，她还给我一杯咖啡，哎呀，这些个外国人，不管多穷，穷得没米吃，照样讲究，照样要喝咖啡。当然，咖啡我是喝过的，刚来上海滩没几天，老姑父方仪望就带我喝过嘛，还是在霞飞路上最有名的特卡琴科咖啡馆喝的。维腾贝格太太的咖啡，也是苦汤汤，苦得更厉害。维腾贝格太太好像吃胖了一点，再不像初见时那般尖嘴猴腮，微笑起来，脸上有点肉，也显得和蔼了。屋里上课时，她也坐在门口缝啥东西，后来我才知道不是缝啥东西，她是在刺绣。咱乡下人嘛，没见过刺绣，但听说过这是咱中国才有的手艺，这个外国老太婆会刺绣，她蹿得真高，哦，这是咱们李庄的话，就是她真有能耐的意思。她不和我说话，因为她不会中国话，我不会外国话，没办法交流，她对我笑笑点点头，我对她笑笑点点头，意思都能领会。怪哉乎，怪哉。这时候，从弄堂里来一个外国人，吓人，长得像个大猩猩一样。说他像大猩猩，是指他走路的架势，实际上他长了一张驴脸。老侄儿，咱们家是祖传的马脸，你不要弄混淆了，咱家这马脸和那个外国人的驴脸区别是很大的。你虽然是淝河镇文化馆馆长，马和驴你也都是知道的，你也常见，但你没有仔细对照过，马脸虽长，上下是方正的，显得忠厚，驴脸上下是鸭蛋圆的，尖嘴下颏显得奸猾，所以形容奸猾之人，一般都说他长个驴脸。唉，要是在李庄的活神仙李瞎子不死，就好了，他对这个很有研究，他懂柳庄神相，让他给讲讲，你就明白驴脸的坏处了。可惜，死了，叫一群虫子吃掉了，吃得就剩下一副骨头架子。

咱们说这个驴脸外国人，穿着花格子西装，白鞋头棕帮子的大皮鞋，蠢得很，走路像个大猩猩，还是个秃头，驴脸上全是毛发胡子，表情，还有眼睛，像鬼似的。书里戏里，说到坏人，就没个好相，脸谱化得厉害，一般情况下我比较讨厌这个。我这里不是丑化这个外国人，是他真的就长了个这相貌。我不知道他是干啥的嘛，但是，维腾贝格太太一见到这个驴脸，顿时缩成一团，瑟瑟发抖，好像看见了魔鬼。我耳听得她裤子里一阵子窸窣，眼睁睁的，看着她尿湿了裤子。我一想，这太怪哉乎，难道来了个恶煞不成。这个驴脸外国人走到面前，在我和维腾贝格太太中间一站，故意要恶心人似的，先是擤了几下鼻涕，又掏出手绢擦鼻子，娘拉个逼的，有那么擦鼻子的吗，使死劲儿，好像要把鼻子拧下来一样。完了，十分厌恶地扫我一眼，又十分厌恶地盯住维腾贝格太太，呜哩哇啦叫了几句。维腾贝格太太不敢抬头，更不敢回话。咱庄稼人嘛，驴叫也能听懂啥意思，但是，这个外国人说话，我听不懂他说啥，赶紧站起来，小心他别打着维腾贝格太太。这个驴脸魔鬼好像看出我的用意，恶狠狠地对我挥舞着拳头，呜哩哇啦叫了一嗓子，扭头进屋了。

老侄儿，你看看，当年在上海滩，外国人就这么嚣张。干他娘个逼的，国家软弱，外国人就欺负你的人民，悲哀得很。

我没法和维腾贝格太太交流嘛，赶紧跟着进屋了，主要是担心这个外国人毛手毛脚碰着大小姐了。那阵势，我一看，我这么笨就能看出，这个驴脸和维腾贝格先生应该是认识的，他用手指捣着老先生的胸口，呜哩哇啦了几句。维腾贝格先生有点紧张，说话有点哆嗦，我也不知道他说的啥，只见他指了指钢琴边的大小姐，呜哩哇啦。这下子，那个外国驴脸神情大变，由阴转晴，龇牙一笑，活像猩猩，马上走过去，伸手就摸大小姐的脸。大小姐吓得尖叫一声，赶紧从钢琴边跑开了。我一看，你说，老侄儿，我咋办，咱们李庄人的鸟性子一下子上来了，这不得了。根本不说话，也不容他说话，上前一个箭步，踏牢他的脚尖，一式冲天炮，哐叽一下，哎呀，大猩猩仰面倒地。奶奶个熊，那么大的个子，居然很麻利，骨碌一下子爬起来，转眼间从褂子里掏出手枪来。你看，这个驴脸外国人不懂规矩，哪能一打架就亮青子嘛，我可烦这个了，咱们只好空手入白刃了，不光缴了他的手枪，还抓着枪管子随手给他腮帮子来了一记狠的。当场，驴脸变成了血瓢。那时候，年纪小嘛，浑身热血，手上也没个轻重，只知道狠。这一下子，大猩猩好似喝醉了，好似打晕的鹅一般，血流满面，晕头转向，在屋里乱撞一遭，叽哩咣当，椅子也倒了，咖啡壶也摔地上了，中间还夹杂着维腾贝格先生和他太太的几声尖叫，大猩猩这才找到门，一溜烟，踉跄而逃，手枪也不要了。

唉，说那，老侄儿，很遗憾，那时候我尚未经过血与火的生死场面，我的感情世界虽然火热，但毕竟是稚嫩的，不懂得制敌于死地的好处，心里还有点武德约束自己，拳下不打落败之人嘛，当时也不知道，这驴脸大猩猩是个巨歹，并且心狠手黑，宛如蛇蝎，所以让他从手缝里逃脱了。现场那会儿，也真是初生牛犊不怕虎，面对手枪，忽视生死，险恶等闲，一心制胜，等到过几天知道了那个驴脸的来历，想一想还是有点后怕的。

咱们说那一时间，维腾贝格先生慌乱一团，吓得好像快刀临颈，中国话全忘掉了，双手哆嗦，嘴巴也哆嗦，呜哩哇啦，说了一马车哆哆嗦嗦的外国话。他的太太也吓得捂着胸口，抖也不抖了，尿也不尿了，靠在门边，僵硬了一样。大家发呆了一会儿。然后，维腾贝格先生把手枪拿过去，用一块布，也许是擦脚布，也许是他太太的头巾，包了起来，蹙着眉头，小心翼翼地想了半天，才放进一只装饼干的大铁皮盒子里。完了，又呆站在那儿，双手捂在胸前擦来擦去，动作十分僵硬和机械，半天才醒悟过来，这才对大小姐挥挥手，呜哩哇啦了几句话。看样子，大小姐也紧张得很，赶紧收拾了书包，给维腾贝格先生鞠个躬，拉着我的手赶快跑了出来。好得很，老魏就像往常那样，把车停在弄堂口那儿等着，我和大小姐上了车，老魏还有点诧异今儿下学早那么多，大小姐也不回答，只是催他快开车回家。就像咱们李庄的小孩子一个样子，在外边惹了祸事，一旦脱身，就慌得往家里跑。

我和大小姐一回到方公馆，老姑父方仪望和大姑方老太太，还有大表嫂段博士，都在客厅里，好像说事，又好像闲聊。大小姐带着我一进去，他们也都好奇回来的早。大小姐这时也定下心神了，就对大家说，今儿维腾贝格先生家，闯进来一个纳粹，说的全是德语，她听不懂，后来听维腾贝格先生用英语说，那人是个纳粹，好像是党卫军的人，来调查犹太人的情况。一时急匆匆，也没有细说。这个纳粹，秃头，驴脸，走路像个大猩猩，还蛮横不讲理，呵斥维腾贝格先生，“还，还对我动手动脚的”，多亏了李娃，打了他，还夺了他的枪，砸烂了他的颧骨，血流满面，血人似的。大小姐平时伶牙俐齿，说话有条有理，这个事情倒是给她比比画画，说得稀碎。才说到这儿，大姑妈方老太太，还有大表嫂，都惊异得不得了。我自然心中高兴，露了一手，保护了大小姐，骄傲嘛。孰料，老姑父方仪望不管这一章，他中邪一样，身体向上一冲，站起来去拿了报纸，凑近大小姐，一根手指头点着报纸，让大小姐看看，是不是这个人。原来，当天的报纸上报道昨天的一个重要宴会，这个驴脸作为德国驻沪领事馆的官员，参加了这场宴会，还配了照片，这个驴脸之驴脸极其鲜明，像个真驴似的，端着高脚玻璃杯，和一个中国贵妇人碰杯，龇着牙，笑得灿烂之极。对了，报道里还有他的名字，西格弗里德·迈耶尔。我的天哪，这个孬种名字，像颗钉子，一下子钉进我脑子里了。平时，我记不住外国人的名字，但是，这一个，我记得清，一辈子都没忘。

当下，我和大小姐，还有全家人，惶恐了好大一会儿。倒是大表嫂冷静得快，她让大小姐和我两个人，近几天不要出门，大小姐暂先不去上学了，等几天看消息再说。方仪望和方老太太，面面相觑，好像祸将临门。大表嫂倒是很沉着，她让两个老人先安静下来，她马上出门探探情况再说。又吩咐我和大小姐，绝对不要再和任何人提及此事，即便是管家王西三王叔叔，也不要提。说了，特意盯我一眼。大表嫂自然知道，我和王西三无话不说嘛。老姑父方仪望，也伸出手指头点着我强调道："李娃，你不要给西三说啊！"大姑妈这时刻也冷静下来了，她老人家白老姑父一眼，不屑道："洋鬼子欺负咱闺女，李娃打得好。李娃我儿不要怕，天塌下来你也得打他。以后遇到这样的事，你只管打，大不了多赔洋人两根大条而已。"

老侄儿，你看看，有钱人遇到事情，首先想的就是用银子来摆平它。古往今来，莫不如此，大姑妈也难免例外。

老侄儿，那时候，我还不知道大表嫂的真实身份，只是觉得她了不起，手眼神通，傍晚回来，她就弄清楚事情的底里了。那个驴脸，西格弗里德·迈耶尔，不仅是德国纳粹，他还是个党卫军上尉，具体一点说，他是希姆莱手下的一个喽啰，是个变态狂，经常殴打老婆，拿剪子把老婆的耳朵铰个豁口，就是现在常说的家暴嘛，同行还给他起了一个绰号，叫做“皮笑肉不笑的驴脸恶棍”。你看，他娘的，德国人也很风趣嘛，驴脸恶棍，很形象嘛。看来，我在心里叫他驴脸，还有点先见之明。这个西格弗里德·迈耶尔来到咱们上海滩，主要任务就是，监察在沪德国人的种种活动，惩处那些不再效忠元首的叛国者，包括调查在沪犹太人制造反对元首的各种小动作。而他的公开身份，是德国驻沪领事馆的官员，这只是个幌子，事实上，他即将接替盖世太保上海支部的领导人职务。当然，这些详细情况，也有一些是我后来才听大表嫂说的。老侄儿，这些个情况，当时真是给大家很大的压力。尤其是老姑父方仪望，极其担心德国领事馆调查出来，进行报复是一，要是惹出国际争端，那可就麻烦了。当然，老家伙这样想也是情有可原的，你想想当时中国政府，包括咱们中国人，在国际上的地位就知道了。即使咱们现在分析一下，住上海的德国领事馆，当时要是调查此事，也是很容易就找到方公馆的，只要找到维腾贝格老先生，那顺着藤蔓就找到咱们了。当然，咱们现在这个想法，就像当时老姑父一样，不过是空担心一场而已。第三天上午，老姑父看完报纸，马上放声大笑，高声呼唤我和大小姐到他书房去。

真是苍天有眼，吉人自有天相。

原来，那个西格弗里德·迈耶尔，才到上海整整四天，立功心切，急欲接手盖世太保上海支部的当家人，人家都是利欲熏心，他是权欲熏心，托大了，以为外国人在上海滩可以横行无碍，竟然独自行动，去调查在犹太人中极具声望的音乐家维腾贝格先生，挨了老伯父我李娃一顿打不说，还暴露了德国纳粹政府如何处置在沪犹太人的企图。尤其是，他那副逼宫似的着急样子，引起了一个人的强烈不满，这个人就是盖世太保上海支部不愿卸任的当家人，这个人叫啥名字，原来我记得，后来忘了，就没再想起来过。这个老魔鬼更加心狠手辣，他就像对待那些不满纳粹政权的德国人一样，使了个老手法，于是，挨打的驴脸西格弗里德·迈耶尔，从地球上消失了。不几天，报纸上再次刊登了这位德国领事馆驴脸官员的照片，不过，这一次，他不是端着高脚杯龇牙大笑，而是漂浮在黄浦江上，猛一看活像一具浮尸，仔细一看，就是一具浮尸。而且，报纸上说得好，死者在妓院酗酒，从脸上伤痕可以看出死者极度大醉，一路摔得不轻，以致最后失足坠江溺毙。显然了，这个报道也是做过手脚的。从报道上的时间算起来，也就是西格弗里德·迈耶尔从维腾贝格家逃回的当天，就被自己人干掉了，可能到了晚上才扔到黄浦江里的。

一天乌云算是散了。

大小姐也不学音乐了，因为方家人担心另出意外。所以，后来维腾贝格先生咋样了，咱们就不了解了。不过，照咱们这个笨脑瓜思想，以犹太人的聪明才智，生存能力，他们应该没有大事的。当然，后来也没有再得到维腾贝格先生的消息。但是，因为无故旷课三四天，大小姐要写个情况报告给圣玛丽亚女校，也就是写个检讨嘛。大小姐这个检讨咋写的，也没听她说起过，我就不知道了嘛。

老侄儿，你长喘了一口气，看把你紧张的。

你们这辈子人啊，没经过腥风血雨，短见识，胆子小。

不过，今天到时候了，咱们明天接着讲。

好，好，你今天别急着回去，你杀只小鸡炖了，咱爷俩弄两盅小酒喝喝，主要是你比较辛苦，今天跑来听我说了一天，明天你还得抓紧时间整理一天，后天你还得再跑来听我讲，隔一天跑来一趟，很辛苦，喝盅小酒犒劳一下你，就像过去打仗，打完了仗，不管胜负，总要犒劳一下大家嘛。

第七章

今天我要讲讲大表哥方迈克。

说起大表哥方迈克，老伯父我这脑袋里真是千头万绪，有好几百个方迈克的身影在眼前蹿蹦跳跃，孙悟空抓把猴毛吹出去一样，遍地都是孙猴子，叫人拿不准从哪儿开始说这个怪人才好。喂呀，我忽地想起高老庄唱大鼓书的高麻雀，那顽厮，一张好嘴巴，好厉害，我总结了，高麻雀说到人物出场时，总是先说这个人的穿衣打扮，再说相貌身材，接着介绍家庭背景，完了讲他身怀的绝技。老侄儿，我觉得高麻雀这一套有个秩序，今儿，咱就照着这个套路来他一回。

方迈克，方公馆的大少爷，在我印象里，他的穿着很有特点，要是和外国朋友见面，或者是在他的心理诊所坐诊，都是西装革履，手上还要提一根司的克，就是一根高级手杖嘛。方迈克这根手杖有点特色，是紫檀木的，手握的这一头是个圆球柄，手柄顶端镶了一颗八角形的钻石，触地的那一端用银壳子包了头，包了足足有一拃长。这东西最初在上海滩出现时还叫做文明棍，等我到了上海滩时，这东西已经不时髦了，尤其是像大少爷方迈克这个岁数的人，基本上不见有人使用了。但是，他方迈克就是要使用这根司的克，而且用起来派头十足，谁都不敢惹的架势。我也亲眼见过，他用这根文明棍在街上抽巡警，那个巡警被抽得转了好几圈，也没敢吹哨子捕人。反正在正式场合，这根司的克是少不了的，要是在家，或是老同学老朋友聚会，大少爷参加的这类聚会多是在堂子里举行，堂子，老侄儿，你知道的，就是妓院，他都是穿中装，这根司的克就是可有可无了。至于咱们这位方大少爷穿啥样的中装，那得看季节，像现在春天里，他大多是蓝色雪花纹大褂，就是三友实业社生产的自由布做的。那时候，三友实业社很有名，因为“一·二八”战事就是在三友社大门口引发的由头，日本人坏嘛，设个套子，弄几个假和尚，发动战争嘛。哦，他娘的，扯远了，这个，回头你自己查查资料吧。说那，大少爷方迈克这件大褂，松紧合体，外边加上深红色的雪花纹马甲，别有一番派头。反正方迈克的中装和西装一样多，银行家的大公子嘛，棉布的，棉布适合做中装；绸缎的，绸缎的比较排场。哦，你还知道法兰绒料子，不简单，是的，法兰绒是给女人做旗袍的，要是做中装，会叫人笑掉大牙。当然，方迈克他不怕别人笑话，他就有一套法兰绒罩衣，穿身上也很有风格的。哦，对了，方迈克把中装叫做唐装，毕竟在好几个国家留过洋的嘛，国外华侨都是把中装成为唐装嘛。

方迈克的相貌不好说，我不知道从哪儿说起才算贴切。心理学家嘛，精神病医生嘛，说他的相貌，无论从哪儿说，都未必能说到他心里去。咱们就简单说一下行了。可能在英美留学时间过长，鼻子也变长了，眼窝没变，两眼没凹进去，还是咱们中国人的眼廓，只是比他老爹方仪望的细眯眼还要细眯。方迈克的嘴唇线条分明，好似做过唇线一般。去年，咱们李庄西头那个小凤，才十八九岁，就跑到南朝鲜哦现在得叫它韩国了，做一次美容，就做了唇线，高兴得妖精一般，专门到家里来，噘着嘴唇非要请老太爷我参观了一下，虽然傻得要了她亲娘的小命，我当面还是赞美她樱桃小口，小闺妮子家嘛，爱美，虚荣心嘛。当年方迈克就是这样的唇线，不过人家是天生的。方迈克的牙齿不太整齐，主要是下边的，对着门牙的那两个牙齿，有点闹别扭，就像两冤家见面同时一扭脸，不整齐，正好很像心理学家的牙齿。反正，他那张脸，咋说哩，这样说吧，你往这张脸前一坐，就觉得有点怪，你又说不清怪在哪儿，也说不清是他长相怪，还是你自己心理作怪，就是要搞得你浑身不自在。这个，也是我最初在这位心理学家面前的感受，说出来与老侄儿分享一下。

我在方公馆里，一开始和方迈克接触并不太多，挨不着嘛。他是大少爷，我是小佣人，尽管有点拐弯亲戚，留洋博士方迈克岂能把这个当回子事嘛，只是偶尔见了面，我给他低头问候一下，他也还我一个低头，问候我一下。他对其他佣人也是这样的。我从未见过大少爷方迈克发过火，骂过人，或者摔过东西。在公馆里，不管何时何地，你看到的大少爷永远是一副笑脸，也不是那种礼节性的笑，不是因为修养好而养成的习惯性的笑脸，更不是因为欢喜而笑，反正就是那种莫名其妙的几缕笑意，挂在嘴角上，就像长在嘴角上一样。有时候他还会独自笑出声来，从笑声里你听不出他情绪的变化，机械得很，机器人的笑。按咱们李庄人的说法，这就是天生一张弥勒脸，真高兴假高兴不管，先是一张喜兴脸就讨人喜欢。事实上全然误会了。后来，我和这位大少爷成了无话不说的表兄弟，才知道他的天然笑脸涵义何在：他沉浸在自己的精神世界里，正在修理一根出了问题的神经末梢，也可能沉浸别人的精神世界里，正在试着改变一条心理管道的走向，更大的可能是，他在遐想中揣摩出几种分析心理的新招数。

老侄儿，光说方迈克这个人很奇怪，其实，一点都不奇怪，你要是了解了他的经历，就会觉得这一切都是正常的。

方公馆的这位大少爷，在圣约翰大学读书时就与众不同，他善于哗众取宠，惯常标新立异，历来我行我素，照咱们李庄话说，他属于那种很难挎弄的学生。挎弄，是咱们李庄的老俗话了，就是不好修理的意思。就像，他经常在校园里装作瘸子行走，有时候拄着拐棍，自然不是现在手上这根司的克，就是随手一根弯棍，戴着墨镜，装作瞎子走路；有时候，即便穿着洁白的运动服上体操课，他也要弄一撮红色小胡子贴在唇上，就是喜欢搞怪嘛。你也知道，当年的圣约翰大学也是一所美国教会学校，以英文教学为主，尽管不讲究魏晋风骨，但也比较开通，校园风气也难免有些荒诞之处，但是，那些老师，不管是洋人，还是留过洋的中国老学究，大都对方迈克这些怪异举动嗤之以鼻，而学生们却对其趋之若鹜，争相模仿。其中就有一个姓孔的师弟，出身豪绅巨宦之间，他就特别崇拜方迈克，时常模仿方迈克在校园里的怪异举止，刻意结交咱们方大少爷。那时候，大少爷刚开始好像看不起这个豪门子弟的行为，因为姓孔的这小子仗着家族势力，不仅把真皮沙发啥的搬到宿舍，还经常开着两辆车在校园里招摇，自己坐前边那辆豪车，后边那辆敞篷车上坐了七八个挎短枪的豪奴，一路鸣笛，呼啸而过，尤其是雨天，叫人躲闪不及，溅人满身泥水，弄得怨声载道。咱们大少爷方迈克虽然也很怪异，但他很烦这个，他觉得这个有点横行霸道，藐视文明，无视王法，简直太不把校规放在眼里了。不过，后来在美国留学时，咱们这位方大少爷和这个姓孔的豪门少爷终于结成好友，毕竟长大了几岁，头脑里有了几分情理，又在异国他乡，同胞相亲近嘛。

老侄儿，说来你也许不信，老伯父我，有一天，竟然见到这位姓孔的少爷。自然，我是和方迈克一道儿才见到的。说来话长，有那么一阵子，我几乎和方迈克形影不离，简直成了他贴身狗腿子，也就是说，我被他要到他的心理诊所，当个跑腿的，为他服务了很长一段时间。当然了，能和资本家大少爷建立这种深厚的感情，也是有原因的。待会儿，我再讲讲这个原因。咱们先说我见到姓孔的少爷。那天，诊所里患者十好几个，心理咨询嘛，精神病嘛，自然都是女眷了。哦，老侄儿，笑啥，你们这些人，我的天哪，一听见人家说女的，就朝歪里想，鲁迅都批评过你们这类思想。搁在以往是有年轻的，但那天都是年纪大的贵妇人，一个个珠光宝气，香粉扑鼻，我在那儿端茶倒水，搞服务嘛，一只只茶杯送到手边，因此看得分明，那些贵妇人，尽管上了年纪，风度还在，只有一个老王太太，有点吓人，香粉擦得厚了点，喝茶时脸皮移动，眼睁睁一层子香粉落进杯子里，王老太太照喝不误，仿佛落进杯子里的不是脂粉，而是能够重返童颜的神秘糖粉。这些贵妇人，在诊室外边的沙发上坐成一排，傲慢之极，谁也不搭理谁，专心致志等候叫号。咱们的大少爷方迈克西装革履，坐在诊室里，两手搭在司的克上，正在叫到那个老王太太，我就请她进诊室，她一动弹，又掉了一层子香粉。心理诊所里还有一个助手，我记不清他叫啥名字了，只记得他好像姓白还是姓张，看样子比方迈克大几岁，也是西装革履，着意看一下质地和款式，与方迈克的都不是一个档次。他坐在墙角一张桌子旁，专心致志记录方迈克说过的话。这是方迈克要求的，好像他说的每一句话都是金科玉律，记录下来，稍作整理就是心理学的讲稿，就是精神病学的经典著作。这姓白还是姓张的助手面前桌子上有一台金光闪闪的电话机子，我这儿刚说到他，忽然它就响起来了。姓白还是姓张的助手连忙接起电话，马上弯腰点头不止，哦哦两声，赶紧请方迈克接听。他把方迈克称为方博士，他说："方博士先生，你的电话。"

方迈克接过电话，哦哦了几声，嗯嗯了几声，放下电话，把右手放在左胸口，弯腰微微鞠躬，说请各位太太原谅，现在有急事要出去一趟，请诸位太太明天再来，诊金全免。谢谢诸位太太。如此彬彬有礼，绅士风度十足，几个贵妇人真觉得大大享受，明天又能免了昂贵的诊金，个个眉开眼笑，欢天喜地全都去了。方大少爷吩咐了他的助手一声“守着诊所”，一挥司的克，带着我出来，匆匆朝电梯那儿走。他的这个心理诊所，就设在美国花旗总会，是有电梯的。美国花旗总会很有名，与英国人办的上海总会，法国人办的法国总会，在当年，都是富人们和外国人经常涉足的三大著名总会。拿现在话儿说，都是高消费人群进出此间，酸汉躲闪，穷鬼远避。

方迈克带着我乘电梯下来，刚出楼，就有一辆崭新的福特车过来接上我们。我当时不知道事情底里，反正大少爷上车我就上车。这次当然是我坐在前边，大少爷方迈克懂得摆谱儿嘛，坐在后面，两手支着司的克，器宇轩昂的样子。汽车夫我好像有点印象，似乎在方公馆佣人餐厅吃过饭，只是一晃而过，记不清了，方公馆佣人餐厅食客很多，人来人去，哪里记得谁是谁。老侄儿，你知道，我一坐车，不晕车，可是我迷路，所以，汽车在一座楼前停下来时，我也不知道到了哪儿，简直东西南北都不分了。只见楼前一块巨石，上边雕塑是一条鳄鱼，还有几个泥鳅乱扭般的字我认不全，不过，后来听方迈克说了一嘴，是啥东西鳄鱼有限公司。我跟着方迈克进楼时，看门的也是穿西装，穿西装也是奴才嘴脸，戴个红帽子，好像认识咱们方大少爷，满脸带笑地给方大少爷点头哈腰，打个洋屁，也就是说了句外国话，双手摆着请进的架势。方迈克都没理他，带着我昂然而入。可是，电梯到了八楼，我们一出电梯，就被两个人拦住了。那两个人都是大个子，活似双胞胎，发型款式都是一样的，打了发蜡，整整齐齐，都是黑色西装革履，腰里鼓囊囊的，一看就是别的枪。老侄儿，我那时候对枪还没啥概念，不像后来到了队伍上，对枪那么敏感，那么喜欢。我正不知咋办，咱们的方迈克大少爷挥起司的克就打，一边嘴里呜哩哇啦一阵子外国话。好奇怪，那两个人并没有掏枪，只是蹦蹦跳跳躲着司的克，嬉皮笑脸，退到了楼道里。后来我才知道，这两个形似双胞胎的家伙，都是孔大少爷保镖队里的，天天就守在这层电梯的门口，咱们方迈克方大少爷，曾来会过几次孔大少爷，头次来他们阻拦，挨打，第二次来又阻拦，又挨打，反正没有一次不阻拦的，也没有一次不挨打的，这一次又是例行公事罢了。老侄儿，由此可以看出，有时候，那些大富大贵之家的子女，连同他们使唤的下人，做事情都是很有意思的，很有特点，很荒诞，形式化得厉害。接着，就听一个房间里啪啪啪啪，四声枪响。当时我没有经验呀，不知道是枪声，还以为是谁在屋里放鞭炮哩。那两个黑西装黑皮鞋的也不拦我们了，拔出枪来就朝响枪的房间蹿过去。大少爷方迈克微笑着摇摇头，好像很无奈似的，带着我也朝响枪的房间走过去。到了门口一看，原来，里边几个男的女的，男的都是西装革履，女的穿着千奇百怪，反正都是前凸后翘，窈窕得很，几枝花似的。其中一个男的，坐在桌子前，年龄不大，却装老相，梳个大背头，油光可鉴，真是方面大耳，天庭饱满，地格方圆，印堂发亮，眼里露出老子天下第一的光芒，一看就是个官宦子弟嘛。屋里那些男女，没个坐的，都是围着他站着，面带媚笑，奴才相一个胜似一个。桌子上两把手枪，一堆子弹，地上落了一大片碎玻璃，几粒弹壳。不消说了，这个人就是姓孔的少爷。转眼间就知道了，孔大少爷在办公室用手枪打电灯泡儿玩儿。多嚣张！老侄儿，啥时候都一样，豪门贵族，向来秃子打伞，无法无天。不过，这个孔大少爷也是个奇才，打了三四枪，才打中一个灯泡儿，还高兴得咧着大嘴笑个不停。那几个男女也奉承他，陪着又说又笑，赞美他神枪手。这时一见咱们方迈克方大少爷，孔大少爷马上立身迎过来："哎哟哟，方大兄长，俺的哥咧，来得巧，来得妙，赶紧过来搞几枪玩玩。"咱们方迈克笑嘻嘻，提起司的克拱拱手："谢谢老弟！哥哥今儿不玩枪了，今儿有点事情要麻烦老弟帮忙。"当然，他们说的是上海话夹杂着外国话，不像咱们李庄人说的这话，反正，虽然我学不来，但左右大小，他们说的也就是这个意思。

孔大少爷一边点头，一边一挥手，男女群小，公母帮闲，纷纷向咱们方迈克点头致敬，四散去了。那孔大少爷见我不走，嬉皮笑脸着，圈起食指在我头上凿了一下，别看他小手胖乎乎的，凿得我头皮麻索索生疼。我那股子脾性，咱李庄人的性子，咯噔一下上来了，眼见咱们方迈克点头向我示意，让我门外等着，我只好忍住一肚皮鸟气出来了。

老侄儿，我就是这样见过孔大少爷一面的。

至于咱们方迈克和他都谈了些啥，我就不记得了，因为他们说的都是外国话，一边说，一边笑得哈哈山响，两个人相互拍了胸脯，又各自拍屁股，又相互拍巴掌的，咱们搞不懂这些有钱有权人家的子女搞的啥名堂。等后来我明白了很多事情之后，再推测起来，才晓得方迈克那次是受他太太的委托，也就是大表嫂的命令嘛，去请孔大少爷说项，让虹口那边的警察局释放一个做布匹生意的朋友。这个朋友姓曾，正在审问，不管审出好歹，马上送往提篮桥监狱。我那时候脑子不会转弯嘛，还以为大表嫂钻研经济，出入金融界，商界，自然会结交一些商人朋友。不几天，我在后园里干活时，听到大少爷方迈克向老婆汇报，孔大少爷回话了，这件事情已经办妥。所以，后来，尤其是解放后，我又听到过很多关于孔大少爷的传说，每次一听到，我就会想起这段往事，就会想起他娘的圈起手指在我头上凿了一下子。

哦，说的有点远了。老侄儿，请原谅，老年人嘛，思维不集中，一说往事，满脑袋开花儿。

咱们接着说方迈克。

方迈克从圣约翰大学毕业后，先后留学于美国，英国，德国，除了精通这几门外语，作为业余爱好，他还研究过拉丁文和古希腊文。现在想来，方迈克真是一个不可多得的人才，了不起。他留学时，并没有按照他老爹方仪望的要求，去学习金融经济银行学之类，而是选择了心理学，心理学嘛，亦近精神病学嘛，所以，咱们方大少爷又攻读了精神病学。得说方迈克在这方面是个天才，连这个行当的英美学者都称赞过他，就像美国的那个心理学专家艾弗博士，德国的那个精神病专家瓦尔泽教授，英国著名的神经病医生玛丽女士，这些人都是当时世界上那个行当里的顶尖高手，他们看了咱们方迈克的博士论文之后，纷纷赞扬，尤其那位英国医生玛丽女士，对咱们方大少爷青睐有加。哦，对了，还有一个很有名，叫那个啥荣格，老侄儿，别看你在镇上文化馆里工作了一辈子，这个人你可能都不知道，我问过你家小帮助，鸟孩子在北京工作，图书仓库嘛，见识广，他说这个人相当了不起，给我叨逼叨叨半天，后来还给我寄来一本荣格写的书，名字就叫《回忆、梦幻与思考》，我看了一个多月，越看越有意思，和咱们弄我这个回忆录有几分相似，他讲的也是回忆和梦幻，还有思考，回头我找给你看看，说不定对你帮我写回忆录有一定的启发作用。哦，咱们说那个时候，这个荣格第一次，也许是第二次，也可能是第三次，不可能是第四次，在伦敦讲学，玛丽女士真善良，就特地给咱们方迈克先生写信，邀请他去听讲。那会儿方迈克还在纽约嘛，赶紧坐飞机，嗡嗡嗡响一阵子到了伦敦。这个事儿，有一次方迈克喝了半瓶白兰地，乘着酒劲儿给我讲过，得意洋洋。后来，他一旦喝醉，就会给我讲这些鸟事情，反反复复，要不，那些外国人的名字，我咋能记得这么清楚嘛。这么多年过去了，大少爷方迈克所讲的那次听荣格讲课这件事，我现在只记得个大概了，上了年纪，脑子退化得厉害，记不了全本的了。故事发生在伦敦是不错的，好像是在塔维斯托克医院，是的，方迈克说过三四遍，我才记住，塔维斯托克医院。老侄儿，你知道哦，啥事老伯父我只要记住，就永远不会忘掉的，问题是，好多事我都记不住。方迈克那次去早了两天，当然没有在伦敦游玩，伦敦，雾气重，就像现今儿北京的雾霾，有啥好玩的，啥都看不见嘛。玛丽女士盛情接待咱们方迈克，那两天他们交流了心理学和精神病学方面的各自见解，也就是相互验证一下谁是真正的神经病嘛。啥事情没有，没有。老侄儿，你他娘的，你这么个岁数了，和你爹那个混球一样，不仅喜欢在女人行里瞎搞乱搞，还喜欢把一些事情朝歪里想嘛。玛丽女士是个老太太，五六十岁了，那时候，方迈克也就是二十多岁吧。可以说，这个老太太，对咱们方迈克有知遇之恩，你自己可以瞎搞，但不能怀疑方迈克也瞎搞嘛。

哦，你不要脸红，咱们说那，说荣格讲学。

来听讲的有三百多人，基本上都是精神病学家，精神治疗学家，还有一些在伦敦开业的心理医生，反正，就是一大群神经病嘛。荣格是个六十多岁的老头子，穿着相当体面，有些谢顶，下巴刮得光光的，只有上唇有一溜花白胡子，款式就像老姑父方仪望的短髭那样。他戴着眼镜，讲课时有个习惯，就是把眼镜推到脑门上，只有偶尔看一下讲稿时，才把眼镜拉到眼睛上，看过之后，马上又快速推上去。这位荣格讲的啥，大少爷方迈克自然不说给我听了，说了咱们也听不懂嘛。他只是说，他一下子就听出荣格的英语不太过关，因为荣格的母语是德语嘛。方迈克尤为骄傲的是，荣格博士讲完课，还留有讨论时间，于是，他举手发言，就一个精神现象问题和荣格博士进行了互动。他故意使用德语，这让荣格很兴奋，互动结束了，当场赠送他一本新出版的著作，书名好像是《金花的秘密及评论》。这本书就在大少爷的书桌上，封面花里胡哨，他特地给我翻看过扉页上荣格的签名。我哪里认得一串虫子似的外国字码儿。除了这个签名，荣格还在扉页上写下一句话：梦把一切必要的东西都显示出来了。这句话，他在课堂上刚刚讲过。这句话，也是方迈克翻译给我听的。回到上海之后，这句话，成了方迈克的金字招牌。

不，老侄儿，不像你想的那么简单，方迈克在上海滩扬名，也是有一个过程的。那时候嘛，尽管上海滩是个花花世界，开风气之先河，领时代之潮流，但究竟，人的思想还不像现在这样开通，啥是心理学，啥是精神病学，不是那么容易接受的。方迈克原来在一家交易所大楼租房开办心理诊所，头半年几乎没有生意上门，白白赔了一笔房租，也亏得他家里赔得起。还是有一次方公馆轮到举办聚餐会，方迈克才崭露头角的。这个话一说就长了。咱们方仪望不是银行家嘛，他们有个银业协会，他们这些有钱人会出鲜点子，轮流坐庄，在家里聚餐，原先只是吃吃喝喝，联络同行间的感情，后来这个聚餐会就有明确的用意了，那就是生意上的需要，拉客户嘛。尤其像方仪望这样的私营银行，不仅要拉客户，还要拉拢一些权贵，拉拢一些名流大佬，商界巨头，甚至军界将领，总之，不能小看聚餐会，把那帮阔佬权贵吃喝高兴了，玩儿高兴了，那么，自己银行的利益就会节节攀升。虽说旧社会嘛，跟现在有些相似之处，啥事都得酒场上才能办成。我后来赶上一次，方公馆又轮上聚餐会，那个场面，真似天上琼池开宴，盛大之极，灿烂辉煌。好好，后边我会着重说说我亲自参加的这次聚餐会。现在说的是上一次，说的是方迈克抖搂精神病心理学的事。很多来客尊贵呀，所以家眷们是非带上不可的。太太，小姐，女人嘛，迷信，思维偏颇，心理构造复杂，性子信马由缰，一见方迈克翩翩公子小样儿，留洋学生，心理学博士，精神病学博士，那就是高级巫师了，一个个好奇得很。宴席间，女眷们请方迈克讲讲心理学，讲讲精神病。可见这帮阔娘们儿闲的。方迈克就从心理卫生讲起，头头是道，女眷们似懂非懂，后来说到梦境，才让这些阔太太们大感兴趣，咿咿呀呀，上海滩的阔太太嘛，叫嚷一团，鸡一嘴，鸭一舌，莺歌燕舞。尤其是，银行界敬称为“蝶公”的大佬殷蝶仙的太太，是个老太太了，长得一朵干牡丹似的，当场说了自己昨夜一梦，梦见自己骑白马上山，遇见孔雀起飞，白马受惊，将她跌落马下，摔伤膝盖，醒来时膝盖隐隐作疼。想当年，这位阔太太是个唱京剧的，好歹也算是一个有名的角儿，在上海滩一度热得烫手，遗憾的是，参加方公馆这次聚餐会时，她已是日落西山余温渺渺了。咱们方迈克留洋刚回来，自然不知道她的前因后果，憨子一般，径直按照心理学原理，把她的这个梦诠释了一番。我当然没本事把方迈克的原话重述一遍了。但是，大意我还记得。方迈克说白马就是你先生,孔雀就是另一个女人,你先生遇到另一个女人,已经生心起意要甩了你。一句话，满座讶然，喳喋私语，蝶公太太满脸煞白，双手抖索，咣当一声，杯子倒在桌上。幸亏咱们大姑妈方老太太随机应变，呵斥方迈克妖魔鬼怪，魑魅魍魉，脏屁乱打，毛毛虫乱飞，抓蝴蝶儿玩去。这才让蝶公太太解颐一笑，满座太太小姐哄堂大笑。方迈克不解其中奥妙，他硬着脖子，还拿荣格写的那句话为自己分辩：梦把一切必要的东西都显示出来了。

这些，都是方迈克给我讲的。

也就是这次聚餐会之后，方迈克的心理诊所突然间热闹起来了。这里边也有个背景，其时，上海滩那些阔佬，拈花惹草者十之八九，几乎所有的阔太太，都不放心自家先生。加之，方公馆聚餐会上的一幕，在阔太太阔小姐们中间口口相传，这样一弄，咱们方迈克腾宣众口，名享一时，还愁没有患者上门？常言道，水涨船高嘛。方迈克就把心理诊所搬到了美国花旗总会，诊所档次上来了，费用也上来了。不过，就像大表嫂所说的，这也符合市场经济规律，更符合消费群体的心理。那些阔太太们，总是不喜欢最好的，而是喜欢最贵的，尤其是旧上海滩，屁股可以稀烂，面子上是点儿灰星不准有的。

当然，方迈克心理诊所能出名，其中也有包装元素。老侄儿，宣传包装不是新近才有的，那时候在上海滩，这法子就相当流行了。加之，方家是银行家，天天跟银钱打交道，就连日常生活中，也无不充斥着浓郁的商业气氛，再加之，他们家还有一个经济学家大表嫂段博士，所以，方迈克心理诊所的宣传包装，更是抵近市场规律。这一套原理，我讲不清。很遗憾，老侄儿，你不逢机缘，要是你能听听大表嫂段博士的一番分析讲解，就明白其中妙处了。咋包装的，你也用不着，咱们就不说了。说那方迈克名声大振，引起社会各界关注，一些机关团体，争相邀请他去演讲心理学和精神分析。甚至连警界审案，也常常邀请他对罪犯做心理分析，有时候直接请他参与审讯。那会儿，上海滩不安定，偷盗案，抢劫案，杀人案，接二连三。咱们方迈克用他的高深学问，帮助警局破获了好几起杀人案和珠宝盗窃案，深获警界大大激赏，出入警界，人家都对他毕恭毕敬。说起来不由我要赞叹，使用心理分析和精神分析来破案，也可见那时候上海滩警察的思想，还是比较前卫的。其实，方迈克的法子也很简单，他告诫那些对刑具有依赖性的警员们，皮鞭和烙铁用处不大，给他吃喝，让他睡觉，让他做梦，听他在梦中说啥，叫他把梦境写出来，不会写就说出来，这就够了。

有个警员问了，阿拉不晓得为啥啦。

咱们方迈克回答，在皮鞭与烙铁下，一个人想说不想说，都可以用意志来控制自己，即便招供，也可能是假的，但是，一个人在梦中却无法启动意志，更无法控制意识的流动，他要是能控制自己的意识，那就说明他没有做梦，因为梦就是一种意识流动。编造的梦境，不符合意识流动的规律。

反正，我是说不上来其中奥妙，我不懂啥是精神分析，啥是心理探测，老侄儿，这对我太神秘了。可是，方迈克这一手不仅让警员们佩服，更让那些铁嘴钢牙的盗贼杀人犯心惊肉跳，最后他们宁愿上刑，坐老虎凳，吃烙铁，也不愿意睡觉做梦，尤其不愿意面对这个巫师锥子般的目光，尤其是他依据自己的梦境，指出自己的谎言或犯罪事实时刻，那种目光愈发咄咄逼人，像钉子钉入骨髓，疼啊。不过，方迈克这种方法也不是百打百中，有一次他碰上了一个犯人，是个高级神经病，非常难缠，依照咱们李庄的话说，就是血鸡巴难抟弄。

蹊跷得很，方迈克这次碰上碴子，是我亲眼所见。

这一说，话就多。

老侄儿，我怕你不愿意听。

好，你愿意听，我就讲。

那得绕几步路。

咱们说方迈克大少爷，要是天天沉迷于心理学，那他早晚会成为精神病患者。他也有自己的乐趣，除了前边咱们说的，和同学朋友在堂子里聚会，他还是跑狗场的常客，虽然他不赌，但他能准确判断哪条狗获胜，神得很，就像他不仅精通人的心理，还能摸清狗的心理。他因这一手绝技，还和汤局座成了亲密无间的狗友。时间太久了，我也记不清这个汤局座是静安寺那边警局的，还是徐家汇那边警局的了，也可能就是陆家浜那边的吧。到跑狗场里赛狗，也是汤局座的业余爱好，十分入迷。虽然汤局座不缺钱花，但在方迈克的指点下，他还是赢了很多钱，由此两个人交谊殊深，常常一同到二马路三马路吃船菜。那会儿，二马路，三马路，四马路一带，堂子很多，多是苏州来的妓女，水上人家，船头烧菜，别具风味，也就是说，有股子妖冶味道，男人哪有不喜欢妖冶的嘛。当然，咱们大少爷是有身份的人，不喜欢那等席面，他的饭局几乎都是在福建中路的鸿运楼，鸿运楼的鱼翅席，在全上海滩都叫得响呱呱，一桌鱼翅席，也不过十二三元罢了。我当初来上海，就是为了吃一顿山珍海味，就是为了坐上黄包车，逛一逛上海滩的大马路，到现在，黄包车坐过了，连汽车也是常坐的，就是鱼翅没有吃过，一口也没吃过，所以，大少爷一说，我还忍不住流口水。而大少爷去吃船菜，多是陪汤局座消遣。上海滩警局局座，官僚嘛，到了堂子里，也未必就是个嫖，人家吃的就是那一口菜，好的是那个妖冶风色，就像咱们那句亳州话，小菜虫子吃尖椒，钻的就是那个小尖尖。我第一次去接大少爷，就是四马路那儿的堂子里，醉得一塌糊涂。汤局座便装厮混，还没接走，醉躺在大红椅子上，鼾声粗放，中间还要拐弯，好似一股子流水，中间盘个旋儿。屋里一股子脂粉气，老鸨和几个妓女在屋里守着，汤局座鼾声一响，她们就咯咯笑几声。老魏的汽车开不进弄堂嘛，那家堂子又在僻处，曲里拐弯的，我背着大少爷走了两刻钟才到马路上。这一次才是个开头，后来他在外一喝醉酒，当然也不是全在堂子里喝醉，就打电话让我去背他。我就是这般和方迈克搞近乎的，并按照他的要求，除了周一周六接送大小姐，余下时间都在他的心理诊所听差，公馆的活儿全免了，自在得很，还动不动吃顿西餐，很惬意的。

咱们说那天，我正在方迈克心理诊所端茶捧水，伺候那些贵妇人阔小姐们，这位汤局座突然来电话，请咱们方大少爷过去帮着审个案子，因为外边这些患者都是两天前预约的，方迈克只好推辞了汤局座。可是，他刚坐下，好像又想起来啥事了，马上又把电话打过去，问汤局座下午三点钟过去可不可以，汤局座当然答应了。接着，他又给大表嫂打个电话，应该是大表嫂吧，他们呜哩哇啦说的是外国话，我哪里听得懂，只是开头他叫了一声啾啾，我才觉得是大表嫂，因为在方公馆里他们散步时，我听到方迈克这么叫过一声，大表嫂还捶了一下他的胳膊。

这一天到了下午两点半吧，方迈克又挥舞着司的克，带着我出来了。我们刚出了楼，一辆崭新的福特车开过来，我看着眼熟嘛，一看又是那个汽车夫，这次我留意了一下，这个人相貌很普通，只是个双眼皮，老侄儿，男人双眼皮，好桃花，就是好女人嘛，不尊贵，我不喜欢，所以记得清。不过，后来我在新四军那里还见过他，只是，他不认得我了，当时我以为，七八年的时间嘛，我方方面面都变得厉害，不认识我也是正常的，岂料，他开头不认识我是佯装的，后来还是认得我了。这段事情咱们后边再说吧。趁机会，在这儿我加个注脚，方迈克每天上午九点半到诊所来，下午四点半回方公馆，都是大表嫂亲自驾驶那辆白色的英国车接送，其间要是出去办事，他多数都是打祥生出租汽车公司的电话四〇〇〇〇，叫辆出租车来，这家出租车公司服务好，几乎放下电话，车就到了。而这辆崭新的黑色福特车，好像神仙指使一样，关键时候总是不约而至。虽然我记得只有两次，以后再没有出现过，但还是给了我异样的感觉。只是那时，毕竟经历有限嘛，哪里会朝深里想。咱们说那，坐车，还是那样，我不晕车，就迷方向。到了警局，我也不知道哪里是东西南北，反正跟着方迈克往警局里走。至于方迈克到警局办事为啥带我，这个我说不清楚，你得去问方迈克才行。汤局座也算是我的老熟人了嘛，我几次去接喝醉的方迈克，他都在场。他不知道我是个佣人，只知道我是方迈克的表弟，在心理诊所跑腿，想必，我在他眼里算是方博士的徒弟，跟着学心理学的，所以审讯时也没赶我出去，允许我坐在外边旁听。就像汤局座说的，“看在方博士的面上，本局也给你一个现场实习的机会”。这场审讯就是在审讯室进行的，那些铁的，皮的，竹子的，还有火炭盆里红灿灿的烙铁，家伙一应俱全。竹签皮鞭烙铁老虎凳，咱都听说过，今天算是见到了，还有一些没听说的，今天看到也不认识，但一看样子，稀奇古怪的孬种样子，就叫人不舒服，就叫人脊梁沟里冒冷气。

被审的那个犯人，根本不像现在电影电视上那样，满脸是血，披头散发，衣服破烂处尽是血染的，不是这样的，至少我看到的这个不是这样的。这犯人青色衣衫倒也齐整，没有鞋子，灰白色的袜子倒还穿着，脸上也没有伤痕，只是气色不对头，介于蜡黄与苍白之间，呼吸都要费很大力气，坐都坐不住，椅子两边两个警员把他镶嵌在椅子上，他就像将死之人，双目迷茫涣散，长了一张肥厚嘴唇，叫人毕生难忘。后来我听方迈克说，自从法租界的司法权回归咱们中国以来，就规定警局法院之类的机关，再审案子，不能滥用刑讯，慎用肉刑。但是，这些都是表面文章，肉刑照样用，只是手法更为隐秘罢了。就像眼前这个犯人，表面没有伤痕，内脏也肯定无损，但肯定是吃了大酷刑的，有可能被抽了脊骨骨髓，或者错了一两节脊椎，或者受了“挑筋弹琴”，也就是勾着脚后跟上大筋吊起来，再用鱼钩勾住睾丸上的筋头，拉直了钓绳子弹来弹去。这样的酷刑惨无人道，即使铁汉也受不了。唉，现在说起来这个，老侄儿，我就觉得睾丸发痒，脊梁沟里还有点抽抽的凉嘛。咱们赶紧说那，当时那犯人一副垂死相，方迈克刚开口问了三言两语，不过是近来睡眠可好，做过梦没有。这个人居然自己坐住了，就像个橡皮人一样，一经充气就会逐渐变得生气勃勃，生龙活虎，活像压根没挨过大酷刑一般。不大一会儿，几句话说下来，他居然和咱们方迈克展开了论辩。说实在的，我真后悔自己不懂心理学和精神分析这套鬼把戏，听不懂他们的对话。当然，我估计在场的汤局座也听不懂，遑论那两个警员了，他们已经松开犯人，后退到椅子后边，抱臂当胸，满脸惊讶之色，逐渐变成一脸迷惘。奇怪得很，那个犯人也是个行家里手，在心理学和精神病学领域里，甚至比咱们方迈克走得还远。方迈克和他的交流话题甚为广泛，从精神分裂谈到了梦境，一掉头又拐向了魔法的奥妙，又从巫术谈到了蛊惑术，最后由沼泽鬼魂谈到了莎士比亚的《仲夏夜之梦》，没错，这个名字我记忆深刻，莎士比亚，后来我还有幸背过这位老先生的画像嘛。那犯人不光讲，他还表演梦境，表演鬼魂，表演精神分裂，最后表演的是心神焦煳一团，神经与肉体一起崩溃的情景:从椅子上嘟噜到地上，声息全无，仿佛死了。咱们方迈克和汤局座只好收场。

出来后，往局座办公室走时，咱们方迈克低低给汤局座说了一句:“这个人的智商很高，已经高到神经错乱的地步了，以我的见闻，共产党里恐怕没有心智如此之高的人。”汤局座老奸巨猾，竖起食指放在嘴唇上嘘了一声，又在楼道里前后看了一番，这才开门进屋。虽然汤局座只是虚掩一下门，但我自然是不能跟进去，就在门口候着。那时候我还不知道啥是共产党，我好奇嘛，小孩子好奇嘛，就侧耳偷听。就听汤局座请方博士分析一下，方迈克说，别费劲了，这个人的神经系统全部崩溃了，如果他有秘密的话，恐怕连他自己也忘掉了，留着没意义了，毙了算了。汤局座哧哧笑了两声，拉开抽屉，拿出一个信封递给方迈克。当然了，老侄儿，你猜对了，就像现在，啥东西鸟专家，鸟教授，还有鸟学者，人模狗样，出席活动，外出讲课，劳务费都是少不了的。况且，咱们方迈克博士出诊费也是很高的，而且和汤局座又是老狗友，帮他赢过不少钱的。更重要的是，汤局座在这笔公费开支里自然少不了要做点手脚，自己到手的，一定要比给方迈克的多上三五倍。

方迈克装好信封，和汤局座告辞，快走到门口这儿，他又回头过去了，笑吟吟地说:“局座，汤哥，咱们不能糟蹋了。送到医学院做解剖，倒是可以得到一张医学院颁发的捐赠证书。”

汤局座嗯了一声:“就一张纸?”

方迈克说:“要是活体解剖，他们自然会给一笔的。”

汤局座马上亢奋了:“能给多少?”

方迈克慢条斯理地说:“具体多少，我不太清楚。不过，我听说公共租界那边比较高，估计得这个数，不过人家只要活的。”方迈克在胸前做了手势，我从他身后没看见，所以，多少我是不知道的。于是，汤局座就偷偷把这个犯人卖给了公共租界的医学院，他得了多少钱我也不知道，但犯人他肯定是卖了。要不然，八九年之后，我在延安就不可能再次遇到这名犯人。也蹊跷得很，宿命，我再次见到他，他还是犯人，就是因为他这次被捕入狱的事情，审查他叛变了没有。当时，延安正在整风嘛。他两手在背后捆着，有两个背枪战士押着，他依旧保持着革命乐观主义，高高兴兴哼着一首陕北民歌。迎头撞见我，不唱了，一下子哭了。对，对，老侄儿，你好像经过这事似的。我出面证明，他没有叛变，救了他一命。后来这个人当了大官，“文革”期间，我还再次给他写了个证明。后来,他熬出来了,经常在电视上露面讲话，娘拉个逼的,也想不起来到咱们李庄看看一个叫李娃的老人。我很生气，过几天咱们讲我在延安的故事，就不讲他了，不给他在关键场合露脸的机会了。

咱们现在说话嘛，我猜想方迈克当时肯定也料不到后来的事，但当初救人时，他肯定明白自己救的是干啥的人。这么说，并不是要证明他有多高的觉悟。方迈克有啥样的觉悟，我不知道。不过，以我根据当时的情形看来,在方迈克眼里,他就是办妥了一件老婆交给的任务，手法又狡猾又智慧，还额外拿了好处。

哎呀，都过了十二点了。

他娘的，今天说得高兴，说多了。

好，最后两分钟，再送你一小段。

方迈克这个人很有意思，热情，没有架子，把我当成顶头至亲。留过洋嘛，知道尊重他人，比较文明，拿我当自己小兄弟看待。在方公馆里，闲暇之际，我俩老坐在草坪上聊天，主要听他说话。他这个人讲究，不坐草坪上，得给他搬把藤椅放草坪上。我自然坐草坪上了。他坐在椅子里，翘着二郎腿，左手夹着烟。他不抽雪茄，抽口味清淡一些的洋烟，就是英国嘛还是美国烟草公司，反正当时英国和美国在上海滩都有烟草公司，就他们生产的那种相当高级的老刀牌。他抽着烟，给我讲事情，留学见闻，上海滩大佬的心理疾病，有时候还分析我的心理，讲得头头是道，尽管我听不懂，他也要一颗烟讲完了才住嘴，左手夹着烟蒂，右手招呼我，热情得很：“来来来，小表弟，把烟头帮我扔了。”

你看看，资本家的阔少爷，让人伺候的意识，就像接触不良的电灯一般，随时都会闪烁一下子。

哦，差点忘了说，方迈克刚生下来时羸弱多病，为了能把他养大成人，并且茁壮成长，大姑妈蔡景双依着咱们淝河集这一带的老规矩，给他起了个小名，叫做石磙。这个，是后来听大姑妈蔡景双说的。

今儿说得够多的，怪累人的。

老侄儿，请了。

第八章

今儿说老姑父方仪望。

昨夜里我梦见他老人家了。

他老人家还在发愁，在后园里散步，举步抬头，一声嗟叹。

怪让我想念嘛。

有一段时间，好像是我到方公馆第二年吧，就是第二年，从春天到夏天，一直到秋天，老姑父方仪望好像中了魔怔，事事都有点不对劲，很明显，他心事重重。老侄儿，人要有心事，你看他一举一动都不对劲，好像钉歪了钉子，上错了螺丝。连我这么个笨人，都能看出有几分不祥之兆。后来我才知道，有好多事，主要是银行里的事，一件接一件，困扰着老姑父。年头里，报纸上就登了一个消息，说重庆金融发生了混乱状态，当地多家银行出现挤兑局面，死伤一二十个。没几天，政府又公布了年度总预算，别的不说，光军费就两三亿，这些钱从哪儿出嘛，这些年了，老姑父方仪望都是经过的，他当然知道这些钱从哪儿出。可怕的是，这个总预算刚公布两天，上海的报刊，好像叫做《东方杂志》，又有人写文章，总结去年全国白银外流，三亿五千多万元，一下子比前年增加两亿五。自然喽，白银外流也不是自今日起，也不是自昨日起，更不是自前日起，最少那也是自“一·二八”战事停止之日起。当时，金融界一些败类，贪图微利，嗾使一些金融机构，比如钱庄、银行、信托所之类，大肆收购市场上流通的银元，悄悄运抵虹口那儿，集中装箱，大批大批地运往日本。日本人比较坏，会掺假，他们给白银里加入最高比例的其他金属，制成银片，再高价卖给中国银器制造业。咱中国也有高人，比如老姑父方仪望，他就看出日本人很坏，想破坏我们的银元制经济秩序。包括大表嫂段喜良，她也认为这是个隐患，从中就可以看出日本侵略中国是绝对不会停止的，政府必须改革币制，才能破解日本人这一险恶手段，稳定国家金融，以图发展强盛。当然了，当局一些经济学家，还有银行工商界的有识之士，也都看到这一点，给政府当局上书建议。刹那间，改革币制呼声四起。于是，国民政府请来了英国财政部首席顾问，里兹罗斯，帮助研究币制改革。里兹罗斯这个人，是一个币制专家，头脑里是资本主义那一套经济体系，他的主意不太适合咱中国国情，最后，还是由咱们自己的经济学家，还有银行工商界的精英，出谋划策，在美国人的支持下，当然也有英国人帮助的成分，这才完成了废两改元、实行法币政策的改革，使当时混乱的金融秩序站住脚跟。当时，废两改元的政令十分严厉，要求所有银行钱庄之类的银钱业，把手上现有银两一律送到国家银行兑换钞票，否则，以破坏政府金融政策重重论罪。一时间，市面上基本见不到银元，连一些商家富户也不敢私藏银两。可是，一些贪婪宵小,照样走私白银。日本人更不买咱们的账,直接公开武装走私。娘拉个逼的，还是没法制止白银外流。

老侄儿，这些都是银行家的话题，我所知不多。若非亲身经历过那个时代，又在银行家公馆里浸染过，恐怕连这些也说不清楚。你要是有兴趣，可以查查这方面的资料，反正在文化馆嘛，这个金融方面的史料应该是有的，而且你是馆长，查起来也方便。

咱们说那，老姑父方仪望的心事重重，除了这些与银行有关的事情，还有，年头里，挨年根了，日本的陆战队，有两千五百人，在虹口和杨树浦一带演习巷战，搞得全上海滩人心惶惶，以至刚开年，上海市面萧条之极。社会上的各种协会，商会，银钱业公会，几十位头面人物，齐聚一堂，商议稳定市面渡过难关的办法，咱们方仪望也参加了这次商议会。最后，推选杜先生一行六人，去晋见财政部长孔先生，请求拨巨款救济上海市面。这位孔先生当然不会拨巨款，他倒是允许中国、中央、交通这三大银行，承办货物抵押放款，也算是缓解了燃眉之急。可是，没过一个月，这位孔先生又出了个主意，决定发行金融公债一亿元。再接着，孔先生利用金融恐慌，开始以政府的名义对银行界强行改组，说白了其实就是兼并。像中国银行这样独立性极强的老牌银行，包括仅次于它的交通银行，改组以后，基本上都被政府控制了，何况其他的银行钱庄。就像有名的四明商业银行，中国通商银行，都划进了国家银行势力范围。这次银行变动，成了个事件，几乎给上海金融界的资本家以致命的打击。这些事情还没有公布结果，也就是在刚刚开始那天，咱们老姑父方仪望就已经明白了，银行也好，钱庄也罢，无论什么金融机构，无论发展好歹，但自从诞生那天起，就注定没有和政府讨价还价的资本。如此以来，不几天，上海四大钱庄之一赫赫有名的鼎甡钱庄，宣告倒闭。到了六月底，头天公布《关税公债条例》，债额一亿元，翌日发行，用于弥补上一年的财政亏空。第二天又公布了《民国二十四年四川善后公债条例》，债额七千万元，下月一日发行，用于“剿共”和整理债务以及善后建设。老姑父方仪望看完报纸，长长地嗟叹一声。反正，那一年从年头到年尾，几乎就没有一天好日子,几乎所有的银行钱庄都是亏损经营。方家的丰盛银行，多亏大表嫂段喜良，不仅具有经济学家的深奥理论，还具有银行学家的远见卓识，更重要的是，她还具备了在那个时代必须的社交能力和人际魅力，这才使丰盛银行亏损轻微，但等于赔钱赚吆喝，相当于全年白忙。甚至连上海滩大佬杜先生，他的银行也亏损不小，只是，杜先生是刀尖上行走的人，黑红不论，眨眼间，一口黑色大棺材，直接抬到孔公馆大门口，啥话都没说，孔先生便以解决某位爱国人士的经营困难为名，悄悄将杜先生的亏空给补上了，所以，杜先生对外界宣称,他的银行还是大大盈利的。咱们方仪望来不了这一手,不是做不到,是不屑于那么卑琐，所以嘛，银行亏空又没人给补上，只好牢骚不断。说啥，当年宋先生也向银行家要钱，但人家要钱不是让银行家垮台，而是让你有个新发展，现今这位孔爷倒好，上任以来，也是变着法子要钱，他要钱一是为了满足“今上”需求，二是让自家太太从中渔利。诸位想想呀，政府发行公债之内情，通货之私幕，谁最清楚，在全上海滩，又有哪位及得上这位太太，那么热衷于公债，热衷于通货投机，看啊看啊，就是在外汇投机交易市场上，又是哪位太太翻手为云覆手为雨，咱们亳州话说了，鸟毛灰吧!

自然了，老姑父方仪望是不会在外人面前说这个的，在自己家人面前，他也不会说这个，至少不会说鸟毛灰，他是在我面前说的。刚才不是说了嘛，方仪望老在后园里散步，惆怅，嗟叹，我不是老在后园干活嘛，有时候看他万般无奈的样子，就和他说几句话，宽宽他的心嘛。于是，老姑父往石几上一坐，招手让我到他跟前，开始牢骚满腹，骂人。当然，他明知道我听不懂那些，但他说这些也不是让我听懂的，他只是想发发牢骚罢了。那段时间，我成了他最好的听众。老侄儿，咱们都是过来人了，经验过，懂得，到了老姑父方仪望这种岁数，又有了诸多烦心事，那内心里就会充满诉说的欲望嘛，没个听众可不行。就像我到了这个岁数，有时候喜欢唠叨，明明知道一个人唠叨不好，但控制不住嘛，总是唠叨，而且还希望有个人到面前来听我唠叨，也就是需要个听众嘛，现在你就是我的听众，想当年我就是老姑父方仪望的听众。老姑父明知道我听不懂他的行话，他可以尽情宣泄一番。我还不能明显摆出完全听不懂的样子，得拉出一副似懂非懂的架势。老侄儿，你说咋办嘛，我看他表情，听他语气，拿捏到位，恰到好处地插话，哦，啊！哎呀，哎哟，这个事做得真没屁眼，奶奶个熊，是嘛，打他姥姥个臭逼，日本人真不是人养的，干他八辈子娘们，等等，反正就是这类话，最好得用咱们李庄的方言说话，跟说相声捧哏的一样，得递上话儿，还要递得刚刚好。头几回可难为死我了，后来就熟了，随便，张口就来。不信你试试，老侄儿，你说啥都行，我都能给你递上话，而且我的表情跟说的话绝对是一致的。反正就是贫嘴嘛。不过，我这一手，真不是玩的，在后来打仗的岁月里，帮了我不少忙。我在老姑父方仪望面前帮腔递话儿，时间稍长，他就知道我这一手的底里了，但他还是那个惆怅样子，让我有点愤愤不平，对谁愤愤不平，我不知道，盲目生气。反正我很难忘他那样子，也不知咋的，这段时间经常梦到他在后园里散步，嗟叹，他还拽文：事绵绵而多私兮，窃悼后之委败。那时候听他拽这句文，我不懂啥意思，现在还是不懂，但他老在我梦里说，我就把这句话记住了。

老侄儿，这句话是啥意思吗？

你也不太懂？

那就算了。

咱们说那一年，等到十月里，银行界一些大佬，眼看在业界将要无所作为，纷纷利用老关系，到政府里谋求官职。比如，中国银行的张先生，用的是政学系的老关系，当了铁道部长。还有浙江系银行业的头面人物吴先生，走的也是政学系的路子，当了实业部部长。刚刚听到这类传说时，咱们老姑父方仪望向老友陈先生探听消息，陈先生，就是我救他一险的那位，暗示咱们方仪望，如果他愿意把丰盛银行交给政府管理，或者和中国农民银行合作，那么，他可以为方老哥在政府谋获一席部长职位，也是轻而易举的，蒋先生对方老哥还是蛮有印象的嘛。起先，方仪望以为陈先生只是说笑，因为，中国农民银行原本是鄂豫皖赣四省联合农民银行，没有几年历史，刚刚改名中国农民银行，方才由陈先生掌管。当然，陈先生那么大的官，哪有工夫管银行的事，自有人手操办具体事务，他只是个后台老板。后来，咱们老姑父方仪望一想这个银行和“剿共”关联不小，几乎是蒋先生的私人钱袋，这才领略到陈先生说这话，也是机锋颇深的。只是，咱们亳州人的那点禀性还在，老姑父方仪望，还有一点笑傲王侯的风骨，所以这件事情也就佯装说笑，放下不提了。只是，这时候的老姑父方仪望，老人家，口中闲话喽喋，心中杨柳婆娑，连到后园散步也不去了。

这一年，除了银行这些事，还有一些事让老姑父方仪望郁闷不爽。首先是三月里，他非常喜欢的电影演员阮玲玉服毒自杀了，不久前，咱们这位老影迷还得到了阮玲玉的亲笔签名，整整炫耀了三天。这下子，失魂落魄，痛骂唐张二贼数天，声音凄厉，我在楼下听得脊背发凉。不过，这也没有大不了的，当时在上海滩，就有四五个女“阮迷”因此自杀了，外埠“阮迷”自杀者时常见诸报端。这还不算，到了秋末，老姑父方仪望，他的掌上明珠，大小姐遭人绑架，这几乎等于给老家伙心头再来上一刀，人本来就已经筋疲力尽了嘛，差点撑不住了。

今儿个原本是要说老姑父方仪望的，看样子，咱们得挪用点他的时间，简短说说大小姐被绑架的事情。

其实也都是市面经济萧条惹的祸事。市面一萧条，社会就动荡，坏孩子就出来兴风作浪，自古以来莫不如此。那段时间，上海滩接连出了十几起拦路抢劫案，七八起绑架案。北京一个有名的张公子，大少爷，来上海滩消费，冶游，就是胡混嘛，谱儿摆大了，让歹徒瞅眼里了。北京这个时候好像叫北平了，是不是真的叫北平，我记不清了。反正这位张公子在上海滩没玩儿几天，就被绑架了，敲诈了二百根大条，才把人赎回来。这个事儿在报纸上吵得厉害。报纸上还分析，歹徒不是上海滩的，而是上海滩左近的大兵。老侄儿，你查查资料就知道了，“一·二八”之后，日本人蛮不讲理，硬是不准咱们军队驻扎上海滩，所以军队都撤出去了。这股子绑架的大兵，说是川军，驻地在上海临近，杂牌军嘛，饷粮不济，就生点子，窜到上海滩热闹处专门绑架富人，敲诈赎金，肥私囊，混日子。反正社会上胡乱猜测，把这个事儿搞得沸反盈天，上海滩的富人们个个忧心忡忡。加上当时，学生游行，群众示威，要求政府抗日救国，市面上动荡得很厉害。有一些贵族学校，十月底就提前放寒假了。连咱们方公馆里的大少爷方迈克，也少了诸多夜场聚会，在家里陪着大表嫂散步说笑。倒是大小姐，满不在乎，她好像也提前放了假嘛，我年纪大了，记不清这个了，反正，大小姐也参加过游行，我都看着的嘛，她白天跟着学生队伍游行，我就在路边跟着，怕她出事情嘛，不让她参加这个活动那可不行，老姑父禁止不了大小姐，就给我下了个死命令，保护好大小姐别出大事情就行。你看，这白天大小姐折腾一天了吧，到了晚上她照样去看电影去听戏，都得由我保镖，我的压力大哟。不过，老伯父我那时候也是不得了的，在上海滩生活了一两年，世面还是见过一些的，加上方公馆吃喝又好，不知不觉个头蹿高了一两拃，天天见到的是方家人物，两个留洋博士，外加一个有涵养有智慧的管家王西三，耳濡目染嘛，也养了几分气质，虽然还是一张马脸，但外表上乍一看很像个富家子弟了。大小姐就像方迈克一样，爱讲究，资本家大小姐嘛，陪她外出也不让我穿男佣制服，得换上西装革履，还要扎上领带。西装革履都是新置办的，因为刚来时老姑父方仪望给我买的那两套西装，小了。后来我弟弟，也就是你爹那混球，到上海找我，送给他了，他整整穿了一辈子，因为他一辈子没再长多少个头。老话说的中听，人靠衣裳马靠鞍，我这么一打扮，和大小姐出入电影院戏院，哎呀，老侄儿，你就想想那个光景吧。我现在嘴上说到这儿，眼前就看到了那番情景，心里美得很。我记得清，这一次我记得清，我陪大小姐到卡尔登剧院看戏那天，是十一月二号，因为这天的报纸上刊登了一个骇人的消息，说的是昨天的事，也就是一号嘛，南京的汪精卫被刺了。下午老姑父方仪望看报纸时，还摇头慨叹一声："这个玩笑开过头了。"我现在一说，还觉得就像昨天刚发生的一样，所以，这个日子我记得清楚，陪大小姐在卡尔登看戏那天，就是十一月二号。

哦，咱们说我陪大小姐看戏的事情。

我和大小姐，那天在卡尔登戏院看戏，坐的是二楼雅座，看的是外国戏，戏的名字叫《玩偶之家》，是一个挪威人写的。我的天哪，不怕你笑话，老侄儿，那会儿我还心想，真是怪哉乎，世界上还有挪威这个国家呀，一个国家叫挪威，那是啥意思嘛。啥意思，我不能问，因为大小姐看戏特别投入，她烦人这会儿和她说话。那出戏，一开始我真的没看出来，上了妆嘛，等到了那一段，就是柯洛科斯泰鞠个躬走出门，娜拉把头一扬，哎哟，我脑海就有个人影浮动。再到海尔茂胳肢下夹着文件进门，娜拉说，哟，这么快就回来了。海尔茂说，是的，有人来过家里吗？娜拉说，来家里？没有，没有。到这儿，就是到了这儿，我脑袋里霍地一下，想起娜拉是谁了。我的天哪，真是无法想到，竟然是，我从徐州来上海时，在火车上遇到的那位女客，她还吃了我的五粒大金果子嘛。我当时险些叫出来，心里边亿万个念头，乱箭纷飞，恨不得马上冲到戏台上相认一场。当然，我没有这样做，毕竟正是青春激扬的年龄，脑袋里有许多疯狂与妄想，但在小心眼里，怕大小姐多心疑问起来，解说起来怪费口舌的。你瞧，老伯父我那时候有多幼稚。这位娜拉，这位旅途中邂逅的女客，我现在还是不能说她的名字。但你记住，这是我第二次见到她，不过，我是台下看客，她是台上主角，她不知道而已。这里提到她，一个是戏是她主演的，二个是想说明我命里有几次见到这个历史人物的缘分。当然，这些都不是我今儿要说的主要段落。咱们直接说等到这出戏散场了，我和大小姐出来，老魏还没有把汽车开来。因为老魏送我和大小姐来时，大表嫂吩咐过，趁我和大小姐看戏这个空当，叫他回公馆把她的客人王先生送到北站，完了再回到戏院来接我和大小姐。我也不知道这个王先生是哪位，因为公馆里总有一些客人来来去去，前边我说过这回事的。而现在想来，也应该是大表嫂那条线上的一个重要人物。十一月了嘛，又是晚上，冷风嗖嗖，我和大小姐只好在街边踱步等待老魏。眼睁睁，看着别的看客被汽车接走，或者急急奔向电车站。因为这阵子老是发生绑架案嘛，人人都仓皇得很。一会儿，街上人迹稀少了。霓虹灯也跟鬼火相似，怪异地闪光，街上愈是一派寂寥模样。真是奇迹，这样的时刻，大小姐还沉浸在戏里，开始给我讲述刚才看过的《玩偶之家》，讲得条理分明，讲得兴高采烈。所以嘛，我才记得那些外国人名，今天给你讲这段戏时，还能叫出来戏里这几个外国人的名字。至于大小姐对这个戏咋分析的，反正我一句也没有听进去，因为，因为，大小姐在说话时无意间拉住了我的手，大小姐拉住了我的手。大小姐拉住了我的手，就等于把电闸扳下来了，哦，不，就等于把电闸推上去了，我好像触电了，我好像掉进了冰窟里，我好像掉进了油锅里，所以我根本听不到她都说了些啥。大小姐很开心嘛，很随意拉着我的手，在踱步时还要轻轻地前后甩动。和资本家大小姐初次拉手，资本家大小姐的手又香又软，握在手里，那种感觉我毕生难忘，以至于后来我握谁的手都没感觉了。

就是这时候，一个小婊子养的王八蛋，突然一下子，把大小姐从我手里抢走了，跟着又有一个婊子养的王八蛋，刀子顶在我腰眼上了。这两个糙货，也不说话，推着我和大小姐朝路边一辆汽车跟前走。我登时知道了，报纸上言说的绑匪来到了眼前。我还傻乎乎地说了一句，咱们可没有钱嘛。拿刀子顶我的那个糙货笑嘻嘻，根本不像坏人，说，就你们这样打扮，明显是大少爷大小姐，你们是没钱俺们相信，你们家里都是大金条呀。回头一瞥间，看见这个糙货脸长得茄子状，上小下大，有特点得很，我咋能记不住他，说的一口湖北话，也可能是与湖北接壤的河南话。大概他们绑惯了富家子弟，一着手人就吓得浑身筛糠，瘫软一团，基本上都是手到擒来，一笔赎金说到手就到手了。只是，这一次，他们看错了，竟然绑了我李娃，尤其是在我李娃和大小姐拉着手儿踱步时刻。真应咱们李庄人惯说的那句话，不知道葫芦里装的啥，鸟手一摸，它轰隆一下子炸了。我一转身劈脸一拳，交裆一脚，唉，不经打，脓包晕倒了。拉着大小姐的那位糙货，愣了一下，赶紧腰里掏家伙。他哪里能掏出来，掏不出来。我早就说过嘛，行里有规矩，不亮青子不遭毒手。我让他这只手别在腰里动不了，喀啦一下，膀子给他卸下来，胳膊连带着手，耷拉腰里了。这个不算完，又一式甩手锁喉，五爪到，人躺地，我师父陈祈合老先生爱说的一句话出来了，拾掇利索，拍拍手喝口茶。恰好，汽车里那个开车的刚好下来，一看势头，想马上缩回车里，晚了，我已经飞身过去，乌龙摆尾，一脚把车门踹上了。这个汽车夫，比我大不了几岁，长得不错，小圆脸，一咧嘴，露出两颗小虎牙，扑通一下，跪下了。咱们大小姐还在那儿满脸惊讶，合不拢嘴，大约还没看出啥名堂嘛。说来蹊跷，后来，这种小圆脸，一笑一说话就露出两颗小虎牙的人，我这一辈子还见过很多很多，每见一个，我就会想起一次在上海滩遇到的这个小绑匪。上海滩消息传得快，第二天，报纸上竟然刊登了这件事，登在社会新闻栏目里，说是三名绑匪，绑架银行家大小姐，遭遇强悍保镖，两匪伤残被警局擒回，一匪逃逸，我放了那个小虎牙绑匪嘛，人家又作揖又磕头的，我心肠一软就放了他。说来好笑，报纸上居然把保镖写成了身高八尺，虎背熊腰，活似燕人张飞。真是一派胡言，我长得哪里像张飞嘛，我是马脸，像似关老爷才对。

老侄儿，绑架事件，到这儿就结束了。

但是，也正是因为这个绑架事件，我的人生质量才有了改变。

咱们还要细处说来。

头晚上方公馆虚惊一场，乱了半夜，不提。第二天上午，老姑父方仪望把我叫到他的藏宝室，手头上就是当天的报纸，登有那则新闻，我以为他要夸奖我一番，结果他没有。这个我能理解，因为这一年银行的事情比较糟糕，搞得他情绪一直很低落嘛。不过，他给我说话时有点儿语重心长的意思，谆谆教诲，说一个人不能光有匹夫之勇，胸无点墨不好，张嘴没有道白，一路村话，叫人耻笑咱们。昨天半夜了，他和“迈克和喜良儿人商议”，还是决定让我读点书学点知识为是。要不，年纪轻轻，荒废青春年华，将来咋好应对世道变化。当然，这样说，也不是要我非学四书五经，懂得孔孟之道，知道啥是四维八德，只是要我读些诗书，能写名记事，说起话来言语有味，更重要的是能够思想开通，眼界广泛，世上行走，从容不迫。而且，他还和方迈克说好了，以后不再让我到心理诊所跑腿了。

过了好久，我才知道，让我读书的主意，主要是大表嫂提出来的。又过了好久好久，好久，我才知道大表嫂让我读书的深层用意。老侄儿，你不知道，想当年，别人不管给我说啥话，都是耳旁风，老姑父这番教导，当然也是耳旁风。不过，他一说大表嫂和方迈克他们无暇教我诗书，加上年关将近，也不便请啥家庭教师了，而大小姐正在放假，不妨让大小姐先教我一些诗文再说，等开了年，再想法送我到哪个学校去上个学。在咱们李庄无人不知，我李娃自生下来就与诗书无缘，跟着咱们李庄东边刘庄的刘先生，上了几年学，就等于喝了几年苦药，但是，一听说先让大小姐教我诗书，我哪能不答应，就算是再苦十倍的汤药，我眼也不眨就能喝下去一钵子，要是还有一钵子，我还能喝下去。我的天哪，喜事临门嘛。只是，有些遗憾，不去心理诊所了，就等于，再想吃顿西餐就不方便了，或者说比较困难了。哦，是的，我在心理诊所跑腿期间，方迈克时常带我去吃西餐。美国花旗总会嘛，吃个西餐，便利得很。

哎呀，万万没有想到，我这一念之差，真是大吃苦头。

原以为，大小姐教我诗文，就像学堂里一样，先生学生，同室诵读，朝夕相处，这多美颠颠嘛。可是，妄想。所以佛家劝人断了妄念。咱们当时哪经过高僧开示呀，所以呀，苦恼。大小姐摆起老师架子，而且应付了事。先给我一本唐诗，一本英语，因为我坚决拒绝英语，所以又加了一本宋词，哦对了，还有一本四角号码字典，就是商务印书馆弄的，发明者王云五的那首《对照歌》，我倒是在家上学时也背诵过：横一垂二三点捺，叉四插五方块六，七角八八小是九，点下有横变零头。这时使用起来，也不算太费劲儿。也就是说，大小姐让我自学，她回自己屋里复习功课去了。我天天就在自己屋里背唐诗宋词，不仅背诵，还要用毛笔隶书抄写，受罪得很。旁边王西三大叔天天笑眯眯鼓励我，吴大婶天天给我泡红枣茶，她喜笑颜开，再三说你这个小孩子看几本诗文真好，长大了能文能武，货卖帝王家呀。她的意思就是我读了诗文前程远大嘛。我心里苦笑，他们哪里知道我的苦嘛。更苦的是，每周大小姐还要考查一次，严厉得很，我要是背不会，她那个脸色，咦，唉，呀，不说也罢。我也是毛病多，只要是咱们姓李的写的诗词，不咋费事，我一学就会，几下子就背得滚瓜烂熟，不是姓李的写的，就记不住。就像李白，就像李颀。李白不得了。郎骑竹马来，绕床弄青梅。同居长干里，两小无嫌猜。写得好。李颀更不得了。辽东小妇年十五，惯弹琵琶解歌舞。今为羌笛出塞声，使我三军泪如雨。好得很。后来，在战场上，一看战地服务团的女演员演出，我就想起这首诗，忍不住低低念叨。咱姓李的写的词，我不咋喜欢，原因就是李清照一首词，让我有点败兴，冷冷清清，凄凄惨惨戚戚，都有啥忧愁的，又冷又清又凄又惨又戚，有啥实在的说点实在的多好，空悲切嘛。总之，咱姓李的诗我背得好，大小姐高兴得很，马上兴致勃勃给我讲解。大小姐讲唐诗讲得好，我一辈子也没碰到过能讲这么好的。到后来就麻烦了，唐文选，宋文选，先秦散文，这些个玩意儿，简直苦煞我也。一篇《过秦论》,险些要了我的小命,那篇《滕王阁序》简直是天下最苦的汤药,呀,若要是汤药，我咬牙喝了，只是，嗟乎，时运不济，命途多舛，这篇鸟文章害煞我也。反正在那段苦日子里，我常常被这些玩意儿弄得头晕脑涨，就到院子里换换空气。偶尔碰上大少爷方迈克搬把藤椅坐在草圃旁消遣阳光，一见我愁眉苦脸，就哧哧笑个不停，怪怪的，好似轮胎撒气。我便向他倾诉读书之苦写字之难，他扬言道，小表弟，对你而言，那些名篇佳作，无疑高头讲章，无以济世，与人生何补？小表弟，我给你搞几本书来，保准你看得寝食俱废。于是，方迈克给我拿来一包书，啥书，都是黑幕小说，分门别类，官场黑幕，帮会黑幕，商界黑幕，报馆黑幕，女界黑幕。反正好看得很，果真看得我天昏地暗，废寝忘食。不能否认，大小姐教我诗文，我自是得益匪浅，而大表哥给我的这些黑幕小说，也同样给了我很多影响，在我以后的人生中，或者说在后来的战乱岁月里，真的让我多了几个保命的小心眼。现今，咱们凭良心说句话，我回想起来那段读书的难熬日子，还是心怀感激的。老侄儿，你道我有时说话有些油腔滑调，那全拜大少爷所赐，他让我看了很多黑幕小说嘛。你道我有时说话还有些斤两，那全拜大小姐所赐，她教过我很多诗文嘛。这回给你说了，你就明白了，老伯父我有时候拽几句诗文，打几个雅屁，冒几句黑腔，也都是有来历的。

哦，咱们说好今天要讲老姑父方仪望的，这下好，东一斧头，西一棒槌，又是绑架，又是读书，简直应了咱们李庄人说的那句话：借人家的鸡，下自家的蛋。哦，你不太懂啥意思，哦，可能现今儿咱们李庄不常说这句话了。老侄儿，万物都在进化，人会进化，话语也会进化，咱们李庄的方言，当然也会进化的。不过，无可厚非，这是我的回忆录嘛，说说我的故事，也不算跑题了嘛。

是的，不光方公馆，整个上海滩这一年都不平静。

哦，不，不。

这一年里，方公馆也不都是不愉快的事，也有高兴的事情。

年跟前，好像就在腊月二十三吧，算是小年嘛，我记得那一天方公馆里有了一点点过年的气氛。上午，我被王西三大叔派到厨房，劈劈柴，烀肉嘛。这时候，邮递员送来一封信。那个邮递员眉清目秀的，一口苏白，那个时候，上海邮局苏州人不少。哦，对了，那时候邮递员叫邮工。看大门的樊阿大听得懂几句苏白，咿咿呀呀给他说了好大一阵子，才放人家走路。樊阿大一说是亳州来的信，我哪还有心情劈劈柴，跟那几个亳州的佣人一样，一溜烟跑过去了。一听是咱们亳州的方仪礼来的信，其他人又去干活了，我没走，悄没声跟着老姑父进了客厅，想听听说到我没有，或者家里有没有捎话儿。咱们与方仪礼毕竟有点拐弯亲戚嘛。

老姑父方仪望在客厅看信，皱着眉头。

开头说的是方强的事。

原来，方强这个猫日的，把我送上火车后，他先去青岛报考海军军官学校，不巧人家那批招生员额已满，建议他等下一批。幸亏那批学生里有一个蚌埠人，也算是老乡嘛，现在常说老乡老乡，背后一枪，这是现在人心不古，世风流汤了，才说这样怪话，以前不说怪话，而是说老乡老乡，相帮相帮，所以，这个蚌埠老乡悄悄告诉方强，镇江新办了一个电雷学校，也是海军军官学校，让方强不妨去试一试。于是，方强就去了镇江。老侄儿，那年月经济落后，社会糊涂，世态流俗，能念书的孩子不多，一个高中生更不得了，所以，毫不费劲，方强就考上了这个电雷学校。你翻翻资料就知道了，这个电雷学校算是蒋老先生办的海军军官学校。当时国民党的海军派系复杂，东北海军，闽系海军，蒋老先生指挥不灵，他就自己创办了这个电雷学校。方强上的就是这个学校。这一细说起来，方强还算是天子门生嘛哈哈。实际上咱们方强这鸟货不简单。后来，抗战嘛，战争打起来了，电雷学校派两艘快艇，一艘“史”字号，一艘“文”字号，史可法文天祥嘛，准备携带鱼雷,悄悄到上海滩,偷袭日本第三舰队的旗舰“出云号”。“文”字号快艇路上出了故障,没赶上。“史”字号快艇赶上了,夜里去偷袭的,也没成功。那时候的快艇嘛，跟现在的快艇没法比，没有高科技之类的玩意儿，加上又是黑夜嘛，看不清目标，鱼雷发射出去了，只炸毁了码头，爆炸碎片崩坏了“出云号”尾车舵。咱们方强原本是参加了这次行动，可惜他在那艘“文”字号快艇上，出了故障嘛。冲锋不成，英雄扼腕。

不，不，这些不是信上写的。

这些后来的事，是方强在他的回忆录里写的，哦，方强这本回忆录，也不是一生的故事，基本上就是他人生的几个片段而已，哦，也是小四从潘家园旧书摊给我淘换来的，我就看嘛，看了好几遍，也没有找到我特别想找到的那一段。我就是想知道，他方强为啥把我骗到上海滩这鬼地方。结果没找到，而且只字不提我和蔡琅玕。现在想来，方强这个鸟人也是很聪明的，考虑得长远，我看了一下出书时间，掐指一算，他写回忆录时，蔡琅玕还没有退休，还是咱们海军舰队的将领嘛。不过，方强回忆录里有一段还是很有意思的，就是蒋老先生乘坐他所服役的“太康”号败退台湾这一段，写得还是很有感情的，我看得心里发酸，忍不住泪流两行。当然，这些情绪波动都是个人化的，要是从历史的角度看这件事情，咳，他娘的，咱们一个小人物，为啥非要从历史的角度看这件事情嘛。哦，你要看看，那好，等我闲了给你找出来，但愿没有被老鼠拉走了。

哎呀，现在是讲我的回忆录，咋就一下子跑到方强那儿了，哦，跑哪儿就说哪儿吧，咱们就接着再说几句方强也好。

方仪礼在信上说，方强一两年没音信，他来信也没有解释缘由，如今已近毕业，方才写信告知家里一声。方仪礼的信文绉绉的，叫人听着费劲得很，我烦得不行，一个药号的老板，都是亳州人，给自己的亲哥哥写信，还要拽文，真是吃饱撑的。我那时候没见过海军是啥样的，所以没法想见方强穿着海军军服该是啥样的。我只是觉得方强这个鸟孩子真会劁猫骗狗，把我弄到上海来，他自己去考海军军官学校，这下他的皮肤病可以根治了。看完了这一段，老姑父叫了一嗓子，全家人闻声而来，老姑父就把方强的事情说了一遍，还随口读了几个文气嗖嗖的句子，欣喜之情溢于言表。全家人共贺一番。又接着看信。信上倒是提到我，简单几句话，说咱家里一切都好，父母身体健康，二姐已经出嫁，我弟弟，也就是你爹，已从淝河镇上中学毕业，现在亳州念高中，成绩好得不得了，云云。还说我爹再三嘱咐，要我在这儿好好伺候老姑父方先生，等学好生意再回家。天啊，老爹爹，你哪里知道，老姑父的这套生意经，这套鬼把戏，可不是好学的，你给了我这等脑壳，成年论辈子也学不会嘛。老姑父读了这段，还指给我看看那几行字，毕竟，我原本也是识得几个字的，又跟大小姐读了不少书的嘛。唉，我眼里热热的，有点想家了。到信末了，才说蔡琅玕依旧没有消息，蔡九，也就是咱们家的高客，我的亲姑父，蔡老板，那么大的孩子一两年不见人影，居然一点不着急。这倒是让大姑妈方老太太甚为担心，再次责怪她弟弟蔡九。倒是大表嫂看得开，她说，一个大活人，自会有去处的，世道动荡，或许不便联络也是有的。当下一番宽慰，老太太方才平静下来，不管咋说，方强总算有了消息嘛。老侄儿，你看看，我前面说啥来着，他们该出现时自会出现，否则，我就让他们永远消失在我的故事里。先是方强他沉不住气了，自个儿跑了出来，又考上了海军军官学校。我琢磨蔡琅玕还在犹豫之中，咱们要有耐心，等待他自动出现好了。好歹，方强有了消息，并且考上海军军官学校，这也算是方公馆一件喜事。

还有一件事情，有必要说一下子的。

说来令人不解，老姑父和大姑妈他们老夫妻，忽然对英语大感兴趣，而大少爷方迈克和大表嫂一个是没有时间，主要是拉不出架子来教授自己的父母，只好请了一个英语老师来教他们。请的这位女老师叫柳雪琳，是大表嫂出面请来的，因为开春就要开课，腊月二十八就提前来到方公馆，住在管家王西三左边，和我也算是邻居，只是人家是方公馆延请的家庭老师，住房是个一大一小的套间。这个柳老师看着和大表嫂年纪相仿，但她叫大表嫂段姐姐，那就是说，她要比大表嫂小几岁也是有的。进门时我瞥见她穿着一件藕色棉袍，脚上是一双很显笨拙的布棉鞋，这副打扮很是怪哉，那时候咱们不懂女人的秘密嘛，只是觉得这个柳老师各个方面都有点怪怪的。过了好几年之后，我才知道柳雪琳老师的真实身份，也才明白方仪望老夫妇学英语的深层用意。所以，在我看来，柳雪琳老师到了方公馆，教两个老人学习英语，也算是这一年的一件要事，你也要暂先记在这里。唉，老侄儿，一个人诉说往事，总想把所经历过的事情都说出来，不厌拉杂，其实，哪里说得尽嘛。好在，这只是我的回忆录，有的经历，可能与你要求的故事主线没有关联，但都是我命运的组成部分。故事你可以调整，而我的命运，都是按照顺序排列好的，挪动不得。

好，今儿就到这儿。

老侄儿，请了。

第九章

老侄儿，咱们隔天一讲，到今天已经是第九讲了。咱们说说这个，讲讲那个，我的情感，也跟着波动了好几遭，好像又回到方公馆，把那曾经的日子又过了一遍。方公馆的故事很多，今天我不知道说啥好了。对，是的，方仪望还有一对双胞胎儿子，也就是大小姐的两个哥哥，我还没说过，因为我没见过他们。每年放假，他们都不回来，在欧洲考察银行业，金融业，总之，他们在外国一边游玩，一边做学问，资本家子弟嘛，家里又不缺钱。我见过他俩的照片，有在伦敦的，还有在巴黎的，有一张背景是自由女神，自然是在美国的。哦，没见过真人，就是等于没见过。按说，照着咱们李庄的规矩，见过的，没见过的，都可以讲，甚至没听说的，也可以讲得像真的一样。我也赞同这种乐观的虚构精神，但在我的回忆录里，尽量不要发生这样的事情，因为面对真实事件，一旦虚构，往往就会没出模子的，咱们李庄的大人小孩都知道，不管啥事，只要没出模子，结果就是一个烂摊子。我这样说的目的，就是想说明一个问题，人要有所本，本，就是不作假的意思。因此上，方家的这一对双胞胎，一些故事都是我耳食来的，咱们就不讲了。而且，在后边我也尽量不再说他们两个。不过，我不说，不等于他们不存在，他们一直就在那儿，等待着我把故事讲到他们面前时，他们也许会出来迎接咱们的。

哦，哈，我不说大表嫂。

大表嫂的故事不好讲。

主要是我拿不准哪些事能说，哪些事现在还不能说。

好吧，就像糟鼻老头经不住美人鱼的诱惑，我这个老头儿也经不住你的缠磨，今儿个，咱们就试着说说大表嫂段喜良。

先声明一下，咱们只简单说说。

老侄儿，你对大表嫂段喜良肯定不再陌生了。她后来写的那篇回忆文章，印到书上也就两页纸，几乎就是她的一份简历表。你当时看完，还问我咋就这么简单，我笑笑，没应声你。我那时有顾虑嘛。事情到了今天，我还是有些顾虑。不过，现今儿天地清明，人间正道，也没有啥不能说的了。不过，我担心今天要是讲多了，九天之上的大表嫂会不高兴。我最怕她对我微微摇头，说一句："李娃小弟，嘴上没个站岗的可不好。”这句话我受不了。所以，我今天暂且讲一些我自认为能讲的。

大表嫂的真实身份，就不用说了。现今儿，咱们李庄的人都知道，因为传说得厉害嘛。当然，传说嘛，就是传说，与实际情况相比，荒腔走板的地方居多。我亲眼所见的大表嫂，与咱们李庄传说的区别很大。她的相貌我前边好像说过了。我现在一说她，第一次见她的情景立刻浮现在眼前：她穿着一袭冰蓝色的旗袍，外罩一件淡灰色的貂皮短衣，从楼梯上走下来，光辉灿烂。

大表嫂在我记忆里，永远是光辉灿烂的。

大表嫂写的那篇回忆文章，因为“文革”刚结束写的嘛，所以，只有三页，因为隐秘之情也在所难免，所以躲闪之处还是有的，真真假假也是可能的。但不管怎样，咱们知道了她原来也是上海人。她没提自己的家庭背景，只是说她毕业于上海沪江大学，然后，留学美国哥伦比亚大学，攻读的是银行学和工商管理学，毕业后，在纽约花旗银行总行实习。其间，在同乡会上认识方迈克，然后回国结婚。从留学到结婚，不过区区百字而已，估计和她档案里的履历表差不多。必然，其间肯定有很多细节，但几乎没有人知道，尽管我在方公馆住了那么久，又和大表嫂夫妇那么亲近，但从没听他们说过婚前留学那一段的旧事，所以，我也不知道他们都有哪些事。只是，我后来听说，正是由于大表嫂向公公方仪望竭力推介，老姑父才决定让那一对双胞胎留学美国的，并且按照儿媳妇的建议，让他们分别就读于哥伦比亚大学和俄亥俄大学，攻读的都是银行学。大表嫂来到方家以后，她没有找工作，甚至当时中央银行的一位副总裁陈先生，出面邀请她到中央银行工作，她也婉拒了。这个婉拒不简单。要知道，那时候的中央银行是宋先生主持的，而这位副总裁陈先生，也是哥伦比亚大学毕业的，学的也是银行学，和大表嫂段喜良算是师兄妹嘛。

大表嫂也没在自家银行里做事情，她倒是天天往银行里跑，也经常往交易所里跑，啥股票啦，期货啦，证券啦，她研究这个。一般人不懂这个。旧上海的交易所是有点历史的。交易所里边的鬼名堂多，也不是谁都能弄明白的。但是，大表嫂就能说明白。她在一篇文章里指出，交易所是资本主义金融体系中的一种派生事物。有时候派生物也可以纳归正流，关键在于怎样认识它，控制它，运用它。如果适其时，宜其地，得其人，导引入正，则足以汇聚社会上的浮游财富，使之转化为生产资本，促进经济的发展繁荣。要是违其时，违其地，不得其人，任其漫衍横流，则会分解社会的应用财力，使投机取巧成为习尚，形成经济泡沫。历观前代，无论中外，概莫如此。她还分析了当时上海滩的交易所，是一种缺乏工商业基础的经济泡沫，既无发展的明确目的，又无政府的法规制度，交易所采取的经济行为类同赌博，其经济活动性质，属于投机取巧，时间长了，后果可想而知。大表嫂写了很多分析经济的文章，刊登在当时的经济类刊物上，比如《大公报》的副刊《经济周刊》，上海出版的《银行周刊》，还有英文版的《中国经济杂志》，等等，好多好多。我头上中枪之后，在上海养伤，无聊之至，恰好双印儿常去看我，就请双印儿帮我搜集了很多大表嫂写的这些文章。哦，双印儿当时在人民银行工作嘛，又是个中等头目，有这个方便。本来，我又不是研究经济的，搜集这些文章只是当个纪念的，等回到咱们亳州之后，这些年，闲来无事，翻来覆去读过几遍，竟还读出点感悟来。自然，英文我是看不懂的，我跟前的小四，你四兄弟，他每年休探亲假，一回到家，我就给他派任务，让他把这些英语文章翻译给我看。小四不得了，英文好。哦，他娘的，当初，你大娘，那个鲁莽女人，忙工作，不想要他，我不同意，大吵三天，保了他一条小命。我的天哪，不是我，他妈妈差点把他弄死在萌芽状态里。哦，咱们说我读大表嫂写的分析经济的文章，话题不要发岔子。刚才说到哪儿了，管他的，咱们重新开始，说有一年，国民政府财政部，颁布的公债利息不太合理，大表嫂以丰盛银行总裁的口吻，给时任财政部长和中央银行总裁的宋先生写了一封信，就银行利息与公债利息的比例问题，侃侃而谈。宋先生对这封信大为激赏，他从经济学的角度来看，认为这封信观点通达，论据充分，而且大义明理，尤其是那一手漂亮的英文书写与流利的英文叙事，更是让宋先生赞不绝口。老侄儿，现在咱们才知道了，宋先生是哈佛大学毕业的，洋气十足，不管是以部长论事，还是总裁行权，他多以英文签批，凡是用英文呈上来的文件报告，也是即刻批复的。所以，他马上向中央银行他的副手陈先生询问来信者的背景。陈先生当然知道咋回事，并把当初延请段女士遭婉拒的事情说了一遍，宋先生讶然半天。

在那个时代嘛，大表嫂作为一个女人，在经济学领域的见解居然如此之深，不仅引起社会关注，连政府当局也为之瞩目，豪商巨绅侧目而视，学界更是为之自豪。一时间，大表嫂的声誉腾传。就像大表哥方迈克到处演讲心理学一样，自从大表嫂的母校沪江大学请她去演讲过一次之后，上海滩的各个学府也邀请她演讲经济学，连工会，妇女救国会，等等，很多机关团体，也争相邀约大表嫂演讲，甚至连租界银业的很多洋人也相邀一谈。当然了，大表嫂不愧是研究经济学的，往来讲课大都是要收费的。哦，我刚听说这些时，还以为大表嫂也是爱钱的，后来才知道收费也是掩护她真实身份的一个手法。就像现在一样，彼时大表嫂也有个经纪人，说来有趣，这个经纪人就是方迈克。论说方迈克是研究心理学的，没料想他的经济头脑也很发达，给老婆当经纪人很称职。学校两节课，车马费五百块，演讲一次三百块。这在当时已经相当高了。啥时候都讲个名声嘛，银行家的儿媳，著名心理学家的太太，留学美国的银行学博士，工商管理学博士，女经济学专家，中央银行聘请不就，等等，这些鬼名头吓人得很。不过，大表嫂很快就辞去了学校邀请的讲座，也婉拒了全部的演讲，洋人是再也请不动她了，不是大表嫂扛不住烦劳，她主要是想安静下来，专心撰写《明清经济论述》。我到方公馆那一年，她刚刚开笔，所以深居简出，基本上看不见她的走动。

在外界，大表嫂就是一个经济学家，实际上，谁也想不到，她是一个共产党。老侄儿，咱们经常看到，电影电视里的女性地下党，为了掩饰真实身份，表面上都会从事一些比较合乎身份的简单工作。而大表嫂的这份工作，也符合身份，却不简单，大表嫂既把它看做一个事业，也当做一门学业。尤其是，大表嫂非常明白，她的专业性越强，越突出，就越能更好地掩饰自己的真实身份。后来，我看到一份材料，说大表嫂是我们党早期安排在银行业的一枚闲棋冷子，没有料到在关键时刻却起到了意想不到的作用。我不能肯定这种说法，我不知道这种说法的依据是啥。哦，不，不，大表嫂没有发展我。你看看，当初你要弄我这回忆录时，我要你先看看相关历史，免得到我讲时，动不动就得解释半天,怪费劲的。你看,我都提前给你打预防针了,你他娘的，还是照样伤风了。你去查查，那个时候，在大城市里，共产党员多是知识分子，甚至是高级知识分子，他们都有自己的信仰，知识分子一旦树立自己的信仰，就会坚持到底。知识分子的倔脾气嘛。我那时候，即便跟着大小姐念了几本书，也算不上知识分子嘛，而且当时我连信仰是啥都不知道，咋能入党嘛。我是后来在战场上入的党，既悲且喜，很有意思，这个咱们以后再说。咱们说当时在上海滩，大表嫂要是发展了我，那就是不合时宜的，也是不合情理的。你想嘛，那几年形势严峻，再往前推，也就是“四一二”之后，咱们在上海滩的形势就不容乐观，出了很多叛徒，纷纷向国民党上海市党部秘密自首。在上海市党部担职务做事情的咱们地下人员，了不起，很快向组织提供了一份叛徒登记表。所以，咱们中央决定，凡是和叛徒们认识的，或者有可能暴露的地下党员，迅速离开上海滩。大表嫂的上线是中共特科的高层，单线联系，不轻易动用的，但为了绝对安全，还是让大表嫂看了这份登记表。因为有几个自首者和她认识，所以她想了整整一天，最终才敢断定没有一个知道她真实身份的，所以上级才同意她继续留在上海滩。当然，这些都是我到上海滩以前发生的事，也是我在很久以后才了解到的。我在上海滩的第二年，形势不仅没有好转，连咱们设在上海滩的中共中央机关也遭到严重破坏，那会儿，党中央还在长征中，上海滩地下党与党中央也失去了联系，连中共特科也进入了静默期。你想，在这种情况下，大表嫂咋可能发展我嘛。再说，她也没有发展党员的任务。当时情况严峻嘛。甚至，在这一年刚开春，党中央派代表来上海滩恢复白区工作,结果来到上海滩之后,根本无法存身,只好远赴苏联去了。

这个事我就比较清楚了，就发生在身边嘛。

我见过其中一位严先生。

好，就依你的，咱们说说这个。

不过，这件事现在回想起来，我自己还是难以相信的。

那时候，我刚刚被方迈克要过去，在他的心理诊所跑腿嘛。自然，星期一和星期六，我还照样接送大小姐。接送大小姐我是熟门熟路，到了心理诊所，啥事还都不太习惯。方迈克到底是受过西方教育的人，也许是天生修养好，他半句也不呵斥我，而且还整天打趣我，经常性的，故意派我出去跑腿。哈，李娃表弟，帮我一下，到闸北乌镇路给张先生送瓶白兰地，张先生是我的好朋友啦。哦，小表弟，去南京东路冠生园食品公司找一下王先生，取一下他太太欠下的诊金。李娃小弟，辛苦一下，到鸿运楼订个小包间，就在广东路和福建路交会处对角，到那儿一抬头，就看见了，进去到柜上一提我的名字，他们自会留个包间的。你看，当时也是有电话的，这类事情，一个电话就齐备了，我的天哪，非要练我腿脚。有一次，让我跑到极司非而路最东头那个汉治平俱乐部，取几张贵宾券，他要招待几个朋友。你想想，老侄儿，咱不说别的，就从黄浦江拐弯处算起，到极司非而路，这一大截子，差不多横穿西半拉上海滩。当然，我出门也不是老使唤双腿，方迈克给我车马费，也奇怪，每次也不多给，仅仅够来回电车钱。路上有时渴得要命，想喝瓶汽水都得自己掏腰包。好在，那时候，老姑父每月会给我几个零钱花。当然，按年他会把我的工资寄给方仪礼老先生，请他转交咱家里。说起来，你爹能到亳州上高中，花的基本上都是我的工资，他后来还写文章嘲笑我，说他哥哥给资本家卖命挣的血汗钱，供他上学。纯粹放屁嘛。啥叫血汗钱，流了多少血，流了多少汗嘛，一滴子都没有。每年方仪礼送到咱家的，比淝河中学那个歪嘴子罗校长一年挣的都多。这句话也是你爹后来说的。还资本家，我的天哪。小时候还是挨揍太少了。哦，咱们说喝汽水。当时上海比较好的是可口可乐屈臣氏汽水，但我喝不起呀，只能喝那些小贩自己制作的汽水，就是小苏打，柠檬酸，加点糖精，灌进玻璃瓶里。就这样的汽水，好喝得很，现在我一咂嘴，嘴里还会泛起一股这种汽水味。那时候，我不明白方迈克让我上街乱转的用意，后来，我才知道，他是想让我熟悉一些街道路径，而这个事情，也是大表嫂授意他锻炼我的，真没想到，十几年之后，解放上海滩，我这一套还真的用上了。当然了，我也不是天天在街上跑，天天跑神仙也受不了，比如到了星期天就不上街跑了。可是，到了星期天，方迈克不坐诊，他休息，我不能休息，身份不同嘛，我得干活，打扫一下个人卫生，还要打扫一下楼道卫生。管家王西三说过的，咱们当佣人的，眼里得有活，不能死皮耷拉眼，游手好闲，啥都看不见。我觉得他这个教育很好，这么多年，我一直保持这个习惯。你老说我家里干净，纤尘不染，这都不是白来的，早年头锻炼出来的，眼里有活。就是在战争年代，我也是这样，不管是行军还是转移，在老百姓家住，还是在自己营地住，我在哪儿，哪儿都得是干干净净的，老百姓喜欢我，连排班三级小头儿，也很喜欢我这一点。为此，我要感谢王西三大叔，他教了我一个好习惯。西三王大叔，你在天堂还好吧！你先慢慢喝茶，稍等等，我马上就去看你了。

哎呀，又说岔到一边去了。

咱们说那个星期天。也就是我到心理诊所快两个月的时间，那个星期天，我正准备搞卫生，大表嫂使唤的那个女佣叫啥名字，我一下子忘了，哦，哦，哦，想起来了，叫文竹，她来我房里，悄声让我赶紧换上西装革履，到小客厅去一下，段博士有请。哦，大表嫂这个人不简单，她不让佣人喊她少奶奶少夫人之类的，她让大家称呼她段博士。我当然不能叫她段博士了，开始我也想称呼她大少奶奶，她不同意，她说中国有伦理，咱们是亲戚，就按辈分叫我表嫂嘛。我为了表示自己的尊重，就喊她大表嫂，一直喊到今天，大表嫂，大表嫂，就是这样称呼她的。我赶紧换上西装革履，去主楼小客厅。大表嫂一个人正在喝茶，旁边小兀桌上还有一个包扎整齐，十分喜兴的礼包，还有一顶花格鸭舌帽。我进去，问大表嫂有何吩咐。大表嫂微笑说："李娃，方迈克老使唤你上街跑腿，你可知道江苏旅社在哪儿啦？"我说："知道，就在仁济医院那边。上次大表哥让我去鸿运楼，我走错路了，摸到仁济医院西边了，顺着那儿再往西，朝鸿运楼走，路过江苏旅社。我还记得。"大表嫂还是微笑说："李娃记性好，你能记得那最好了。今天你就帮我跑个腿，我有个朋友住在江苏旅社，马上就回南京了，我也来不及去送行，你去把这个礼物送过去，也算是我一点心意。"说了，她指一下兀桌上的礼包。我说："好，这个简单。"我说了，拎起那个礼包就走。大表嫂叫我别急，随手拿起那顶花格鸭舌帽，给我戴上，还有话："千万小心，这个礼包，第一不能丢了，第二不能被瘪三抢走了，第三，到地方上二楼，二三二房间，问清楚是严先生，他得夸你这顶帽子好漂亮，你才能把礼包给他。"说了，又给我一张票子，叫我坐黄包车去，一定要坐到旅社门口再下车。不想送个东西这样曲折，我觉得有点怪，可当时哪里知道怪在哪儿嘛。当下，提着礼包快步出门。哈，老侄儿，要是从这时候算起，我就是三五年参加的老革命了，问题是不能从这时候算起，娘拉个逼的，他们给我从一九四一年六月份算起的，真是岂有此理。坐黄包车嘛，自然比较快，坐电车还得换来倒去的。哦，对了，我这是第二次坐黄包车，第一次是刚来上海滩，从北站坐黄包车到方公馆，信了方强的话，不给钱，还打了人家车夫嘛。在以往，老姑父方仪望长袍布鞋出来上街遛弯，叫我陪着，都是他坐黄包车，我跟在车旁跑路，辛酸得很。这一回，我高低坐上黄包车了，心里那个自在呀哈哈哈。我这里还没坐过瘾嘛，就到了江苏旅社。也不是车夫跑得快，这么远的路嘛，主要是感觉不一样了，感觉改变了距离，很有意思不是。我拎着礼包，进了旅社，一时不知往哪儿走，因为江苏旅馆是一座多进式建筑，还有个天井，比较繁琐。柜台那儿，有几个男人女人，戴礼帽的，穿旗袍的，一个个叼着烟卷，窃窃私语，看都不看我一眼。幸好有个光头净脸的服务生过来，态度很好，点头哈腰，问找哪位。我西装革履，又戴个花格鸭舌帽，像个小开，马上拉着架势，让他带我到二三二。想必我这个架势有点镇人，这个服务生一路喜笑颜开，带我上楼，到了二三二，帮我敲开门了，也不走，我那时不懂呀，幸亏严先生开门后给了他一张票子，才他娘的弯腰打拱下去了。你看，那个时候，服务热情也是要小费的。

哎哟，严先生真是风度翩翩，西装革履，很有气派。屋里还有一个人，却是长袍马褂，高帮布鞋，好像是个教书先生，他对我微微一笑，点点头，我也微微一笑，给他点点头。我还顺便看一眼，发现房间不大，还没有我的长条儿房间宽敞，干净，明亮。我赶紧问哪位是严先生。严先生就笑一下，夸赞我头上花格鸭舌帽很漂亮。这么一说，我就把礼包递给他了。接着，我手捂胸口给他鞠个浅躬，就告辞了。自然，从头至尾，我也没遇到麻烦。只是过了很多年之后，我知道了事情真相，再想一想当年这一趟江苏旅社之行，才有一点点惊悚，才有一点点凉意。原来，严先生这二人，就是党中央派来的代表，原拟恢复白区地下工作，因形势紧张无法落脚，准备远走苏联的，只是经费短绌，一时困在上海滩了，大表嫂让我送的礼包，其实是给他们的路费。而且，解放后，我也知道了这位风度翩翩的严先生就是，哎呀，我真想说出他的名字！哦，我还是不能说他的真名实姓，咱们得遵守他们的保密纪律嘛。

不，我不能说。

哦，自然了，我不光为大表嫂送这一次礼物，后来还送过一次，送的也是礼物，同样也是包扎得漂漂亮亮的。到了第二次送时，我虽然多多少少知道一点儿事情了，但大表嫂到底是啥样人物，我还是不清楚。现在当然知道了。包括，方迈克通过孔大少爷救的那个姓曾的布匹商人是啥样人物，通过汤局座救的又是啥样人物，我现在都知道了。虽然，我不知道大表嫂两口子用这类方式，还救过多少这样的人物，但有一点我可以肯定的，方迈克一定也知道大表嫂的真实身份。只是，当时，我傻乎乎的，一切都不知道，只是觉得，或者说，看在眼里的方迈克和大表嫂两口子，除了恩爱，相处得也很文明。

我刚到方公馆那会儿，大表哥方迈克正是名声鼎盛时期，经常四处游走，包括南京，武汉等地，反正都是同好相邀，坐而论道，演说、探讨心理学之类。每次外出，都是大表嫂亲自驾车相送到上海北站，就是用那辆“火速”牌白色英国车，还要男佣双印儿坐火车一路陪伴，上下照顾。包括那次去南京，会见一个英国心理学家，也是双印儿陪同的。哈，幸亏，要不，我咋会代替双印儿站班迎接陈先生嘛，要不是站班迎接陈先生，我咋能救他一险，要没有这一章子事体，我就不可能留在方公馆，早回咱们李庄了，最多也就是回到亳州乾泰昌学个手艺。哈，老侄儿，你看我是个学手艺的材料嘛。所以啊，人的命运，好比历史，说是自己掌握，其实都是偶然性的，理论都是后来总结出来的，先诞生的是偶然性。

不说这个。

跑题了。

既然跑题了，咱们就让它接着跑题好了，瞧瞧它能跑多远嘛。

咱们说大表哥方迈克很有名声，宴请不断，旧上海滩嘛，很多方面和现在一个鸟样子，人一旦有名声，请吃的就多，认识不认识的，都请你吃饭。我前天说过嘛，咱们方迈克喜欢福州中路的鸿运楼，特别喜欢吃鱼翅席，有钱人请吃，方迈克一般都指定鸿运楼，他请人家，也是在那儿。当然，还有一些老朋友，老同学，卖弄风骚嘛，就把饭局摆到二马路三马路那儿，邀约方迈克吃船菜，他们叫打茶围。我好像在前边说过，这地界堂子多，苏杭妓女，时兴船头烧菜，风味妖冶，二马路三马路，包括四马路，那些堂子里自然没有船头了，但烧菜的妖冶风味还保留着。一些名流富商，糟鼻老头儿，附庸风雅，臭显摆嘛，搁这儿闹，狎娼嫖妓自是儿戏一般，主要就是谈谈生意，讲讲交情，玩玩古董，展扬字画之类。当然，谁要是喜欢一个妓女，就得摆个场面显示一下，以获娼妓分外娇媚。说是他请客，其实用不着他多花钱，凡是邀到场的朋友，都得拿一份子钱，就像现今参加婚礼，你去了就得随份子一样。哦，对对，像现在文明人的AA制，有点那意思。自然，堂子里的吃喝嫖赌，不同一般，喝洋酒，抽洋烟，掷骰子，打中国麻将，还打欧洲纸牌，这些输赢都得自己掏腰包，不在份子钱里。老侄儿，你知道，自古以来，娱乐场所的物价，往往要高于市面数倍，如果不是给朋友捧场，去那儿消费，纯粹是斗胆嫖了西王母，出了天价，还免不了见阎王，见了阎王你还不好交代这章子事体。自然了，在那儿也能谈成好多生意，办成好多事。咱们方迈克是何等人物，受的是欧美教育，文明意识比较强，吃喝肯定免不了，嫖妓应该没有，而且，大表嫂那么漂亮，又会说俏皮话。你别笑，老侄儿，反正双印儿随从方迈克出入这样场合时，是否见过大少爷嫖妓，我不敢说，自从双印儿去了银行，大表嫂吩咐由我随从方迈克后，我从未见过。方迈克酒量厉害，一瓶白兰地，全没事，两瓶白兰地，有点唠叨，三瓶，就多了，开始发软，椅子坐不住了，往下嘟噜。这时候，噌噌噌，我就得上场，用堂子里的电话给方公馆打电话，要老魏来接。估计汽车快到了，我便背起方迈克穿弄堂上马路，弄到车上，拉回家，再由我给他背上楼，送到卧室里。方迈克一喝醉，浑身瘫软，就像一大包水，你背不住，我不知道以前双印儿是咋背的，我是脱了外衣把他勒在自己身上，才背起来的。每次背回来，大表嫂还要问我几句话，我那时候，尽管还不太省人事，心里还是能理会，大表嫂嘴上问的是吃了啥，喝多少，话缝儿里，则问的是方迈克睡妓女了没有。看，咱们的女革命家也是常人，在这方面也小心翼翼，吃醋哦。方迈克啥样聪明，心理学家，还不明白大表嫂的心理嘛，就趁两口子在院里遛弯时，抱怨，去参加个同学聚会，还要带个尾巴，这样不好，咱都是受过西方文明教育的人，换个思维好不好。一番牢骚。有时候，呜哩哇啦，一阵子外语，我也听不懂，只是觉得他腔调里好像很不满。大表嫂也不争吵，她往往只消两句低低的唱腔："不是咱夫妻间失却信任，实在是那境地情形逼人。"唱腔高低起伏，千媚百啭，尾音没完没了，一拖七八千里远，直到方迈克破涕为笑，动手动脚，小声叫了几句："啾啾。"于是大表嫂又要捶他肩头。啾啾，不是鸟叫，这个，我也不知道啥意思，可能是他们两口子的嬉笑密码。

自然了，大表嫂也有自己的朋友圈子，她们也经常聚会。轮到大表嫂请客，有时候就在方公馆里请，有时候在外边饭店里。在自己家里宴请的多是场面人物，因为他们点名要吃方公馆厨子汤鸣那碗素面。自然了，不光是一碗素面，十几道菜还是要上的，啤酒和白兰地还是要上的。大表嫂要是到外边请客，一般都在霞飞路那家有名的"菲雅克"餐厅。这家西餐厅不一般，老板我见过，是个奥地利的犹太人，叫汉斯·雅布隆纳，一脸络腮胡子，修剪得十分标致，衣着也极其讲究。我印象最深的是他戴着夹鼻眼镜，右边的银链子从耳朵后耷拉到耳垂，好像耳坠子一样。这个犹太人很有礼貌，中国话说不利落，但中国礼节学得很像，比如，迎送客人，他都是双手抱拳，点头哈腰，可有意思了。自然了，去他餐厅里吃饭的多是达官贵人，名流巨商之类。就像，宋先生兄妹，吴市长大人，还有一些外国领事，还有一些演艺界的角儿，就像唱京剧的梅先生，演电影的周小姐，包括大明星胡蝶，等等，我差不多都是在这家西餐厅见过的。自然了，是好几次分别见到的。这家西餐厅兴隆之至，他们的厨师几乎都是从维也纳和匈牙利请的名厨，我也见过两三个，外国和咱们中国一样，这一桌子菜肴如果频频受到赞美，那厨师就得上场见面，以示自豪，以示谢意。比如维也纳的伊姆雷，长得活像长颈鹿一样，又戴着高筒厨师帽，几乎要人仰视，他烹制的赤甘蓝烧鸭子异常受欢迎，据说是宋先生兄妹来此就餐必点之菜肴，杜先生每周都要过来吃一次这个鸭子。还有约凯伊·安娜，当然是女的，专司甜品，一道简单的加奶咖啡，被电影明星周小姐和胡蝶女士再三称赞。这家西餐馆不得了，一年到头，大表嫂要在这里请好几次客，而且每次中途都会给方公馆打电话，给她送东西，一瓶珍藏的洋酒，或者红酒，一瓶香水，一把丝绢扇，一枚胸饰，一管口红，一本洋书，反正都是女人之间随兴提起的东西，有人要看看，于是，就得有人送过去，我时常充当这个跑腿的角色，所以见到过那些名流人物。到现在我还觉得那是我在上海滩最幸福的时光。唯一遗憾的是，我从未在这家西餐厅里吃过饭。反正那时候，大表嫂从这家菲雅克西餐厅一来电话，我就给她送东西，根本不想想为啥，到了现在我也不想知道为啥，给大表嫂送东西，是我巴不得的，管他为啥嘛。

我最后一次给大表嫂送东西，印象比较深刻。

正是春末夏初，星期一，我送大小姐上学，回来后赶紧按照这位老师的吩咐，抓紧时间背诵楚辞《九章》，就那一篇，《涉江》，背了一上午，也没有全部背会，刚刚熟背到“与天地兮同寿，与日月兮同光”，按照大小姐的解释，就是，我的寿命和天地一样长，我的光辉与日月一样亮。刚到这儿，大表嫂电话来了，还是她那个使女文竹来喊我的，让我到老太太那里去一下。我就赶紧过去了。刚好吴大婶也在，两个人对面坐着，正在说啥事，笑声琅琅的。还有那个教英语的柳雪琳老师也在，她在一旁站着，笑笑的，拿着英文书，想是正在给大姑妈上课，忽地插来这一章子事体嘛，暂停下来。老侄儿，虽说是亲戚，人家又是个长辈，但是，大姑妈的屋里我也不能随便进去呀，我就站在门口，问大姑妈叫我有啥吩咐。大姑妈从茶几上拿起一个小锦盒子，叫我赶紧送到“飞牙科”，给段博士送去。完了又叮嘱我，等他们看完了，一蹦子拿回来。大姑妈很有意思，给咱亳州人说话，就用亳州话，给上海人说话就用上海话，现今正跟着柳雪琳老师攻读英语，那以后和洋人说话，肯定是用英文的。这个“一蹦子拿回来”，是咱亳州话，就是拿了东西一口气跑回来。大姑妈称谓段博士，那是她高兴之至或者生气之至，“飞牙科”自是菲雅克，大姑妈一直这样称呼那个西餐厅。幸亏我是亳州人，又天天在她眼前晃荡，若非，真听不懂这位老太太的几句话。我拿着小锦盒子，也不管啥宝贝，赶紧去菲雅克餐厅。自然了，又是在大门口招的黄包车，樊阿大那厮，每次见我坐黄包车，就会老话重提，笑话我一番，我也给他打俚戏腔，老拿半吊子上海话讪笑他。

我到了菲雅克，站门子的那个洋人服务生鲍比，都认识我了，这个洋人眉清目秀，笑眯眯做个 OK 的手势，让我进去。我到了大表嫂所在的包厢，就是那种四面用毛玻璃隔断的包厢，毛玻璃上还有彩画，画的都是各种姿势的女人，只有一点相同，那就是女人的脖子奇长，大腿奇粗，小腿奇细，不成比例，咱们乡下人看不懂，他们上海人喜欢得很。在场的有三四位太太，除了大表嫂，我一个不认识，一个个穿着旗袍，操着苏白，几乎是莺歌燕舞，虽说个个珠光宝气的，倒也是端庄矜持的。我为她们的气场所阻，站在门口没敢进去，直觉得满鼻子的香气罩面而来。那种香气，说不上是桃花香还是杏花香，也说不上是荷花香还是牡丹香，反正不是松柏香味，也不是竹子的清香，也许是我从未见过的一种花香。我当时觉得上海滩的这些太太真了不得，身上居然散发着这么好闻的香味，怪不得男人们见了她们，一个个笑得那般色眯眯的牙猪一般。

大表嫂笑呵呵让我进去，向诸位太太介绍我是她表弟，叫做李娃，又说支派这位小表弟来送东西，可见老太太珍惜得很。说着，接过我手里的小锦盒子，让我暂先回去。我说大姑妈说了，你们看完了，还要我一蹦子拿回去哩。几个太太好像听懂了这句亳州话，又是一阵子嬉笑，赶紧围成一圈儿，打开锦盒观看。原来，就是吴大婶送给大姑妈的那套铜首饰，怪不得刚才吴大婶也在大姑妈屋里说笑。几个太太咿呀咿呀，赞叹几声，我悄悄看了一眼，不过就是一对铜耳环，一枚铜戒指，一对铜手镯罢了，除了錾刻些凤尾云纹，吉祥图案，又那么细小，我真看不出有啥好的。只有那枚小戒指上，錾的是孔雀啄虫图，我觉得有点意思，觉得了不起，那么小个东西，能錾刻这么复杂的故事，栩栩如生，那得多花工夫嘛。但是，人家那几位太太都是懂行的，啥都知道，拿起哪个都要说出个条条款款，而且再三观赏。其中一位太太，细眉杏眼，发梢微微烫成波浪卷，把着那套铜首饰，一一摩挲，不忍离手，还慨叹不已："不想过了一年半时间，还能再见到这套稀罕物件。这次见了，更是喜爱。前几次和你们家老太太商议，用根金条相换，老太太竟然舍不得。用两根，也不肯，哎呀呀咿咿呀，阿拉说了五根，老太太竟还是不接腔哦。”其他几位太太闻言，也是挥手弹指，嘤嘤嘤嘤讶然一番。大表嫂笑吟吟的，接过话儿说：“难得啦，祝太太这样爱不释手，念念不忘，一直萦绕在心尖尖上。看哪天阿拉要说服婆婆，干脆送侬好啦。还金条金条的，光闪闪，凶吓煞人耶。”

自然了，她们说的全是上海话，我也能听懂几句，毕竟在上海两年多了嘛，时不常的，还和樊阿大学来几句说着玩。老侄儿，我今天讲给你听这个事情，都把她们的话换成你能听懂的了，要是说她们的原话，恐怕你一句也听不懂的。说来好笑得很，她们欣赏完了，大表嫂扣好锦盒子，交给我“一蹦子拿回去”时，还嘱咐我，回去要向大姑妈细细说一下，祝太太又一次念叨，让她老人家再揣度一下嘛。我也不知道啥意思，只管点头说是。这时候，菜上来了，头一道就是赤甘蓝烧鸭子，我的天哪，香气扑鼻，我抬眼一看，恨不得拿起筷子吃它一块儿。自然，吃是没我的份儿的，我只能流一嘴口水。我捧着小锦盒子要走，那位祝太太招手让我暂停步子，她随手拿起皮夹子打开来，赏我一张大面额的钞票，钞票上冒着烟似的冒着一股香气，直往鼻孔里钻，叫人鼻孔里痒痒的。我才明白，原来，这股子奇异香味是这位祝太太身上放射出来的。异香扑鼻的祝太太给了我赏钱，并对我妩媚一笑。她赏给我的那张钞票，是一张百元的法币。当时法币刚刚使用起来，一百元的法币，可以兑换三十多美元，还不像后来，贬值得厉害，几捆子法币，买不了半升米。可见这位祝太太是大手面了。这张大钞，包括她的妩媚一笑，都给我留下很深的印象，记得当时我还忙不迭地给她鞠了一躬。等到后来，知道了祝太太是谁的太太，我简直脑袋发懵，太不得了了。老侄儿你看，就是见过一面，后来我的命运，竟因此有了一个转折。咱们李庄的人相信因果，但从不联系自身经历，要是仔细想一想，一粒沙尘，微不足道，岂能料自己的世界就是因这一粒沙尘而改变了。

哦，又扯远了。

咱们说那，我第二次为大表嫂送东西。

我刚才说过了，这次送的也是一个小礼包。

也就是见过这位祝太太不出十天嘛，大表嫂又让我替她跑一次腿。这第二次跑腿，与第一次相隔了几乎一年时间。我记得清楚，当时也正是初春天气，庭院前的草坪开始泛绿，草坪上的香樟树也开始发芽了。后园里大小姐的三棵桑树，也都栽活了，春夏秋冬活了一年，这季节水分也上来了，枝丫绷得外皮光闪闪，也要发芽的样子。我正在大小姐的指挥下，给她的三棵桑树浇水，大表嫂的那个使女文竹来叫，说段博士有请李娃表弟到小客厅一趟。我看大小姐眼色嘛，大小姐很神秘地笑了一笑，对我挥挥手，示意我快去。我赶紧就到了小客厅，大表嫂还是坐在那儿喝茶，兀桌上照旧是一个四四方方的纸包，扎裹得一看就是送人的礼物。大表嫂连姿势都和上次一模一样，让人觉得，在刹那间，往事重现，好像上次送东西是昨天的事儿。我笑了笑，也没多说啥，直接拎起小兀桌上的礼包，等大表嫂吩咐。大表嫂说把这包礼物送到嘉禾旅社，交给杨先生。还说杨先生是我认得的。我脑袋里转了一圈，想不起是谁，因为公馆里常有客人来往，或许见过面也说不准。当下笑笑，拎起礼包就走，大表嫂自然又给我坐黄包车的钱，并叮嘱这礼包半点闪失不得，要我一路上手眼灵巧些，快去快回，不要见了老熟人就在那儿说个没完，耽误人家的事情。

话休繁琐，我在大门口招来黄包车，告诉他去嘉禾旅社。那时候上海滩的黄包车车夫很厉害，没他们不知道的地方，道路熟得很，我又要求径直走，所以，没多大工夫就到了汉口路那儿，只是那一片好几个旅社，惠中，长华，通利公，几家旅社挤在一起。我转了一会儿，才找到嘉禾。柜台上一打听，才知道这位杨先生住在二九六房间。我拎着礼物到了二九六门口，一敲门，屋里应着声一开门，我差点儿大叫一声，我的天哪！

你道是谁？

蔡琅玕！

一切就像咱们李庄传说的那样，时隔两三年，我们表兄弟竟然在上海滩见面了，而且是以这种方式见的面。只是，当时，我根本不知道蔡琅玕啥身份，为啥出现在上海滩。在我的印象里，那时候，大表嫂从未到过咱们老家亳州，遑论淝河集上，而蔡琅玕，除了进货到过徐州，到过蚌埠，从未听他说来过上海滩。那么，他和大表嫂又是咋联系上的嘛！再者，既然来到上海，为啥不到方公馆，那可是他的亲姑妈家嘛。一时间，我脑海里转了七七四十九个圈子，也没有反应过来。哦，对了，大表嫂让我把礼物交给杨先生，还说杨先生是我的熟人，难道，难道，哦，哦，对，对，老侄儿，你猜对了。当时蔡琅玕化名杨晨，用于旅馆登记，表面上行动起来，人称他为杨先生。和蔡琅玕同一个房间的，还有一个张先生，也是相貌堂堂，和大表哥蔡琅玕有得一比，说话举止，也显得精明能干。我记得清楚，这位张先生左边眉毛里有一颗痣，草丛藏珍珠，是副贵人相。蔡琅玕说这位张先生是自己生意上的朋友……哎呀，这里边的事情，今天是说不清了，不到后来就说不清的。

老侄儿，你得给我点时间好好想想，咋样才能讲清楚这些事体嘛。恰好今天也不早了，咱爷俩先请了吧。

第十章

好，老侄儿，你看，啥事不能着急，就像方强和蔡琅玕，该他们上场时，他们自然会出来。戏台上也是这样的，该谁上场，啥时辰上场，那是有一出出戏文规定的，要是没个规矩，这出戏就没法唱了。万事万物都得有个秩序，要是违反了，就会乱糟糟一团麻。就像孵小鸡一个道理，你听着小鸡娃在蛋壳里动弹，吱吱叫，你得等它自己凿破壳钻出来，要是你敲破壳拿它出来，十有八九活不成。

我按照大表嫂的嘱咐，尽管和亲表哥蔡琅玕见了面，有一肚子话要说，但我还是没多说，因为我不知道那位张先生的底里嘛，只是，告辞出来，和那位张先生握手时，觉得他手上很有劲儿，他笑得也很爽朗，是那种真正的爽朗，不像有的笑声，高亢响亮，但腔里边空洞洞，一听就知道，不是藏着虚假，就是藏着奸猾，要不就是应付嘛。这位张先生的笑不是这样的，他笑得很诚恳。表哥蔡琅玕没有出来送我，也是和我握握手而已，叫我赶紧回去，给大表嫂回个话，礼物他收到了，请大表嫂放心好了。我自然不知道，这包礼物并非一般礼物，而是一些印刷器材的提货单，当时江北新四军创办银行，要自己发行货币，亟需印刷器材，印制钱币嘛。大表哥蔡琅玕来上海，就是这个公干。这些都是后来在新四军那边，大表哥蔡琅玕亲口对我说的。

当时哪里知道这些，出了旅社，走到半路上了，我才想起来一件事，就是刚才忘了问蔡琅玕，把我哄到上海滩来，是谁的主意，是方强还是你蔡琅玕嘛。

等我回到方公馆给大表嫂一回话，大表嫂笑吟吟叮嘱我，叫我先不要说蔡琅玕来上海的事，连老姑妈和老姑父也不要说，免得他们追问起来牵挂得慌。我自然点头说是。尽管我心里犯嘀咕，不知道为啥要这样遮遮掩掩的。那时候，还是不关心国家大事嘛，头脑里没有国家兴亡匹夫有责这类思想，头脑简单。不过，我倒是想起，几个月之前，也就是过年头里，乾泰昌的老板方仪礼来的那封信，信里说完了方强，又说蔡九老板，丢了儿子，一两年了，居然不急不躁。现在看来，蔡琅玕肯定给家里通过信，要不，以蔡九那份护犊子情怀，他焉能不急，岂能不躁，早一跳八尺高了。后来咱们也都知道了，蔡琅玕走失两个月之后，淝河集逢集，就有人到元和百货店里，专门给蔡九送了一封信，自然是蔡琅玕写的。之后，蔡九老板，装模作样，东奔西走，又找了小半年，接着就偃旗息鼓了。装得很像，特别符合咱们那一带人的性格，先是使劲儿找，最后找不着了嘛，只好把一腔忧伤化为烟云，昂首挺胸，破釜沉舟，嘴上还要又日又搞的骂上一百句，最后再说上一句日子还要过下去嘛，这一件大事就不了了之了。

现在，咱们大家基本上也都知道了这件事情的大概。

蔡琅玕和方强他俩哄我上了火车之后，当天夜里，方强就去青岛了，这个事我说过了，而蔡琅玕第二天进了货，雇车返回，只是，走到青龙集和永城之间，遇上了姜大牙这糙货。老侄儿，你知道的，姜大牙是有名的大土匪，都传说他是咱们亳州姜老过姜桂题的私生子，姜桂题是清廷的毅军将领，虽然失了旅顺被革职，但袁世凯很敬重他，叫他老叔叔，小站练兵时请他做翼长，后来还接替熊希龄做过热河都统，像这样一个人物，岂能与姜大牙有何瓜葛？好传说，是咱亳州人的一个优点，也是一个缺点。其实，姜大牙是孙殿英那鸟货留下来的祸害，会道门的货色，横行豫皖苏鲁四省交界处。就是这个姜大牙，把蔡琅玕劫下了。也巧了，碰上王先生和刘先生了。这两个人都是咱们安徽蚌埠人，都是共产党员。王先生就是王一平，北京师范大学的学生；刘先生就是刘文梦，北京大学的学生。当时这两个人受聘在涡阳中学教书，和中共涡蒙县委联系密切，组织学生运动，起事后受到追捕，中共涡蒙县委派了十五六个好手，护送王刘二位先生，前往砀山避难，因为砀山有一个共产党组织，隐蔽得比较成功。那时候的共产党不得了，有信仰，不怕死，不怕杀头。正好，走到青龙集和永城县之间，这就离砀山不远了，无巧不成书嘛，迎头撞上姜大牙劫道蔡琅玕，涡蒙县委派的十五六个人都携带了短枪，但是没有发生打斗，王刘二先生唇枪舌剑，侃侃而谈，居然说得姜大牙丢开蔡琅玕，扬长而去。咋说的，以前蔡琅玕给我讲过，很精彩，只是我年纪大了，都忘了。蔡琅玕要表示谢意呀，当时离青龙集近嘛，就折返到青龙集，请他们吃饭。这顿饭吃完，出意外了，蔡琅玕就没再回家，直接带着两骡车货物，走上了革命道路，他的命运由此改变了。后来，形势发展，蔡琅玕到了新四军。说起来，在咱们亲戚里边，蔡琅玕是最早投身革命的。他前几年病入膏肓，要死了，我去看他，他差不多奄奄一息了，大拇指一竖还给我吹："表弟，你要知道，我是三四年投身革命的！"哦，对了，我后来还见过姜大牙这个人物，人家大牙都是两颗门牙一起大，这位，就一颗门牙，大得出奇，一抿嘴，其他牙齿全不见了，只有着一颗大的，露在唇外，又可怕，又好笑。尽管这厮年纪大了，土匪性子一点儿没变，硬得很，枪头子顶着后脑勺，脖子照样挺得秤杆样直直的。哦，年纪大了不好，肚里东西多，拎起这一串，连起那一串，一说就没个完。好了，咱们暂先把这个话题埋在这儿，就像埋了一坛子酒，到时候再挖出来，也许口味儿会更好一些。

咱们眼下说蔡琅玕来上海，仿佛是个预兆，是个引子，接通了上海与咱们李庄的康庄大道。紧接着，你爹也来上海了。老侄儿，你爹那个混球来上海，真叫给我添麻烦，或者说，他这一趟，几乎就是来决定我命运的。

咋这样说哩？

细处一讲，便见真章。

你爹他不是一个人来的，他是和大脚片一块来的。

大脚片是个啥人？

大脚片就是你的老大娘陈彩莲嘛。

也是春末夏初之际，草木葱茏，百花齐放。正好轮到方公馆要举办聚餐会，哦，这个聚餐会我前边提到过的，以前说的都是我听说的，这次聚餐会是我亲自参加的，眼见为实嘛，所以，聚餐会之前，很忙，方公馆上上下下，没一个消停的。准备工作繁多，加上咱们方仪望又是个要面子的人，凡事挑剔得很，或者说要求很高。吃喝饮用，菜肴备货，有厨子汤鸣开的单子在那，其他用度照着上一次的规矩，略作调整，开列项目，自有管家王西三负责派人采买督办就是了。这一切都是细活儿，我这个粗心人是干不了的，只能当个万金油，听凭老姑父方仪望随时使唤。那一天，老姑父方仪望暂时没有吩咐，我就去帮几个男佣浇草坪。哎呀，那个时候哪有旋转喷头呀，有个软和一点水管就不错了。正浇着水，看门人樊阿大跑过来，气喘嘘嘘，一脸坏笑，好像有意的，用亳州话大声喊我："李娃兄弟，恁弟弟来了，还有一个肉呼呼的大闺妮子。"我当时怔在那儿，不是发懵，而是害怕。我那副样子，还遭到樊阿大那厮的笑话，他又换上一嘴半吊子上海话，说啥，那大闺妮子活像个白相人嫂嫂，又是雌老虎相，高处高，大处大，侬个赤佬，叫花子吃死蟹，照单全收格罗。说笑着，张牙舞爪，活似抽风。几个浇水的男佣虽然也听弗懂，但一看樊阿大那个架势，根本就不需要听懂，只管哄堂大笑，俏皮话一句接一句。我气得不行，上前扣住樊阿大耳门骨，一个小摆腕子，那厮便陀螺般原地转了数圈，还停不下来。我也不再理他，直奔大门口跑去。

老侄儿，当时我所见的那个场面，你是无法想见的。

我弟弟，也就是你爹，两年多没见，也没长多少个头，倒是穿着长袍马褂，都是夏初时节，那个样子看上去真够傻的，一看就知道，为了来上海滩找我，才置办了这身行头，还是戴副黑圈圈近视镜，奇形异状，要不是还有点马脸的影子，细眯小眼的，我真不敢认他就是我的老弟台。大脚片真是不得了，好像又长高了一截子，又胖了一圈子，还穿着红底暗花的右衽缎子褂，青绿裤子，粉红的绣花鞋，那个打扮，在咱们那一带算是鲜亮的，出远门，走高亲，才能这般穿戴，可是在上海滩，在方公馆大门口一站，这副穿衣打扮，要多土有多土。她还扎着两条大辫子，辫子梢还系着红头绳，红头绳还打着蝴蝶花。哎呀，这个样子在方公馆里，可真够我喝上一壶的。我受不了了，我想哭，哦，这会儿咱们在讲述往事，不能哭。尤其是，大脚片陈彩莲她那么高大，我弟弟，也就是你爹那个混球，那么瘦细，明白人看了，知道是姐弟，糊涂人看了，一准说是母子。

我浑身发烫，晕头晕脑，迎上前去。

我弟弟，也就是你爹那个混球，好像那时候刚到亳州城里上高中了，尽管腼腆着脸，但还想要个文明，笑哧哧叫了一声："俺哥，你好。"在家时咱从没听过这位老弟台这样子给哥哥说话，一下子就像突然间当胸一拳，把我给打愣住了。大脚片，也就是陈彩莲，笑吟吟满脸绯红，又惊讶，又兴奋的样子，没心没肺，高腔大喉咙，咋咋呼呼叫了一声："喂呀，李娃啊李娃，俺的个老天爷呀，你咋长恁高了！"

是的，这一辈子了，尽管从未叫出声，但在我心里，陈彩莲的名字就叫大脚片。我今天叫出声了,反正她也听不见嘛。听见了也没关系,都是老朋友嘛,爱称嘛,昵称嘛。老侄儿,为了让你帮我撰写回忆录,今天说这段往事,我是第一次叫你大娘的绰号,也是第一次叫出声来,愿大脚片在天之灵,宽恕我。大脚片陈彩莲的事情你是清楚的。她就是我师父陈祈合的闺女,最小的闺妮子,比我大三岁。老伯父我,刚开始跟着师父学功夫时,都是陈彩莲教我,她脾气坏,性子急,没少打我,没少踢我,她从小脚就大,脚上功夫很精湛,咔哧一脚,砖头都能踢碎,她总共踢了我多少脚我是数不清了,我也不知道自己是咋撑过来的。到现在我还没明白过来,论说我小时候那么顽劣,她打我,我居然不敢还手,不敢动一下,真是宿命。她教了我好几年,也打了我好几年,到了后几年,师父亲自教我了,我一旦不得要领,陈彩莲还过来打我,后来就十四五岁了,再打我就脸上挂不住,也不敢还手相抗,只在心里恨得很,暗叫她几声大脚片。后来我要到亳州乾泰昌学徒嘛,去师父家辞行,师父说了很多话,我那时也没搁在心上,现在想想,那些话,句句都是话里有话的。师父说完了,叫陈彩莲拿出九节鞭,说是,虽然还没有出师门,但师徒一场到了这儿,也送你一件东西,算是个念想。说完了,就叫陈彩莲把九节鞭递给我。我知道,这条九节鞭是师父的心爱之物,此时赠我,可能别有深意,一时心头撞撞,不敢抬头,接过九节鞭才敢看大脚片一眼。哦,当时陈彩莲表情很怪异,我的天哪,我很吃惊,觉得怪哉,她笑吟吟的,又善良,又慈祥,又温暖,又端庄,好像打了我好几年的这笔大账她先一笔勾销了。只是遗憾得很,这个九节鞭,放在家里了,你爷爷怕我怀揣兵器外出惹事嘛,我来上海滩时也不让我带着,况且,那也是个证物,放在家里二老面前看着,也更合时宜一些,只是,那时节兵荒马乱嘛,日本人,汉奸,动不动就到咱们李庄骚扰,你爷爷奶奶,整天投奔亲戚家,这个九节鞭就找不着了,真是怪哉,我后来从亳州荣军院回到咱们李庄,住在咱家老房子里,就是现在这个房子嘛,你大娘当县长的嘛,退休了也照样讲究,翻修老房子,居然在老鼠洞里找到了这条九节鞭,当下,我好像身处天堂，恍惚半天，你大娘也唏嘘了一上午，我们两个老人都没想明白，这得多大个的老鼠，才能把这四斤八两重的九节鞭拉到洞里嘛。

哦，老侄儿，我说句不怕你笑话的实话吧，当时，我从心眼里害怕陈彩莲。你想呀，这个人从小就打你，一直打，一直打，从七八岁打到你十四五岁，心里边落下阴影了，就是后来你能打过她了，你见了她首先还是一个怕字不是嘛。现在，这个人就站在你面前了，你该咋办嘛。哎呀，咱们照着老规矩，我先摆出笑脸尊她一声："大姐，你咋来了？"在她家里学拳时，就这样叫她嘛。她来上海滩我不知道缘由，故有此一问。我弟弟，也就是你爹，多嘴多舌惯了，抢上话头就嚷嚷："俺哥呀，春季里，恁师父和咱爹一商量，两个老掌篙的做了主，就给彩莲姐和你定下亲了。请的俺干大高怀诚做的媒。俺干大那可是高老庄的大财主，在咱们那一片。他可算是最有面子的人了。咱爹咱娘都高兴得很，八字都换过了，彩礼也下过了。彩莲大姐这回来上海，就是想见见未婚夫，就是想见见俺哥你呀！"老侄儿，嗡的一下，我全懵了，心里边咯噔一声锈死了。失魂落魄。你瞧瞧，你爹，这个混球，花着我的工资，在亳州念高中，特意请了假，陪大脚片才来到上海，就敢给我拽文明词，还"未婚夫"，哪里还是咱李庄人说的话。我真后悔小时候打他太少了。就听陈彩莲笑吟吟地说："俺们姐弟两个，坐了汽车坐火车，又坐黄包车，几天几夜的奔走，好容易找到门上，见了你，也不让进门，就堵着门子盘问起来了，哪兴这样的呀！"

我自然请他们进了方公馆。

我没有再说啥。

我没啥可说的嘛。

当年，你大娘到上海滩找我，刚见面就是这个情景。

哦，你大娘也给你讲过好几次了，哎呀，这个老乞婆，啥事都给小辈儿乱说。

老侄儿，你知道，咱们李庄这一带从前就是这样的，婚姻总是由父母做主，从前是这样，现在也没有彻底断根。自然了，家里边敢于决定我和陈彩莲的婚事，那也不是无缘无故的，也不是没有任何基础的。再说了，咱们李庄，祖祖辈辈，都是这样过来的，如今轮到了我李娃，那还有啥话可说的。你看嘛，老侄儿，那时候我就是心眼实诚，认死理，朴实得很，到现在一百多岁了，还是这个样子，很不容易。

哦，咱们说方公馆，平常哪个佣人家里来人来客了，都得给管家王西三回一声，吃住听他安排。我这边一说是陈祈合的闺女来了，那不得了，王西三大叔特别热情，当下自己卷了铺盖，去樊阿大房间借宿，腾出房间要陈彩莲和吴大婶做伴。又叫人搬来张板床，放在我屋里，让你爹和我，兄弟俩一屋里住着。声张动静大，弄得老姑父方仪望也过来看，隆重得很。我弟弟，也就是你爹那个碎嘴子，那个混球，当着几个人的面，哇啦哇啦，把他和陈彩莲来上海滩的缘由说了一番。天哪，没有一个人问我肯不肯，一致连连鼓掌，向我祝贺。是的，皆大欢喜，我独迷惘，面红耳赤，浑身火烫。最后，连大姑妈也知道了这个喜讯。说句老实话吧，对她老人家而言，这真是个实打实的喜讯嘛。唯有我，当事人，根本没有意识到，自己也完全可以在自己的婚姻问题上表明态度的。遗憾的是，那时候才十七岁，婚姻观是混沌的，轻与重，啥是婚姻，啥是爱情，哦，我不免要趁机请教你一句，这个世界上是不是真的有爱情这个玩意儿，我掰扯不清。意识里倒也明白，反正是父母定下的婚事，我不认下，就是不孝之子，以后回到咱们李庄，老少爷们儿会笑话我的。不过到了后来，我根据自己的经验，也总结了一下，一个人，得到了三十岁，才有能力判断婚姻的是非，才能做出正确的决定。三十而立，老话儿不是白说的。老侄儿，你肯定认同我这个总结，因为，你就是这样的，三十出头才结婚，晚婚模范嘛。哦，你不是三十出头结的婚，你二十二三岁就结婚了，哦，算了，你不是晚婚模范，我收回刚才对你的赞扬。

咱们现在说你大娘陈彩莲来上海滩这个事情。过了好久，我方才明白，方公馆里这几个人所以高兴，是因为他们隐约有些担心的一件事，登时化为乌有了。他们担心个啥嘛，老侄儿，你都这个岁数了，脑瓜子一点也不开窍，啥事还都得点破了才明白。他们担心我和大小姐嘛！你想啊，都是十七八岁，情窦初开，接接送送，又加上在维腾贝格家学钢琴，闹的一章子事体，打了西格弗里德·迈耶尔，那个大猩猩，还有绑架，再加上大小姐朝夕使唤我，他们那些大人，看在眼里，想在心里，鬼心眼就开始浮动了。这些弯弯绕绕，都是几年后我和大小姐在逃命途中她亲口告诉我的。其实，我虽然喜欢大小姐，愿意为她服务，但心眼里绝没有半点非分之想，这一点我敢发誓。你想嘛，门不当户不对嘛，咱们有自知之明嘛，阶级嘛，老伯父我再是个粗坯，自己有几斤几两，家里有几棵枣树，树上有几颗枣，还是清楚的，癞蛤蟆想吃天鹅肉的事情，咱们不干，咱们乡下人也有尊严，咱们李庄人皮糙肉厚不假，但也是有自尊心的不是。说真的，现在回忆起来，我对大小姐，只有感激，感激她从不把我当成一个佣人，感激她一直和我平等相处，还教了我读书写字，人生道理，在生死关头，能让我放弃死的念头，能给我生的理由，我心里好感激她。还图个啥，这个就够了。咱们当时虽然是个青头后生，懵头蛾子一般，但是，这点点道理还是领会得了的。现在想来，真是万幸，想不到大脚片陈彩莲的到来，无意间帮我卸下来一个隐形包袱，我再也不担心方公馆里大人那般思量我了。唱大鼓书的高麻雀放下响板，敲了三声大鼓，拉着大智者的口吻，字正腔圆，念道：正是，顶上铁枷解脱了，得闻秋雨送梧桐。

当然了，除却上边说的这些因素，方公馆他们几个人盛情接待陈彩莲，更多的是看在我师父陈祈合的情分上。只有大姑妈，对陈彩莲格外喜欢，而且她的喜欢来得突然，当时不免让我觉得蹊跷，但是，现在咱们得说句良心话，大姑妈她老人家，喜欢陈彩莲，肯定都是发自内心的。大姑妈专门在大客厅里接见陈彩莲，哦，我前边说过的，方公馆里规矩，只有贵客才在大客厅会见，也就是说，大姑妈很高看陈彩莲，把她当成贵宾。老姑父方仪望和管家王西三，两人都是好心眼嘛，暗示不成，就直接提醒我跟着去呀。我那会儿哪还有主意可言，一脑袋麻木，整个儿成了木偶嘛，就跟着去了。首先是，一见陈彩莲这副打扮，大姑妈，这位老太太就分外亲热，好像又勾起她年轻时在故乡的种种回忆。

哦，对了，在场的还有吴大婶。

我前边也说过，吴大婶和大姑妈不仅对脾气，在追逐时髦方面的趣味也相当投合，加上表弟媳妇和表嫂子这一层关系，两个老太太时常形影不离，咕咕唧唧，嘻嘻哈哈。这会儿，两个老妇人围着陈彩莲已经转了好几圈，也不避讳我在当场，一句紧着一句，这一个夸奖她的腿长腰挺，那一个赞美她的膀大胸高，这一个夸奖她的腰肢健壮又柔韧，那一个赞美她的屁股饱满又圆润。最后，吴大婶还夸奖了陈彩莲的大脚片，说幸亏有这么一双大脚，要不就撑不住这么健硕的身躯。老姑妈倒是仔细，捉住陈彩莲一双小手惊讶一番，说，大身架子的女孩家，一般都是粗手大脚，不承想你倒长了这一双小手，可见你心里机灵，内秀得很，老天注定，你一生的福分，都藏在这双小手上了。说得开心，又一句话脱口而出：没出息的男人，就喜欢女人有一双小脚，有出息的男人，只喜欢女人有一双小手。说话间眼角瞥见我，马上意味深长地大笑了几声。又说，她见着那些富家女孩儿病恹恹的样子，心里就堵得慌，她喜欢女孩儿高高大大的，白白胖胖，端庄大气，有福相，又富态，看得人满心欢喜。大姑妈还提起大小姐，说自己女儿虽说不比陈彩莲高大，但白胖还是有一比的，而且性格开朗，心底机灵，两个人也很相像，等星期六下了学，李娃接她回来，你们姊妹说说话，管保对脾气得很。大姑妈言谈之间，欣喜之情溢于言表。夸奖完了，还让大脚片坐在她面前，拉着手儿问长问短。得知陈彩莲大我三岁，大姑妈喜欢得连连拍手，一再说女大三抱金砖，李娃这傻小子有福气得很。陈彩莲毫无羞涩，大大咧咧，又憨又直地说，你老人家，亲热得像我娘一样。咱们老家的规矩，我得随李娃序起来，也叫你大姑妈可好。这个大脚片呀，到了这么个境地里，还依着咱洈河集那一带的思路说话。谁料想，大姑妈兴奋之至，一时难以自持，豪爽起来，当即非拉着陈彩莲叫她干妈好了。

按照咱们亳州的老规矩，认了干妈，就得磕头，这一个头磕下来，那就得先买一套新鞋新袜新衣裳。大姑妈虽然在上海滩生活了大半辈子，但是，咱亳州的老礼节她老人家还记得，只是立时去买鞋袜衣服，哪里能及时尽兴，非要先上楼去，在她藏的那些宝贝里挑件衣服首饰不可。一边喊吴大婶上前参谋，一边还叫我随同上楼，帮着拿拿主意，也长点伺候媳妇儿的本领。

你知道，咱亳州人亲热起来，给中了邪差不多。

老侄儿，这儿你还得容我插上一笔。

我先前好像说过，大姑妈有一个嗜好，喜欢收藏从宫廷里流落出来的衣物配饰之类，包括药方食谱。好在，那会儿清廷倒闭，摊子散了，一些宫人太监，经常偷一些宫里玩意儿换些碎银度日，即便旧时的王公大臣，也因形势逼人，时常典当或者转让一些稀奇珍物，以维持盛时场面。那时候，在上海滩，在北京城，从事这个买卖的人不少，大多是王府管家，宫里太监，也有家道败落的官宦子弟，他们搜集来新货，都是先送到权贵人家的公馆府邸，请一些富婆贵妇先行挑选。咱们方公馆的这位大姑妈，就是在这种情况下收藏了不少宝贝的。前边我提到过一个叫小于子的太监，河北定兴出太监嘛，这小于子就是定兴的，他经常出入于方公馆，我见过几次，光头净脸，一张嘴说话，声音怪怪的。咱们方公馆的大姑妈，从这个小于子手上买了不少东西，这个太监有点贪婪，一张慈禧太后洗浴的汤方，就要一根大条。不过这个汤方确实效果好，所以，大姑妈这么大岁数了，还能保养得皮肤细腻，手脸活似妙龄少女，乌发堆云，双眼炯炯有神。当然，这些都是我后来听说的，也就是我和大小姐逃往苏北的路上，听大小姐说的。自然了，大小姐也掌握了这个方子，深得其妙嘛。由此可见，这个太监小于子还是有门道的。我初到方公馆，第一次拜见大姑妈时，她老人家穿的那件红缎地冬服，就也是从小于子手上买来的。这件红缎地冬服，白狐狸皮里子，团形鹤纹，吉祥花卉，下摆是海水江崖，看着像件戏装，要细说起来，那还真有点来历。说是，早些年头，浙江有个著名的军阀，他有个儿子，在上海滩是个人人皆知的纨绔子弟，我就不提他的名字了，怪丢人的。这祸害曾将清廷皇弟的媳妇勾引到上海滩，玩腻了，弃如敝履，任其死生。幸亏那位皇弟妇出奔时携带了十几箱珠宝玉器，嫔妃礼服，命妇吉服，以及金银首饰，多亏藏得严实，未被那恶少搜去。这皇室贵妇隐姓埋名，深藏弄堂之里，几十年来依靠变卖这些器物度日。只是咱们方公馆的大姑妈来上海滩的时间不凑巧，没赶上那皇弟妇出手珠宝玉器，等到赶上趟了，寻到门路时，人家就剩下衣服首饰之类了。这反而更让大姑妈高兴得很，因为珠宝玉器非她所好，作为女人的天性，她热衷的正是那些服装首饰。就是那个太监小于子，穿针引线，三番五次，那皇弟妇的服装首饰，十分有六七都进了方公馆里，至于他本人从中渔利多少，那个咱们就不知道了。大姑妈穿的那件红缎地冬服，就是宫中贵服之一。大姑妈又请了上海滩有名的老裁缝杨金剪，将这些宫中袍服熨烫整理，教授一些丝绸衣物保养之道，一直爱若珍宝，只有逢年过节，贵客临门，她才会穿出几件以增喜兴。

谁承想，这时候，大脚片陈彩莲满身憨态，一头闯进大姑妈心坎里，大姑妈要送她宝贝衣物，这其间，自然要把几箱子宝贝展示一番。老侄儿，你知道，女人们一旦打开衣箱衣柜要人参观，那就要多烦琐有多烦琐，恨不得一件件试个遍，花起时间来，比花金条都要大方。所以啦，这一段不能细说，咱们掐头去尾，只说用得着的这一骨节。

大姑妈原本说送件衣物首饰，可是，一打开百宝箱，一穿一试，那就不止一件了。原来，满人贵妇命妇，以及官宦之家的小姐，鞋子都是高鞋底的，木头做的，所谓的花盆底，所谓的马蹄底，高门大户人家的鞋底上镶嵌着翡翠珍珠，一般人家鞋底上用金粉银粉勾画些花草鱼虫，有的两三寸高，有的五六寸，所以袍服相应长大，穿起来显得身材窈窕，走起来袅袅婷婷，气象纷呈，要是没有那种高底鞋子，身材瘦小的女人是穿不出那种气派的，尽管大姑妈也算高挑身材的，但总还有一些旗袍啊吉服啦穿不起来，恰好，咱们陈彩莲身材高挑长大，试穿起来，那一件件袍服都好像专门为她量身定做的。加上吴大婶在旁不住赞叹，大姑妈高兴得不行，豪兴使然，陡起红粉赠佳人之意，一连赠送了好几件。头一件是盘金对襟马褂、龙纹马面裙套装。大姑妈声明了，这一件套装，十分珍贵，非同一般，算是干妈送的嫁妆，等到你和李娃大喜那天穿戴。第二件是大红缎地五彩花卉套装，第三件是深蓝缎地平针打子绣一字襟坎肩。大姑妈交代说，这两件大可以配套穿戴，穿衣戴帽，规矩虽多，但左右一个道理，那就是，搭配得体即便是个好。最后一件，也是大喜那天才能穿的，是啥嘛，是一件红缎地摘绫绣多子多福肚兜。你瞧瞧，大姑妈想得多周到。甚至吴大婶在一厢也讶然不已，再三说，"这般物件，平常连我都难得一见，今儿个，大表嫂是喝醉了，脱手即送，这般大方，又情真意切，可见她有多么喜欢陈彩莲这个大个子小妮儿"。大姑妈送了这些衣物，简直如释重负一般，一个劲儿说，压在箱底不是宝，物有所用才是好。这些玩意儿给了彩莲，才有点红粉佳人英雄宝剑的意思，叫人心胸豁然敞亮，大大的痛快。

自然了，陈彩莲虽然不知道这些衣物来自宫廷，有多么珍贵，但她照样珍藏了一辈子，我算是最清楚的，大脚片这一辈子不爱钱，她珍藏的是大姑妈的一份深情厚谊。尤其值得一提的是，后来，在那么艰难险境之下，陈彩莲照样遵照大姑妈的嘱咐，大喜那天，穿戴的就是这件盘金对襟马褂、龙纹马面裙套装。说起来也是耐人琢磨的，毕竟是战乱岁月，天天打仗嘛，这些东西，也不知道她是咋样珍藏下来的。哦，新婚大喜那天，她也没忘了穿上那件红缎地摘绫绣多子多福肚兜，简直迷死人了。好歹，总也算是她没有辜负大姑妈的一番良好心愿。很遗憾，也很幸运，这些老东西，老物件，老婆子去世之前，都无偿捐给亳州博物馆了。老侄儿，你要想看看那些东西是啥样的，可以去参观一下，我有捐赠证书，你带上，保证全场免费。

哦，你已经参观过了。

你他娘的。

想当年在上海滩，在方公馆里，大姑妈不光赠送给大脚片珍贵衣物，还言传身教，从穿衣打扮，到言谈举止，甚至饮食保养，一一指点给大脚片。一句话，就像大姑妈自己说的，我的干闺女，就得像我的干闺女，出门外，在门里，都不能叫人家看出笑话来。老侄儿，大脚片陈彩莲，在陈桥集上生活了二十年，除了见天和人打架斗殴，没啥长进，这回因为和老伯父我定了婚事，到上海滩看望未婚夫，进了方公馆，被大姑妈指点了一个多月，才算是知道了啥是人的素质，啥是人的修养，自然了，她本人也是有点这方面的灵性的，也算是个可塑之才嘛。也正是有了这一段大修炼，在以后的战乱岁月里，在解放后，在后来的和平岁月里，包括最后变成了老态龙钟的老婆子，她才能让人刮目相看，她才能从容应对万事万物。这一切都是因何得来的，难道还不是托老伯父我的福分嘛，她还动不动给我拉个脸子，大要县长脾气，我的天哪！混账东西，老乞婆，想想往事吧，想想大姑妈，想想当年在上海滩吧。

哦，大脚片这一段，不要写在我传记里，用途不大。

到今天，我也得说，大姑妈对陈彩莲的人生指导，是具体而微的。不光是穿衣打扮，言谈举止，包括洗澡这样的生活小事，她陈彩莲也从中得到很大益处，要不，到老了她咋能保持那种好肤色。你不知道，老侄儿，那个时候，在农村，大闺妮子一年到头洗不了几次澡，即便洗澡，也不过打盆水用毛巾擦拭一番罢了。根本不可能像在方公馆里，躺在浴池里泡澡，站在水龙头下淋浴，更不可能使用慈禧太后的汤方，泡在药汤里润肤美容。连大脚片自己也说过多次，她们在洗浴时，大姑妈向她传授了很多洗浴的神秘方法，而她也领会了不少沐浴的奥妙。以至于后来在动荡不安的战争岁月，一旦有了机会，她就要沐浴一回，没有机会创造机会她也要沐浴。这是她亲口说的，也是我亲眼看到的嘛，有一次正沐浴着，敌人过来了，日本鬼子，还有十河镇的一队伪军，不是我死拼硬挡，她撤退时非光着屁股不可。撤退，哈，是那时候挂在嘴边的话，其实，大多数就是逃跑嘛。哦，按照时间顺序，以后说到这一段时，我将忽略不再提起，你权且当做从没发生过这个事体。反正，这个人沐浴成瘾了，甚至在长达十年的“文革”期间，她依旧把沐浴进行到底。即使以你爹为首的那些造反派，天天贴大字报，攻击她的这种资产阶级生活方式，也没能中止她入迷的沐浴。

哦，时间不早了，咱爷俩就此请了。

第十一章

今天讲讲方公馆里的聚餐会。

老侄儿，我前边说过这个了。这个聚餐会的缘由及其用途，前边我也说过，今天就不多讲了。需要说明的是，那时候，上海滩各行各业，机关团体，只要有点规模的，都爱搞这个聚餐会，有的是午餐，有的是晚餐。搞午餐的，下午基本上都有游园之类的活动。搞晚餐的，则伴有歌舞娱乐，热闹终宵。一般说来，聚餐会搞成晚餐，比较体面，比较气派。

方公馆的聚餐会，一直都是晚餐。

说到这儿，我现在不仅要赞叹一声，大脚片真是幸运，刚来上海滩，才到方公馆，就赶上了方公馆三年才轮到一次的聚餐会，她还在这次聚餐会上，大出风头，惊艳四座，一辈子忘不掉那番情景，临咽气那会儿，我一说聚餐会，她的老脸还会笑成了一朵荷花，恨不得立时坐起来再参加一次。这个马克思主义老太太，奄奄一息，人之将死一瞬间，竟还记得大千世界之繁华一瞥。哎呀呀，我是能理解她的。人间天堂，世外胜境，记忆印象，深刻灵魂。自然了，你爹也参加了这一次聚餐会。那个混球，挑三拣四，拿架子不要我穿小了的那两套西装，弄得方公馆只好又给他新买了两套西装，当然还有皮鞋。给亲戚家小孩买衣服买鞋，也是咱亳州的老习俗嘛。聚餐会当天，你爹他，那个混球，就穿着一套新西装新皮鞋，还扎了一条粉红领带，脸上挂一副黑圈圈近视镜，有点架势，有点神秘，双手还戴着雪白的手套，成了专门给方迈克拿司的克的少年小随从，你看看，资本家大少爷嘛，要摆谱儿嘛，一根手杖也得专人伺候着，你爹当年一身崭新的西装革履，就扮演了这个角色。一开始他还当回事儿，左手下垂，手掌紧贴裤缝，右手拿着司的克，弯在胸前，像个持剑礼兵一般。等人群一走动，你来我往的，场面上喧闹起来，这个混球，就开始趁乱偷吃点心。场上酒过三巡，菜过五味，人群开始敬酒，纷乱起来，众眼迷离之际，你爹，这位好汉，索性丢了大少爷方迈克的司的克，一味大吃大喝起来。我悄悄过去，踢了他两三脚，才止住他。过了多年之后，这混球竟然忘掉了自己当年的吃相，在他那狗屁文章里，将那次聚餐会称作资产阶级的产物，有钱人的买卖，群魔乱舞的盛宴。还说什么“不身临其境，就不能了解资产阶级的虚假繁华，就不能了解有钱人的奢侈和腐朽，就不能了解那些寄生虫们的丑恶嘴脸”。有意思，你爹这混球，吃着人家的酒肉，还要拉一堆臭屎臭人家，一辈子专门做这类搞笑的事情。不说他也罢，这孬货。

老侄儿，我现在说起方公馆那次聚餐会，也是难以自禁，只要我一开口，当年那场盛大情景就会自动呈现在我眼前，就像放电影一般。当时正是初夏嘛，庭院深深，林木葱葱。前院里那片草坪分外丰茂，又精心修剪了一番，浓绿，油亮亮的，古书里好说远山如黛，一进方公馆大门，迎面就是一大片带状草坪，逶迤，蜿蜒，稠密，浓绿，给人的就是如黛的感觉。这草坪好看，也是伺候出来的，从春天到夏天，花了不少人工，园工老何自是没少费劲儿，我但凡有些清闲，也会参与其中，帮着他浇水施肥。草坪伺候得周到，长得好，草坪上几十株香樟树也近水楼台，因而长势旺盛，愈发显得根深叶茂，亭亭如盖。老侄儿，你这一笑，我就知道你猜中了，是的，方公馆这一场聚餐会，就是在这草坪之上、香樟树之下举行的，要不然，我真没闲心在这儿来这几行子景物描写。

对对，你说得对，就像咱们李庄娶媳妇待客一般，热闹，宾客纷纭，吹笙敲锣，打梆子，吹喇叭，锣鼓喧天，把酒齐欢庆，心潮逐浪高，人手不够用的，男女佣人齐上阵，人手还是紧张，好在，我不是说过嘛，方公馆常年都有一拨拨吃客，反正除了那些说亳州话的我知道是方公馆的亲友，其余的，也说不清都是谁的客人，都是谁的朋友，总之男男女女的，这拨人全用上了。管家王西三有办法嘛，对他们进行了三天培训，然后根据情况分派到各个岗位上去了。这其中，就有那个胡子拉碴，戴黑色大边框眼镜的客人。你还记得这个人吧，老侄儿，当初我刚到方公馆里，对抽水马桶产生乐趣，一天到晚不停地坐马桶，这位客人好心眼，关心他人，还问我是不是拉肚子了。对，就是这位先生，这里，我暂且称他为胡先生。是啊，两三年了，胡先生还在方公馆里。不过，我后来没咋注意过，也许他中途走了又回来的，也许有啥事没办完，一直就住在方公馆里。左右，这回高低派上用场了。管家王西三很能干，量材使用，请这位胡先生刮干净胡子，戴上竹篾凉帽，穿上白绸大褂，搭肩斜披红绸缎带，往柜台后边一坐，有相貌，有神采，权且充当一回记账先生，也是恰如其分的。在咱们李庄办喜事，这个角色就叫掌柜的，其实就是个记账的，来宾带的钱物贺礼之类，交到柜上，由他登记在册。这个角色不能马虎，一笔一账，记得要准确，因为东家日后要根据这个册子答还人情。这个胡先生了不得，账面清楚，字写得也好，好的不得了。我看在眼里，赞在心里，恨不得那手字是我写的。

说柜台，其实就是两三张长条桌子，摆在紧靠大门的草坪边上，桌子上铺着深红色法兰西绒布，张了一把黄蓝条纹相间的巨型布伞罩着，车辆进了大门，宾客一下车就能看见，就能明白，无需引领，自会前来签到。对，对喽，我也在这个柜上，负责客人签到的名册，我下手就是胡先生，因为客人签到后才能交上钱物贺礼之类，也便于胡先生记账嘛。我负责的那几本签名册不简单，十分昂贵，都是上等的苏杭绸缎封面，内页是特制的仿宋棉纸，又叫蚕茧纸，这种纸不得了，纤维交织紧密精细，受墨好，寿命长，防虫蛀，宝贝得很，现在基本上见不到这种纸了。往这等纸上写字，得用好笔好墨，自不待说。我就站在这些宝贝旁边，伺候来宾签到，而且按照管家王西三大叔的叮嘱，来宾签完名了，我还要赞他一句，魏碑风骨，羲之再世，或者好比苏黄，好得很，盖过颜真卿，好过宋徽宗。其实，那会儿我根本不知道这几句话都是啥意思，也没见过宋徽宗，只知道反正都是马屁话，来宾爱听。常言道，拍马屁拍到马蹄子上了，我那次就拍到马蹄子上一回。说的是杜先生。杜先生大家都知道，上海滩的狼犺角色嘛，气派大，行动就是两辆汽车，前一辆拉着大躺椅，后一辆拉着杜先生。两辆汽车进来一停下，前边那辆下来两个壮汉，从汽车上架下来一张大躺椅，然后到后边那辆车旁拉开车门，半架半抬把杜先生弄出来，放到大躺椅上。前去迎宾的王西三，根本插不上手，只是拱手先对着大躺椅摇晃几下，杜先生坐下后，他又拱手对着杜先生摇晃一番。两个壮汉就这样抬着杜先生，到柜台这儿签到。杜先生就坐在大躺椅上，直起身签字，风度翩翩，丝毫不见有啥欠安之处。事实上也是如此，几步路，坐大躺椅抬近前来，不是身体欠安，是因为，人家杜先生，要的就是这份派头。照旧，杜先生一签完名，我赶忙赞他魏碑风骨。杜先生不高兴了，拉长脸子，三角眼斜过来，说了一句："小老弟，侬调笑阿拉哦。"那个时刻，那种境地，哪能惹事，我赶紧鞠躬打拱，连说不敢。杜先生这才龇牙一笑，教导我："客套话莫要过头了，小老弟！做人要实在，说话也要实在，这是在上海滩立足的一个信条。像阿拉这样，除了自己名字，大字不识半篓，说什么魏碑风骨，除了讥笑阿拉，侬还有别格的意思啦。要是说阿拉写得不错，有点意思，阿拉倒是愿意听得紧。"我只好赶紧称赞他写得不错，有点意思，他这才哈哈大笑起来。正好咱们方仪望闻声过来寒暄，杜先生赶忙站起来，和咱们方仪望抱拳拉手，拍肩拍肘，可见两人交情匪浅，完了杜先生慢着步子，入席去了。那两个壮汉，竟抬着大躺椅，跟着身后，预备杜先生随时坐下。有意思吧，这杜先生一到场，就给这场聚餐会制造了一个有趣的小片段。

因为我司掌签到册，所以对诸多来宾记得比较清楚。

首先说几个皖籍乡党，有青帮"大"字辈的汪先生，此人参加过辛亥革命，当过南京总统府中山先生的卫士长，在淞沪警察厅担任过要职，在上海门徒过千，其中不乏党政军要人，连杜先生这样人物，见了他，也要小跑过去，规规矩矩，鞠躬施礼。有王老先生，此人在辛亥革命时期跻身军政界，后来到上海滩经商成为大佬，门徒多是名门贵胄后裔，就像李鸿章盛宣怀的后人。还有，唉，多说了你也不知道，仅仅举出这两个老先生，也就可以代表皖籍乡党在上海滩的身份地位了。自然了，咱们方仪望在上海滩立足发展，少不了这些乡党的襄助。再就是老姑父方仪望的业界友人，也就是一群银行家，及其太太，及其公子小姐。就像咱们李庄，去吃个喜宴，按礼节去一个人就妥了，结果一去就是一家子。就像，中央银行的副总裁陈先生全家，交通银行的副总裁王先生全家，国民银行的何况董事长全家，大兴诚银行的张锗总经理夫妇，南方商业银行的总裁费亮先生全家及其表弟全家，华泰银行的总裁庞大唐先生夫妇及其小姨子，更有甚者，在金融界德高望重的银行家、人称“蝶公”的殷蝶仙殷老先生，祖孙三代，四五辆汽车，声势浩大，鱼贯而来。这“蝶公”虽然年迈，但精神矍铄，身体挺直，活像吞了一根秤杆一般，鸡爪子一般的右手扶着儿媳妇细白的臂膊，枯枝般的左臂被胖胖的孙媳妇托着肘弯，倚老卖老，一走上草坪，欢声雷动。另外，反正，当年上海市银行同业公会会员银行的老总们，几乎都到场了。

当然了，大少爷方迈克，以及大表嫂段喜良，这两口的朋友也来了不少。方迈克的朋友除了留洋同学，多是他治愈的女患者，比如陶小姐王太太张太太之类。大表嫂的朋友多是女界人物，啥东西妇女救国会秘书长贺兰莎女士，也有学界英才，比如经济学教授许烟岚博士。印象比较深刻的还有一位神父，荷兰人，叫做路易斯·库佩斯特，四五十岁了，相貌很别致，干净体面，穿着道袍，也就是他们的教会制服，胸前吊着十字架，也说是大表嫂的友人，在虹口那边的耶稣圣心教堂做事情。依我看，就是想前来混口好吃的嘛。那时候，上海滩有很多教堂嘛，我也搞不清啥是天主教，啥是基督教的，反正在街上时而会碰到几个神父，也碰到过嬷嬷，大小姐对这个比较了解，有一回我陪她上街，遇到一个嬷嬷问路，大小姐还给她交谈了几句。说的没一句中国话，都是外语，我自是听不懂的。当然，这位荷兰神父路易斯，中国话说得很别扭，说外国话我也不懂，多亏大表嫂一眼瞟见了，过来把人领进去。我说过嘛，大表嫂和教会之类的也有来往，搞些捐赠啊救助啊之类的慈善活动，多以这些教堂为活动场地，多以这些教会里的头面人物为依托。那时候咱们不明白底里，不懂得，只以为大表嫂不仅学问好，长得漂亮，还热衷慈善，真了不起。现在，大家都明白了，这也是个掩护身份的方式嘛。我记得，这个路易斯有意思，别的客人带来的大多是真金白银，稀罕物件，而这位洋神父，带来的礼物就是一瓶洋酒，叫啥东西，哈达斯烈啥玩意的。咱们李庄人言讲了，蚂蚱再小也是块肉嘛，礼物小是小，心意到了嘛。好，这个路易斯神父，一进了人群里，就撇开大表嫂，专门和一些贵妇啊太太啊谈论上帝去了。

当时也乱糟糟的，谁也听不见谁说啥。哦，对了，还花钱请了二十几个歌星，还有四五个当红的，这个是相当有面子的，也有四五个过气的，这个主要是咱们方仪望怀旧心情，喜欢她们唱的老歌。剩下的都是半红不红的。草坪虽然蜿蜒绵长，还是在中间地带辟出一块场地，搭了个台子，这些歌星们粉妆浓抹，在台子上缓缓移动，时而佯装矜持，时而艳态发作，反正都是为了准备引吭高歌。还有一支乐队，就是工部局的那支乐队，当然，首席小提琴手爱德勒先生也来了，这个犹太人正在擦拭自己的小提琴，乐队其他人员已经摆好器乐架子，管弦琴铃，整整齐齐。自然，当时整这些也没有啥困难，那时候嘛，上海滩电影公司啦，唱片公司啦，很多，经常受雇到一些公馆啦府邸啦，搞这类活动，就是有偿服务嘛，时代变了，娱乐行业换汤不换药，大都如此。方公馆又花钱从电影公司租来各种灯光，从唱片公司租来音响，灯光是准备好了，只是天还没黑，灯还没开。音响师还没弄好音响，正在那儿扯电线，试喇叭，喂喂，啊啊啊，先生们，啊咿咿，女士们，啦啦啦。好在，市长以及驻军和警界要人，都还没有到，一点小小的故障，还有时间从容处理。

总之，方公馆举办的这场聚餐会，场面浩大，人员混杂，其规模与不久前在爱俪园举办的聚餐会相比，有过之而无不及。爱俪园，你知道吧老侄儿，哦，不知道，那就不说它了。说那个时代嘛，奢靡之风，黄金白银，尽显丑态嘛。老侄儿，你看，到场的都是银行家啦，实业家啦，政府官员啦，上流社会，演艺界明星啦，资产阶级，他们懂文明，讲礼貌。比如吧，他们见面，哪怕是上午刚刚见过面，寒暄过个把小时了，但这会儿又见了，还要再进行一番寒暄，更加冗长，啰嗦，寒暄得山穷水尽，也没有一个会烦的，因为这是他们这个圈子里的一种风尚，相当流行。反正他们这种高级行当，咱们不懂。

自然了，他们这群人，虽然在物质方面高高在上，在权势方面高高在上，在社会地位方面高高在上，自鸣得意，但这并不意味着他们的内心与品行也是高高在上的，在很多方面，和咱们这些凡夫俗子一比，也有比不上咱们的。就像，他们也玩弄女人，传播是非，挑拨离间，栽赃陷害，造谣诽谤，而且由于他们天天玩银子嘛，玩成了人精，所以，做起下流事情来，更卑琐，更龌龊，更阴险，更狡诈。老侄儿，我这样说，并非展示自己有多么高深的思想，有多么高深的道行，我说的这一切，都是我眼之所见，耳之所听，然后经过几十年思考，才得出的。不信，你看，咱们这里正说着话，草坪上就吵了起来，高声喧哗。我那时候毕竟年轻，好景事，就跑过去看热闹。却原来，正是那位德高望重的“蝶公”，和中央银行的副总裁陈先生起了纷争。此陈先生，非我救他一险的那个陈先生，是这个，当初大表嫂留洋回来，就邀请她到中央银行做事的这个陈先生。争吵的由头，却起在交通银行的副总裁王先生身上。先前我说过，陈先生是宋先生的嫡系，现在我告诉你，这王先生却是孔先生的嫡系。咱们知道，有一个时期，孔宋之间，斗得厉害，争官夺位，后来，宋先生的财政部长被孔先生抢去了，宋派人物沮丧一时，孔派嫡系猖狂良久。此事已经过去一两年了，但是，孔先生的这位嫡系王先生，在人面前，还是忍不住大露得色，就是东北人说的“嘚瑟”嘛。金融界德高望重的那位“蝶公”，自然通晓其中款曲，所以，眼下又见了面，老毛病再次发作了，为老不尊，不顾颜面，一而再，再而三，大拍王先生的马屁。老侄儿，你想想，旁边陈先生又不是一块石头，也不是一段木头，他也是个有屁眼儿的活人，他听了，心中作何感想嘛。陈先生马上出言相讥:"北边那个姓殷的，舔日本人的屁眼，不料想，咱们南边有个同姓的，大舔姓王的屁眼；我这里说个秘密，我有个朋友毛福建毛先生，搞过这个姓王的，老说他屁眼里有屎渣，是不是真的，蝶公?"

这里，我要解释一下，此处陈先生说的北边那个姓殷的，所指的应该是殷汝耕。报纸上登过殷汝耕这个人的照片嘛，我见过，可谓相貌堂堂，他少小时代，官费留日，后来曾当过总司令部驻沪办事处主任，再后来堕落为汉奸，一度担任由日本人掌控的"冀东防共自治政府"主席，公然叛国，娘了个逼的。抗战胜利后，被判死刑，这贼走向刑场时，还口诵《金刚经》句子:一切有为法，如梦幻泡影，如露亦如电，应作如是观。纵览殷汝耕的相关资料，我觉得，《金刚经》里这几句话，基本上可算作他本人的人生写照。老侄儿，你还记得吧，去年我住院期间，请你帮我找一些抗战期间北方汉奸的资料，就是因为在医院里闲极无聊，忽然想起了方公馆聚餐会，想起了陈先生嘲讽"蝶公"这个段落，我找资料，就是想研究一下陈先生说话是不是有根有据，现在看来，稍稍有一点点牵强，自然了，陈先生当时东拉西扯，旨在骂人嘛，我这样刨根问底，也有点刻舟求剑了。

咱们说当时，陈先生面带微笑，真真假假，拳打六家，诙谐与挖苦共存，所以，话音一落，顿时哄堂大笑，即刻起了大乱子。首先是，孔先生的嫡系，那位细皮嫩肉的王先生不干了，非要陈先生把毛福建那个小乌龟王八蛋叫来，当面验证一下他屁眼里是否有屎渣。哎呀，这一下，乱糟糟，活活笑死人。其次，那位德高望重的"蝶公"，差一点气死过去，躺在椅背上喘了半天气，这才拍案而起，正要拂袖而去，忽然听见管家王西三大叔高高喊了几声"吴市长先生驾到！""警备司令张长官驾到！""警察厅蔡厅长驾到！"如此等等。这一嚷嚷，"蝶公"，这老前辈，闻声又坐了下来，好像从没发生过令他不愉快的事，脸面上一派喜气洋洋，全身上下，都是健康的状态，奔放的状态，基本上都是可以展现出这位老先生丰厚修养之良好状态。

既然市长和军界警界长官都驾到了，那么，聚餐会就可以正式开始了。乐队先是奏起迎宾曲，宾客入席，接着市长致贺词，按照仪式程序，市长讲完话，就是方仪望全家亮相，向诸位来宾拨冗光临表示致谢。只是，那个市长，方面大耳，口才太好，讲起来滔滔不绝，混蛋玩意儿，没有个时间观念。照常说，时间不等人嘛，所以，那边市长先生讲着话，这边事儿也照样按顺序走着，也就是说，该斟酒的斟酒，该上菜的上菜。

论说起来，四五百人吃饭，四五十桌席面，又要丰盛，又要体面，又要别具特色，与众不同，这可不是个小事，万难。所以，我现在一想起那场席面，仍然会从心眼里佩服厨子汤鸣。要赞扬一句，咱亳州出了这个人，真不得了。咱们知道，汤鸣的祖上当过宫廷御厨，不光手艺好，把式也利索。汤鸣深得其祖上神髓，手段相当高超，一人单打独斗，八个冷盘，十八道热菜，甜咸两道汤，外加一道著名的清汤素面，基本上不到一个小时，五十桌席面就上齐了。自然，他先前是花了三天时间做准备，但到了现场，上灶掌勺的人手，确实就他自己，连个帮手都不需要，他嫌碍事。再说，别人干的活儿，他根本看不上，哪怕摆个冷盘，也很难入他法眼。老侄儿，你无法想象，这个人有多么讲究，反正是相当讲究，相当挑剔，也相当劳累，前几次要下来，也确实为方公馆的聚餐会赢得相当声誉，当然，他自己由此名声大振，就不要说了。每次聚餐会完毕，这个人都要大睡三天。平常谱儿摆得很大，在方公馆里，除了方仪望一家，别的人他一概不伺候，就连管家王西三大叔，也照样在佣人餐厅吃饭，自然，也是单间吃小桌的。现在想来，尤觉可惜，当时没有现在这个条件，要是有，把汤鸣做饭的场景录制下来，那真够当今一些烹饪大师学上一阵子的。更有说道的是，汤鸣这个厨子，谱儿大，平时不苟言笑，我敢说，除了方仪望和大姑妈，在方公馆里，旁人很难看到他的笑脸。连大少爷，大表嫂，大小姐，在他面前，也都是恭恭敬敬的，不敢造次。说实话，我在方公馆这几年，他娘的都没用正眼瞅过我。我先前说过，平时闲了，厨子汤鸣就陪大姑妈唱戏，他主要是拉弦子，到了寸处，他就会应声接腔，戏里需要他冷笑，他就冷笑，需要他大笑，他就大笑，需要小丑的笑，他就来个小丑的笑。你难想，这么一个人前倨傲的厨子，如此这般，应景而笑，也是那般恰如其分，形神俱到，由此可见，汤鸣这人，万事认真之至。当回事嘛。所以啊，在这种大场合做起菜来，人家汤鸣，能够神闲气定，眉宇间喜气洋洋，手上把式不停，脸上笑容变化自如，好似，烹调是个世界，内里充满乐趣，他沉浸其中，无限乐陶陶也。所以啦，这些年来，我一直觉得，几百人的大餐，汤鸣一人掌勺做起来，不光游刃有余，他还有点手挥五弦目送飞鸿的仙范儿。遗憾的是，现在，已经看不见这样的高人了。我先前说过，当时上海滩富贵人家，攀时髦的是，用印度红头阿三当看门人，用白俄当汽车夫，用法国厨子烧菜，咱们方公馆，看门人照旧是樊阿大，汽车夫照旧是老魏，而厨子一直是汤鸣，那都是自有道理的。

哦，说起法国厨子，有趣的是，我亲临现场的这次聚餐会，还真来了一个法国厨子，是刚才说的"蝶公"，他家的厨师。糟鼻老头显摆嘛，给咱们方仪望商量半天，非要来露一手。这个法国厨子，叫圣朗贝尔，料子提前给他备齐了，这圣朗贝尔，戴着高筒子厨师帽，腰里束着红腰带，怪怪的，现场做了一道奶油乳鸽，确实也大大受到了欢迎，尤其那位被大躺椅抬着的杜先生，特别称道，吃着奶油乳鸽，从躺椅子上站起来两三次，大声赞美。这位法国厨子，那脸色，那个红啊，就像下了红曲酱出来的猪脸肉，很友好，自诩作为著名的法国厨师，是不会给祖上丢脸的，因为他的祖上是个伟大的学者，是那个、那个啥东西破锡锣的铁哥们儿，参加过伟大的《百科全书》编撰工作，还撰写了"天才"这个词条嘛。

哦，你说的对，你一说，我也想起来了，你跟前的小帮助那次回来过年，来李庄看我，也给我讲过这个，叫狄德罗，不是破锡锣。当时我就是多嘴问了一句，小帮助这孩子孝顺，留心了，回到北京，就给我寄来了一本狄德罗写的书，叫那个《宿命论者雅克和他的主人》，我喜欢宿命论嘛，所以我记得清，这本书很投合我的脾胃，我是看一页笑一页，看完了差一点笑到那边去了。

哦，咱们说圣朗贝尔这个法国厨子，咋咋呼呼的，中国话说不好，他还说上海话。他做好了自己的奶油乳鸽，受到赞扬，得意非凡，大大咧咧走过去参观咱们的厨子汤鸣做菜，结果一看，他不说话了，嘴里不停地嚅动，像是咀嚼口水。

咱们这边正扯着闲篇，忽然一阵子掌声响起来，越来越响亮。原来，混账玩意儿市长高低讲完了，该着老姑父方仪望全家亮相，自是先谢宾客光临，再致辞把宾客奉承一番。虽然，老姑父方仪望遣词讲究，造句优美，说得漂亮，但是，老伯父我这里要说句实话来总结他一下，一篇美文字句通，废话开始废话终。其实，要咱们李庄人来说，一句话就够用的了：三姑六姨，老亲旧眷，老少爷们，吃好喝好，腰包装好，拔腿就跑。这个，不就完美了嘛，非要费那个劲儿为啥嘛。方家人也都是客人们所熟悉的，只有夹在中间的大脚片陈彩莲是个生脸，大家未及起疑，方仪望就宣布了陈彩莲是新认下的干闺女，又提到陈祈合，武术大家，宾客里有记得旧年往事的，一阵子交头接耳，一阵子赞叹。大脚片，我的乖乖我的宝儿，穿一件蛋青蓝缎地桃花旗袍，两条大辫子散开来，又微微烫了发梢，微微上了淡妆，离多远闻着都香喷喷的，又穿上了带襻的高跟皮鞋，彻头彻尾的，全无了乡土气味。我当时就知道，这都是大姑妈的手笔嘛。这时刻，大脚片落落大方，她干爹方仪望方才将她介绍完毕，陈彩莲，这大脚片，我的乖乖我的宝儿，一双手三指相捏，低垂在腰侧，向客人微微屈身点头，算是行礼。弄得一尊样儿，好似真的名门闺秀，连穿一身白色连衣裙的大小姐，也给逊色三分。只是，人家大小姐浑不在意，倒是和她拉手扯臂的，一团亲热。老侄儿，我当时看了，心里很别扭嘛，为啥，一个是，我原以为大小姐见了大脚片，眉间会起颜色，有个争端波澜，谁承想，一个资本家的大小姐，一个割麦点豆的田间女，两个阶级的女孩子，居然一见如故，好似胶粘的一般；二个是，我这当未婚夫的，在这儿当个跑腿的佣人，她大脚片竟然坐在台面上成了个角色，在上海滩，她居然敢这样大模大样，要抢风头一般。老侄儿，我这般心理，你能理会得吧?

哦，理解就好。

来，咱爷俩一起高呼一声理解万岁。

理解万岁。

咱们再说这场聚餐会。

老姑父方仪望举起杯子，宣布聚餐会开始。立时，灯光大亮，五彩缤纷，乐队随之吹管拉琴，靡靡之音缓缓升起。工部局的这支乐队不得了，管弦一动，那氛围就来了，好似浓雾一般，慢慢把场合弥漫了，把人群包围了，人在其中，不免心醉神迷。歌星们开始唱歌，夜来香，玫瑰玫瑰俺爱你，咿咿呀呀，天涯歌女，千里明月寄相思，咿咿呀呀，甜得叫人大牙软了。宾客们觥筹交错，开颜大笑，美酒佳肴，眨眼间三巡酒了，五味菜罢，纷纷走动，相互敬酒碰杯，低眉垂耳，嘀嘀咕咕，嘻嘻哈哈，和咱们李庄办喜事待客的情景一个鸟样。方公馆的佣人，以及那群吃客们临时扮演的忙工，上菜上酒，穿梭不停。按照规矩，客人不散，柜上不撤，因此，我和胡先生两个，只好傻呆呆，守在柜前，灯火辉映过来，以至于满脸嬉笑就像面具一般，僵在脸上，不见半点生动，眼巴巴看着宾客们吃吃喝喝，又叫又笑，咋不叫人馋得慌嘛。好在，方公馆那群吃客不是大都担当忙工角色嘛，里边有一个小年轻，细眉豆眼削尖的嘴，两门牙又尖又长，活像老鼠似的，但他心眼好，端过来两杯酒水，让我和胡先生把在手里，小口啜饮，佯装喜庆模样。我不知道杯子里是上等白兰地，喝了一小口，蜇得舌头又麻又辣。但是，胡先生一举杯子，就闻出味道来，连说这是“斧头”牌三星白兰地，好得很。当时，这个牌子的白兰地，还有“茄力克”牌香烟，都是相当高级的，一般人消费不起，一般富人一年到头也享受不了几次。所以，这下子，胡先生顿时馋了酒瘾，一仰而尽，端着空杯子，踱进人群，找佣人给他倒酒，接连喝了两杯，他还转悠着找佣人倒酒。

这就出了乱子。

有一个客人，一身黑外罩，内穿白衫，脚上一双白皮鞋，个子小，要是穿件红褂子，他就活像个炮仗大小，喝了几杯酒，刺猬踩了火球一般，东窜西撞，找人干杯，一下子撞倒胡先生。这小炮仗真不是个东西，他把胡先生当成了佣人，撞倒人他还破口大骂，顺势又踢了胡先生两脚。宾客讶然一片。恰好方仪望和大姑妈带着亲女儿还有干闺女，正在旁桌敬酒，大少爷和大表嫂随着顺序，也在后边一桌桌敬酒，眼前这个打人场面，让老姑父面子上过不去，不免过去呵斥几声。小炮仗酒劲儿顶上脑门，一撩黑衫，竟然拔出手枪，朝天响了一枪。你看看，这个混蛋孩子，能得不行，这种场合，他竟敢随手开了一枪。当时音乐骤停，尖叫一片，近邻几桌男女宾客，全都矮在草坪上，也就是客人们全都蹲下来了。连老姑父大姑妈大小姐，也都抱头蹲下去。只有傻大个大脚片陈彩莲，还呆呆立在原地，好像吓懵了。小炮仗，醉眼里全没有面前的女大个子，犹在挥舞手枪叫嚷，说啥方公馆里搞共党聚会，他已经暗中侦探几个月了，今儿个，今儿个……啊，哈哈，你这个大个子小娘皮，还在这儿站着，快趴下！

当时的形势使然嘛，啥事儿沾上共党，那可不是好玩的。所以，宾客们集体哑然，甚至连吴市长和警备司令张长官，以及警察厅蔡厅长，一个个平时人五人六，此刻也面面相觑，无敢言者。

这边小炮仗说着狂话，举起枪顶向大脚片的小腹，他个子小嘛，大脚片个子大嘛，他举着枪也就是够到大脚片的小肚子。我一看就知道他麻烦了，果然，大脚片反手一式锁腕翻转，下了枪，一抬腕子，挥手送客。小炮仗不提防大个子小娘皮有此身手，狗抢屎，扑倒在地，滑出多远，幸亏是草坪，要是石条地，后果难堪。不想小炮仗也是个练家子，地上一式泥鳅翻身，吱溜一下起来了，又笑又叫，说自己愧为马永贞的师弟，一时失了谨慎，竟遭了小娘皮手段。宾客一时哄堂大笑，纷纷站起身来。为啥，枪被缴了，大家也都听出破绽。因为在上海滩大都知道马永贞，那是武林大手，可惜中了仇家的石灰计，被一帮马贩子砍死了，都是半个世纪以前的事体了，这会儿竟又钻出了一个师弟，浑不讲年代，可见小炮仗借着酒劲儿胡说八道，是蒙事儿的。由此推论，说啥方公馆里搞共党聚会，要不是全一派酒后胡言，就是个臭屁。当时嘛，大脚片不知道对手底里，十分慎重，弯腰抓住旗袍左边分叉，哧的一声，扯开尺把口子，大腿明晃晃，一时嘘声四起。穿着旗袍，没法打架嘛。她还不及起势，小炮仗就扑上来了，使的是擒拿招式，上山擒虎豹。真是笨的厉害，他扑上去时，我这边就忍不住叫了一声:“小心乌龙摆尾!”结果还是乌龙摆尾，好嘛，只一下，小炮仗就飞出去了。

老侄儿，切勿笑。

这不是噱头。

那个小炮仗真实身份是军统特务。想当年，军统魔王戴笠手下的沈先生，就是军统在法租界的小组长，“八一三”战事之前，他们这些人活动得相当猖獗。也确实，军统在方公馆发现过蛛丝马迹。那时候我不懂这个，现在想来，咱们方公馆接纳的这些吃客里边，除了胡先生，我不知道还有哪些人是地下党。总之，我觉得这些应该都是大表嫂安排的。好在，当时军统特务还没有抓到真凭实据，还没有下手抓人。到了方公馆举办的这场聚餐会，至于那个小炮仗，也不知是咋混进来的，毕竟当时宾客甚多，假装是哪位宾客的随员混进来也说不定。只是他不该忘了自己的身份，更不该酗酒，没有了自控意识，叫嚷起来，露了马脚，断了两根肋骨不说，还当场被蔡厅长没收了手枪，派警员押回班房。后边的事我就不知道了。以老伯父我的愚见，这件事办的不漂亮，办砸了，又暴露了身份，军统门庭，一贯豪强，岂肯认下这章子恶心事体。反正，我在方公馆期间，没再遇到军统找麻烦。而且，聚餐会的第二天，我就没再见过胡先生。

说起来，也真够荒诞的，当时，宾客们还以为这是方公馆特意安排的一个噱头，因为以前其他人家的聚餐会，也请电影公司的人演过类似的小节目嘛。

待那个小炮仗被押走之后，众宾客大笑一场，纷纷赞美大脚片，纷纷端杯子过来，一边向她敬酒，一边瞅她旗袍，瞅她大腿。大脚片甚是了得，大大咧咧，连干了三五杯白兰地，幸亏大姑妈笑吟吟的，接下来为干闺女一一挡了酒，表了谢，宾客这才忍着闹意，算是罢了。老姑父方仪望更觉得颜面增光，和客人们频频举杯，叮当作响。一时间，音乐再起，歌星们再展歌喉。不眠夜，夜不眠，上海滩头多绮丽。夜上海，夜上海，你是一个不夜城。华灯起，车声响，歌舞升平。

这里边有个小情节，很有意思，就是你爹那货，也在当场，他自然不会跳舞，趁着宾客们载歌载舞之际，他在音乐声中满场走动，看到哪个桌上有好吃的，他坐下就吃，戴着一副黑圈圈近视镜，大大咧咧，竟然无视荣辱，神态自如，真正是咱们李庄的人，只要吃起东西来，啥都忘掉了，你爹不简单，他手里还没忘了拿着大少爷方迈克的那根司的克。说心里话，我不能不十分佩服这位老弟台。还有大脚片，端着杯子，穿着撕坏的旗袍，坐在桌边，露着一缕大腿，笑吟吟的，几杯白兰地下肚，脸上多了一层光泽，眼睛里有了几分朦胧，哪里还看得见仙女彩练，群魔乱舞，她只管聆听歌声，任凭心神飞驰。我真不承想，夜上海，这首软绵绵的歌曲，竟然从那一刻起，就深入到大脚片心里，深入到她的骨髓里，深入到她的灵魂深处，以至于我们俩单独相处时，她还哼给我听，一遍又一遍，甚至于解放后她当了县长，独自在办公室里，她还要哼唱这首靡靡歌曲。为此，县委书记侯大昌批评她多次，她依旧屡教不改，拍桌子，挽袖子，要揍侯书记一顿。无法无天，胆大妄为。这个性格，本色一生，老伯父我很喜欢的。

老侄儿，我要说，方公馆这场聚餐会，可以说极尽奢华，极尽灿烂，所谓的人间胜境，世外天堂，也莫过于此。以后，我再也没有见过那种场面。直到今天，我也不想承认那就是方公馆最后的挽歌。但事实上，它就是一首挽歌。

聚餐会过了也就是一个星期吧，大脚片陈彩莲，还有你爹，他们就回去了。可以说，他们是素手而来，满载而归，除了方仪望和大姑妈夫妇赠送的礼物之外，还有三十多件旗袍，装了一皮箱。这三十件旗袍，都是聚餐会的第三天，宾客们送来的，缘由是明摆着的，有着赞美，有着幽默，还有着一点讥笑与喝彩。老侄儿，这类含义复杂的事情，在那个年代的上海滩，司空见惯，一点也不稀奇。自然了，临走前三天，我还是遵照老姑父方仪望和大姑妈的嘱咐，领着大脚片和你爹那混球，在上海滩逛了一遭。参观旅游嘛。大世界游乐场，跑马厅，黄浦江，苏州河，静安寺，城隍庙，哈同花园，高楼大厦，酒店商场，坐了一趟黄包车，坐了一趟电车，十里洋场逛个遍。还特意参观了方迈克的心理诊所，又到金城大剧院看了一场电影，就是阮玲玉主演的《火山情血》，一句话不说，默声片嘛，也不知大脚片看懂了没有。有趣的是，因为最后一天是星期天，也不知大小姐啥意思，非要领着我们到卡尔登大剧院看场演出，老侄儿，你知道的，大小姐很喜欢卡尔登大剧院，上一次，我陪她在卡尔登剧院看话剧，《玩偶之家》，还遭人绑架了，闹得鸡飞狗跳的。这一回，我们几个看的不是《玩偶之家》，也不是话剧，而是一出歌剧，《名门淑女》，大脚片看得津津有味，入迷得很，说她神魂颠倒也说得过去。这出歌剧，确实给她留下了深刻印象，多少年之后，与亲戚朋友提起这出歌剧，她还感慨再三："一群疯子，在台上一会儿傻站着一动不动，一会儿乱跑个不停，几个人穿戴花里胡哨，你嚎一阵子，我嚎一阵子，嚎个没完没了，有啥话不能好好说吗，就知道一个劲儿地嚎叫，也不知道他们嚎个啥东西。"

到了临走那天，大姑妈还特意让大小姐带着大脚片和你爹两个，到华懋饭店吃了一顿高级的。我当然要借光参加了。吃的啥东西我忘了，不过有个小插曲我倒是记得清楚。我们吃完饭坐电梯下楼，走到大堂里，遇到了卓别林，你别瞪眼，真的就是卓别林先生，就是美国那个演电影的，个头和你爹差不多，净弄笑话的那个。这个美国小个子很平易近人，大小姐很兴奋，走上前去就和卓别林交谈起来，笑声琅琅的，卓别林还不停地给大小姐竖大拇指。只是他们说的英语，我听不懂，大脚片肯定是听不懂的，你爹那个混球，倒是会点外语，不知他听懂没有，反正在他后来写的文章里，没有提到卓别林。

说起你爹，那个混球，没有白来上海一趟，不仅吃了个肚子溜圆，新的旧的，还弄了三四套西装，两双皮鞋，而且眼界大开，富豪政要，名媛淑女，魑魅魍魉，繁华烟云，都见过了，所以呀，他以后能在文章里手到擒来，而且形神俱备，把我们这一群人好好讥笑一番，嘲讽一顿。这个混球。我想起往事，还忍不住，想痛扁这个混球一顿。当然了，细想想，这个也怪我，平时对他关心不够。就是在方公馆里，他在我房间住了将近两个月，除了问过爹娘平安，其他的，我也没有好好和他交流过。你爹和我命相犯怯，在人前他巧舌如簧，小嘴叭叭叭，和我却没有几句话，问一句，说一句，不问不说。戴着个黑圈圈近视镜，老是瞅康大圣人那几个字，“清风明月”，我先前说过嘛，这几个字装裱成匾额，在墙上悬挂着。你爹知道康大圣人，说他了不起，字也写得好，看一遍赞一遍，最后还要缀一句：“俺哥，你屋里挂着这样的好字，你可知道啥意思呀。”你说，老侄儿，叫人听了生气不，好似我是个粗鄙货，不配一般。

娘的，真是老了，开口说话，一张嘴就跑题。

咱们说那，送大脚片。

当时因为日本人嘛，弄得咱们这边国情变化无常，社会动荡不安，天天形势紧迫，原来从上海开往徐州的火车大都是上午发车，这时候全部改成傍晚发车了，而且还减少了车次。后来我们知道了，这样改动，就是预防日本飞机轰炸火车，因为当时军情紧急，好多部队正在上海周边移动，事态所致，火车改变发车时间，也是可以理解的。

大脚片和你爹，坐的就是傍晚的这趟火车。

方公馆自是让老魏送站，我当然跟着去了。

三四个大箱子嘛，啰嗦得很。

我给送到火车上安顿好了，就要下车，大脚片叫你爹看着行李，她要送我下车。我当时不理解呀，心想，下个火车还要送个啥。谁料想，一下来，大脚片一把抓住我的手，她的小手，紧紧握住我的手梢子，就像从前要给我使招儿了一样，我心里提防着，跟着她朝月台边走了两三步。大脚片停下步子，也不松手，仅仅握着，眼睛直勾勾盯着我，说："李娃，眼下火车要开，不是说长话的时候，咱简短了说，我眼里可不容沙子，小心了你，切不要对大小姐方珊瑚有啥非分念头，你这双小脏手，人家流光水亮的一颗珍珠，你这双小手能捧起来吗？"

我当时面红耳赤，想极力分辩，却张口结舌。现在，我回想起来，还是觉得大脚片甚是厉害，眼光毒辣，理由确凿，言辞犀利。大脚片又说："不要老是记着我整天打你，也想想我对你的那些好处，你这一身功夫，都是谁教会给你的，你来俺家里学拳，哪一次我都偷偷塞给你六七块桂花糖，你没忘吧。我为啥给你桂花糖，你咋就不想想嘛。"那边车站工人吹哨，催人上车。这边大脚片还说个没完："李娃，咱这亲事是父母定下的，明媒佐证，谁也赖不掉了。现今儿你还小一点点，才十七岁多仨月，我回去等你三年，你就二十岁了，赶紧回家咱们把亲事办了。到时候你要不回去，我给你一句鸣锣响鼓的话，我只要过了二十三不见你人影子，就不再等你了，到时候再找个双巧人家，风风光光嫁了去。你记住了！"说完，死死顿了一下我的手，转身上车了。我真是没有想到，大脚片竟能这般伶牙俐齿，说得我无话可说。不过，那会儿我心眼里还有点不服气，心想，过了三年，你就会嫁给别人，哎呀，天底下要是真有这等好事，那我就坐等着好了。

老侄儿，俗话说，心到神知，我这一点私心，神仙知道了，果真罚我三年不能回家，过了六年才能和大脚片再次相见。这说法当然是现在总结的，当时，哪里考虑这样深远，心里仅仅算计着明天中午火车就到了徐州，然后大脚片和你爹再坐汽车，当天傍黑就能回到咱亳州了。谁承想，他们这两位，第二天中午是到徐州了，但是，他们坐上汽车，当天却能回到亳州。一切好似命中注定一般。其中原委，你已经知道个大概了，不消我再多说。

好了，今儿就到这儿吧。

我有点乏了，不能送你了，你慢走。

第十二章

男儿有泪不轻弹，只是未到伤心处。

老侄儿，我一张嘴就说这个，是因为今儿个，我想说说是咋样离开方公馆的。本来，昨晚上自己劝自己到半夜，今儿个一定要沉住气，都是过去之事，没必要再大动情绪了，没承想，这一张嘴的刹那间，想起这两句歪诗，不吐不快，脱口而出。说老实话，一想到离开方公馆，离开上海滩，我就心潮起伏，我就没精神。但是，人生经历到了这一地步，无法更改，也不能从头再来。人家所谓灿烂之极，归于平淡，我这里还没有灿烂起来，哪里能享受平淡之悠闲。老侄儿，人的命运，是很辛苦的，所谓的人生璀璨，那不过是磨砺之后有了一点收获，才有的一点夸张感受。哎呀，我这里且住叹息，且住感慨，咱们从头说来。

聚餐会之后，消停了半个月，到了一个星期天，方公馆开了一次家庭会议，就像往常一样，家庭会议嘛，就他们方家五人参加，老姑父，大姑妈，方迈克，还有大表嫂，还有大小姐，就在小客厅里，闭着门。平常这个会都是早饭后开始，最多也就是小半个上午，这一次，在里面嘤嘤了整整一上午也没有结束，一直过了中午两点多，小客厅的门才吱呀一声拉开了。方公馆的规矩，开家庭会议时，不需要佣人伺候，所以，男女佣人也绝不能去打扰他们，连管家王西三都不能随便进去。除非是在大客厅里开公馆会议，王西三大叔和几个管事的小头目才可以坐进去。反正，不管啥会议，我都是不能进去的，所以，方公馆的这次家庭会议，我也不知道他们都商议个啥。即便后来，我和大小姐逃亡苏北之际，包括在战火纷飞中我俩短暂相聚的日子里，大小姐都没有给我说过这一次家庭会议的内容。我自然也没有问她。不过，后来发生的事情，让我隐隐约约觉得，方公馆的命运都是在这次家庭会议上决定的，包括我的命运。诗曰：此情可待成追忆，只是当时已惘然。当时咱们哪里能想到这里，我只记得，小客厅的门吱呀一声拉开后，全家人鱼贯而出，一个个神清气爽，眉目间都是轻松惬意，仿佛扔掉了一个大包袱，解决了一个大难题。到了第二天，方公馆的生活秩序一如往常，一大早起来，大表嫂照常开着那辆白色的英国车，送方迈克前往心理诊所，而我，照旧送大小姐去学校，照旧乘坐老魏驾驶的老姑父的坐车，那辆高头大马式的"福特"车。老姑父方仪望照常睡到十点，洗漱毕在后园里散散步，到了十一点半，照样是厨子汤鸣的那碗素面，饭后小憩时看看报纸，接下来就去银行处理事务。表面上还是时光从容，月明风清，享定安然。每天晚饭后，这位老姑父偶尔也陪着大姑妈唱几句二夹弦，哼哼唧唧，不成腔调，弄得厨子琴师汤鸣都没法拉弦子了。所以啦，在闲暇时光，更多的时候，老姑父就在自己藏宝室里玩味宝贝，消遣清闲。有时候，他会喊我过去，听听他大讲古币史。老年人嘛，又自命不凡，又有个演说的欲望，老伯父我，只好挽挽袖子，去扮演这个眉开眼笑的听众了。老侄儿，我要说，这方仪望不可小觑，他对中国古币研究深刻，要是他愿意著书立说，光古币这门学问，他就能写一本砖头样的书，可是，他不屑著书立说此类雕虫小技，专门做个银行家。

是的，老姑父方仪望不愧是个银行家，连自己的爱好也与钱币密切关联。哦，不，老侄儿，他的藏宝室里，没有珠宝玉器之类的玩意儿，没有唐三彩，也没有元青花，都是历朝历代的钱币，满满一屋子。毫不夸张，这老姑父收集的钱币，整理一下，就是一部完整的中国钱币史。金的银的都有，铁的铜的，还有骨头贝壳，都是稀罕物件。反正，从带甲骨文的空首布，到先秦时期的方足布，说啥齐刀圜钱，讲啥错金鸟篆，我都不懂，老姑父他懂，他能说得头头是道，听得你云山雾罩。老头儿有意思，喜欢说，喜欢眼跟前有个人听他言讲，不懂没关系，你只要装作听得津津有味就是了，听时间长了，多少总也能记住点学问嘛。我就是这样的，要不，关于古币的话儿，我今儿就给你言说不了这么多。

那些古币，都盛放在做工讲究的小匣子里，几百上千个小匣子在搁物架上摆放得整整齐齐，绕室一周，上下五层。这其中，我只认得两块袁大头。自然，那个时候，袁大头没甚要紧的。只是，老姑父手上这两块袁大头，可不同一般。咱们知道，当年，袁世凯要登基，造币厂拍马屁嘛，要做纪念币，天津造币厂做了十枚，湖南造币厂做了四百枚，遗憾的是，八十多天之后，这四百一十枚试制币只好回炉了，为啥，八十一天皇帝梦嘛。当然，也没有全部熔化。袁世凯家不是有个袁克文嘛，这个人不简单，有点头脑，他喜欢研究古董旧币，造币厂送来这些试制币时，他觉得好玩嘛，就随手各拿了几枚。后来，袁克文来到上海，随身带了十枚洪宪纪念币，他老不停地娶姨太太嘛，手头紧，随手就把这十枚纪念币换钱花了。这个纪念币，虽说当年不像今天这样，在古币收藏界价值连城，但在当时，一些收藏家已经花高价搜觅了，能追逐其一，则是万幸了。咱们方仪望手眼广阔，但也是费了九牛二虎之力才得到两枚，一枚天津制，一枚湖南制。不多久，上海滩有一个大佬爱好收藏，扬言要花一百根大条收齐袁克文带出来的十枚纪念币，多次来方公馆商议，两块纪念币，都给到十根大条了，老姑父硬是没有出手。你可想见，这老家伙对自己收藏的宝贝有多么痴迷吧。所以呀，银行事务之余，应酬唱和之暇，老姑父方仪望大多都在藏宝室里徜徉流连，完全是可以理解的，也是值得敬重的。

我先前说过，老姑父方仪望只要浸淫在他的藏宝室里，他就能进入另一个境界，像中了巫术一般，失却了全部理智，一边玩赏那些古币，一边观看自己的灵魂欢快而舞。我前边说过这样的话，很多人前边说了，后边就忘了，我不是这样的，我说过的话，都会自动刻在我脑子里，永不忘却，永不赖账。我所看到老姑父方仪望在古币面前灵魂出窍随鼓而舞，绝非蛊惑之言，实我亲眼所见。真的，老侄儿，我眼睁睁的，看见一个小人儿从他身上跳出来，跳到古币上跳舞。我仔细看，那个小人儿就是缩小若干倍的方仪望。人们常说灵魂，看来灵魂确然有之。这个小人儿就是方仪望的灵魂。每个人身体里都有这么个小人儿，在特定的时刻，比如，爱情的某个瞬间，比如谋杀的某个瞬间，在权力交接的某个瞬间，在利益纷争的某个瞬间，在你撒谎造谣的一瞬间，在你不自觉展露天性的一瞬间，这个小人儿就会跳出来游走一番。人有所见，有所不见，见与不见，全在自心间。老姑父方仪望能看见自己的小人儿，我也想看见自己的小人儿，但是我从没有看见过。老侄儿，你看见过自己的小人儿没有？

哎呀，他娘的，上了年纪，一说事儿就发岔。

咱们说老姑父方仪望，那些宝贝，可以说，就是他的命根子，就是他的欢乐，就是他活下去的意义，就是他人生的一杯甜美之酒，同时，也是大姑妈掌控他的制胜法宝，也是大小姐向他提出各种要求的严重要挟。在任何事上，老家伙要是拂了老美人的意，咱们那位大姑妈，只消斜着眼说一句："当心啊。"老家伙顿时心领神会，万事全部妥协。自然了，能经常出入他藏宝室的，在方公馆也只有他们一家人，连管家王西三也无事不登三宝殿。老太太和大小姐，那是公馆里的上帝，她们无所不在，也无所不往。方迈克到藏宝室，一般是话瘾上来了，他钻进去，和他老爹一聊起来，那就满室春风，笑语盈盈。我搞不懂，一个银行家和心理学家，有啥共同语言。大表嫂一般都是老爷有事要请教了，才会被女佣人请进藏宝室。大表嫂虽然不是古币专家，但是，古今中外，历朝历代的社会经济状况，她如数家珍。这些吓人的知识，可以佐证老姑父对一枚古币的准确断代，并能加深与之相关的全面知识。要紧的是，他和那些银行家或者名流权要言谈至此时，这些耳来学问，还可以彰显他学识渊博，从而赢得上流社会族群的钦佩和赞叹。大小姐是藏宝室最不受欢迎的人，也是老姑父最无法拒绝的人。有那句话嘛，老年人眼神差，小孩子手脚快。就是这个意思，大小姐一进门，他便目不转睛，大小姐一出门，他便再三检查，最终还是发现失窃了。宝贝肯定在大小姐手里，要想让宝贝回到原来的位置，那就得答应她的要求。咱们方仪望心里最明白，这种情况下的要求，基本上都是无理的。事实上他也判断对了，因为，要不是无理的过分要求，他就不会失窃，不失窃，他也就没有展示父爱和银行家本领的机会。所以呀，老家伙既担心大小姐偷他的宝贝，又欢迎大小姐时不时来偷一下，要是良久大小姐不来偷，他反倒疑虑哪儿出了毛病。唉，悖论，怪胎，变态，这些词儿说出来难听，但往往就是他们富贵人家的生活模样嘛。

老侄儿，老伯父我叫李娃，我是谁嘛，是老姑父信任的亲眷，自然也可以自由出入老姑父方仪望的藏宝室，因为我对那些骨头啦，贝壳啦，青铜啦，铁块啦，还有铜片片，没有星点儿兴趣。我对金元宝，银元宝，还有大洋有兴趣，可是咱们咋能偷人家的东西嘛。人老几辈子，咱们李庄的老规矩，吃喝嫖赌抽大烟都没事，要是沾上一个偷字，那就进不了祖坟了。五岁那年，我偷了长脖子家一根细黄瓜，差一点点,被你爷爷剁了手指头。你爷爷就是我亲爹。长脖子是咱李庄的能人，小名叫锄杠，就是锄把的意思，咱们李庄叫锄杠，两个人伸着脖子嘀咕着说闲话，旁边人见了，就哟一声:“接锄杠哪!”这不是一句好话嘛。咱们李庄的方言和口头禅，一般人很难理解，你跟前的小帮助说过一句话,叫做语言的多义性,我很欣赏,咱们李庄有很多话,就具有多义性。哦，老侄儿，锄杠这个人你应该听说过的，是咱们李庄的种菜高手，开个菜园子，百十亩地，一年到头不断青菜。只是遗憾，锄杠后来死在一条蛇嘴里，一条青花蛇盘在茄子棵子下边，锄杠想把它捏起来扔到一边去，出事了，蛇一扭头，一口咬在虎口上了。锄杠嘴上还说，一疼一麻一痒，没大事，干活吧。他儿子踉跄，当时也就是十六七岁吧，后来在人场里学说他爹的话，毁就毁在这一痒上了，这长虫是七步倒，俺爹说着话说着话，一歪身子，倒茄子棵里了，我赶紧过去一看，口吐白沫，我赶紧一摸，半截身子都硬了。老伯父我小时候就是偷这个锄杠家的黄瓜，差点被你爷爷剁了一根手指头。从那以后，我脑子的这个偷字就断了根。所以呀，在方公馆里，我进了方仪望的藏宝室，只是去打扫卫生，眼里就没那些物件。我这个秉性好，老姑父很安心。

后来他给我说，一看见我在藏宝室轻手轻脚地干活，他就像看见一只小狗进了屋，地毯上撒满珠宝翡翠，小狗闻都不闻一下，悄不声地直奔墙角那块骨头。哈，你知道，老侄儿，我是个肉食动物，好吃肉，在方公馆吃起肉来，特别是啃起骨头，样子不咋好看，简直穷凶极恶，搞笑得很。老姑父方仪望他见过，这就成了他幽我一默的小段子。

我刚才说过，老姑父方仪望对古币研究深刻。到了这年秋天，就是家庭会议过不多久，他几乎经常在藏宝室里研究古币，还弄到手一本日本人写的书，写书的这个人叫中田觉五郎，书名叫《中国古钱币图鉴》，是一个叫许发凡的中国人翻译的。这本书和我常常见面，所以我记住它了。平时这本书就放在藏宝室书案边，书上还有一把放大镜。老姑父就拿着这把放大镜，一边翻书，一边翻弄一个个小匣子，一边按图索骥，一边唠叨，咱中国本有的东西，反倒没有日本人搞的明白，真是气煞我也。要是遇到书上没有而自己有的币种，他就不免得意微笑。书上缺一种，他莞尔一笑，缺两种他笑出声来，缺三种他大笑三声，等他看到缺了百十种时，老家伙生气了，简直气愤之极，用亳州话骂人，操他姥娘，日本人真是脸皮赛城墙，中田觉五郎，这个小日本，知道些皮毛，也敢著书立说，饭店门前摆粥摊，老夫期期以为不可也。于是乎，气头上写了一封信，洋洋洒洒，指出问题种种，按照书后印书馆的地址寄了出去。我清楚这个事，是我陪着他坐汽车去三马路那个邮局寄的，一路上还气咻咻的。不知道为啥，那段时间，老姑父方仪望有点离不开我了，好像把我当成了亲儿子，动步即让我跟着，我又成了他的跟班的了。谁也没想到，印书馆把这封信转交给译者许发凡，这姓许的又转给了他的朋友，就是那个撰写这本图鉴的中田觉五郎。于是，这个日本人，就找上门理论来了。论说，中田觉五郎这个日本人，也是半个斯文人物，加上他骨子里天生的侵略性，才算是一个完整的日本人。遗憾，他来的不是时候，也没有找对人。首先，咱们方仪望对日本人一直没有太多好感嘛。老侄儿你是应该知道的，咱们方仪望的这个民族情绪，极具普遍性，也是由来已久的，论其根源，起码得从甲午战争算起吧，加上新近的“东三省”事情嘛，再加上“一·二八”战事嘛，等等，不光咱们方仪望，事实上那会儿，华夏大地，没有几个中国人喜欢日本人。当然，要是天生的汉奸，那自是另当别论的。不知道现在情况咋样了，还有没有汉奸啥玩意儿了。而且，中田觉五郎来的这个时节，正值上海滩抗日热潮如火如荼，街面上军队往来行动，构筑工事，拆迁楼房商铺，拓宽射界，那般景象，也露出几分战争即将爆发的端倪。如此形态，你说咱们方仪望该如何应对这个日本人嘛。

说起这件事情，我记得比较清楚，那个唤作中田觉五郎的日本人，闯进方公馆那天是农历十月底，或者十一月初，具体日子我记不得了。当时倭寇欺凌华夏，天道苍凉，刚入冬，天天阴风呼号，好似鬼魅泣啼，时常雪花飘飘，仿若天降冥钱。那一天也下雪了。从前那个时候，上海滩冬天比现在冷多了，加上天天北风呼啸，又逢上落雪缤纷，一时间雪花如箭镞，风头赛刀梢，人在户外行走，那个罪可不好受。来的也不是中田觉五郎一个，来了三个人，还算有礼貌，日本小汽车停在方公馆大门口，还请樊阿大给通报一声。这下，樊阿大那厮没敢刁难日本人，狸猫似的快，跑进来一吆喝，整个公馆都惊动了。老姑父方仪望让大家镇定，让人搬一张小桌子，两把藤椅，放到草坪上去，又吩咐人沏上一壶热茶，连同两个杯子，一并端到草坪上。老侄儿，咱们可不知道这老家伙咋想的嘛，个性得很，显出血性了。老人家他要在大雪飘飘的草坪上接待日本人。而且，他只叫我一个人上前伺候，其他人一律回自己屋里，不要担心，不要四处走动，不要在窗边张望，并嘱咐我对日本人要讲究礼节，不要轻易动手打人家。我唱个喏。老人家吩咐管家王西三去大门口引领日本人，然后就带我走向草坪。我当时穿的是男佣的棉装，棉裤是黑色的，棉袄是紫红色的，还是双排扣，还戴着兔毛护耳，头上是紫红色的棉帽，就像电视里戴高乐那种款式的高筒帽，这打扮很威风的。我现在一想，就还想再穿一穿，让老侄儿你看看当年的男佣打扮，将来写这一段时，也有个真实的形象思维，免得瞎编乱造，张冠李戴。哦，咱们老姑父方仪望真是个老滑头，貂皮大衣，貂皮帽子，貂皮手套，貂皮棉靴，刚坐下就让我给他点上一支雪茄，摆出个派头嘛。现在咱们想一想那番情景，大雪缤纷的草坪上，加上老姑父那般派头，兀桌藤椅，一壶热茶，两个白玉般的瓷茶杯子，是不是风雅之极。王西三大叔把那三个日本人领过来，对咱们老姑父方仪望一点头，转身回屋去了，话都没说一句。当然了，大家在屋里哪里坐得安稳，人人都躲在窗边窥视。

老侄儿，那时候的日本人个头你是知道的，你曾经还专门找到抗战时期的图片集给我看看，眼前这两个日本人，就跟画报上一样，让人不禁有几分惊讶，惊讶他们就那么个个头儿，居然还要摆出几分气度来。看，这就是日本人的倔强劲头儿上来了，不自卑，很狂妄，有自尊心，不怕挨打，打服了就认输，这是他们的优长之处。咱们有一小撮中国人和人家没法相比，很自卑，不敢狂妄，没有自尊心，怕挨打，打输了就哭，所以，鸦片战争以后，人家老欺负咱们。哦，放下这几句闲话。咱们说现在日本人比较注重体质了，注重人种改良和培育，质量上来了，最起码个子长起来了，前几年我到北京小四那儿住了几天，到故宫和景山公园参观游玩，看到一群来旅游的日本人，举着小旗子，注目一看，凡是年纪大的，个子都不高，甚至很矮小，凡是搞服务的年轻人，都是比较像模像样的，很漂亮，个头也不寒碜了，照顾老年人很细心，很周到，一个劲儿地点头哈腰，有礼貌之极。哦，咱们接着说中田觉五郎来到方公馆，对了，三个人嘛，两个日本人，一个中国人，就是中田觉五郎那本书的中文译者，许发凡，也算是个翻译嘛。日本人穿的是他们大和服装，像个袍子似的，木屐。大雪天，日本人经得起冻，不戴帽子，整条脖子还冻得卤猪肉一个颜色。除了个头小，举止也称得上彬彬有礼。倒是那个许翻译，自称姓许，细皮嫩肉，大脑门，小下巴，西装革履，尽管没穿棉衣，也有几分相貌可赞，只是经不起冷，哆哆嗦嗦，牙齿咯咯咯。日本人智商很高，一看场面，就知道这个招待规格不一般的高，有几分讨好他们的味道，北海道嘛，富士山嘛，银装素裹，冰雪世界嘛。你看，日本人就是这样误解咱们中国人的，很有意思是吧，日本人有自己的思维方式，他们以为全世界民众的思维方式都和他们一样。高大的香樟树下，就两把藤椅，主人坐了一把，他的仆人，也就是老伯父我，在右后侧站着，日本人只好让那个写书的中田觉五郎坐下，另外那个，只得模仿我，立其右侧。许翻译嘎嘎着牙齿,把两个日本人介绍一番。原来那个没座儿的日本人叫渡边小泉，许翻译介绍他时，还特意竖起拇指，强调这矬子是空手道六段，嘎嘎嘎嘎。空手道我是知道的，因为我师父陈祈合老先生见多识广，他老人家讲过日本的这个空手道，只是我当时以为咱这一辈子不会和日本人碰到一起的,所以就没认真听,这时候也就不知道六段是个啥水平了。许翻译话毕，老姑父方仪望随即夹着雪茄冲中田一拱手，说了声："中田先生，请了！"中田先生也是很儒雅地一拱手，也居然说了一声："方先生请了！"老姑父马上一个诧异："中田先生，中国话说这么好，为啥还要带个翻译嘛。"中田先生微笑道："只是请许君领路而已。"老姑父说笑："那你现在已经到地方了，就请这位许先生回吧。咱们在这儿说话，多个不三不四的人，真够碍眼的。"你看看，老侄儿，老姑父方仪望尽管是个银行家，在上海滩混了半辈子，但他的思想方式还是咱们亳州人的，咱们亳州人的脾气还在，看见吃里扒外的，说话就会夹枪带棒嘛。只是，许翻译是日本人的思维方式，针对咱们方仪望这话里的意思，叫他怪不好理解的，所以，他面带愠色，正要说啥，中田先生呜哩哇啦几声，这个许翻译赶紧弯腰来了一声"哈伊"，眼角儿余光阴阴的，扫了老姑父方仪望一眼，然后独自向大门外走去。大雪飘飘的，他悻悻而去的身影，直叫我心底生出几分可怜来。后来听樊阿大说，这个姓许的，到了大门外，也没敢上车里暖和，一直站在车外等候两个日本人，在漫天大雪里冻得筛糠的一样，可见，日本人的一些礼节对此人影响之深。

中田先生先是称赞方先生待客有道，深解日本人的清雅习性，用这种大有古意的方式来招待他们。老姑父赶紧说，他实在不了解日本人的习性，他这只是按照中国人的习惯来接待来访者。中田先生马上笑道:“大雪天在外边招待客人，方老先生，我第一次听说贵国有这样的好习惯。”老姑父抽口雪茄，性格品行使然嘛，爱憎分明，直言不讳，随之笑道:“我们中国，自古以来，雪天迎客，自当置火炉、煮美酒、上佳肴，弹琴击鼓，拉弦吹笙，招待高客贵宾，只是，中田先生不是我邀请的客人，我自然要免了这一层待客规矩。再说，你们日本人也是不怕怠慢的，因为你们总是不请自来，比如，在我们东北，在我们华北，包括在我们上海。哎呀，好冷呀。”接着一阵子哆嗦，其间夹杂着牙齿磕碰声。我知道，老姑父方仪望全身上下都是貂皮，他故意装冷，故意诱发日本人心底的寒意。日本人不明白，也许不理会老姑父的用意，他们只是对老姑父的话有些不满意，中田先生面带愠色，而那位空手道六段渡边先生，好像也能听懂中国话，他脸色有些愤怒嘛。不过，中田先生还是比较理智，马上换上笑脸，开始说起他那本古币图集，想请方先生当面指教。这下子，算是挠着了老姑父的痒处，他大为兴奋，滔滔不绝，也不知日本人听懂没有，反正我是听得稀里糊涂，夏商周之前的那些弯弯绕绕，对我来说等同天书，夏商周之后的那些事情，有那么一星半点我还知道。哦，也许当时也没有懂，只是现在说起这事情来，我才自觉得懂一点点嘛。当时，老姑父直说得中田先生不住地点头，最后连连起身鞠躬，问方先生是否可以让他们参观一下实物。老姑父一口回绝了:“你们日本人有个很不好的习性，看到好东西就想据为己有，所以不能给你们看。”中田先生相当尴尬。而那个空手道六段渡边小泉，脾气不好，双拳在胸前舞动着，粗鲁地哇啦了一句日本话。

哦，没有，没有，我没有动手。

老侄儿，你这样想，是因为电视剧看多了。

电视剧里那些个玩意儿，太想当然了。

想当然，就会糟蹋事实，就会不符合历史规律。

我在当场嘛，实际情况一点不像现在一些电视剧里，遇到这场合，非得动手教训日本人不可，而且还得完胜，要日本人的好看，显示咱们的威风。这样想法是可以理解的，但事实上很少发生这种事情嘛。

我没有和日本人比武。不是我不想，也不是我不敢，而是因为中田先生喝住了渡边，虚情假意，接二连三，给老姑父鞠了几躬，然后就硬着两条短腿走掉了。的确，日本人再强梁，这个气候，也冻坏了，尽管他们自小就经过寒冷锻炼，但是老姑父故意滔滔不绝说了一两个小时，大雪飘飘里，寒风袭面，也冻得差不多了，走时两腿弯都是僵直的，一个劲儿搓手搓脸。我也有点冷，两脚像猫咬的一般。老姑父冷不冷我不知道。但以我这种笨脑瓜想来，老家伙一身貂皮，哪里会冷啊。后来发现，日本人还是比较谨慎的，一壶热茶，压根不喝口热茶驱寒，怕中毒。娘拉个逼的，日本人够警惕的。不过，老姑父也够老谋深算的，当时厌憎日本人的情绪遍布上海滩，要是让日本人进了屋里，那就说不清了。这个道理，是老姑父后来解释此事时说出来的，我也才明白过来，雪天雪地的，摆出这个场面会见日本人，也不是仅仅为了张景，多少也是做给市面上看的。

是的，从此以后，我再也没有见过这两个日本人。

但是，我没见过他们，并不等于他们就从这个世界上消失了。就像你大娘天天看的那本子《圣经》里的事情，上帝总是要派魔鬼到人世上作恶，借以考验人的信仰嘛。当然了，日本鬼子不是从《圣经》里来的，所以，他们的行事是没有准则，没有尺度的。到后来，正是因为这个中田觉五郎，正是因为这个写书的日本人，方公馆才发生了不堪回想的变化。至少，这个日本人是导致方公馆发生裂变的因素之一。老侄儿，我以前给你讲过方公馆的许多事，但这个事情我从未说过，今天也不说这一章子事体，因为时间还不到嘛。哦，老侄儿，你想的这些，我能理解，无非惯性思维，也是文艺思维嘛。我理解，但我不赞同，人生经历过程中的真实人物，是不会像文艺作品虚构中的人物那样行事的。人生所遇，是有逻辑，是有因果关系，但更多的都是偶然，都是飒然飘过。所以，尽管后来方公馆的变故多由这两个日本人而起，但在我个人后来的历史里，这两个日本人再也没有出现过。

当然，日本人来访，也只是那年冬天方公馆生活的一个小小片段，大可不必在此议论，更不必记载。我在这里言讲老姑父方仪望研究古币，道行深，一闪念想起这章子事体，借着由头顺嘴一说，也就过去了。不过，现在平心而论，咱们得承认人家日本人做事认真，为了弄清几枚古币，不远万里跑过来，冒着大雪到你府上请教，也是个做学问的态度，很严谨。只是当时形势不便，大气候逼人嘛，他们没有受到盛情接待，也是情有可原的。

说起来，这一年冬天还有一件趣事儿值得一记。

一开始我就说到过，老姑父方仪望喜欢看《密勒氏评论报》，那时候他还看不懂，有点装门面，资本家，银行家，看看英文报纸是很时髦的事情嘛。现在不一样了，因为大表嫂段喜良给他们老夫妇请了个英文教师，我前边也说过这个事情，就是那个柳雪琳老师，女的嘛，冬天老是穿着藕色棉袍的那个，当然，夏天她穿的是月白色旗袍，但脖子上老是围着一条藕色丝巾，好像她特别喜欢藕色，想必她爱吃莲藕吧，我一看见她着了藕色，就禁不住这么想她。说这话时又是冬天了，柳雪琳老师又穿上那件藕色棉袍了。这个柳老师教英语相当严厉，没承想，老姑父方仪望很喜欢她的严厉，这样一来，他的英语进步就很大，这份四五十页的英文报纸，他囫囵吞枣似的也能读下来了。有时候，午饭之后，我去伺候他，就是端茶倒水嘛，就见他读得很带劲儿，摇头晃脑的。咱们不懂英语嘛，也不知道他读的对不对，但他很下功夫是肯定的。就是这年十一月中旬嘛，老姑父被《密勒氏评论报》迷住了，读得几乎废寝忘食。为啥，因为这份报纸上连载了一篇了不起的文章，就是那个著名的埃德加·斯诺写的《毛泽东访问记》。埃德加·斯诺，我没说错吧，哦，我没说错就好。报纸上还有毛泽东戴着红军八角帽的大幅照片，后来，也就是解放后嘛，这张照片经常出现，全国人民都见过了。那时候，毛主席就是名人了，不过，在上海滩，我估计没有几个人见过他真人，在当时的上海滩，他老人家只是个传说中的名人。就像老姑父方仪望一样，就像我一样，早先在咱们李庄，有关俺们爷两个的传说也有很多嘛。在当时，这篇访问记不得了，在中外舆论界引起巨大反响，就是现在，也得承认那是一篇具有重大历史意义的报道。老姑父方仪望才读了两次连载，就兴奋得手舞足蹈，非要去访问一下《密勒氏评论报》。当时，这个报社就在礼查饭店嘛。老姑父就去了礼查饭店，到报社编辑部访问了一次。我那时是老姑父的跟班，自然也要去了。其实，那么高级的饭店也没有什么了不起的，老伯父我在里边走来走去，又坐了一回电梯，也没有晕倒嘛。自然了，我也见到了主编先生鲍威尔，大名鼎鼎，没错，就是鲍威尔，是个白人，宽脸大鼻子。这个鲍威尔一开始还有点摆架子，美国人嘛，喜欢摆架子太正常了，我这辈子见过的美国人，差不多都有点儿摆架子，也难怪，人家有他娘的优越感嘛。但是，等老姑父一声“哈罗”坐下来，拿出雪茄烟盒和雪茄刀，还有专用的长柄火柴，往桌上一放，这个鲍威尔先生就不摆架子了。再等到老姑父打开木头烟盒，拿了一支古巴产的乌普曼雪茄烟，又拿起指环式样的双刃雪茄刀，剪了烟帽，叼上雪茄，嚓的一声划着一根长柄火柴，点上雪茄吸了一口。一切从容不迫，手法娴熟之极。我形容不来那种香味，只见鲍威尔先生伸了一下脖子，好像咽了一口吐沫似的，堆着笑脸，像是询问产品一般，向雪茄盒子伸了一下手，嘟哝了一句鸟语。我自然听不懂，但他那样子还需要听懂呀，就是要根烟抽嘛。老姑父自然装得很像，恍然大悟似的，连忙摆出“请便”的手势。鲍威尔先生笑容满面，如法炮制，也点上一根雪茄。这下子，两个人鸟语不断，相谈甚欢，笑声此起彼伏，大谈《毛泽东访问记》这篇文章。老姑父还提出想见见埃德加·斯诺先生，他的意思，大家握个手，合张影留个纪念嘛。结果鲍威尔先生说斯诺到北方采访去了，致使老姑父的这一愿望没有实现。鲍威尔先生看出老姑父有点怅然若失，就解释说等斯诺一回到上海，他就打电话再请老姑父过来，到时候大家共同享受乌普曼雪茄。

老侄儿，你别看我现在说的热闹，其实当时他们说啥话，我是一句也没有听懂，这些都是在回来的路上，老姑父讲给我听的。他老人家得意洋洋，言辞之间对那个宽脸大鼻子的美国人很感兴趣。遗憾的是，鲍威尔先生除了那支雪茄烟，没咋把老姑父当回事，要不然，后来他在自己的回忆录《我在中国二十五年》一书里，就不会对此事只字不提了，至少他应该提到在当时的上海滩，能抽到一支那么昂贵的雪茄，是多么难得的事情嘛。就是这位鲍威尔，上海滩沦陷后，他也被日本鬼子抓进了大桥监狱，这位美国佬，在那本书里，倒是把自己在监狱里被日本人揍了几顿的经过记录得十分详细。这本书就是你家猴崽子小帮助快递给我的嘛，还打电话强烈推荐，要我认真看一看，我翻来覆去看了好几遍，也没有看到老姑父带我去报社访问这件事，东北调调，真是白瞎了那支乌普曼雪茄。当然了，后来，也不知埃德加·斯诺先生回到上海没有，反正，一直到我投军离开上海滩，方公馆也没有接到过鲍威尔的电话，俗话说，出家人不打诳语，他娘的美国人就是爱打诳语，真令人扫兴。

好吧，今儿就到这儿了。

第十三章

昨夜里我想了一下，今儿还不能先说我去投军的事情。

我觉得，方公馆的事情，有一些我还没有说明白。

就像高老庄的高麻雀唱大鼓书，凡事，从来都有个来龙去脉，要不一样一样交代明白，下边的事情说出来就显得唐突，就会让人糊涂。自己说事情，别人听得稀里糊涂的，这个不是我的风格，我不喜欢，依照我的脾气，要说就说个明白。

所以，我要再说几句方公馆的事情。

闲暇之际，老姑父方仪望也不是整天都沉浸在古币里，除了偶尔陪大姑妈唱几句二夹弦，他还要陪大姑妈学英语。我先前也说过这个的。好像心血来潮一样，老夫妇突然对英语来了兴趣，大表嫂特意为他们请了个英语老师，就是那个柳雪琳老师嘛。我先前并不关注这位英语老师，因为一开始她给我的印象有点自命清高，时不时摆出一副拒人千里的架势，搞得我和很多佣人们对她敬而远之。这位柳老师，在方公馆呆了大约年把时间，也确实尽心尽职，每周二四下午，她都会在小客厅为老姑父方仪望和大姑妈上课，上课前还要检查作业，也就是口语与书写，要是不满意，她还蛮当回事的，皱着眉头，将老夫妇批评一番，一点儿也不留情面，搞得老夫妇面面相觑，背后也不敢嘀咕一声。在平时，这位柳老师就端坐在自己屋里看书，不大理人，也不大走动，只是偶尔会上街一趟，老是拿着那个紫色小坤包，空手出去空手回，也不见她买啥东西，谁都不知道上街干啥。即便进出自己居所之间，眼见得管家王西三夫妇，也是点头微笑，礼貌而漠然。不过，在公馆里,倒是有两个人能和柳雪琳老师说到一块儿去,一个是大表嫂,一个是大小姐。柳老师和大表嫂走得近也是可以理解的，毕竟，她能来方公馆教英语，是大表嫂推荐的嘛。咱们当时哪能知道她们之间的真实关系嘛，只是从表面上看，柳老师和大表嫂是很能说得来的，时不时到大表嫂屋里坐坐,两个人好像有很多私密闺房话语,常常关上门,低声细语说一阵子话。要是大表哥方迈克在家，那柳老师和大表嫂走在公馆院子里转悠，边走边聊得很开心的样子。我估计谁也不知道两个女人说些啥话，即使大表嫂的贴身使女文竹也不知道。当然了，文竹那个小妮子,嘴巴严实得很,知道了也不会告诉谁的。自然了,现在,我知道她们说啥了，都是地下党，两个地下党谈啥事情，咱们动动脑壳也能猜出三分嘛。那时候不知道，就是觉得这个柳老师有点冷飕飕的，眼里只有大表嫂和大小姐，旁人等闲视之。是的，柳老师和大小姐也走得很近，只是，很少见到柳老师到大小姐房间去，倒是常常看见她们俩在院子里一块儿遛弯散步，一边走一边交头接耳，甚至比和大表嫂聊得还开心，因为大小姐时而会咯咯咯笑上一阵子，银铃般的笑声，好听得很。我在院子里干活嘛，一听见大小姐的这般笑声，就忍不住停下手里的活儿，远远地看她们。大小姐也曾远远地瞥见我几次，一律视若无睹，依旧和柳老师拉手挽臂，宛如一对投脾气的好姐妹。还有两三次，我在后园里看见大小姐和柳老师嘀嘀咕咕，兴高采烈，后园不大嘛，园内言谈话语侧耳可闻，所以，一看见我的影子，她们就不嘀咕了，大小姐转而大声说她的桑树啥的，那口气，那腔调，咱们一听就明白，人家说些女儿家言语，故意要避咱们嘛。哎呀，你看看，老侄儿，那个时候我多单纯嘛，人家柳老师已经引导大小姐走上了革命道路，正在大步前进，而我居然还蒙在鼓里。当然了，那个时候，环境所迫，地下党嘛，都是秘密的，要不就不叫地下党了。我当然也不具备那种素质嘛，她们自然是不会引导我往革命道路上走的嘛。哦，对了，有一天午后，在后园里，大小姐又和柳老师说得正开心，忽然大表嫂的使女文竹有请柳老师，过去一下，柳老师就过去了，我因为劳作，打扫卫生，正好走进后园里，看到这一幕，想必大小姐当时正说到兴头上，一时难以自禁，脱口而出，问了我一句："李娃，你知道革命的意义在哪儿，就在，哦，没事了，你扫地，我走了。"说完，昂着脸匆匆而去。我当时云里雾里，竟然不知所措，赶紧站到路边，侧身让大小姐走过。是的，我在方公馆期间，就是这一次，算是离"革命"最近的了，而且当时还是那么茫然。后来，遇到事儿上了，再回想这些，才明白柳雪琳老师绝非是个简单人物，绝不是表面上看起来比较冷淡比较呆板的英语老师。当然了，这个事情的真实底里，后来我和大小姐逃亡苏北的路上，她也是给我说了一些的，不过当时情态急促，也只是说了个大概。余下的，都是咱们自己后来猜测的。

哦，柳老师在方公馆当英语老师时期，也不是天天绷着脸，没有趣味可言，她也有个小小插曲，还相当有趣的。说那，老姑父方仪望好像有些英语基础，因为他自早年以来，一直没断了和洋人往来，操着一口洋泾浜英语，和洋人交流起来，也相当流利，也相当响亮。大少爷方迈克一听见他老爹说英语，就会忍俊不禁，进而仰天大笑。大小姐一听见她老爹说英语，就笑得要发疯一般。大表嫂一听见她老爹说英语，就会双手捧着脸埋在膝盖上，咯咯咯一阵子笑。究其缘故，因为这位老爹的英语是与洋人打交道时，东学一句，西学一句，属于自修的那种，根本不管语法，也不管发音，碰到场合随口就来。也就是所谓的洋泾浜英语嘛。我原先不懂这里边的弯弯绕绕，还觉得老姑父这个人真了不起，连外国话也说得这样好听，不仅外国人明白，有时候我也能听懂几个字，因为他说的一句英语里，总要夹杂着几个中文词组，特别有意思，哦，我说不好英语，就不模仿老姑父那口英语给你听了，加上你也不懂英语，这个乐趣你算享受不到了。后来，柳雪琳老师来了，要求相当严格，方仪望这位，这位，哦，现在电视里老说达人啥的，咱们老姑父这位英语达人的英语水平才有了大大提高。只是，老毛病，或者老习惯，还没有改掉，一句英文里还是要夹杂个把中文词组。柳雪琳老师多次纠正也不能根治，再加上他张嘴就是一股大蒜味道，简直让冷冰冰的柳老师要崩溃了。唱大鼓书的高麻雀说话了，书中暗表，老姑父方仪望嘴里的大蒜味，源自大姑妈的鬼主意。大姑妈聪明绝顶，学英文简直神速，才小半年，就居然能和大小姐对话，一年下来，她直接用英语和儿媳妇，也就是大表嫂嘛，交谈家事，甚至，她还要用英语责骂方迈克，还不努力给她生个孙子出来。有一点，在和先生方仪望同学英语时，好几次她发现方同学看女老师时眼神有点不对劲儿，说话腔调也分外异样，一个英语单词，明明是学会了，还要佯装不会，真是岂有此理。于是，咱们这位老姑妈，上完英语课，悄悄地和厨子汤鸣嘀咕了一阵子。这下好了，周二周四两天，咱们老姑父方仪望的午饭里，除了那碗素面，准有一盘蒜拌茄子。下午上英语课，这位老姑父不自知，依旧殷勤凑近前，请教语法问题。柳老师遭了殃，多次避闪，直至紧贴着女学生，尚未免了灾祸。直到有一天，大表嫂居中调停，这份蒜拌茄子才从老姑父的中饭里消失了。私下里，婆媳闲聊，笑谈此事，做媳妇的倒是由衷地向婆婆竖了几次大拇指，赞美智慧，赞美醋意。

当然，这个，只是老伯父我在方公馆最后一年里看到的一点点小插曲。大概到了快要过年，那位柳老师就走掉了。方公馆原本想留她过了年再走，只是她家里有急事，她急着要回去。她收拾行李时我看到了，因为她就住在管家王西三居所左边嘛，我住在右边，几次走动间，不经意看到她收拾东西。她见我从门前过，也是微笑点头，不像平时那样有些冷漠。我也没有进去帮她收拾，男女有别是一，主要是女人的物件，咱爷们儿插不上手，不小心摸坏了，不好交代，况且，还有吴大婶在帮她收拾嘛。柳老师走时我没看到，记得那天老姑父让我到银行去了，去给双印儿送个着急文件，是汽车夫老魏开车送我去的，所以，柳老师走，我估计应该是大表嫂开车送的。其实，当时咱们这个脑壳儿，哪里会想到，柳雪琳老师根本就没有离开上海滩，而是潜伏了起来，准备执行一项新的任务。等到我再看到这位柳老师时，已是数年以后，其时，她已在延安，她不仅是一位首长的亲密爱人，还是马列学院的一名教师，而大小姐却成了她班上的学生。唉，真是，峰回路转水也转，人生难料岂不料。而且，我在延安与一个野战部队的旅长打了一架，犯了严重错误，连毛主席都知道了，幸亏这个柳老师出手相救，我才少了一劫。哦，延安当时整风方才告一段落嘛。

哦，咱们不能扯远了，信马由缰可不行，得赶紧回来说方公馆。是的，这年春节前后，方公馆里就有些松动气象。先是，原本层出不穷的吃客们逐渐减少，佣人们年前大多请假回家过年，后来过了年，也几乎都没有再回来。我当时不知道其中原委，不知道方公馆因为日后的打算而辞了大半佣人，只是看到管家王西三大叔清闲了许多，天天有时间踏踏实实坐在自己屋里，和吴大婶相对而坐，共享香茗一老壶。再就是，经常来公馆走动的银行界金融界的朋友也逐渐稀少，也不知是他们出了事故，还是方公馆的缘由，总之来人少了。只有双印儿回来得更勤了。老侄儿，双印儿你总还记得他，对，就是我的前任，他去了方家的丰盛银行那边做事，我才顶替了他。说起来也不常见他，眼下说话儿，现如今他已经是前台经理了。才过了年，就见这个双印儿频频回到方公馆，一回来就径直去了方仪望的书房里，大表嫂也会随之上去，他们一呆就是大半天。双印儿出来时，你从他脸上也看不出啥东西，因为此时的双印儿已经修炼成精了，完全可以做到喜怒不形于色了。到了二月中旬，双印儿回公馆也不那么勤了，倒是看到大表嫂经常开车出去，往往是早出晚归，谁知道她在忙些啥东西。后来过了很久，很久，我才知道，大表嫂当时忙碌，一是她自己的事情，也就是地下党的工作嘛。因为当时情形明了，年前的西安事变，尽管沸沸扬扬，但已经和平解决，国共两党第二次合作，上海滩表面上歌舞升平，暗下里硝烟四起，中日一战在所难免。在这种情况下，你想啊老侄儿，作为地下党重要人物的大表嫂在忙些啥，何须多说，面对这样局面，咱们共产党人自然不会冷眼旁观的。第二个，就是方家丰盛银行的事情，大表嫂是经济学专家，虽然已经回国多年，但是，与自己的母校，以及毕业实习过的花旗银行，从来没有断过沟通，所以，她不仅对世界经济现状极为熟知，而且对世界经济发展趋势，也有着清晰而且准确的判断。所以，老姑父方仪望把银行的事情全权委托她处理，自己才能落得这般清闲。大小姐，正忙着准备考试，她的追求不高，不想剑桥牛津，如果能考上伦敦大学她就十分满足了，且预祝她成功。因此，大小姐很用功，时间上很珍贵，除了周一早上和周六下午，我照旧送她接她，平时我很少看见她。至于大表哥方迈克，也不像原先那样，天天早起，早饭后就去心理诊所，眼下，一周去不了一回两回，好像生意要关张了。多数时候看不到他人影，我只见他偶尔和他的老爹坐在草坪上，阳光之下，一张齐膝高的兀桌，两把藤椅，一瓶白兰地，两个高脚杯，爷儿俩饮酒谈天。我当时哪里知道具体情况，一见到这情景，就赶紧老老实实过去伺候他父子嘛。

我现在想起这对父子，真是有趣得很。印象比较深的是，他们互称先生，无论争论啥问题，都是始终面带微笑，气氛和谐。谈话之间充满友好的讽刺，而外人听不出讽刺味道来，只觉得这爷俩真是幽默得很。老姑父方仪望喜欢说自己当年创业如何艰苦，希望方迈克先生尊重他的劳动成果，同时，也要尊重他自己对这些成果的处理方式。方迈克自然表示，尊重方仪望老先生的决定，因为那些金的银的，都是老先生自己一枪一刀挣来的，如何处理，也都是老先生自己的权力。接着他还要表示感谢，感谢老先生把自己生在这么个富贵家庭里，让他无忧无虑，还能去国外留学多年，开阔了眼界，增强了辨别世相的能力，方才使自己能够保持桀骜不驯的自由个性，并具有洞悉人心的独特才华。方仪望先生则表示，他承认方迈克先生的才华，也十分欣赏方迈克先生的这种做人风格，因为在方迈克先生的影响下，全家人都掌握了轻轻松松就能把人气疯的技巧。说到这儿，父子二人仰脸大笑一阵子，然后碰杯，一饮而尽。我一见这个情形，马上过去赶紧把酒倒上。当然了，银行家嘛，他们父子谈得最多的还是银钱。方仪望由一个跑街经理，干到一家声名盈耳的银行总裁，对于银钱的奥妙，他自恃了然于心的，所以，操着银行业的生意经，他在分析银钱的秘密时，自是说得兴味盎然。而方迈克这位天才，用他的心理学原理来诠释金钱的升值功能，居然也能讲得头头是道，摇头晃脑，得意忘形。尽管是同一个话题，银钱嘛，但爷儿俩谈的内容风马牛不相及，价值趋向也是南辕北辙，而且，估计谁也听不懂谁的话，但这些一点也没有关系，爷儿俩照样谈得十分融洽，气氛相当热烈，双方欢欣之情溢于言表，让外人不胜向往，羡慕，诧异，惊讶父子间也可以如此话逢知己，交流起来这般和谐。以至于这爷儿俩也产生了这种感觉，所以，谈到完之后，在客客气气分手时还要友好相约：“再谈，再谈。”

其实，父子俩“再谈”的机会不多。

更多的时候，都是老姑父方仪望一个人，坐在草坪上独酌。

大姑妈也忙起来了，她经常带着王西三和吴大婶老两口子，让老魏送他们上街。我原以为哪里又出现了宫廷衣物首饰之类，她忙着去各处挑选嘛，因为每年春上，都是太监小于子他们这个行当比较活跃的时候。过了很久很久，我才知道，大姑妈当时是忙着处理她名下的十几处房产，以及商铺，包括她老人家用私房钱在朋友生意上投下的股份。直到知道了这些，我才明白，大姑妈并非天天在家闲着唱戏，乱发脾气，实际上她在很多行业里都有投资，要不然，以她的个性，绝不会拿着老姑父方仪望的大把银子，去购买她喜欢的那些个宫廷玩意儿。老侄儿，咱们得承认，做生意的才智也是有遗传性的，想想咱们家那位高客蔡九，做生意猴精猴精的，就知道大姑妈这样的手笔，该赚了多少钱。

刚开初咱们哪里看得出这些名堂，根本不知道方公馆已经获悉日军即将进攻上海滩的准确消息，而老姑父方仪望一家，已经拿定了离开上海滩的主意，正在做些方方面面的准备。咱们傻乎乎的，还只以为事儿多，人忙乱，别人伺候不到，咱们不能伺候不到，方公馆对咱们厚道，老姑父一家人对咱们青睐有加，视若家人，凡事咱们得心里有数，眼里要有活儿嘛。所以啦，我一看到老姑父一个人坐在草坪上，孤单一个，独酌，就会过去陪他说话，给他斟酒。伺候着嘛。有时候伺候得老姑父很开心，白兰地，一小杯，一小杯，白兰地，又一小杯，慢慢喝着，一边喝，一边兴高采烈给我讲故事，讲上海滩的传闻典故，人物轶事，不紧不慢，妙趣横生，听得我心旷神怡，哈哈大笑。老姑父，我再给你斟酒一杯。好好好，我的乖乖，真是个好孩子，斟上就是。七上八下，老姑父就喝高了。喝高了更有意思，他讲女人。他说女人分两种，一种是喜欢穿漂亮衣服的，一种是啥衣服都不喜欢穿的，喜欢穿漂亮衣服的女人，只让看，不让干，啥衣服都不喜欢穿的，只让干，不让看。老姑父还把女人比作石榴，他说外皮又红又亮，看着叫人垂涎欲滴，但这个不能保证就是个好石榴，有可能打开来，一包坏子，老鼠屎一粒粒，叫人咋吃下去嘛。有的石榴，外皮不那么红，不那么亮，甚至有点青虚虚，可你一剥开皮儿，粒粒饱满，颗颗晶莹，红宝石一般。等等吧，反正那时候我还未经人事，似懂非懂，搞不清具体内容嘛。现在想来，老姑父方仪望，要是当起花猫来，也是一只了不得的花猫。咱们平心而论，关于女人，老姑父说得精彩，总结很到位。

当然，老姑父方仪望，不光说女人，他喝酒喝醉了，还要哭啼啼。按照他的酒量，一次喝个十四五杯，才能显出几分酒态，可是，有一次，才七八杯白兰地，好像酒断愁肠，就开始落泪，说一些莫名其妙的人和事，反正当时都是我弄不懂的。他说："他们，我眼睁睁看到了，就那么一群人，他们不怕死，人家杀他们，杀一茬，又杀一茬，可是，就是杀不尽。有的我不认识，有的我认识，有的还是我的熟人，朋友，都被杀了。"他哭起来。过了多年之后，我才明白老姑父那会儿说的大概是"四一二"的事情，才明白他所说"他们"都是些啥样人物。只是当时不懂嘛，甚至都弄不清老姑父是为了喝酒才讲故事的，还是为了讲故事才喝酒的。老姑父还讲过"一·二八"事变，讲十九路军孤军抗敌，讲闸北一带，寸土血花，愤怒与热血，直到将士挥泪兹兹去，市民泣啼吁吁声。又讲到朝鲜人尹奉吉在虹口公园扔炸弹，炸死炸伤日本上海派遣军总司令白川义则等一行贼酋，直讲得情绪激愤，声音苍劲。完了，他还再三叹息，说这么个给祖宗脸上贴金的事情，竟被一个朝鲜的汉子做了去，何况又在咱们的国土上，在咱们的上海滩，好像咱们祖宗就没留下能干点事情的种子。说了，沉默了好一会儿，好像往事历历，在脑海里盘旋许久，这才露出一丝苦笑，长长慨叹一声，说你李娃，与其在方公馆虚度年华，倒不如前去投军，即使不能奔出一个大好前程，也算是报效国家，不枉一腔热血。

哎呀，哎呀，哦哦，对对，我终于想起来了，就是这样的。这么多年来，我时而回想往事，有一个疑问经常扰乱神思：让我从军这话儿，老姑父是因何说起的嘛。想之再三，也实在想不起来，脑壳上中了一枪，好像把我的神经打断了两三根，有好多往事，朦朦胧胧，记不清楚了。今天，咱们说到这儿，我才豁然想起来，当年老姑父就是说到这儿，就着这个话头儿，才提起来让我从军去的。这个话儿说完，他老人家紧接着又说，他将请陈先生为我筹划谋算，看看让我到哪儿从军为好。陈先生，就是当初我救他一险的那位陈先生嘛。等到此时，陈先生已经是政府高官，高入云端，手眼通天，方方面面都说得进话的。老侄儿，你看看，人生命运就是这样，造化弄人，当初我就救陈先生一险，事出有因，不过偶然，全是本能行为，谁料到到了今天，竟显出这层因缘来了。起先，我以为这只是老姑父酒醉话语，没想到，第二天他果真给陈先生写了一封信，还是我亲自跑到邮局发邮的。也就是过了两个半月左右吧，陈先生来沪公干，又是住在沧州饭店。当初沧州饭店很有名的，老板是个进士出身，曾受慈禧太后密派到日本捉拿康有为，有没有抓住咱们就不知道了，只知道这个沧州饭店是他开办的。在上海滩，曾经是最时髦的西式旅馆，政府商界头面人物，凡来上海，都喜欢住在沧州饭店，陈先生就是其中之一，虽然咱们说这话的时候，沧州饭店已经落伍了，但是住习惯了嘛，所以这次来上海公干，陈先生住的还是沧州饭店。公干之余，陈先生给方公馆来电话，邀请老姑父方仪望前去一谈。陈先生来沪啥公干，我一直不知道，老姑父也没说过，只知道住在沧州饭店，老姑父就自己去了一趟。等到老人家从沧州饭店回来时，兴高采烈，即时喊我过去，拿出陈先生的推介信，说陈先生有一个爱好，就是喜欢向政府各部门推介亲友故旧，这一次向军界长官推介李娃你，不说绝无仅有，也算是破天荒的。

老侄儿，你知道陈先生将我推介给哪个?

祝长官。

祝长官你肯定不知道，但我要是说了他的真姓名，你肯定要拍案而起的。但是，咱们还是称他为祝长官吧。至于你知道不知道，都没有关系嘛。也难怪你茫然不知所措，我这段历史，从未向人说过，在咱们李庄，包括亲朋好友，除了大脚片，恐怕再没有第二个人知道这章子事体了。就是你大娘大脚片陈彩莲，也是到了最后这两年，蜡烛泪尽了嘛，我才陆陆续续给她详细说过，我当年在祝长官身边干过几年。这之前，我也没给她说过这个事情，不是因为她是县长，而是这个老婆子太啰嗦，只要知道一星半点，就会问个没完没了。世界上本来没那么多事，很平静，就是这样没完没了地问，问出很多事情来了，我怕在这里，所以多年来我从不说这个。

哦，咱们说那，说祝长官。

我先前说过一位祝太太，当时提醒你注意这位太太，你大概没在意。就是在菲雅克西餐厅那个。大表嫂在菲雅克请客，打电话，让我把大姑妈的铜首饰送过去，在座的一位祝太太看了铜首饰，赞不绝口，还赏了我一百块钱。对，就是那位祝太太。我说的这位祝长官，就是祝太太的先生，拿咱们李庄的话说，就是她家掌柜的。祝长官在近现代史上，也是赫赫有名的，抗战时期，也是战区长官，一方诸侯，所以，我这里还是不能说他的名字，道理依旧。当然，你可以猜测。但是，我要告诉你，你自以为猜对了，其实你全部猜错了。呵呵，老伯父我，虽然年纪大了，摆个迷魂阵，还是能有所斩获的。自然了，陈先生把我推介给祝长官时，离“八一三”淞沪战事还有段时间，全面抗战还没有爆发。我记得当时，好像战区已经划分完毕，还没有宣布于众。这段历史比较普及，你回头再帮我查查资料，把这个事情搞明白了。上次我住院期间，让你帮我找了一些有关“八一三”淞沪抗战的书籍资料，我都看过，印象中，好像早在“一·二八”事变之后，国民政府或明或暗就做了很多抗日的准备，比如，军校辞退日本教官，聘用德国教官，构筑京沪杭国防工事，等等。划分战区也是其中一个步骤，一个计划。这就和我早年的猜测有个相互印证。我曾猜测，按照事情的发展规律，当时国民政府也可能早有划分战区的计划，只是到了抗战全面爆发才公布的。你想啊，要是事先没有计划，就凭当时政府的办事效率，这边战事一起，那边就宣布战区划分，哪能这么快嘛。而且，我的亲身经历，也是这样的，当年我到了祝长官的队伍上，在新兵营里还不满一个半月，先是“卢沟桥事变”，紧接着，日本人就在上海滩打起来了，抗战算是全面爆发，国民政府随即就公布了战区的划分嘛。自然了，这些都是我的印象，也可能我记忆有误。他娘的，人老就是不好，记性衰退，经过的事情，有时候，有些地方就说不清楚了。咱们现在说往事，一些史事前后经过都能看得见，所以，不管多么盘根错节的事情，咱们都要尽量说得确凿一些。所以，你一定要查查资料，核对一下，我不想让自己的人生经历与历史事实有多大出入，弄得像编造的一般。

哎呀，时间不早了，一群群大鸟小鸟，又从院子里飞过去了。

本来今天，我还想说说告别方公馆的事情，时间不够了，直接说我从军吧。当时，老姑父，大姑妈，大少爷，大表嫂，还有大小姐，甚至管家王西三吴大婶夫妇，对我投军到祝长官麾下，都是十分赞成的，纷纷说好，好像也没有离情别意，没有杨柳岸晓风残月，也没有执手相看泪眼，竟无语凝噎，都是说说笑笑的，就像儿子出门做官，闺女嫁入豪门，一切都是欢天喜地的。等到老魏开车过来送我，老姑父还亲自给我打开车门，等我上车坐好了，他老人家，这才说了一句动感情的热络话儿。他说，李娃，国难当头之际，送你到祝长官那里去，就是让你打鬼子。等打完了东洋鬼子，你就回到咱们亳州，回到你们李庄，和我家干闺女陈彩莲两个人，好事庄稼，致力生产，广积粮，勤织衣，过好安稳日子，说不定哪一天，老姑父我，包括我姓方的这一家人，会到你府上讨碗饭吃。老姑父说这话时，眼里看不见泪花，说完了也只是淡淡一笑而已。在当时，我还觉得老姑父这话，说得有点蹊跷，说得过于客气，过于郑重，但今天想来，才明白到老姑父话意深远，也才能感受到他那淡淡一笑里蕴涵着一缕苍凉。

唉，今儿就说到这儿吧。

第十四章

好，今天先回答你这两个问题，再说我投军的事情。

你问我离开方公馆时，心里是否很忧伤，是否很怅惘。

我很干脆回答你：我离开方公馆时，内心没有忧伤，也没有怅惘。想当年这两词儿，我还比较生疏。现在回忆往事，想起当年这章子事体，反倒产生了这样的情绪，忧伤和怅惘。当时没有。那时候才十八岁嘛，还不会这些玩意儿。你想啊，咱们生来就是个乡下人，咱们李庄人特有的欢乐脾气，苦中作乐的本领，我都是与生俱来的，即便在上海滩方公馆里生活了三年，又岂能变了本色。在这临别之际，你要是来点儿忧伤怅惘啥的，那将来咱们李庄谁还去上海滩啊，到那儿学会了忧伤啥的，还不如哪儿也不去，就呆在咱们李庄快快乐乐，一年到头，没个“愁”字可言，一生到头，也不知忧伤是何颜色。自然了，要说忧伤，要说怅惘，这种内涵丰富的情绪，只有多愁善感的文人，或者饱经沧桑的大官才能拥有。就像，蒋老先生，乘坐太康号军舰离开上海，前往台湾时刻，他老人家，心里才会忧伤，才会怅惘，甚至比忧伤啦怅惘啦还要复杂百倍。要说老伯父我李娃，即便前路未知，即便狼烟四起，那般境地，我也不过有点去意忙乱而已。我有啥可忧伤的呀，腰里装着陈先生写给祝长官的推介信，这个你是知道的，皮箱里装着大姑妈赠送祝太太的铜首饰，这个你是不知道的。大姑妈让我到了地方就给祝太太送去，不说能给我换个前程，得到些额外的照顾也许会有的，即便偏看一眼也是好的。这个很了不起，咱们现在想想，就是亲生父母，游子离门之际也不过这般心情。大姑妈的这般心情，我是这样理解的：我在方公馆跑腿儿，好歹也是三年了，即使不说功劳，就是主仆之间，时间长了也会产生感情嘛。再说，远近我也是亲戚，这层亲情是咱们淝河人最讲究的。还有一个“义”字在里边，说的是她干闺女陈彩莲，论起来，我就是她的干女婿，这里边虽说亲情是淡的，但义礼是重的。要知道，当年咱们亳州人最看重的就是这个了。方方面面这么一说，大姑妈对我多一层关心，既是我感激不尽的，也是她老人家理所应当该做的。老姑父当然也有所赠送，说是银子，又不叫银子，得称谓两只元宝，都是他藏的宝贝，元宝上还錾的有字：嘉庆户部造制 五两。这就等于说，老姑父送了我十两银子。但若要论起价值，那可是远非十两了。当然了，老姑父不是让我花费使用，是要给我留个念想，他说我，好歹也是银行家的亲戚，又在公馆里两三年，临走送个念物，总得与银行家有些关联才好。而且，恐怕人见了要说咱们来路不正，他还专门写了类似证明的一张便条，签字盖戳，装进一只精巧的小小鹿皮囊里，放在箱底。完了还笑嘻嘻说，这东西有些年头了，没有些仙气，也有些狐气，遇到危急时刻，一定要随身携带，会让你逢凶化吉遇难成祥。这本来只是一句戏言，结果我傻乎乎硬是牢记在心了。这就是老实人嘛。当然，老实人就有老实人的妙处，后来不管到了啥样的难处，这两只元宝，我硬是舍不得用它，以至于放到现在，成了文物，前两年，咱们亳州文管局也不知从哪儿得到的风声，兴师动众，过来两三辆小车子，来看过两次，想收走，让我开个价，我说考虑一下，结果他们第三次来，这两东西不翼而飞，再也找不着了，这真是我在耄耋之年，遇到的奇事一桩。你笑，你他娘的笑啥，这个就是我遇到一桩奇事嘛。再说，也就是两个元宝，满是历史的沧桑，满是资本家的道德观念，就算它们扎了翅膀远走高飞了，那又如何。这一笔你要记住，下边再涉及这两个元宝，我想说多少就说多少，不想说了就随时把它们当做生灵放了，不许你再来追问我。

其次，你问我，七月初离开上海，毕竟离“八一三”还有月把时间，当时上海滩形势是否开始紧张，往来商旅是否还能顺利出入上海。

我明确回答你：往来商旅能不能顺利进出上海滩，我不知道。我只知道，我走时，上海滩还没有异样情况，至少上海北站没有异常变动。这里边先有个背景。按我离开上海滩那年说话，去年八九月份，日本浪人在虹口电影院闹事，气焰嚣张，汹汹如一群三月不得肉味的鬣狗，搞得连蒋老先生都寝食不安，淞沪警备司令部费了九牛二虎之力，方才平息下去。你可见，当时在上海滩的日本人有多么猖獗。可是，到了年跟前，发生西安事变，当时上海市民不知所措，连上海滩的外国人也目瞪口呆，尤其是日本人，也慌了手脚，他们很惊诧，不知道事情如何发展。很快，西安事变和平解决了，史料上讲，是由于咱们中共的协调嘛，由此国共开始第二次合作。这一下，日本人耷拉爪子了，成了智障的猴子，手里一根香蕉，不知道从哪头吃起才好。西安事变和平解决之时，整个上海滩欢欣鼓舞，鞭炮响连天，租界里大批男男女女都跑到马路上跳舞，当众亲嘴。我那时哪里懂得这个事情在当时是个了不得的政治事件嘛，傻乎乎地听到街上喧嚣，也不知道上街看看，只知道趴在桌边打瞌睡，所以，就没有亲眼见到大街上男女亲嘴的景象，都是次日听樊阿大说的，那厮，整天守在大门口，马路上发生啥事情，他先看得到嘛。他还模仿人家亲嘴，嘬起薄嘴唇嘬自己的手背，好似啃猪蹄一般，嗯啊嗯啊的。在接下来的半年内，日本人也不敢随便滋事了，市面上相对安定，所以，我离开上海时，基本上还是比较顺利的，就像以往出门一样。当然，这些都是我看到的景象，其中是否还有别的隐秘，那都不是像我这样的小人物所能掌握的了。

哦，对了，我是从上海北站出发的。上午十一点半的火车，老魏把我送到火车站，还不到十一点。老魏自然没有进站送我，我下了车，他便开车走了，连个响笛也没有，这让我心里有点失落，脑海里全是他那张胖脸，笑而无声。算了，他这一走，就算彻底走出了我的故事，从此咱们不再提他。咱们说我这边拎着行李箱进了候车室，只见里边乘客也不算多，稀稀拉拉地坐在连椅上。就那种木条连椅。我不由想起当年刚来上海的景象，火车站熙熙攘攘，拥挤不堪，四边鸟声嘈杂，一派喧嚣气氛，相比之下，如今这个场面，真的有些冷冷清清。我心里凭空添了一阵子好像要散伙的感觉，这感觉如同一副无形的盔甲，让人直觉得心里紧紧的，身上也沉甸甸的。今天，我回想起来，依旧能感受到这种蹊跷的感觉。我随意找个座儿坐下来，刚刚一卖眼，呀，哎呀，你道我看见了哪一个，你做梦都想不到，我看的就是当年从徐州到上海时在火车上遇到的那位女客，也就是那位“娜拉”，我陪大小姐在卡尔登剧院看话剧，《玩偶之家》里的那位“娜拉”。隔着七八条连椅，我看见她上身穿着白色的小领褂子，下边穿着青色裙子，因为连椅挡着，我没看见她的鞋袜款式。因为是夏天嘛，她脖子上围着一条杏黄色纱巾，分外显眼。只是她的神情落落寡欢，满面疲惫之色，半仰着脸，心不在焉地望着候车室顶棚，眼睛里又茫然又愤恨，好一副不甘落魄之态。她腿边有一个棕色小皮箱，表面和周边棱角的磨损相当明显。反正，整体上让人觉得她在上海滩混得不咋如意。我忽然涌上一种同走天涯的怆然与豪壮来，忍不住想起身过去和她攀谈几句。这时候，检票员吹响了检票哨子，扯着嗓子吆喝，开往汉口的火车即将启动，去往汉口的乘客持票上车。立时，一些旅客匆匆起身，低声嚷嚷，嘤嘤声一团，走向检票口。这位“娜拉”也站了起来，提着箱子走了两步，又回头看一眼，好像忽然想起还有同伴似的。这一下，她的目光就和我的目光相遇了。她犹疑了一下，好像一时拿不准是否见过我。这个也可以理解嘛。因为三年前我还是个半大不小的乡下鸟孩子，如今在方公馆滋养了三年，个头长高了一两拃，相貌也变化不小，尤其是穿戴又洋气又合体，虽然大家曾经萍水逢见，毕竟期间没有往来，过了三年，叫人家咋还能认得。我这里一闪念间，她那里准是想起来了，要不然，她就不会对我微微一笑，也不会抬起小手在嘴边做了一个吃东西的举动。三年前，就是这样的小手，又白又细，捏着咱们的大金果子，吃了一颗又一颗。然后，她又微笑着一点头，提着小皮箱走向检票口。几个身影晃动之间，这位“娜拉”便消失在人群里。我没有站起来，也没有和她扬手示意，我只是保持着惯常的那种木讷神情，就像咱们家的马脸一样，这副神情，也是祖上遗传的，悲喜转换之间，就是这副神情。后来，在延安，最后一次见到这位“娜拉”时，我也是这副神情，以至于她认为我忘掉了往事，认不出她了。阿弥陀佛，真是谢天谢地，后来少了很多我惹不起的麻烦事。

老侄儿，不是我观察仔细，而是我记忆深刻。

这位“娜拉”，或者说这位女乘客，虽然在历史上曾是一个呼风唤雨的角色，但在我的回忆录里，却算不上是个有几句台词的角色，至多算是个跑龙套的匆匆过客。我之所以一再提到她，就是想通过她，来显现伟大历史和咱们小人物命运之间的偶然性，还会给散乱的往事增加一些连续性。是的，经验告诉我们，往往就是这样，一个人，一件事，一件物品，好像都是微小的，凌乱的，甚至何足道哉，可是，一旦放进大历史里，这些微不足道的元素，往往更能彰显日常生活中的偶然性决定了历史的必然性，因而也强调了历史隐勾暗连的严密性。老侄儿，咱们不是谈哲学问题，那是个说不清的话题嘛，咱们只是谈一点儿自己的真切感悟。你也是知道的，老伯父我从来就不是一个有理性的人，经常在直觉与逻辑之间徘徊，时而在梦境与现实之间游走，所以，像“娜拉”这样的过客，像这样一个看似与我无甚关联的过客，我一说起来就没完没了，也是完全可以原谅的。

请原谅我的啰嗦。

下面接着说我的回忆录。

老侄儿，今儿个在开说之前，我还要再作一个要紧的声明：在后边的讲述中，因为很多事件发生的历史年代与今天的距离越来越近，所以，我将不再使用人物的真名，也不再明确事件发生的确切地点，甚至不再使用真实地名。我这样决定，并非像高老庄的高麻雀说唱大鼓书，老是卖关子，以增强故事的悬念，达到吸引听众的目的。我的回忆录里没有悬念，尽管我也想吸引列位看官，但是，我不希望有人循着蛛丝马迹，翻出历史的旧案。当今儿这类事情，翻旧案的事例太多，都以为能由此翻出了历史的真相，事实上，徒惹烦恼而已，既改变不了历史的本来相貌，也改变不了历史的伟大进程。

老侄儿，你能理解吗?

能理解就好。

咱们接着说。

那时候出门，可不像现在这样方便，又是高铁，又是动车，不行的话，还有豪华游轮，还有飞机，而且都是直达的。那时候，落后嘛，想象力也因此相当贫乏，根本想不到世界上还有高铁这章子事体。那时候，当然也有火车，也有飞机，也有游轮，尽管速度与现在不可同日而语，但那个时候，也都是富人坐的，都是大官坐的，像咱们普通百姓，一般情况下，根本坐不上这些高级交通工具。而且，那时候也不是到处都有飞机轮船，要不是战略要冲的大城市，连直达的火车都没有。甚至，一般小城市火车也不路过，好一点的小县城，还有汽车，差一点的只是马车驴车，甚至步行。所以，尽管我要去的目的地离上海滩也不是万里之遥，但还是花了两三天方才到达。

哦，对了，我坐的是二等车厢，很了不得了，那时候像我这样的一般人，即便坐上火车，也是三等车厢的站票，只有像大少爷方迈克和大小姐他们出门旅游，才坐一等车厢嘛。我能坐上二等车厢，也是老姑父的恩赐，毕竟这一去不知何时才能相见嘛，“给李娃这孩子买张二等车厢的票吧”。到现在我还记得，从上午十一点半从上海北站发车，先是坐了大半天加一夜的火车，天明了到了一个城市，就不说哪个城市了吧，反正又倒腾，换乘汽车，那时候叫票车，娘拉个逼的，比牛走得都慢。我说呀，人就是个虫儿，越享受越懒惰。想当初，我在咱们李庄自己家里那会儿，天天练功到午更，照样见天给人家打上三五架，从来没嫌麻烦过，在方公馆待了这三年，虽然跑腿跟班的，但吃喝不愁，干干净净，又有大小姐笑容灿烂，又有大表嫂风姿绰约，轻松快乐，哪里受过这样煎熬嘛。享受出懒汉嘛，吃不了苦了。这一趟火车坐的，大半天加上一夜，哎呀，那会儿火车上哪有空调呀，又热又闷，打开车窗没多大用途，挡不住人多嘛，真叫人疲倦之极。火车的罪刚才受了嘛，接着又倒换票车，慢吞吞，还没有蜗牛跑得快，乏得我尿都懒得尿了。虽说票车没有火车空儿大，但上的人比火车上还多，拥挤不堪，车厢里臭烘烘的。我尽管买了个座儿，照样被挤来踩去，弄得我皮鞋也脏了，蓝西裤也皱了，又是汗水，又是臭气，白生生的衬衫，也就是小褂子，也变得灰渍渍的。反正搞得我心急火燎，只想发脾气，这时候才知道在家万事好，出门事事难。万恶的旧社会真不好，奶奶个熊，弄啥都受罪。应了那句俗话，屋漏偏遭连夜雨。票车又在半道坏了，大家只好下车，等汽车夫修车。老侄儿，你不要诧异，那时候也有运输公司，很讲究的，汽车夫还穿着蓝色制服，戴蓝帽子，那么热的天，大汗淋漓，制服帽子全湿透了。这个汽车夫又是个糙脾气，骂骂咧咧，先踢了轮胎好几脚，然后才拿着扳手钳子之类的工具去修车。老侄儿，你知道，咱们李庄的人相当迷信，都知道半道里车子不能坏，只要车行半路上一坏了，那这一路子就不会顺利，非出点妖怪事情不可。

不信你看，咱们先说那票车坏的就不是地方，有几分蹊跷，半山半水的，说山它不高，漫山遍野都是竹子，说水它不大，就是大坡滩里一线溪水。正是夏季，雨水充沛，山坡上树木茂盛，间杂着竹子青翠，坡滩里一线溪水湍急。山脚之下，坡滩之上，这中间就是行车的公路。当然不是柏油路，也不是石板路，而是石子路。那时候，有条这样的路就很好了，下雨天没有泥泞，票车照样能走。路边山脚处，还有两三间草房子，房前有个小院子，用齐腰高的檩棒子围了一圈栅栏，院子里摆了三四张木头桌子，摆了七八张条凳，都是粗糙的木工活儿，可能时日久长了，反倒显出几分古朴风色。很明显，就是个路边茶棚嘛。还有一个跑堂的伙计，是个糟鼻老头，倒也干干净净，戴顶竹篾凉帽，帽壳里边垫一层手巾，两件东西合伙儿罩在头上，状况有点怪哉。这伙计一见票车坏了，马上走出木栅栏，一边大踏步过来，一边频频招手揽客，说话腔调也怪怪的。乘客们犹疑之间，又听汽车夫叫骂连天，咱们又听不懂他的话，经过乘客三言两语的传说，才知道那汽车夫话里意思就是票车不是一时半会儿能修好的。这么一说，大家也就纷纷下车，连行李也不拿。阔气地进了茶棚栅栏里，坐在桌边，擦了汗水，要了茶水饮用。小气的穷酸，不喝茶水，站在山野里呼吸几口新鲜空气，一边擦汗，一边眼望着青竹溪水，松快一下身心也是好的。票车上挤得够呛，也热得人发昏。老伯父我兜里又不缺钞票，自然坐在桌边要了一壶竹叶青茶水。是的，这个茶棚里不光有竹叶青茶水，当然也有竹叶青酒水。当下就有十几个好酒的乘客要了竹叶青酒水，又点了鱼干，蚕豆，炸田鸡，花生米，酱肉丁，腌尖椒，又吃又喝，津津有味。生意兴隆，跑堂的伙计满脸欢欣，脚底板打腚帮子，两腿捣蒜似的奔走，出入草房之际，嗓子叫得腔是腔调是调的。草房里的一个女人应着声儿，想必是老板娘，声音十分甜美。诗人赞美酒，曰嗅之欲醉，这草房里的老板娘拉着一副苏南腔调，嗲嗲的，软软的，叫人一听不觉先酥了半边身子，但不见她人出来，只是在门口一闪，或者在窗棂里走动，穿一件红花衣衫，闪来晃去，就像一个勾魂的迷梦。吃酒的十几个乘客，一副鬼模样，邪笑，拉着非人非鬼的腔调，叫喊老板娘出来伺候。当时老伯父我虽说才十八岁，但是，承蒙大表兄方迈克所赐，教我看了一系列黑幕小说，此刻身处路边茶棚，又是这般状况，心里边不免疑神疑鬼，只觉得这张景分明就是一个妙局。

这边吃茶饮酒叫嚷着，忽然听见竹林里一阵子纷争声，顺着竹林间一条蚰蜒路过来了。我等众人兀自诧异，几个人嚷嚷声顺着蚰蜒路就到了近前。原来是两三个不苍不黄的青年，穿着打扮非驴非马，脸上神情，一看就不是好种善茬，都好似上海滩的混世青皮。怪的是，这几个青皮推搡着两个和尚，一个老和尚，一个小和尚，像是押解犯人一般，推搡，又踢又踹，讲讲嚷嚷的到了茶棚边上。一见茶棚里这么多人，两三个青皮倒是一愣，两个和尚反而顿时显出宽心神态。不料，几个青皮随手亮了青子，也就是掏家伙了，自然不是手枪之类，是刀子，不是匕首，是二尺半长的刀片子。一时间，凶器在手，几个青皮瞬间又变得咄咄逼人了。这下，大家都僵住了，那些没进茶棚的小气鬼和穷酸汉，也不欣赏风景了，蹑手蹑脚，朝票车上溜，好像票车上是个避难的好去处。只有那个汽车夫，仿佛见惯这般张致，依旧踩在保险杠上骂骂咧咧，敲敲打打。茶棚栅栏里，喝茶的不喝了，喝酒的一盅酒含在嘴里，吐不出，咽不下。再也听不见老板娘的音调曼妙，更是瞥不见她那如梦的身影，那个跑堂的老伙计，两条麻利腿儿生了根，双手无措，摘下竹篾凉帽，剩下手巾搭在头顶上，又拿下手巾擦汗，却不想，笑话来了，他竟然是个秃子。桌边坐客们想笑又不敢笑，憋在哪里，尴尬嘛。我毕竟是个小年轻儿，没沉住气，扑哧一声笑了出来。在座的乘客还是没有一个敢笑的，只有那个小和尚，想是童心无邪，咯咯笑了两声。笑声未停，只听啪的一声脆响，小和尚头上瞬间鲜血淋漓，原来，一个青皮用刀片子随手拍了一下小和尚的光头。就像咱们李庄人赌博时破口大骂多嘴多舌的看客，我押的是三六九，偏出的是二五八，吹皱一江春水，干卿何事嘛，是不是嘛，小和尚笑的是这边跑堂的秃子，你娘拉个逼的凭啥打人，真是无法无天！我心里这样想，没提防嘴上也这么叫了一嗓子。想必我用亳州话骂人没几个听得懂的，我说他无法无天，应该是人人都能听得懂的，要不然，桌边喝茶喝酒的，就不会吓得一个个憋气不吭，好似蜡做的，好似泥塑的。说实话，老侄儿，那一瞬间，我就知道了，世道无常，人心孱弱，社会无端，人性猥琐，所谓的打抱不平之类，拔刀相助之类，仗义执言之类，那都是人世间不平凡的事情，没一点儿活人胆色，没一点儿英雄气概，不是谁都能做得了的。反过来咱们不禁又要问了，这人世间，又不是大鼓书，有胆色有气概的人又有几个嘛，惯常见到的只是些幸灾乐祸之辈，落井下石之辈。是的，老侄儿，你说对了，这个时候，打一架是难以避免的，也是很有必要的，常言说，给俗世之人一记警钟嘛。

咱们爷俩，你是知道的，要说打架，对我来说原本是家常便饭，只是，练家子都知道，拳要天天练，架要天天打，养成了打架习惯，才能手脚随心到，力促胆气豪。我在方公馆待了三年，基本上也是天天练武，拳脚不辍，功夫不废，可是，几乎没有打架的机会，少了实战的朝气，短了临场的从容，这些，都是现在说起旧事来方才总结的。那个时刻，一见要打架，或者说要拼命，人家两三个都拿刀片子嘛，心里还是痒痒的，练过武的青少年嘛，一展身手的欲望还是很强的。这次打架的过程，今儿就不要说了吧，以免我这年迈之人有夸强呈勇之嫌疑。而且，像我这把年纪的人，有个通常的毛病，那就是很容易得意忘形的。我可不想见天就得意忘形一回，得意忘形不长寿，我的故事还没说完，还不能死。不过，有个诀窍我要告诉你，打架是有诀窍的，尤其是以一敌三，尤其是人家利刃在手，而你赤手空拳，要是没有诀窍，再高的能手也要挨几下子的。打架就像打仗一样，要讲究战略战术，从战略上讲，就是要各个击破，从战术上讲，就是要一招制敌。毛主席为啥老是打胜仗，就是因为他把战略战术研究透了，能够灵活运用，蒋介石老先生就不行，他搞不懂战略战术，几百万正规军都给他打掉了。打仗打架，形式有别，阵势有大小，但道理相同。所以啦，我就把三个青皮放倒地上了，爬不起来了。自然了，没冤没仇的，咱咋能要人家性命。而且，那时候我还没上过战场，没杀过人，没有杀人的意识，这事儿要是后来遇上的，可就麻烦了，因为经过了战场，看惯了死尸，闻惯了血腥，搁在生死的刀口上磨了几十回，杀人的心意充盈，杀人的手腕子也硬了，一随手就把这三个青皮给剁了，眼都不眨一下的。当时，还没见过战场阵势嘛，人血都没见过半碗，淌个鼻血也就两酒盅，又是刚去投军嘛，心眼还是平和的。没杀人。三个孬货，胳膊腿脱臼了嘛，人躺在地上哼唧，刀片子也拿不住了，都在地上扔着。都这样了，那群看客，也就是在茶棚里坐在桌子边喝茶喝酒的那群货色，别说鼓掌叫好了，竟没有一个应声的。干他娘的，世风日下，人人胆小心寒嘛。后来咱们看电视，看到这样的场景，一群看客纷纷鼓掌叫好，我就不能理解，我心说，讲点设计，讲点虚构，是可以的，但是，你二大爷的，瞎编乱造那可不管使。老侄儿，在我的回忆录里，可不能出现瞎编乱造的事情，我咋说的你咋写，咱们都是老实人，说老实话，做老实事，这是个原则，是咱们李庄人的本分。

正在这时，怪事又来了。嗡嗡叫来了一辆卡车，是军车，说绿不绿，黄不拉叽的，磕磕碰碰，掉皮少毛的，还是带黄绿色帆布篷的，把后车厢罩得严丝合缝，也不知拉的都是啥东西，有点儿神秘。到了茶棚近前，咯噔一下停了，没熄火，牛羊吃奶一般，又朝前猛地一拱，才算停稳了。夏天嘛，火热的天，又是大中午的，卡车一停一拱，就感觉到两股子热浪鱼贯扑过来。先从驾驶室下来一个老兵，肩上还挎个军用水壶，很雄壮，军容整齐，双目炯炯有神。自然了，这个雄壮的老兵只是个汽车夫，接着，才下来一个军官。这个军官有点不打眼，和我在上海滩见过的那些国民党军官没法相比，先不说上海滩的军官呢料军装，也不说人家的长筒马靴，武装带上右边手枪，左边佩剑，仅仅人家走在马路上那种标准的步伐，以及挺拔的身姿，眼前这位军官就不具备。这个军官好像胸口疼一般，有点佝偻腰，虽然扎着武装带，松松垮垮的，也没有佩剑，连手枪也吊在腰后边，耷拉在屁股上，怪别扭的，大约行车长途，坐麻了腿，下车后走动间大腿发僵，小腿有点拖拉，只有一张白白净净的刀条脸倒是始终面带微笑。后来，我才知道，这个军官只不过是个少尉而已。这个少尉军官一招手，那个老兵汽车夫就走到车后厢，把帆布篷帘拉开一道线，叫了一声：“黄班长带四个兵先下车喝水，胡班副带四个兵坚守岗位；水壶都拿下来灌水。”这老兵汽车夫一口山东话，我倒是听得懂，但咱不是行伍出身，自然不懂他说的“坚守岗位”是啥意思。而且，到了茶棚你们下来喝茶水，叫人家坚守岗位，又是搞个啥名堂嘛。就见一个大个子老兵背着枪跳下车，肩头也挎个军用水壶，又有四个兵也是背着枪跳下来，个个都是满头大汗，身上军装也被汗水湿透了几块，一个个也挎着水壶，还有一个兵手里还拎着三五个水壶。接着，就见帆布篷帘子唰一下，拉严实了，车上一阵子嗡嗡声，几声呵斥，接着无声。搞得好神秘，好怪哉。

无需饶舌，这个少尉军官带着六个兵，热得雨淋的兔子一般，进了茶棚栅栏里，还没来得及要茶水，就看到了一摊子场景，地上躺了三个人，三把刀片子，在座的有两个和尚，小和尚血流满面，老和尚单掌竖在胸前，眯眼儿念念有词。这个少尉军官顿时一个立正，满脸敬意，给老和尚竖了个大拇指。那意思一目了然，只是，他误会了，以为地上躺的三个孬货是这老和尚的手笔。茶棚跑堂的秃子是个老于世面的，赶紧把手巾顶头上，又戴上竹篾凉帽，这才快颠着步子上前，操着苏南话儿，想给这个少尉军官说个明白。只是他说话拖泥带水，好似牛倒沫一般。我在上海滩虽也听过几句苏白，眼下却听不懂他的苏南土话儿。俗话说，看人先看眼，听戏听梆声，看他们两个说话，那架势，那神情，分明是熟悉的。这个少尉军官龇牙听完了，又转脸对我竖个大拇指，微笑着点点头，好像无意和我交谈似的，又转过脸去，给跑堂的秃子叽哩哇啦了两句，想必让他快上茶水。他说的应该是皖南土话，我也听不大懂，反正苏南话和皖南话我也分不太清嘛。他一边说着话，一边就近在桌边坐下。原来在那张桌子边坐着的几个乘客，也不知道是出于礼貌还是出于畏惧，纷纷避让，六个当兵的也不敢和长官平起平坐，只好围在桌边站着，等跑堂的秃子提茶水过来。

这当儿，那个少尉军官开始做小动作，先和那个雄壮的老兵汽车夫眨眨眼，又和后边车厢里下来的那个大个子老兵眨眨眼，两个老兵诡笑着连连点头。咱们不懂呀，不知道他们队伍上的规矩，哪里懂得眨眼点头这里边的诡秘。这时候，跑堂的秃子拎上一大桶茶水，白铁皮桶，还有一把马勺，一只漏斗，笑嘻嘻接过几个兵手里的水壶，开始灌水，手法熟练，好像干了不止一回。那个少尉军官开始和两个和尚攀谈。他一口皖南土话，磨豆浆一般，汤汤水水的，也听不懂他说的都是啥。和尚好像听懂了，由单掌竖立变成两掌合什，咿咿呀呀，讲了一番闽南土话。奇怪得很，听得众人面面相觑，只有那个少尉军官连连点头，真他娘的，仿佛听懂了一般，又扭脸对我竖个大拇指。这里一番南腔北调之间，那里跑堂的秃子已经把水壶灌好，兵士们又纷纷背在肩上，拎在手里。那个少尉军官这才站起，过来和我说话，见我听不懂他的皖南土话，便放慢语速，用半吊子官话要求我，能不能把地上躺的三个孬货胳膊腿接上，他准备带回去审问一番，“朗朗乾坤，青天白日，哪里容这等不法之徒。”这句话说得好听，深明大义，我听懂了，当下就把三个孬货胳膊腿接上了。反关节擒拿嘛，摘卸个肢体，脱臼嘛，接上去都是易事儿。片刻之间，三个孬货被几个兵士押上了卡车，当然，是后车厢里。帆布车篷拉得严实，看不见情况，也不知端的。那个少尉军官临上车时，腰弓得大虾一般，还特意给我打个响指，比较洒脱。那个老兵汽车夫相当了得，我们乘坐的破票车坏在路中央，路又窄，他开着军车活像爬山虎一样，忽一下，攀爬着山根绕过去了，接着一路子踉跄顺到正路上，疾驶而去。

茶棚里咦吁惊讶之声嘤嘤了半天。

人家军车都开走多远了，跑堂的秃子还追出几丈远，站在路边冲着一股子尘土招手。送走了那边，又招手这边，冲着修票车的汽车夫嚷了两声，好像在问票车修好了没有。烈日之下，汽车夫也不脱蓝制服，满头汗水，也好似水浇的兔子一般，手里挥动着锤子和扳手螺丝刀之类，骂人似的尖叫着回了两声，想必是还要待一会儿，要不他说完话也不会又踢了票车一脚。刚才打架时，溜到车上的那帮小气鬼穷酸汉，票车上热得呆不住了，又下车来通风透气，有几个狠着心肠进了茶棚，要了一盏花茶。这帮乘客，看完了打架，喝着茶水，有了闲心撩拨和尚，咿咿呀呀，可怜小和尚头皮被拍破了，流了好多血。这老和尚，奇怪，不说闽南话了，慢声细语的，说的话都能听懂了。老侄儿，咱亳州人能听懂的话，那基本上天下人都能听懂了。老和尚面无表情，说:"妄动邪念，笑人短处，不修本性，惹火烧身。"一边说，一边小步子走到我面前，双手合十，向我施了一礼:"和尚谢谢小施主。"老伯父我也是在上海滩生活过的，加上老姑父发牢骚时我老是插话顺着他，平时也常听佣人斗嘴，就这么训练出来的，所以，这会儿和尚的话儿我还能接得上:"老师父客气了。其实都是我的过错,不是我先笑，小师父也不会失声一笑，也就没有这章子事体了。"老和尚点点头，说:"单从外表看来，施主骨相硬朗，眉宇间有豪杰之气，不想言谈里有情理，可见腹中也是明缘由的。这就好了。好了。"这话儿虽然有些恭维人的意味，但我见老和尚言词得体，说话间气定神闲的，便觉得他是个有道的和尚。一时间，咱们李庄人的老毛病又上来了，就是喜欢迷信，喜欢请和尚尼姑之类的算命嘛，于是我就说自己前去投军，想问个前途，请老师父赐教一二。老和尚说，前途无需指点，人生本就是一场修行。芸芸众生，能有为者，不贪名，不图利，不贪色，不作弊，不苟安，不畏强，不欺弱，不居功，不卸责，不背理，也就无所谓走背字走顺字了。完了，老和尚又说了两句偈语，我至今不解其意，想想我这一百多岁的人生经历，细细盘算一番，也无事可以对照，所以咱们把这两句偈语当做闲话,不说了也罢。倒是他说的那十个"不"字，对我有大用焉，叫我享受终生，即便后来头上挨了一枪，照样大难不死，一辈子我照着这十"不"行事做人,活了这一百多岁了,倒也无灾无病，一时半时死不了，好像还得再活上个三五十年也说不定的。当然，这自是说笑了。哦，自那次别后，过了几年，我无意间在报纸上又看到了这个老和尚，才知道这位老和尚也是上海滩那边寺院的，经常在圆明讲堂弘法，盛名闻于丛林，名山古刹争相邀请。看了他的弘法游历，再细细推算年月，我有幸偏巧遇上他时，他正前往九华山弘法。只是不想，在山野竹林里遭逢几个地痞青皮劫道戏弄，推搡到小茶棚边，反倒随了我和老和尚的一面因缘。

这就是我在投军路上的一点见闻，一点遭际，说完了也就没有可说的了。票车也适时修好了，乘客们纷纷嚷嚷，交了茶钱酒钱，上车开拔是也。票车跑出好远了，还有几个喝了酒的乘客醉言醉语，说啥东西，高低上下，也没看见茶棚里的老板娘出来一趟，光听见说话浪腔浪调的，就是不见小小浪娘们儿，真叫人败兴得很。南腔北调的，一句清的，一句浑的，唠叨个没完。其时夕阳已经落山，因是夏季，天光还不算太阴暗，倒是有几缕凉爽之微风，时而袭面而来。对了，当时，祝长官那儿还不叫长官部，叫做办事处还是筹备处，我记不清了。上次我在住院期间，让你帮我找了一堆相关资料，我也仔细研究过，一些历史细节的条条缕缕，我也心知肚明。但是，祝长官的长官部几次变更的名堂，尽管我清清楚楚，几次迁移驻地我也明明白白，由于前边我已经说过的缘由，这些真实的历史细节我将避而不谈，以免蹿出个混球找我理论，到时候叫我徒费口舌嘛。

你说你不能理解，你他娘的，想想办法理解一下吧。

咱们说那，下了票车，我拎着皮箱又走了个把小时，才到了祝长官驻地所在。从方公馆出发时，老姑父方仪望说祝长官的驻地是在县城，原来不是在县城里边，也不在城乡接合部，干脆就在一个小镇上，距离县城也有一二十里地，要不我咋能拎着皮箱走了个把小时嘛。我到地方时，天都麻挤眼了，也就是说，夜影子都上墙了。祝长官所在的这个地方，也没有碉堡，也没有高楼大厦，就是平常一个院子，只是院里边好几进房屋建筑有些风格，像是老派人家的旧宅，院子里边都是槐树，树冠如盖，又葱茏，又阴森，更显天色黯然。以咱们经过了这事那事，这才能说明白过去的事情嘛，要不是经过了，咱们哪里知道大门口上的是双哨，当然是枪弹齐备，还上了刺刀，只是刺刀不闪光，因为已是傍晚时分，又没有电灯嘛。两个哨兵，胖瘦相同，身材魁梧，虎视眈眈，虽然光线微弱之极，看不清面孔，但也不像凶神恶煞，只是喝声果断，不准我靠近。我说我是来投军的，来投祝长官麾下，我有推介信给祝长官。说了，我打开皮箱，拿出陈先生写给祝长官的那封推介信。那时候当兵的嘛，哪有几个识字的，可是，当时咱年纪小，不知内中行情，就把信件递了过去，一个哨兵接过信函，捏在手里，也不管天色昏暗，难辨字迹，居然摸黑里装模作样看了几眼，光景瞎灯黑火，加上他假装识文断字的模样，我一想起来就觉得好似不在人间，哦，然后，这个兵叫我站在原地别动，我就站在原地不动，脚步都不错一下，天黑了嘛。不是我不敢动，是因为前来投军，总得先听人家的话嘛。这个哨兵给另一个哨兵嘀咕了一句，就拿着信件到里边去了。过了恐怕有大半个小时，等得人心焦，天也黑透了，那个送信的哨兵才出来，打着响指儿，黑里也看不见他的脸，只听他一两声诡笑。他们当兵的为啥打响指，又笑个啥，哪里是我能够明白的。又过了十多分钟，出来一个军官，我说过当时天黑嘛，也看不清他的军衔，过了快一年之后，我再见到他时，才知道也就是一个中尉军官。送信的那个哨兵马上持枪立正，介绍说，这是石副官，你有事向他禀报好了。其时，天色又黑了一层。那时候，天黑像个天黑的样子，不像现在，天一黑到处都有灯光，那时候，天黑就是天黑，没有道理可讲。黏稠的一团黑影里，我也看不清石副官的长相，但见他戴着一顶军官的大檐帽，身材挺拔，便觉得他相当干练，我心底自然就有了几分亲近与好感。所幸这位石副官操着一口蚌埠话，蚌埠离咱亳州很近嘛，我自然听得懂。只是石副官说话声音有点黏软，好似糯米糕，但是字正腔圆，也和蔼得很。他言讲祝长官在外公干，不在驻地，至于何时回来，属于军事机密，不能说。不过，这儿的大小事情，祝长官已经授命他全权处理。也就是说，我来投军这件事情，也只有他石副官说了算。石副官确实很认真，当下就宣布，从即刻起，我李娃就是一名军人了，而且还暂时代理班长职务，马上就去执行一项紧急任务。

老侄儿，你猜想这位石副官让我执行啥紧急任务，娘拉个逼的，就是连夜把一车新兵送到新兵营。当时我一听，心想这也不是难事啊，又有汽车坐，还有啥难办的，又不是让我把一车新兵背到新兵营去。虽然隔行如隔山，虽然咱又没有当过兵，虽然咱们不知道他们队伍上的规则，但是，面前这个石副官说话斩钉截铁，如同板上钉钉，咱们就得遵照执行对不对嘛。而且，人家还高看咱们一眼，还没穿上军装，就成了代理班长，虽然还不知道班长是个啥职务，但可以肯定，只要带个“长”字，就会比当个大头兵要好一些。咱们李庄有句老话嘛，参谋不带长，放屁都不响。一时间，心中难免有些得意，觉得事情一开端就这般顺利，那往后还不是芝麻开花，节节高嘛。老侄儿，我彼时心理状况，正应了高麻雀唱大鼓书时常说的那句话了：只看见眼前鲜花灿烂，哪晓得后边荆棘蔓延。真料不到，老伯父我，从此后，命运渺渺，时时起伏难测，长路迢迢，处处暗藏杀机。

唉，今儿就说到这儿吧。

第十五章

老侄儿，咱们不绕弯子了，接着说那天晚上，我连晚饭都没吃上。照石副官的说法，这边开饭点已经过了，新兵营那边迎接新兵，已经准备好清蒸鳜鱼，红烧大肉，还有蒜蓉鸡腿，酱香牛肉，还有狮子头，番茄银耳汤，都该摆上桌子了，你们现在马上出发，到了新兵营，你搁那边吃顿好的吧。新兵营那边都准备好了，咱们部队可不兴浪费的。看，人家石副官，能代表祝长官，就是不一般，说话中听，类似唱腔优美，吃得多见得多，还吃过番茄银耳汤。

我和石副官在大门外这边正说话，拉着新兵的卡车就出来了。

老侄儿，你万万想不到，就是在路边茶棚遇到的那辆卡车。

你问我，瞎黑的晚上，我咋看得清楚，这个自有缘由，我没有坐帆布蒙得严严实实的后车厢里，石副官让我坐在驾驶室里了嘛。借着前大灯反光，我一眼就认出来了，驾驶室里坐着的正是那个腰有点佝偻的少尉军官，开车的汽车夫就是那个雄壮的老兵。哦，对了，在队伍上开车的司机不叫汽车夫，叫汽车兵。这两个人和我点点头，嘻哈一笑，好似故人重逢一般。当着石副官的面，这个少尉军官很客气，非让我坐在中间，我只好坐中间了。好在那时候的卡车座位高，我把皮箱塞在腿下边，还不算太碍事。我们三个坐好了，石副官还交代这个少尉军官："'大蚂虾'，这次你可要小心行事了。这位李娃代班长，和前边送去的几个新兵一样，都是祝长官的客人，路上小心服务着，再出了问题，小心军法从事。开拔！"说了，果断一招手。雄壮的汽车兵开动汽车，被称为"大蚂虾"的少尉军官，面向车窗外，虽然坐着，照样点头哈腰笑着，一边频频挥手。

果然，上了路之后，我身边两位相当热情，汽车兵让我喝水，少尉军官"大蚂虾"请我抽烟。我自然不会抽烟，倒是接过汽车兵的水壶，喝了几口。这一天除了早上坐票车之前吃了点早饭，一直到眼下还没有饭吃，年轻少壮的，咋受得了，虽说中途在路边茶棚里喝了一壶茶水，一通臭汗一泡尿，早排空了，这时节自然又饿又渴，疲乏之状更不要提了，加上汽车摇摇晃晃，真让人昏昏欲睡。所以，少尉军官"大蚂虾"给我聊天，问我哪里人氏，我说完"安徽亳州"，就有点迷迷糊糊，待他问我多大岁数时，我糊里糊涂说了"十八岁"之后就睡着了。那时候毕竟青春年少，睡眠好，又乏了一天多，别说坐在卡车上，摇篮似的晃荡着，就是坐在刀尖上，只要能倒下头来，也照样睡得着。就像后来，行军打仗，我骑在马上照样鼾声大起。唉，老话说得好，不该睡着的时候，千万不要睡着，这话说得很有道理，年轻人一般不懂，所以，一睡着就会出事情了。我这一路睡得天昏地暗，倒是没有出事情，只是卡车一停，我醒来一看，才觉得事情可能有点不妙。天倒是亮了，只是四面丛林，树木茂密，光线阴森黯然，一阵阵嘈杂的鸟鸣，间或有几声猫头鹰的叫声远远传来。老侄儿，你听过猫头鹰的叫声吧，是的，就是那种，嘀咕嘎吼，嘀咕嘎吼，就是这样的，阴森森的，幸灾乐祸，好像危机四伏，叫人听了心慌意乱。卡车前边有道路障，就像现在一些单位小区的道闸一般，不过，那时候在深山老林里不可能有这么现代化的设备，只是一根碗口粗的树干支在那儿，拦住窄得仅可过去卡车的山道，由人工来升降。看守这根树干的是四个士兵，全副武装，荷枪实弹。其中一个士兵满脸粉刺，走到车门跟前，先是一个敬礼，然后要进出证件证明之类。我旁边的那个少尉军官，也就是“大蚂虾”，赶紧笑嘻嘻，递过去两三张卡片。满脸粉刺的士兵检查之后，把卡片还过来，这才一挥手，另一名士兵缓缓升起那根树干，卡车通过。我本想问上一句，一看“大蚂虾”和那名雄壮的汽车兵，都是熬得满脸走油，两眼眼屎，顿时心生厌恶，赶紧揉一揉自己的双眼，也就不说话了。

大约又前进了三十多分钟，隐隐有操练声传来，渐渐，这种操练声近到跟前了。

实话说了吧，我们终于到了目的地。

不是不知道那是个啥地方，是我不想说清楚那是个啥地方，无论啥时候，一想起新兵营，我脑海里就是一片深山老林，非在人间，世外桃源，一群鹅鸭，遍地生番。到现在我也不想弄明白，为啥非要在这个深山老林里训练新兵。哎呀，还是闲话少说为妙。咱们说那卡车停在营部前的一片空地上，几个少尉军官，中尉军官，还有两三个上尉军官，还有十几个老兵，都在那儿肃立着，当时只觉得这几个官兵脸色狰狞，好像等新兵下了车就给我们动手术一般。反正，那阵势不太像石副官说的那般状况，清蒸鳜鱼，还有红烧大肉，看那阵势可能是没有的。少尉军官“大蚂虾”下车，又让我拎着皮箱下来，原地等他，我就傻乎乎拎着皮箱下车了，站在那儿眼看着他大步走进营部去了。我正在不知所措，只见后边车厢的帆布篷帘子也拉开了一角，先跳下来四个抱着大枪的士兵，接着，一群新兵下车了。真让人惊诧万分，后车厢里居然装了六十多个士兵，若非使了魔法，咱们真的解释不清楚他们是咋样装进去的，这一夜又是咋熬过来的，你想想，那得有多拥挤嘛。我瞅着瞅着就愣住了，因为有三个新兵太面熟了，说面熟是口头语，事实上，我的天哪，就是在路边茶棚打和尚头皮的三个青皮，尽管穿上了军装，但那种孬种表情是不会改变的。他们三个也看见了我，自是又惊讶又振奋。我当时就意识到了，本能地觉得事情有些凶险。他们之所以惊讶，是没想到居然在这里又见到我，之所以振奋，是因为他们觉得有机会报复我了。不是我聪明，是他们脸上分明写着这些内容。这时候，少尉军官"大蚂虾"尾随着一个大块头的军官从营部里出来了。这个大块头军官，"国"字脸，一部短髭，相貌威严，军容严整，武装带手枪短剑啥的，都是齐备的，一看就是一个作风严谨的好军官。这位，就是新兵营的费营长，上校阶级。当然，这个都是后来才知道的，现今儿为了给你讲说方便，我这里先把他的姓名身份以及军衔表述出来。我还要说明一点，在新兵营里好长时间，我都没弄懂，一个上校咋能才是营长，后来也没搞明白，到现在也稀里糊涂，反正，那时候，国民党军队里妖魔鬼怪的事情很多，经常搞得你稀里糊涂。

这位费营长想必是这个新兵营的最高长官，他一出来，那几个像"大蚂虾"挂一样军衔的少尉们，还有中尉们，包括那两三个上尉们，马上一挺胸，脚下一收，成了立正姿势。费营长好像专门为我出来的，他也不看那些军姿标准的军官们，一出来就盯着我来了。很简单嘛，因为营部门前都是穿军装的，只有我一个人还穿着便服，白衬衫，蓝西裤，黑皮鞋，尽管两三天来又是火车又是票车又是卡车的，又脏又皱，不成体统，可是，虎死范儿不倒，那点意思，那点气质，还是有的嘛。费营长目不转睛，直通通走到我跟前，我自然不会拔军姿，但胸膛还是挺起来了。费营长龇牙一笑，就像公鸡一掉屁股屙泡稀屎一般，一扭脸吐了一口痰，凭空骂道："妈拉个巴子，这个石麻子，又是老一套，换个新鲜法子会死了他妈个巴子的。王八犊子，党国大业。"话音突地停住，他朝一名少尉排长一挥手，喊了一声："蔡排长，去，找吴军需领套军装来！照他这个体格的。"这位蔡排长，后来就成了我的排长。

这时刻，蔡排长拔腿跑去。我正自诧异，又见“大蚂虾”向费营长敬礼，告辞。眼瞅着他上了卡车，我这儿就急了，赶紧拎着皮箱也想过去上车，费营长喝了一声，叫我站下，我也不知道害怕，连忙说石副官说了，把新兵送到之后，就得马上赶回去的。费营长笑眯眯，问我石副官还说了啥，我说石副官下命令说我是代理班长了。费营长一听，放声大笑：“妈拉个巴子，这个石麻子真会放狗屁！六十名新兵的任务，他只弄了五十九名，只差一个，你正好撞在枪口上，他就编个圈儿，把阁下你绕进来了。马参谋，他妈个巴子的，还是叫‘大蚂虾’顺口，他交来六十名新兵，就等于他的任务完成了，你要走掉了，那我的任务就完不成了。这里边的弯弯绕绕，阁下你整明白了吧！”

我一听，马上就明白了，闪电般地想了一圈，觉得石副官这个圈儿做得巧妙，还让我坐驾驶室内，要是坐在后车厢里，就我一个没穿军装的，和人一说话，不就露馅了嘛。还有那个“大蚂虾”少尉军官，非让我坐在中间，我还以为他是客气，现在看来居心叵测，是怕我中途跑了。后来我还知道，“大蚂虾”去一个县里招兵，也就是蒙骗嘛，江浙地带自古富饶，又是战乱年景，兵不容易招，他伙同县长骗招了六十名新兵，不想路上在一个镇上打尖吃饭，正逢集，人多，转眼间就跑了四个新兵，人家人熟地熟，“大蚂虾”哪里寻找去嘛，所以，接下来一路上戒备森严，路过那个路边茶棚时，我们看到的卡车后厢，帆布车篷才是罩得严严实实的。恰巧那欺负和尚的三个青皮被我撂倒在地上，这个兵油子“大蚂虾”灵机一动，和两个老兵直眨眼，顺手耍了个冒名顶替的鬼把戏。可是，跑了四个，只补上三个，还差了一名，正被那个石副官骂着，我正好撞上门去，这两个王八蛋，就编个圈儿把我圈了进来。这些，都是后来石副官亲口告诉我的。说到这里，我要叹息一声，人啊，总是被水光溜滑的表面现象所迷惑。因此，我还要骂上一声，娘拉个逼的，都是军队里的军官，穿着呢料军装，笔挺笔挺的，又挎枪又佩剑的，咋能这样骗人嘛。当时虽也是满腹怨气，但是我想，既然这个费营长能说实话，那他也就是一个能讲道理的人了。我赶紧分辩了一句："长官，我是投奔祝长官麾下的，我的推介信都交给石副官了。"费营长哈哈大笑，笑完了，翘起大拇指，左右按摩一下短髭，粗声大气地说："不管哪一批新兵里边，总有几个喜欢耍小聪明的，总要有几个机灵鬼，都说是来投奔祝长官的，来投奔何长官的，还有个王八犊子说是专门来投奔他妈个巴子蒋委员长的，哦呀呀，掌嘴三下，你这个小崽子，年龄不大，看着也是一副忠厚相，也想来这一套把戏是不是呀，哈哈，妈拉个巴子，先在这里老实呆着吧，好好训练，训练结束后，祝长官自然会派人来接你阁下的！"费营长说话间自打三下嘴巴，他在说话时，我眼看着"大蚂虾"坐的那辆卡车开走了，当时我就觉得……那种感觉，难以说明白，有点慌张，有点像壮牛犊掉进井里，有力无处使唤，就像上当受骗，中了圈套，被人套得牢牢的那种感觉，又后悔，又着急，又冲动，刹那间几乎想和人血拼一场。

这当儿，那位蔡排长把一套新军装抱回来了，连袜子裤头都有。那位蔡排长也不得了，他虽然没有问我头有多大，也没有问我脚有多长，但拿回来的帽子戴上正好，鞋子穿上也居然正合脚。娘拉个逼的，费营长他们呵斥着让我当场换上军装，连裤衩也得换上。几十号人全盯着你，看你光屁股换上军装，你敢吗？敢不敢不重要，重要的是你都得乖乖换上。说起来，旧时代的军队真是个奇怪的地方，或者说旧时代的新兵营真是个怪地方，充满鬼魅之气，你只要进去了，就被鬼魅附身，完全没有了自己，没有人非要摆布你，是你自觉地变成了需要人摆布的木偶。是的，你明明知道自己是有头脑的，但是你也明明知道自己不敢使用自己的头脑了。我当时就是这样的，不自觉，简直魂不守舍，就这样在众目睽睽之下，从里到外换上了军装。老侄儿，老伯父我的从军生涯，一开始就与众不同，现场当众，脱了便装，光屁股露出一嘟噜宝贝玩意儿，换军装，全世界恐怕我独一个。彼时境地，旧社会嘛，国民党军队嘛，怪胎层出不穷。我这个算不得最好的笑话，以后我给你讲几十个更好玩的这类事情。哦，当时笑声是有的，哧哧笑个不停，那些上尉中尉少尉，军官们，还有和我一样的新兵们，他们都笑。尤其是费营长，一边龇着牙哈哈大笑，一边还洋腔洋调地说俏皮话："啊喂呀，你这个小王八犊子，个头一般般，鸡巴顶呱呱！妈拉个巴子的，花椒大个人，鸡蛋大个鸡巴！"这一下子，大面积的笑声更响亮了，个个都像得了手的叫驴一般。一穿好军装，我就觉得有问题了，浑身不舒服，就像倔牛扎上铜鼻儿，就像大骡子大马戴上了嚼子，不光肉体上是这种感觉，意识里也是这种感觉，甚至灵魂里也是这样感觉的。当时很傻嘛，换好了军装，把便装和皮鞋装进皮箱里，还问费营长行李咋办。我不放心嘛，皮箱里除了几百块法币，还有老姑父方仪望赠送我的两个元宝，还有大姑妈送给祝太太的那盒铜首饰，还没来得及给人家祝太太嘛。费营长又翘起大拇指按摩短髭，吟哦几声，说训了几年新兵，今天碰到第一个带行李的，妈拉个巴子，我还得给他当一回保管员，"回头放我床底下好了，又安全又保险，还不会遭老鼠啃你的。"这样，我自然放下心来，心想放在营长床底下，就等于进了保险箱，宝贝一准丢不了的，你想啊，哪个新兵吃了豹子胆，敢到新兵营最高长官床底下偷东西嘛。我没啥挂念了，所以，等到一个少尉值星官一吹哨子集合，我居然不由自主地站进了新兵队伍里。看看，人就是这样的，和猴子没啥区别，苟安的意识很强，思想肤浅，只知道翻个跟头就能吃桃子，全不顾被人家当做把戏玩耍。

新兵集合，费营长要讲话。

费营长讲话之前，先拉下脸来，一变刚才给我说话时的调侃神态，冷冰冰，阴森森，差不多挨个儿将新兵扫视一番。

说句实话，费营长算得上是一个很合格的带兵军官，有那股子狠劲，他那副脸色要杀人一般，真的很吓人。当时，六十名新兵敛声屏息，甚至，相互间都能感觉到大家屁眼夹得紧紧的。费营长突然拔出手枪来，咔嚓拉枪栓，子弹上膛，朝天先是三枪，这才拎着手枪说话："新兵营的章法规矩，自有你们连长排长班长给你们讲，我这里只说一件事，当兵不准开小差。妈拉个巴子的，谁开小差，抓住就地枪决！"

刚说到这儿，就听远处轰轰两声巨响，东边一声，西边一声，次第传来。费营长很沉着，有点大将风度，泰山崩于面前而不改色，他仅仅朝那位蔡排长一挥手，也没说啥，那位蔡排长便飞也似的朝东边跑过去了。我们这些新兵，虽然害怕，但不知道队伍上的章法，脑海里虽然还回响着费营长的三声枪响，但是，不由自主，眼珠子跟着蔡排长向东边跑去。我咋知道是东边，因为朝阳乍升时刻，光线自东方而来，柔软而斑驳。蔡排长闪过几棵树，就不见身影了。于是，我们这才看到，营部周边都是密林，林子里隐隐约约散布着十几排房屋。后来，我才知道，这些散落在林子间的房屋就是新兵营的营房。而且，没过几天，新兵们也都知道了，整个宿营驻地，散散落落，山坡上的羊屎蛋子一样，稀拉拉一大片，不成线不成行的，营地周边也没有围墙，只有一圈简单的栅栏，天天都有两个荷枪老兵，带着六名徒手新兵，围着栅栏转圈巡逻，也就是摆个阵势，起个震慑作用，防止新兵逃跑嘛。我自然也跟着巡逻过几次，都是转不圆一个圈子就得轮换下一拨巡逻了，这么着也是防止我们新兵熟悉了地形万一溜号嘛，所以，这座山上的这块营地，有多大，有何设施，到现在我都不知道，因为营地里决不允许新兵随意走动，发现新兵随意走动，轻则斥骂，重则执行军法，也就是脱了裤子，木板子打屁股，血淋淋的，临刀似的叫，很惨，谁吃了豹子胆，还敢四处乱窜嘛。

我说这话的工夫，蔡排长已经飞奔而回了，他跑到费营长跟前，立正敬礼，气喘吁吁，大声报告说，是老情况了，又有几头野猪踩响了地雷。费营长脸色突变，由严肃变活泼，由阴冷变灿烂，转变之快，令人匪夷所思，咯咯笑，咯咯大笑，兴高采烈，说你们这批新兵真有口福，刚到军营，就有野猪肉吃。费营长说了这个好消息，又告诉我们一个坏消息，他说前年运来一批军火，开箱一看，妈拉个巴子，全是地雷，而且都是四号甲雷，这山上又没有洞穴，三四千枚地雷没地方储存，幸亏他是军校工兵科班毕业的，对埋设地雷甚为在行，他就把这几千枚地雷全部埋设在这座山上了。为了显示自己的专业，费营长又介绍了地雷的几种引爆方法，轻压即爆的炸散兵，重压才爆的炸车辆，还有拉索引发的，电发的，反正不管啥玩意类型的，碰上就没个好儿。自打埋上，到了今天还没有炸着一个人，山上也没有老虎，没有金钱豹子，净炸些野猪熊瞎子这些不值钱的玩意儿，妈拉个巴子，不过，野猪肉相当香，有嚼头，熊瞎子除了两只前掌是个大补食材，身上的肉又骚又糙，劈柴一样。哎呀，弟兄们，看哪，四头野猪，他们抬过来了！费营长粗声大气，一惊一乍的。我们新兵顺着他手指一看，果然，十多个老兵抬着四头野猪，从右边不远处稀疏林子间穿过，直奔左边林中那一排炊烟上升的房屋去了。离得又不太远，能看见野猪被炸得稀烂，开膛破肚，血乎流拉，让人心生恐怖。这边费营长又叫道："弟兄们，这几头野猪还算是囫囵的，前几次都是粉身碎骨，都是巴掌大的肉片子，费了半天功夫，才捡了一小盆。王八犊子！要是人，哦，不说人，我不希望有哪个弟兄被炸得粉身碎骨，到时候你家里来人了，是领走一块肉好呢，还是领走两根手指头好呢！"

当时吓得我们面面相觑，心里哪还有"逃跑"二字。

现在想想，奶奶个熊，费营长他娘的花招真多！

这就是我被骗到新兵营当天上午的所见所闻。多少年了，我想忘掉，就是忘不掉它。但是，只要一想起来，又觉得一切都像做梦一般，不像是真实发生过的，至少，它不像是在我的人生中经历过的。一切荒诞如梦，一切真实如梦。也许正因为如此，所以多少年来才忘不掉它。乍一听，这么说是个悖论，但人生中也好，历史中也罢，这样的悖论太多，不胜枚举。不过，现在想起来，咱们得承认，那个费营长真是够狡诈的，诡计多端，先是开三枪，发个信号嘛，接着地雷爆炸，再接着讲整座山上都埋了地雷，再接着抬下来几头炸得七零八落的野猪，血乎流拉的，娘拉个逼的，一环扣一环，没啥漏洞，就一个目的，防止新兵开小差嘛。你问为啥，因为那时候世道不太平，天下纷乱，都不愿意当兵嘛。尽管当兵的待遇很高，军官先不说，光说新兵，吃罢喝罢，每个月还能剩个七块八块的，那时候一亩地也不过十八九块钱，你想想当时的币值吧，购买力在那儿嘛。所以，那时候，当兵也是穷人家孩子的一条出路，还是不错的，当然，后来抓壮丁就是另外一回事了。啥，当然，克扣军饷的事情是有的，层层克扣，但这种事情主要发生在杂牌军，蒋老先生不给他们发足额军饷，只给一点点，他们不克扣军饷，当官的吃啥，凭啥抽大烟，凭啥娶小老婆嘛，还他娘的一娶好几个。所以，后来抗战时，那些投向日军的汉奸队伍，基本上都是蒋老先生不发钱的，或者是从来不发足饷的杂牌部队。像中央军，蒋老先生的嫡系部队，足饷，还可以吃空额，就很少再有克扣军饷的了。可是，但凡日子过得去的人家，照样不愿意让自家孩子当兵，战乱是一个原因，还有一个观念原因，有句老话嘛，好铁不打钉，好儿不当兵，说的就是那时候的事情。这些都是清末民初遗留下来的坏风气，打起仗来，当兵的刀头舔血，命悬一线，平常岁月，横行霸道，偷抢夺拿，吃喝不给钱，世人皆称其兵痞兵匪，这些，对后世影响很坏。不说别人，说你爷爷，也就是我爹，最讨厌当兵的，提起当兵的就恨得牙根发痒，不是他跟当兵的有仇，是受这种习俗的熏染，骨子里瞧不起当兵的，要是知道我当兵了，那他老人家不上吊也会发疯。所以啊，我一直没有给他提过当兵的事，就是写家信，我也说是奉老姑父方仪望之命，在外地做生意。而且，当初离开方公馆时，我请求老姑父给咱家里写信也这么说。也偏巧，我所在的那个新兵营不设具体的邮政地址，就是怕有新兵家人找上门来，用的通信地址是个代号，某某省某某县八八六九信箱。对，八八六九信箱，就是我们的通信地址，比如我在一连，给我写信就写上某某省某某县八八六九信箱〇一号李娃收，就行了。我给上海滩方公馆写信，给亳州咱老家李庄写信，留的就是这个地址信箱。新兵营阴雨天落雪天不训练，允许给亲戚朋友写信，只是在信里不能多说新兵营的事情。我给方公馆写信说的是新兵营的事情，给咱家里说的是生意上的事情。当时编造的是做海狸皮生意嘛。我爹，我娘，也就是你的爷爷奶奶，包括你爹那个混球，哪里懂得海狸皮是个啥嘛。我在新兵连待了一年多时间，给家里写过两封信，给方公馆写过两封信，但是，从来没有收到过方公馆的回信，也没有收到过咱们家里的回信。几年后，见了大小姐，也见了你爹这个混球，把话一说起来，才知道，方公馆给我回过信，家里也给我回过信，也不是新兵营把这些回信没收了，而是当地邮局遵照新兵营的指令，把这些信全都转到前线去了，是的，当时战争打起来嘛，新兵们训练个把月就开往前线了。下边我会细说这个事情的。当地邮局哪里知道详细情况，所以不能怪邮局，当时虽说战乱，邮路还是通的，也是相当负责任的，可是，负责任不等于就能把事情办好了。

他娘的，又扯远了。

咱们说那时候，因为招兵不容易，大都是连蒙带骗，我们六十个新兵，泰半都是骗过去的。要不是我出手撂倒殴打和尚的三名青皮，那次“大蚂虾”他就弄不够数，交不了差。急了嘛，歪招出来了，娘拉个逼的，把我也骗进去了，给他凑了个整儿。但咱们也要说句公道话，那时候不光兵不好招，队伍也真的不好带，也怪不了费营长，他要不是个兵油子，他要没有几把刷子，那他就无法训兵带兵，他要没有几个孬种点子，手下兵员非开小差跑干净不可。后来在祝长官那儿，我亲眼所见，一个连长，晚上点名，全连满员，天明吹哨起床，发现全连跑光光，当时按军法，非枪毙连长不可，多亏了现场有一个高级将领讲情，祝长官才饶了那个连长。所以，费营长要花招也是可以理解的。哦，不是我风格高尚，是过来人说话，万事都先站在对方角度上想一想嘛。好像是一九八几年，就是一九八几年嘛，咱们洍河镇还叫洍河乡，有个叫杨国忠的乡长，一开全乡大会，上了主席台口边常挂的四个字：换位思考。就是这个意思。只是那个时候，我咋会换位思考，不会这个嘛。只觉得英雄气短，有点负气，有点慨叹，有点埋怨，有点恨，想我李娃虽非英雄豪杰，总也是在上海滩混过的，也是在银行家公馆里待过的，没承想，今儿个竟然也遭人坑蒙拐骗了一回！左思右想，都说上海滩鱼龙混杂，觑猫骗狗者多如过江之鲫，现在和兵营里比一比，上海滩还要算是个朴实的城市了，怪不得人人都不愿意当兵，都愿意到上海滩跑世界。

老侄儿，你可以想见，老伯父我当时心里千般愤懑，万般怨恨，但也无奈之至，人在屋檐下，不得不低头，虎落平阳遭狗欺，龙逢浅滩被虾戏嘛。营部点名分兵，我被分到了一连一排一班。连长姓何，正经是黄埔军校毕业的，可能不得际遇，三十多岁了还是个上尉，那个时候，得权势的黄埔生，像他这个年龄的，早就是上校团长了，有些手眼通天的，这个年龄当上少将旅长的，当上中将师长的，也大有人在。所以，我们这位何连长，有时候有些牢骚，有时候有些阴阳怪气的，也是大大可以理解的。头一天，六十个新兵，其他三十个分到二连，且不说他们，我们三十个分到一连，何连长在连部门口点名，点完名他斜着眼问了一句："诸位，可有出过国留过洋的吗？"自然没有人搭话，不说人话嘛，出国留洋的谁到这儿来呀，即使起了雅兴，旅游也不来这儿嘛。何连长又喊："谁是大学生，举手我看看！"也没有，没人举手。何连长这才咳嗽一声，腔调就有点蔑视人了："念过书的总有两三个吧？"这下有举手的了。一看有几个举手，我也举手。事实上我就是读过书嘛。除去在方公馆跟着大小姐读书，在咱们李庄老家，跟着老秀才刘老先生，就是刘胖子，脸长得长条大茄子一般，我也读了三年半嘛。这个何连长有意思，一见有好几个人举手，马上叫他那个大头勤务兵小岳，搬张桌子，端上笔墨，让举手的几个兵现场写几个字。这下子，就有两个不敢上前了。我一想，这有何难，小时候在老家，我跟着刘胖子写过大字，也是戒尺抽打手掌无数度的，挨打过的，所以写字还是像模像样的，所以在方公馆大小姐面前，我才敢练了几天隶书，于是，就上前提起毛笔，写了一首诗：谁家玉笛暗飞声，散入春风满洛城。此夜曲中闻折柳，何人不起故园情。咱们李白的诗篇嘛，我背得滚瓜烂熟的，大小姐都表扬过的。这时刻几行字也写得蚕头燕尾，个个行云流水，我好得意，回到队列。那几个见我上前写，也一一上前书写，我也不知道他们都写了些啥东西。写完了都回到队列。何连长把几个兵写的字扫了一眼，也不做啥评价，就开始分排分班。两个排长和几个班长，也纷纷上前按名领人。刚才说过，我是一排一班嘛，一排长和一班长过来领我时，何连长好心眼似的，吩咐排长和班长："给这个秀才安排个靠墙的铺位，也少吃三个臭屁！"

你看,那个时代,会写几个字,就成了秀才了,还可以少吃三个臭屁。

不，不不，和现在不一样。

现在新兵多享受啊。

前年我去小四那儿走动，他带我到新兵宿舍参观一回。四个人一个房间，人人有桌椅，有衣柜，还有空调，还有暖气，每个班还有个学习室，每个排还有娱乐室，有电脑，有电视，啥都不缺；现在当兵真好，还有啥不好好干的。我们那时候，三十多个人一个房间。一个排嘛。一个大房间。靠墙角靠窗子那儿，用薄木板给排长隔出一个小房间。这个小房间里，除了床，还有巴掌大一张凳子，巴掌大一张桌子，别看小，别看简单，但这是个军官待遇，不管是生活上，还是精神上，都有个独立空间。三个班长和我们新兵一样，都睡大通炕。哪有高低铺呀，你想得美，那时候部队里，哪有这么聪明的脑子嘛，谁都没想出制造个高低铺来。大通铺，土坯块子垒的，褥子又薄，夏天睡着舒服，冬天不烧炕，虽然是江南的天气，娘拉个逼的，那年代江南的冬天也冷得厉害，夜里冻得人牙帮子咯咯响，个个当团长，缩成一团的"团"。按说连长已经吩咐过了，给我安排个靠墙的铺位，排长和班长执行得也不错。哦，我说过，我们一排长就是那位蔡排长，一开始不知道他竟然也是黄埔生，刚毕业，分到这儿训新兵也不过小半年时间。我们一班长姓葛，长一张面瓜脸，憨笑，装模作样要给我腾铺位，可是，老伯父我还没那么傻，靠墙那个铺位既然已经是一班长的，我一个新兵哪里敢让他腾地方，以后日子还过不过了。我拦住葛班长，说随便班长安排，班长安排我睡哪儿我就睡哪儿。我这个举动不仅让葛班长心里很舒服，排长也赞我懂事体。葛班长的面瓜脸对我微笑着，让我挨着他睡，好歹心理上也舒服一些，新兵嘛，能挨着班长睡觉，也是一种荣耀嘛。

我现在想来，那个新兵营纵有千般不好，但有一样好，天热嘛，每天睡觉前还能让洗个澡。哈，老侄儿，你想得倒好！哪有洗浴间啊，你当是在上海滩，你当是在方公馆，你当是在咱们亳州大酒店啊！那年头，那地方，也就是野浴。当然，年轻女人野浴很有风味，一群年轻男人野浴也自有风味嘛。每个班长领着自己班的新兵，到一条山间小溪里洗澡。还有老兵。老兵有规矩，排着整齐的队伍，一边走一边唱歌，唱完了《三民主义》，又唱黄埔校歌，一个个好像都是黄埔军校生一样，卖力得很，一直唱到小溪前，歌声戛然而止，刀切似的齐。一个营嘛，老兵多，就我们六十个新兵。老兵不和我们新兵一块洗，他们往上游走，走得比较远点。当然了，过了几天，我们就知道了，那些老兵也不算多老，只是比我们早来一两个月吧。但队伍上有规矩嘛，相对而言，我们就得称之为老兵。他们，也就是那些老兵，心理上也有这点优势嘛，一个个都脱得光光的，嗷嗷叫，在小溪边乱石丛中撒尿，还相互攀比谁尿得高谁尿得远。

啥，你说军官？

哈，军官们是不会和我们一块洗澡的，因为他们的鸡巴是金子做的，咋能随便给咱们这些当兵的观看。我们这些新兵，一开始还不好意思脱光腚，五六个班长先脱了衣服，一个个站在碎石上，光着屁股骂人，现在想起那番光景，还是很想笑，哈哈。班长们口音南腔北调，娘奶奶姥姥，都操了一遍，甚至还有两个班长过来踹人屁股，大家只好争先恐后，紧紧张张，都脱光腚了。好奇怪，一旦脱光腚了，大家都一样了，也就不觉得有谁了不起的了，人人平等了嘛，还害羞个啥。人手一个洗脸盆嘛，铝制的。鸟毛灰吧，哪里有洗发膏呀香皂呀。没有，铝盆子里就一块毛巾，毛巾也不是战区被服厂生产的，是上海滩生产的，安达纺织公司的产品，就在静安寺路那儿。当时呀，我看着铝盆里的这条毛巾，就好像又回到了上海滩。那时候也有洗发膏沐浴露之类的，可是，新兵营里没有，上海滩高级浴池里有，方公馆里有。说是厉行节约，其实就物资匮乏嘛，全班就发了一块肥皂，也是上海滩产品，就是那种有着四五十年历史的老品牌，“亨利”肥皂。这块肥皂也金贵得很，还是由班长掌控着，你得冲了好几次水，浑身浸透了，班长才拿肥皂给你蹭几下。我们站在小溪里，就用这个铝盆端水往头上身上冲。他娘的，那么热的天，没承想，山上流下来的水真凉，一盆水倒头上，滋溜一声，一股气似的，行遍全身，五脏六腑都爽透了，鸡皮疙瘩起了一层，连骨头都打颤，凉啊。

洗完澡，回营睡觉。

三十多个人睡一间屋里，大热天，真是很糟糕的。

你想啊，我在方公馆时，尽管住处是个长条儿，总归是个单间嘛，骨头缝里都习惯了享受，就别说墙上还悬挂着康有为老先生的书法了。这下子，几十个人，光溜溜并排躺在一条大通炕上，尽管刚洗过澡，但挡不住天气热啊，山里边，林子密集，不透风，闷热，门窗都是关得严严实实的，怕有人偷跑嘛，只有一会儿，气味就上来了，看着人是个高级动物，其实生下来就是个臭东西嘛，一出汗，肉就发酸，常说酸臭酸臭，这是真的，肉一发酸，体味就发臭，人人体味各异，简直臭不可闻。他奶奶个熊，竟然还有人狐臭。也怪不得，那个时候，不像现在，当兵还得体检，有狐臭就不行，那时候当兵好像不体检，我就没体检嘛。不光臭气，还有打呼噜，不全是那种起伏有致的漂亮呼噜，有的呼噜好像猪屌钻，叽哩拐弯的，好奇异的。还有磨牙，有的人像老鼠磕牙，有的人像老母猪磕牙，有的人动静小点，像天牛斩草茎，有的人像牛反刍似的磨牙，那个磨叽劲儿嘛，哎哟。有时候想想，人这个动物，也是很有意思嘛。还有说梦话的，有叫爹叫娘的，有哭泣的，一边哭一边说，我没偷吃我没偷吃，大概在梦里偷吃东西被逮住了。反正我不懂啥意思，要是方公馆的大少爷方迈克在场就好了，他的心理学就派上用场了。还有梦游的，我现在还记得他的名字，叫金五珠，就是徐州那边沛县的，刘邦的老乡嘛，来这边做染布生意，不知咋回事，被抓来当兵了。这个人想必南北走动期间，手脚不干净，成了梦游神也要偷东西，大家衣服都挂墙上嘛，他就挨个摸口袋，没摸着东西嘛，他就回床上躺下，一会儿又起来，挨个摸口袋，没摸着，又躺下，一会儿又起来，挨个摸口袋，没摸着，回去躺下。那时候别看没有电灯，但有手电筒，我们班葛班长这个人，能沉住气，用手电一直照着他，三番五次，直到金五珠最后躺下不再起来了，班长这才关上手电，从头至尾居然一句话都没有说。

葛班长的从容冷静，给我留下了深刻印象。

说起来，最让人受不了的是大家不停地放屁。只要吃顿好的，那当天夜里打臭屁的此起彼伏。就像第一天吃的肉多，几头野猪踩上地雷了嘛，两顿饭都吃肉。是的，那时候当兵的就两顿饭，上午九点一顿，下午四点一顿。肉虽然好吃，但吃多了也不是好事，夜里很多人放屁，奇臭无比，有个新兵都被自己的臭屁熏哭了。我没放屁，也没有闻到屁味，因为，我这几天折腾得够呛，乏得很，葛班长用手电照金五珠时，我还侧脸看，等班长一关上手电，我扭过脸就睡着了，连个梦都没有做。再说，做了美梦又如何？美梦挽救不了现实，只能麻木人的意志。而且，到了天亮时起床号一响，你梦里的所有色彩都得消失，上了训练场上，你摇身一变，就得变成遭千锤经百炼的好士兵。

好了，今儿讲得拉拉杂杂，就到这儿吧。

老侄儿，请了。

第十六章

老侄儿，我的新兵营生活很有意思，变化多端，咱们是先讲有趣的，还是先讲受罪的。哦，先讲受罪的。啊咳，这个符合你们这类小知识分子的心理愿望，也具有普遍性，基本上和广大劳动人民的心理愿望是重合的。照常说，人同此心，心同此理嘛:先受罪，后有趣，先吃苦，后享福，先别离，最后大团圆。吃甘蔗。芝麻开花。戏剧性。戏剧性的愿望是咱们老百姓生活的乐趣，是大家生活的希望所在。我理解是这样嘛。但是，事物的发展自有它的规律，它从来就不照顾咱们这些普通百姓的心理愿望。我解释不清这个哲学问题，就像普通大众一样，遇到解释不通的事情，我也将之称为天意。天意，天之意也。

你要我先讲受罪的，我要先说明，受罪的不等于无趣的。

第二天，我们就进入正式训练了。

不，不，你说错了。老兵们不和我们一起训练。老兵们已经进行战术训练，在密林的深处，还设有模拟战场的练兵场，老兵们在那边训练。我们新兵的这个训练场在密林中的一片空地上，不算大，最多也就像个足球场那么大吧，只供训练新兵。训练场左侧边上，还竖着一块牌子，上写一句话，分成三行大字：无条件的服从领袖。这块木牌巨大，估计要用上十棵大树，才能解得那么多板子，做得像块宽银幕一般。这句话是竖着写的，分三行，咋分，你自己琢磨。这个算是一道题，测一下你的智商，也就知道当年写这块板子的那人是个啥智商了。

旧时代嘛，新兵训练大纲咱们没见过，从我自己体会觉得，刚开始比较单调，就是一个劲儿地站军姿。军人嘛，最起码的，站要有站相，站都站不直，还当个鸟兵嘛。站军姿，本来是很简单的，可是，就是有人站不直，不是歪头就是晃脖子，要不就是左肩高右肩低，要不就是斜肩吊腚，还有天生罗圈腿，你有啥办法叫他站得笔直，哎，倔上了，葛班长非要他站直了。老侄儿，你别看站军姿简单，猛一看，在战斗中也没有啥实用价值，实际上，当过兵的都知道，这个动作就是要强调军人精神，强调服从意识，强调一个军人的全身协调能力，强调的是军人习惯的养成，强调的是威风豪迈的军人风姿，等等方面吧，站军姿都起着决定性的作用。因此上，葛班长连着三天，就教我们这一个动作，站军姿。其他班排也一样，也站军姿。时间上是这样安排的：早上五点起床，五点半开始训练，一口气干到九点，吃第一顿饭；接着，从九点半一口气干到下午四点，吃第二顿饭；还比较人道，吃完饭休息半小时；接着，从下午五点一口气干到傍晚八点。结束后又累又乏，又饥肠辘辘，没有饭吃了，咋办嘛，洗洗睡吧。哪里像现在，吃三顿饭，有鸡有鱼有蛋，还有牛奶，还有水果，上午下午训练两场子，中途还午休两次半小时，晚上要是加训个把小时，还有夜宵等着，娘拉个逼的，真是活活享受嘛。当然，条件改变了嘛。那时候我们训练，可苦了，主要是饿得受不了，都是年轻少壮的大小伙子，别说那么繁重的训练，就是一天只吃两顿饭，哪能受得了。后来我们这些新兵也听说了，原本是三顿饭的，克扣嘛，费营长他们，就是新兵营的几个头头脑脑，就克扣成两顿饭了，真是王八蛋，人是铁饭是钢，在吃饭这个事情上也图利，真是败国点子。反正，旧军队里猫儿腻多，到底吃几顿饭，也是个说不清的问题。不过，这也是个好事，肠胃练出来了。后来和日本鬼子打仗，生活艰苦，很多军队就是一天两顿饭，有时候上了阵地，打起来了，一天能吃上一顿饭就烧高香了。很多人扛不住饿，我能扛住，就是在新兵营里练出来的。从这个角度上理论，也可以说是塞翁失马，有时候坏事也会起到好的作用。看问题要一分为二嘛。所以，不管多苦，我不叫苦。我也不哀叹。一哀叹，就好像吃不了苦似的。哦，对了，后来蒋老先生知道了吃饭这个事情，还专门下个命令，一定要让官兵吃上三顿饭。照样，上有政策，下有对策，有的部队根本不听蒋老先生的话，照旧只吃两顿饭，就像，有的川军部队，就是吃两顿饭，也可以理解，四川兵精神好，比咱们能吃苦嘛。

哦，咱们接着说训练。

第一天上午训练，六十名新兵，没几个能站得笔直达标的。两个排六个班长，嗓子都吼哑了，粗话连篇，弯鸡巴头子，猪屌，秤钩子屌，还有操奶奶娘，操姥姥。当然，老侄儿，你说得对，骂人是不对的。那，照你说的，打人就更不对了。到了下午，骂声没有几句了，但听耳光响亮，此起彼伏，啪啪啪，啪啪啪，频率很高。我挨打没有，我可能挨打吗，老伯父我在家练过的，自然不是站军姿了。坐如钟，站如松，练武术，咱们李庄叫练捶嘛，先练的就是这个，基本功嘛。我们那个葛班长军事动作漂亮，但他不善讲解，就是口才不好嘛，只会让人照着他的动作做，说话也是硬腔悖气，甘肃人嘛，听着怪怪的，又倔又狠。我当时脑子一转，就揣摩，站军姿也就是这个站如松嘛，道理相同嘛，都是两脚落地生根，头发梢像给人抓住往上薅一般，把身体拔得直直的。所以，我站军姿很漂亮的。葛班长很高兴，动不动就让我出列做示范。我第二次出列做示范时，你猜我看啥了，我出了队列，一转身，就看到那三个青皮挨揍。就是拿刀片子打小和尚头皮的那三个青皮。我前边说了没有，他们真神奇，竟然分到一个班了，就是二排四班嘛。在训练场上，一排和二排对正训练嘛，四班正好和我们一班对正，先前都是面朝一个方向嘛，我现在一出列，一转身，就看见他们了。我眼睁睁看着，他们那个班长，姓侯的广西人，小个子，跳着脚打他们耳光，啪啪啪，又狠又准。你看，人就是这个命字，挨打的，一出场就挨打，到哪儿都是挨打，一场戏结束时，他们还在挨打。我相信宿命，也相信戏剧性，但我坚决不相信一开始挨打的人，到后来他能痛打别人。电影上有这个，但那是搞笑的，投机取巧，迎合咱们观众心理，精神按摩嘛。现实生活中这种事情极少。那三个青皮自然也发现了我在看他们，挨耳光本来就很难受的，尤其在我的注视下挨耳光，即便脸上能受住，心理上也是受不住的，那种尴尬情景，你可以想象一下。可是，在训练场上，不能笑，真憋死我了。

也不是仅仅扇耳光。

新兵训练场上，要是光挨耳光，那也算是烧高香了。

到了第二天，有的新兵反应依旧迟钝，那个时候，被骗去当兵的都是农村孩子，哪里见过啥世面，即便有点小灵光，也被兵营的粗暴气象吓回去了，思维僵住了，脚手更不应心，动作更加呆板，常常搞得班长们哭笑不得，于是，扇耳光已经不能解气了。动作稍有差池，一顿拳打脚踢，要是还不会，班长啪一个扫堂腿，将你凭空撂到地上，再一顿狂踢猛踹，打小偷一样。我觉得太残忍了，当年我学捶时，哪一招练不好，大脚片陈彩莲打我，也没有这样下死手嘛，而且从来也不打耳光，也从来没有这样不管三七二十一，上来一顿拳打脚踢，至多也不过就是拧着耳朵对屁股踹几脚而已。等到后来我当了班长，也是训新兵，才理解这些班长们为啥这样打人了。就像那句话说的，可怜之人必有可憎之处。有的新兵真是笨啊，你咋教他都不会，你给他示范一百遍，他做起来还是要走样，要是没有屁眼，那简直就是一块木头，能把你气得火冒三丈，气得吐血而死。那就别说啥训练方法了，到了气头上，就是一个“揍”字。我们葛班长就被气疯过好几次，他一边打人一边说：“人家李娃也不是猪，和你们一样，也是个人，也是一个屁眼屙一个嘴巴吃，两顿饭也是一块儿吃的，也没见他吃擀面杖，他咋能站那么直，你咋就站不直，全身一堆囊肉似的，我单问问你，你的骨头哪去了？”砰砰，两拳。你看，一个不善言谈的人，居然被气得说起话来头头是道的。

自然了，班长们这样打人，也不单单是在气头上，也有几分是为了立威，让兵们机灵起来，也是为了下边的训练课目能够顺利一些。就像班长们挂在嘴边的那句话：懒人给你打勤快，笨人给你打灵巧，是块木头，也给你打成陀螺团团转起来。这话不是白说的。昨天还懒洋洋的一个兵，今儿个班长门外边咳嗽一声，马上精神抖擞起来。昨天还是两眼直冒傻气的一个笨兵，今儿个班长一声口令，马上两眼放光，显得机灵之至。木头，你要真是块木头，那真给你打得团团转起来。刚才我举了个挨耳光的例子，说到二排四班的那三个青皮挨耳光，团团转也是他们这个例子。就是拿刀片子把小和尚头拍淌血那个孬货，就是挺不起胸膛，故意一般，三番五次，就是有点塌腰，他们班长，小个子广西人，侯庭俊如，就是四个字的名字嘛，当时我们也觉得奇怪，后来也就习以为常了，整个新兵营，那么多班长，反而就记住他的名字了，这个侯班长，急了，三个耳光打得他转了三圈。姓侯的班长不解气，刹不住车一般，追着他一阵子拳打脚踢，人给打得真似陀螺般转起来。

我现在想起当年的情景，仍是心有余悸。咱们老说，人是钢铁，法似熔炉，其实兵营才是真正的熔炉。没承想，三个持刀拦路抢劫的强人，平生逍遥，任性豪强，到了新兵营里，竟然被收拾得这样服服帖帖，如同面团，任人摆弄。

没有，没有。

三个青皮没有报复我。

老侄儿，你想的那些都是电视剧里套路嘛。

现实生活不是这样的，真实的历史也绝少发生类似事情。

说起来，那三个青皮也是很不幸的。吃不了苦是可以理解的，也是值得同情的，但是盗贼之意老是萦绕于怀，可就不对了。当然，贼性难改嘛。毛主席说过嘛，本质是不会改变的，本性是不会改变的。刚刚训练两天，这三个青皮就想开小差。也是笨贼，没掌握好时机，天才落黑就想溜号，岂不是找死。弄得全营官兵炸了锅一般，连那位上校费营长也带着两个警卫员一个勤务兵，到处乱窜，破口大骂妈拉个巴子。当时军官们都带上手枪了，班长和骨干老兵也带上了步枪，各班班长领着自己的一个班，撒开了满山寻找。虽然也没有多少手电筒，但见林子里好像有万道光柱交叉乱晃，吼叫声震天响。我们这些新兵哪里敢乱跑，怕有地雷嘛，所以个个跟在班长后边。正跑着，忽然轰轰两声巨响，一前一后，中间间隔大约半分钟。那时候咱们没听过手榴弹爆炸嘛，都说是有人踩上地雷了。果然，大家循着爆炸声跑过去，手电筒一照，血淋淋的三具尸体，几乎支离破碎，肠子都炸出来了。当时，那位上校费营长在黑影里大喊大叫，警告众人："妈拉个巴子,这就是当逃兵的下场！"就这样,可能连上报也未必上报,了事了。后来有一天，我上厕所大便，意外地听见我们一排的蔡排长和二排的杜排长议论，说这场事故，根本就不是踩上了地雷，而是用手榴弹炸死的，伤情明明白白嘛。两个军官咿咿哦哦，都没说是谁扔的手榴弹，所以在我心里，这事情一直是个谜语。说老实的，到现在，那三个青皮我还怀疑就是费营长和他的警卫员用手榴弹炸死的。前后思量一下，叫人觉得，那个费营长真是奸诈恶毒，是个坏水壶，还是歪嘴儿的。

第三天站军姿照样进行。

班长们照样打打骂骂。

当然，训练场上的气氛是明显的，阴森森的，我们这些新兵，噤若寒蝉，惊弓之鸟嘛，唉，老侄儿，昨天训练是对面的三个人，今天你就看不见他们了，只剩下三具血淋淋的尸体在你脑海里了，你想象一下我们的心情吧。意外的是，这一天训练效果出奇的好。收操点评时，值星排长蔡排长十分兴奋，歇斯底里似的嚎叫着，表扬新兵真能吃苦，进步很大，个个都是经得起千锤百炼的好兵。但是，我们的何连长还是那副表情，耷拉着脸，耷拉着眼皮，时不时翻着眼白瞅你一眼。何连长这个人很有意思，我们这些新兵训练时，他就在场边溜达，挎着手枪，背着个手，时不时停下步子，扭着脸，看某一个新兵做动作，一看就是整整一上午，你说吓人不吓人嘛。

按计划，第四天将要进行立正稍息齐步走。但是，这个训练步骤免了，因为发生了“七七事变”，卢沟桥那边打起来了。吃罢早饭，各连进行上午的科目，新兵老兵正自分头训练，忽然通知全营紧急集合。部队刚在营部前的空地上整队完毕，费营长就向大家宣布了这件事情，急吼吼的。他也是刚刚接到了上峰的电话通报，说今天凌晨北平那边打起来了，就在卢沟桥那儿。为了应变战事蔓延，遵照上峰指令，咱们新兵营预定的训练方案，都得超前进行，好让弟兄们早早练成杀敌本领，做好充分准备，等到有朝一日上了前线……妈拉个巴子的，小鬼子！

老侄儿，说句老实话，我一听要上前线，下边的话就听不清了，紧张嘛。哈，哪里有热血沸腾，说啥满腔怒火，那都是些动员口号，文艺腔嘛。真的事到临头，最开始的是紧张，是慌乱，意识里都是自身利益。热血沸腾，满腔怒火，那只有上了战场，在枪炮声中，在冲出战壕的一瞬间，刺刀对刺刀干起来的时候才会有的。一开始，没有这些形容词，只有紧张害怕。所以，当时，尽管费营长大声疾呼，国仇家恨，妈拉个巴子的，痛骂日本鬼子，激励鼓舞士气，可是，没啥用处，我们这些新兵一个个照旧是紧张，恐惧，鸦雀无声。即便是那些老兵，也就是比我们早来不到两个月的那批兵，也是个个神情肃穆，木呆呆的，还有很多人脸色煞白，汗流不止。这也没有啥丢人的嘛。人不是机械，是有生命的，是长着小鸡鸡的，是有感情的，会高兴欢喜，也会恐惧哭泣。比我们早来的这批兵，在“八一三”淞沪战事刚刚开始，就全部分到部队，开往前线了，同时去的还有几个老兵班长。

十分遗憾，我们葛班长也去了。

不是遵照命令去的，是抽签抽到了，不去不行嘛。

我说过嘛，那时候，国民党的基层部队，妖怪事情多。又在深山老林里，不管是政府法令，还是军规条令，落实起来，都很难。就像咱们李庄人说的，天高皇帝远，村长要心眼嘛。上前线要抽签决定，这个孬种点子，就是新兵营的最高长官费营长出的。就这样，我们葛班长和那批兵一起上前线了。不过当时说得好，不说上前线，说下连队了。是的，现在也叫新兵下连，过去也是这个叫法。不同的是，现在新兵下到老兵连，就等于从新兵连解放了，走上新的工作岗位，相对舒服一些。但在战争年代，新兵下连几乎就等于送死去嘛。当时，也不知道是费营长的鬼主意，还是队伍上的啥规矩，反正每批新兵下连，都要抽出几名班长陪同他们下连队，班长也会随着新兵一同入编。也就是说，班长们也得排队等待死亡，甚至会死得更惨，因为某个新兵在新兵连挨打受气，上了战场可能会打黑枪。因此上，班长基本上都不愿意随着自己训练的新兵下连队。费营长在这方面相当好说话，他也不命令哪个班长上前线，他谁都不得罪，他搞抽签，你手气壮，你抽上了，你无怨无悔，无可推托。我们葛班长就抽上了，他真的没有一点抱怨，也是个英雄个性，打起背包就走。不过，他走时，向蔡排长和何连长建议，让我当班长，接着训练我们这班兵。葛班长的这个建议也不是无缘无故的，因为我训练好嘛，各种动作一学就会，一做就到位。于是，老伯父我，就成了我们那批兵里最早当班长的，训练同批兵。当时很高兴，有点小小得意，根本顾不上想一想，在这个新兵营里，当了班长就有了抽签上前线的资格。

刚才说过，因为“七七事变”，卢沟桥战事爆发，我们的训练方案超前进行，原本说徒手训练一个月才发枪的，费营长宣布完这个事变，当天下午，我们就发了枪。是的，是汉阳造，一开始就是那种老套筒，新兵嘛，不懂得枪支，爱惜不到位，反正先训练嘛，就用这种老式的枪支。最基础的操枪训练，还是葛班长带我们的，他那会儿还在，上海滩还没打起来，他还没抽签走掉。不过他使用的是新式汉阳造，就是那种二四款的中正式步骑枪，这种枪比较厉害，比日本鬼子的三八大盖杀伤力要大，三八大盖击中了非死即伤，伤了还能治好，而咱们这款中正式，只要击中你，那是非死即残，咋治疗也省不掉残废。当时好像还没有装备全军，只有蒋先生的嫡系部队才装备了这种步枪。我是后来才知道祝长官是蒋老先生的嫡系嘛，所以，他麾下的新兵营装备几十杆新式步枪，也是可以理解的。葛班长，他是班长嘛，知道爱惜武器，知道保养，所以他用的是一杆新的中正式步枪。葛班长这个人虽不善言谈，但性格憨厚，心眼实在，知道爱惜人才。比如，我训练好嘛，在训练间隙，他就教我使用这种新式步枪，拆卸，组装，和老式的汉阳造结构差不多，但要比老式的精良很多。我军事动作好，葛班长欣赏我嘛。我又勤快，又有眼色，也就是眼里有活，哦，这都是方公馆的管家王西三王大叔教导得好，眼下都派上用场了。每天训练完毕一回到宿舍，我都给葛班长打洗脸水，还主动打扫宿舍卫生，包括蔡排长的那个小单间，都搞得干干净净。不是我精力好，谁训练一天了都很乏，但是，只要你眼里有活儿，自动就有了精力。哦，你说何连长，何连长不需要我伺候，他自有一个勤务兵为他服务。我刚才说过何连长的这个勤务兵小岳，黑黪黪的，是个大头，我毕生难忘，头大得像个畸形儿，他娘的，你做梦就想不到，一个人能有一个那么大的脑袋。就这个形象，在我们这些新兵面前，照样免不了狐假虎威的劲头儿，新兵没有不烦他的。后来知道了，就是因为他这颗大头，何连长怕兵们捉弄他，笑话他，才让他到连部当勤务兵的。这个本来是何连长一片好意嘛，后来见他不懂谦虚，反而跋扈得厉害，就让他随着老兵下连队了，也就是上前线了，也不知道后来咋样了。估计活的成色很小，头大，目标太突出了，露头的椽子先烂嘛。不提他也罢，怪让人腻歪的。

咱们说步枪。

步枪一发到手里，大家才觉得自己是个当兵的了，哪里懂得新式的步枪还是老式的步枪，一时间稀罕得不得了，心眼里也有了几分神圣的感觉。开始两天，学习步枪的基本常识，奇怪得很，好像人人都开了窍，不管多笨的兵，也很快就弄懂了啥是表尺，啥是游标，啥是准星，准星座在哪儿，有啥作用，都能回答明白；包括装卸弹夹，装卸刺刀，也都相当麻利。学完了枪支的性能以及保养，葛班长还教我们几种操枪姿势，立姿持枪，枪上肩，背枪行进，花了两三天时间，才把全班训练得基本上步调一致了。接着是射击。葛班长也不讲原理，上来就跪姿射击，卧姿射击，立姿射击，三点成一线。就这几个动作，就这么个要领，天天趴在操场上练习，不管烈日炎炎，还是刮风下雨，都得趴地上练习瞄准。只有班长下了命令，你才能打一下空枪。刚开始学习射击嘛，都是先打空枪的。别看打空枪，但是，扣罢扳机，你心里边就会猛地能放松一下子。接下来的训练课目，就是实弹射击了。这个课目是在靶场进行的。靶场离我们平日的训练场很远，也在老林子里，山高林密，树冠遮天蔽日，我们扛着枪排着队，唱着刚学会的歌曲《三民主义》，还有《青天白日满地红》，曲里拐弯走了三四十分钟，才到了靶场。那时候嘛，条件有限，万事都是叫花子日腿窝，胡乱凑合一下嘛。靶场上也没有胸环靶，也没有半身靶，更没有人形靶，移动靶子就别说了，压根没有。只是支起几根木杠子，每根杠子上吊了一溜石灰袋，水桶大小，这就是我们这些新兵的实弹射击目标，射中了，石灰袋子就会噗的一声，冒一股子白灰粉。当然，石灰袋子噗的一声是在想象中完成的，离得有一二百米远，眼看见冒了一股子白灰粉，噗的一声这个声音，就在想象中完成了。说起来也好笑，那么大个目标，竟还有人瞄不准，每人六发子弹，有的只冒了一股子白灰粉，还有更笨的，一股子白灰粉也不冒，全放空了。主要是心里紧张嘛。我没啥紧张的，射击有要领嘛，左眼眯，右眼睁，右大臂夹紧，左手托稳了护木，双手别抖，看准了三点成一线，屏住呼吸，击发，啪，啪，啪，啪，啪，啪，打了六发子弹，冒了六股子白灰粉。葛班长和蔡排长都很高兴，就连前来监督我们实弹射击的何连长也很惊诧，让枪械员再发给我六发子弹。照旧，又冒了六股子白灰粉。这都是立姿射击、跪姿射击、卧姿射击的成绩，等到往后几天，训练运动中射击，我照样冒了六股子白灰粉。我咋这么有准头？从小练过嘛。杨家枪，张飞丈八蛇矛，齐眉棍，九节鞭，绳鞭，等等吧，你只要一练上，就能找到和端枪射击相同的原理。比方说，杨家枪，要紧的就是枪刺一条线，讲究的是手握枪把，心在枪尖，就是手腕能沉着，不抖动，才能刺成一条线嘛。腕子沉不住，手乱抖，打尿颤一般，那可走不成一条线了。射击和这个道理近似，拼刺刀和这个也有几分相像，手握钢枪，心在刀尖，一个箭步，杀！刺中心脏，双手一收枪，当胸踹一脚，一个鬼子就给干掉了。这套动作要一气呵成，不能拖泥带水。老侄儿，我这里说得简单，你不能体会到精髓，只有上了战场，拼上刺刀，你就知道其中奥妙了。要说这个，还得数日本鬼子在行，咱们开始和他们拼刺刀，吃老亏了。别看小鬼子个头不大，但他们的三八大盖枪身比咱们的中正式要长一些，上了刺刀，更长了，这就在武器上吃亏了，加上小鬼子的拼刺刀动作比咱们娴熟，这就在功夫上吃亏了。

唉，往事不堪回首呀。

哦，说岔了。

咱们说葛班长教我们拼刺刀，刚教了一个礼拜，也就是基本要领大家才掌握，上海滩就打起来了，“八一三”淞沪战事开始了，葛班长抽签抽中了，上前线了，从此再没有他的消息了，后来我还打听过几次，都不知道，十有九成战死疆场了，甘肃人嘛，性子倔，上了战场，哪能不拼命嘛。想一想那时候，毕竟太年轻，思维浅显，联想也有限，万事不咋上心，葛班长上午走的，下午我就是班长了，带着大家照样训练，也就是练习拼刺刀，可是到了晚上，这一躺下，思维活跃了，联想也丰富了。对，老侄儿，我忽地想起了方公馆，想起了大小姐。

我的眼前出现了幻觉，看见方公馆里一片火海，一大群日本鬼子在楼里楼外到处乱窜，方公馆上下人等四处躲藏，老姑父方仪望，还有大姑妈瑟瑟发抖，大小姐被几个鬼子逼到阁楼里，站在窗口那儿，大声喊叫我的名字，李娃，李娃。真的，这不是梦境，这是我活生生看见的，活生生听见的。真的很怪的，我看见的鬼子兵都没有脸。那些场景都是因为恐惧，因为焦虑，才幻想出来的嘛。我不仅出现了幻觉，还出现了幻听，很严重的幻听。一整夜一整夜的睡不着，一会儿大小姐叫我，一会儿大姑妈叫我，一会儿大表嫂叫，一会儿老姑父方仪望和大表哥方迈克对我频频招手，一替一个叫我，一阵子一阵子的，还有大小姐银铃般的笑声。哦，没有，我没有看到咱们李庄的爷们儿，没有听到自己的爹娘叫我，当然没有你爹的事情。论说，我离家也有三年多了，在幻觉幻听中也该有家里人的身影和声音，但是没有。我不知道这是啥原因，可能对家里心不在焉，也可能咱家里都还平安吧。一连好几夜，我幻觉里全是方公馆的人影，幻听里几乎全是大小姐的声音。现在，明白其中原因了，就是情由境生，危难之际，对恩人的思念嘛，对意中人的思念嘛。老侄儿，我这样理解没错吧？但在当时，这个情况十分影响我的心情，当然也影响到训练，不是好玩的事情。几天几夜睡不好，天又热，一股子邪火上升了，害了红眼病，嘴唇上也起了水泡，这个样子上了训练场，真有点凶神恶煞样子。你想呀，当时手里毕竟有枪嘛，又是训练拼刺刀。有一天，我险些失手伤人。教金五珠拼刺刀，就是老是在梦游中掏大家口袋那个，一见我这样子，不免畏首畏尾的，弄得我气躁了，一声杀，一个箭步冲上前，要不是蔡排长及时大喝一声，那一回，我真的就把金五珠挑了。金五珠当时瘫倒在地，屎尿齐流，回过神来，操着沛县腔调，破口大骂，哭哭啼啼，说和我无冤无仇，为啥想结果了他的神神。我也不知道这话啥意思，啥是他的神神，当时只觉得自己这一枪是莽撞了，差一点儿要人命。这个事情纠缠了好几天，先是蔡排长和我谈话，然后是何连长和我谈话。彼时我也是年轻气盛，实话实说嘛，我说思念方公馆，思念老姑父，自然，我没有说思念大小姐啦。我说这一家对我恩重如山，眼下日本人在上海滩打了起来，我难免要挂念他们。蔡排长理解我的心情，何连长也念我懂得知恩报恩的分上，没有给我处分。只是，我不该在何连长面前多说一句话，我说啥呢，我说我真想扛枪上前线，到上海滩打鬼子去。何连长高兴得不得了，咧着大嘴哈哈大笑，说等新兵训练完毕输送到前线去时，但愿我运气好，抽签应手，一同前往杀敌。我也没听出他说的是正话还是反话，反正我们这批新兵下连队时，我没抽到签，所以没能走掉。那个沛县好汉金五珠，不是班长，当然要上前线了。他背着大枪上车时，还拉着我的手，哭啼啼，说前几天我要是下手快一些，果断一些，他就可以赖在这儿养伤，免得去前线当炮灰了。

我一心上前线这个愿望，传出了风声，成了新兵营鼓励新兵上战场的一个典型范例。尤其是费营长，一旦在队列前训话，总要把我拿出来标榜一番，还好几次特意来到我们一连，当着全连官兵的面赞扬我的表率作用，很支持我上前线，只是，他得讲究原则，不能特批我上前线，大家都得遵守规矩，他仅仅能够做的，就是再三祝愿我手气好，下一次保准能抽到英雄签。要说，命运真是奇怪了，我接二连三就是抽不中，一直到了上海滩战事失利，我也没有抽中，一直到了南京城失陷，我还是没有抽中。现在想想，抽不中英雄签，不是手气的问题，而是命运决定的。当时，南京是国都嘛，日本人占领了南京，举国震动。那个时候，日本鬼子在南京城里烧杀抢掠的恶行，还没有传到我们新兵营里，我们新兵营里之所以弥漫着惶惶不安的情绪，是因为国都没有了。咱们现在平心而论，不管那时候，还是现在，一个国家的首都，在一个国民心中有多重的分量，在一个士兵心中有多重的分量，都是可想而知的。你想想，一个国家的首都被敌人占领了，那你作为这个国家的国民，你作为这个国家的士兵，你是不是要绝望一阵子？所以说，举国震动。当时那种心情无法言表，悲愤，仇恨，壮怀激烈，不不，根本说不透彻那种心情。唉，老侄儿，这段子惨痛历史，你也是知道的，咱们这会儿嘴上先不说它了，各人心里争口气吧。

战争嘛，总是烽火四起，总是兵士向前，总是沙场驰骋，总是马革裹尸，一将功成万骨枯。在这种情况下，我们新兵营更是任务繁重，一批批新兵被送到这儿接受短促的军事训练，然后开拔战场。我当时还惊讶都是从哪儿招来这么多兵，也怀疑过是不是都像我这样被蒙骗过来的。后来知道了，大多是从乡村里抽壮丁抽来的。当年是战争年代嘛，抽壮丁也是个土政策，先是五抽二，三抽一，后来二抽一，再后来，就不是抽壮丁了，也没有一二三了，直接改成抓壮丁了。解放后快十年的样子，我从亳州荣军院回到咱们李庄，给你爷爷奶奶烧纸上坟嘛，还经常听人说抓壮丁的事情。就像咱们李庄东头细脖子长江，他家三太爷，小名叫黄毛，一头头发活像牛尿叶子一般黄兮兮的，从小腿脚麻利，田地里撵兔子，谁都没他跑得快，和我一般大的，就是抓壮丁抓走的，到现在还是死活不明，只剩下传说与猜想。如今想起来，我不由一声叹息。这些壮丁送到新兵营，训练也是短促简单的，也就是月把，时间长一点的也就是一个半月，基本上只学了集合站队，开枪射击，扔手榴弹，就被送往前线了。有的兵，别说枪栓拉不利索，甚至连绑腿还打不好嘛。都是和我一般大小的年轻人，满脸懵懂，卡车拉来时一脸木讷，简单训练完毕，卡车拉走时也是一脸木讷。

我不知道这些兵上了战场以后命运如何。

我真不想知道。

说句实话，对这些新兵的训练，我照样不客气，扇耳光，踹腿肚，踢屁股，没办法，时间紧，不打不行，学不会，训练不出来，上战场只有死了。就像蔡排长说的，现在动作不规范，上了战场吃子弹。和现在军营训练说的一个意思，训练场上多流汗，上了战场少流血。前几次我去小四那儿闲住几天，在营地里走动，看他们训练时，就是这样说的。哦，是的，蔡排长也加入了训练行列，因为葛班长教到我们拼刺刀就抽签上前线了嘛，接下来的比如班进攻，单兵进攻，等等战术，我都不会，蔡排长只好上场了。何连长也在所难免，给我们讲过两次连进攻，还组织过好几次连进攻。甚至，费营长也会上场，但他不教别的，只教埋地雷。实话实说，这个人对地雷真是有研究，可以算作一个地雷专家，就像咱们李庄人说的，别看他是个孬种孩子，手头上可是有一套绝活儿。蔡排长更不得了，毕竟是黄埔生，不管是泥天泥地，还是雪天雪地，随时合身扑倒在地，做动作又标准又麻利。后来我在祝长官面前说蔡排长好话，他升上来了，很快的。到现在我也得承认，在新兵营里，我从这个蔡排长身上学了很多东西，后来和鬼子打仗，和伪军打仗，都用上了。还是老规矩，每批训过的新兵分往部队，都要有几名老兵抽签陪同去前线，我总是抽不中。一开始抽不中，我还有些怪自己手气不好，后来抽不中，我倒觉得自己手气很好，为啥嘛，这里边有个思想转变过程。先前上前线的愿望强烈，是因为上海滩烽火连天，我心里有个惦念嘛。现在，上海滩虽然沦陷了，但租界还有几分安全保证嘛，也就是说，方公馆在租界还是高枕无忧的，或者说，大小姐至少目前还是没有危险的。这些情况，都是我从蔡排长的演讲中总结得出的。别看蔡排长平日里不声不响，但他喜欢演讲，尤其在新兵训练间隙，他都要讲一些故事，有古代的，有今朝的，多是疆场杀敌热血保国的，特别是眼前战事，他都讲得很好，分析得头头是道。就像他说的，别看上海滩租界现在成为平和的孤岛，但是，随着战争的发展，随着日军扩张的利益需要，这座孤岛也会很快沦陷。果然，到了一九四〇年，孤岛没了，上海滩全部沦落日寇之手。但在新兵营里，我这点水平，哪能看到这些，只是想眼下方公馆没事，大小姐就没事了，那就万事大吉了嘛。这么一来，心里边不免宽松下来。尽管当时南京城失落，我也像大家一样，满怀悲愤，但是，一心上前线的愿望不再那么强烈了。所以，每次抽签都不中，我都感到庆幸。俗话说得好，常在河边走，哪能不湿鞋。真是这样的。费营长见我老是抽不中上前线的好签，他很着急，也不知这个老兵痞想了个啥样的孬种主意，就让我终于抽上了。当时已经过罢了新春，转眼间到了夏天。我就是在这个时候抽上了上前线的好签的。我虽然不想上前线了，但是，咱们抽上了就不能装孬种，前有车，后有辙，人家抽上都挺起胸膛走了，你不能老鳖缩头，要是寒一寒脸色，那还是咱们李庄的种嘛！咱李庄的人，走到哪里，任何情况下，都不能丢咱李庄人的本色嘛。我当时眉头都没皱一下，二话不说，回宿舍打好了背包，这才想起来当兵时带的行李，也就是那个皮箱，里边还有送给祝太太的铜首饰，以及老姑父送给我的两只元宝，还放在费营长的床底下，一直没去动过嘛。我这里正在吟哦如何处理，何连长和蔡排长一起过来了，告诉我走不掉了，情况发生了变化。

发生了啥变化呢?

原来，祝长官真的派人来接我了。

这件事说起来，还得绕个圈子。

首先，一切都要感谢大表嫂。

前边我说过，上海滩虽说落入日本人之手，但是，一开始，租界还算是太平世界，照样歌舞升平。就像其他高官眷属一样，战局刚开端，祝太太也撇下生意，急匆匆跑到重庆去了，等到战局稍稍平缓下来，她方便时也悄悄回到上海，打理生意之余，朋友们也搞搞聚会啥的，这就和咱们大表嫂段喜良见面了。当时方公馆还没有星散，大表嫂还没有暴露身份，还没有接到撤退的命令嘛。她们老朋友相谈之间，难免要说到我，更难免要说到那副铜首饰，当然，也说到了陈先生写的那封推介信。今天咱们说到这儿，我还要感谢大姑妈，感谢她老人家的慷慨，从根子上还要感谢吴大婶，感谢她老人家的精妙手艺，制造出这么精美绝伦的首饰，牵动了祝太太的心魂，从此改变了我的命运，才使我没有过早地走上战场，没有稀里糊涂地当了炮灰。说起来也真可称之为神奇，祝太太就是为了这副铜首饰，才不辞辛苦，从上海滩专意回了一趟长官部，和祝长官把话儿一说，我这个积压案件才得到处理。自然，这些情况，都是我见到祝太太以后，她得便时候告诉我的。她说，当场她就派侄儿祝小五连夜来接我了。也许祝太太说的是实话，也许是冥冥之中我命运的定数就是这样奇巧，但凡祝小五晚来半天，我恐怕真的就要上前线了。

祝小五是祝长官的堂侄儿，这个人很有意思。我还没见到他人样子，就先听到他在暴跳如雷地骂人。当时，我抽中了签嘛，新兵集合上车，在等我们几个中签的老兵班长，我回到宿舍赶紧打好了背包，正犹豫着咋处理放在费营长床底下的皮箱呢，我们何连长和蔡排长一起过来了，告诉我走不掉了，得赶紧去营部一趟。那会儿，我哪里知道发生了啥情况，赶紧跟着两位长官急匆匆赶往营部。刚到营部前的那片空地上，就听到营部里有人吼叫："老费，我日你妈个逼的！你知道那是谁吗？还抽签，抽你妈个逼签！别说上前线了，就是现下少根鸟毛，就得灭你九族！咱两兄弟之间，我也给你说句实话，这要是长官的客人也就罢了，长官好说话，什么事情都可以好说好商量的，可是，这是太太的娘家人，你也敢乱搅鸟毛灰！太太的脾气你也不是没听说过的！连长官啊那个那个那个那个嘛……"骂人的这个忽地结巴了。自然了，这个人就是祝小五，他为啥突然变成了结巴，其原因不言自明嘛。又听费营长嬉笑着说："都是石副官，石麻子这个王八犊子，坑我好惨！也不把情况说明，真他妈拉个巴子的！"祝小五说："回头再给石麻子算账。老子早就厌烦他了，什么他妈的四石斋，我非让他变成茅坑里垫脚的四块石头不可。"原来，那位石副官名字叫做石磊，给自己的宿舍起名四石斋，自然，这也是后来我到了长官部才知道的，所以，这时候祝小五才这样骂人。何连长喊了一声报告，里边应了一声"进来"，何连长便带着蔡排长和我进了营部。一看，费营长已经被骂得红头酱脸，犹自强作欢笑。另一位就是祝小五了，长得面貌清秀，全副武装，军容整齐，神态儒雅，叫人简直难以相信，这样一个仪表雅致的人，帅罗成一般，他还会骂人，竟还骂得那样粗口。哦，对了，祝小五虽说年轻，但已是上校军衔，所谓朝里有人，才能少年得志，故此敢这样张狂。我们这几人先是一阵子敬礼还礼，接着大家都变得文质彬彬起来。上校祝小五握住班长我李娃的手，连连摇晃，嘴上说辞也讲究得很："敢问，李班长就是方公馆的李娃先生吧？"我点头。祝小五又说："国事艰辛，战火弥漫，李先生在大上海，将自身锦衣玉食的生活条件置于不顾，前来投军报国，精神实在可嘉！只是前段时间战事纷乱，下边低级军官头脑简单，处事欠予考虑，才让李先生受了这么长时间的委屈。真是抱歉得很!”咱们李庄的老规矩嘛，人家有来言，咱得有去语，要是连话头都接不上，那下边的事儿咋办嘛。再说，上海滩，方公馆，咱们也不是白待了三年，几句话咱们还是有的。我先松开他的手，再次敬个礼，说道：“报告长官！国难当头，既然以身报国，自当先练杀敌本领！辛苦委屈，都不在话下。”反正如此这般，屁话连篇，客气一番，说明了缘由，祝小五就要带上我出发赶路。我也不客气，赶紧请费营长把我的皮箱取出来。费营长好像忘了这章子事体一样，王顾左右而言他，大叫勤务兵。那个勤务兵羊头猪眼，满脑门子汗珠子，进了营部，惶惶不安，大眼珠子胡乱转了几个圈子，倒是被费营长一脚踹得明白过来，赶紧出去，转了一颗烟的工夫，方才把我的皮箱取过来。一年不见，我这口皮箱竟然被搞得缺皮掉角，灰头土脸，显然随意摔打，随意搁置。我当时打开一看，心下顿时明白，皮箱里已经被翻腾多次了，两套崭新的西装不见了，一双皮鞋也没有了，几件替换的新内衣也不见了，只有两件穿旧的内衣内裤，再就是我当年穿军装时脱下来的那套衣服，彼时汗渍湿漉，放了这么长时间，眼下变成干斑霉醭，气味异常。这还不算，还有，五百多块法币不见了，给祝太太的那盒铜首饰不见了，更要命的是，老姑父方仪望送给我的两只元宝，连同那只精巧的小小鹿皮袋子也不见了。我合上皮箱，沉着脸对祝小五说：“报告长官，我不能跟你走了，因为，我带给祝太太的很多东西不见了。”那姓费的本来还想装孬种，一听说是带给祝太太的东西，马上装模作样拔出手枪，顶在了那个羊脸猪眼的勤务兵头上，大声喝骂：“妈拉个巴子的！叫你们保管个东西都保管不了，枪毙你这个王八犊子！”勤务兵鬼哭狼嚎，连忙跑出去取东西。倒是祝小五在那里冷笑不止，显然，他是啥事都明白的嘛。勤务兵倒是把那盒铜首饰取来了，当场跪在地上，说西装皮鞋新内衣他已经托人卖了，这盒子铜首饰，他本想留着，等有机会回了老家，他要亲手送给已经和他定下亲的未婚小媳妇。娘拉个逼的，他还真有情有义，要不是准备送给小媳妇，这个事情搞得还真够悬的。我险些叫出声来。一查看，整套首饰连同盛它的锦盒完好无损，我也没有怪他，只叫他把那只小小鹿皮袋子也交出来。勤务兵磕头山响，发誓没见到什么鹿皮袋子。这时候，祝小五忍不住了，一探手拔出手枪，哗啦一声子弹上膛，一转身，手枪顶在了费营长头上，嘴里骂道："老费，我再次日你妈个逼的！再日鬼耍滑头，五爷我就一枪崩了你！"营部里正墙上还张贴着中山先生的像，国府主席林森的像，还有蒋委员长的像，祝小五这个不敬神的糙货，全不忌讳，竟然在中山先生和蒋委员长眼皮底下满口村话。费营长本来是个老油条，但面对祝小五这类荤素不忌雅俗双全的长官子弟，算是遇上了克星，这时间虽说脸上嬉笑，但满脸赤色，脑门上也出了一层汗珠子，雨点般扑嗒嗒往下掉，自己手上一把枪，此时生死关头，居然先收了自己的手枪，又觍着脸用一根食指慢慢拨开人家的枪头，这才低声下气，高大魁梧的身材缩下来五七分来，拖拉着双腿回到自己办公桌前，拉开第一个抽屉，拿出钥匙，打开第二个上锁的抽屉，把那个精巧的小小鹿皮袋子拿了出来。一见小鹿皮袋子熠熠生辉，我就猜到费营长热爱此物到了极致，显然是经常拿出来把玩一番的。自然了，两只元宝还在。所以，几件衣物，五百多块法币，我也就不再提了。那个时候，五百多块，不是个小数，一个上校月薪不过两百四，当时抗战了嘛，发国难薪水，月薪原本八百的上将才发两百四，像费营长这样的上校，只有一百二十块。我这样的班长，原本十八块，国难了嘛，只有十二块了。即便再节俭，四五年我也攒不了五百多块嘛，但是我没再要，娘拉个逼的，就当费营长发笔小财算了。当时也是急着离开这儿嘛，不能不作此打算。

从这件事上，老侄儿，你看，从前人心有多么奸诈，有多么贪婪。说起来，这个费营长原是东北军的一个团长，因为贪婪成性，不仅克扣军饷，还巧取豪夺，侵占士兵利益，众人告发，被东北军开除了。幸而他有个叔叔是祝长官在保定军官学校时代的老友，就把他介绍到祝长官麾下。祝长官眼光毒辣，识人，一看即知此人德性，又碍于老友面情，方才根据他的履历，知道他训过新兵，安排他到新兵营作福作威，还原他的上校军衔。上校当营长，是有含义的，说白了，就是个出其不意的笑话嘛，后来我在祝长官身边时间长了，才知道祝长官很善于开这样的玩笑。别看祝长官那么大个官儿，有很多时候他很会搞笑的，像个调皮小孩子一样。这样说来，费营长被祝小五骂得灰头土脸，也就可以理解了，毕竟寄人篱下，只好装傻充愣，伏低做小，万事和稀泥算了。哦，费营长的事情，我不是听人说的。解放后我看人家写的回忆文章看到的。写文章的人是哪一个，不说不知道，一说吓一跳。写这个文章的就是我们的何连长。这个人虽然也是黄埔生，但没有后台嘛，得不到提拔任用，后来就离开部队，回江西老家，到小学里教书去了。别看黄埔生，好像一听很神气，其实类似何连长遭遇的也很多，甚至连他也不如。我这里是被你催促，现在方才想起来弄这个啥玩意儿回忆录，还得麻烦老侄儿你帮忙执笔，人家何连长，早就写回忆文章了，讲到了当年新兵营这段事情，讲到了葛班长，还有他的大头勤务兵小岳，还说到了我，说我是个可造就之人。很遗憾，我没啥成绩，算不上可造就。哦，哦，何连长那篇回忆文章叫啥名字，我不能告诉你，要不然，你找来一看，就知道了我们那个新兵营在哪省哪县哪个山里了，它是啥时候成立的，啥时候解散的，所训练的新兵里，都有哪几个成了大名鼎鼎的战将。当然，你看完何连长的那篇文章，才能领会到我今天说的不是瞎编的，那都是有根据的，有历史出处的。我不说这个了。不过，有一点我要说，何连长是在蔡排长提升后才离开队伍的，他很难过，很沮丧，不能理解上峰为啥提升蔡排长，而没有提升他。我自然知道原因，是我在祝长官面前说了蔡排长的好话了嘛。我没在祝长官面前说何连长好话，致使他灰心丧气，离开部队了。一想到这个，我就想起新兵连的种种，想起何连长让识字的新兵写毛笔字的事体，想多了，我心里就有点难过。都是好人嘛，都躲不过偶然因素嘛。

唉，今儿就说到这儿吧。

第十七章

老侄儿，今儿个咱们就到了祝长官的司令部。

按照当时的行文，这个司令部的全称应当是：第□战区司令长官司令部。哦，这个名称是真实的，但你要写这儿时，中间那个关键字你要打个空格，不能让人一眼就看明白咱们说的是哪儿嘛。哦，那个时代的国民党地方政府机构也好，军事机构也罢，还有金融教育机构，起的名称总是怪怪的,大多给人以啰嗦累赘之感。拗口。大家也懒省劲，行文下令是全称，口头上一律简称为长官部。就像现在，计划生育工作办公室，咱们只要说计生办就行了。这类名目，其中道理，咱们搞不懂。

咱们说那，战区划分初时，祝长官只是战区的副司令长官，他的长官部也要加个“副”字。等到我见到祝长官时，祝长官已经由副司令长官升任司令长官，副司令长官部自然去掉了那个“副”字，升格为司令长官部了。我在祝长官的长官部待了两三年，所见所闻，趣事多如牛毛。但要讲说这一切，那咱们还得先从那一年八月份，祝小五到新兵营来把我接走说起。

书要简短嘛，咱们说祝小五亲自驾车，带着我走了一天一夜，第二天上午才到了长官部所在地。要问是哪儿,咱们按照先前议定的缘由，这个具体地址，也就不说了罢。不过，我可告诉你一点点，就是在一个著名的山脚下。哦，你说啥，是不是黄山，我不能回答你，随你猜吧，你要愿意，就在自己心里，姑且把这地方当做黄山，我也不分辩。我原以为，长官部嘛，自然在城市里了，灯红酒绿的。结果不是，是在一个山边村子里。自然了，这个山村可不像咱们平原上的村庄，平原上的村庄基本上就像咱们李庄那样，几百户人家排列成行，村里边家河几条，村口外池塘一口，连个寨墙也没有，随便从哪儿都能出了村，两眼一睁开，遍地庄稼，一马平川，不管是骑兵还是步兵，一旦冲过来，咱们就难以守得住。祝长官的长官部所在这个山边村子，依山傍水，林木葱茏，也有几百户人家，散散落落，因地制宜，显得逶迤而大有古意，尽管没有楼房，但所有房屋院落，全一派徽式建筑，也有八分世外桃源的风范。从军事地形上，也相当高妙，山陡峭，树密集，难攻易守，又因为林木高大，遮天蔽日，还能起到很好防空效果。当时，咱们这边的空中力量还相当薄弱嘛，日本飞机盛气凌人，经常轰炸咱们。所以，由此可以看出，祝长官选择这个山村做长官部和官邸，恐怕也是费了一番功夫勘察的。当然了，一个战区的长官部，也是机构繁杂，部门重重，一个山村如何驻扎得下嘛，且不说战区警备司令部，战区特别党部，高级参谋室，高级参议室，美国顾问室，苏联顾问室，政治部，军法执行监部，军需局，三个宪兵团，一个担架兵团，战区兵站总监部，等等吧，都不在这个山村里驻扎，除了祝长官的官邸，就连长官部最关键的一厅八大处，也不全都驻在这儿。你问哪一厅，哪八大处，这个还能问住我嘛，我成天价上上下下地跑动，哪个部门驻扎在哪儿，总共几个人，啥事由谁说了算，啥事谁只能点头哈腰，我都一清二楚。先说这一厅，就是战区司令部总办公厅，祝长官平时在官邸理事，每周二和周五来此办公。八大处自然不是北京那个八大处，而是参谋处，军务处，联秘处，副官处，交通处，卫生处，荣誉军人管理处，经理处。经理处搁到现在，就是后勤财务处嘛。我在副官处第一课，也就是总务课。一开始，祝长官想让我到战区特别党部去，他主要考虑我是陈先生推介的，陈先生差不多算是他们党的魁首。我不去。那时候我不知道党部的厉害，只是在新兵营时，听何连长蔡排长他们简单地讲过党部是个啥鸟玩意儿，我提不起兴趣，就不想去。可是，我不能直接违抗祝长官的命令，祝长官是战区司令官，是员上将嘛。我就说，作为军人，就应该扛枪杀敌，报效国家，报效领袖，报效长官。我这话说得相当慷慨，也相当漂亮，听起来也像是真的。人家祝长官是个人精，一听就明白我不愿意去党部。自然了，他也不会派我扛枪上前线杀日本鬼子，我要是有个好歹，日后见了陈先生，他不好说话嘛。我敢肯定，他当时一定是这样想的。咱们这是站在他的角度上分析事理的。他们当大官的，唯关系论，思维都是这样的。其实，我就是在战场上死了，和人家陈先生有何干系。恰巧，祝太太当时在场，建议我到副官处。祝长官就把我下到副官处了。就这样顺当。当时长官部流传一句话，说得好，说祝长官掌管全战区，祝太太掌管祝长官，说的就是惧内嘛。哦，惧内也不是祝长官一个，有好多大官都惧内，蒋老先生是不是惧内，咱搞不清楚。汪精卫，美男子，也惧内，那么丑个老婆，娘家有几个钱，指着鼻子大骂，不敢吭声。还有何长官，也算是祝长官的老长官了，老婆一瞪眼，两腿就发软，跪在床前哭天抹泪打拱作揖求饶。何长官的老婆是个有名的母老虎，有一次，居然当着苏联顾问的面，厉声呵斥何长官，这个苏联人名字好像叫做切列潘诺夫，是当时驻华首席军事顾问，对此很看不惯，他想我们苏联男人都是揍老婆，到了中国，老婆居然揍男人，很想不通，就把这件事情给蒋老先生说了。蒋老先生能说啥，龇牙一笑而已。还有周佛海那个老兄，搞女人被老婆捉个现行，当场扇耳光，一巴掌一巴掌往脸上扇，啪啪响，动都不敢一动，连旁边拉皮条的，都挨了一盆屎尿。你问我咋知道，我不是在副官处嘛，混熟了以后，天天往各个部门走动，他们那一群老军官，闲得蛋痒，天天穷聊，啥都说，尤其是一些高官的闲篇说起来最带劲儿，分分钟都会哄堂大笑。自然了，当时汪精卫周佛海两个笑柄，成立了伪政权，当了汉奸嘛，那他们的笑话就更多了。咱们中国有句老话，叫做士可杀不可辱，但他们不算士，背叛国家，出卖祖国，就不能叫做士，只能叫屎。

哦，你看，我说的这样热闹，好像已经在祝长官麾下干了很久一样。事实上，祝小五把我接到长官部，没有先到司令部，而是直接到祝长官官邸了，而且，我先见到的也不是祝长官，而是祝太太。当时，祝小五也不说明，别看他允荤允素的都能来几下子，到了真事上也糊涂得很。一路上还再三教我，见了祝长官不要说新兵营的种种弊端，天下乌鸦，黑是极其普遍的，还让我不要在祝长官面前诉苦啥的，说祝长官看不起满嘴叫苦的军官，也看不起不能吃苦的士兵。但是，到了长官官邸，也就是在一个宅院大门口停下车，他也不再嘱咐我几句了，带着我就朝里走，还亲自帮我提着那只皮箱，就是掉毛缺角的那只皮箱。我一看大门楼，飞檐翘角，檐下有砖雕斗拱，墙身上还用刨光方砖砌成金线纹饰，墙面是些人物禽兽花卉修竹之类的砖雕，我也看不出都是啥典故，就是觉得煞是气派，心底当场就肯定这是祝长官驻的地方了。哦，对了，门楼正中还有阳刻砖雕四个篆字，当时不认得嘛，后来在官邸混了月把才知道，这四个篆字原来是“敦厚崇德”。当然了，门口还有四个站岗的士兵，都抱着德式全自动冲锋枪，戴着德式钢盔，一个个站得笔直，精神抖擞，英气逼人。我当时还没有见过这种德式全自动冲锋枪，还有钢盔，很是羡慕，心里蠢蠢欲动，嘴里边也起了连锁反应，颤颤的要流口水一般。这个你得理解，当兵的哪有不爱枪的，我在山里新兵营玩耍了一年步枪，正在热乎劲头儿上，对枪上瘾得很。还有，开始一看他们这么漂亮的军姿，我心里还笑话他们在新兵营里可能没少挨打，后来才知道，这些士兵原来是蒋老先生的御林军，也就是国民政府警卫军，又叫宪兵，全是德式装备，也是由德国军官按德式操典训练出来的。在南京失守前夕，唐生智将军招架不住了嘛，就派了两个营的宪兵上去，这六百名宪兵，就在雨花台阵地，挡住了梅村师团，就是凭着手里的德式全自动冲锋枪，打得梅村师团两万人无法招架，寸步难以近前，甚至后来肉搏时，还捅伤了师团长梅村的胳膊。要知道，当时，梅村师团是日本国的六支甲种师团之一，和那个板垣师团齐名，相当厉害。论起来，师团长梅村还是咱们蒋老先生的老同学，哦，蒋老先生也是日本士官学校毕业的嘛。所以说，后来有人说在战争中人是主要因素，我不能完全同意这个说法，我觉得武器也是相当重要的因素。人家是军舰，你是小木船，你再聪明，你是诸葛亮，你咋给人家打嘛。不是我爱抬杠，是我爱真理。后来，蒋老先生一听他的宝贝宪兵用上了，奶奶娘西皮，破口大骂唐将军嘛。于是，宪兵就撤换下来了，回驻地休息。就是这次撤换失了机密，日谍得了宪兵驻地的信息，当夜来了五十架飞机轰炸，唉，说起来让人落泪，基本上都死于梦中，只有二百多人跑了出来。后来，这些幸运者大都分到部队当教官，成为战斗骨干了。分到祝长官这儿一个班，祝长官当然舍不得让他们去打仗，留作官邸警卫，还照旧保障他们毛料服装黑皮鞋，德式钢盔，胸牌臂章领花啥的，都是齐刷刷的新家伙。自然了，老长官老部下的，生活待遇也是蛮高的，不吃大锅饭，直接给这一班兵开小灶。哦，是的，当初祝长官曾是警卫军的长官嘛，大家都能理解。我们这些普通当兵的就不一样了，服装是土黄色棉布的，还有一双黄色翻毛皮鞋，夏天是短裤，黄色棉布绑腿，结结实实打到膝盖以下，在短裤和绑腿之间，还露着一截子膝盖。乖乖，你想想，当时到了长官部我就是这身打扮嘛。宪兵的这些事情，都是后来我和他们熟了，听他们自己讲的。那个褚班长，就是那个黑红脸膛的山东汉子，说到后来，哭得哞哞叫。

哦，他娘的，又说远了。

年纪大了，相当不好，说话老跑题。

咱们接着说我跟着祝小五进门时，这四个哨兵还来了一个标准的持枪礼。奶奶个熊，祝小五上校相当不懂军规，连礼都不还，硬着脖子径直进入。我自然要还礼了，大家都是士兵，而且他们明显都是真正的老兵嘛。再说在新兵营养成的敬礼还礼，这种意识我还是很强的。进了院子我才知道，这套院子很大，很讲究，想必征用的是大户人家的老宅院，三四进的大院子，全是灰瓦白墙，青砖砌地，花墙漏窗，雕刻精美，几百个窗子，式样只有对称的，没有相同的，看得我眼花缭乱。咱们乡巴佬嘛，虽然在上海滩生活了两三年，看惯的是高楼大厦，车水马龙，哪里见过这乡下院落也别有洞天。每一进过道前都是双岗，都是全副武装，很正规，很不一般。可是，过每道岗，祝小五都不还礼，娘拉个逼的，上校咋啦，很不得了是不是，我瞧不起，不尊重我们当兵的。当然，我脸上没露出这个情绪，好歹，人家也是辛辛苦苦把我从深山老林里接出来了嘛。说话间，我们来到了最后一排院落里，祝小五的脚步一下子变轻了，小心翼翼的样子，还回头对我示意放轻脚步。他那个样子，谨慎，下作，让人真想取笑他一场，算不得军人，军人走起路来就得是虎虎生风才行。

咱们李庄人言讲了，男在庭院走，女在窗内看。哦，这句话好像不是咱们李庄人说的。且不管他。反正当时就是这个情景嘛。我和祝小五还没到门口哪，就从屋里边出来了一个女孩子，看样子十八九岁吧，说女孩子，不太合适，不太接近事实，应当是女仆才对，因为她的穿着打扮摆在那儿嘛。事实上她就是祝太太手底下使唤的女仆，名字叫作啴啴。我开始也不知道这个名字要这样写，要是谁冷不丁给我写来这两个字，我还真不知道咋念嘛。后来，听啴啴说，她名字用这两个字，还是祝太太吟哦好几天才决定的。老侄儿，祝太太是江南名门闺秀，长年生活在上海滩，她不仅有学问，家教好，说话好听，还善于给人起个怪名字，出其不意。如今过了半个多世纪，我依然没有忘掉这个名字。你只要一叫啴啴这两个字，我就能看见那个丫头款款走出门来，走下三级台阶。啴啴穿着粉青色平底皮鞋，月蓝色裤子，上身是胸腰打褶皱的波浪领白褂子，左手腕上戴了一串粉青色玛瑙珠子，腰里束着米色短围裙，头上扎着白绢子。这副样子，在上海滩，就是典型的女仆打扮，我眼熟得很。啴啴一出来就和祝小五招呼上了，一开口就是一嘴白白的糯米牙，嗲嗲的江南女娘声，问候大队长辛苦，说太太在房里等候多时了。我此时才猛悟，原来，这祝小五竟然是个大队长，不管是啥大队的，咱不能再让人家给咱拎着皮箱了。我这边伸手试图接过皮箱，祝小五赶紧右手换了左手，侧着身子不让我接，只是很友好地一晃下颏子，示意我赶紧跟他进屋。刚跨上一级台阶，就闻到一股奇特的香味，虽然一小缕游云似的淡，但我熟悉得很，一下子又让我回到了上海滩，一蹦子跑上了霞飞路，一猛子扎进那家菲雅克餐厅里，一抬眼看到了香喷喷的祝太太。

祝太太果然在屋里，端坐在一张高腿茶几前，左手端着茶杯托碟，右手捏着杯盖照拂着茶叶，正在品茶，见祝小五带我进了门，也只是微笑着放下茶杯，并不站起，头不动，脸不扭，只将眼神错动，看了我两个一下，脸上一缕微笑，缓缓绽开，一说话就是糯甜的声调："哟，你们两个，好辛苦耶。"看嘛，这位高官太太，摆了派头，又不叫人觉得她傲慢，让人感觉到她稳重的同时，又觉得她似亲人般不见外。老侄儿，要说这也算是见惯世面的，历练出来的举止，一般人学得了她那个样子，但学不了她那个神态。哦，对了，一两年不见，祝太太丝毫未变当年容颜，可见战火纷飞，全不在她心绪。当时，祝太太脚上穿的是雪白的袜子，雪白的带襻高跟皮凉鞋，身上一袭宝石蓝无袖旗袍，大热天的，这颜色给人以清爽之感。只是，两条臂膀倒是象牙似的白皙圆润，但显得有点空空的，叫人觉得少了点啥东西。自然了，在门外闻到的那股奇特香味，这时候也变得清晰起来。后来听啴啴说，祝太太用的这种香水，不是上海滩生产的，是法国生产的最名贵的香水，连英国女王使用的也是这款，爱香水的蒋夫人当作首选，很多高官眷属也争相效仿，祝太太自是不甘人后，每次沐浴完毕，只消在身上撒上豆大一滴，顿时满室异香，苍蝇蚊子立刻望风而逃。好香水，真他娘的。想想彼时，正是国难当头，千万百姓在铁蹄下嘤嘤待毙，这些达官贵族却是这般享受，岂不叫人恼上心头，捶胸顿足，怒目而视。自然了，这是现在的情绪了。在当时，哪有这个意识，只是觉得自己这会儿是个当兵的嘛，就把从前的鞠躬变成了敬礼，给祝太太敬了个军礼。我本来军姿很好，又刚在门口看见哨兵的榜样，这个敬礼动作做得更是完美无缺。很显然，祝太太对这类玩意儿是司空见惯的，不过她还是粲然一笑，赞扬了我一句："看样子，方公馆的李娃进步不小耶。约略两年前，阿拉见过一面，那会儿侬还小，尚有三分嬉皮，不想今天再见，居然这样正形了。这不单是当兵的缘由喽，主要的，还是方公馆的门规家风打下的底子啦。恐怕，连段博士见了侬这番风采，也欣慰得很。"祝太太一口苏白，我这里说的不是她的原腔原调，否则你半个字都听不懂的，我这是用你听得懂的话，说祝太太的那番言语，你听，祝太太能说得很嘛，出口成章，她这里说的段博士，自然就是大表嫂段喜良了。当下，我心里话头儿乱转，不知道咋接才好，反正，也就是接不上话了嘛，只好再次敬礼，说了一句：“多谢太太夸奖。”

完了，这才轮到祝小五上前说话。

真是好脸红，一个堂堂上校，戎装在身，军容整齐，见了长官夫人，居然不知道敬礼。祝小五身材挺拔，风度翩翩，全副武装，这会儿竟然像只蚂虾求饶似的，腰杆儿弯到极致，恨不得脸皮贴着地皮，给祝太太鞠了一躬，先叫了一声“婶娘好”，这才敢说事情。啥事情，就是把我接回来了嘛。说着话，提膝抬腿，把皮箱顺在膝盖上，就要打开。祝太太很有分寸，马上抬手止住了他，只一个眼神踱步一般慢慢飘过去，祝小五顿时醒悟他孬孙不是皮箱的主人。我也顿时醒悟，祝小五上校之所以亲自给我这个士兵提皮箱的用心所在。当下，我上前一步，接过皮箱，当面打开，取出那个锦盒子，恭恭敬敬，双手递到了香喷喷的祝太太面前。不想祝太太没有起身来接，而是示意我放在她面前的高腿茶几上。现在想想，祝太太这个举动不是失礼，而是最恰当不过了。哈，老侄儿，你想想，一个名门闺秀，高官眷属，一个战区的司令长官太太，见了这么一点东西，马上急吼吼笑吟吟，弯着腰双手接过去，那成何体统。我把锦盒放在高腿茶几上，后退一步，两脚后跟一碰，双脚一并，依旧保持标准的军姿。祝太太颔首一笑，盯着我说了一声“有劳”，这才慢慢打开锦盒，脸上一层笑容，逐渐变得明朗起来了，自言自语似的，惊讶一声：“喂呀，真好似故物重逢耶哟！”说着话，戴上了铜戒指，端详再三，又戴上了一对手镯，又端详再三，这才慢悠悠地戴上了两个耳环。屋里没有镜子，祝太太站起来当着我和祝小五的面款款走了两步，双脚一错，摆了个款式，问了一句：“是如何耶？”祝小五也不知道是脑子灵光，还是真的震惊了，立时拉出一副目瞪口呆的样子，嘴里一个劲儿地“喂呀喂呀喂呀”。我也不知道是该拿出吃惊的嘴脸，还是要赞美她几句，看着她的双臂不再显得光秃秃的，这才乍然意识到，怪不得祝小五一路上急匆匆的，原来祝太太直似虚席以待，拉好架势等着这套首饰嘛。由此可见，祝太太对这套铜首饰，可谓是朝思暮想，经年渴念良卿莫若如此态度。刚才说过祝太太一袭宝石蓝旗袍，这会儿配上了铜耳环，铜戒指，铜镯子，一刹那，画龙点睛，袅袅婷婷，挑不出针尖大的缺陷来。说起来也是怪哉，好女人穿金戴银，玉石翡翠，能显得富贵逼人，态度端庄，没承想，这一副铜首饰也能使女人别具风貌，领先风流。侧里一想，这也正是咱亳州人老手艺的神之所在，圣之所在嘛。

从此后，祝太太去上海滩，去重庆，去武汉，去美国，去香港，这副铜首饰就没脱离过岗位。是的，当时到处打仗，但是，祝太太东奔西走，自然不是游山玩水，她是做生意嘛。你想呀，祝长官的这个战区统辖五省防区，三四十万大军，且不说军火，即便日常生活开销，也是非常了得的，尤其战争期间，消耗损失非同平时，这其中油水之巨大，不是咱们李庄老少爷们儿所敢想象的。老话儿说得好，人为财死，鸟为食亡。当时，在战区上下，为此钻营谋利者，多如过江之鲫。就像那个，战区被服厂有一个少校，姓王，想当锁钉所的管理员，拿现在的话说，也就是想当个车间主任嘛，有一天竟然给祝太太送了五根大条，祝太太视而不见，第二天，王少校又来了，这次是八根大条，祝太太才算勉强答应了他。当时我就在现场，亲眼所见。后来，我听祝太太说，她答应王少校，不是因为多了三根大条，而是因为，王少校那一嘴大黄牙让她恶心得要吐了，她不想再见到王少校龇牙的样子，就答应了他。哦，你问我咋能在现场，因为我在副官处嘛，总务科的，就是搞服务的嘛，祝太太每次从外地回来，比如重庆啦，上海啦，香港啦，一到长官部司令官邸，都是点名由我前去服务。嗟，你他娘的，你多想了，我这个服务，不是现下搞的那种特殊服务，也就是过去听祝太太说说话，不是搞面首那一套的。做生意的女人喜欢唠叨嘛，又怕人听出了心事，只好找个憨货听她唠叨，在她眼里，我就是个憨货嘛。再就是为她跑跑腿，长官太太喜欢使唤人嘛，我在方公馆里练出来的勤快手眼，也是入她的端量。再说，在祝长官眼皮子底下，但凡有个错念头，先问你有几颗脑袋，因此上，大家都不作邪想，都只管放心。不说这个，咱们说那。当然了，守着自家的金山银矿，祝太太的生意哪能做小了，她和在香港在上海做生意的两个亲弟弟，联手倒买倒卖，棉花布匹，鞋带纽扣，还有中药西药，等等一些战时违禁物品，包括我在新兵营使用的铝盆毛巾肥皂，无不经过祝太太的妙手倒腾。就是所谓的官倒嘛，也不是从祝太太开始的，自打猿猴变成人之后，就有了，人类的劣根性，直到现在也没有断根，将来会不会绝迹，我可就说不准了。他娘的，又跑题了。咱们说铜首饰。刚才我说祝太太每次从外地回到官邸，都点名要我去伺候嘛，时间长了，就熟悉了，一熟悉，就难免多嘴多舌。我就问了，我说看来太太真的很喜欢这套铜首饰呀，每次回官邸，都没见你换过。她说，喜欢是自然啦，李娃小弟弟，侬想啊，首饰首饰，金玉宝石，俯拾皆是，唯有这套铜首饰，如此錾刻，巧夺天工，可谓天下无二。我就说啦，太太侬这样看重这套首饰，那阿拉大姑妈把它送给侬，也真是送对人了，侬懂行哩，就是吴大婶知道了，也会得意非凡笑盈盈的。祝太太笑得咯咯响，夏天嘛，笑得上下一身肉颤。哦，祝太太称呼我小弟弟，自然不是论辈分的，而是大官太太称呼好友家年少者的那个意思，希望你不要多想。

当然了，刚刚来到官邸和祝太太说话时，我可没有这样随意，那张景弄得我怪紧张的，加上菲雅克餐厅那次，毕竟才是第二次见面嘛。祝太太戴好了铜首饰，摆个款式让人欣赏了，也不等祝小五和我说些赞美话儿，又坐下来，和颜悦色，和我说话，说段博士请她转告我，方公馆上下都好，老姑父身体很好，大姑妈身体也好，大小姐考上了伦敦大学，老管家夫妇也好，大家都很挂念我，盼望我在祝长官麾下如何如何，等等吧，说了很多。不过后边的我都没听进去，因为一听说大小姐考上了伦敦大学，我想她自然去了伦敦，恐怕这一辈子再难见到了。一时间，我脑海里都是大小姐的音容笑貌。这个情景，在我的一生中经常出现，我从来没给别人说过，尤其是大脚片陈彩莲，你的老大娘，我更是不敢给她透漏这方面的半点信息。在祝太太面前，一时间，我的心里茫然得很。但我的脸上没有表现出茫然，还是挂着一副傻笑，就像上嘴唇粘了几粒糖屑，想舔一舔，又怕人笑话，我学个样子给你看，喏，就是这副神情，你看是不是有几分憨。说来怪哉，就像落下病来，这种憨乎乎的神情后来成了我招牌表情，不管是在副官处，还是在官邸，都是大大有用的，即便在祝长官面前，这种表情也是值得信任的重要标志。是的，我这边正说着这话，祝长官从外边进来了。

祝长官这个人有意思，好像除了祝太太，他目中再无旁人，一进门，好像没看见我似的，好像也没看见祝小五上校，径直走到祝太太面前，把双手按在心脏上，好像表决心诉衷肠一般，弯腰鞠了一躬，轻声轻语，问候了一声："夫人身心康泰！"动作，表情，腔调，虔诚之至，像是经过无数次彩排一般。又是军容严整，一个上将，也是有了年纪的人，这一下言行举止，真叫人不知道说啥才好了。

这就是我第一眼见到祝长官的情景。

后来，我才知道祝长官在祝太太面前为啥这样虔诚，虔诚到了神圣的地步。祝太太常年在外做生意嘛，形同两地分居。咱们李庄人说话粗鲁，说啥官儿有多大，日劲儿就有多大。这话糙理不糙。咱们想一想从前的和现在的那些当官儿的，就知道了。事实上，祝长官也是在这方面出了问题的。祝长官爱听戏嘛，听着听着就搞大了一个小旦的肚子，有损官声嘛，多亏祝太太从重庆匆匆赶回，软硬兼施，手段高超，安抚了小旦，及时解决了这场尴尬事体，保全了祝长官的声誉。说来我也是有因缘的，过了不久我还见到了那个小旦，扯着个小小的祝公子爬山。说到这儿，我想起咱们亳州一个退休的局长，猪眼象鼻，算是个有福禄的相吧，六七十岁了，也出了这样一章子事体，那时候我还住在亳州荣军院嘛，他经常溜达过来，和我们这帮子老不死的下棋，是个臭棋篓子，又极其热衷下棋，有好几次，一个妖精似的少妇扯着一个蹒跚学步的小孩子，腻腻歪歪，过来找他。我一见他们那样子，就想起祝长官这章子事体，见几次想起几次。自然了，这个老局长没有祝长官那么帅气，那么体面，而且是个秃头，也不是彻底的秃子，两鬓角上还有稀不伶仃几根毛，宝贝似的爱惜，沾点口水，大巴掌从左鬓角往右鬓角一呼啦，几根长毛就贴在头顶上了，就跟你老爹也就是我弟弟那个混球一样，年纪大了，头发少了，谢顶了，但有的是办法，在女人面前特别能保持住体面，提气得很。祝长官不是这样的。祝长官头发茂密，常年寸发，不是板寸，是那种棱角比较柔和的寸发，显得儒雅又精神，而且保养好，肤色好，四十六七岁的人了，腰杆儿照样吃了秤杆一般，直直的，双目炯炯有神。

祝长官问候了太太，坐了下来，屁股刚刚挨上椅子，马上又站了起来，弓着腰一把抓住祝太太的双手，看两个腕子，又看祝太太的两耳，着了魔一样细看，嘴边还咂咂有声，咂咂有声。对对，老侄儿你说得对，祝长官就是被祝太太佩戴的铜首饰镇住了，或者说是佯装镇住了。他们当大官的，腔子里自有万端奸巧，哄自家太太还是很有一套的。祝长官拉出这副架势，既有惊讶，又有赞美，还有讨好。没承想，明事理的祝太太，显然也很吃这一套，说话声调都变了，挑着眉，眼神剜着祝长官，像是撒娇，像是嗔怪，咿咿呀呀地说了几句话。说的是几句黏糊糊的苏白嘛，好似发情的画眉鸟儿叫，我一个字都没听懂，但我心里知道，祝太太一定是在给祝长官说我的事。也不知祝小五听懂了没有，他一直低着头，佝偻着腰，还保持着满脸讪笑。不是我不能，是我不愿意模仿他那个讪笑，有点下贱嘛。后来，我多次见到过祝小五这副神态。只要祝太太从外地回到官邸，他就过来送大条，起码五根以上，送完了就拉着这个架势，站在那儿听祝太太说话。祝长官大约见惯了祝小五这副架势，所以，当时他只是微笑着扫了祝小五一眼，有点儿心不在焉，马上又转脸给我说话。

应答之前，我自然先是两脚跟一磕，叭的一个立正，砰，一个敬礼。敬礼为啥要砰一声呢，因为在新兵连里，蔡排长敬礼最好，他说过，敬礼也要有精神，也要有威武之态，就像听到一声枪响，心中一凛然，浑身一提劲，右手刷的一下弹向太阳穴旁，这才是敬礼。所以嘛，我就养成习惯了，给人敬礼之前，心里边总是砰的响一枪。后来，在新四军里，我给陈老总敬礼，他也觉得我敬礼标准，又让我面向大家敬了个礼，并且当场宣布，以后敬礼，要像李娃同志这样，英姿飒爽，威风凛凛。而我们有的同志哦，敬个礼喽，像个看瓜老汉手搭凉棚，张望偷瓜娃子一般。陈老总说话嘛，善于幽默，人跟他在一起，天天吃糠咽菜，也照样笑声琅琅，风趣得很嘛。

哦，跑岔道儿了。

咱们说那，祝长官见我敬礼如此规范标准，看我的眼神里便少了几分傲慢和敷衍，多了几分赞许与好感，只是一转脸，一眼扫到祝小五，真是大人物的脸色变得快，他眉头立马皱起来了，眼珠子一动，眼白也出来了。祝小五自是神会，顿时拉直身子，就像拉直一根弹簧，下颏子扬上天，给祝长官敬礼。祝长官哭笑不得，坚决不再理他，转过脸来和我说话。咱们得承认，其实祝长官是很随意的，仿佛祝小五是个不会喘气儿的敬礼模特儿，他置之不理，只管和蔼可亲和我说话，就像唠家常一般，他先是眉开眼笑着把陈先生恭维了一番，说陈先生是蒋先生的大策士，是国之栋梁，党之干才，民之福星，等等，说了几句我听不懂的，拿今天的话说就是给陈先生点了不少赞。就像你们文化馆里的那个鸟孩子糖糕，上班玩手机，时刻给人点赞，点赞成了瘾，成了他的宿命，就是这个意思。祝长官赞扬完了陈先生，接着眉头一皱，脸色一拉，又批评石副官不知哪头轻哪头重，居然糊里糊涂，连陈先生的信件也不及时报告，真是胆大妄为。祝长官再接着微微叹息一下，拉着恨铁不成钢的腔调，又说什么国难当头，万事纷乱，日本人侵华，等等，都是借口，耽搁了就是耽搁了，要勇于承认错误才能提高工作水平。回头我还要给他们训话，专门讲讲要勇于承认错误这个问题。说到这儿，祝长官终于对我点头，示意我放松下来，不必再笔直地立正了。我这才微微一个稍息，但精神上仍是绷得紧紧的，祝长官很满意，抬起右手做了一个让我放松的手势，接着说道：“不过，李娃小同志，耽搁了也不全是坏事，反过来说也是个好事情。塞翁失马，焉知非福，这句话是个真理。眼下你经过了新兵营，又训练了一年新兵，这就是个好事，下一步呢，本司令长官就可以直接发表你为军官干部，而不必等你再去经过一番军校锻造了，这个，既简便了手续，又减少了程序，所以说这是个好事情。”

哦，时间过去太久了，祝长官的原话我记不清了，反正大致就是这些内容，反正他说话内容层次分明，随之表情张弛有序，反正特别像个当大官的。当然了，祝长官也非常和蔼。大官嘛，有水平的大官给小官说话都是很和蔼的，没啥利益冲突嘛。军队的大官，给小官说话，可能会严厉，他要树立威严气概嘛，但是，给我这样一个小兵说话，可以肯定，完全是和蔼可亲的，因为我不仅侵犯不到他的利益，而且小命儿还在他手里攥着嘛。就像，当时我听祝长官说要发表我为军官，只以为是他的鼓励之言，哪想到他说的是实话嘛。一旁的祝太太接上话了，她香气扑鼻，弯着眼神，问祝长官准备发表我为哪一级军官。祝长官接着太太的眼神不敢移开，看得出，祝长官在揣摩太太的心思，一时下不了大的决心，期期艾艾，笑笑嗒嗒，咳了一嗓子，才说：“李娃虽然是个班长，训过几批新兵，毕竟才当一年兵，咱们就发表他少尉军衔，也算是妥当的！”我一听，简直如在梦中，才当一年兵就升少尉军官，也太做梦了吧，有多少老兵，即便熬成军官，多少也得先升个准尉过渡一下嘛。可是，祝太太不答应，她说如果仅仅发表李娃为少尉，那她将来到了上海滩无颜见老朋友，段博士面前还好说一些，要是见了方老太太，真不知话儿如何开口才好。为个啥嘛，因为方公馆厚道，方老太太心上有她，珍藏多年的心爱首饰，说送给她就送给她了。再说，李娃老弟文武全才，在上海滩，也是做过几宗侠义事情的，再怎么着，也得发表个上尉才好。祝长官呀呀两声，变出一副慈眉善目的笑相，微微摇手说道：“上尉太快了点，先中尉吧，做些事情，做些工作，有个由头，明年再升上尉。李娃，你说可好？”老侄儿，我能说不好嘛，不能说这个傻话。我赶忙再次立正，向祝长官敬礼：“谢谢长官栽培!”真是这样的,电影电视里出现这种情景,到了这个节骨眼上,下级军官就是要这样立正喊上一嗓子的,这个不是瞎编的,当时在祝长官面前我就是这样立正喊一嗓子的嘛。后来,我在长官部也好几次遇到这类事体,那些被提拔的军官,都这样跺下脚敬个礼,都是这样使劲儿冲着祝长官叫上一嗓子的。战区长官,权力大得很,向蒋老先生保荐一个中将,自己提拔一个少将,都是易如反掌的事情,我亲眼见过,汽车运输管理组的一个副组长,原本是个上校,祝长官在文件上签上几个字,他就变成少将了,顿时耀武扬威的,到司令部各部处显摆,巧得很,撞上了祝长官,劈头盖脸痛斥一顿,站那儿抹泪。所以说,祝长官发表我为中尉军官,能算个啥,鸡毛都不算一根。

就这样,咱们祖坟上算是冒了一股子青烟,老伯父我李娃,就成了长官部副官处的一名中尉副官了。当场,从头到尾,我一直保持着笔直的军姿,祝长官对我这等军人作风甚为满意,颔首微笑良久。倒是祝小五,样子煞是奇怪,刚才不是说祝长官翻着眼白扫他一下,他立马扬起下颏子敬礼嘛,等到祝长官和太太商量好要发表我为中尉了,他还保持着那副奇怪的敬礼模样,气得祝长官一下子站起来了,冲他跺了一下地面,呵斥道:“混账东西!”祝小五这才收了敬礼,顷刻,腰又变成虫子一般,软成佝偻状态。真让祝长官哭笑不得,倒是祝太太抚着胸笑了一阵子。那种笑声,现在想来,真是尖刻得很,没点儿宽容。

喂呀,今天就说到这儿吧。

只是,我忍不住,临末了再说几句闲话,也算为今儿的演说做个收场。人都说命运如何这般,我看命运就是个泥鳅,像咱们这样的小人物,不过是一把油手,钳不牢,抓不住,也猜不透它心里咋想的。如今,别看我活到一百多岁了,但是,命运这个泥鳅玩意儿,我依旧觉得很奇怪,乍一想来,命运算是自己的吧,可是掰掰手指头,仔细一算,自己的命运自己又能掌握几分,到了这次第,恍然间发现,一分也掌握不了,总是掌握在别人手里。岂不怪哉!掌握在谁人手里嘛,谁官大就掌握在谁手里，谁官越大，谁掌握的命运就越多。祝长官这里，就是一个鲜活的例子。再说那功名利禄，名位高低，爵位大小，按说都算是国家的名器，由政府来节制，犒赏的都是那些能为国家做事情的人。但是，到了达官贵人那里，这些国家设置的职衔不仅可以买卖，可以交易，而且还可以赠送，就像送给你一个小玩意儿耍耍。祝太太在这里就算送我一个小玩意儿玩耍，这也算是个鲜活的例子。由此，我就无端地联想到，想当年蒋老先生失了家国，乘坐“太康”号军舰去了台湾，他站在阳明山上，眺望大陆之际，是否想到，类似我这样的事情，在他的麾下比比皆是，终究算不算是他丢了江山的一个原因嘛。

好了，让历史学家和政治家去探讨这些费周章的问题吧。

我这里只是闲话几句而已。

咱们爷俩，今儿就到这儿吧。

第十八章

老侄儿，咱们今儿不饶舌，书接上回。

我昨天说过，长官部机构庞杂，部门繁多，驻地分散，要是送个文件，传达个书面命令啥的，开个车也得大半天。但是，祝长官要办啥事，那是分分钟嘛，一秒钟都不能耽搁的。祝长官在官邸和祝太太谈妥了要发表我为中尉，马上拿起电话给副官处秘书室下了一个命令，要他们造册归档，拟报委任文书。由此可以看出，祝长官虽然身居高位，但心细如发，处理起我这等小事情来，也是滴水不漏的。秘书室自然不敢怠慢，你想呀，一个小小中尉，毛毛虫一只，司令长官亲自下令交办，那肯定不是一般关系，有哪个敢拖三拉四嘛。于是，当天下午，军政部军需署驻本战区的军需局，就派发了一套尉官被装过来，还是由长官部经理处管军需的一名中校亲自送到官邸。老侄儿，这不是开玩笑，那时候国民党军队里，大事情咱们没经过，不知道他们办事风格，倒是亲身经历了给我发军官被装这个小事儿，不由觉得他们做事情也是一板一眼的。自然了,战区最高长官发话了嘛。平时哪个士兵委了职，也就是提了干嘛，都是自己拿着长官的批据自己去领军官被装，我这个，给送过来了。你当然清楚的，这个不是我面子大，是大家都想拍拍祝长官的马屁嘛。来官邸送军装的那名中校姓郭,胖头胖脸,胖身腰，胖得几乎没有屁股了，立正敬礼时，两条短腿并不拢，两腿夹着一个大圈圈，一只老母鸡可以展翅飞过，但他人倒是热情洋溢，当着我的面,亲自安装军衔领章胸牌,又帮我穿戴整齐,还帮我照了镜子。总之，张罗了半天，磨磨蹭蹭，终也没等到祝长官午睡醒来，这个乖卖不掉，等于白忙活一场，他只好讪讪而去，我心里替他难受半天。

说了被装,再说住宿。论说我应到副官处报到,住处由副官处分派，但是，当时在山村嘛，住房相当紧张，副官处设在一个祠堂里，三个科，一个秘书室，也就是改装的几间房子，夜里睡觉，白天办公，挤得满满的。当然了，副官处的庾处长大小也是个少将，又是祝长官的心腹，自然住有一个小院子，还有他的太太，他太太原本是绸缎商人的千金，长得似一只猫，特别是看人时那眼光，那神情，像母猫，而且，无论阴晴，都是一身绫罗绸缎，简直他爹的活招牌。祝太太从外地一回到官邸,庾处长两口子就会骑着自行车,经常来看祝长官两口子。哦，他有小车子，不坐，骑自行车显得亲热嘛。他们来了，就打麻将。哦，说往事，回忆录，我也不想在这些琐碎小事上耽误工夫，费口舌，可是，要不把事情说清楚了，就不能很好地反映出我在长官部那几年的真实面貌来。事实上，一个国家的历史也好，一个人的历史也罢，都是由这些琐碎叮当的小事组成的。琐碎叮当，日常小事，基本上雷同，不管过去，还是现在，包括将来，啥时候都是这样的。就说一个人，到了新单位，就等于把一切都交给人家了，吃喝拉撒睡，一切都得从头安排好，琐碎得很。说起来，我这个住处，还真没让我费心。咱们李庄的人，别看鬼主意多，但是心眼好，我这人就是心眼好，命也好，没有办法，人生经历没吃过苦，不像有的人，说起自己的一生来，装腔作势，全是苦兮兮的，全是伤疤，没丁点儿好地方。当时，祝长官的一个副官下去任职，本是祝长官的生活副官，可能把祝长官伺候舒服了，就下去任职了。到哪儿任职哩，战区伤兵管理处，后来叫荣誉军人管理处。到现在我还记得，这个副官姓许，江西上饶人氏，大鼻子，薄嘴唇，大下巴，一嘴牙很大，很稀，听说，祝长官一见他的大稀牙就会哈哈大笑，他因此天天龇着这嘴牙逗祝长官开心，因为能说会道嘛，就到这个管理处宣慰课当课长。老实说，给大官当生活副官，就是名声好，其实就是个服务员，佣人嘛。这姓许的，一过去当课长，就不一样了，娘拉个逼的，比在长官官邸当副官神气多了，吆五喝六的，狐假虎威，偶尔回到官邸，见了老朋友张嘴就是一句："别来无恙耳"，假斯文嘛，在那边做事情也不需要看人眼色了，凡事自作主张，工作也轻省，宣慰课，也就是宣传慰问嘛，宣传咱们就不说了，慰问嘛，具体而言，就是发钱发东西，发糖果香烟，还有腊肉。自古以来，伤兵没有不喜欢闹事的，那时候，战区的伤兵多，也好闹事，但是，有了钱，就可以赌博，有了糖果，吃在嘴里甜蜜蜜的，穷唠嗑有了烟抽，情趣就上来了，又有了腊肉吃，再闹事就不像话了。人同此心，心同此理，伤兵也是人嘛，我奉命去过多次，诸多事体感同身受。老侄儿，不能小看荣誉军人管理处那群伤兵，有故事，小王国，五脏俱全，哭笑不得，哪天得闲了，我给你说几段伤兵管理处的事情。眼前咱们说祝长官比较欣赏这姓许的，工作乏味了，看看他龇着一嘴大稀牙解解闷，好玩得很。当他的生活副官时，就让这姓许的住在官邸，使唤起来方便嘛。即便姓许的下去任职，祝长官也是很关心的，特意打电话让荣誉军人管理处的魏副处长开车过来接他。魏副处长也是个伤残军人，也不是新近和日本人打仗受的伤，他是祝长官的老部下，是早年跟随祝长官东征时受的伤，祝长官念旧嘛，一直带着他，后来成立了战区，打仗伤兵多，战区成立荣誉军人管理处，祝长官就放他去当个副处长了。这魏副处长是个能人，左腿膝盖以下全是假的，脚自然也是假的，但皮鞋是真的，就这么活神仙，照样开一辆中卡来接许副官，驾驶技术好得不得了，一辆中卡开起来活像生坯子叫驴，一蹿一跳的，过来就把许副官接走了。许副官觉得很有面子，坐在车上一跟头一栽，向我们频频挥手，得意得很。后来，我经常到荣誉军人管理处送个文件啥的，好几次碰到他，一见到他，我就喊“许课长别来无恙耳”。这姓许的很高兴，马上回答：“无恙耳无恙耳，长官也无恙耳？”就是这个许副官，他一走就腾出一间房子来，我就自然而然搬了进去，算是住进了战区长官的官邸里了，一般人没这个福分。所以，后来，我看到曾在官邸做事的一些人写的怀旧文章，回忆祝长官官邸往事，说到我时，就像现在小年轻说的那话，极其羡慕嫉妒恨，净是信口雌黄，颠倒黑白，压根就不知道我这个在官邸住了两三年的人还活在世上，成了个老不死的糟鼻老头子，啥事都还记得清清楚楚的。

你看，我琐琐碎碎说了这么多，表面上好像说的是我在官邸里有了住处，实际上，你一留心就会发觉，我是在说祝长官身居高位，他是咋样为人处世的。就像戏台上一样，杨排风手持烧火棍，一溜小跑上了台，又要棍子，又翻旋子，抢人眼目，一张嘴，伶牙俐齿：咱家，杨排风，如今奉了佘老太君之命，前往河东，搬取六夫人大刀王兰英是也。那王夫人性情刚烈，如何如何，佘老太君嘱咐咱家，须得如此这般，方能请动于她。你看，佘老太君没上场，王兰英也没有上场，台上演的是杨排风，但观众脑子里想的却是佘老太君和王兰英。我这里说祝长官，也就是这个策略。从上边我说的魏副处长和许副官两个例子上，也就可以看出祝长官如何对待老部下之一斑了。长达三年时间，我是眼之所见耳之所听，说实话，咱们不得不承认，祝长官尽管算不上是一个统帅几十万大军的好战将，但绝对算得上是一个好官僚。祝长官带兵，当然也自有他的那一套，他要求官兵和谐，上下团结，这不算稀奇的，也是众所周知的，大官们都会这一套。众所周知的还有，祝长官这个人，不太注重军纪，允许军官吃空额肥私囊。还有，他一方面对受伤官兵大发抚恤金，一方面又办工厂农场，安排退伍老兵。再就是，也是最要命的，他不提倡连队禁赌，有时候下部队视察，他也会笑嘻嘻和官兵们推几把牌九。有一次，我随他到战区所辖的川军部队巡察，亲眼目睹，他操着四川话，亲自叫了几个低级军官和老兵，推了几把牌九，赢了千把块钱，当场奖给那几个牌友了。他言讲了，兜里钱输个光光，开不了小差跑不了路，没盘缠嘛。还有一次，负责警戒长官部的某团一个连长，下午来长官部领饷，领全连一个月的粮饷，也就是薪水和伙食费嘛，晚上上了牌桌，几把牌下来，全输光了，更糟糕的是，还给巡逻的宪兵当场抓住了。也不知道咋弄的，这事情就到了办公厅，他们团的团长亲自押着赌徒连长，跪在祝长官面前，祝长官在办公厅上班嘛，事情端到台面上了，气头上也没啥可说的，按军法枪毙是也。祝长官都下令推出去了，那个团长多了一句嘴，说真可惜，打仗这么勇敢一个人。这下好了，祝长官又命令推回来，让那个连长解开上衣，一看，两个肩膀前边有三四处枪伤，胸膛肚子上，也有几处刀伤枪伤，很显然，都是迎面冲锋受的英雄伤。当场，祝长官就把这个连长放了，还写个条子，让那个连长到经理处又领了一个月的全连粮饷。也是当场，参谋长和军法官都觉得祝长官太宽容了，说了一通慈不掌兵之类的老话。祝长官言讲了，杀一个赌博的连长易如反掌，成就一个战场英雄难如登天，唉，呀，放他疆场效命去吧。大家唏嘘，暗赞祝长官高明。后来这个连长果真死于前线，拼杀日军十数名。至于杀人放火的，临阵脱逃的，是否枪毙，那要看情况再说，偷抢夺拿的，伤天害理的，是否处分，那也要看情况而定，一切都像祝长官那话嘛，有一次喝了几杯酒以后，祝长官说，不怕你犯了错，就怕你不犯错，不犯错我拿不住你的麻骨，一犯错就点中了你的死穴。

自然了，这些都是我在长官部和官邸混了好几年，所得到的一些见闻。刚在官邸住下的那一段时间，我还是缩手缩脚，谨小慎微的。老侄儿，一个人到了一个新地方，乍不开翅膀是一，第二个，别看祝长官平时里和颜悦色的，但是，你和他一对眼神，就会觉得瘆得慌。就像咱们李庄人所说的，大官身上都天生一层瘆人毛。咱们这些常人，感受到他和蔼可亲的同时，神经受到压迫，肉皮上一层汗毛就立起来了。现今儿的话，说这个人有气场，就是这回子事。咱们李庄人说话，都是句句不落空的。你想啊，就像咱们李庄的二流子李四条，见了村主任镇长，甚至见了市长，都是满不在乎，但那是一回事，等到那一年后秋里见了省长，猥琐样子就出来了，即便省长再是亲切，再是诚心诚意帮助他解决困难，那李四条，不自觉间，就会把屁眼缩得紧紧的，后来他自己这样说的嘛。道理是一样的。我当年在祝长官官邸，刚开始那段时间就是这种感觉。尤其是，祝长官处理公事时候，不由自主就会显出官相，显出气焰，叫人不禁随之谨慎起来，即便他说坐下谈话，我也是不敢随便坐下的，直到后来混熟透了，才敢坐下半拉屁股和他说话。

不过，后来，一件小事改变了我心理上的这种畏惧状态。

我前边说到石副官，就是我初来投军，在祝长官设在距离县城十多里地的那个办事处门口，遇到的那个石副官，你还记得吧，哦，你记不得他的长相了，情有可原，因为当时天黑得罩在钟里边一样，我也没看清他的长相，没给你说过他的熊样子嘛。当时好像各战区还没有明确划分下来，西安事变刚刚结束，祝长官在西安那边处理遗留问题，这个石副官就在这边的办事处负责嘛，娘拉个黑逼的，耍个黑心眼，让我凑个新兵名额，发配到新兵营去了。如今，那边办事处早就撤销了，这个石副官也回到了战区长官部，主要负责官邸的伙食供给这一摊子事体。我虽然在官邸服务，但我的伙食关系在副官处嘛。当时长官部各部门都是自办伙食，办公厅有他们的伙食，“八大处”也各有自己的伙食，我的伙食就在副官处，每天三顿饭都是步行两三里路过去吃的。照此论说，我和管理官邸伙食的石副官也不需要有啥牵连的。可是，都是在官邸做事情嘛，抬头不见低头见的，一个箩里筛汤圆，总要碰面的嘛。这个石副官殷勤得很，一见面就把往事扔到九霄云外了，弄得我也怀疑当初他有没有做过我的手脚。这个人的相貌我自然也看清了，黑夜里不觉得，白天一看，一脸浅白麻子，顿时让人疑虑不安。年龄也显出来了，好像三十大几的样子，粗眉吊眼，单眼皮，刀条鼻子，尽管头发茂密，但脑门上皱出了三四道抬头纹来。我来投军那天晚上，天黑嘛，隐约看见他是个中尉，到今儿一看，果然是个中尉。当初我是个投军的年轻猴儿，现在我也是个中尉了，这让双方都会有个心理活动嘛。这位石副官,见面一把拉住我的手,叫嚷一团:“哎呀，我的个李娃兄弟啊，老哥哥我向长官说过好几次了，早就盼望着你回来啊！这下好了，同在官邸为长官服务，有机会老哥哥要好好和你拉拉呱,好好和你喝几杯!”一下子亲热得多年不见的换帖兄弟一般。上次听口音，说了一口蚌埠话，我还记得嘛，可是这一回，南腔北调的，再听不出他是何方人氏。就这么个怪人，得空就朝我屋里跑，一顿瞎咋呼，胡乱热聊一番。那个大蚂虾少尉，原来姓马，年前提升中尉之后，就被派到前线去了，只是他命里糟糕，刚到前线，就被一颗流弹干掉了。这个，也是石副官说的。

我嘛，刚开始在官邸真是无所事事，他娘的，祝长官大概真的把我当成了祝太太的专职佣人，祝太太老是出门在外做生意嘛，我就失去了服务对象，副官处也不给我另派任务，祝长官基本上也不使唤我，他周二周五到办公厅，自有车接车送，自有警卫副官左右随从，他在官邸里，一群副官星罗棋布，吐口痰就有人端痰盂过去。哎呀呀，他娘的，我就成了个闲木锨，竖在门后边了。那滋味很难受。咱们这边也有一个时期，像你爹那帮小知识分子，也受过这份洋罪，啥都不让你干，不打你，不骂你，就让你闲着，一直闲着，闲死你。看看，你爹就是闲出病来了，最后也是死在这个病上了，当然了，你老爹的死与他的风流也有不小的关系，上了几岁年纪，见天换个小闺妮子，铁打的罗汉，也抵挡不住，何况你爹那个小身子骨嘛。我想起你爹这混球，心口就来气，顺嘴说他几句，希望老侄儿你不要生气。当然，像你爹他这般采花折柳做个风流鬼，也堪让人羡慕煞嘛。咱们说那，当时我一想，这个可不行，人不会累坏，但能闲坏，我在方公馆里从来闲不住手脚的，王西三言传身教的嘛，于是，我就早起来，想去打扫卫生，可是，早有士兵把三四进的一个大院子扫干净了。我没有办法了，就到官邸旁边长官卫队里借了一本唐诗，回来看。长官卫队里那些官兵自然不看唐诗了，是他们兵营里边还住着一个姓秦的老先生，像个老学究，起先我不知道是干啥的，只知道卫队里官兵都很尊敬他。我到卫队那边看他们操典嘛，见这位秦老先生坐在墙根看唐诗，我就憨乎乎过去借。秦老先生留着山羊胡，戴个老花镜，仰脸打量我两眼，噫了一声，很爽快，借给我了。唐诗真是好东西，能消人闲愁，抒人情怀。老习惯了，我看的还是咱姓李的写的诗，别的记不住嘛。这一回又把李商隐复习了一遍。江上几人在，天涯孤棹还。何当重相见，樽酒慰离颜。一时间读得我乱箭穿心，想家了，想我爹我娘，想得厉害，想得眼眶子发酸，想掉泪。一想想自己好几年不回家，音信不通，也不知道家里情况如何，发生了啥样变化，情绪激动得很，泪汪汪，恨不得顿时肋生双翅，飞回咱们李庄看看，瞧瞧爹娘身体可好。这就是唐诗的魅力，咱姓李的这位老前辈，真是写到人心眼里去了。事实上，当时咱们家一点变化也没有。就像咱们李庄一样，即使你少小离家老大回，庄西头迎接你的，还是那棵老不死的皂角树。禾苗壮，鸡鸭唱，旧貌换了新颜，那是古人情怀，想咱们农村里，只要国家不发生翻天覆地的变化，政策不发生翻天覆地的变化，要想变个样貌，何其难哉。所以，咱们李庄还是老样子，咱们家自然也没有啥变化，就是社会环境变了，日本鬼子来了嘛；县城亳州陷落，县政府转移到亳州东南一百二十里的古城集，咱们李庄在古城集以西十里地，也算是沦陷了嘛。咱们淝河集，乃至咱们李庄周边三庄五里，出了几个汉奸，几个混蛋孬种孩子，倒是到咱们家调查过几回。幸巧之至，方公馆的老姑父方仪望给咱家写的信还在，说我跟着银行的特派经理在江浙地带做生意嘛，我在新兵营给家里写的两封信也在，也说是在江浙地带做海狸皮生意嘛，留的地址是八八六九信箱〇一号，咱们李庄的人都是啥脑壳，个个精得猴一般，都不知道是啥东西，那几个汉奸也不比猴子精到哪儿去，他们咋能知道是个啥，还以为我在江浙发财，嘴巴上巴结得很，我娘，也就是你奶奶，她老人家听到耳根子软，赏了兔崽子几个咸鸭蛋吃。所以，家里情况基本没有变化，爹娘依旧认为儿子在江浙地带做生意，很辛苦的，但总归跟着方大银行家的特派经理，也出不了凶的险的，人家上海人，人家银行家，那都是经过大阵势见过大世面的嘛。因此上，我爹我娘也不咋地为我担心。这些情况，都是后来你大娘给我说的，也有一些是和你爹唠闲嗑知道的。是的，我这一辈子虽然和你爹那个浑球相克得厉害，但是，也有一个时期，手足情分还是体现得淋漓尽致的，血浓于水，一母同胞的亲兄弟嘛。

请原谅，我这个老不死的，又跑题了。

咱们说我在祝长官的官邸闲极无聊，读唐诗，动了思乡情绪。读李商隐嘛，哪能光是思乡！刘郎已恨蓬山远，更隔蓬山一万重。写得好。春心莫共花争发，一寸相思一寸灰。知己，正说中我心。玉珰缄札何由达？万里云罗一雁飞。也符合我的心理嘛。我盼着，身生彩凤双飞翼，她能否，心有灵犀一点通？哎呀呀，老侄儿，你听出来了，我在想念大小姐嘛！哪里能不想！昨夜星辰昨夜风，画楼西畔桂堂东。此情可待成追忆，只是当时已惘然。咱们这个姓李的李商隐不得了，要是当今的人儿，我非得带两瓶好酒去拜访他一下。他厉害，把我心里想的都说出来了，好像他也有过我这样的经历一般。打从祝太太说大小姐考上了伦敦大学，我自揣摩，此生再难相见，原来的一丝妄念，全变成思念之情，浓郁得很。我自然珍惜得很。所以，我在官邸这般情状之下，这些诗篇真真直直，指向我的心里，我不由自主，经常读得有些忘我。有时候，石副官这个怪人，进了我屋里说三说四，我竟然视若罔闻，魔怔了一般，可笑得很。

说这一日，下了雨，也正是梅雨季节，说大不大，说小不小，狗吃糖稀一般，拖拖拉拉没个完了。山区嘛，那景状，站在窗前廊下观看是抒情的，出门行走是不堪的。我说过嘛，我的伙食关系在副官处，每餐都得步行两三里路到副官处去吃饭。我换了雨鞋，拿着伞准备去吃饭，刚开门，迎头就碰见了石副官。就像往常一样，到了饭点，石副官都要提前几分钟过来，恭迎祝长官用餐，其实小餐厅就在院子里，左右不过三百步，他非要来恭迎一下，你说这个马屁拍得到家吧。不过，咱也不能笑话人家，后来换了我，我也是这样。这是人性的弱点，百难避免。在官邸值星官没有吹开饭哨子之前，石副官就敲开我的门，站在门当口和我说闲话，等那哨子一响，他就置我于不顾，弃如敝屣，快步冲向祝长官办公室门口，等长官开门。下雨这一日，石副官和我说不上三句话，那边值星官就吹了哨子，石副官自然撇下我，大步流星冲向长官办公室，轻手轻脚立在门边，等祝长官拉门出来。因为祝长官有规矩，他的办公室，无论何时何事，谁都不能随便推门而进，当然，祝太太另当别论了，所以，石副官这时刻都是立在门边，等祝长官自己拉门出来。看样子，祝长官上午处理了不少文件，出来时双手还捂在脸上按摩太阳穴，放松神经，到了廊下，松下手来，瞥一眼细雨淋淋的庭院，缓缓一侧身子，突然撅起屁股朝向庭院里，嘟的一声，音量适中，音长适中，一个屁打了出去。紧跟在一旁的石副官，刹时间，好似猎狗看见兔子，一尥蹶子，跳过廊下栏杆，射出去的箭一样窜了出去。我在一旁正不知所措，石副官又跑了过来，双手捂得紧紧的，高高捧在胸前，眉毛眼睛上挂着雨珠子，兴高采烈，大声嚷嚷："报告长官，我抓住了！热乎乎的，还在手里乱动呢！"我这才恍然大悟，天哪！原来石副官把祝长官的屁给抓回来了。

老侄儿，你不敢相信对吧，即便当时我就在跟前，亲眼目睹，我也不敢相信这是真的。你想想呀，一个统帅千军万马的司令长官，咋会如此儿戏嘛。可是，这件事活生生就发生在我眼前。后来我跟很多人讲过这个事情，没有一个人相信是真的，都说我是个讲笑话的高手，有着超强的想象力。甚至，有一次，我跟你大娘大脚片陈彩莲讲这个片段，当时她还是县长嘛，尽管认不了几个字，也是天天学文件，把文件往桌子上一顿，皱着眉头，很厌恶地扫我一眼，说了一声："低级趣味！"唉，这个世界就是这样麻烦，全宇宙都是这样势利眼，一件真实的事情，一个屁的事情，要是发生在小人物身上，说了就有人相信，要是发生在大人物身上，说出来就是荒诞的，没有人相信。以至于有很长一段时间，连我自己也怀疑这一幕是否真的发生过。但是，我每次一起疑心,脑海里就会呈现那番景象,一如刀刻般,一如放电影。论说,咱们李庄的人当场见了这般趣事，一定要笑倒于地，奇怪我竟然没笑,只是心生感慨，一方面觉得当个大官真好，可以随便打屁，为所欲为,一方面又觉得，做个奴颜婢膝的人也真不容易，不仅要善于低三下四,还要会一套装神弄鬼的手艺。

自然了，一个屁嘛，绝不会有损祝长官在我心目中的形象。

当时，望着石副官双手捧屁的讨厌样子，祝长官若无其事，也不理石副官，只将双臂一伸一展，活动着身腰，沿着走廊往小餐厅去吃饭。我一直侍立在门口，静待祝长官走过去，他路过我眼前时，虽然表情上不露声色，但我还是听到他肚子里咯咯笑成一团。我觉得大官真不得了,好事坏事可笑的事情,都装在肚子里,脸上一点也看不出来。祝长官像是感受到了我的内心活动，他忽地停下步子，转过身来，笑得很和蔼，说:“李副官，你以后就在官邸用餐吧。来回跑动，阴天下雨的，不方便。”我一时不知道咋回答，戳在那儿傻笑。好在湿淋淋的石副官过来了，神情凝重，大声叫我谢谢长官，一边向祝长官保证说,这件事由他和副官处交涉办理一下就是了。言谈之间，很能干的样子,好像压根就不曾发生过捉屁这件事。这个事情过去没有多久，祝长官还是提拔了石副官，本来想安排他到嫡系部队当营长，已经是越级提拔了嘛,但是,石副官有点嫌小,想弄个团长,祝长官在这方面无所谓,很大度，反正官职又不是他家的私有财产，是蒋老先生家的，这边又是当牛做马的老部下嘛，就把他安排到川军里当个团长。当年，战区所辖部队，除了蒋老先生的嫡系，还有东北军，还有川军部队嘛。

你看，老侄儿，就这样，我吃饭就不用来回跑了。

就是一个屁的事情，让我在祝长官面前不再拘束了。

说起来，祝长官吃的也不是山珍海味，也是和长官部各部门伙食一样，两菜一汤，不过官邸的菜品要精致许多。祝长官一个人在小餐厅吃饭，由石副官和两个勤务兵在旁伺候着。我和官邸的两三个近侍高参，卫队的吴大队长，还有那个住在卫队里的秦老先生，五六人同桌。奇怪得很，大家好像都很尊重秦老先生，请他坐主席。后来我才知道，这位秦老先生是祝长官供养的一位相士，不仅善于相人，而且善于卜卦问事。但逢要职用人，祝长官必请他过目该人相貌，但逢大事不能决断，祝长官就请他卜卦一决是否。秦老先生平日里饮食有度，又吃素，遑论酒水，但是，卜卦时必饮白酒三瓶，足足三斤，喝完了活像酒神附体，癫态百出，但卜卦奇准。我因借他的唐诗，获了他几分好感，平日里多了几番走访，以至后来祝长官决定围攻新四军的秘密，我就是从这位秦老先生那儿得知的。只是平时在餐桌上，这位秦老先生不苟言笑，乏味得很，几个高参和吴大队长，都显然对他敬而远之。我也是后来知道的，先前，餐前餐后，有人请他相面，无一不碰钉子。就像咱们李庄人常说的那句糙话，你逼不和气，我屌不理你。所以，大家看在祝长官分上，客气归客气，吃起饭来都不说话，吃完了虚伪一声招呼，四散而去。要是祝长官出门开会，或者不在官邸用餐，大家连句客气话也都省略了。但是，人家秦老先生，浑然不理，依旧我行我素，细嚼慢咽，享受得很。

祝长官要不去上班，就在官邸吃午餐，到了周二周五，祝长官到办公厅上班，就在办公厅那边吃午餐。祝长官到办公厅上班，大多是听汇报，完了说几句话，或者签个字，表面上看去就这么简单。当然了，要是真的这么简单，那我也可以当战区司令长官嘛。祝长官在官邸说是休息，其实根本休息不了的，不光有一摞子一摞子的文件要看要批，还要不停地接电话，打电话。战区那么大，下边部队那么多，敌情吊诡，人心莫测，祝长官不能不操心。哦，祝长官有个好习惯，文件不过夜，他的电话，往上要打到蒋老先生那儿，往下边要打到师团长那一级，有些要紧的事情，他还会直接打到营长那里。我无意间瞥见过几次，要是下边的电话，他都是坐在那儿，不管是听下边报告还是给下边命令，样子都是从容不迫的，要是蒋老先生的电话，他都要站在那儿，腰杆挺直，一脸顺从的笑容，好像蒋老先生就在面前似的。所以说，祝长官很辛苦的。我住的是原来许副官的房间，许副官是生活副官嘛，便于长官使唤，离祝长官办公室很近，就隔两个房间，所以，一听见长官办公室门响，我就赶紧开门侍立，看看长官有何吩咐，再加上每天打开水上厕所啥的，进进出出，一眼两眼的，倒是对祝长官的辛苦有些了解。哦，对了，祝长官作风比较严谨，很讲究军容风纪，虽然在官邸，但只要一进办公室，他就换上黑皮鞋和毛呢将军服，穿戴整整齐齐的，坐在办公桌前，很威严。自然了，祝长官看文件中途也有小憩时候，他也不嫌麻烦，换上便衣，还要换上布鞋，才出来在檐下回形走廊里踱步，松弛筋骨，整顿思绪。一听他门响，我就开门出来嘛，所以他沿着走廊踱步时也偶尔拐进我屋里，和我说几句家常，还翻看我桌子上的唐诗，笑眯眯地点点头，像是赞许，像是敷衍。完了，他出来，继续在走廊里踱步。这时候，我就装模作样，像个小学生一般跟在他后边，听他说话。咱们也得承认，祝长官很有学问，慢着步子给我讲起了边塞诗，说些古人征战的典故，时而表情凝重，时而神情激越。不过，祝长官后来又说，唐诗可以陶冶性情，但作为军人，正值抗战时机，国难当头，应该多读些兵书，才是将来用得着的。于是，我就把唐诗还给了秦老先生，又到参谋处借了一本孙子兵法来读。我哪里看得懂嘛，为了回应祝长官的谈话，硬着头皮读嘛。古话说，开卷有益，这样早晚翻看，总也记得几句，比如，利而诱之，乱而取之，实而备之，强而避之，怒而挠之，卑而骄之，佚而劳之，亲而离之。祝长官一旦在走廊里踱步，我马上就跟随上去，向他请教。我不说请长官指教，我说请师父指教。就是这样的，平时我称他长官，一旦请教学问，就叫他师父。这个称呼，有点江湖味道嘛，祝长官很喜欢。后来，我年纪大了，才理会得，大官都是很江湖的，凡是江湖的事物，基本上都是能触动义气的，一动了义气，就动了感情，事情就好办了。再说，好为人师，也是人的天性嘛。祝长官很乐意给我讲这些，举凡事例，讲得眉飞色舞，头头是道，确实教了我不少见识。当然了，后来在运用这些古人智慧时，也加上我个人的一些思考嘛。

祝长官很欣赏我的勤学好问，觉得孺子可教，素日里和我言谈间，除了和蔼，还多了几分亲切。要求我不要整天坐在屋里等着伺候人，他也不是非要人伺候不行，每周卫队到山里打靶训练，你也不妨跟着去训练训练，打打枪，投投弹，一个军人，应该手不离枪才对，年纪轻轻的，这样整天不动刀枪，如何练出杀敌本领。如此等等。这样一来，官邸卫队每周去山里打靶训练，我就要求跟去，卫队的吴大队长自然向祝长官请示了，要不然他开着卡车拉着卫队进山时，肯定不会请我坐在驾驶室里，也不会和我称兄道弟了，更不会让我随便打枪，随便使用子弹。有那么一句话嘛，神枪手都是子弹喂出来的。这话说起来就是寻常一句闲话，但是，确实是有道理的，我以亲身经历来证明这是一句名言。长官近身卫队也就是五十人左右，其中包括那一班宪兵，年龄大概都和我差不多，上下也就是两三岁的样子。卫队的兵，真不得了，个个都是神枪手，尤其那个褚班长带的那个宪兵班，长枪短枪样样精通。褚班长比我大两岁，黑红脸膛，双手盒子炮，百发百中，看得我眼花缭乱。卫队射击训练，除了中正式步枪，还有花机关枪，手枪也都是那种插梭式的二十响，咱们叫盒子炮嘛，这些轻武器都是当时很好的装备了。祝长官的部队，都是蒋老先生的嫡系部队嘛。我的枪法准，就是当年跟着祝长官卫队在山里边练出来的。中正式，我使唤灵便，毕竟在新兵营练过的，但跟他们一比，差距就出来了，从子弹上膛，到瞄准射击，速度没人家快。花机关枪威力大，跳动也强烈，准头不好把握，我不太喜欢，但冲锋时这种枪厉害，一个扫射过去，哒哒哒，哒哒哒，子弹好似一群苍蝇，乱飞，很吓人的。我刚才说的那个褚班长，他喜欢，他把花机关枪叫做战场扫把。他打手枪也厉害，使双枪，都是二十响，一抬右手，一梭子，前牵后连，鱼贯而出，一抬左手，一梭子，前牵后连，鱼贯而出，眼睁睁，一块老石头四分五裂，煞是厉害。我跟他学手枪，倒是花了不少功夫，光是举枪瞄准，手腕子都练肿了，虎口也练出了老茧。当然了，子弹也没少打的，一箱子一箱子的。我双枪没学好，左右手协调能力上不来，只能右手打枪，打得不错，二十发子弹，不脱靶。手枪，速射，连续射击，二十发子弹不脱靶，也不简单。我喜欢这种二十响的盒子炮。近战嘛，群敌迎面，盒子炮一挥，无人能挡，你就冲上去了。我对盒子炮有感情，爱不释手。后来，祝长官知道了我盒子炮打得好，又珍惜枪，就给我配发了一把，随枪还配了两百发子弹，整整一小木盒子，就放在我宿舍抽屉里。有几次我随从祝长官下部队，盒子炮挎在腚帮子上，相当的威风凛凛。

当然了，也不是光练练枪法，卫队的吴大队长也是上过好多次战场的，还有那个褚班长的一班人，都是和日本鬼子打过仗的，我们练习打靶休息时间，他们也说些战场经验，以及战术动作，一边说，一边比画，对我这个从未上过战场的人而言，几乎就是言传身教嘛，每次都说得我热血沸腾，恨不得迎面碰上一群鬼子，让自己一展身手。确确实实，当时不觉得益匪浅，后来，他们传授的这些见识真没少帮我的大忙。尤其是有一次褚班长说了一件事，对我震动很大，他说上了战场，新兵和老兵是不能比的，老兵经验丰富，知道咋样才能保住性命，比如鬼子打炮了，老兵都是弓腰撅屁股，双手抱头，屈肘支地，用这个姿势伏地，新兵不知道厉害，鬼子那边一打炮，一下子五体投地，合身贴在地上，等鬼子炮弹一停止，没炸死的老兵都能爬起来，很多趴在地上的新兵，看着是个囫囵的，但是起不来了，别人一动弹，七窍流血，分分钟就死掉了，即便活下来一小部分，下了阵地，两三天吃不下东西，大都是第四天第五天就死掉了，都说是吓死的，其实不是，就是合身贴在地上，被炮弹爆炸时的冲击波震碎了五脏六腑，受到冲击波重的，当场就七窍流血而死，轻一点的多活几天，但最后也是个死嘛。这个事例给我震动大，后来我带部队就特别注重保护新兵，而且每次上战场之前，我都要先讲这个事情，说实在的，每次都少死了很多人。再就是，吴大队长说的一件事，也是让我很吃惊的，他说的是和鬼子拼刺刀。他说鬼子拼刺刀很厉害，咱们基本上拼不过人家，鬼子不光拼刺刀技术好，还爱耍阴的，冲锋拼刺刀时，他们经常在侧面阵地暗暗架起几挺机枪，等咱们的兵一冲出阵地，大都是先被机枪打死的，即便到了面对面拼上刺刀，技术上是一个原因，更重要的是胆量不如人家，没有勇气，没有杀心，因为咱们的士兵都是善良的农民出身，有的杀只鸡手都哆嗦，何况杀人，老兵经过生死，好歹还敢一拼，新兵真没办法，端着刺刀都不敢朝鬼子身上捅，你眼睁睁看着他被鬼子一下一下捅死了。有一次，和鬼子拼刺刀，咱们完全是占上风了，差不多把鬼子全干掉了，留了几个顽抗的鬼子给一群新兵锻炼一下，尽管鬼子都是受伤的，干他奶奶，有的新兵端着刺刀就是不敢上前，军官和老兵在旁边咋样吼喊都不行，更悲惨的有一个新兵，被鬼子恶叫一声，吓得拖着枪掉头就跑，被那个腿上挨过两刺刀的鬼子一瘸一拐追上去，几下子捅掉了。吴大队长说这个事情时痛心疾首，他那个样子真是叫我刻骨铭心。后来，我组织了一次奇袭，没敢用枪，用杀猪刀，训练期间，我几次讲这个事例，准备行动之前，我又一次讲这个事例，就是想唤醒大家的勇气，让大家醒悟过来，面对强敌，咱们一定得有点血腥的胆量。哦，这个事情可能说多了一些。总之，我跟着祝长官的卫队在山里打靶期间，真是学到了很多东西，可以说让我受用终身。

咱们现在想来，祝长官给我讲孙子兵法，让我随着卫队练习枪法，大概出于一个大官对一个好学的部下产生了几分好感，从而生发出一点培养兴趣，至于后来对我比较信任了，我觉得可能缘于一次漫不经心的谈话。前边我说过，祝长官在官邸看文件，中间要小憩，他就出来在回字形走廊里踱步，活动一下身腰，我一听门响，就出来侍立门口，看他有何吩咐没有。这一日，又这样。我随在背后，正想请教师父“合于利而动，不合于利而止”这句话，祝长官突如其来，很随意的，轻声问我与陈先生是何关系，竟能得他着力推介。自古以来，咱们李庄人就知道大官都是人精，在他们面前撒谎不得，而且，寻常日子瞎话溜舌，关键时刻实话实说，也是咱们李庄人的性格嘛，我就一五一十老实交代了。自然，我把陈先生失足跌落这一点轻描淡写，主要说的是陈先生和老姑父方仪望的深厚交情。想必陈先生在给祝长官的信里也说到这一点。祝长官哦了一声，微微顿了一下步子，又噫了一声，接着踱步沉吟了片刻，忽然转过身，和颜悦色地说："是的，陈部长和方老先生早年在上海交易所里就是老兄弟了。委座未得龙腾之时，也在交易所落过脚，当时陈部长相伴左右嘛，拮据时多得方老先生相助，陈部长信里对此甚为感念。你既然是陈部长推介来的，我自当重用。你在官邸多日，我也看了你几眼，我觉得你少年持重，又好学，口无浮夸言词，又不瞎话溜舌。你在上海滩好几年，没染上市侩气味，这很难得。我要褒扬你几句，守诚至信，心地忠良。这也是秦先生对你的评价。秦先生看人很准的。你这个优点，要保持下去。"我自然马上两脚后跟啪的一磕，胸脯一挺，说长官嘉奖言语，李娃定将牢记心间。嘴上这样答话，心里边也自是纳闷的，不想陈先生咋的就变成了陈部长。后来回到自己屋里，又恍然，原来，秦先生暗自给我看过相，还把结语报给了祝长官。而这次小小交谈，想必也是祝长官的一点试探。结果，我的诚实回答，大是打动了祝长官的心扉，他才说了这一番言语。就像那句老话儿说的，当面赞美你不过是捧个场儿，背后夸你才是诚心诚意夸你。大家都是明白人，尤其是像祝长官这样的人物，有人当面夸我几句他至多淡然一笑，要是他信任的人背后夸我，那效果你可想而知的。所以嘛，人家背后赞扬了咱们，都是出于真心，咱们也得表示一下心意嘛，我就抽空特意到卫队营那边，提了一坛子黄酒，两只酒糟鸭子，向秦先生表示了谢意，还坐在他屋里听他讲了半天历代相法之优劣，倒也觉得相人有术，条条款款都是很有意思的。往后，一旦有空和他闲聊，这位老策士就给我大谈相法，大谈麻衣神相，尤其是说到后世相学界广为流布的《柳庄相法》，秦先生更是放开口舌，大讲一番明成祖时期袁珙袁忠彻父子在相学领域里的轶事传闻，如此这般，所以这部相学经典又叫做《袁柳庄神相》。这秦先生不得了，真是滔滔不绝，直说得口吐莲花，舌齿溢香，怪不得祝长官相信他，连我这样的年轻人，也给他说得心领神会了一般。

哦，就是祝长官和我谈知心话的当天下午，他老人家又命令我前去交通处汽车管理所报到，去干啥，去学开汽车，而且十天之内必须能够熟练驾驶。我在方公馆倒是老坐小轿车，眼见汽车夫老魏开汽车很神气，以为很难，其实很容易。我学的是那种道奇吉普，祝长官很奇怪，指明要我学这款车。老侄儿，你别看我在看书学习方面比较吃力，甚至有几分蠢笨，但是，学开汽车，我真得说自己是个天才。祝长官发话了嘛，交通处的吉处长也是个中将，他亲自指定汽车管理所的副所长黄上校亲自教我，开始时，急得黄副所长满头大汗，他以为十天能学会就谢天谢地了，熟练驾驶恐怕千难万难，结果才学了半个上午，他就放下心来，摆摆手，让我就自己驾车到处跑了。不过，祝长官说了学十天，我就在那儿学了十天，基本上把这辆吉普车摸清楚了。你想嘛，就是和一群鸡磨合十天，你也知道公鸡啥时候打鸣，母鸡啥时候下蛋，鸭子咱们就不用管它了。十天工夫，我基本上把长官部分布在各处的各个部门跑了一遍，包括在县城边上的司令部情报室。我这么做，就是为了熟悉道路，以备祝长官以后派我到哪个部门传达个命令啥的嘛。是的，就是这个单纯想法。后来，交通处还发给我一个驾驶合格证，贴上军官照，英姿飒爽，我就放在住处抽屉里，经常拿出来自我欣赏。不过，后来因为紧要关头走的急慌，落在我住处了。要不，放到现在，就是一件文物嘛。我比较喜欢这辆吉普，返回官邸时，我就驾着它回来的。当时我还奇怪，也没做啥登记手续，交通处居然问都没问，就让我开跑了。不过，几天之后，我才知道，这辆车是祝长官打过招呼要用几天的。

我记得清楚，那一天是冬至，山区降温快，头天我才换上新发的冬装嘛。早上刚起来祝长官就对我说，他上午要去看一个老朋友，吩咐我早饭后挎上盒子炮，开上吉普车，在官邸大门口等他。我草草吃了早饭，自然早早出来检查好车辆，站在车边等候。先是祝长官常使唤的一个勤务兵出来，把一个棕色小皮箱放在副驾驶座上，说是长官带给朋友的礼物，又请我李副官路上注意，小心颠簸坏了。平时官邸人员对祝长官的这个贴身勤务兵都是很客气的，我这边也赶紧点头应承。这时候祝长官出来了，也没有穿军装，长袍马褂，还戴副金丝眼镜，打扮得像个学究，但气质像个教授。我赶紧打开车门伺候他上车了，然后上车发动机器，请示去向。祝长官说：“沿着山路向东，一直走就是了。”这么一说，我就不再问了，开车向东走。你想啊，祝长官没穿军装，那就不是到长官部某个部门，也不是下部队，肯定是会一个私人朋友，这个情况下，一个副官，是不能随便张嘴乱问嘛。

上了山路，行不多久，我就醒悟过来，祝长官为何指明要我学这种吉普车，因为山路崎岖，路况不好，要是他的轿车，恐怕非得卡住底盘不可。这么一想，我更是觉得祝长官的这个老友非同小可。山路虽有点颠簸，但是，祝长官照样闭目养神，好像在沉思旧事。我自是不敢打扰长官。

行驶了一个多小时之后，山路这才平坦很多，可是前边有辆烧炭的汽车，蜗行一般，我按了两三次喇叭，就是不让道，我就急了，拉开车窗玻璃，喊他们：“我们长官有要紧军务，你们给让一让路！”喊完了，我下意识地抚了一下腰间的盒子炮。哦，你莫惊讶，当时燃油稀少，很多汽车都改成以炭火作动力了。前边这辆烧炭的汽车车窗啪嗒一声推开了，探出一个糟鼻老头，戴着灯芯绒蓝帽子，露一圈白头发，须眉皆白，大声嚷嚷：“我王笑千不懂军务，只晓得行车要按交通规则！”祝长官一听，赶忙让我停车，说王先生是大名士，咱们得礼貌一些。我赶忙停住车，祝长官撩袍下车，我自然也跟着下车。前边烧炭汽车也不停下，仍如牛车一般向前滚动。祝长官快步跟行着，并朝车内抱拳行礼：“久闻王先生大名，鄙人得罪，多请原谅！”王先生也令停车，他也下车客套。他们车里两个开车的，一个烧炭，一个驾驶，两个人没有下车，摆出一副豪奴嘴脸。我赶忙过去，给王先生敬了个礼，给他介绍说这是我们祝长官。两个豪奴不觉停下车来。祝长官是战区司令长官，又是党国要员，想那王先生也是知道的，一时间少了名士谱儿，连连向祝长官作揖，那么大岁数了，前倨后恭，哪里还像个有风骨的画家，简直像个小丑一般。客套完了，自是给我们让了路。我们继续前行。

祝长官兴趣盎然，说那王先生是享誉全国的大画家，擅长苍鹰与葡萄。言下之意，很想得到两幅自娱。也蹊跷得很，十几天之后，祝长官官邸大客厅里就有了一大幅苍鹰图，一大幅葡萄图，我曾经独自看了好几次，也没有看出妙在何处。哈，咱们不懂也是。

自然了，这个不是我要说的。我要说的是，我驾车又行驶个把小时吧，山道岔了出去，祝长官指挥我顺着小岔道又跑了大约三刻钟，这才看到山坳间一个小小院落，到了院门前，我不由自主停下车来，也不等我下车开门，祝长官径自推门下车了，可见，祝长官心里急迫嘛。我也赶紧下车，顺手提下副驾驶座上的棕色小皮箱，跟在他后边。小皮箱也不重，想必是些细软。门前有几棵树，已经凋零，枯叶落了一地，似乎从没打扫过。我上前一步正要敲门，祝长官举手止住，径自推门而入。小小院落里也是遍地枯叶。早有一个干干净净的老婆子迎出来，操着苏白，我这下子真是一句也听不懂了，祝长官也用苏白回了她两句，老婆子就来接过我手里的小皮箱。然后，老婆子伸手示意，请祝长官进屋。祝长官给我一个示意，我马上向老婆子道个谢，转身走出了大门。随手关门之际，我看见屋里当门站着一个妇人，大约不惑之年，青地素花棉袍，围着一条白之又白的羊毛围脖，满头乌发，堆在围脖上。我自然不敢细看她的脸，一眨眼瞥见她风韵犹存，一派尊贵姿态。我关上门，才见大门上门对子还在，想是日久经年，早不见红色，但是墨字愈发赫然，字体娟秀：门前枯叶地，不扫待知音。我回到吉普车边，望着门上褪色的门对子，心头撞撞，也不知微妙所在，只是疑惑刚才进门时竟然没有留意到这副门对子。

大约也不过个把小时，祝长官出来了，还是那个老婆子送他，那个妇人没有相送，只是倚门伫立，眼神儿跟着祝长官走出来。那时候我毕竟年少无知，所思所想，过于浅显，只知道赶紧打开车门，恭恭敬敬请祝长官上车。我上了车，发动机器，回头间看到祝长官泪眼婆娑，双目空洞无神。我哪里还敢多嘴，马上启动车子，原路返回。

哎呀，我在长官部期间，再也没有去过那个小院落。我觉得这是祝长官的故意安排。你想啊，将军伤感，英雄柔情，哪里肯让同一个人第二次见他落泪。想想也感慨得很。咱们这些平凡人物，只知道国民党的将领飞扬跋扈，也看惯了他们的沙场征杀，也承认他们不乏身怀奇谋异志之人，但是，有几个人亲眼看到了他们的铁血柔情之一面。想那祝长官，早年沙场驰骋经年，血染战袍无算，如今指挥得千军万马，竟然也过不了美人情场这一关。当然了，这只是我的猜想，也许，那个隐身深山的俊美妇人，只是祝长官的红粉知己也是有可能的。

喂呀，今儿说多了嘛，日头都偏西了。

老侄儿，就到这儿吧。

第十九章

老侄儿，昨天说到祝长官私会隐在深山的红粉知己。

那个年月，国民党的大佬，哪一个没有小妾外室，哪一个没有几枚肉弹粉娃嘛。挑不出几个干净的。凡人食色，皆本性耳。像祝长官这样的赫赫大官，生活里有几个女人何足道哉，比如那个唱戏的小旦，都生出来小公子了。拿现今儿的话说，也就是私生子嘛。因为时代没有节操，众生没有底线，所以，如此之类，连祝太太也一律仿若不见。但是，我敢断言，祝太太不一定知道山里藏着的这一位。那番情形，祝长官和她的关系，远非唱戏的小旦之类所能比得了的。要是，祝太太知道了这一位,我猜测她未必能像对待唱戏的小旦那么丞相大肚。哦，你说对了，那是，当时，我自是把这些想法藏在心底，在祝长官面前不敢露出丝毫。

说也怪哉，自此之后，我明显感受到，祝长官不仅把我当成了生活副官，还把我当成了心腹。尤其是到了过年，我又来了运气。正是雪花飘飘的，祝太太从重庆回来了，虽是战争年代，咱们中国的老礼还是要守住的，人家也要一家人过个团圆年嘛。祝太太事条子多，天天走动，和长官部的一些高官眷属相互来往，我又会开汽车了，加上雪天雪地的，自是要鞍前马后奔走效劳。祝太太一见我还是中尉，马上在枕头上给祝长官下个指示，把我升为上尉。这样一来，过了年还没有出正月，我就由中尉变成上尉了。战场上有多少中尉九死一生，也未必就能升为上尉，我这里，先不说从未上过前线，扳手指数起来，挂前搭后，中尉也就是一年半时间，升官这样快，简直莫名其妙。自然了，这点小小事情，在祝太太这位高官眷属眼里，等同儿戏。祝太太在官邸过年那段时间，我天天都是她跟班的，眼见得的，在咱们这样小人物身上，一件事情要办成比登天都难，但在祝太太那里，天大的事情，也只是在她点头摇头之间就解决了。

老侄儿，你他娘的，做人要地道，这道做人的门槛咱们要守住不是！我当然不能给她说山里边藏着的那位了。要不，屁眼里夹不住一粒秕芝麻，对不住青睐自己的老长官，那我还算是咱们李庄的人吗？祝长官很满意我这一点，嘴严实，他很是放心。以至于后来，战区的几位副司令长官，集团军的总司令，以及很多军长师长，来长官部开会，或做别的公务，顺便到官邸拜望祝长官，我都不需要刻意回避，他们说话时，我也可以站在门口侍立，适时进屋，为他们端茶倒水。祝长官办公室那个暖瓶很贵重，是个三磅的鸭嘴式铁壳水瓶，有个机关，一按就能出水，一般人还真不会用，哦，现在这样的暖瓶不算个啥了，祝长官爱喝茶嘛，所以就爱这个鸭嘴暖瓶。当然，祝长官很讲究养生，喝茶伤胃，所以嘛，茶几上时刻少不了一盒沙利文牌子的饼干，这些个玩意儿，都是祝太太亲自从上海滩购置的。咱们说那，这样一来，我就知道了很多事体，包括新四军的叶挺将军，也来过官邸，我也见过两次，一次是来要武器装备的，一次是会后来拜望祝长官的。祝长官和叶将军谈话，也是很随意的，时而哈哈大笑，时而窃窃私语。后来听祝长官说，他和叶将军是保定军校的老同学了，所以亲热得很。还有江北的韩主席，也称作韩副长官，留着短髭，戴着雪白的手套，和祝长官握手也不摘手套，趾高气扬的，几分牛气，我很看不惯。后来听说，这老韩不光是祝长官的保定军校同学，还是老乡，两个人的关系非同一般。说起来话长，一扯就扯到军阀混战时期，也就是直奉战争之后，曹锟贿选嘛，各地军阀义愤填膺，纷纷成立讨伐队，通电向曹锟宣战，自然了，这里边都是张作霖在作祟嘛，直奉大战，他打败仗了嘛。说那个，川军讨伐队第二混成旅前敌总指挥是刘伯承，就是咱们的刘帅嘛，当时他带着队伍在宜昌那个地方，把直系军阀吴佩孚的一个师击溃了，还活捉了一个中尉军官，就是咱们眼前说的这位老韩。咱们刘帅何等胸怀，一番教诲，老韩痛哭流涕，要求回家探望父母之后，再来投奔刘总指挥麾下效力。那时候，祝长官还在广西一个姓谭的军阀麾下当少尉排长，因为在窑子里和这姓谭的小舅子争风，被姓谭的军阀开除了军籍，返回老家正自苦闷，这下好，就随着老韩到了川军第二混成旅，刘伯承刘帅接纳了他们，还委任他们两个同为前敌指挥部中尉参谋。可以想到嘛，祝长官和老韩当时对刘伯承感恩戴德。不久，刘伯承和吴玉章吴老联系上了，就脱离了混成旅，投身革命去了。咱们李庄有句老话说得好，跟着好人学好人，跟着神婆子下假神。祝长官和老韩这二位，要是追随刘伯承投身革命，那咱们的故事就得朝另一个方向讲去了，甚至咱们的历史很可能又是一种写法了。可是，他们俩没跟上步子，茫茫然重返故里，过了一阵子，跟着蒋老先生走一道上了。

糟鼻老头了，真麻烦，肚里东西多，一说就发岔子。

老侄儿，你多担待。

当然了，我也不是光见过这些大官，大人物，至于长官部各个部门，我也是日趋熟透了的。因为祝长官看完文件要返还各部门嘛，有时候他的机要秘书张副官一时不在，祝长官也让我送去。再就是，有时候祝长官下个条子说事论人，或者随机找个啥人，也都是让我去办。那辆道奇吉普，我也没有交回交通处汽车管理所，他们自然也不会到官邸索要了。跑腿办事，要是远一点的路，我就开车过去，遇有到官邸办事的，我还顺路捎他过来。这样时间久了，长官部各个部处没有不认识我的，我到各处行走起来也方便得很。只是，苏联顾问室的几个大鼻子不太礼貌，呆板得很，对谁都很警惕，都很漠然，你从他办公室门口过，他坐在屋里翻着眼白看你，就像屋里坐了一条狼狗一般。美国顾问室的大鼻子要活泛一些，尽管那几个美国佬平时傲慢之至，但也懂得察言观色，看人下菜，他们一见到我，知道是祝长官身边的副官嘛，也相当友好，满面带笑，满嘴哈喽哈喽的，还请我抽“骆驼”牌香烟，我自然不抽了。祝长官都不抽烟嘛，我哪里敢抽烟，再好的牌子也不能抽。尤其政治部下属单位有一个叫李承晚的，见了我更是点头哈腰，笑得吃了一颗糖豆似的。对对，就是后来当了南朝鲜总统的那个。当时战区有个韩台义勇总队，直属于重庆总政治部，安排在战区政治部搞日语宣传工作。他们有的是台湾人，有的是朝鲜人，还有几个旅日的华侨，基本上都是福建人，这些人日语很好。李承晚就在这个总队当头目嘛。后来朝鲜战争打起来了，一说李承晚，我哎呀哎呀叫了好几声，心说这个笑嘻嘻的小鳖仔子，也逞起能来了。我对他这个人印象一般般，见谁都弯着腰满嘴奉承话，喜欢溜沟子，我看不起，也不常来往。和我常来往的都是长官部和我年龄相仿的尉级军官，也有好多比我大几岁十几岁的校级军官，他们大都和我无话不谈。当然，有的将官也是很和气的，比如我们副官处的庾处长，还有参谋处的黄处长，都是少将。大官，有时候比中不溜的鸟官更好接近。这样，我就了解到很多情况，不仅知道各部门内部的关系，还知道了各部门长官之间的关系亲疏。尤其好笑的是，很多部门竟然也养着很多闲人，就像我初在官邸那般，几乎没有啥事可干，连个办公桌都没有，白白拿着薪水。这些人，除了是各部门长官的亲朋，再就是刚刚毕业的军校生。有几个军校生满心是抗日报国的，受不了清闲，纷纷辞职，另谋他就去了。是的，那时候，不管是军队还是国府，不管多大的官职，说不干了，递个辞呈就是了。搁在现在就是辞职报告嘛。我在祝长官面前自是不谈这些，祝长官不喜欢听这些。再说，向长官报告这些烂事情也不是我的职责嘛。

祝长官闲暇时也召我闲谈，多是他说我听，他谈兴大发嘛，说的都是他早年的征战往事，要么就是东征，要么就是北伐，要不就是棉湖战役，要不就是松口大捷，反正这两件事，说它千遍也不厌倦，每次都能把自己说得很高兴。说高兴了，就教诲我这样的年轻人，要奋发图强，努力工作，不怕牺牲，尊重长官，和谐同僚，多到部队走动，多掌握情况，情况掌握得越多，解决问题的办法就越多，解决的问题越多，你的功绩就越多，功绩多，晋升的机会就越多，这是非战斗人员晋升的捷径，就像我这样的机关虫子，切切要注意这个。我记得，有一天上午，外边落着小雪，他说得有点亢奋，随口给我说了这么一段话："李娃副官，小李娃啊，你不要满足于上尉级别，也不要满足于在官邸当个副官，你要努力建功立业，准备下去当个团长，团长当好了，才能当师长，以此类推。当然，当团长，当师长，不是你想当就当的，都是由上峰长官说了算，但是，你得创造一个能让上峰长官开口说话的过硬理由，那么，才行喽。"云云。反正就是这些话嘛。

也不能否认，祝长官这些当官的经验，确实让我心头火热一片，几乎让人跃跃欲试。自然了，祝长官也是有意栽培我，除了偶尔派我下部队熟悉情况，还准备送我到中央陆军军官学校第□分校上学，就是现今儿说的上军校嘛。我不能说是第几分校，一说你顺着藤蔓一摸，就啥都知道了。我可以说的是，这个军官分校就在战区辖内，新开办的，主要培养下级军官，基层部队的政工人员和医务人员，听说还有几个女生中队，叫人好生向往。祝长官有这个想法时，这一期开学已经近乎一年，祝长官就说我下一期再去上吧。结果，到了下一期招生时间，祝长官顾不上这个小事了，因为那段时间，蒋老先生下了密令，他已经开始谋划围攻新四军了。不管是在官邸，还是在司令部办公厅，参谋处的少将处长和一课二课的两个上校课长，几乎就像影子一样，天天围着他转悠。一课管作战的嘛，二课管情报的嘛。自然了，这些都是后来的事，也是我后来才知道的秘密。当时只知道他们忙得废寝忘食，根本不知道他们忙个啥。说来也是蹊跷，在这个阴谋实施之前，祝长官还让我到新四军里跑了一趟。当时，还是国共合作期间嘛，江南不像江北那样，脸皮已经撕破，见面就放枪，搞摩擦嘛，在江南这边，表面上还算保持着友军关系，长官部不仅派有联络官常驻新四军军部，还时常派一些处长参谋之类的过去巡察部队情况，包括点验发饷之类。说是巡察点验，其实就是探根摸底，有点侦察的意思。我当时哪里知道其中微妙，只以为就像下部队那样，到新四军走上一趟，嘴巴除了吃饭，只管闲着，眼耳自当辛苦一些，就是少说多看多听的意思嘛，回来好向长官报告情况。祝长官也是这个意思，他还特意让我带上一条美国香烟，让我去看一下派驻新四军军部的联络官茹参谋，问候一下，因为那边条件比较艰苦，人在那儿很不容易嘛。于是，我就带上这条美国烟，跟着巡察小组去了新四军军部。

老侄儿，新四军的历史就不用我多说了吧。

我知道，你为了帮我写回忆录，有关新四军的历史，你已经研究很久了，前几年，你还去参观过当年新四军战斗过的许多地方。自然了，现在说起新四军的历史，我也能如数家珍，我也研究了好几年嘛。但是，当年我随着巡察小组到新四军军部之时，对新四军的了解微乎其微。日常在官邸，或者在长官部各个部门，偶尔也听到他们议论过新四军，多是谈虎色变，心有顾忌，而语多不屑之词。当然也有赞叹之语，比如说起狸头桥之战，繁昌之战，等等吧。站在我到新四军巡察这一年说话，去年七月，新四军一部闯入上海虹桥机场，火烧几架日军飞机，尤其是说起这件事，竟有人鼓掌击节，大声赞叹。尽管国民党军事委员会为这些战绩也是给新四军发过嘉慰电的，但是，这类事情在长官部却是不能公开赞扬的。政治部第三课宣传组的邵上尉，即将要晋升少校了，就是因为在食堂里赞美新四军火烧日军飞机这件事，被政治部长官找去谈话，不服，还在食堂里说，结果抓到宪兵团禁闭室，关了两三月才放出来，少校是晋升不成了，反而被派到下边一个营里政治指导室当干事了。是的，那时候，只有团营级单位有政工干事，师以上政治部的普通干部叫科员，我记得是这样的嘛。也是这位邵上尉不幸，正赶上统帅部采纳了苏联顾问团的建议，在全国范围内选择几个重点，发动一次冬季攻势，而战区选择的重点，正好是邵上尉这个营所在的集团军防区。不消说，邵上尉就在这次冬季攻势中战死了。当时快要过年了嘛，一听说邵上尉殉国了，政治部还好意思开了一次表彰会，搞得轰轰烈烈，弄得邵上尉成了从政治部出去的英雄，他的死也成了政治部的光彩事情。一些尉官底下嘀咕，说的也怪，说邵上尉是因为赞扬新四军才“被”殉国的。这就是说，当时，在长官部也好，在官邸也罢,新四军可不是一个好谈的话题。我当时虽然是个卑微人物，了解情况不多，但也有自己的观点嘛。我觉得国共合作是个面子工程，国军有点不实在，就像两个人处朋友，当面一套，背后一套，咱们李庄人说起这类两面三刀的人来，喜欢骂他一声杂种。当然了，我私下里对新四军也是有几分好奇的。不过，这个话题，我没有给人交流过。说起来这个，要感谢大少爷方迈克，他给我看了很多黑幕小说嘛，教我多了个心眼，小心万事祸从口出。

那次到新四军军部，也不是我自己，是一个巡察小组。各部门都派有代表嘛。办公厅自恃衙门口高高在上，没去人，去的最大的官是参谋处的副处长，也是个少将，整天两眼阴勾勾的，装个逼样，屌不理他，平时我也不咋尿他，懒得记他姓名，这会儿想是想不起来了。哦对了，他这次是巡察小组的组长。哦，他娘的，还带了个随手使唤的副官，是个少校，好像姓孙，对，就是姓孙，一路上那位少将组长老是咧着嘴叫他孙猴子嘛。军务处去了秘书室的秘书，是个中校，趾高气扬的，也不说他姓名了，他过去搞点验的。参谋处第一课课长，是个上校，搞作战的嘛，自然要去了。副官处去两个，一个是第三课的申课长，也是个上校，搞交际的嘛，说是过去应付对方招待之类的，其实是跟过去随机打马虎眼的，搞交际嘛，最擅长的就是打马虎眼。另一个就是我，我没有具体任务，祝长官说了，多听多看。再就是经理处二课课长，也是个上校，管钱的，过去检查粮饷发放情况的，看看新四军里有无盘剥卡扣吃空饷之事。看看，去的这几个人里，就我官最小，但是没有一个敢不尊重我的，因为我是祝长官身边使唤的生活副官，虽然业务上又不对口，这次长官派我随他们到新四军巡察，马屁精们都知道其中内涵，所以对我都是很客气的。就这么几个鸟人，居然开了三辆吉普车，浩浩荡荡开往新四军军部。当时是七月底八月初嘛，这一点我记得很清楚，头天下午祝长官一边扇扇子，一边打电话。头一个电话是蒋老先生打过来的，说的是和中共谈判的事情，可能两个人都很高兴，祝长官一直拍蒋老先生的马屁，连说“委座英明，委座卓见”。这次谈判咱们也都是知道的嘛，蒋老先生派的是何长官应钦和白长官崇禧，毛主席派的是总理和叶帅嘛，在重庆谈判，先是中共的“六月提案”，再是国民党的“七月提案”，然后，国民党又来了个“中央提示案”，谈了几个月，没结果。蒋老先生老是想欺负人嘛，中共岂能是好欺负的，自然没啥结果嘛。那天下午，祝长官打完电话，很高兴，还在屋里低声哼唱苏北小调：小妹妹送情郎送到了村外边，郎有句知心话你要记在心间。郎出门呀没人照顾你，太阳不落就要把门关呀妹子。这时候，又一个电话进来了，是江北的韩主席，同时他又是战区的副长官嘛，他报告江北二李在郭村和陈毅部作战，失利了，被干掉了三个团。祝长官气得又骂娘，又跳脚，电话都摔了。我也是多事嘛，连忙过去劝长官消消气，还顺手打开收音机，希望正好来一出京戏让长官开开心。祝长官不光喜欢家乡小调，主要喜欢的还是京戏嘛，有那个小旦可以佐证。结果收音机里传来的不是京戏，而是一个通告，说的是德国攻陷巴黎，法国政府被迫投降。祝长官一听，立刻厌烦地挥手让我关上收音机，接着牢骚了一句：“奶奶，整个七月，就没有一点儿让人开心的事情！”所以，我记得是七月底八月初嘛。我们这个巡察小组，就是在这个大背景下到新四军去的。鬼天气也不应承人，热得要死，再加上有点路程，几百里地，所以一大早就出发了，就是想趁天凉快赶路嘛。可是，奶奶个熊，上路时几个军官为了一顿早饭没吃成，怨声载道，干了奶奶又干娘的。经理处第二课课长是陕西籍的，他要干大家的婆姨，他说：“日你们婆姨！鹅这个早饭也日攮不成咧！”我当时哪里知道这几个人个个心怀鬼胎，人人都有自己的算盘，反正咱们不多管闲事嘛，一路上只管小心驾车，开始时我们副官处那位申课长还伸着拇指，夸赞我驾驶技术高，后来，没跑三里路，就歪倒身子打起了呼噜，中途我回头看他几次都没醒，口水淌了一脖子。

新四军对战区长官部的这个巡察小组十分重视，大加欢迎，组织得很隆重，很多官兵列队整齐，打着横幅旗帜，欢呼鼓掌，还有一支军乐队摆好了阵势，我们这三辆车子在军部门口一停下，军乐队就开始演奏。咱们李庄的人听戏，拉弦子，敲锡锣，弦子听调儿，锣鼓听点儿，人人都懂，但要说那些西洋乐器，没几个人见过，那些洋气的音乐，就更没几个懂得的。我自是听不懂演奏的是啥曲子，只是听了觉得心头一激，精神一振，不自觉间胸膛就挺起来了。喂呀，想当年不光上海啦、杭州无锡啦、包括汉口等地，都有大批的青年投奔新四军，热血报国，就是菲律宾和新加坡的有志青年，也不远万里回国投奔新四军。那个时候，国外华侨大力支持国内抗日，树高千丈嘛，谁不爱国嘛，抗日救国，天下炎黄职责所系。尤其是对新四军，南洋华侨捐钱捐物捐武器，最是有功劳的。现在咱们翻翻资料，就能看到这一笔。不管过了几辈子，咱们也不能忘了这章子事体。我眼下说的新四军这个军乐队，就是由菲律宾归国华侨组建的。他们是华侨嘛，物质条件还是比较好的，身上新四军军装是新的，大都是穿皮鞋的，还有穿高帮运动鞋的，都打着漂亮的绑腿，显得很精干。欢迎规格也很高，军长副军长以及参谋长政治部主任，都亲临现场欢迎。叶挺将军我是见过的，穿着笔挺的呢料将军服，佩戴中将军衔，腰束小手枪，很是洒脱。好像和我们这边参谋处那位少将副处长也是相熟的，两个人敬礼握手拍肩膀，老相识的光景。就这么一个个握手下来，都是老相识老亲戚一般。我的官小嘛，排在最后，叶挺将军同样热情握手，但我明显感觉到，他根本就不认得我。不过这也有情可原，像叶挺这样的将领，身经百战，阅人无数，我不过是个副官，不过在战区长官官邸仅仅给他倒过两次茶水，你不可能让他记住这个嘛。自然了，我这次也见到项英了。给大家握手，叶挺将军第一，项英第二，他当时编制上是副军长嘛。国民政府发布过命令，国民革命军陆军新编第四军，军长副军长都是有委任命令的嘛。至于在党内他们咋排序的，那个另当别论，我当时也不关心这个嘛。项英没有架子，热情，但有分寸。论级别他也是将领，我是上尉，我自然要先给他敬礼了，他也很快还礼，握住手后，手上一紧，一顿，就松开了。他没穿呢料将军服，穿的是皱巴巴的布军装，和其他新四军没啥两样，脚上是布鞋，绑腿打得干净利索。哦，对了，项英的风纪扣扣得很标准。让人感到奇怪的是，和几位新四军将领一起欢迎我们的还有两个外国人，一个是德国人，是啥报纸的记者，叫汉斯，穿西装，打领带，还戴一副黑色大边框的近视镜。另一个是个女的，美国记者，就是那个大名鼎鼎的史沫特莱，这个女人一看就不简单，大嘴大脸大鼻子，身材魁梧，比大个的中国妇女都要粗壮，比一般中国男人都要高，这么个身材，还穿着中国旗袍，真的好奇怪。说起来，这个外国女人，我几年前在上海滩见过她的，只是当时匆匆，她未必留意到我，咱们且把这一段往事按下不表，此时不认得我，也是有情可原的。后来新四军这边一介绍，我们才知道，这两个外国记者恰好正在新四军访问，赶上长官部巡察小组过来，他们想趁机集中采访一下，照现在话说，我们的到来，让他们感觉到有料可爆。我们这位少将组长一看到这两个外国人，又是记者，马上机枪点射一般，快速给我们每个人搭了个眼神。说起来也是怪哉，在这种境地里，要是光明正大的眼神，有的人可能会理解有误，但这位少将组长这个鸟不鸟的眼神，大家顿时吃透其中精神，那就是说话谨慎一点，小心舌尖走火。哦对了，战区派驻新四军军部的联络官茹参谋，也在欢迎的队列里，白白净净的，笑吟吟的，戴个金丝眼镜，真他娘的，连他也是个上校嘛。

欢迎仪式一结束，马上按计划展开工作。我当时还觉得新四军好像不咋讲礼貌，都到了饭点了，也不先开饭，也不让休息一会儿，泡壶好茶水，喝了再说。现在看来，新四军不拿花架子，不是先吃饭后工作，而是先工作后吃饭，很显然，人家就是这个雷厉风行的工作作风嘛。新四军军部也是机构繁杂，部门很多，而且各部门驻地零零散散，即便走马观花看上一遍，最少也要两天时间。因此，每次巡察组过来，都是点出几个重点部门巡视检查，这样又省事，又能看到自己想看的地方。我参加的这次巡察也是这样的。那位少将组长是战区参谋处的副处长，副处长算个鸟，处长都做不了主，上边参谋长才是说话算数的嘛，可是这位副处长在新四军这里非要耀武扬威一下，自然喽，他首先点名要巡察参谋处，而且指明了要看一下新四军的作战计划。新四军军部参谋处早有准备，作战地图已经挂好了，那些花花绿绿的三角箭头，所标示的是个啥，我也看不懂。后来新四军参谋处的那位赵处长拿着一根竹竿指挥棒，戳戳点点一番讲解，我才知道，地图上标示的原来是当前敌我态势和各自企图。说实话，我就是这一次学会咋样看地图的，以前在战区长官部也见过作战地图，但没人指点，我看不懂，咱们李庄人也看不懂。新四军的这个赵处长，绝对是个好老师，简单明了，说的清清楚楚，让人一下子就看懂了。也可能是老伯父我有这方面的天赋，后来行军打仗，使用起地图来，那个熟练劲头，好多人都以为我经过参谋专业培训。这赵处长，腹有诗书，口才也好，可谓谈经入妙，能使顽石点头，可教天花坠地。讲完了，巡察小组的人以及陪同围观者，大加鼓掌。我们那位少将组长，在这个场面上哪能丢了颜面，想较个长短，拽起文来，说赵处长可谓是读尽三坟五典，不仅才储八斗，学富五车，而且还锦心绣口，能言善道。你听听老侄儿，这话儿说的，连我这样不识几个字的人都听出来了，表面上是赞美人家赵处长，实际是他显摆自己的臭文采嘛。那赵处长也自谦得很，说新四军里能人辈出，自己不过记问之学，袜线之才，让大家见笑了。就是这个赵处长，高谈阔论，说话儿也甚合孔孟之道，谁料到，事变被俘后竟然叛变了，也是使用地图佐证新四军是怎样攻击国军的，作伪证嘛。后来听说这个姓赵的想到国军某师当师长，一个叛变者，国军哪里肯满足他这个欲望，赌气再次逃跑，看守他的是个新兵，还是个斜眼，不想一枪就把他击毙了。这个，只是个传说之一种，还有另一种说法，姑且不说了，反正是死了。

巡察完了参谋处，自然要巡察武器装备。说老实话，当时新四军的武器装备不能算好，也不算太差。后来我看过一些资料嘛，说新四军的生活条件和武器装备比八路军要好一些，因为天时地利人和，处于江浙水乡，物质丰富，京沪杭富家子弟参加新四军的很多，华侨捐助也多，购买武器医药之类很方便的，等等。只是，那个时候，哪里看得到这类资料。在现场时，我还怀疑新四军是不是把好玩意儿都藏起来了。我看了，差的就不说了，大炮山炮迫击炮之类的，没看见，最好的也就是马克沁机枪，捷克式轻机枪，日式重机枪，好的步枪就是三八大盖，中正式步骑枪就很少。新四军的这些日式武器，巡察小组也知道来源，大都是和日军作战时缴获的嘛。他们和鬼子打过几架狠的，打过繁昌嘛，打过棋盘岭嘛，都是有缴获的，好东西要交到军部嘛。观看武器时，我们那位少将组长也是言不由衷褒扬几句，又提出要去看看枪械修理所。新四军当然同意了。枪械修理所距离军部有几里路，于是，一行人又坐车去了枪械修理所。当然，那时候新四军也有汽车了，吉普车这类小车子不说，有一年上海煤业救护队来参加新四军，一下子就带来二十多辆大汽车。那次去巡察枪械修理所，除了军长叶挺是坐他的小车的，副军长项英和其他一群新四军干部，包括一排警卫部队，就是坐一辆卡车去的。德国记者汉斯被我们的少将组长请上了自己的小车子，他这个事情做得意味深长嘛，只是有点遗憾，两个人言语不通，又没有翻译，无法交谈，想必他们在车上就像喝酒划拳一般，全是手活儿。那位美国女记者史沫特莱有点个性，不愿意坐小车，她喜欢和新四军战士们挤在卡车上。可是，她穿着旗袍上车，很不方便，一个新四军小战士跑得快，搬来一条枣木凳子，她踩着凳子才上了车。

新四军的枪械修理所在一个祠堂里，条件相当落后，别说精密仪器了，连像样的机器都没有，有一个转动的轴承，都是用一头耕牛做动力的。唉，我不会画画，要不我就给你画一张图了，光嘴上，我没法给你描述那副景象，说不清。一个胡茬子花白的新四军老师傅，带着几个生机勃勃的年轻新四军技工，在那儿干活。有的用锉刀修准星，有的用改锥修卡标，还有一个技工，看模样，年龄和我大小差不多，用木头做枪托，一双手都是老茧，我看着心里都硌哽得慌。一张木桌子上摆了几颗他们自制的铁雷和石雷，方头圆脑，也不知能否炸得了。光看那模样，就与我在新兵营见过的各种地雷不能相比，性能上恐怕也没有可比性。新兵营的费营长喜欢摆弄地雷嘛，他说过，土制地雷威力都不太大，但是要是炸着你了，伤口都特别难好。我当时还傻乎乎想，就这种武器，竟然也敢和鬼子打仗。我忍不住打了个喷嚏。原来是，修理所的气味相当难闻。修理所嘛，铁锈味是难免的，要是有油的铁锈味还勉强能闻，没有油的铁锈味，那闻起来就像辣椒面差不多，呛鼻子。巡察小组的几个课长和秘书，也接二连三打嚏喷，尤其是那位少将组长，打了嚏喷，还要掏出白手帕左擦右擦，刚擦完，又一个大大的嚏喷。但他不好意思发作，再加上两位外国记者兴趣盎然，他也不好意思走掉，有碍国际观瞻嘛，只好站那儿受罪。

外国人喜欢枪械，更喜欢科学技术。那个德国记者汉斯，对一头耕牛做动力转动轴承大感兴趣，一会儿弯腰观看，一会儿手托下颏子，皱眉思考，入了迷一般，恨不得当场变成那头牛，亲自体验一下制造动力的快感。美国女记者史沫特莱，也迷上了这种古朴的科学技术，她挥舞双手，连连称赞新四军的智慧。我自是听不懂她说的话，只是见她冲着叶军长一列几位新四军将领大竖拇指，嘴里黄鹂般叫个不停。我猜她在赞美新四军嘛。当时好奇怪，我冷不丁想到，要是大小姐在跟前就好了，我就知道了史沫特莱说的是啥了。当时，心绪飞扬嘛，我还快速想到大小姐和电影明星卓别林交谈的情景，一口好英语，那么顶呱呱的流利。

也许是枪械修理所的铁锈味，扫了那位少将组长的兴头，原计划要巡察的新四军教导总队也不去了，前方医院和后方医院也是走马观花，倒是后方医院的几个日军俘虏，让这位组长摆足了中国将军的威风。那几个日军俘虏，军装上虽然都摘去了军衔领章，但从神态上看他们还是日本鬼子，有点木讷，又有几分倔牛气息，而且外表也不够体面，个头矮小，有一个个头过于矮小，几乎就像个十多岁的少年，你简直不敢想象，这么一个小孩一般的鬼子，也到中国来杀人放火。总共五个鬼子，有三个一笑满嘴龅牙，大概日本的水土不好，养的人性子恶劣，牙口也恶劣。五个日军俘虏正在排队等待照爱克斯光，做胸透嘛，站成一排，笔直，一看就是经过严格训练的。新四军显然是有准备的，马上过来一个翻译，一声口令，五个日军战俘唰的一个左转，成一列横队面向我们。我们这位少将组长步子移动，跨立在这几个日军俘虏前边，开始大讲一番，中国人的道义，日本人的侵略，滔滔不绝，讲了将近一个小时，奶奶个熊，真是个神经病，要是话唠嘴痒，朝几个日军俘虏白话个啥，直接到战场上朝那些拿枪拿刀的鬼子们扯去嘛。白话了半天，总结起来，其实就一句话，日本要想从中国得到便宜，那是做白日梦。只是，新四军的那个翻译不是很强，要么就是有意的，做完简单的介绍之后，就没再翻过一句话。我们这位少将，等于对牛弹琴，白费了个把小时的口舌，他很不满，所以，他嘟嘟囔囔，说新四军过于仁慈了，这么贵重的医疗仪器，居然给日本俘虏使用，有没有想过他们是咋样烧我们房子的，又是咋样杀我们百姓的，对侵略者的仁慈，就是对同胞的残暴。叶挺将军解释说，这几名日军被俘人员，经过教育，思想转变很大，认识到了日本帝国主义发动侵略战争的反动性质，主动要求参加新四军，军部前不久为他们举行过日本弟兄参加新四军宣誓典礼，而且他们在军部也刚刚成立日本人反战同盟委员会，进行反战宣传，对瓦解日军士气，促使日军思乡厌战，还是有着相当作用的。叶军长正说着，忽地响起一阵子哨子声，新兵怕号，老兵怕哨嘛，一时间，吓得巡察小组人人寒脸怯色，少将组长甚至差点拔出枪来，几个课长秘书也纷纷摸着了腰间配枪。自然了，我也差点拔出二十响。只有长驻新四军的联络官茹参谋，苦笑着大摇其手。叶军长哈哈大笑，说是他们卫生培训队下课了，要不要集合整队，请巡察小组训训话。我们这位组长哪里还好意思训话，强装很有涵养地摇摇手。说话间，一队新四军女兵拐过墙角，依次而出，戴着军帽，扎着武装带，虽然布衣布鞋，但是精神昂扬，英姿飒爽。我们这些人都站在理疗室的走廊下，面对突然出现的一队齐刷刷的新四军女兵，甚是惊诧。那个美国女记者，史沫特莱，穿着藏青地绣兰花的旗袍，一边呜哇呜哇的尖叫着，狗的狗的味儿狗的，一边鼓起掌来。于是乎，这厢里一群人也纷纷鼓起掌来。即便那位少将组长，也是鼓着掌，眯着眼，虽然面带微笑，但是，潜在的一副色眯眯的样子，还是能看出来的。这队女兵好似一帘幽梦，从我们眼前走过去了。最后，是两名男干部，其中一个穿着白大褂，书卷气打鼻子，显然是教师；另一个，穿着新四军干部服装，器宇轩昂，我看见他，简直魂飞魄散。

是谁?

老侄儿，你难以想象!

竟然是蔡琅玕!

我鼓掌的手不由自主停住了。蔡琅玕向我们这边一瞥间，也显然看到了我，但他依然如故，仿佛不认识我一样。他只是轻轻地咳一声，好像净一下嗓子似的。前边有个女兵好像得到某种暗示一般，缓缓一侧脸，哎呀，我的心脏，咔吧一下子停止了，我的大脑里顿时涣散一团，就像酥糕掉进水里，掉进糖水里嘛。

是谁呀?

是大小姐。

多少年来，我一直回想这一幕。我老是觉得，人到了老年，记忆和幻想经常混淆一体，甚至变成妄想症。在我这一辈子，经常渴念的就是这一幕。所以，二十多年前，也就是九十年代初期吧，咱们亳州市还叫亳县的时候，物资局的卞局长，退休后学会了通灵术，成了名噪一时的通灵师，他不仅可以让你和远方的亲人在梦中相见，还可以让你和死去的亲朋相会，更神奇的是，他还可以让你回到一生中的某个重要瞬间，让你再次体验那一刻的感受。小卞这个本领，和咱们李庄的李瞎子有几分相似，但是，他有点文化嘛，所以他的技艺比李瞎子更尖端，比李瞎子走得更远。但是，我经他催眠施法多次，见过无数的熟人、战友、老首长、亲人、混蛋，甚至仇人，他从来没能让我回到过，在新四军后方医院里重见大小姐的这一刻。现在，我似乎明白了，这一刻，这一幕，完全来自我的思念，来自我的幻觉，来自我的想象，来自我的幸运，来自我的心灵深处，是任何外力驱使不得的。

而事实上，当时我真的是看到了大小姐。

甚至，新四军女兵队伍都过去了，我还有些发呆，我心想呀，刚才还在想到大小姐嘛，这会儿她就出现在我眼前了，这个，难道世上真有神灵不成，难道我和大小姐真的心有灵犀不成。猛然一下子，我啥也不管不顾，追了上去，情不自禁嘛。自然了，两个新四军战士从旁边拦住了我，很客气，说要是解手的话，他们可以带我过走。那架势，很显然，新四军对巡察小组采取了人盯人的办法。真的很庆幸，这句话真是救了我的命，否则，闹将起来，露了破绽，巡察小组，别看又是将官又是校官的，难保没有个把孬种薄嘴唇，回去给祝长官一说，祝长官翻起脸来，那是很凶险的。因此，我要感谢那两个新四军战士。我自然跟着他们去了一趟厕所，随同我去厕所的还有联络官茹参谋。两个新四军战士在厕所外边等着。茹参谋脸色紧绷绷的，一边撒尿，一边从金丝眼镜框上斜过来一眼，低声说了一句:“李副官，当心言行。”我赶忙嬉笑:“哈，憋不住了嘛。”马上，我又跟上一句，“谢谢茹上校提醒！过一会儿，我要找你一下，长官让我给你带了一条美国香烟。”茹参谋这才放下脸色，夹过鸡巴的手指头竖在嘴边，嘘了一声，又朝墙外眨了几下眼。

大小姐就是一樽美酒，我喝得断了片儿，尽管双目炯炯，两耳聪聪，但是，我基本上再也看不见东西，听不见声音。我心里很乱，疑惑千重，甚至怀疑刚才看到的不是大小姐，而是一个幻影。但是，大表哥蔡琅玕的形象却是清晰的，坚定的，包括他看到我那一瞬间的眼神，就像一个汤匙，几乎可以捏在手里玩味一番的。下边的巡察对于我来讲，等同一张白纸，我虽然身在其中，但只是一副随人行走的空躯壳子。那时候，毕竟才二十出头嘛，又没经过大的人生起伏，也没经过苦难磨练，很难能沉着，但是，能像我那般心潮逐浪高，而表面不露声色，已经相当不容易了。当然，这也是咱们祖上遗传的好，这张马脸一贯是木讷的，很容易让人产生错觉嘛。只是到了吃饭的时候，我才稍微清醒一点儿。没有，新四军生活清苦，没有宴请我们，据叶军长说，为了迎接我们，他们特意改善了伙食，招待我们吃了一顿猪肉大葱包子。我得竖个大拇指，赞扬一下新四军的炊事兵，相当了得，包子不仅外形漂亮，肉馅味道也堪称美味。巡察小组的几个人，蘸着醋浇蒜泥，先是吃得山呼海啸，后是吃得优哉游哉。哦，对了，还有那个德国记者汉斯，每吃一口，嘴里都会像小鱼儿一样唼喋一番。至于美国女记者史沫特莱，我印象中她好像心无旁骛，别看穿着旗袍，她埋头苦干，一口气吃了八九个包子，笑得哈哈山响，满嘴狗的狗的味儿狗的。我们那位少将组长，差点儿把自己的手指头也吃下去，包子的汤汁顺着嘴巴流到前襟上，胸部弄了两三道子油渍，毛呢料将军服，擦都擦不掉，狼狈之至，真他娘的。

老侄儿，今天就到这儿好吧。

咱们各自请了。

第二十章

老侄儿，坐，喝口茶水，先不要急着说话。

你这一脸急样子嘛。

我知道，你不禁要问了，大小姐咋会到新四军的嘛。

你历史常识不能算差，好歹你也在咱们淝河镇文化馆工作了一辈子，又是研究新四军，又是研究八路军，你还研究刘邓大军千里跃进大别山，路过咱们淝河集，在一位开明商人、也就是咱们家的老姑爷蔡九家吃过饭。蔡九老板嘛，就是咱家的高客，当年介绍我到亳州城里乾泰昌药号学徒，蔡琅玕的老爹爹。吃的啥饭嘛，你也考证出来了，原来是咱们淝河集上传统小菜,醉闷小河虾。这个也算是你的考证成就。至于大小姐到了新四军这个事情，我一说你就明白了，无须考证。昨天咱们说过，南洋华侨支援新四军，京沪杭地区的开明士绅和爱国商人，也支持新四军，他们的子女，甚至正在求学的青少年，也都纷纷参加新四军。国家兴亡，匹夫有责嘛。“八一三”淞沪战事之后，上海沦陷，就有很多青年男女学生离开上海，在上海地下党的帮助下，到皖南参加了新四军。而大小姐，最先参加的不是新四军，而是八路军。这个话儿要想说明白，那还得从头说起。抗战初期，延安的抗战军政大学赫赫有名，后来逐渐还有十二所分校，也是大大有名号的。比如抗大四分校，就在涡阳县，搁到现在，也算在咱们亳州境内的，涡阳早就划到咱们亳州市了嘛。只是，还有个八路军学兵队，所知者不多。这个学兵队就在临汾城郊的一个小镇上，这个小镇叫刘村，离临汾城有个十几里地。大小姐最先就在这个学兵队，学了马列主义基本知识，学了抗日民族统一战线，也学了关于游击战的战略战术之类，值得骄傲的是，她还见过很多中共高级领导，像周总理，像朱老总，还有少奇同志。后来，这些都成了大小姐的骄傲。当年，这些大领导都是很关心这个学兵队的，有的是专门去讲课，有的是顺道去看望他们一下。结业后,大小姐被分配到华中地区,跟着四五十个同学,到了新四军。哦，对了，当时还有一个大队长带队，大小姐给我说过，好像姓谢嘛，谢谢你的谢,还是个老红军。老侄儿,研究过新四军的历史,你一定知道，新四军这边的教导队也有个女兵八队，遗憾的是，大小姐并没有在八队工作过，因为她到达新四军时，正赶上战区长官部给新四军军部发了个电文，他娘的说那个啥，正值战争前沿，教导队这个训练机构过于繁杂庞大，军队更不应允组训妇女，着予缩编教导总队，裁撤女队。

新四军要照顾统一战线嘛，也是出于斗争策略，只好撤销了女兵八队，但是，培训女干部的工作并没有停止，只不过换了个名称，叫做会计训练班和卫生训练班。和大小姐一起到新四军的那四五十个男女同学，有的被分到新四军战地服务团，有的就被分到这两个训练班了。所以嘛，那次，我跟着战区巡察小组，在新四军后方医院看到了大小姐，其缘由就是这个样子的。也就是说，大小姐参加革命的时间很早，她的革命经历是纯洁无瑕的，而且，与我比起来，大小姐算是个老革命了。原本听祝太太说，大小姐考上了伦敦大学，为啥又乍然到了八路军学兵队，包括大表哥蔡琅玕又是为啥出现在新四军卫训队，这些情况相当复杂，一言半语很难解释清楚。但是，就像历史，虽然错综复杂，只要捋顺了你就会发现，一切都是有板有眼的，一切都是有因有果的。所以，咱们要是想说明白这些，那还得接着上次说的事情往下讲。

上次咱们说到，我随着战区巡察小组，到新四军军部巡察，八月份嘛，还是天长夜短的季节，当天就巡察完了，晚饭前后我就回到官邸了。我去餐厅想弄点饭吃，也没有见到祝长官，他的机要秘书张副官还在慢悠悠地喝粥，吃雪里蕻，这个人有意思，午餐一定要吃肉，晚饭都是喝粥吃咸菜，越咸越好，不知道他咋想的。张副官说，上午急电，午后飞机就过来了，长官奉召去重庆谒见委员长了。我着急问何时回来，我要向长官禀报在新四军那边的见闻。张副官是个老牌上校，比我年长得多，经验相当丰富，见我这样猴急，不禁笑道："李副官，长官让你跟随他们到那边巡察一趟，只是有意栽培老弟，新晋升的上尉，总得完成一两个任务吧，多少也有些体面才是。哈哈哈，其实，那边的情况，长官早已了如指掌。单等长官从重庆回来，万事皆见分晓了。"

现在想来，我真够缺心眼的，当时，新四军各部的主要人员名单，官兵人数统计表，以及武器装备调查表，各部位置分布图，当然了，包括军事动态，政治活动，战区都是了若指掌的，一方面有一个隶属关系指挥关系嘛，一方面，战区情报室的那一干人等，也不是吃干饭的。你想想，对于战区长官部来说，新四军还有多少秘密可保嘛。所以，当时张副官这样一说，我当时就反应过来了。后来的事实，也确实证明了这次巡察只是个幌子，其目的就是探看一下新四军有无变化，有无戒备，有无新情况，以便实施阴谋诡计。张副官是祝长官当国民革命军副师长时的马弁，跟祝长官的时间长，有点老资格，平时对长官部的一些将官们都是爱理不理的，像对我这样的小字辈，平时几乎不说话，斜着眼看你一眼就不错了，除非他想嘲讽你，或者想挖苦你，才会开金口给你说上几句，说得你心里几天不痛快，好几天腚眼儿都麻索索的。当然了，这个老孬种孩子也不是没闹过笑话的，因为他是个老资格的上校嘛，祝长官就签批他支领少将薪水，长官部有很多老上校，都是这样的，佩戴上校领章，支领少将薪水，这个，可以说是祝长官给老部下的福利，也可以说是祝长官笼络老部下的一个手段，只是，这位目空一切的张副官，头天祝长官刚刚签批他支领少将薪水的文件，第二天他就弄一副金板板上一颗星的领章戴上了，在长官部各个部门拽了一圈，利令智昏嘛，他忘了运输处那位上校提了少将以后，到处显摆的教训，又到官邸转圈，气得祝长官一下子跳将起来，平时祝长官很有儒将风度的，这下子，高声叫嚷"干你娘"，干了好几次。张副官只好再把上校领章换回来。这个"一日少将"的典故，成了官邸的笑话不说，传到长官部那边，又成了各个部门长时期的笑资。这个事情发生时，我还没有取得祝长官的彻底信任，至多趁他小憩时到走廊里散步之便，跟在他后边请教几句孙子兵法而已。

原以为祝长官很快就会回来，结果，这一次去重庆，停留时间有点长，一下子干到九月中旬，而且还是带着祝太太一同回来的。祝太太这次回来，与以前不一样了，以前回来，三四进的院子都是香粉味，就是她那种奇特的香粉味，事条子也多得不得了，不是这个就是那个，上午要去拜访这个，下午要去看望那个，晚上还有一场麻将要打，总之，简直要跑断我的腿，她还笑嘻嘻的不觉得。我前边说过嘛，祝太太常年在外做生意，只要一回到官邸，我就成了伺候她的专职副官。而且，你也知道，多年来，咱们都是个关系社会，万事都离不开社会关系，这关系那关系的，也就是因为大表嫂的关系嘛，很自然的，我和祝太太双方都觉得相互亲近一些。祝太太这一次回到官邸，基本上没朝外跑过，天天在自己屋里，好像香粉味也清淡多了。我几次过去，走到她门口请她吩咐，都是看到她坐在茶几边喝茶，焚香，安安静静在那儿看《庄子》。自然啦，还是佩戴着那副铜首饰了。《庄子》这样的书，老伯父我自是看不懂了，不过，我还是有好奇心嘛，有一次，我看祝太太读的是《大宗师》这一篇，还有一次，看她读的是《知北游》这一篇。那时候，我还不知道庄子就是咱们这一带的人，还在咱们蒙城当过小官儿，蒙城也划到咱们亳州了嘛。当时难免有些诧异，心想这个庄子是干啥的嘛，他真是了不起，他写的文章，居然能让祝太太这样的人物看得津津有味。你看，没文化，多可怕，一动思想，就让人笑话。祝太太的那个使女啴啴，以前随太太回到官邸，见了人就笑，说话也响快，尤其见了我，说起话来就像亲人一般，没有遮挡的意味。自然了，她心里明白得很，我是从太太这条线上来的嘛。这次，见了人也只是抿嘴一笑，说话低低的，平时很少再见她站在走廊下买眼，也不见她出门了，我去请示祝太太有何吩咐嘛，就见她立在香炉旁边，两手捏着，垂在小腹前，也就是静侍祝太太读《庄子》嘛，摆的架子，好像单等线香烧完了她就及时换上新的。这个场面，很有景致，很有氛围的。

祝长官也有点与以前不同了，以前去见委员长，回来都是很高兴的，走路时脚下安了弹簧似的，在自己屋里，踱着步子，还要哼唱苏北小调，煞尾句，还要拉个长得不能再长的长调调。这次去重庆谒见委员长，回来后竟有些神魂颠倒，直叫人疑惑委员长在他茶水里下了孬种药。刚回来那几天，他也没去办公厅上班，倒是参谋长和参谋处长，一个中将，一个少将，还有一课课长，二课课长，两个上校，老是携带着一大卷地图到官邸来，和祝长官一起在会客厅说事儿，关着门，搞得很神秘。走廊里还有宪兵上了岗，四个，都是大个子，荷枪实弹，谁都不能走近会客厅。官邸的人员有事儿都是绕道。就像张副官说的，机密的事情很吸引人，但是，知道太多的机密，未必就是好事，有时候知道的机密越多，人就消失的越快。张副官是祝长官的机要秘书嘛，说的可谓经验之谈。就这方面，得谢他给过我几次教诲。所以，一看办公厅那几个人来官邸了，我就尽量躲开。有一次给祝太太送大砂缸，祝太太要养几条红鲤鱼，我扛着砂缸，很沉嘛，从会客厅门前走算是捷径，但我还是绕个大圈子扛过去的。咱们李庄人言讲了嘛，狐狸当道说小话，君子小心绕路行。当时，官邸里真的没有人知道他们干啥事，有两天都大半夜了还没散会。他们不散会，我们这类人员也不敢睡觉，就各自在自己屋里守着电灯泡发呆。是的，那个时候，官邸里有小型发电机，到晚上就发电照明。凡是祝长官和祝太太使用的房间，都是大灯泡，我们这些副官高参之类，也就是跟班的跑腿的，和伙夫大厨一个样，房间里都是小灯泡，但是，别看黄荧荧的，就是比蜡烛和油灯亮多了。

过了几天，好像事情商量好了，办公厅的那几位不来官邸了。祝长官表面上又恢复了老习惯，周二周五去办公厅上班，其余时间在官邸理事。好像文件没那么多了，官邸办公室里也没那么多电话了，祝长官常常一个人在办公室里踱步，踱着踱着，突然停下步子，弯着腰低着头死死看着脚底下，就像观看一队疾行的蚂蚁抬着一条蚂蚱腿，有时候停下步子，仰起脸，像是思考，像是叹息，像是张望明月。生物钟嘛，到了时间，他照旧小憩，出来在廊下散步。听见门响，我照旧开门出来，立在门口，看他有没有吩咐。头一次我想向他报告一下在新四军的见闻，他笑眯眯地扬扬手，说："知道，知道。"就没话了。你看看，蹊跷得很吧，我还没说嘛，他啥都知道了。然后一扬下颏子，示意我进屋去。那我就不能像往常那样，跟在他后边了。那段时间，都是这样的。哦，对了，以前他小憩间出来散步，都是换上布鞋，那段时间没有换，还是穿着皮鞋，当然了，皮鞋被勤务兵擦得剔明发亮的，还打有鞋掌，马蹄铁一样，走廊里的地面都是青石的，他一步两响，铁石相蹭，节奏鲜明，嚓，嚓；嚓，嚓。我的天哪，那种声音，真叫人心慌。后来，也就是前几年嘛，我年纪大了，再想想当时情景，想想那种声音，终于明白了，一个人要制造一场大事端，要杀很多很多人，灵魂不安生，心里很受折磨，意志在崩溃的边沿，人就成了这个样子。

到了十月份，江北发生黄桥战事，一下子，国军被干掉了一万一，师长旅长都被俘虏了，还有一个军长，李守维嘛，我见过，我前边提过的那个韩主席，带这位李军长来官邸拜见过祝长官，是个大胖子，一笑起来，嘴咧多大，后槽牙都露出来了。亏他还是姓李的，笑成那个粗俗样子，真是糟蹋了咱们这个李姓。这个混账，背着一大袋子大洋，骑着马，大洋多沉啊，过河，马跳腾不起来，掉河里了，马也淹死了，人也淹死了。这个废物，大洋扔了不就好了嘛，命要紧还是钱要紧，这个都分不清，还当个鸟军长嘛。终了，人为财死，舍命不舍财。真叫人害羞，咱们姓李的竟还有这般糊涂虫。你问我这个李军长背大洋干啥，我告诉你，悬赏敢死队嘛，那时候，国民党有一部分军队，一打仗，这一套少不了，组织敢死队，都是现场发大洋，白花花的，银灿灿的，结果好多人都上当了，大洋装满口袋，那就往上冲嘛，啪勾一声，小命报销，人家过来一伸手，又把满口袋大洋掏走了。黄桥失事，接到这个电报，气得祝长官要发疯，在庭院里干奶奶干娘，破口大骂半天，好长时间不消气。过几天，江北来一个姓王的省主席，专门来给祝长官说这个事，祝长官还在生气中嘛，踢了王主席好几脚。我是生活副官，来人我得照应嘛，过去倒茶水，正好看到祝长官踢人，姓王的省主席也是一把年纪了，穿戴很体面，怀表链子在胸前亮闪闪，被踢得眼泪掉到胡子上。祝长官气不过，一看我进屋，就让我踢姓王的省主席，不踢就枪毙了我，指着我的鼻子，要枪毙我。我给王主席使个眼色，他马上领会了，赶紧趴在沙发上，我就过去照屁股踹了三四脚。论说，我一脚就要他命了，可是，咱们李庄的老规矩，不能无缘无故要人家小命嘛。当然了，按照常理，凡是踢屁股的，就没有留情的，撅屁股挨踢的，一般考虑不到这个问题，没有啥思想准备。我头一脚下去，王主席就叫起娘来。一见王主席那个孬种样子，一见我这副憨劲头儿，祝长官忍不住了，扑哧一声笑出声来。这才算饶了王主席。过后王主席走了，我送他出门，他还把怀表摘了送我，说是以表谢意。你看，那个时候，就这么荒诞，儿戏一般。老侄儿，你暂先别笑，听我说出个道道来，咱要是给外人说这事儿，他很难理解，觉得咱们瞎编，乱吹牛逼，要是咱们李庄的人一听，马上十分会心，先是扑哧一笑，继而大笑，就像你现在这样子。说来也惭愧，现在想想，我无缘无故踹人家好几脚，末了人家还送我一只怀表，我怪不好受的，心里别扭了一辈子。不过，这只怀表，后来我和大小姐逃亡苏北时，遇到了恩人，在他家住了几天，他家还给大小姐置换了一身棉袍子，我就把怀表送给他了。

那段时间，祝长官脾气特别大，动不动就吼人，他一吼人，祝太太就过来劝阻，还为挨吼的人说好话。有一次，祝太太也没能劝住，祝长官非要枪毙人。这个话一说就到了年底，时间过得真快。山区冬天很冷的，还下了小雪，祝太太不让卫兵扫院子，使唤啴啴到伙房拿了一个竹筛子，端了一碗小米，用一小节细竹拴上长线绳，将筛子支在雪地上，在筛子下边撒了一把小米，准备逮几只画眉。论说也是奇哉怪哉，有一群画眉，常年四季栖息在官邸，夏季天一亮就飞出去了，山区虫子多嘛，吃到傍黑就回官邸，天热栖树上，官邸有十几棵大树嘛，每天早上有几棵树底下都是一大片鸟屎，我前边说过的那位秦先生，住在警卫营那边的老先生，他有点怪癖，特别喜欢鸟屎，大早晨一到官邸来，就站在那儿手捋胡须观看鸟屎，很入迷，就像看赵孟頫的《鹊华秋色图》一般。啊，啊啊，罪过罪过，我不该这样打比方，老赵那张画我还是很喜欢的嘛。一九八几年，反正就是八十年代开头那几年吧，咱们亳州搞了个古画展，那时候你大娘刚从县长位子上下来嘛，还是有人送参观票的，我们两个老冤家去看画展，我看上了老赵这张画儿，我懂点画儿，当年在上海滩，在方公馆，老姑父方仪望喜欢字画这类玩意儿嘛，他给我讲过，我的欣赏趣味和水平，也算是得过他的真传的，我是老革命嘛，就倚老卖老，想要这张画儿，结果一说是国家宝贝，我就脸长了，这个丢人事体，被你大娘大脚片这个糟老婆子笑话了三个多月。哦，又要跑题了，赶紧刹住车。说那，天冷了，这群画眉就钻进屋脊缝里。冬天没有虫子了嘛，画眉藏粮，大雪长长，画眉见了粮食籽儿亲得很，一群画眉在筛子下面啄小米，啄得很欢，看着很喜人。祝太太穿着貂皮大衣，手里牵着线绳子，嘴角上都是狡诈的微笑，哎呀，不能说狡诈，女人捉小鸟的时候，脸上那种表情你不好形容，反正你看着心里痒痒的。啴啴也穿着棉大衣，领子是毛皮的，她不看吃小米的画眉，她看捉画眉的祝太太。很有意思，一个标致女人捉小鸟，一个水灵灵的女孩子在旁边看她，意味很深长，所谓言传身教应该说的就是这层意思。

我在旁边站着，等祝太太拉倒筛子，就得过去帮忙嘛。

这个时候，一个上校气喘吁吁来官邸了，满脸惶恐，要见长官。我就不能看祝太太捉画眉了，赶紧迎过去。原来，这个上校是司令部电政处的，就是搞电信的嘛，来官邸修理过电话。那时候打电话比较麻烦，哪像现在，去年我到南京看病，看见一个叫花子，跪在路边要钱，面前一张大纸，纸上写的是他行乞要钱的缘由，洋洋洒洒的一片造假好文章，纸上还有一顶鸭舌帽，帽子口朝上，里边三五块钱，帽子旁边放了两三个手机，这个叫花子，玩了这个玩那个，发信息，看微信，一刻也没闲着。那时候，祝长官要给蒋老先生打个电话，得经过好几个地方接转，而且杂音大，多耽误事儿嘛。有一次，祝长官站得笔挺，一个事情说三遍了，蒋老先生还没听清楚，就娘希匹了，大叫，大官大叫起来时很可怕的，虽然没有干奶奶干娘，那要比干奶奶干娘还要吓人。我在走廊里都听见那种尖利喊叫，一眼瞥见祝长官拿着话筒放在耳边，身体绷得笔直笔直的，那个样子真让人瘆得慌。所以嘛，这个受苦受难的电话一放下，祝长官就给电政处下达一个命令，马上在自家和蒋老先生家之间，扯上一条长途载波电话线，那样，他就可以直接和蒋老先生煲电话粥。哦，自然了，他们是不煲电话粥的，他们说的都是杀人的事体。要扯电话线这个事儿，我也知道，本是初秋的事情了，到现在，祝太太都在雪地上捉画眉鸟了，这条电话线还没扯上，这不是扯淡嘛。昨天，祝长官到办公厅上班，又说这个事儿，怒火冲天，就是这样骂他的:“干你娘的,误了事情,杀你狗头。”这位上校吓得要死，一夜难眠，他自然不是担心祝长官干他娘，而是担心祝长官真的杀他狗头。别看平时祝长官笑眯眯的很和蔼，但凡军法杀人，他是眼都不眨的，前例甚多。所以啦，这位上校一大早到官邸来，寒脸怯色，就是想再次向祝长官保证一下，早日装好载波电话。你看，大官说句话，小官就害怕，怕到骨子里，寝食不安。凑得不巧，刚好祝长官方才起床，心里事情多，又到了这个年纪，正是“起床火”旺盛的时刻，赶上了，一起床，一睁眼，见的就是厌恶之人，哪里还有个好嘛，劈头盖脸就是一阵子吼。祝太太不捉画眉鸟了，过来好声劝阻。祝长官马上对她发火，说这是一件天大的事情，做不好的话，不是我要杀他的头，而是委座要杀我的头。说到“委座”二字时，祝长官还来了一个立正，可见委座在他灵魂中的分量。大清早的，杀头杀头的，很不吉利嘛。祝太太很迷信，马上朝地上呸呸呸，一扭身，径直回自己屋了，使女啴啴也收了筛子，拿了线绳子，一小截细竹，低眉垂目跟着回去了。那群画眉也飞走了，地上小米吃完了嘛，和人一个样，利尽而散，只剩下，就像《红楼梦》里那句话，白茫茫一片雪地真干净。这边还没完，祝长官越说越火，跺着脚，高声大叫:“李副官，过来！”

我就在旁边嘛，赶紧朝前跨了两步，上官下命令了，咱跨两步也是过去了，也是服从命令，军人以服从命令为天职嘛。我以为又是踢人，下意识的，打量了一下那名上校的瘦狗似的大胯和瘦猴屁股，盘算能撑住几下子。结果不是，祝长官让我去拿枪，非要枪毙人。我回屋就把盒子炮拿出来了，二十响嘛，还顺手把小木盒子拿出来了，二百发子弹嘛。我出来时，那名上校已经跪下来了，就跪在雪地上，这就有点临刑的意思了。大咧着嘴哭了，吓得说话都嘟噜舌头。我装腔作势嘛，右手提枪，左手子弹盒子，嘴里嚷嚷着，混账东西，长官吩咐的事，你也敢拖拉，娘拉个臭逼的，我拿了二百发子弹，非把你打成筛子不可！我说给祝长官听嘛。祝长官被我这傻愣傻愣的劲头儿搞得哭笑不得。我给那名上校使个眼色，乖乖，人快要丢掉小命时都能急中生智，聪明劲头一下子上来了，这个上校爬起来，飞也似的往外跑。祝长官也很搞笑的，这个时候要上了小孩坏心眼，大声叫喊："快开枪！快开枪！"那名上校大声尖叫，叫得像鬼一样，跑出过道大门。我那是还年轻嘛，当时也赶上寸劲了，抬手朝天开了两枪。这下子坏了，片刻之间，负责官邸警卫的那一班宪兵，一下子冲了过来，都是全副武装，上来就把枪口对准我。当时，那个场景嘛，谁看见都会认为我要刺杀祝长官一般。论说，那个时候，我要是想刺杀祝长官，简直易如反掌，但是，即便当时有人给我下命令，我也不会干的，为啥，祝长官确实对我相当不错嘛。咱们李庄的人，万般毛病，就有一条可取，知恩必报。即便，强盗帮过咱们的大忙，他杀人了，咱们是监斩官，咋办，开枪毙了他，恐怕，咱们也会陷入重重矛盾之中。那一班宪兵，一看祝长官的表情，又纷纷把枪口垂下去了。祝长官就是祝长官，当下严肃起来，像模像样，表扬一班宪兵："你们行动相当迅速！刚才这个小演习，就是想看看你们的反应速度，现在证明了你们都是尽职尽责的好军人。解散！上午加个菜，吃羊肉。"事情就这样完了。所以说，当大官的，有时候就是比咱们这些小人物点子多，处理问题也相当高明。比如长途载波电话这个事体，祝长官这一招很管用，一周之后，电政处就完活了，还是那位上校过来报告的，喜笑颜开，祝长官也很和蔼，夸奖他几句，还让我拿几包美国香烟，奖给那位上校。上校的兴奋可想而知，走时暗示我送他出来，我就送他，拐过墙角，他要送我两根金条，救了他一命嘛。我自然不要，这个和王主席送我怀表不一样，性质不同，祝长官知道我收了王主席的怀表，他不过一笑了之，但如今要是收下两根金条，一旦传到祝长官耳朵里，那我就别想过日子了。祝长官对身边的人，很讲究的，很讨厌身边的人借着他的光辉谋私利。当然了，和他靠得最近的人另当别论，就像祝太太，来给她送金条的人络绎不绝，五根以下，看都不看一眼，包括祝小五，运输大队的大队长，祝太太哪次从外地回到官邸，他都会过来送金条，最少十根。这不是马上要过年了嘛，前两天，又来了，把我当自己人，也不掩饰，黄绸巾子包着，摊在祝太太面前，黄灿灿的，整整十根，叫人说啥好嘛。

哦，对了，咱们说长途载波电话吧，安装好了。这下子，祝长官天天晚上在办公室给蒋老先生打电话，有时候，三更半夜还坐在办公室里等电话。我刚才说了嘛，他们不煲电话粥，是谈论如何杀人的事情。我那时候心眼太实诚，张副官告诫过我，长官打电话不能偷听，所以，长官那边电话一响，我这边原本就是开着门的，也要马上把门关上。唉，咱们李庄的人，有时候，吃亏就吃在太实心眼子上面。我要是多一点儿心眼，随便听上几耳朵，也知道要发生大事端了。尤其是，那段时间，也不分周二周五了，祝长官随时都会到长官部办公厅，开长会，研究部队换防事宜，搞得人人很紧张。我当时还不以为然，心想，月到尾，年到头，部队换防有啥好紧张的嘛。而且，有好几个带兵的将领，也频繁出入官邸，和祝长官密谈。我还以为，过年了，都是老例，提前来给祝长官拜个早年送个宝贝啥的，所以咱们服务完毕，马上躲得远远的，你不能在眼前碍事，耽误人家送宝贝啥的嘛。苍天，咱们这些老实人，哪里想得到他们这些人在制造一场祸端。

我真是大意了。

我真后悔。

结果到了事儿跟前，我才知道大小姐要麻烦了。咋这样言讲嘛，眼看着就要过年了嘛，借给我唐诗的那位秦先生，就刚才说到喜欢看鸟屎的那位秦先生，来了官邸两三次，我以为像以往那样，逢年过节，秦先生都要到官邸来上两三次，干啥，相士嘛，祝长官称之为大策士，就是卜卦嘛。我说过，秦先生卜卦时要喝酒的，整整三瓶，我没见过他那酒神附体的仙态，因为，为祝长官卜卦，除了祝太太，再不能有第三个人在场的，要是为祝太太卜卦，那连祝长官也不能在场，女人秘密多嘛。这一天晚上临近子夜，秦先生为祝长官卜卦，都是事先算好时辰的，为求准确，他多喝了一瓶酒，卜完卦竟有些摇摇晃晃，于是，祝长官就令我把秦先生扶回去。我肩搭秦先生一条胳膊，打着手电筒，将他拖了回去，路上老先生老是咯咯笑，还打嗝，一股子一股子的酸臭味儿，恶心得我想扔下他，就像扔一条死狗一样，咣叽一下把他扔得远远的。当然了，祝长官不允许我这样干，他很崇拜这个老先生的，而且我也不能这样干，因为我心里对这个老先生还是有几分好感的，人家毕竟在我背后在祝长官面前赞扬过我嘛。我忍着酸臭，把秦先生送到住处，把他往床上一放，就想走掉，结果没走掉。秦先生紧紧抓住我的袖子，比死人抓的都牢实，真叫人紧张，我用手电照他，我说："秦先生，安生睡觉吧。放开手，我要回去为长官服务了。"秦先生咯咯笑，莫名其妙，龇着牙说："李副官，你年纪轻轻，就跟上了祝长官，只要不三心二意，前途无量。"我说秦先生你喝多说醉话嘛，咱们对祝长官当然不能有二心了。秦先生微眯着眼，一脸醉笑，说："李副官，看在你喜欢唐诗的分上，我告诉你一个天大的秘密，祝长官这次又要大建功勋了。"我说这算啥秘密，祝长官哪一天不建功勋嘛。秦先生咯咯咯笑了三声，突然抬起左手，大拇指像是折了一般钩在掌心，剩下四根指头伸得直直的，说："八万大军，围歼这个，七天之内，必建大功。"呼噜呼噜呼噜。

我心里机灵一下，隐隐意识到这个事情与我大有关系，正想细问，可是，这个老不死的，说完话就中邪，一下子睡死过去了。我出来后，越想越害怕。自八月份跟着巡察小组，到新四军军部走了一趟，见到大小姐以来，这小半年，我心里咋熬过来的只有我自己知道，在表面上，我做得滴水不漏，而内心里多受折磨，恐怕也只有我自己才知道。所以，今天，开头我简单说了几句大小姐的消息，心里边马上纠结一团，也不去解它，妄想只字不提，慌忙拉住马掉转枪，紧接着另寻话头儿，不动声色，一口气讲到现在，还是免不了又说到了大小姐。

我当时心里急成啥样，你哪里知道。

哦，我当然也知道这是一个重要情报了，只是，你说话不过脑子，这个情报我哪里送得出去嘛。就是想送，我不知道送给谁。长官部有没有咱们的地下人员，我真的不知道，我不在组织嘛，就是有，脑门上也没有标志，我也不认识，人家也不会找我，也不会相信我嘛。不过，我知道祝长官是严加防共的，有一件事，战区下辖某部川军参谋处的周处长，据说被查出是共产党，最终也没有啥真凭实据，祝长官还是下令将人毙掉了。近几年，我感觉真的老了，动不动就生病，一生病就陷入往事里，掉泥淖里一般，老是想看一些与自己经历相关的书报资料，老是给你添麻烦，当然，你是文化馆馆长嘛，也方便。我看过一份资料，就是你那一次送到病房的，还带了几根顶花带刺的嫩黄瓜，麦刚黄芒嘛，黄瓜赛砂糖，好吃得很。这份资料说是战区专员室有一个姓桓的专员，是地下党，他把这个情报及时送出去了，但是没有引起重视，为啥没有受到重视，吞吞吐吐，语焉不详，如此云云，叫人心生疑窦。我想当时，战区政治部有个专员室，是个特务系统，几个人我都认识嘛。长官司令部也有个专员室，有几个学究式的老军官，最大的官是个少将，右耳根长了一颗痦子，痦子上长了一撮毛，奇怪得很，他们这帮老家伙，当时被称之为祝长官的智囊班子，我也都认识。但是，我仔细想了两三天，也没想起来这两个专员室哪一个专员是姓桓的。可能他当时用的是化名，当时情况嘛，都是化名，也可能这个人隐藏得比较深，最有可能的是我真的年纪大了，百十岁了嘛，这些历史烟云，仓皇如伤了后腿的狗，迷雾重重，我没有能力条分缕析，也失去了辨别的智慧。本来嘛，我能力就很差，智慧也很差，你也是知道的。所以，你也不要怪我，我自己也不在内心里谴责自己了。

咱们说当时那几天，我心神不宁，言行犹如困兽，一方面拿不准秦先生说的真是机密，还是酒后之言，一方面无人可以询问，因为长官部和官邸都有明文规定，禁止相互探听和传说军事机密。而且，也得承认，他们的保密工作也做得相当成功，所有奉调部队到了阵地还以为是换防，等到枪响起来，才知道此行的真实目的。论说，我的反常举止，甚至反常神情，根本瞒不过祝长官的眼睛，可是，祝长官这时刻哪里还能顾得上观察我这些小变化，他天天守在官邸办公室里，就像长在办公室里一样，门都不出，我都怀疑他的大小便是咋样解决的。当然了，这些生活小事，咋能难住祝长官这样的大官嘛。咱们瞎操心。祝长官在办公室里，也不坐下，就那么站在办公桌前，桌上有四五部电话嘛，祝长官一个劲儿盯着这些电话，两眼直勾勾的，眼光儿比木匠墨斗线崩的还要直。电话真神奇，这个响罢那个响，乱哄哄，你方下场我登场，这样一弄，给人的感觉，好像不分白天黑夜，祝长官一直在接打电话。我的房间离祝长官的办公室毕竟近嘛，进出走动，偶尔也能瞥见他神情，明显高度紧张，觉都不睡，两眼通红，还伤风了，鼻子不透气，隔三里地都能听到他擤鼻子的声音。另外，整个官邸戒备森严，警卫部队在官邸的每一个角落都布上了双岗。长官部的任何人员都不能随便进出官邸，官邸人员也不准随意走动。祝长官的官邸办公室走廊里站了四道岗，前边我说过，我住处临近嘛，乍一看，像是给我站岗一般。我也不准靠近官邸办公室，但我可以在院子里随意走动，不是我有这个特权，是因为祝太太嘛，她先生在做杀人的事情，要杀很多很多人，她岂能不紧张，她也昼夜睡不着，时刻在官邸院子里转圈子。按她的说法就是散步。她喊我陪她嘛。论说啴啴就一直跟在她身后，她是因为心理上的恐惧，就让我过去，也就是心理上有一道护卫嘛。平时跟在祝太太身后，她还给我说上几句话，这时候，跟在祝太太后边散步，她和我就没有啥交流的了，甚至几乎没说一句有用的话。她心不在焉嘛，就是过了半天说那么一句两句的话，也是咸不咸淡不淡的，完全没有味道，没有了分寸。这就是说，平时极有主见的祝太太，有点儿六神无主了，甚至自话自语自问自答。多少年后，我在咱们亳州荣军院期间，见过一个神经病妇女，就是原先计生委修主任的老婆，穿戴上体体面面的，红灯芯绒褂子，蓝灯芯绒裤子，带襻的黑灯芯绒面子白底布鞋，在院子里边走边说，絮絮叨叨，左手点右手，自问自答，喜怒哀乐，哭笑无常，一看见她，我就想起了当年祝太太的这个境况。要是平时，我可能会巧言几句，让祝太太松弛一下神经，可是，这时候我也是满腹心事，一心想着大小姐嘛。我在想，咋样才能探听到消息，咋样才能去那边找到大小姐，看看她是不是有啥危险。看，当时脑子里就这么简单，就想这个，想着一点，钻牛角尖里了。现在到苍老之年，再想自己年少时的一些思想言行，那么稚嫩，那么没有秩序，不由得一声讶然之叹息。可是，空叹息，万事又岂能从头再来一遍。不过，你也得理解老伯父我，毕竟离事发地还有几百里，既听不到枪炮声，也闻不到硝烟味，空有担山的力气，少了一根像样的扁担嘛。

没有一点征兆，突然之间，这个事情就结束了。本来嘛，我像祝长官夫妇一样，神经绷得紧紧的，亚赛热锅蚂蚁，哪里还顾得上过去了几天。当时，都已经半夜了嘛，祝长官突然开门，站在门口大声叫我，声震屋瓦："李娃副官！"我噌的一下就窜出来了，走廊的四个宪兵警卫吓了一跳，不由自主，德式全自动冲锋枪都端起来了。祝长官说："李娃，李副官，马上去灶房，让他们快点抓把几个菜，拿瓶高炉大曲，赶紧送过来。"这倒是头一回，祝长官平时饮食，又节俭，又自律，素不喜欢在吃喝上铺张，这时候又要吃又要喝的，连老家土话也嚷出来了，这说明个啥嘛。我哪里还有工夫思考这个，赶忙打着手电奔向灶房。官邸虽然使用小型发电机，但不是每盏灯都可以彻夜照明的。就是那句话嘛，只许州官放火，所以我打手电。到灶房里说完了，回头时我拐了个弯儿，也是事急了管不住口舌，我想告诉祝太太一声嘛。哪知道，祝太太已经出来了，披头散发，一边出来，一边穿貂皮大衣，一脸惊慌，祝太太屋里电灯亮着，她一出门，身后紧跟着的啴啴就把走廊的灯搞亮了，我都看见了才这样说的嘛。祝太太一看见我，急匆匆一串儿声音出来了："哎吁，要勿出啥格场面耶，吵勿清爽，闹得头脑子才痛格哉。"

我自然听不懂祝太太的一口苏白，她情急之下疾腔急调，说话的味道大显意趣，真是让我记忆犹新，今儿个说到这儿，照猫画虎，我忍不住学了这一句，也不知道对也不对。我说长官要酒要菜，让我吩咐灶房马上送去。祝太太一听，嘻嘻笑了一声，先让啴啴关上房内和走廊里的电灯，又让我前边照着手电带路，急匆匆冲向官邸长官办公室。自然了，祝太太不是节约用电，她完全是出于警惕，身处万箭所指之地，她这个习惯甚好。站哨的宪兵，这会儿也不再上前阻拦，长官那一声高喊，在深夜里，聋子也能听得见的嘛。

进了长官办公室，我才发现，并非祝长官一个人，居然还有秦老先生。我闪电般的疑惑，闪电般的回想了一下，真的想不起这位老屁眼儿啥时辰溜进长官办公室的，我一直在屋里坐着，一直盯着窗外嘛。我又闪电般想了一遍，还是没有想起来，倒是他躺在床上眯着眼乱说醉话的鬼样子，在我脑海里闪了一下子，鬼影一般，飒然而过。难道，祝长官每临大事之际，每一个举措，或者下达每一道命令之前，都要卜卦一问不成？虽然疑惑，咱且不管他。

咱们说祝长官要酒要菜，那酒菜立时就得过来，虽是数九寒天，菜屉里端出来的全是热气腾腾的菜肴。官邸灶房了不起，说他们是魔术家都不行，得说他们是幻术家才好，个个都亚赛东海黄公。哦，东海黄公你都不知道，哎呀，你们现在这些人嘛，和过去的人不能比，啥都不知道，羞愧。东海黄公，简单的说，就是变戏法的老祖宗，复杂一点说，哦，太耽误时间了，以后再说复杂的。现今说那，你可能不知道，高炉大曲味道醇厚绵长，是祝长官的家乡酒，听说他晚年在美国弥留之际，非要喝一杯这个家乡酒，而不得，方才一声惋叹而去。自然了，这个传说是后来听说的，但我觉得应该是真实的事情。因为，那天夜里，我看祝长官喝酒，确有贪杯之态。好像一桩大事山样倾倒，祝长官前段时间的乖戾之态全然不见，就像病好了一般，大口小口，一口气连干三杯，胸中兴味狂溢难尽，又连干三杯，这才扭脸，好似刚看到我一般，噫了一声，又噫了一声。

当然了，祝长官不是邀我入座喝上一杯，他是有话要说。我的经验，你切记下，无论啥时候，大官都有大官的原则，他要和蔼，那是可以的，你要有分寸，那也是必须的，蹬鼻子上脸，宰相胸怀的大官也不能同意的。祝长官就是这样的，他可以随意，我也可以随意，但是我不可太随意了。

祝长官说："李副官，数日来，我辛苦，你也相当辛苦。"我赶紧立正说：

“长官最辛苦。”嘴上这么应着，心里边琢磨着他这话时啥意思嘛，莫非他发现了蛛丝马迹啥征兆。你看，一个人心里一虚，就爱多想。就像贼，就像咱们李庄的人所说的，贼心眼子多嘛。结果，祝长官说:“俗话说得好，生意做成了，大家都有得钱赚。如今虎狼拔牙，鹰鹫去爪，李副官，你趁机去打一阵子太平拳吧，回来才好立功奖赏。所谓建功立业，除了卖命苦干，更多的还要走时运。秦先生说了，你这孩子时运就要到眼前了。”说完了，嘿嘿一笑。

老侄儿，我当时真的没有听明白祝长官说的是啥意思。他们这些当大官的，明明给你个好儿，可是，说出的话得让你琢磨半天。可叹哦，咱们李庄的人，有时狡诈，有时蛮勇，要是打人，三五个咱们不怕，要是猜上十条谜语，咱们天生的聪明劲儿，好歹也能蒙对八九个，只是，要听出当官的说话梆声，恐怕咱们李庄的人，脑子多半都不够用的。我当时就没明白过来嘛。幸亏，有那位秦老先生在场，他给我指点了一下，说仗是打完了，长官想栽培我，让我去一趟，把俘虏押回来；打仗能立功，刀枪无情，不顾死活，立的都是硬功劳，但要是能把俘虏顺顺利利押送回来，那凭的是智慧，也算是巧功劳一件。你看，人家喝醉了，你扶他一下，不是白扶的嘛，人家呼吸，还嫌人家酸臭口气。有的人，八杆子捅不出个屁来，老伯父我，一点即通，马上再次向祝长官敬礼，感谢栽培。

平心而论，祝长官为我考虑得真是周全，担心我赶到地方，人家早已把俘虏押回了，就让我开车过去，不管在哪儿遇到俘虏，先随着押送部队押回一队再说。又担心人家说我争功，引起纠纷，拔枪相向，都是刚从战场下来的嘛，于是，乘着酒兴给我写了个手谕，就是写个条子嘛，那一句话，我到现在都还记得，前方各部：着官邸副官李娃前往押解匪俘，一并查办藏匿异党要犯。下面是他的签名，日期。老侄儿，你看看，祝长官这张手谕有没有差当之处，哎呀，我说老实话，祝长官的这道手谕，是不能细究的，也许是他当时多喝了几杯，也许他故意写了一个这么含意暧昧的手谕，一旦出了问题，那是你的理解有误嘛。当然，这些都是咱们现在的揣测，那一刻哪能想这么多嘛，只是觉得祝长官钢笔字写得相当好，要是写毛笔字，那就不知道会好成啥样了。可惜当年咱们少见识，那么好的机会，没有请下他一幅字来。当然，要是请下来了，日后，就是“文革”时期嘛，要是被查出来，咱们的日子可就难过了。不过，后来也可惜了祝长官的这张手谕，没几天，我和大小姐过江时泡成一小团纸浆了，我掰扯半天，也没有掰扯出一片囫囵的。可惜了。要是放到现在,那眼里看着心里可就有的想了。哦，对了，祝长官还提醒我带上枪支弹药，虽然仗打完了，战斗结束了，还是要小心零星敌人袭击。你看，祝长官真是一个好长官，唉，要不是为了大小姐，我咋会背叛他，那岂不叫咱们李庄人小瞧我嘛。可是，为了大小姐，别说祝长官，就是阎王爷我也得背叛他嘛，这才是咱们李庄人的性格嘛。在咱们李庄，有关我和大小姐的传说里，没有这一段，因为，除了大脚片陈彩莲，你的老大娘，我从未给旁人说过这一段嘛。我敢说，咱们李庄的人要是知道了这一段，肯定都会大力支持我背叛祝长官的。

关于祝长官，我想再说几句。说句良心话，祝长官对我还是比较信任的，我内心里对祝长官也是相当尊敬的。到现在我依旧感念他老人家对我的好。愿他老人家的在天之灵，原谅我对他的不恭敬，屁股都没有拍拍，招呼也不打一声，就一走了事了。至于后来的天下之争，咱们可以另当别论，只是，他当年不该搞了那么一章子事体，甚为不好，倭寇当前，倾国危难之际，自己人杀自己人嘛，不管江南还是江北，谁先动手的，谁是个民族罪人。史料证明，咱们这边就没先动手嘛。谁先动手，谁就没有民族大义嘛。从国家大义上，我不赞成这样的事体，从道德大义上，我也不赞成这样的行为。咱们李庄的人都明白，兄弟俩给人家打架，还没动手收拾人家，哥俩自己先打起来了，这不好。我这样说，并非我多么有头脑，多么有思想，我只是想证明自己的是非观罢了。咱们人嘛，既然好意思把自己归为高级动物，心里边总得分得清啥是好的，啥是坏的吧。

好了，明天我就要见到大小姐了。

心情激动对于上了年岁的人来说，不是好事情嘛。

我需要花上大半夜时间才能平静下来。

老侄儿，今天就先到这儿吧。

第二十一章

老侄儿，不客气了，今儿直接说。

我心急火燎嘛。

早晨起来，我都没给任何人打个招呼，就穿着毛呢大衣，戴上皮手套，拎着行囊出发了。祝长官还在睡觉，他二十多天没睡过安生觉了嘛。他是终于可以搂着祝太太，两口子放心睡大觉了。我不能，我这边一干事体才刚刚开张嘛。我为啥要拎个行囊，我只是在这里姑且称之为行囊，其实就是一个平时装公文的牛皮包。祝长官时常让我送个文件嘛，派发的这个牛皮包，褐红色的，真牛皮的，全手工，活儿做得很讲究的，鞣得软极，边角皮面，都有压花波纹，两个铜纽扣，啪的一声合上皮包盖子，纤尘不染，闪闪发光，左肩右斜，这么一挎，精神焕发。比现在的那个世界名牌小包儿，叫啥名字嘛，要好得多。现在的东西，没有以前的讲究。可惜了，后来过江，进水泡了，再也弄不成原样了，不过，送给新四军那个师部一个参谋了，他倒是高兴得吃了鬼屁一般。自然了，我这次出发，这个宝贝牛皮包里，除了装有祝长官写的一张手谕，再就是一只怀表，就是王主席送给我的，踢屁股岂能白踢的，皇帝佬都不能白使唤人嘛。还有，一点薪水，也没有几个薪水，发的是国难薪水嘛，将官扣得多，比如何应钦何长官，上将，八百元，搁现在也就是四五万的样子，国难薪只发给二百四十元，他比较诚实，后来在自己的回忆录里说的就是这个数。少将，上校，都是发对半。尉官还好一些，发底薪的百分之六十多，中尉四十来块，上尉是小七十块，我刚刚晋升的上尉嘛，你想想，三年加起来，除了零花，剩不了几个钱的，而且这个时候，物价已明显呈上涨趋势，钱不是个钱了。而且有些地方还不流通，当时汪伪政权还管着一小片地方嘛，在他们地界上，咱们这个钱就不能用的。哦，哦，他娘的，年纪大了，老而不死，一说话就发岔，就说没用的。公文包里这点小钱不值一提，主要的是里边还有一只小小鹿皮袋子，装的啥，老伯父我早就说过了。对，就是老姑父方仪望送给我的两只银元宝，还錾的有字，“嘉庆户部造制 五两”。在新兵营里，差点儿被费营长那王八蛋私吞了，祝小五将枪头子顶在这乌龟脑门上，他才还给我。你还记得这事吧。在官邸这几年，我要是想念老姑父了，就偷偷拿出这两只元宝，把玩一番，好似和老姑父款款交谈，他有来言，我有去语，就像说相声，声气诙谐，一会儿我不免热泪盈眶。我前边没给你说过这些吧，咱们李庄的人嘛，恩情不在嘴上，都在肚子里，因此我不说。乱世坎坷，岁月崎岖，人心热似炭火，生涯凉如冰铁，哪里还能见到老姑父这般好人嘛。

唉，让我喘口气儿再说。

道路我是走过一回的。人家的教诲，我常常是记性没有忘性大，但是，自己走过路，就像咱们李庄人说的，如同镌刻在自己心中。我开车驶出长官部驻地时，东方才鱼肚白，不是那种隐含明亮的鱼肚白，是苍白，就像一个孬种，受到一记重拳，就那种脸色，致命的苍白。古人说话了，轻车熟路，就是这么回事。我心里有事，就跑得快，毕竟是山区丘陵地带，跑得再快，也没有多快，路不好走，那个时候的公路嘛。开了将近两个小时，前边仍是寂静一派，既没见野鸡，也没见狐狸，连个人影也没有。自然了，三四个多月前去巡察，还花了将近五六个小时才到地方的嘛。太阳还没有出来。我扭脸朝车窗外扫了一眼，是个阴天，太阳出不来了。咱们李庄的人都有点讲究，像我这出去办事，碰上太阳憋着不出来，就像孩子憋在娘肚里不出来，都不是个好兆头，办事不顺利。正是腊月的气候，山区小北风飕飕，如同砂纸擦脸，凉刀割耳，我又是由南向北驰驶，风头子迎面扑来，尽管坐在车内，但是，那时候的吉普车和现在吉普车不能比，没有暖气，车除了发动机，全身都给冻透了，就像我一样，虽是穿着毛呢大衣，戴着皮手套，但除了一颗心是热腾腾的，直冻得手脚发麻。估计也就是走了一多半路程,开始飘雪花了。我就有点慌了。我觉得老天不作美，要给心急人出难题了。不过，好在尽管下雪，路面没有泥泞，山里天冷嘛，雪花落地搁得住，一会儿路面泛白了，小雪花弥漫，茫茫飞舞，天地之间，惟余莽莽。毛主席了不得，大笔如椽，让人身临其境，惟余莽莽，其心高阔可见一斑嘛。谁都比不了，我也比不了。我心何谈高阔，我是心急如焚。你他娘的，我心急如焚，并不代表我担心大小姐遇到不测。在我的心里，大小姐绝不像你我这样的粗坯，她，定非凡胎俗人，再说，尽管枪林弹雨，总不至于倾巢之下。唯有神灵保佑她。你明明知道大小姐在我心中的分量，也明明知道事情端的，还要这样放屁，岂不是故意气我嘛。没有，没有，啥不测，我当时压根没有这样的想法。即便不一会儿，沿途看到那些血淋淋的景象，我也没有联想到大小姐有啥不测。

确实就是这样。

我开车又飞驶了个把小时的样子，终于看到人了，就是国军，押解着一队新四军被俘人员，迎面而来。他们行动相当迟缓，又是漫天飘着雪花嘛，更显速度之慢，简直就像电影里的慢镜头。为啥这样慢，车开到近处才见真实情景。新四军被俘人员大约有一百多人，不消看血疤伤痕，一看身上衣服，脸上尘垢，就知道前些天刚经过几场血腥之战，更何况，有的人是断臂折腿，满脸血渍，更有的，整个人活像血水里浸泡过一般，棉衣就像用血浆洗过似的，干巴巴，硬邦邦，大老远，就能闻到一股腥臭的气味，适值天气寒冷，这一股股腥臭气味更显锋利。我坐在车内就能闻得到。这样一队人马，哪里走得快嘛，所以慢。我当时还瞥见，在这群人上方的半空里，一群群的黑鸟盘旋跟进，好像是乌鸦，又好像是秃鹫，又好像是鬼魂。走近了，才看见，这些新四军战俘，还有用一根绳子把十几个拴成一串的，共有两串人，尽管明显看出这些人都是没有受伤的，基本上还算是身强力壮的，只是地上雪滑，走动之间，相互顿挫，甚是不便。那些受伤重的，还有人搀扶，受轻伤的，就没人管了，自己拄着一根棍子慢慢走。唉，冰天雪地，太冷了。说老实的，这些人，别说赤手空拳，就是给他们武器，也几乎等同于没有战斗力了，但是，押解他们的队伍照样不敢放松，不仅荷枪实弹，而且人数几乎是他们的两倍。我约略估计一下，押送的队伍差不多有一个营的兵力。老侄儿，你没见过刚刚从战场上下来的士兵是啥样子的，看看他们的眼神就知道了。没办法形容。我后来遇到过一群野狗吃尸体，当时饥荒之年嘛，饿殍遍地，一群野狗吃死人，我朝天一枪，根本没用，野狗吃疯了，不当回事，我对着它们头顶连放三枪，这群野狗才抬头看我，我的个天啊，那一双双狗眼珠子，冷酷，兽性，嗜血，暴怒，都不准确，反正就是那种，恨不得立时将我扑倒在地吃了算毕头。刚从战场上下来的人，不管输了赢了，眼神都是这样的，不见人性。但是，刚下战场的被俘人员，就不一样了，他们的眼神肯定是有愤怒的，但更多的是沮丧，是无望，是懊悔，是茫然，甚至听天由命。自然了，视死如归的也不在少数，有脾气的也大有人在，不服气嘛，刀卡在脖子上照样叫骂。但是，这样牛脾气的被俘人员，其处境往往都是令人担忧的。不过，咱们中国人嘛，老传统，讲气节，宁可站着死，不能跪着生。这个，也是咱们李庄人的脾气嘛，牙打掉了，和血吞肚里，头打烂了，抓把豆面糊住，接着再打，这个性格我欣赏。

我和这群队伍迎面相逢，山路逼窄，我都没按喇叭，按也没有用嘛，只好停下车子了。奶奶个熊，我刚停下车子，都没熄火，就有一个穿着毛呢大衣的中校军官带着几个兵，冲上来了，枪口都冲着我。咋回事，要征用我的吉普车。那个时候，在那种情况下，执行战斗任务的部队，是可以征用过往车辆的。问题是，你征用别人的我不管，要征用我的那可不行，我的事儿比你们的事儿要急得多。我摆了个谱儿，都没正眼看那个中校，打开牛哄哄的公文包，把祝长官的那张手谕拿出来了。中校一看，哪里还能分辩出言词有何不妥之处嘛，咔一个立正，敬礼，明显紧张过度，手扬得太高，帽子打掉地上了。我一个上尉，他一个中校，敬礼敬成这样子，端枪的大兵们，临近几个新四军被俘人员，难免哄堂大笑。这个中校也没敢发火，开始赔着笑脸说好话。原来，这名中校是个团副，哆哆嗦嗦的，话说得牛嚼的一样稀碎，我也没听清是哪个团副，他带着一个营押送新四军被俘人员，本来也给他们派了一辆卡车，天冷嘛，几个头儿都想挤到驾驶室里，真讨厌，还有一个县长要搭车，是师长的一个拐弯亲戚，也挤在驾驶室里了，雪天路滑，山路陡峭，翻车了。这名团副长相一般，但是命大，毫发无损，搭车的县长两胳膊都摔断了，司机，也就是汽车兵嘛，当场去那边了。那么，营长在哪儿嘛。我刚问完，这名中校团副很无奈地一摊两手说："请长官下来看看吧。"下边基层真难，一个中校团副，把一个上尉副官称作长官，没有尊卑之分，哪还有啥方圆规矩，小生意没规矩做不成大生意，大生意没规矩做不长久，咱们李庄的三岁小孩子都知道的道理，一个堂堂国军中校，竟然不懂。一叹。既然他叫我长官，那我不能不下去了。我是官邸的副官嘛，不能不关心一下基层部队，是不。再说，我下车巡视一下，整个队伍都得停下来，大家都可以休息一会儿嘛，天冷路滑的，个个走得精疲力竭。结果我一看，真不知如何是好。那名县长倒是穿着件皮袍子，脖子上吊着绷带，我见过这个架势，在荣誉军人管理处我见过，那儿不是有个许课长嘛，就是爱说"别来无恙"的那个，我在他那儿见过，人家绷带里都是吊一只胳膊，这位县长吊两只胳膊，我前两天方才明白了，当县长的嘛，就是喜欢搞点特殊化。论说也真是蹊跷，正打着仗，一个县长，跑到战场上搭便车，仗着亲戚是师长，还是仗着自己是县长？真疯狂。当场死掉的汽车兵我没看到尸体，想必他们这帮王八蛋就地处理了。这名营长很惨，整个脑袋撞进腹腔里，倒是拔出来了，躺在一副担架上，脖子上缠一大堆绷带，头肿多大，整个脸蛋子好比紫茄子一般，血管撞坏了嘛，血液不畅。我还摆着谱儿嘛，拉拉他的手，让他好好养伤，声调把握得很好，以前跟着祝长官到医院看望过伤病员，祝长官就是这个调子嘛，我学得很像。这名营长自然是说不出话了，雪花飘落之下，只见他两眼失神，眼珠子好像木头的，转不动了，他还非要转半圈，嘴唇翕动，我也没听见他说的是啥。他发不出声音嘛。我再次表示了抚慰，并当场表示，等他去医院治好了伤，我会给荣誉军人管理处打电话，把他接过去好好关照一下。我说话声音故意很大，一方面，我这话只是对营长说说，眼见着人生将毕头的人，说句好话温暖他心窝嘛。另一方面，是给那名中校团副听的，让他明白我这个上尉副官很有能量的。果然，中校团副更是对我肃然起敬，马上请我到战俘队里边查看一下，看看有无异党要犯。他看了一眼祝长官的手谕，竟然记得很清。我立时摇头，捏着腔调，冷笑一声，说，我要查的是女共党，你这儿没有。中校团副连连点头，一叠声的："惭愧惭愧。"好像他押送的队伍里没有女战俘，很对不起我似的。倒是那个搞特殊化的县长，忽地叫了一声："我知道，我知道！"急腔急调的，好像懋忘了疼痛一般。县长说他早上过来搭便车时，看见了，二三十个女共党，被押着，往感训大队那边去了，是川军一个团在那边干这个事情。有一个女共党，高高个子，柳叶眉杏核眼，樱桃小口一点点，搭眼一看，就知道这个人有福相。她走一步骂一声，好倔强。这个县长观察力很强，遗憾他只是细看了这一个，再问不出别的来。自然了，最后还是把路线指给我了。

老侄儿，这个感训大队，全称好像是感化训练大队，你可以帮我查查资料，看看是不是这个叫法。我还是那句话，弄我的回忆录，我要求个准确，不能瞎编。咱们李庄的老规矩了，有一说一，有二说二，老实人说老实话。你要记住这个。哦，咱们说那个，战场上嘛，感化营，感化大队，都是对待战俘的一个手段。后来咱们这边不还有一个功德林嘛。当然了，性质是不同的，咱们这边是以事实教育为主，他们那边，从头到尾都是蒙你玩儿。我就不讲这个玩意儿了。耽误不起。我赶紧上路，不啰嗦了。我顺着那个倒霉县长指点的路线，又跑了将近两个多小时，来到一个小镇上，咱们早就说好的缘故，我就不说这个小镇的名字了。我开车刚进小镇，就看到路口有川军站哨，几乎看不见老百姓走动。哦，对了，这时候，雪已经停了。一问，才知道，他们正在做饭，今天休息一下，明天继续赶路。四川话相当难听懂，问了半天，才问到他们的团部，临时设在一家绸缎庄里。真是奇怪，这家店铺好像有喜事儿，老远就见张灯结彩，又放炮，又叫喊的，天冷嘛，还有几个士兵在门口雪地上叨鸡，就是取暖的游戏运动，咱们李庄人一说叨鸡，谁都会，不想这伙川军也会这个。我就不讲这个游戏运动的模式了，反正就是取暖嘛。我把车子刚开到店铺门口，一群士兵提着大枪就围上来了，嬉皮笑脸的，一看我是个上尉，又是军容齐整，相貌堂堂，咱们家的马脸嘛，配上一套毛呢军服，长筒马靴，盒子炮，真是相貌堂堂的。士兵不嬉笑了。我正要打问，店铺里出来一个军官，穿着毛呢大衣，挂着上校衔，我一看，乌龟王八蛋，这不是石副官嘛。前边我说过，这个石副官，祝长官本想让他到嫡系部队当个营长，他嫌小，祝长官使了个手段，就让他到川军里当团长了。不想在这儿撞上了。花狗日的，一张刀条脸没变，一脸浅白麻子也没少一个，居然还留上了小胡子，谱儿也摆得大了，腚后边跟上来四个卫兵，全副武装。这石副官，不，石团长，一边大步流星向外走，一边叫嚷："老子早晓得，戏娃子的沟子搞得，话听不得嘛！再去给老子好生劝他一回！"一扭脸看见吉普车，马上又叫唤开了，"哪个锤子车停这儿咧，唧个答应的喽！"这个人，我咋说他好嘛。第一次见他，一嘴咱们安徽蚌埠话，第二次见面，说的哪儿口音，莫能辨他，这一次，又是一嘴的四川话，我真怀疑，他会不会说人话了。自然了，我也理解，在川军当团长，不会说几句川话，好多事体都干不成了嘛。这个石团长，说着话，走上前来，一见是我，眼瞪得牛卵子一般，嘴张得瓢儿大小，脸上浅白麻子活蹦乱跳，好像个个有了生命一般，一叠声地叫嚷："李娃老弟！李老弟！李老弟，李副官，个龟儿子！昔日一别，仿佛昨个，老子心里一直欠欠的唧个！"这个麻子，我猜他想说一嘴四川话，只是说得不伦不类，又不自觉，尤其是，上顿饭也不知吃了啥东西，说一句话，就冒出一股子气味，说一句话，就冒出一股子气味，要是他说一句，我这里学上一句，能腌臜死我。个龟儿子，还要和我拥抱，表示亲热，你说这个怪兽是不是想害死我。

当时我急吼吼的，哪有心思给他要个卵子嘛。

我就把来意说明了。

这个石麻子，歪鸟儿日的，给我转眼珠子，说确实抓了三十多个女新四军，只是，昨天师部政训处的康处长带人追来，要把她们放到战地服务团里，演戏，催促着把人都带走了。我那时候没有经验嘛，原本就信以为真了，可是，突然之间，好像有神灵提示，就那一忽儿，我觉得自己的心脏颤抖了一下子，不知道咋回事，反正觉得这个石麻子没说实话，隐约感到大小姐就在左近。立时，我就把祝长官的手谕拿出来给他看了。这下子，石麻子不敢打岔了，看手谕时，就像聆听祝长官训话，身板绷得笔直，两腿也绷得好像没有了屁股，四川话没有了，又说起了蚌埠话，告诉我，昨天康处长确实带走了一批，只是他打了个埋伏，还留下七八个。“李副官，李老弟，你在官邸，不知道下边情况，要是你下来带兵打仗，就知道老哥哥我为啥留几个了。上了战场，弟兄们抛家舍业的，都是把脑袋掖在裤腰里，打完仗了，要是没有点好处，对不对得起死去的弟兄不说，光那几个营长连长，都是四川老鼠，我就没法交代，以后还怎样指挥他们呀！再说，老哥哥我也四十冒头了，还是个寡汉条子，高门大户家的闺女小姐，哪里肯跟咱们，抓个女俘虏当老婆搞搞总还是可以的吧，大不了娶了她，也不为过吧。李老弟，老哥有实话也不瞒你，今晚上我就和其中一个入洞房。哈哈，那个小妮子俊得很。”石麻子嬉皮笑脸地说着话，两眼珠子就像荷叶上的水珠子，滚过来滚过去。平时里，这个人有几个坏心眼，我是知道的，欺下媚上也可以理解，奴才嘛，但是，在官邸时，偶尔碰见祝太太，哦，别说祝太太了，就是祝太太的侍女啴啴，他个孬孙连眼皮都不敢抬起来，没承想，离开官邸不到三年时间，竟然变得如此不堪。真叫人纳闷，挂中尉衔时，像只老鼠一样低三下四，祝长官放个屁他都要捉回来，挂了上校衔，当了团长，咋就成了这副嘴脸。

阿门，上帝保佑他，我不糟蹋他了。我当即毫不客气，警告他，小心长官送你到军法执行监部去！一个师管区的司令，偷偷娶个小老婆，刚刚毙了，你难道不知道，那可是个少将，你一个上校，恐怕枪毙你两次算便宜的。这下子，石麻子再不敢打马虎眼，马上领我去看看他留下的那几个新四军女俘。

说起来他们也真够胆大包天的，七八个被俘女兵，就放在绸缎庄的库房里，门也不锁，放了两个兵荷枪站哨。石麻子领我进院时，库房里还传出斥责声，接着就是两个老女人的劝慰话，都是沙哑嗓子嘛，活像老公鸭，所以说是老女人。有一个少校和两个上尉，坐在院子里，侧耳聆听屋里说话，一边抽烟说笑。院子里有个磨盘嘛，他们就坐在磨盘上。真搞不懂，绸缎庄要磨盘有啥用，到现在也没想通。一见石麻子和我进来了，马上都站起来了，见我是上尉，浑不在意，笑嘻嘻问石麻子婚礼啥时候举行，弟兄们酒瘾都上来了。石麻子跟随祝长官时间长，又在官邸服务多年，见过大世面，是个人精，不接他们的话茬儿，直接介绍我，有点夸张，说这是官邸的李副官，是祝长官手下最红的红人，特来执行绝密军务。就这么一句话，几个军官都立正了，两个上尉倒是把烟头扔了，那个少校没扔，直接攥手里了。多烫嘛。不过也得承认，他比较有点子，能吃苦，所以晋升少校了。光景都这样了，那老伯父我就得摆出派头来，话都不说，只是用眼神示意石麻子，前边带路，进屋嘛。石麻子不愧在官邸混过的，马上明白，走到门口，还伸手请我先进。绸缎庄的仓库里边，有两三个胸口高的三层搁物架，上边零落落堆着几匹绸缎，还有两张矮腿长条桌子，想来也是放绸缎的，这会儿空着，七八个新四军女兵，团团围坐在那儿。还有两个老婆子，穿红戴花的，一看皱巴巴的老脸上涂的胭脂，就不是正经老婆子，媒人老鸨之类，两腮红彤彤，一龇牙，耍活猴相似，眼里也没有我，一见石团长进来，两个老婆子争先恐后，一人抓住一条胳膊，摇晃石麻子，又叫团座大人，又叫把总大人，反正胡叫一气，说的又是当地土话，又是沙哑嗓子，老鸹谈情一般，我听不太懂。刚才我说她们嗓子像老公鸭，并不是丑化她们，咱们现在当场一听，这个说法还是实事求是的。石团长哪地方的话都会说，估计他应该能听懂的，但他没有应答两个老婆子，脸上大有愠色，一扬下颏子，示意两个老婆子躲一边站着去。两个老婆子，红脸蛋儿，搓着脚底板，退到墙边去了。

我的天啊，我这才看了大小姐一眼。

事实上，我一进门就看到大小姐了。大小姐自然也看见我了。虽然三年不见，可是，那份儿默契依然存在。此时此地，此情此境，都不是说话的时机，所以，我们两个不动声色。大小姐那模样和另几个女兵没啥二致，也没了帽子，都是乱哄哄的齐耳短发，身上棉军装都是破破烂烂，布条儿，布片儿，棉絮瓤子，显然都是在林中奔跑被树枝子挂烂的，手脸都是泥巴灰渍，好在没有伤痕，但几天没洗手脸的那股子酸臭味还是很明显的。刹那间，我想起大小姐是个特别讲究卫生的人，真不知这个脏样子她咋能受得了的。当然了，后来我也成了这个脏样子，因为，四处奔走，一天打好几仗嘛，我就明白一个人是咋样忍受脏臭的了。环境逼人嘛。我那会儿真是个天才，言谈举止，包括神态，都是竭力酷肖祝长官，慢吞吞摘下一只皮手套，把白净的手掌伸到自己面前，细细端详，搞得石麻子不知所措，门口的几个军官也面面相觑，两个老婆子僵在墙角，张着嘴，恐怕嘴都张得麻木了，我这才微微一笑，把手伸到石麻子面前，说了一句："石团长，你在官邸多年，一定记得，长官最讨厌脏手了。"说到这儿，我还要说一句，在日常生活中，祝长官有点小洁癖，与人握手，即便与女人握手，或者你给他倒茶水，或者递上文件之时，他都会下意识地瞄一眼你的手。石麻子在官邸做副官时，因此被呵斥多次，自然不能忘记，此时他更是心领神会，马上命令两个老婆子打两桶水过来，让女共党们洗洗手脸。两个老婆子愕然一会儿，嘟囔了一句，这次我算是听懂了，她们问是要热水还是凉水。石麻子拿不准嘛，扭脸直看我。我想起大小姐的喜好，就漫不经心说了一句："烫手的水。"这时候，我敢肯定，大小姐应该全明白我的心情了。但她的战友不明白嘛，靠她旁边的那个瘦脸女兵喊叫起来:“狗东西,我们不洗脸,你们别想占我们的干净便宜!”她这一叫,其他几个女兵也跟着嚷嚷,外边荷枪的士兵就要持枪进来,石麻子这次把握住分寸了,扬扬手让士兵出去了。两个老婆子果然提进来两桶热水,真是难为她们了,寒天雪地的,说要热水,她们还就给提来了,居然还很快,还拿了两个搪瓷红花脸盆,两条蓝色毛巾,考虑得真周到。也可能这家绸缎庄日子丰实,啥都有。起初,其他几个女兵还不肯洗脸,倒是大小姐,一言不发,从从容容,把手脸洗了,还拢拢头发,拢了两手灰末,又不紧不慢洗了手。另几个女兵,看样子也都是泼辣脾气,这时候也是满不在乎,相继洗手洗脸。毕竟都是女孩子嘛。爱美之心,人皆有之,现在大家常说这句话,只是个口头禅,没有切实感受,我有,那般情境,亲眼所见,感同身受。两个老婆子大约看出了我是有大来头的,沙哑嗓子,殷勤之至,紧着手把两盆污水到了,又换上热水,再让女兵们洗洗。我哪里等得及,愈发装模作样,小声给石麻子说话,示意他,长官给我看过照片,大小姐就是我要带走的要犯。石麻子惊讶连天,险些叫出声来,说这个小妮子正是他看中的,还准备晚上入洞房哩,哪晓得是个要犯,真是危险无处不在,共党无处不在。“危险啊,相当危险啊”。石麻子做着惊恐的嘴脸,我当时差点恶心死八回,娘拉个逼的,他那个鬼样子,倒是很有眼光。我没有接他话茬,依旧摆着架势说话,让他即刻把其余几名女俘送到师部政训处,交给战地服务团,让她们搞演出,慰劳官兵去。我说这个也是长官的吩咐,来之前着重叮嘱过的。没有办法嘛,这几个女兵毕竟和大小姐战友一场,经过这次生死,可谓患难之交了,我要是单单带走了大小姐,不把她们安顿好,那在大小姐那里,战友情谊这一关就过不去的。而且,据我的了解,各师政训处的战地服务团,管理相当松散,逃跑的机会也多,即便逃跑了,他们也不敢上报,你想啊,上报了就会追究,谁会自找麻烦嘛。自然了,我打的是祝长官的招牌,那我的话就是命令了。咱中国的老传统了,狐假虎威,学起来并不难。当然,咱们李庄的人历来讨厌弄虚作假,但是,有时候狐假虎威做点好事情,还是让人相当得意的。这么处理事情，也不是深思熟虑的，而是因为大小姐，我才会急中生智的，也就是由这件事情开始，以后遇到事情，我就会动脑筋了。学会思考，是人类的进步，也是我的一个进步。我要将这个归功于大小姐。当时，虽是低声和石麻子交谈，但我的语气相当斩钉截铁，这就等于命令下达了嘛。石麻子立刻执行，还竖起大拇指称赞我办事精细，让女共党把脸洗干净了才确认谁是要犯，真是心细如发，怪不得长官青睐李老弟。说完了，还自作聪明地对我努努嘴。尽管几个女兵和大小姐叫嚷着不愿意分开，但这事情岂能再拖拉下去。石麻子当即派了那个少校，带上一个排，把其他女兵押送到师部政训处，当着康处长的面，交给战地服务团验收。就是那个把烟头攥手里的那个少校嘛。整队出发时，石麻子还再三告诫他，一定要让康处长打个收条，将来祝长官一旦追究下来，他也能说个清白。我自然知道，他这话是说给我听的。我哪里管他，押着大小姐上车，还大声威胁大小姐："老老实实在车里坐着，胆敢跳车逃跑，小心我的枪子比你跑得快！"你看，现在我还记着，当时我没说开枪毙了啥的，不吉利嘛。大小姐多聪明，坐在后座上，闭上眼，啥话也不说，表面上听天由命，心里边，那是瓷茶缸子倒开水，一摸烫手。我说了这么一句有玄机的话，倒是让石麻子很捧场地喝了一声彩，赞美我这话说得又俏皮又有水准。照他的话说，"李副官，李老弟，我真眼红你，跟着长官，学到了这么多高级的学问。"

哦，对了，当时恰巧要到开饭时辰，石麻子要留我吃饭，喝上几杯小酒，入洞房的酒准备了几坛子，即使洞房入不成了，美酒也不能糟蹋嘛。我言讲军务紧急，长官还在官邸等着嘛。没有吃饭。那石麻子岂肯干休，非让我稍等片刻，说是备下的菜肴粗劣，怕老弟不堪下咽，一边说，一边派一个上尉带两个大兵，飞奔到街上，买了五六包点心，两只刚出锅的卤鸡，香喷喷的，热腾腾的，我很想吃，但那一会儿，一吃就坏了架势，不能吃。石麻子叫人又从团部拿了两瓷瓶糯米酒，也就是在绸缎庄里拿的嘛，就是那种黑色陶瓷瓶装的米酒，他们备下的喜酒嘛。我刚才说绸缎庄里东西多，不是白说的，毕竟又是快到了年跟前嘛，虽是战时，但在商人家里，这点东西还是不缺的。这些个东西，一并装在一个竹篮里，满腾腾的，放在车上了。本来，我算是坏了石麻子的好事，但人家依旧这般热情，我咋说，给他敬个军礼吧。接着，也不管石麻子他们一群人忙不迭给我还礼，我立即上车，发动机器，一踩油门，疾驶而去。

噫，我此时心潮起伏，波涛汹涌，不能再讲。

老侄儿，今儿个咱们就先请了吧。

第二十二章

老侄儿，人老说百感交集，是啥意思?

老黄牛都懂得是啥意思。

可是，要亲身体验过这个滋味，说出来的那意味，才能让众口哑然。咱们说那天，车子还没有驶出那个小镇，我已经泪如泉涌。何以泪如泉涌，百感交集是也。说不清楚，缘由繁艳。不是喜极而泣，不是痛哭失声，无声泪，流不断，有口难言，那份感受，活似那，芥末拌蒜，星点儿难以下咽。反正，自那以后，我基本上没再流过泪，也可能那一次把我一辈子的泪水流尽了。我解释不清这个事情。论说，故人见面是个好事情，我和大小姐在危难之际重逢了，也算是人生一个华彩乐章，为啥要泪流不断，很怪哉乎。人家大小姐，毕竟是资本家的大小姐，见过风云突变，见过车水马龙，连一声都没哭，一个泪珠子都没有，她一身破破烂烂的，全然不在意，朝前排探探身子，侧脸见我流泪，只说了一句话："阿拉都洗过脸了呀，李娃小弟，侬还哭个么意思耶？"我三年多没有听到大小姐说话了，大小姐说话的声音还是那样好听，大小姐说话还是那样意味深长。只是，她这时候说的话，旁人听了，十二分费解，也只有我，才解得大小姐这话中滋味。大小姐原本蓬头垢面，因为和我相见，这才洗手洗脸，整容以待，不单单是个礼节，也表示了对我这个玩伴的几分好感，还有那个尊重。自然了，我不是哭，只是止不住眼里淌猫尿，也说不出话来，喉头万箭冲撞，又疼又胀，好像一道闸门，堵住我千言万语。大小姐那厢里，不再顾我情绪奔突，只管从篮子里拿起一包点心吃了起来，那吃相，一看还是公馆里养成的习惯，明明是饿惨了，但是吃起东西来，依旧是不慌不忙，小口咬下，慢慢咀嚼。吃了一块点心，又打开纸包，撕下一只卤鸡腿，吃起来了。想必是这个小镇上的卤鸡味道纯正，大小姐吃来了兴味，又打开一瓷瓶糯米酒，揭开瓶盖上封包的锡纸，咬下软木塞，喝了一口酒。我在前边闻到一股甜美酒香，照旧泪流不断，好似泪腺出了问题，就像水龙头出了问题，关不上了。我不知道这是啥原因，一辈子也没弄清楚是啥原因。

现在想起来，我还是觉得神秘得很。我和大小姐那次相见，就是这样的情景，根本没有逃离虎口的庆幸，也没有群狼在前的恐惧。更不像现在的电视剧，遇到这种情景，那一定要抱在一起，拍肩打背，亲个嘴儿。你的老大娘陈彩莲，退休多年的陈县长，一看到这种画面，就捧腹大笑，再三说，这么多的人脑子都是太简单了，简单到我不懂了，他们在那种境地，哪来那么好的闲情逸致，革命时期，谈情说爱，是要有条件的，是要讲环境的，李娃，你说是不是，咱们就不是这样的，尽管心里想这样，但是条件不允许这样嘛。这么说了，也不换台，眼盯着人家亲热，捧着肚子咯咯笑个不停。我年纪大了嘛，嘴上把门的也退休了，就顺嘴给她说了当年我救出大小姐的这般情景，她不笑了，三天都没搭理我。这个老婆子，她不是吃醋，是觉得我说的都是实际情况，而很多时候，实际情况往往更让人心里受不了。当天夜里，不管她咋样追问我后来情况，我都憋气不透，佯装心口疼，自然没有给她言讲我和大小姐接下来的事情了。至于我和大小姐接下来的事情，都是后来我断断续续说给她听的。自然了，紧要关口，我都给她模糊过去了，要不然，那后果你也是知道的。大脚片八九十岁了，还是个暴脾气，功夫不减当年，别看大我三岁，要是和我撕打起来，我还真弄不住她。你说人家八九十岁的老年人哪还有打架的，要我说，那不是他们修养好，是打不动了。我们不一样，一言不合，枪刀相向，没有这股子劲头儿，咋能活成百岁老人。大脚片就是这个脾气，所以，好多事情，我不给她细说。现在我给老侄儿你说这段事情，你帮我弄回忆录嘛，我自然要原原本本说给你听了，而且，大脚片即使知道了，再想给我闹别扭，那也得等我到了那边再说了。自然了，看我这健壮样子，她还得有些时候等嘛。

咱们说大小姐，我的大小姐，也不知道几天没有吃东西了，她细嚼慢咽，一口气吃了六块点心，四根卤鸡腿，你看，咱们李庄的人该说了，都这个时候了，还是资本家大小姐的德性，吃鸡光吃鸡腿，摆啥臭架子嘛。这话我要反对，这样的臭架子，你想摆也摆不出来，你身上没有那根筋，心里没有那份神儿。大小姐不光吃了这些东西，她还把香喷喷的糯米酒喝掉一瓶，她两眼迷离，在后座上一斜身子，软塌塌的一团棉，说了一句："李娃小弟，有侬在身边真好，阿拉可以好好睡上一大觉了。"话音还在萦耳，睡眠的鼻息便上来了。

你想啊，大小姐她可以睡觉了，我该咋办？这就是说，大小姐是彻底信任我的，彻彻底底把自己交给我了。这份儿信任相当不简单，没有个三五百年，是修不来的。这个就成了我的责任。你能理解生死关口的这种信任吧，哦，能理解你就是好样的。你能理解生死关口的这种责任吧，哦，也能理解，你也是好样的。只是，我咋办，我要把她带到哪儿去嘛。这是我人生中遇到的一道难题，回顾我这一生，再也没有遇到这么作难的事情了。老听人家谈啥人生，讲得头头是道，但在关键时刻，大道理是没有用的。你想啊，我把大小姐带回官邸会咋样，祝长官会原谅我吗，祝太太还会认下这份交情吗，大小姐是新四军，那大表嫂又是哪一边的，我是陈先生推介的，但陈先生是看在方仪望方老先生的交情上才推介的，现在，方老先生的女儿又成了新四军，那么，这里边的事情，要解释起来，就特别的煞费周章了。哦，我这是换位思考，站在祝长官的角度上考虑事情嘛。我昨天说了，见到大小姐，我乍然间学会了思考，这是我的一大进步。反正，说一千道一万，祝长官那儿我是不能回去了，我给他解释不清楚了，这个事情可不是过家家玩耍，祝长官要是翻起脸来，那可是六亲不认的，要杀头，这都是我亲眼看见过的。而且，我在战区辖地也不能耽搁太久，且不说世上没有不透风的墙，像石麻子那样的孬孙货，也会捅个窟窿眼儿，你想啊，石麻子平时里恨不得天天舔三下祝长官的屁眼儿，这一次，还不急巴巴禀告祝长官，虽然表面看来只是丑表功，但无意间也等于告密了。要知道，平时我在官邸，在祝长官眼里，是个老实忠厚的人，这时刻要是得知我带走一个新四军女兵，祝长官会咋想我，他会觉得我太会隐藏自己了，肯定是个共党，他会因此恼羞成怒，下死命令捉拿我，所以，在战区辖地，绝对不能久留，必须尽快离开战区辖地。这是一。第二，我们是不是可以返回上海滩呢，上海滩是沦陷了，那么方公馆又是个啥情况嘛，出来三年，只是写过三两封信，也从未收到过回信，战乱岁月，音信两隔，情况不明，难下决心，唉，那只好等大小姐醒了再说。

哎呀，当时就是思想这些。

那时候还是年轻，脑子简单，根本就没有想到是不是可以把大小姐带到咱们李庄来。

大小姐没有来过咱们李庄，这个成了我终生的憾事。

穷途无智嘛。

当然了，那时候，咱们李庄日子也不好过，到处都是日本鬼子嘛，也奇怪得很，太和县离咱们李庄也就是九十里地，都没沦陷，涡阳蒙城带上咱们亳州，都沦陷了，还有一帮孬孙汉奸，还有土匪趁火打劫，还有红枪会巧立名目天天要钱。咱们全家，也就是我爹我娘，就剩下两个老人了，你爹那个混球，原本在亳州城里上高中嘛，跟着你大娘到上海看我，回来的路上遇到共产党，受到了教育，好像也加入共产党了，只是年龄小，回来后还继续在亳州上高中，到亳州沦陷以后，不知道上哪儿去了，托了多少人都找不到，后来有一天，这个混球托人给家里捎来一封点心，就是咱们亳州瑞宝祥点心店里的大金果子嘛，那可是咱们亳州的有名点心。我的爹娘，也就是你的爷爷奶奶，心里顿时明白了，因为你爹小时候嘴甜，多次夸下海口，等有出息了，就给爹娘买一封亳州城里瑞宝祥的大金果子。爹娘接到这封大金果子没过多久,就知道你爹他参加共产党游击队了,也就不再到处托人找他了。哪还用得着多想，二老顿时意识到家里不能待了。你想啊，那个时候，你家里出了共产党，那是个天大的麻烦事情。咱们李庄不能待了，二老就干脆搬到颍上县避难去了。你二姑嫁到颍上县了嘛，是个中医世家，你爹那混球在文章里写过这章子事体。我离开咱们李庄那年，你二姑出嫁了,你二姑夫小名叫药碾子,不得了,去年腊月里才去那边的,也是个百岁老人。很遗憾。他手艺好，医术堪称国手，咱们安徽的老省长老肺病了，跑遍全中国，没办法，跑到美国都没办法，后来跑到他家请他看，肺病，不是个好病，又是个老肺病，更是要命，嗨，你二姑夫给看好了。我前几年患上偏头疼，就是他治好的，要不，我活不到现在，早去那边了。你大娘也是偏头疼，老革命，老干部，老县长，跑到省里都没治好，小四给她弄到北京也没治好，还是回来让你二姑夫调理好的，慢功夫，调理大半年。不得了。当年咱们全家就在他家避难。你问了，那他家那地方没有日本鬼子吗，我给你说吧，当时还真没有，颍上阜阳，那一片住的国民党军队很多，光骑兵就有个骑二军，骑三师控制太和，太和离咱们李庄也就是八九十里吧，骑八师驻扎阜阳南边，颍上就是骑八师的控制范围，另外，颍上还驻有骑二军的一个特务团。这些骑兵还有其他一些军队，负责警戒驻扎在平汉线左近的日军第十三师团。所以，当时那一片还是相对平和的。这个骑八师相当厉害，是青海甘肃那一带马家军队的一支劲旅，咱们今儿不说他们和新四军四师打架的事情，说后来，后来在颍上的十八里铺和六十里铺，骑八师和日寇激战，虽然伤亡巨大，却杀得鬼子闻风丧胆。遗憾的是，咱们家的两个老人又回到了李庄，没看见这场厮杀。有道是，离乱无常，风水轮流，这个时候，咱们李庄也出现了一支游击队，是县大队来组织的，要问头儿是谁人，说出来你不要吃惊，你当然不吃惊了，因为你早就知道，是咱们李庄东头的李方亮，就是后来成了咱们亳县公安局局长的李方亮，当然，李方亮也是有上级的，那就是你大娘陈彩莲。大脚片陈彩莲，她指导的这支游击队很厉害，南北征杀，后来还用捻军时期的一门土炮，打下来一架日军飞机。很传奇，那时候，咱们李庄相当平安。所以，两个老人又回来了，你爹那个混球也回来了，还成了咱们李庄游击队的文化教员。自然了，这些事情都是后来发生的了。按年头算，我和大小姐逃出来时，咱们李庄还在水深火热之中。真庆幸，我当时没想起来把大小姐带回咱们李庄来。这虽然是个遗憾，但也是个无可奈何的遗憾。

哦，老不死的，我这不是又说岔道上了嘛。

咱们说那。我当时想不出更好的办法，只知道祝长官那儿我是不能回去了，但不知道上海滩还能不能回去，我很作难，你想嘛，人家一个大小姐，喝得醉成一团，蜷在你车后座上，又是彼时情境，你咋办才是妥贴的。我眼里淌着泪水，思想到这儿时，正好到了一个丁字路口，我知道，向右拐，走不到天黑就是长官部，向左拐，走到天黑我也不知道会是个啥地方。老师们教育学生，动不动就说人生的十字路口，百般纠结，我这里遇到是人生的丁字路口，也不好选择。很多人遇到这个问题，会犹豫很长时间，我哪有时间犹豫，再说，咱们李庄的人遇到这个小问题，根本用不着犹豫的，前三朝老辈人传下的经验，成了咱们李庄的老规矩嘛，知道右边是险途，不知道左边啥路况，那咱们就别逞能，就朝左边闯荡它一下子，万一路好走也说不准，好多奇迹都是这样发生的嘛。当然。要是左边更加险途，那咱们肉枪碰上铁盾，折了还装进裤裆里，认了。好例子坏例子我都不举了。我一掰方向盘，连同我的命运，就这样拐向了左边。

我驾车驶出石麻子所在的那个小镇时，虽然雪花停了，但天是个半吊子脸，阴不阴晴不晴的，路上还有点积雪。自从向左边这么一拐，一瞬间就看见天空明亮了，路上积雪也越来越薄。我觉得这是个好兆头。大约又开了两三个小时之后，路上没有了积雪，而天空变得越发明亮，甚至说它灿烂都是可以的。我朝车窗外一探头，原来，夕阳西下，晚霞出来了，景色美到极致。我这才知道，我是往东走的，晚霞在屁股后边嘛。我觉得，这个天象，说明了我选择的道路是没错的。咱们李庄的人爱迷信嘛，我的心情顿时好了起来。我回头看看，大小姐还在酣睡，穿着一身破棉衣，这才觉得有失盘算，只顾跑路，忘了天寒地冷，忘了大小姐穿的有些单薄。我赶紧脱下毛呢大衣，给她盖身上。给大小姐盖大衣时，我既怕弄醒了她，又希望她醒过来，那种心情，就像当年在上海滩，我接送大小姐上学时的心情十分相似，怕她瞪眼发脾气，又希望她瞪眼发脾气。我的心情十分美妙，赶紧继续前进，只是隐隐觉得要是有张地图就好了，就知道现在哪儿，身处何方。唉，现在想起来，真是嘴上没毛，办事不牢。当时，以我的身份，在官邸里随手拿张地图，还是轻易的事情，咋就没想到这章子事体嘛。地图，我当然看得懂了，前边说过，在新四军军部参谋处学会嘛。要是这个没给你留下印象，那不是你的记性不好，是我讲的不够精彩。要不，我再把那个事情简述一遍吧。哦，你想起来了，那就不简述了。你娘的，你这么一打岔，我这车又跑了多长时间，就没个数了，没个数也不要紧，要紧的是它不跑了。咱们说句老实话，汽车就这点不好，没有油它就不跑了，和一些人身上的劣根性差不多，没点好处，就不办事。我这一辈子，讨厌汽车，就是那时候留下的坏印象。我咋办才好，前不着村后不着店的，眼看着晚霞将尽，天色黯淡，拿咱们李庄的话说，夜影子快要上墙了。大小姐还是没有醒来。我真怀疑，绸缎庄的糯米酒里下了蒙汗药。这下子，我就有些麻爪了。你想啊，你没有目的地，你只是在路上，你在哪条路上，这条路通向何方，天快黑了，你住在哪儿，天寒地冻，这一夜该咋过嘛。要是你一个人，这些问题都不是问题。问题是你还带着一个大小姐，问题是，这个大小姐虽然和你不是青梅竹马，但是胜似青梅竹马，更要命的是，你随时都有可能被抓住，抓住你就得送到军法执行监部，说不好就要砍脑袋，更更要命的是，还不只砍你一个人的脑袋，还可能要砍大小……

我赶紧断了念头。这一着急，我的眼泪又淌开了。我哭了，我不知道带着大小姐到哪儿去。走投无路，我咋办都好说，大小姐该咋办，愁死我了。难道真的要愁死我不成，不会的。咱们李庄人喜欢听高麻雀唱大鼓书，就是高老庄的那个高麻雀，你也很熟的，前些年还时不时到你们文化馆唱几场子嘛，就是这个高麻雀，他一唱到有人哭，随口就来上一句口头禅，刘备的江山，越哭越稳。开初我听到这句话，只是莞尔一笑，现在再想想还是有道理的，你想嘛，人为啥哭，那一定是委屈了，一定是有作难的事儿了，他就哭，感天动地，离地三尺有神灵嘛，就保佑他，就让他灵机一动，智慧上来了，难题解决了，他就不哭了。我当时就是这样的，流了半天泪珠子，大小姐也没看见，还在睡她的，我还流泪给谁看。真的，有时候，流泪也是有表演性的，没人看，泪腺就不工作了，就像这辆倒霉的汽车一样。我也不管了，把心一横，先吃点东西再说。我这么一想到吃，饥饿意识上来了，越来越浓烈，你想啊，我早上水米没打牙，一口气到现在，牙没打水米，全仗着一股亢奋的劲头儿，加上逃生的劲头儿撑着，撑到现在，亢奋是亢奋不起来了，逃生的劲头儿也懈怠了，于是，就剩下饥饿了。吃的东西还是有的，点心，卤鸡，自然，卤鸡凉透了，最好吃的鸡大腿也没有了。这时候，主人和仆人的区别就显现了，主人吃鸡腿，仆人是剩啥吃啥。当然了，这是我现在说笑话，当时哪有心思想这个，还没品出肉味，两只卤鸡都下肚了。想想真是糟蹋了，那时候的鸡肉多好吃，哪像现在，鸡都退化了，也许进化得更高级了，反正鸡没个鸡味，吃劈柴一般。剩下的一瓶糯米酒我只喝了一口，只是有点酒味，但很甜，就像咱们老家的黍子酒。咋只喝一口，不是不想喝，而是不敢喝，你想嘛，这么好喝的糯米酒，大小姐喝了一瓶，就醉成这样了，我要是喝一瓶，也醉成这样子，咋办，天眼看着要黑下来了。别说大小姐了，就是一个旁人这个样子，咱们也得有点责任心不是，况且，咱们李庄的人，好心眼是有名的。吃饱了肚子，心里边也宽松下来，一时恍然大悟，刚才一番犹疑，一缕无奈，有点悲观，原来是肚子饿了。这会儿吃饱了，力气也上来了，斗志也上来了，那些诗人吃饱了撑得作诗嚎叫，咱们吃饱了也作诗，有诗云，男儿当行是，何必问穷通，说的是人生际遇，我不管他，且当做行路解他娘一回。

你看，老侄儿，这些豪气，这些醒悟，推敲起来，也算是因哭而来的嘛。我这边正自得意，前边来人了，很糟糕，来的不是好人，是两个鬼子，还有大约十几个伪军吧，天都麻挤眼了嘛，我那会儿哪还有心情一个个数他一遍，那两个鬼子倒是一眼就能看出来的。我心里机灵一下子，叫了一声大小姐，没答应，我一看，好像在做梦，咧嘴笑着。我赶紧跳下车，拔出盒子炮来，二十响嘛，枪上插了一梭子，还有压好的一梭子，在裤袋里装着，这是早上出发时就备下的，祝长官说了嘛，以防不测。那时候，官邸里佩带这种二十响的，都是配了两个弹匣，也就是说，我手里只有四十发子弹，当时情形，只要打起来，根本来不及再朝空弹匣里压子弹的，大小姐还睡着，没有人帮我。没个放屁工夫，我立时知道了，误打误撞，咱们闯进了汪伪地界上了。后来，也就是好几个月以后，我查了一下，原来我和大小姐跑到宣城边上了，我得说，有汽车就是跑的快。当时宣城已经沦陷了嘛，也不是完全沦陷，分成两半了，一半是国民党县政府管辖，一半是汪伪的县政筹备会管辖，汪伪军第十五旅就驻在宣城嘛。我咋知道，后来天天打仗嘛，弄不明白这个还打个鸟仗。他娘的，咱们言讲过，不再说真实的地名了，一脱口，又说出宣城来了。也罢了，说出来就不改了，只是，你记住就行，写到文章里要把这个真实地名模糊一下。我当时咋知道闯进汪伪地界了，这还用多问，我在官邸和人来往期间，经常听他们说这章子事体嘛，在汪伪地界上，鬼子伙同伪军如何如何，所以，一看眼前形势，就明白了，只有在汪伪地界上，才有鬼子和伪军一搭儿晃荡嘛，才能那样旁若无人。咱们现在也知道了，那时候，在汪伪地界上，鬼子猖狂得很，有时候一两个鬼子，竟能指挥一个团的伪军。早些年头，在山海关那边，有个县城，好像叫做兴城，一个鬼子加上一条狼狗，就统治了这一座县城。哦，你要问我们到底在汪伪地界的哪儿，咱们也来不及说了。他们开枪了。天才麻挤眼嘛，他们老远就看到一辆吉普车，就咦呼呀咦呼呀，猫着腰儿跑过来了。日本鬼子叫嚷嘛，咱听不懂。伪军说的都是江浙话，咱也不需要听懂。百米外一看车牌，还有前挡风玻璃上贴的战区长官部的标志，一群孬孙孩子哗的散开了，趴地上就开枪，不讲理了。真幸运，他们没有机枪，只有步枪和手枪，打到玻璃上，当啷一声碎了，打在车身上，嗖，咔，嗵，也不知道子弹蹦哪儿去了。我想一下都没时间，抬手就是一枪。我的枪法已经说过，那不是白说的。我眼睁睁看着，枪响人倒。咦呼呀，咦呼呀。鬼子尖叫。四五个伪军弯着腰往这边跑，砰砰啪啪，打枪。伪军在中国人眼里没有身份，是因为当汉奸的缘故，在鬼子眼里没地位，我猜测，主要是他们没有战斗力，枪都打不准。鬼子的枪法厉害，子弹都是擦身而过。我抬手就开枪，练出来的嘛，跟着长官卫队在山里打靶，一盒盒子弹不是白练的，一枪一个。咦呼呀，咦呼呀，咦呼呀。两个鬼子尖叫一团，砰砰啪啪，一阵子射击。我躲在车旁不还击，把盒子炮换上连发，等着他们往上冲。果然他们就往上冲，两个鬼子和七八个伪军，打着枪冲过来，我抬手就是一梭子，这下坏了，打中的不动了，没打中的三四个扭头就往回跑。为啥，他们听出来了，我的武器好，厉害。偷空我还看了一眼车内，我的老天爷，大小姐居然还在睡着，真是愁死我了。我把空弹夹扔到车里，叫了一声："大小姐，帮我压子弹呀！"我还是在方公馆的称呼嘛。大小姐是新四军，朝弹匣里压个子弹应该会的。那个子弹盒就在副驾驶座上，伸手就能拿到嘛。大小姐没动静，急死人吧。所以说，后来我不赞成喝酒，就是这样的，人喝多了酒，关键时刻会误事儿的。我这边把裤袋里这梭子插上了，那边又是一阵子咦呼呀咦呼呀。我偷眼一眼，两个鬼子和剩下的全部伪军，也就是十几个人嘛，嗷嗷叫着冲过来了。当时子弹匣里是满满的二十发，可说是利刃在手，杀心顿起，我抬手单瞄两个鬼子，一个扫射过去，干倒了两个鬼子，扫射嘛，伪军也倒了三四个，剩下的伪军趴地上不动了。我也不动。我不知道弹匣里还有几颗子弹了，我不知道还能不能挡住下一个冲锋。大小姐要是能给我压一匣子子弹，再来个冲锋我也挡得住。关键是……奇怪，这两个鬼子倒地后，伪军就不往上冲了。哦，我为啥单打鬼子，你想嘛，我在长官部也不是白混的，官邸里也有打过仗的嘛，闲谈时他们也说过，只要打掉鬼子，伪军就会一哄而散。现在看来，这个显然是个经验之谈。剩下的六七个伪军，停了一会儿，开始往回爬，爬着撤退，鲜见得很。当时还有一个鬼子可能没击中要害，咦呼呀，咦呼呀，在地上挣扎呼号，伪军也不傻，只管爬自己的。那个鬼子挣扎着侧身，朝伪军打了一枪，打中一个伪军的胳膊，这下子，我没动手，另一个伪军趴地上回头一枪，把那个倒霉鬼子干掉了。然后这几个伪军架起中枪的伪军，飞快跑没影了。我赶紧跑到副驾驶那边，拿那盒子弹嘛，一拉门，我的老天爷，大小姐她刚坐起来，满脸疑惑，问了一句:“发生什么事情了，这么闹！”等到后来，我给她学这一句话时，她竟然笑得前仰后合。

到现在，我都不敢完全相信，这一场遭遇战真的发生过。

我自己，一个人，没上过战场，没有任何战斗经验，是真的还是假的，一口气干掉了两个鬼子和七八个伪军，哦，其中一个鬼子是伪军自己打死的，不算我的数。要是我生命中真的发生过这种事情，那老伯父我李娃真要惊讶万分。即便到了现在，每次一想起这个事情，我还再三问自己，老不死的糟鼻老头儿，真有这回事吗？现在冷静下来一分析，那一次算是我兵行险招，不幸之中的万幸。话咋这样说，我细处说来你就知道了。为这个事情，后来我也就做过一番探究，翻看过相关书籍资料。我看到一则资料，说是一九四一年一月十四日，日军进攻安徽宣城和浙江金坛的新四军，汪伪的绥靖部队出兵助日作战。我想了一下当时情况，估摸我和大小姐遇到的就是这批日伪军。现在想一想，真是凶险得很。可能是鬼子和伪军在自己地界上横行惯了，思想麻痹，不够警惕。再，也正是那句老话，初生牛犊不怕虎，我硬是占了没上过战场的便宜。你想啊，要是上过战场，那啥都知道了，那情绪就复杂了，可能就不会这样无知者无畏了。老侄儿，在这之前我没有打过仗，你是知道的，可是，也不是只有上过战场的人才有胆量杀敌，我有胆量，全是跟着祝长官的卫队在山里打靶期间，吴大队长和褚班长他们言讲的那些战场上的惨烈情景，无意间激发了我潜在的杀敌豪情，他们说的那些惨剧，使人愤怒，咱们这样有血性的人听了，腔子里不自觉就有了杀心，何况我这样练过功夫的人，又在生死关头，只好开枪杀敌了。只是没有料到，杀人竟是这样容易，竟是这样爽手。

哦，至于我和大小姐咋跑到汪伪地界上了，你找张地图，我一说行车路线，你就明白了。不需要作战地图，平常地图就行。哦，你没准备，那就只好以后再给你言讲了。现在咱们说当时，大小姐还像没事人似的，“发生什么事情了，这么闹”！我气得说不出话来，闷着声压子弹。大小姐一抬眼，马上又缩下脑袋，她啥都明白了，前挡风玻璃碎了嘛，再放眼往外一看，六七十米外，死了八九个，哪还有不明白的，况且，大小姐又是那么聪明的人。她马上活过来了，她一活过来，智商也跟着活过来了，马上叫我别压子弹了，赶紧撤离，这件事不会这么简单，敌人会很快就会再来的。我一听，很有道理，就像咱们李庄，在外边打架挨了打，哪一次不回来不叫上一铺子人再打回去嘛，战争，也是这样的。那我俩就赶紧撤吧。那盒子弹打掉了将近两梭子，我又装满两个弹匣，剩下的也不能扔，遇到事情，这些都是救命的本钱嘛。我把剩下的子弹一股脑儿装裤袋里了。吉普车是开不走了，没油了，又打得上下都是枪眼儿。大小姐考虑得比较周到，六封点心，还有我喝了一口的那瓶糯米酒，都放在竹篮里扤着，我让她放下，逃命要紧。她不放，说：“一会儿走路走饿了，想吃都找不到东西。再说，这米酒还是很好喝的。”这时候天也落黑了，视线不足百米。回头路是不能走的，那往哪儿去，大小姐说，咱们先离开顺山脚的公路，沿小路向北走。那么，北在哪儿嘛。大小姐往天上看了一下，满天繁星，布满夜空，七星北斗，悬在高天，正是人间指路的标志。大小姐马上下了公路，上了小路就朝北走。看，都这时候了，废话不说一句，她知道我自会跟她走的。

这一路呀，说啥丧家之犬，说啥漏网之鱼，咱们都得认下了，因为咱们就是这般模样。向北走的小路也不是一马平川的，时有低丘浅壑，走起来磕磕绊绊。开始担心追兵嘛，一个劲儿奔走，话儿也不多说几句。也不知走了多长时间，我掏出怀表看了，就是王主席送给我的那只怀表，我一直装在口袋里，咱们得有个时间观念，我看了，夜里瞎黑，虽有繁星，遍布夜空，也根本看不清怀表几点了，又不是夜光表。所以，你说现在电视电影多骗人嘛，夜里山路行军，漆黑一片，他居然还要看手表，也没有夜光，又不打手电，连根火柴也不划，他居然看见几点了，还有一个特写镜头，神奇的想象力。我当时就看不清，也不知几点了。我老早就说过，大小姐喜读书，广见多闻，又会说英语，法语也会说上好几串子，聪明得很，不想她还会识天象，一看三星正南了，便说大概过了夜里子时。她这么一说，真吓我一跳，就是说，我们两个已经走了大约六七个小时了。大小姐，一个银行家的大小姐，山高水低，道路坎坷，又是夜里，居然一口气行走了几个小时，我现在想起来还要惊叹一声。可是，大小姐不以为怪，她说在八路军学兵队时期，一口气走上几个小时，都是家常便饭，一夜行军百里开外，再正常不过了。这个话头儿一说，不免打开了话匣子，步子也慢下来，我俩边走边说，将分别两三年间的事情，缓缓徐徐，一股脑儿倒了出来。

老侄儿，你当然不可能当面聆听大小姐说事情了，不是你生错了时代，而是你没修够年头。大小姐说话声音好听，无可比拟，讲事情也有层次，还简明扼要，险情坦境，说的都很有趣味，尤其不像我这般啰嗦。

好，我也不啰嗦了，也简明扼要，把事情端的讲出来就完。

先说，我离开上海滩那个时间点，你是知道的，七月份嘛，过了月把时间，“八一三”战事就起来了，一打两三月，上海滩沦陷了。大小姐真的是考上了伦敦大学，是第二名还是第三名，还是第七名，我年纪大了，这点事情都记不得了，反正她那个同学张爱玲是第一名。第一名很重要，不管啥事情，不管啥时候，大家都是只记第一名，所以大小姐考第几我就记不住了。因为战争嘛，张爱玲有没有走掉咱们不知道，反正大小姐没有走掉，具体原因没听大小姐说过，我这里也不好瞎猜测。当时，虽然租界还在，但是，方公馆的日子不好过了。为个啥，中田觉五郎你还记得吧，就是那个胡写中国古币史的日本人，那一年冬天，大雪飘飘似鹅毛，老姑父方仪望冒着大雪，在草坪上接待的那个日本人，脸都冻成了卤猪肉。干他日本娘的，过去两三年了，还惦记着老姑父的古币，上海一沦陷，这个人又找上门来了，自然了，还有那个粗粗短短的空手道六段，渡边小儿。这一次是大年初二来的，还带了两瓶日本清酒，这一次，老姑父只好在客厅了接待人家了，不是人家拿了酒，而是形势所逼，孬孙孩子直接闯进屋来。中田觉五郎表面很有礼貌，要拜见家人，说是拜个年，其实就是暗示老姑父，要挟，恐吓嘛。尤其渡边杂种，瞥见大小姐，眼神走样了，干他日本娘的。老姑父眼里不揉沙子，当天下午就让大表嫂把大小姐藏起来了。藏哪儿了，那个教大姑妈和老姑父英语的柳老师，柳雪琳老师，你还记得，她当时并没有离开上海，只是另有任务，进入了地下，潜伏嘛，大表嫂把大小姐就交给她了。当夜，柳雪琳老师就带着大小姐离开上海滩了。哦，那不行，我当时在场也不能打。大小姐说了，大门外边还来了一卡车日本兵嘛，投鼠忌器这个成语好，就用这儿，日本鬼子，老鼠嘛。像咱们方仪望何许人也，在上海滩做出那番事业，不仅需要大智慧，鬼心眼也有的是，中田觉五郎哪是对手。老姑父方仪望，咱们中国人嘛，一个“拖”字诀用得出神入化，日本鬼子哪里懂得其中奥妙，等到这个狡猾的鬼子按约再到方公馆，想和方仪望摊牌时，晚了，只剩下一个看门人樊阿大了。咋的，老姑父和大姑妈，带着管家王西三和吴大婶子，还有厨子汤鸣——老姑父离不开那一碗素面嘛——去重庆了。自然了，宝贝也带走了。大表哥方迈克也走了，去香港了，当时香港还没沦陷，上海的文化人，生意人，还有像杜先生这样的名流，都跑到香港避难。大表嫂还在上海滩，她没有走，你想想，她是在组织的人，有任务，有信仰，有纪律，事情没完咋能拔腿就走嘛。只是，谁都找不到她了。她很有智慧，变成一粒沙子，撒在沙滩上，咋能找得到嘛。当时，中田党五郎气成啥样子就不用说了，立时抓走了樊阿大。

这个事儿，是后来上海解放了，我见到樊阿大听他说的。

樊阿大不得了，我对他另眼相看，到底是咱们亳州人嘛。

这个回头说。

说大小姐，柳老师带她到了延安，走的那条路，就离咱们老家亳州很近了。那时候，想到哪儿去，可不是直来直往的，你得走安全通道。啥叫安全通道，说白了就是要绕道，绕很多道。当时，新四军四师统战工作做得好，与当时住在沈丘的国民党骑二军何柱国部，处的关系不错，建立了一道秘密交通线。大小姐对这一条交通线记得很清楚，从上海先到蚌埠，你看，蚌埠离咱们亳州就很近了，又回头到怀远，再到淮南，再到沈丘，这几个地方都是离咱们亳州很近的，也就是二三百里地嘛，由沈丘到周口漯河郑州，再到洛阳西安，最后由西安到了延安。这一路上都有地下交通领路。这里我要赞扬一句，在那种战乱时代，交通要道，敌我交错，层层设卡，咱们共产党的交通线很厉害，既缜密又严谨，多少人都拦不住，不管是鬼子，还是伪军，还是国民党的队伍，都是形同虚设，当然了，损失也是有的。后来，我随着我们军部大首长去延安参加党的七大，走的就是这条路。当然，军部大首长，一举一动至关重要，军部成立了一个特别大队，都是从各个部队挑选的好手，我就是我们师里选出来的，有幸的是，我还担任了这个特别大队的副大队长，大队长是另一个师的作战科长。回头再说这段吧。咱们先说柳老师和大小姐到了延安，住了几天，柳老师被分到抗大工作了，哦，后来我在延安见到这位柳老师时，她又调整到马列学院教书了，反正是教师嘛，还干老本行。大小姐分到山西临汾八路军学兵队，就在那个叫做刘村的小镇上，参加学习培训了。当时，全国各地到延安的青年学生很多，有很多学生都分到这个八路军学兵队了。前边我说过这章子事体了，就不再讲大小姐都学了些啥，有了哪些长进，反正，大小姐经过这次学习，说脱胎换骨也不过分，就像那天夜里我俩逃命时，她在路上说的，她的政治方向就是在学兵队学习时明确下来的。一点也不像我，直到跟着新四军打了好几仗，才知道政治方向在哪儿，我后知后觉，进步很慢嘛。前边也说过，大小姐在八路军学兵队结业之后分到华中地区，再就是到了新四军军部，因为当时新四军教导总队的女兵队八队已经裁撤。哦，这个事情也是讲过的，再往下说，等于又讲回去了。大小姐说，表哥蔡琅玕是新四军苏北指挥部派到军部学习的，在教导总队二队，二队是专门培养军事干部的，从单兵战术学起，班排连营，一直到团的攻防战术，反正都是相当严格的军事科目训练。我随长官部巡察小组到新四军军部巡察那天，表哥蔡琅玕军部报到也就十多天吧。大小姐当时只知道蔡琅玕是苏北指挥部派来学习的，至于在哪个具体部队，蔡琅玕没说，她自然也没问，有纪律在嘛。蔡琅玕和大小姐，那可是顶真的姑舅表兄妹，再亲不过了，我和蔡琅玕也是顶真的姑舅表兄弟，也是再亲不过的，我们仨，可以说就是这样一个关系嘛。所以那天趁课间休息之际，蔡琅玕去看大小姐，正好迎头遇上了我。大小姐说，她一看见我，一声“李娃”险些脱口而出。我们走后，她和表哥蔡琅玕悄悄议论半天，谁也说不清楚事情竟然这样微妙。之所以说微妙，因为，表面上看，我是老姑父托老友陈先生推介给祝长官的，底下里，这个主意是大表嫂建议的。我的老天，事情复杂化了，当初我跟着大小姐念书，也是大表嫂出的主意，把我送到祝长官麾下，也是大表嫂的主意，我不禁要问了，大表嫂，你主意咋就那么多嘛。大小姐说过这个，又说，她也不知道大嫂打的是啥主意。大小姐都不知道，我就更不知道了。这个事情，只有见了大表嫂才能当面问个清楚了。但是，到哪儿见大表嫂嘛，大小姐都不知道她到哪儿去了。

大小姐说，事变前一个月，大表哥蔡琅玕完成学习，就回苏北了，所以，算是幸运得很。大小姐所说的她在事变中的遭际，以及眼之所见的事实，已经有很多人说过了，很多书上也记载的有，基本上大同小异，我这里就不重复了。大小姐说，她们二三十个女兵被俘的时候，都没有暴露真实身份，大都是承认自己是教员，或者印刷所的女工，她报的自己是教员。说起石麻子,大小姐简直啼笑皆非。这里边的缘故，咱们也说过了。大小姐说，事变时，她就隐隐约约感到了，我一定会去找她的。到了石麻子找了两个老婆子劝亲的那天，她听到一个声音在她耳边和蔼地说，李娃就要来了。“李娃，侬看准不准啦，阿拉刚听到这个声音，侬就进屋了，又是毛呢大衣，又是匣子枪，耀武扬威的，侬说这个，是不是太有点心心相印了吧。”大小姐说完这句话，勾了一下头，她的脸色有没有变化，我没看见，深更半夜的嘛。但大小姐说话带了上海滩的味儿，很放松嘛，就说明她心里还是把我当成了在方公馆为她效力的我。我当时心里那美妙滋味就不提了，因为这时候已经天亮了。

自然了，这其间我也插嘴把自己的经历说了一遍。说到新兵营费营长计杀逃兵，大小姐说，这在八路军里简直是不可想象的事情，在新四军里也是不可想象的事情。我后来说到石副官捉屁的事情，大小姐简直笑弯了腰。

现在，说句实话，真不敢想这一路子，我们两个是咋走过来的，一夜没睡，也没有困意，边走边说，说了一夜话，竹篮子里的六封点心，还有一瓶糯米酒，不知道都是啥时候吃的喝的，都是谁吃的喝的，到天亮时,我俩才发现竹篮子空空如也,大小姐居然还像模像样地扤着它。我俩相觑而笑。这可不是爱情故事，也不是简单的革命浪漫主义，这是无奈的事实,是我生命最幸福的时刻之一。你要问这时候跑到哪儿了，我也不知道，一切就像咱们李庄人言讲的那句老话，挤着两眼一蹦子狂跑，眼皮一睁开，原来到了爪哇国。当然了，这只是形容蒙头蒙脑，形容一个快字而已。所以啦,我俩没有到爪哇国,而是到了一个集镇上。

哎呀，时候不早了。

今儿结束之前，我再说几句那辆道奇吉普车。我也是后来才知道的，那辆吉普车变成日伪军缴获的了，他们在报纸上吹半天，那他们要是有现在这样的媒体，真不知道孬孙们还要狂吹多久。要是说伪军说话和放屁相似，那么，干他个娘的，日本人说话相似放屁，造谣造的厉害，说是击毙我战区长官司令部少将处长一名，缴获指挥车一台。还有十几个鬼子和伪军在车旁合影，一个个笑眯眯的，还故意露出前边挡风玻璃上贴的战区长官部的标志，鬼子伪军说这话，摆这个姿势，真是脏良心，哪里对得起被我干掉的一群倒霉货嘛。当时汪伪控制的报纸是不是报道了这个事情，我不清楚。我是在日本的画报上看到的，也就是大前年，小四在北京潘家园旧货市场上买到的几本子日本画报，小四说，干他娘的，很贵，花了大半月的工资。小四还把有吉普车照片的这一页日本话，特意请人翻译出来，夹在这一页里。我收到那天，一看这张吉普车照片，哎呀，乖乖，老伙计了嘛！一下子浮想联翩，过去的那一番事体，又次第在我眼前展开，活龙活现，真是往事如蜜流淌，心潮起伏，几天都没缓过劲儿来。也正是这本画报，这一页图片上的吉普车，才使我确信当年自己这一场经历，不是传奇，不是妄想，不是大脑跑马，更不是老不死的糟鼻老头儿信口胡说，而是一段结结实实的英雄事迹，估计当时要是祝长官知道了，肯定会给我记个大功，还可能原谅我挟持新四军女兵溜号之罪过。只是那会儿急着逃命，哪里想得这般周全，以致这段可以教育后人的典型事例，在时间的长河里淹没了，怪可惜的。

好了，今儿就到这儿，请了。

第二十三章

老侄儿，今儿咱们不啰嗦，直接开工。

说那，我和大小姐来到一个小镇上。

本来咱们已经说好了，不再说真的人名，不再说真的地名了，但这个小镇，我得告诉你，它叫直塘镇，因为我和大小姐的恩人就在这个镇子里，我说一遍这个小镇的名字，就等于念叨一次我和大小姐的恩人。这个道理你可懂，哦，你懂了，那你就是好样的。当时天已拢明。哦，你先把咱爷俩的茶水泡上，别一会儿说哑了嗓子，想喝口水而不得。当时，我和大小姐就犯了嘀咕，这个镇子是哪边的嘛，是国军的，还是汪伪的，还是鬼子占领着，不知道。当然，要是住着新四军，那就更好了，我和大小姐就不用提心吊胆到处乱跑了。自然了，这些都是大小姐的思想，我没有，当时我脚疼得要命，你想嘛，穿着高筒靴，夜里走长路，沟沟坎坎，高低不平，是个啥滋味嘛，我没心思琢磨这个事情，我的心思在一盆热水上，满脑袋就是想脱掉高筒靴，好好烫烫脚。这个脚的问题，先前不觉得，一是刚刚和鬼子伪军打了一架，急于奔命，二是和大小姐说着往事，哪里还感受到双脚存在，就是走着走着双脚化掉了，那又何碍。这会儿刚停下步子，感觉来了，两只脚又酸又痛，好似猪啃了两口一般。大小姐还在思考，神经绷着，她还是比较清醒的，她说，这个镇子要是国军的地盘，咱们想想办法还能混过去，要是伪军的，能不能混过去那得两说，要是日本鬼子的，肯定是过不去的。“可是，李娃，”大小姐说着，把手搭在我胳膊上，口气有点深沉了：“要是出了意外，咱俩只有拼了，不能投降，留下两颗子弹就是了。”老侄儿，老伯父我不傻，我听得懂大小姐话里意思。当时我头顶好似被玉皇大帝戳了一指头，心里一激灵，两脚不疼了。我不愿意接着大小姐的话意说话。我岔开话头。我说，这个小镇子，我保证咱俩过得去，问题是下一步，咱们到底要去哪儿，这个难题缠磨了我一夜，跑路我还能跑上几阵子，但总得有个尽头嘛。我的意思就是要有个目的地。当时大小姐要是说回上海滩，那我俩的故事就不是后来这个样子了。你想啊，我那时刻的情绪，那时刻的思想，唯大小姐马首是瞻嘛。可是，大小姐没说回上海滩。大小姐说到江北去。她说，虽然江南的新四军军部冲散了，蒙受了大损失，但是，江北还有很多新四军的部队，延安那边肯定也知道了这件事情，肯定正在想办法，他们不是没有办法的人。大小姐顺嘴又说到在八路军学兵队见过的几位中共高级领导，一个个都是相当有韬略的。

咱们现在来看看，当时大小姐的这个选择，完全是出自于她个人当时的信仰，出自她对当时事情的判断，基本上是符合历史潮流的，也是符合革命规律的。我曾经认真看过这一时期的很多史料，所以才敢这样说的。有趣的是，看资料时无意间有个发现，让我甚是吃惊，我发现，当时的中共中央军委命令重建新四军军部那一天，恰好就是我和大小姐来到这个小镇的这一天，这一天是腊月二十三，过小年嘛。七八十年了，我为啥记得这样清楚，说得这样绝对，老侄儿，你这个孤独的看官，且耐住急性子，往下一听就明白了。

那会儿，我对大小姐要到江北去这个决定，是有些犹疑的，你想嘛，我啥身份，战区司令长官官邸副官，祝长官身边的红人，因为这个事变，两家结下了血海深仇，我到了新四军那边，钱不是我借的，不是我花的，这笔账我可结不了，那么前景可就大大不妙的。但是，大小姐不这么看，她认为这是国共两党的冲突矛盾，不会把这笔账记在个人头上的，再说，你在官邸不过是个搞服务的副官，从来没有主动做过有损于新四军利益的事情，新四军是不会犯糊涂的。总之，到了地方，给新四军实话实说就是了。说到这儿，大小姐皱着眉头想了一下，给我强调了一点："不过，最好不要说在官邸这件事情了，只说是在副官处就行了。副官处的事情，你总是熟悉的。"你看，就是大小姐这句话，我后来到了新四军，就没老实交代在官邸的事情，只说在副官处。自然了，副官处的大小事情，都是问不住我的。也就是大小姐这句话，我在官邸的事情，瞒了大半辈子。我到现在也不太明白，为啥不能说官邸的事情，大小姐这句话是啥意思嘛。老伯父我的传奇很多，闻名咱们李庄，可是咱们李庄没有几个人知道这个事情。哦，对了，你大娘陈彩莲可能知道一点点，两个人一个锅里吃饭，一个被窝里睡觉，总有说漏嘴的时候，总有说梦话的时候嘛。如果这件事情要是过早地说出来，也许，我个人的历史就得改写，也许我压根儿就没有坐在这儿言讲往事的机会了，即便有，你今天帮我写回忆录，恐怕就得费些周折了。当然了，现在，啥光景了，啥都能说了，真好。这件事憋了一辈子，很难受，想想，一辈子都觉得做人不坦荡，不是个滋味。现在好了。

哦，你看我这个老不死，又发岔了。

咱们说我和大小姐这话说妥了，就准备进镇子。我一看，还不行，大小姐一身棉衣，虽说炮炸的一般，但总归是新四军军装嘛，甚为不妥。我赶紧把毛呢大衣给她穿在外边。当时尽管是腊月，天寒地冻，但毕竟走了一夜嘛，身上汗津津的，两人都穿不住大衣，我就搭胳膊弯里了，这时候随手给她穿上了。还算好，我的个子大，毛呢大衣把大小姐罩个严严实实，只露出一双灰棉鞋，算是新四军的一点招牌了。当然了，大小姐头发也是乱蓬蓬的，又出了汗，“脑油”味儿多重。一个人长时间不洗头，头皮头发散出来的一股味儿，咱们李庄人叫做“脑油”味儿。这个嘛，你这辈人还懂得，再下一辈不知道还懂不懂，人类进步太快了嘛。我闻到大小姐头发里散发着这股味儿，虽然很好闻，但是我忍不住，就苦笑着说了一句，要是方便了，大小姐你得洗个头了。大小姐说，阿拉又不是瞎鼻子，还用得着侬来告诉阿拉，阿拉甚至都想痛痛快快洗个热水澡才开心呢。我就把这话记心上了，盘算着进了镇子，找个大户人家，想啥法子也得让大小姐洗个热水澡。毕竟，我还是一身军官服，还有盒子炮，公文包里还有几百块钱嘛。只是，这个镇子属性不明，咱们咋进镇子，老侄儿，你说这出戏该咋扮演吧。还有竹篮子，这个玩意儿，就像唱戏的拿个道具，咱也不知道作用在哪儿，大小姐也没想出好办法。

正为难着，运气来了。

一切就像咱们李庄人言讲的几句老话，有时候你接二连三遇到坏人，你就会觉得这个世界上坏人真多，生活真没有情趣，你很绝望，这时候，你突然遇到一个好人，你一下子就会认为这个世界上好人还是有的，前边还有一线生路，你心里又产生了希望。

我和大小姐在那个小镇头上，就遇到好人了。

诗曰，日出东方红艳艳，梦里贵人到眼前。我和大小姐先是看到一辆骡车，是一头花脸骡子，脑门上一朵红穗子，骡子大约不习惯红穗子，走路老是晃脑袋，躲避牛虻一样。它一摇头，脖子上的铃铛就当啷当啷响几声。不看牙口也知道这骡子正是好时候，走起路来四蹄亮掌，轻松得很。看样子，那个赶车的年龄和我大小差不多，个子中等，长相像个女人一般，细眉长眼，鼻尖冻得通红，戴着一顶黑棉布护耳帽子，穿着黑棉袄，黑色缅裆棉裤，黑棉鞋，鞋帮子新上的桐油，还亮着，鞋后跟底子钉了铁鞋掌，牵着骡子步行，他的脚步声把骡子的蹄声比下去了。车上坐一个老头，看年纪也有六十多岁了，容光焕发，栽绒棉帽，围着古铜色棉线围脖，也是细眉长眼，右鼻洼里有一颗绿豆大黑痣，显眼得很，又黑如亮漆一点闪光，让我留心多看了两眼。就像祝长官养的大策士秦先生所言讲的，山清水秀，生美树以显其景；人有良质，生善痣以彰其贵。看这老人骨骼清朗，很明显，这颗痣是个善痣。老先生长袍马褂，不见绸缎，都是棉布的，但架势在那儿摆着嘛，一看样子，就知道是东家带着个伙计，赶早起出门办事的。从形貌上也能看出，这两个人不是父子就是叔侄，至多是甥舅，咋这样说，长相在那儿摆着嘛。咱们李庄的人，只消搭眼一看，一问保管错不了。

这两个人就是我和大小姐的恩人，王佩弦王老先生，牵骡子的是他的侄子王柏当老弟。爷俩赶早给闺女“送粥米”的，又叫“送满月”，大约是个普天下的风俗，闺女生孩子，满月了，娘家要送大米小米，紫米黄米，自然了，还要送芸豆红豆红糖鸡蛋之类，咱们亳州这边大致就是这些素食，不吃荤，他们那边，还要有活鸡活鱼。娘家人谁去合适，搁在咱们李庄这一带，都是姥姥和舅舅去，在直塘镇，都是姥爷和舅舅去。风俗大同小异嘛。我和大小姐遇到的这个王老先生，不一般，是直塘镇的士绅，在镇上开着油坊和豆腐坊，还有染坊，还有杂货铺子，反正半条街都是他家的生意。那会儿，我和大小姐在路边站着，王柏当老弟吓了一跳，两眼盯住我的盒子炮，勒住了骡子，回头叫了一声：“阿爹！”音调里有些迟疑，完了又回过脸来看我和大小姐。后来，我才知道，王老先生没有子嗣，把侄子过继来当儿子，所以，这里王柏当老弟称呼他阿爹。当时王佩弦老先生一看我穿着军装，还挎着盒子炮，也没有惊慌，要知道，抗战时期，老百姓还是比较亲近国军的嘛。老先生从车上下来了，地上一站，显出大个子大块头了，走两步到了我和大小姐跟前，还没说话，大小姐先给他鞠个躬，问候他一句："老伯伯，早上好！"老先生赶紧点点头，连说了两遍"好好"，扭脸一看我这打扮，又看看大小姐，问了一声："看这样子，你们两个遇到难事了？"老先生一辈子走南闯北，世面见得广，自然一言中的，说的是官话，略带些家乡口音。我不知道咋说，赶紧点点头。大小姐智商高，笑一笑，仰着脸说："老伯伯，我们两个想喝口热水，走了一夜，渴了。"老先生一点都没有犹豫，笑眯眯的，连连说："我心里知道的，我心里知道的。今天是腊月二十三，过小年，你们两个要是没有别处去，就先到家里去歇歇脚，喘口气儿再说。"

所以，我就记住了我和大小姐到达直塘镇那一天是腊月二十三。这一天我们的恩人王佩弦老人的这几句话，给我留下了深刻的记忆。

现在回想起来，那一天在直塘镇遇上恩人王佩弦老先生，印象里就是这一点点简单的开场，好像与生俱来的熟悉，很像自己家人一般，那番情形，那种感觉，如同游子归家。我和大小姐跟着王老先生，到了他家里，王老太太也亲热得很，慈眉善目的，不设防的亲近，就是强盗到她跟前，都不好意思作恶了，我这样一说，你就知道这老太太是个啥样老人了。当下，王老先生使唤王柏当老弟把账房涂先生请来，让他代替自己，带着王柏当老弟，去给闺女家送"粥米"。涂先生个头不高，胖胖的，说话慢条斯理，欣然而往。王老先生这边又叫人给豆腐坊上传话，先送来一钵子热豆腐脑儿，再准备热水充满浴缸。老侄儿，你听出来了吧，老先生显然闻到大小姐的"脑油"味儿了，我得赞扬他一下，免了我动枪动刀动银子的蠢念头。王老先生又让一个女帮工唤来二小姐，吩咐她准备几件替换衣物。王家的二小姐叫王逸韵，本在南京城念书，日本人来了，南京陷落之前，回到家里，读书消闲。论起年龄，我和大小姐都得称她姐姐。那一天初见面，我和大小姐都叫她王姐姐，这里我也称她王姐姐。这个王姐姐不得了，是南京中央大学史学系的学生，从学于赫赫有名的雷先生。这位雷先生是大学者，芝加哥大学的博士，回国后执教于南京中央大学，是史学系的主任，我不用说他的名字，你一查就知道是哪位大学神了。我说的是咱们李庄老时候的话，那时候，咱们老辈子敬重有大学问的人，视作神人，称之为大学神。王姐姐跟着这位大学神雷先生已经读完了硕士，正当雷先生推荐她到芝加哥大学读博士之际，南京危急，雷先生随学校搬到重庆去了，而王姐姐当时有点肺病，要静养，就回到本土老家，病是养好了，人也一直耽搁到现在，没有去处。那会儿嘛，我自然是不知道这个雷先生谁人也，大小姐竟然知道，大小姐一竖大拇指，哝，这个雷先生就在我心里重千斤了。我和大小姐在王老先生家住了三天，大小姐和王姐姐畅谈了两天，因为头一天她洗了澡就睡了，在王姐姐闺房里睡了整整一天一夜嘛。进过洋学堂的人，和咱们这等土包子不一样，言语醒耳，你纵是听不懂，但照样吸引你，光她们说话的那语气，那腔调，就让人五迷三道。大小姐和王姐姐都是上过洋学堂的人，都是读了很多书的人，言语投机，按咱们李庄的话说，就是针头线脑都能说到一个箩筐里。她俩在那边屋里说话，我在隔壁这屋里坐着喝茶嘛，听见她俩谈诗论事，还听见她俩小声谈到了马列主义，听不清楚，自然了，那时候就是听清楚了，也不懂嘛。你他娘的，问得好，马列主义，我现在也不大懂，你大娘大脚片陈彩莲，她当过县长嘛，她能讲得头头是道，口若悬河，她自己是否弄懂了我不清楚，反正我觉得咱们李庄的人，没有几个能懂得多少的嘛。还有，大小姐换下的新四军军装，也是瞒不住王姐姐的，自然也就瞒不住王老先生了。王老先生家里富有，但持家有方，简朴得很，当天就让一个帮工大婶子把那套军装拆拆洗洗，棉絮做了两双暖袖笼，棉布给王老太太糊了袼褙，留做鞋帮鞋底，也算是尽了用处。这样，我和大小姐就得说实话了。都这个时候了，还有啥好瞒的。咱们李庄人嘛，这个性格，你懂得。王老先生静静地听我和大小姐诉说根源，又表明了志向，他老人家一句都不插嘴，一句也不追问，我俩说完了，王老先生只是说：“我心里知道的，我心里知道的。”还是重复这句话。再就是安抚我和大小姐，安心住上几天，休养一下身心，瞅到方便时机，就送我俩过江北去。还提到王姐姐也准备到江北去，当然，她有自己的去向，江北海棠湾有一所中学，想延请王姐姐去教书，要是两巧的话，我和大小姐也可以和王姐姐同道而行。

后来，我说的是后来，就是渡江战役之前，我确实去了海棠湾这个地方，咱们乡下人嘴里没辞藻，只能说一声，好得很，好得呱呱叫。反正顺嘴儿我把这个事情说了，免得后边忘了说这一章子事体。后来，就是到了淮海战役之后，马上就是渡江了嘛，国共两边都很忙，各个方面都抓得紧，不光抢占物资和战略要津，还抢人才。海棠湾中学当时赫赫有名的，是一个留法博士办的学校，这个人我也不说他的名字了，也是建国后参加过原子弹研究的大物理学家，当初学成回国，北京大学和清华大学都来聘请他，都没去，他倒是在南京中央大学讲过一学期物理课的，所以他和王姐姐熟悉，王姐姐到海棠湾这个学校教书不久，就嫁给了这个留法博士。他们这个学校不得了，各个学科的教授差不多都是一时之选，当时俊才，个个都是大名鼎鼎，随便说一个都叫你如雷贯耳。哦，那个校园虽然不大，但秩序井然，师生都是彬彬有礼的，学校不光有一个植物园，还有一个著名的小型试验室，实验仪器都是当时最先进的。抗战期间，日本鬼子到了这里，都没侵犯这个学校，个别鬼子将领参观之后十分震撼，认为这个民族很难被征服的，这个国家也灭亡不了。日本人这话是后来日本投降了嘛，特意说到这一块儿，就是想能减轻他们的罪行，交代材料里写着嘛。国民党那边也很重视这个海棠湾中学，渡江战役之前，他们惊惶失措之际，惊骇惦记着这个学校，当时派来说客盈门，来了好几辆卡车，要把这个学校搬走。咱们这边也重视这个学校嘛，就派我带部队来接师生们到解放区，也真是幸亏我认识王姐姐，从中斟酌，最后还是跟了咱们共产党走了。

后来这个学校不得了，出了很多科学家，现在说起来，在军事科学和医疗科学领域里的几个尖端人物，都是从这个学校出来的。你看看，从某种程度上说，老伯父我也是在教育事业上做过一点点贡献的嘛。

哦，咱们接着说我和大小姐逃难到了王姐姐家。对了，大小姐穿上王姐姐的衣裳，真是别有一番风色，里边咱们就不说了，没看见嘛，外边这一件靛蓝色棉袍，真是稳重得很，又围上一条橘红色毛线围脖，这条围脖也喜兴得很，这么一身打扮，既有了上海滩的时髦，又有了小城闺阁的清秀。当时，我觉得王姐姐很会打扮人，大小姐也经得住打扮。大小姐换上这身衣裳，就有了方公馆的那层气质，比起穿着新四军军装，我要眼熟得多。我嘛，自然不要换衣服了，王老先生说了，直塘镇还没有沦陷嘛，时而有国军巡防小分队走动，我这身军装，遇上事情还是有点作用的。这么着以来，我和大小姐离开王老先生家时，我还是穿着军装的。

我记得清清楚楚，我和大小姐在王老先生家住到第三天，也就是到了腊月二十五，落黑那会儿，刚刚上灯，王老先生让我和大小姐收拾一下，说是过会儿有人来接我俩。现在，咱们知道了，当时事变之后，临近地区的各级地下党都得到了上级指示，要他们准备接应新四军突围出来的零星人员，设法送往江北，或者设法转移到安全地区。后来我看到一些相关资料，也是这样说的。你看，到了这个光景上，我还是个木头脑瓜子，竟然还没有想到，王老先生和当地的地下党有些联系，还在那儿想了半天，兀自琢磨送给王老先生啥东西以表谢意。送钱，我倒是有几百，但是，咱们李庄人的老规矩，答谢恩人，是不兴送钱的，往低里说，就是送一颗枣子，也不能送钱，往狠里说，送根手指头，也不能送钱。真难为人。我突然间就想到了王主席送我的那只怀表，虽说踹了人家三四脚，但在理论上也是劳动所得嘛，就把这只怀表送给了王老先生。当然了，我没说怀表的真实来源，只说是一个朋友所送，借花献佛，转送给王老伯伯，叨扰几天，恩重如山，这只小小怀表，略表心意。你别看言词上有些浮夸，但是我的真心话。一开始，王老先生说啥也不收，后来王姐姐一看怀表里边有一个“王”字，就觉得有几分天意，是个缘分，就劝阿爹收下了。现在想起来真是奇怪，放在我手里多日，我倒是看到表里边这个符号了，“大”字下边一横，笔画有粗有细，都是直直的，原以为是个图标，哪里想得到竟然是一期甲骨文的“王”字。老侄儿，手伸过来，我在你手上写出来你看。你看，就是这个样子，别说咱们李庄爷们儿不认得，普天下一般人哪里认得，幸亏王姐姐是史学系的学生，认出了这个字，才了了我一点点微薄心意。说是吃了晚饭就走嘛，临到晚饭刚刚掀开锅那会儿，账房的涂先生领来个人，中等个头，穿着棉袍，戴着有护耳的棉帽子，半拉脸都包严了，只露出两眼一个鼻子，鼻子冻得又红又亮，跟着涂先生，一进来就催着走，说是趁着晚饭这会儿街上人少，赶紧上路。真遗憾，这顿好好的晚饭，也没吃安生。也不是山珍海味，只是个王老先生为我和大小姐饯行的意思，特意制作的肉包子，糯米粥。噫，你说这样的饯行饭简单，那你世面窄了，就不懂了。王老先生家的饭菜，样样都有讲究，都是老手艺，真功夫，我和大小姐头一天到家里，赶上祭灶，小年嘛，腊月二十三嘛，就吃了一回送灶粑粑，还有一钵子鸡汤豆腐脑儿，那味道都是我这辈子再没吃过第二回的。这饯行的肉包子和糯米粥，我就不给你细讲了，因为来接我和大小姐的这个人还在催着嘛。急匆匆是也。大小姐懂得美味，斩钉截铁喝了糯米粥，随手挎上王姐姐给她准备的一个布包。几件替换内衣嘛。王老先生让我带上两包竹纸包着的包子，路上当点心吃。大小姐见我犹疑，就说谢谢王伯伯，我自然就接住了。王老太太养生有方，过午不食，晚上也歇息得早，自不便禀以告辞去打扰老人家了。王老先生和王姐姐送到大门口，即刻挥手关门。我和大小姐心领神会，也不便声张，只是怀着感激，跟着前边那个身影沿街走去。腊月底的晚间，夜色本就黑浓，刚离了灯火，一到外边，顿时满眼漆黑，好大一会子才适应过来，我的乖乖，那时候天黑是真黑嘛。

来接我和大小姐的那个人，几乎没再回头，也不说话，搞得人心里惶惶的。后来经历多了，才知道地下交通一般都不多说话，完成任务转身即走。那个时期嘛，咱们现在左右一想，也是能够理解的。高老庄唱大鼓书的高麻雀，一说到有人暗夜行走在乡镇上，又学鸡鸣，又学狗叫，还学老鼠娶亲，还有老牛反刍，驴马歇蹄，那是说书人的手艺，是一种让听众沉迷书中的手段。事实上大大不是这样的。我和大小姐，随着这个交通走到街上，彼时已经落夜，黑暗里听不见鸡叫声，倒是有几条大狗小狗汪汪叫，小狗叫声尖利急促，大狗叫声凶野狂放。想必快要到了年节，更赶上晚饭时辰，偶有划拳猜宝的腔调传来。我和大小姐跟着交通员，在走动间，沿街尚能看见数家灯火。好奇怪，在小镇的深处，竟然还有打更的梆子声，以及吆喝声，喊得也怪怪的。咱们常听打更的喊叫："天干物燥，小心火烛"，或是"查看门窗，小心失盗"，直塘镇的更夫是这样喊叫的："和平世道，路不拾遗"，"夜间行路，小心野狗"，喊得一字一顿，又有直塘镇的方言腔调，很有意思，我一辈子都记得住那个味儿，只是模仿不来，要不然，我学上几句，也让老侄儿你增长些天下见闻。我之所以记得这样牢靠，也是巧了，更夫的梆子声还在敲着，突然间暗影里窜过来几条狗，许是谁家大门有洞走风，狗闻到陌生人气息，窜出来了。前边那个交通是有经验的，立时蹲下，几条狗吓了一跳，疾速顿住爪子，屁股后杵，停在那儿，狺狺低吠。大小姐低低尖叫一声，马上抓住我的胳膊，躲在我后边。当然了，我也是急中生智，随手把两纸包包子扔出去了。正是那句话，肉包子打狗，有去无回，几条狗不吭声了。这狗东西，和人有几分相似，得了好处，有了好吃的，就忘了职责，不叫了。真真可惜了两纸包包子，那么美味。前边交通一见，立起身来疾速穿行。我拉着大小姐的手，快步跟上。心急腿快嘛，片刻间就到了小镇头上。这时候，前边交通慢下步子，拍了五下巴掌，不远处黑影里也回了五声巴掌。于是，我们又一阵子小快步，就看到路边有一辆马车，还有个赶马车的人牵着马笼头，站在那里。天黑，啥也看不清，都是个朦胧轮廓。那个交通和赶马车的把式低低嘀咕了几句，说的都是奇怪的方言，侦听专家也许会懂，我是一句也没听懂。这样几句方言一说，他算是把我和大小姐交给赶车的把式了，也不和人告别，只管转身消失在暗夜里。厉害，自始至终，都没和我或大小姐说一句话。

赶马车的这个把式，也是棉袍大领子，还戴着帽子，基本上在夜里你也看不清他是个啥形象。他倒是说了几句话，但听得出，明显是捏着嗓子的。他说的啥嘛，他说路上要是遇到有人查问，你们就说是到直塘镇看亲戚的，亲戚就是王佩弦老先生。你们家是苗集镇的，和王老先生贪恋言语开心，以致晚回了一会儿。不能来硬的。喂喂，那个军官，关键那刻，你可以亮亮牌子。老侄儿，你一听就懂，反正编了个小段子，就是防备路上遇到麻烦嘛，现在一想起来，我不由感慨万千。你想啊，他们又不认识你，和你非亲非故，又是腊月底了，又是夜黑如炭，他们吃苦受冻姑且不论，要是被抓住，那就小命难保，这种情况下，他们往来迎送你，凭啥，凭的就是组织的命令。要不我刚才赞叹嘛，地下党的交通不得了，那不仅是交通员不得了，主要是他们这个组织不得了。厉害。

我和大小姐上了马车，车把式也坐上马车，我和大小姐坐在车厢里，车把式坐在驾驶位置上。出了小镇子，满天繁星倒使夜色亮了几分，可以看见一条高低不平的土路，伸向远方。车把式肩着长杆马鞭子，袖手无语，只嘴里时而喝一声牲口。我和大小姐坐在马车上，不一会儿便觉得浑身瑟瑟。你想啊，又没有车篷，一任小北风割脸，大小姐冻得一路上抱着小包袱，双手搂住我的胳膊，紧紧的。我恨不得自己变成火盆，但这只是我的心情，事实上我也开始哆嗦了。真的，这辈子回想起来，就是那一夜最冷。人家说马蹄声脆，那是在石头路上，是在柏油路上，而我们的马车是在土路上，马蹄声和车轮声，都是闷闷的，也不是沉重，就是闷闷的压得你心里不舒服。现在我还能回味出那种感觉，一切就像梦中一样。要命的是，跑了大约一个时辰之后，老天爷这个糟鼻老头，还下起小雪花来，飘雪中马车行驶，人在车上，那感觉更是活像做梦了。就这样，一口气跑到了三星正南，估计应是子夜时分了。你问我，下雪天能看见星星吗，我对你说，等到下雪天，你到荒郊野外去观察一下就知道了。也就是半夜子时，这才到了一个村口，因为黑夜里眼睛适应了，即便雪花纷纷，也能看见村落轮廓了。到了村口,也看见树身子了。奇怪的是,雪夜里竟有猫头鹰低叫了几声，更显寂静之至，令人不安。车把式停了车，跳下车来，行动自如，低声让我和大小姐下车。他干娘的，哪里还下得来，全身都冻僵了。幸亏车把式搀了我一把，我这才下来，脚板一挨地上，才觉得大地是仁慈的，也是全仗着年轻少壮，身上血液顿时四下奔腾。我活动了几下子手脚,才把大小姐扶下马车。毕竟是个女孩子,一下马车,险些跌倒，我只好搀扶着她。片刻间，有人过来了，还是拍巴掌信号。车把式上前两步迎过去，低声说了几句。那人大衣皮帽，包得严严实实，托了一下皮帽子，过来两步，看看我和大小姐，夜里又在飘雪，我也看不清他的面目，只是怕他误会大小姐受伤了，便说了一句“冻麻木了”。那个人好像龇牙一笑，便帮我搀扶着大小姐，立在雪里看马车掉转头。就是这样的，车把式连夜走了。唉。你他娘的胡说，我没哭，就是想起来眼里边潮乎乎的。我这把岁数了，哪里还动得起感情嘛。到现在我都不知道他们的名字，不管是到王老先生家接我们的那个人，还是赶马车的车把式，还是来接我和大小姐的那个人，我都不知道他们姓甚名谁，也不知道他们后来如何了，后来想到人家面前说声谢谢，都没地方找他们。这里我得把他们称作无名英雄。咱们的革命历史上，这样的无名英雄很多，毛主席都没有忘记他们，天安门的英雄纪念碑，纪念的有他们，咱们也不能忘，咱们在心里记着他们。

我倒是记得那天夜里指挥渡江的姓唐，也就是二十五六岁吧，是个营长，也是事变中突围者之一。当时，一批突围者就在江边那个小村子里集合，我可以告诉你那个小村子叫永福圩。当夜要渡江的一共二十六个人，都是历尽艰辛，经过各地的地下交通站，辗转来到这个小村子的。与他们比起来，我和大小姐真算是幸运之极，当然了，有我这块招牌嘛。说起来,也要感谢祝长官。我的光环是他给予的。他娘的,顺着藤蔓，我还得感谢老姑父方仪望，捋到根上，我还得感谢方强，哦，你看我欠了多少人情嘛。哦对了，你快忘了这个人了吧，啥，你没忘，那说明你是好记性，有着天然良心，主要人物记得，次要人物也记得，匆匆一个过客你都不忘记，老侄儿，尽管你快七十岁了，但是，你记性好，你还有前途。咱们赶紧回来说那，就在永福圩这个小村里，可能是一家富户，一进屋就有一股老房子味道，像陈年老酒一样，醇厚温暖，墙厚堂高，尽管屋里坐得满满的，还是觉得上面空荡荡的。也没点灯，都摸黑在屋里守着，还有人抽烟，小声说话，诉说各自的历险经历。我和大小姐进来后，大家都不说话了，唐营长用手电照了我和大小姐一下。我咋知道他姓唐，后来他自我介绍的嘛。他对我身着国军军官服装不以为意，想必王老先生把话儿一层层过给他们了。我说了嘛，屋里边没有点灯，唐营长照了一下手电，众人形象瞬间一闪，千万模样，有两三个穿着新四军军装，更多的着便装，都带着长枪短枪，竟还有一个小胖脸怀里搂着机枪。唐营长的手电一灭，搞得屋里更黑了，只见几颗烟头移动，烟味儿一股浓过一股。其间有人倒水声。片刻间，热腾腾的一瓷缸子茶水传过来了，顺过来一句话："给刚来的那位女同志哦。"这缸子热茶经过我的手，传给了大小姐。我的天啊，屋里这么黑，真不知道哪个活神仙是咋样倒的开水，热烫烫的，我真想留在自己手上暖和一会儿，可是，大小姐才是刚来的女同志嘛。大小姐把缸子抱在胸口，暖了半天，才长长喘了一口气，没先喝，撂给我喝。我哪里还用喝热茶，大小姐这个动作就够了，我一下子浑身冒火，热炭一般。我推大小姐的手，让她喝。

我和大小姐正在推让，黑影里唐营长说话了，话不多，一听就是战场上的老干家子。唐营长就说了五句话，我到现在还记得一清二楚：第一，大家上船以后，要保持绝对的安静，不许说话，不许咳嗽，不准放屁，更不准抽烟。第二，带武器的，子弹上膛，手榴弹拉环套手指头上，随时准备战斗。第三，遇到情况，一定要沉着，不要乱开枪；如果遇到鬼子的军舰汽艇盘问，一切由船老大回答，其他人绝对不要吭声。第四，但凡情况紧急，听我一声令下，大家一齐开火，好歹给他奶奶的一拼。第五，无论情况怎样，大家都要冷静，万万不可跳江，江水寒冷，穿着棉衣，跳江也是个死，不如拼个侥幸。就这些，大家要牢记。说完这五句话，唐营长打开手电照了一下手表，关上手电又说："现在还有六个人没到，根据他们的距离，按照规定的时间，他们应在半小时之前就到了，现在还没到，情况就不好判断了，为防止出现意外，我命令，马上出发！"我这才意识到，我和大小姐算是最后赶到的，由此我格外要感谢前往直塘镇接我和大小姐的那个车把式，一路上幸亏他不停地催着牲口，要不然，晚一步我俩就可能赶不上了。也要感谢那匹马。真的，战争年代，有很多牲口你也不能忘记它们，它们像人一样为革命出了力，但是，它们不像人一样要啥报酬。唐营长话音落地，大家陆续出来，隐约间我看到还有两三个女同志，一时倒是觉得大小姐算不上孤单了。唐营长等大家都出了屋，又用手电照了一遍，甚至连房顶篷上也扫了一下子。就那一下子光亮，我一眼瞥见，檩木缝里垂下来一条屋龙的蜕皮，有二尺长短，真是叫人恍惚半天。哦，屋龙，就是旱蛇，老房子里不缺这个，吃老鼠，人不厌烦它。咱们李庄，叫做屋龙。唐营长真是干才，我和大小姐到达之前，他就成立了临时党支部，那次渡江行动，他也布置得面面俱到，当然了，当地的地下党也配合得好。大家冒着小雪，到了江边，早有一艘大木船停在岸边等着，唐营长等大家都上了船，这才和两个送行的当地地下党握手告别。天黑，我没看见那两个地下党的模样，现在一说起来，那两个模糊不清的身影还在我眼前晃动。

战争年代，人啊，噫。

后来，我才知道，那两个地下党，一个是交通站的站长，一个是县委书记。想一想，很欣慰，危难关头，枪口下，刀头上，共产党当头的，就是敢冲到最前边。夜色里看船老大，身型魁梧，手脚麻利，升起风帆，迎着雪花，向江北驶去。行行出状元，行行有绝技，我真是佩服那个船老大，张起帆迎着斜斜的小北风，居然能向北疾驶，简直魔法，简直有如神助。后来，我在亳州荣军院享受时，抽空专门到涡河去了几趟，请教过几个上岁数的船老大，他们老哥几个那番道理，有些迷信，有些邪术，也有几分科学含量，要懂力学，要懂浮力，要懂风向的秘密，你才能明白张帆迎风使船疾行的道理。我说不好，搞不懂他们这个名堂，不敢妄谈。哦，当时江水没有结冰，我不谈科学理论，我不懂嘛，我自认为，大地是慈祥的，大地是温暖的，大地深处的一息暖意感动了江水，没有结冰。只是，雪花逐渐变大，致使江面上一派茫茫然，即便白天也难辨方向，何况又是夜里，全凭船老大水上经验充足，直往前行。当时，唐营长还有点不放心，小声问了两次，方向对不对。船老大叫他大可放心，风里雨里，浪里冰里，在江上做了一生的好买卖，别说这个天气，就是黑成阎王殿，他照样分辩得出东西南北。听到阎王殿三个字，我心里咯噔一下，就觉得大大不吉利，船上大家也都意识到这三个字不妙，顿时鸦雀无声，连唐营长也不说话了。老天爷这个糟鼻老头儿，也是有意考验咱们，忽地起了邪风，江上邪风来，随之浪涌高，木船开始摇晃，船老大低声告诫大家不要乱动，当心呕吐。当时那副情景，那种感觉，你浑身是嘴都说不清。大小姐抓住我的胳膊，紧紧的，我觉得她好像很不舒服。我觉得自己也有点恶心。好几个人强忍呕吐，咬紧牙关，嘴里呜呜做声，都不是好响动。大家正兀自难受，船老大低低说了一声，“大概到岸了”。刚觉得船身好像微微着地一下，大家立时精神一振，纷纷伸展手脚。船老大说话间，把铁锚抛了出去，只听当啷一声，几乎响彻云霄。咋回事嘛，干他娘的，铁锚抛到鬼子军舰上了。唐营长手电光一闪，果然就是鬼子的军舰，膏药旗在飘飘嘛。这里有个背景，当时战火弥漫，鬼子封锁长江，十分严密，昼夜不停，有资料说是防止两岸国军渡江勾连，也有资料说，这是日本鬼子和国军的默契，故意的，就是为了防止事变中突围的新四军过江。这些资料我都看过，只是手上没有相关证据，这里不做评论，姑存此一说，以佐证事变之险恶。说船老大将铁锚抛到鬼子军舰上，声音虽然不大，我说响彻云霄，那也不是形容，不是夸张，你要在当场，就能体会到响彻云霄这个好词，也不足以形容当时给大家的震撼。大家顿时寂静无声。我说过唐营长是个干才嘛，他马上低声命令机枪手上前，其他人赶紧想法斩断锚链。咱们看电影电视，机枪手都是大个子，我不知道那些搞电影的为啥非要这样想，事实上在战争中，有很多机枪手并不是大个子，照样机枪打得好。并不是光要你大个子扛机枪的，打得好才算是机枪手。我们船上的这位机枪手就是个小胖子，快捷麻利，动作标准，而且手脚轻巧，拎着机枪就趴到船头上了。但是，斩断锚链岂是易事，几个人手脚冻得发麻，哪里斩得开锚链嘛。刚才还吹牛的船老大，此刻呆若木鸡，几乎崩溃，只会磕牙了，喀喀喀，敲梆子一般。好歹有一个人在船舱里摸到一根两尺长的铁钎子，想撬开锚链铁环，但是，哪里撬得动嘛。那时刻，间不容发，我就上去了，咔嚓一声撬开了锚链铁环。这得称赞我神力，我得称赞大小姐给我的神力。你想啊，我的神力哪里来的，要是大小姐没在船上，我也只怕撬它不开嘛。大小姐是我的精神支柱，也是我的力量源泉。不啰嗦，船老大赶紧掉转船头，加足马力，狂奔而去。自然了，木船没有动力，谈不上马力，这里只是形容当时事急情形的说法。不说别人，就说我自己，恨不得背起大小姐一个箭步，跳到岸上，夺路飞奔，别的人我可就管不了了。现在想想我当时这个念头，是有些盲目英雄主义，带点流氓成分。后来分析了一下子，也可能当时夜黑天冷，又下了雪，又起了浪，鬼子也不是毛驴做下的，是人做下的嘛，他们也怕冷，也怕颠，也想舒服，他们大约在舱底睡觉，没有觉察到响声而已。若非如此，那麻烦可就大了，鬼子打枪很准的，一旦拎着机枪冲到甲板上，正好像小丫鬟端着一钵子燕窝汤，不巧落了一泡鸟粪，再珍贵也不能喝了，那非得倒掉不可，不仅全船人性命难保，我和大小姐也很可能呜呼哀哉。呸呸呸……哈哈，要真是这样的话，倒也免了我半世的思念。

事情到此还没完了。

船终于到了北岸，天色还是朦胧的，但近处可以看清人的眉眼了，雪花变成细沙粒，薄雾一样，几近停止，只是看不远。大家一上岸，有好几个当场吐起来，不知道是船晃荡的，还是极度的惊吓所致，也不顾顺岸出溜的飕飕小风，蹲在岸边呕吐不止。大小姐倒还好，没有呕吐，只是晕的厉害，我只好搀扶着她，让她趴在我肩膀上好好透透气儿，心里边不由得又是恼恨，又是替她懊悔，要不是中田觉五郎带着渡边小儿逼上方公馆，大表嫂也不会把大小姐送到柳雪琳老师那儿，没有这章子事体，接下来大小姐也许跟着父母去了重庆，哪里还会遭这份洋罪。不过我马上断了这个念想，因为，大小姐要是去了重庆，我哪里还会有这般如歌如梦的际遇。不过，当时情况也不是很糟，江北的地下党已经安排人来迎接了。两个人，一个打扮得像小镇铺子里掌柜的，一个像国民党镇政府的镇丁。从前铺子里掌柜的啥打扮你应该知道，不知道你也能想象出来，但那时候的镇丁打扮你就不一定知道了，也想象不出来，非得见过才行。老伯父我今天卖给你点学问，说个大致模样你听，不管春夏秋冬，镇丁穿的衣服大体上都是比较束身的，不管是铜扣子还是桃木扣子，一律九颗，也有七颗的，从脖根扣到下边肚脐，一丝不苟，说起发型，也有点特色，周边几乎剃得光光的，只有头顶上头发较长，就像打折的小鸟翅膀一般，耷拉在光光的周边头皮上。反正当年咱们淝河镇的镇丁是这种装扮，没料想在这大江边上也碰到一个这样的装扮，这样的发型。来接我们的这两个人穿着打扮不同，但相同的是两人都挎着短枪。像掌柜的那个叫老黄，像镇丁的那个叫小段，想是两个人一路急赶，刚刚到这儿，出了一身一脸的汗水，正摘了帽子擦汗，要不我咋能看见小段的那个发型嘛。要是现在看这小段这样子，像个坏蛋，其实他是个好同志，腿脚快，回头一枪是绝技，后来我又见到老黄，喝了几盅酒，老黄给我讲了小段这个回头一枪嘛。

老黄小段，一接上我们，赶紧领着大家到了不远处一个草棚子里，避避风雪。这个草棚子显然不是瓜农看瓜用的，看瓜棚一般都是“人”字形的简陋草棚，这个草棚是四方形的，想必是方便沿江打鱼的渔人歇息备下的，里边可以摊开一领箔，渔人要晾晾小鱼小虾嘛。棚顶摇摇欲坠，芦苇篱笆四处漏风，但好歹也比站在漫地里要强得多。大家拥挤着进了草棚，倒是把老黄和小段逼在外边，唐营长挨挨挤挤，叫他俩进来，两人直摆手，连说“弟兄们辛苦，同志们辛苦”，那意思就是你们辛苦你们在里边嘛。这个叫小段的，还扤着个大笆斗，盖得严严实实，笆斗上还贴着一个红纸斗签，写着一个浓浓的“福”字，在朦胧天色中倒是很醒目的。此时见大家在草棚子里安稳了身子，小段这才揭开笆斗上的小棉被，原来，竟是一笆斗热腾腾的白面蒸馍。老天爷，想得真周到，时间也拿捏得恰到好处，人过了江，蒸馍还是热腾腾的。小段又从怀里掏出一大包腌酱菜，肉丁炒就的。我现在一说，就想流口水，这个热蒸馍，就上肉丁炒酱菜，一辈子都忘不了。当场产生一个细节，就是那个船老大，一看白面蒸馍热腾腾，右手抓三，左手抓两，那么白的蒸馍，那么黢黑的双手，活似树瘤一般，超现实的感觉，我印象深刻得很。我当时就觉得，共产党真不得了，这些个新四军也真不得了，万事都想得这般周全。过江的这二十多个人，有几个穿新四军军装，其他人都是便装，就我穿着国军军官服，夹在其中，自觉尴尬，所以，我就吃一个蒸馍。大家一边吃，一边说话，这才知道，老黄原先也是江南新四军的，和唐营长在一个连里当过排长，老唐是一排长，老黄是二排长，后来老黄因为伤病，回到江北故乡，从事地下工作。此时相见，何止老战友重逢，再加上当时在那种背景下，这两个人，没有拥抱，也没有流泪，就是拉着手不松开，也没有几句话说。电影电视上可不是这样的，拥抱，喊叫，泪流满面，大说粗话，一跳多高，都是假的，想象的，假设的，娘拉个逼的，头脑简单极了。革命战争年代嘛，二十七八岁就开始相互称老黄老唐，老黄老唐他们那番相见情景，于无声处听惊雷，此时犹在我眼前。很遗憾，他们马上就得分手，因为老黄带来了一道命令，上级决定由唐营长带领几个人即刻返回江南，执行三项任务，一个是收容突围中失散人员，一个是了解掌握江南敌伪顽在事变后的动向，一个是开展游击斗争，恢复根据地。在当时那种背景下，这三件事哪一件都不是好做的。要说当头一棒不太合适，但是，幸运突围，逃出小命来，历尽千辛万苦过了江，小命算是保住了，屁股还没落地，又让返回江南，老侄儿，才出虎口，又进狼穴，你肯不肯干这件事？你爹，我老弟那个混球，他就敢，而你不敢，你出生的年头，早没有了战争，那会儿黄鼠狼就只会下老鼠了。

人家唐营长是个大英雄，接到老黄口头传达的上级这个命令，当时一屁股坐地上了，一言不发，哭了，一边流泪，一边把两蒸馍吃完了，伸伸脖子，噎人嘛，哪有稀饭，一口水都没有，你他娘的，真是儿子不知当爹的难。唐营长伸伸脖子，又一伸手，老黄了解他嘛，赶紧递上一支烟卷，唐营长叼着这根烟卷开始抽烟，一句话也没有。大家也停止了吃蒸馍，两眼直勾勾，盯着唐营长嘛。鸦雀无声。我都很紧张，大小姐拽我袖子，我都没意识到。唐营长把烟抽完了，右手夹着烟头，左手一抹眼泪，又擦擦鼻涕，天冷嘛，人一流眼泪，鼻涕就跟出来了，站起来，扔烟头，踩灭，说："好，我服从命令。操他奶奶个熊，脑袋掉了碗大个疤。正好船还在，顺道杀回去就是了。操他奶奶的。"就是这几句话，我一个字都没说错，几十年了，这几句话，字字都在我心里跳动，就像豌豆一般。哦，他妈的，还有一句"他妈的"，唐营长说了"他妈的"，左右看大家，说："谁愿意跟我杀回去？"老侄儿，你愿意跟唐营长杀回去吗，还是那句话，你爹，我老弟那个混球，他敢，你不敢。好，在场有种的人还真不少，一个个举手了。"唐营长，我跟你走，我是临时支部的支委，你是书记，支委跟书记走，到哪儿都他奶奶吃香的喝辣的，哈哈哈。""唐营长，算我一个，我也跟你走，反正我们部队冲散了，也找不着了。""老唐，别说了，弟兄们这些年一直跟着你，现在还跟着你，俺日他娘个逼的，只要不死，往后还跟着你。"眨眼间，过江北的二十六个人，有二十四个都举了手，包括那两三个新四军女兵。只有我和大小姐没有举手。你看看，唐营长是很有魅力的，这种魅力从何而来，不言而喻。试问，现在的干部，有这个魅力吗？我不敢相信。我以前老给小四讲这段。小四在部队嘛，提了军官，想给爹老子我摆个鸟架子，我就给小四说了这一段，我言讲在关键时刻，在最困难时刻，在杀头时刻，别动员，少他娘来那套，看看，还有没有主动跟你走的，有几个？你大娘当县长那会儿，就是用这一手考评干部的。得承认，这就是考验一个干部的最佳方式。小四在这方面理论不过我，他得听我的，所以他在部队有点威望，上不欺压，下不顶抗，在军旅生涯，到了这个份上，无论官大官小，那又何碍嘛。这是几句闲话。咱们接着说当时，那个船老大把五个白面热蒸馍吃下去了，没有稀饭，没有水嘛，怪噎人的，在那儿又捋脖子又捶胸口，呼呼噜噜，喘气拉风箱一般，一听这帮人又要回去，两只树瘤般的大手，猛地向上一伸，叫了一嗓子："好汉子！返航船我不收钱，白送大家一趟！"原来，这船老大是花了钱请来的，这时倒也豪爽性起，叫我在心里忍不住为他喝彩一声。

闲话少说。

就这样，唐营长带领二十四名弟兄又返回了江南。

后来，唐营长成了大军区的参谋长，他晚年在回忆录里也说到了这章子事体，我看过嘛，所以，我今天给你说这些，能够前后对照，说得圆满，还省了很多口舌给你解释。老唐在回忆录里也提到了我，那一段是这样写的："我清楚地记得，还有一个国民党军官，挂着上尉军衔，据情报上讲，是我们地下组织的外围人员，他跟我们一同坐船过了江，和他一起的还有一个女的，模样像个老师，自称也是新四军军部卫训队的女干部，言语不多，长得相当漂亮，要是跟随我返回江南，我是准备发展发展她的，但是，很遗憾，她没有跟我返回江南，而是和那个国民党军官一起去了新成立的新四军军部，后来，再没了他们的消息。"

老唐的记忆力果然过人，且不说他工作繁忙，日理万机，单说几十年了，他还能记得起当年这章子事体，也算是我和大小姐当年给他留下了几分不错的印象。只是，我没有想到，这个老混账，竟然希望大小姐跟他返回江南，还发展发展，我得称赞他很有眼光。只是，他的记忆力虽说是良好的，但实际情况与他的记忆有一点点小差别，我和大小姐并没有到盐城，也就是新成立的新四军军部所在地，因为当时我们并不知道新四军新组建了军部嘛。那一天，大小姐只是说我有重要情报，必须送到新四军江北指挥部，而她也必须跟着同去，因为这是组织上的纪律。我想我的记忆是没有问题的，当时大小姐应当就是这样说的。自然了，唐营长那时节根本就顾不上我和大小姐，马上率领那些好汉上船，扬帆起航，毛雪已经停了，晴天，正是日出一线之际，江面上红彤彤万里霞光，很壮观。他们返回南岸，我和大小姐去哪里嘛，当时还以为，老黄和小段会负责送我们，但是，他们没送，他们说按计划将有交通员把我们送到目的地。说了，就让我和大小姐在草棚里稍等，交通员很快就会到来的。我和大小姐自然信以为真，送走了老黄和小段，就老老实实守在草棚子里等交通嘛。不等也不行，你不知道往哪儿走，尤其是夜里刚下过雪，大地白茫茫，极目之处，冰雪世界。我和大小姐只好等在那儿。

哦，是时候了，我这个老不死的，今儿说的可不少，油也熬个差不多了，但是灯不能灭，咱们得留点力气，再攒攒精神，明天好接着往下讲。老侄儿，你说好不好。

好，今天就到这儿吧。

第二十四章

接着昨天的说。

我和大小姐守在草棚子里等交通，结果左等不来，右等不来，我就有点着急了。咱们不是时间上等不起，主要是怕出事嘛。那个历史时刻，那个境地，很容易就出事了。过了多少年，一九八几年嘛，我又见到了老黄，这个孬孙，到咱们亳州旅游，看花戏楼。咱们亳州的花戏楼很有名的。我在荣军院时光，寂寞无聊得很，常去花戏楼溜达，就在楼牌那儿和老黄撞上了，危难时刻认识的嘛，别说他头秃成打瓜，还一脸老年斑，老鸹屎一样，就是老成爬爬虫，也照样认得。好家伙一见了面，都还能动弹着，尽管不过一面之交，那也得喝几盅嘛。几盅酒一落肚里，老黄说话了，说他们当时就应该带我和大小姐离开那个草棚，因为那一带相当危险，日本鬼子常有军舰汽艇巡逻，只是，老黄这个孬孙说，你穿身国民党军装倒无所谓，问题是你那个嘴脸，那个神态，真不敢保证你是个好人。来，我们分析一下，你要是个好人，咋还在地下党组织外围混着嘛，早就该在组织了，一个在外围的人，能有啥重要情报嘛。所以，听那个女的一说你有重要情报，我当即就产生了怀疑，只是老唐要过江南岸，我不想节外生枝，没有指出罢了。再就是，那个女的，也叫人不敢轻信，要是军部卫训队的，那她是咋样突围的嘛，多少英勇善战的战士都没跑出来，她咋就跑出来了嘛，还穿戴这般体面，上海洋学生一样。不敢相信你们。老黄这个孬孙又说了，尤其是，你们俩还拉拉扯扯，当场搞小动作，越发叫人怀疑了。我当时心里边就决定不带你们走了。我借口有交通来接你们，实际上就是想撇开你们。疑点重重，带上你们到了哪儿都不好交代，我就没惹这个麻烦。老弟，你莫生气，战争年代嘛，咱们都得多留几个心眼才能安全。你看看，这个孬孙，还不让我生气，简直气我个半死，心说你这个老黄，真是个孬孙，你们是安全了，我和大小姐差一点点被鬼子活捉了。我很生气，火冒三丈，就把后来事情经过给他一说，这个鸟老黄，他不说话了，怕我打他，又撩起褂子，让我看他前胸后背上的枪眼儿，还要脱裤子让我看他屁股上的伤疤。我没看。我生气了，我让花戏楼的工作人员把他赶走了。我是老县长家掌柜的，又是革命功臣，花戏楼工作人员得听我的。老黄，你姥姥个大腿白白跑一趟，我叫你看不成花戏楼。

咳，咳，闲话说完了。

咱们接着说真格的。

那会儿，等不来交通，我和大小姐未免有些急躁，时间越长，越是疑虑重重，危险也就越大嘛。我和大小姐就出了草棚子，看看地形，万一有了情况，好跑嘛。这一看，我傻眼了，原来我们并没有靠岸，所在之地，只是个江心洲。真要命了，我一下子急出汗了。江心洲你知道那个形状吧，哦，知道就好说了。你看，这江心洲南边的长江不用说了，北边与江岸之间，估计还有七八丈宽的江水，江水环绕江心洲一圈，糟就糟在它还结冰了。我心里不由骂起来，真不知道，早上老黄和小段他俩是咋绕进来的，我和大小姐又咋样才能绕出去。这边正琢磨着，江里边开枪了。正是夜里撞上的那艘军舰，鬼子的嘛，膏药旗嘛，叫人哭笑不得的是，船老大的铁锚还挂在鬼子船帮上，铁链子多长，提溜耷拉，好像一条死翘翘的大蟒蛇。这条锚链叫我当时想起一句话，就是咱们李庄人常常挂在嘴边的，偷瓜的跑掉了，过路的麻烦了。军舰上的鬼子距我和大小姐不过百米，双方面目可见嘛。呜哇呀，呜哇呀，鬼子叫喊着，啪啪打枪。我一听口音不对，前几天听过嘛，叫的是咦呼呀咦呼呀，大概老家不是一个地方的，上一拨可能是日本之南，这一拨应该是日本之北。我哪里管他娘的南北，拔出盒子炮，啪啪啪，三枪打过去了。我昨天说过，小雪停了，天也晴了，霞光万道嘛，此时日出三竿，正是风平浪静，军舰不晃动，便宜了我这个神枪手，三个鬼子立时去了那边，他们同时一怔，不打枪了。我这边赶紧叫大小姐跑，往哪儿跑，不就七八丈宽的水嘛，还结了冰，跑过去就是江岸，上了岸，我也不知道岸那边啥情况，反正总比落在鬼子手里要好嘛。大小姐还真舍不得我，哈哈，不走，非要我一块跑。我就说了，我先抵挡一会儿，你先跑过去，上岸跑自己的，我待会儿一个箭步就跳过去了。大小姐见识过我的能耐，信以为真，转身就朝冰上跑，我的大小姐，你也不想想，一个人难道会飞呀，七八丈，一个箭步就过去了，那是神话。但是，这个，也说明了大小姐是信赖我的。那边鬼子一见橘红色围脖，心花怒放，又打枪，又呜哇呀，又从军舰上往下跳，鬼子那个孬种劲儿咱们都是知道的，那么高的船帮子，为啥往下跳，何需解释，橘红色的围脖嘛。有我在这边抵挡着，他哪里过得去。我开枪，滚动开枪。你不滚动可不行，你打鬼子，鬼子也打你，子弹在你身边嗖嗖叫，你眼前噗噗的起了一层土泡，震起来一浪一浪的湿沙土，你不移动的话，中一枪就完事了。想想，我还是要感谢祝长官，是他让我跟随卫队在山里练枪法，还学到不少打仗的技能。呜哇呀，呜哇呀。可见，大小姐在八路军学兵队里也学到了真本领，或者在新四军里学的，训练得也不错，她不跑直线，她跑曲线，时而还匍匐前进。我瞥见，鬼子也打她，可能想要她那条橘红色围脖，不朝死里打，只打脚下。我一看，这个好，我就可以专心干你们娘了。结果应了那句话，天有不测风云，大小姐跑到冰面上，刚跑几步，也没听到响声，就掉下去了。离得远了嘛，又啪啪啪打着枪，自然听不到冰裂的声音了。搁咱李庄，要是看见这个段落，那得幸灾乐祸好好笑上一阵子。可是，当时，那种情况，我哪里笑得出来，只盼大小姐能飞起来。我还喊出声来："大小姐，飞啊，飞啊。"好在，水不深，到了水中央才过腚帮子。大小姐不简单，或者说求生的欲望不简单，她居然像只大鹅一样，扑扑啦啦很快爬上去了，一边朝岸上跑，一边高喊："李娃，快跑！李娃，快跑！"不回头，只管喊，这个可能也是训练出来的。那好，我也就跑吧。先是打了一梭子，趁鬼子眨眼空儿，我飞起来就跑。哦，飞起来是那会儿心里的念头，跑起来才是那会儿的真实行动。水真凉啊，我的乖乖，水刺骨的凉是后来的感觉。我刚跳进水里哪里还觉得水凉，噌噌往前走，还得回头打枪，不行，鬼子一见红围脖要跑掉，呼啦啦跳下来好几个，打着枪，疯狂追赶，你想，我不打枪，哪里能行。只是，坏事还是有的，我穿的是毛料马裤嘛，装了两裤袋子弹不说，只说那，一进水，片刻间，灌了两裤筒子冰水，毛料衣裳进了水，那个沉重，笨如牛，一瞬间，我有一种要灭顶的感觉，心想完了，我要死了，大小姐……一想大小姐，我又来了劲头，手脚并用，爬到了岸边，一条精湿毛料裤，两筒冰冷刺骨水，抬腿上岸都很难。情况突然，智慧消失，眼看咱爷们儿要玩完。啪啪，我觉得两腿片刻间轻松下来。难道，鬼子想打断我的双腿，活捉我，谢谢，臭枪法，打中的只是裤腿，刺溜两下子，两股粗尿一般，两裤筒子水泚出去了。鬼子咋这么聪明嘛，我刚才咋没想起来嘛，早想到这招，我自己开两枪不就行了嘛，自然了，我自己开枪，未必能像鬼子这样打得保证安全。

老侄儿，你说啥，说我现在说得很轻松，很俏皮，看看，你们这些没经过战争的人嘛，不懂事，难事苦事危险事要命的事，都过去了，还非要了解有多难，有多苦，有多危险，有多要命，非得把当事人的那点坚强挖掘出来才算完，他娘的，纯粹窥人隐私之癖好。反正，有人愿意说这些我不反对，我是不说，保持点革命乐观主义，也不难，也是我一辈子的宗旨。

一上了岸，老伯父我顿时轻松之至，真好似窜出了牢笼，猛虎展翅，回头打枪，如有神助。鬼子也是聪明的，他们一看这样子，红围脖是抓不住了，这个亏本生意就不能做了，鬼子也是有纪律的，不能做亏本生意。哦，打死几个鬼子，我哪里知道，反正两梭子弹，整整四十发，我都打出去了。这些鬼子恼了，接着又打着枪追了过来。我当时也是紧张，人急无智嘛，也忘了脱掉毛料大衣了，大衣也水淋淋的，死沉，往岸上跑，大衣襟子抖开了，鬼子啪啪啪啪，奶奶个熊，把我大衣上打的都是窟窿眼儿，好奇怪，挎的牛皮公文包居然没有打中。他们咋不打死我，光把大衣打满窟窿眼，这个问题，我没有机会向鬼子请教。我到了岸上，追上大小姐，拉住就跑，逃命嘛。大小姐跑不快，因为啥，因为她的棉长袍，她的棉裤，她的棉鞋，还有她的棉夹袄，都进水了嘛，你可想，有多沉嘛。后边鬼子还在打枪，子弹嗖嗖响着，擦身而过，你可想见，要是鬼子也涉水过了江心洲，那可就麻烦了。我着急了，一弯腰背起大小姐，夺命狂奔。我是一匹马。宝马良驹。我是汗血马。我四蹄亮掌，耳边生风，这一口气，跑了大概有十几里地吧，我也没工夫计较具体多远了。是的，我一直背着大小姐。这也不奇怪，一开始是逃命，后来就成了惯性，放不下来了，你没有过这般经历，你不能理解。到最后，大小姐捶我肩膀，气咻咻，说："李娃，侬撒谎，侬一个箭步，没有跳过来呀！"

是的，大小姐要是一开心，或者一生气，再给我说话就带上海腔，一是阿拉，二是侬侬的，平时不带阿拉，也没有侬侬的。

哎呀，真累死我了。

我这才感到筋疲力尽，真想倒头睡他一百年。

我一松手，大小姐下来了，她站住了，我可是倒下了。幸福。我就是这样理解幸福的，理解得再深刻不过。天无限蓝，大地无比好心眼。那时候不知道狂奔的厉害，后来日伪军大扫荡，又是清乡啥的，我们天天狂奔，有一次，一个小战士，还是咱们蒙城人，才十七岁，叫小亮，一路狂奔，脚步一停下，就倒了，再没起来。为啥，血脉爆炸了。老侄儿，你不知道战争年代的残酷。我没死，血脉没有爆炸，多亏练了好几年武功。多亏了我师父陈祈合老先生，教过我吐纳法。不，不，那会儿，没有想起陈彩莲，就在大小姐跟前嘛，哪里会想起大脚片这个要人命的老婆子。也是现在说起这件事，话赶话儿，我才说要感谢师父，当时哪儿有心思想别的，都快要累死了。大小姐以为我崩溃了，以为毕头了，赶紧拍拍我的脸，推推我的胸口，大声呼唤着“李娃李娃李娃”。我这才坐起来，四下一看，积雪旷野，周边寂静，雪地上跑兔子是个景儿，可是连一只兔子都没有，乌鸦也没有，倒是又起了西北风，我的娘啊，那个冷，上来了，又冷又麻，叫人瑟瑟发抖，好似秋风秋雨秋天的蛤蟆，眼珠子直眨巴，发愁啊，能到哪儿暖和一会儿嘛。还是大小姐，相当冷静，沉着，站起来四下远眺，忽然弯腰拉我起来，然后向北一指，我看到了，原来有房子了，就有一栋房子，周边几个枯树也隐约看见了。请注意，我这里说的往北一指，只是顺嘴一说，其实当时哪里管他东西南北。那还用犹豫，我和大小姐赶紧就往那边走。他娘的，刚才还是湿衣裳，水淋淋的，这会儿不淌水了，全挂衣裳上了，结冰了嘛，走起来喀嚓喀嚓响，盔甲一般。

我和大小姐挨挨蹭蹭，相互搀扶着，千难万苦，走近了一看，原来是座庙。啥庙，不是土地庙，敬的笑弥勒，咧着大嘴，那么冷，他还笑不住口。弥勒背后立的是韦陀，扛着个棒槌，怒目而视。自然，这是我和大小姐进了庙里转了一圈所见，刚才进来时，慌里慌张，哪里细辨是啥庙嘛，就是觉得奇怪，大庙咱们也是见过的，只有大寺庙里迎门才敬弥勒，笑迎八方客嘛，这里古怪，单单就敬一个弥勒，哦，后面还有韦陀。也是巧了，还有人敬上的三根指头粗的大香，火头未尽，墙角里烤的一堆灰烬，尚有余烟，想必明火才灭不久，余热缭绕着。庙里还有些庄稼秸秆，豆秸，还有稻草，还有几捆子高粱秆，我也不管了，赶紧拔了香火，吹燃稻草，生起火来。这下子可有了救星，火一着起来，心里就暖和了，只是身上更觉得冷了。我和大小姐磕着牙，她咯咯咯，我咯咯咯，相互咯咯咯，正商量着把衣服脱下来烤一烤，结果没烤成，和尚回来了。刚进来时，没看出是个和尚，穿件黑不黑蓝不蓝褐不褐的棉袍，脚上一双棉鞋，我的乖乖，鞋底子有三四寸厚，就像唱戏的官靴子，一进来，橐橐响，一看头上圆形塌顶帽子，才知道是个和尚。咋这样讲，咱们李庄有句老话，老和尚的帽子，平塌塌的，意思是说这个事情干得不俏皮，或者是你这小孩念书成绩不咋样嘛。哦，这和尚戴着塌顶圆形帽，好像几天没刮胡子，没洗脸，一张脸毛茸茸的，满面烟灰，嘴唇上一圈尘土，好似拉磨偷嘴的驴子一般，抬眼一看我和大小姐，吓得一个后退，鞋底太厚嘛，结果一个屁股墩坐地上了。我一见，赶紧过去想搀扶他起来，我这般水淋淋的，又挎着盒子炮，他哪里敢让我搀扶，双手胡乱摇摆，显然不是本地和尚，或者说这和尚不是本地人，一口的苏北话："好汉请坐，好汉请坐，和尚自己爬起来。"我一伸手，还是把他拉起来了，轻飘飘活似一只鸡。在咱们普通人心眼里，和尚吃斋行善，都有一颗度人危难的善心，我也就简单给他说了来路，过江遇上鬼子了，才落得这般水兔子样，借宝刹烤完衣服，马上就走。我客气嘛，称他破庙为宝刹，这都是在方公馆期间，和管家王西三大叔闲聊时，听他说过寺院庙宇，古人称之为宝刹，以示崇敬。我这个马屁一拍，和尚好像起了慈悲心肠，从柴堆里扒拉出一个瓦罐，一个瓦钵子，说是刚才烧的热水，还是烫手的，两位施主暂且喝口热水吧。我和大小姐进来后，几乎看遍了内外，也没有发现柴火堆里的瓦罐瓦钵子嘛，我此时甚感惊讶，觉得和尚有些门道，不免赞大师父日常生活也显出高僧智慧。这个也是拍他马屁嘛。要论藏掖东西，小偷可能藏得更为严密。和尚脸上露出笑来，眼珠子骨碌骨碌转着，随口问了几句历险经过，又让我和大小姐安心烘烤衣服，他自去临近村庄化缘，要些饭菜给我俩充饥。一说这个，饥饿意识唤醒了，恨不得立时吞下三只卤鸡才好。我赶紧作揖打拱，表示感谢。抬眼看见大小姐一身棉衣几乎湿透，觉得一时半会儿难以烤干，就灵机一动，打开公文包，尽管牛皮浸透了冰水，硬似铁皮，但还是撕扯开了，拿出一叠钱来，交给和尚，请大师父方便则个，再想法置换几件薄衣，一套女人棉衣，给这位女施主换上。管家王西三说过，僧人面前，尽量少谈买卖，我也不知此话好歹，所以这里我说“置换”。和尚双手合什，给我施个礼，接过一叠子湿漉漉的钱钞，又随手甩几下水珠子，掖进怀里出门去了。

我和大小姐继续烤火。

年轻人在关键时刻，都是缺心眼的，那时刻我就缺个心眼，以为湿漉漉的衣服穿在身上也能烤干，其实谈何容易。大小姐就提示我，脱下高筒马靴，先烤烤脚再说。我是个傻子嘛，自以为领会了大小姐的话中之意，马上脱掉马靴，居然倒出很多水来，先前竟然不觉得，跑了这么久。大小姐又让我脱了袜子拧干，她来帮我烘烤，见我还有点扭扭捏捏，拉下脸断然说，这个时刻，心眼里装不下别的了，赶紧脱掉衣服，烤干了穿上，外边看门，我也要把衣服烤一烤。我这才明白大小姐的意思，不管三七二十一，赶紧脱光光，真的，真的脱光腚了。干你娘的，这个很好笑吗，我从鬼子枪口下涉水奔逃，冰天雪地的，穿着结冰衣裳，不好受嘛，哪里还顾得上男女之别，哪里由得你来讥笑嘛。你他娘的，纯粹是商女不知亡国恨，冰天雪地乱弹琴。更何况，韦陀菩萨扛着棒槌，站在一旁怒目而视，哦，不是棒槌，是降魔杵。我胆敢丝毫妄想，怕遭天神惩罚。急急惶惶，外边衣服烤个半干，我就要穿在身上，大小姐也不再坚持，因为她刚才坚持过了，非要把内衣和毛衣线裤烘烤干了才准我穿上。干衣裳穿身上，就是比湿漉漉的衣裳要舒服得多嘛。我的高筒马靴难伺候，也只是个半干，只好塞了些稻草，穿上干袜子，穿上马靴，走到弥勒佛前边，正对庙门口那儿守着。老侄儿，你笑，你笑，干你娘的，我向你保证，我向弥勒菩萨保证，大小姐烘烤衣服时，我没有偷看，我真的没有偷看。常言说嘛，咱们李庄的人赌咒了，我要偷看了，天打五雷轰。只是，后来天一下雨，我就担心，因为，我在心里边偷看了几眼。我的乖乖，在心里偷看，比真实的偷看，更折磨人焉，真实的偷看，就是看到了，看到了，那就没有多少想象的空间了，怕就怕在你心里偷看，真东西没看见，这个，想象的空间无边，如同太空，任君遨游，活活把你累死。我这一辈子，苦就苦在这儿，甜也就甜在这儿。年轻时我后悔过，后来上了年纪，觉得自己真不简单，现在，我一百多岁了，可以下个判断了，看也是好的，不看更是妙哉。

大小姐烤好衣裳，穿好了喊我过去，我转到火堆边一看，果然没有了狼狈样，又成了我的好好的大小姐，只是，火焰烤得她两颊绯红，神情深远，好似有些淡淡的幽怨，又好似突然间比从前更让我感到亲近了几分。这是我当时的感觉，至今我依旧牢记在心。大小姐正在烤那个牛皮公文包，怪怪的，翻着眼白看我一眼，撇着嘴角，嘀咕了一声“侬个阿木林”，我知道这几个字啥意思，但我不知道大小姐这时候叫我阿木林是啥意思，等到后来我知道了，追悔晚矣。啥意思，你很好奇嘛老侄儿，就是，上海女人，美人檀口，嗔怪嘛，叫谁一声阿木林，那谁就会从头顶麻到脚心，有点类似打情骂俏的意思。公文包里的东西都掏出来了，啥东西，一叠钱钞，一封信函，一个小巧鹿皮袋子，装着老姑父方仪望赠送我的两个元宝，上边錾的有字：嘉庆户部造制 五两。大小姐对这个物件相当熟悉，对我在这个时刻竟还随身带着，由是感动，赞叹我品格好，不忘亲情友谊。我说自然要记住老姑父的叮嘱了，逢凶化吉，遇难成祥，我须臾离不开。“也许，咱们俩一路跑过来，凶险无碍，恐怕也是老姑父宝物之功效了。”自然了，当时我说的不是这样文绉绉的，但是，跑不了这层意思。大小姐又拿起那封信函，也就是祝长官写的那道手谕嘛，大小姐显然打开看过，说："这个，就不能再留下了。咱们要是找到新四军，这个纸条，你可不好说清楚了。"我心里直直的舍不得，忍不住又打开看了一眼，水泡过嘛，大小姐打开时又扯烂了，横竖我对在一块儿，看了一遍：前方各部 着官邸副官李娃前往押解匪俘，一并查办藏匿异党要犯。下面是他的签名，日期。唉，要知道，这道行文有破绽的手谕等于一道救命符嘛。老侄儿，我真舍不得，要是把这张纸一火焚之，我就觉得，简直忘恩负义，大大对祝长官不起。这张纸没有了，直似祝长官对我的恩义也就不存在了。当时就是这个思想。好奇怪，当时我还掉泪了。你他娘的，这个时候我掉几颗泪珠子，犯啥法了吗？大小姐头脑是比较清醒的，她说越是贵重的东西，就是越能惹祸的东西。我一咬牙，就把祝长官这道手谕扔火里了。

哎呀，真是天意如此，这道手谕刚刚烧尽，庙外脚步杂沓，有积雪嘛，脚步杂沓，哧哧喳喳的，很急促，我这边刚站起来，那个和尚就进来了，当然，不止和尚一个人，还有十几个新四军，全副武装，冲进来就用枪口指住了我。带头一个持短枪的喝了一声："不许动，举起手来！"这个和电影电视上是一样的，上来就下了一道矛盾重重的命令，不许动了，还咋举起手来，这话说的不对嘛。可是，那会儿，咱咋能给人家分辩这个，我赶紧举起手来。一个小个子战士过来把我的盒子炮拎走了，一扬胳膊，挎在自个身上了。拿短枪的拎起那个牛皮公文包，看看里边没东西嘛，也是一扬胳膊，挎自个身上了，还别说，这个牛皮公文包尽管进了水，又烤得半干不干的，又鼓又翘，但他往身上一挎，霎时添了几分神气。又来拿那个小巧的鹿皮袋子，这时候，大小姐说话了。大小姐说："咱们新四军，不是强盗，不要动人家的私人物品。"拿短枪的一愣，我就顺势把鹿皮袋子收起来了，他也没阻止我，只是枪口指向大小姐，喝了一声："少废话，你是干啥的？"这回我听出口音了，好像是徐州那一带的。大小姐站起来了，说："我是军部卫训队的区队长，相当于你们连长。"拿短枪的枪口垂下来了，口气缓和了，说那你有啥证据。大小姐嗤笑道，突围的时候，你兜里还装着这样的证据吗？拿短枪的棱登一下眼，一挥短枪，喝道："真金不怕火炼，统统押到师部再说！"看，横得很，咱还不能发火，论说要是在咱们李庄，这么个说话腔调，我当即打他一顿，当时老伯父我没打他，也不是咱们有修养，是不能计较，你想嘛，我一打，他就开枪，事情就很麻烦了。正所谓，人在屋檐下，不得不低头，正所谓好汉不吃眼前亏，说的就是这般无奈。好歹衣物烤干了，身上暖和了，咱们就跟着往外走嘛。临出门我又瞥了一眼那个和尚，这个秃驴，神情得意之至，好像这件事做完他马上就能得道成仙，娘拉个秃逼的。从那以后，我这一辈子看见和尚就气不打一处来。自然了，后来知道这个和尚心向新四军，也是个革命的和尚，咱们不能怪他。出来一看，我简直想笑出来，那个小个子战士，挎着我的盒子炮，个子太小，枪头子快耷拉到地上了，走一步，砸两下小腿肚子。我就想再给他添点麻烦嘛，反正枪已经交了，还要子弹啥用，装在裤袋里怪沉的，走路也不舒服。我就叫了一声，把子弹掏出来给他。他娘的，小家伙兴奋得不得了，好像得了糖果一般，一把一把从我手里抓走，装进棉衣口袋里。然后，我就跟大小姐后边，朝前走动，咔哧咔哧，积雪晶莹，光线弥漫刺人眼目，耳边就听大小姐说了一句："李娃，见到首长，一切老实交代。"我自是领会大小姐话里的意思，连声喏喏。

我和大小姐就是这样找到新四军的。

依照咱爷俩的君子协定，我就不说这个部队的番号了，但我可以告诉你，来请我和大小姐的，就是这个师部警卫营一连一排的战士。当然，他们驻地并不在附近，只是执行任务，护送一个地方县委书记来这边做事，刚完成任务，就碰上和尚报信嘛。这一排战士很能干，抓住了我们，又请当地地下党找了一辆小红车子，推着大小姐，押着我，几乎又走了两三天才到达驻地。这两三天的行程，故事很多，趣事也不少，虽然都是我亲身经历，但无关乎我的命运改变，咱们暂且一笔带过也就算了。哦，刚才我说“请”字，你注意到了吧，你这一笑，想必你也是明白意思的。那个拿短枪的，是个排长，一连一排的排长，姓杨，后来和我一起参加了淮海战役，刚提升的团长，战死疆场，令人惋惜。小个子姓郭，是一连的通信员，外号小锅巴，别看个小，别看腿短，但是频率快，跑起来我都追不上，兔子也追不上。这小子命大，打济南时，轰隆一个炮弹，头都炸烂了，烂尿罐子一般，弄到战地医院，缝巴缝巴，居然救活了，一九八几年我还到济南去看过他，伤疤复原了几十年，复原得不错，脑袋上没留一点痕迹，拉着我的手哭得哞哞叫，我原以为见了我太激动了，后来听他儿子说，老战友见面，他都是这样，就知道哭。我劝他半天，妈拉个巴子，他又笑嘻嘻，问我，老李，还记得那碗饺子吗？那么满满一大海碗饺子，你吃得光光净，你这个混蛋玩意儿，都没想起来给我留下一个两个三个，你不知道，那可是咱们俩的年夜饺子啊。

我自然记得。

咱们说那，当时这个师部机关就在一个小镇上，但是，几个师首长不在小镇上住，他们在唐庄住，娘的，一脱口说露了嘴，暴露了首长驻地。哈，搁在当时，得扇嘴巴子，都现今儿了，我就轻轻扇自己一个嘴巴子，算是一个惩罚，惩罚我忘了老传统吧。啪，你看见了，我扇了自己一个嘴巴子。好吧，既然说到了唐庄，那就说说唐庄吧。你在当今的地图上找不到这个小庄，以前缴获鬼子的地图上，标的有唐庄，咱们不得不说，小鬼子，地图做得细致，唐庄有多少人，多少男人，多少女人，甚至有几条狗，几头猪，多少骡子，多少耕牛，全村一共几口井，都标得清清楚楚。那个时候，咱们自己的地图上反而没有唐庄，更别说骡子牛马水井之类了。唐庄离这个小镇大约三四里路，当然，这也是后来才知道的。刚一开始，我和大小姐是被押到师部机关的，师部机关在镇子上嘛，紧接着我们俩就被分开了，我就被押到这个唐庄了，大小姐押到哪儿去了，我不知道。说白了，就是分别接受审查。

其实，这个也是历史事实，咱们也用不着回避。当时，从事变中突围的新四军，无论官兵，凡是到了江北新四军的，都要接受审查，士兵好一些，简单问几句就编入部队了，干部问的比较细，越是级别高的干部，越是问的仔细。过去了这么多年，时间也教会了咱们啥叫理智，所以，现在再看这件事，我觉得这个审查是必要的，经过残酷的事变，有人牺牲了，有人被俘了，也有人吃不住酷刑，可能叛变了，也有人根本不用动刑就叛变了，这些人，抹一把脸，再回到新四军里充当密探之类角色，这个也是有例子可以援引的。革命是壮烈的，也是残酷的，不审查不足以纯洁部队嘛。当然，有的人经不起审查，暴露了叛变的嘴脸，有的人觉得委屈，终日啼哭，彻夜难眠，撞墙，脑袋撞墙，撞得血瓢一般，有神经崩溃的，还有寻死觅活的。我前几年看到一个资料，说是原新四军军部的作战科长，好像也是咱们姓李的，到底是不是姓李的，我真是记不清了，一百多岁了嘛，记性衰退了，资料上说他突围到了江北，先是被任命为师参谋长，接着就是审查，他觉得委屈，寻机夺了看守士兵的枪支，自杀了。我真替他惋惜。自然了，组织上也觉得这个事情过分了，给他开追悼会，恢复名誉，评为烈士。这些，你翻翻相关资料就好了，你不能白当文化馆馆长，自己有哪些资料，翻了哪些书，你得心里明镜一般，才行。说历史就是这样的，它有自己特定的环境，有自己特定的条件，不管是当事人，还是后来者，不管站在啥样的历史观上，咱们都没有办法准确地说出它是对是错。

我当然有自己的想法了，但在这里，我也不想做啥辩论了，我只说我自己。因为身份不同嘛，我没有和突围到江北的新四军关在一起，我很厉害，我住单间。当时条件有限嘛，也没有看守所啦禁闭室啦之类，我住的那个院子大概是个小财主家，有个大门楼，东厢房西厢房各三间，再就是一排七大间正房，除了财主全家七个人，还有一连一排的二十几个人，财主家住正房，一排的战士住的是东厢房。刚才不是说几个师首长住在唐庄嘛，那师部警卫营，当然也要住在唐庄,分开住的,其他连排住哪儿我不知道。还有西厢房三间,一间是灶房,一间是牲口房,再一间是磨房,就是磨面的房子。在过去年月,只有财主家有一盘石磨,平常人家置不起。我就住在这间磨房里,好像刚磨过豆面,屋里面弥漫着一股生豆腥子味,引人作呕。你他娘的,没种过庄稼,没磨过面,哪里知道生豆腥子味儿有多厉害。还有个木案子,上边放着一口笸箩,笸箩里放着两根齿的罗面撑子,撑子上放着一个二尺五的粗面箩,粗面箩里放着一个尺八的细面箩。这些物件,你可能还见过,现在的鸟孩子,就看不见了。我当然熟悉了,小时候在家里,一惹了祸事,我爹,也就是你爷爷,他老人家,要是不想打我,那就让我扛着一口袋粮食,磨面去。我不喜欢磨豆面,一闻见豆腥滋味,我就犯恶心。我自己推磨,自己罗面,我从小就很能干,磨好了面,糁子装一个布袋,粗面装一个布袋,细面放一个小布袋里,糁子和粗面两袋口一系,肩膀上一搭,提溜着小袋子细面,哼着小调调回家是也。不不,那时候咱们家没有磨房,但咱们李庄有公用磨房,一到过年磨面,那得提前月把挨家排队,彻夜不停。所以,这会儿看到磨房,备感亲切,只是,讨厌的是有一股子豆腥子味。说起来新四军还算人道,磨房打扫得干干净净,还铺了厚厚一层稻草,我被押进去时,房东正往稻草上铺被褥。这个房东,看样子是个小媳妇,小圆脸,留着蝴蝶髻,插着一支银簪子,干干净净的,手腕上戴着银镯子,要过年了嘛,红地碎枣花棉袄,黑棉裤,黑棉鞋上一朵红缨子,头发搽了桂花油,亮光光,香喷喷。我觉得好。今天想起来,还觉得好。哪儿像现在的电影电视剧,遇到这场景,他们就不会弄了,弄得没个准谱儿。我马上礼貌起来,很油然,向她说声:"劳你大驾了,谢谢你啦!"我说话好听,上海滩生活过嘛,战区长官官邸也混过几年嘛,说起话来,有那股味儿,吸引人。这小媳妇脸上一红,铺好被褥,拧我一眼,很厌恶我这个腔调调一般,大屁股一扭,出去了。

好嘛,我就在磨房里住下了。

当时，几个闲着没事的战士过来看我，笑嘻嘻的，没个正经，杨排长把他们轰出去了，干部嘛，要有政策水平，这个杨排长政策水平就不低。小锅巴那小子不朝气，还恐吓我，要我在屋里老实呆着，不要妄想逃跑，这个院子你就跑不出去，更何况，庄里庄外，都有我们的暗哨，个个都是神枪手，等等，反正就是警告我，要想逃跑，那是很危险的。咱们李庄的人言讲了，小辫子在鳖羔子手里攥着，他说咋着咱咋着，咱不能给他来倔强的。我就连连点头，好好好，是是是，兄弟你放心，我就是来投奔咱新四军的，来了就没想走。我称他兄弟，没有称他长官，一看他鸟样子，要是称他长官，他还以为我讥笑他嘛。新四军开饭晚点，中午饭几点开饭的，我也不知道，反正我饿得慌，就觉得他们开饭晚点了。一大海碗杂面条，几片子白菜帮子，当然了，还有一撮炸的小鱼，那个好吃，我心里想，别看新四军伙食一般，但是味道好。也是小锅巴给送过来的，还拿来几张纸一支钢笔，纸是粗草纸，说黄不黄，说褐不褐，搁到现在，擦屁股都嫌它刺得慌，笔倒是个派克水笔，只是笔帽破裂了，用白线头儿缠得整整齐齐，用得不仔细，白线上一层子灰渍。这两样东西往磨盘上一放，小锅巴给我下命令了，让我写个简历，就是说，把来到新四军之前的所有经历写出来。照小锅巴的话说，“要简洁，要详细，一五得五，二五一十，三五一十六，要老实交代啊啊啊就是要实话实说。”你看看，那时候，小孩说话，啰嗦得很，也自相矛盾得很，都三五一十六了，哪里还有简洁嘛。我耐着性子，满脸带笑，等他下完命令，我就顺嘴打听了一下大小姐的消息。这个小鬼头，他不直接告诉我，只是让我别操闲心，他的话：“你和那位女同志不是一个性质，是两个阶级堡垒的人，只管老实交代自己的问题吧。”我一听这话，就觉得新四军了不起，这么一个小兵，张嘴说话就是条条框框的。不过，我也听出来了，他称大小姐“同志”，那就是还没把大小姐当成外人，我就放心了。我就写嘛，咱们老实交代好了。吃完饭，一推饭碗，趴在磨盘上开始写。你知道，我这一肚子学问，都是解放后回到咱们家里攒下的，在那时候，我还识不了几个字，但字写得好，态度端正，实话实说。不过也很麻烦，不管过去还是现在，连犯人都知道，一说实话，那就说得多，自然了，要是说假话,那就说得更多。我说的都是实话,可真假不是我说了算。我这一辈活得太长了，百十岁了，见多了，也总结了，说的话是真是假,不是说话的人说了算,是听话的那个说了算,世界就是这样的,容易产生悖论，而且，越是悖论，越是流行。晚饭时，小锅巴给我送饭，把我写的交代材料带走了，还指给我茅厕所在，叫我上茅厕时打声报告，院里有值班放哨的。茅厕，咱们李庄叫茅房嘛，啥地方你还不知道呀，就是制造金条的地方嘛。上完茅房回来睡觉，睡不着，不是浮想联翩，是冷，被子蒙着头，缩成一团，还是冷，咯咯咯，牙齿敲梆子。这样到了天明，出来洗漱，和那些战士一起洗漱。这财主家院子里有一口小井，一桶水拎上来，一个大铝盆，搁一个盆里洗脸。排长，就是那个杨排长，就他有牙粉，他刷牙，战士都不刷牙，只是漱漱口。新四军战士都很有礼貌，先让我洗脸，我开始不知道，就洗，结果我洗完了他们才洗，我看了很惭愧，杨排长让我用他的牙粉刷牙，我就不好意思了。不不，房东不和我们一个盆洗脸，人家用自己的木盆，桐油油过的，还有花鸟图案，很讲究。这样说吧，小锅巴给我送早饭时，我提出来了，给我弄几口袋粮食，我要磨面，反正闲着也是闲着嘛。我没说冷，看那架势，我要说冷，又要麻烦东家小媳妇再给我找床厚被子。小锅巴也不问青红皂白，吃了饭，真扛来一口袋玉米，一口袋高粱，半袋子绿豆，往磨房里一放，不声不响出去了。玉米，咱们李庄叫玉蜀黍，高粱，咱们李庄叫蜀黍，绿豆，咱们李庄还叫绿豆，都是最难磨的粮食，吃磨得很。很显然，这是考验我嘛。我就不说啥了，你提要求，人家答应你了，你就不能再挑三拣四了。这一天，我就开始推磨，磨面，罗面，有个事情做嘛，人就不东想西想了。我穿着高筒马靴，国军军官服装，毛料的，推了一上午磨，出了一身汗，罗了一上午面，淹没了原来的豆腥子味。罗面嘛，面粉的细微粉尘自由飞翔，扑得墙皮墙缝里一层子白。一圈磨道，原本驴蹄子走成了石板一样，光滑坚硬，这次经过我一上午的转圈，比别处地面更显光亮。哦，对了，午饭时小锅巴给我送饭，他检查似的，随手抓了一把面，还夸我是个庄稼人，我没给他客气，训了他几句，我说面是吃物，讲究个干净，你爪子不洗洗，瞎朝面里边抓个啥。他没敢吭声，红头酱脸出去了。你看，人只要干活，就可以使性子，不干活，你可不能耍性子，天下一般道理。

就这样，我这边推磨罗面，一直干了两天，当时也没意识到已是大年三十了，只管埋头推磨嘛。外边噼里啪啦放鞭炮，我好像没有听到，因为我沉浸在推磨里了。到了晚饭时分，小锅巴送饭来了，送来满满一大海碗饺子，还有一小瓦盆饺子汤，我一看眼泪下来了，为啥落泪，我心里说话了，李娃呀李娃，这都过年了，你还推磨罗面，为个啥嘛。不是一海碗饺子感动了我，饺子端来，咱吃就是了，有个啥感动的。就是心里头这一句话，蝎子蜇了一下似的，我啪啪嗒嗒，几颗泪珠子掉下来了。小锅巴也换了脸色，大过年的嘛，相当客气了，安慰我，叫我吃饺子。还说，首长说了，从明天开始，你不要再磨面了，先休息休息，过了年就解决你的问题。好像就是这样说的。当时我没心思听他说话嘛，饺子太好吃了，只是稍稍遗憾，要是有几瓣子蒜，有碟子老醋，那就更好了，那就美妙了。我吃完了一海碗饺子，心里开朗了不少，觉得新四军还是很讲究的，大过年的，还没忘了，像我这样一个国民党军官，过年也是要吃饺子的。所以说，刚才我说，一九八几年，他妈的，就是想不起来八几年了，我到济南去看小锅巴，他劈头就问我还记得这一海碗饺子吗。可见，当时那副吃相，吃饺子时的神情，都落他眼里扎根了。我最后悔的是，当时根本没想到那满满一海碗饺子还有他的一份嘛。他当时竟然忍得住，一声不吭让我吃完，这口气忍了几十年，到末了忍不住了，这才告诉我，你说我是个啥心情嘛。

反正，到了初二这天，我就自由了。大年初一，大家都忙，相互走动，相互拜年，攒了一年的话儿，总得说几句给人家听听嘛，所以啦，就没人顾得上我这章子事体了。到了初二，满院子鞭炮皮还没扫，烟硝味儿还浓着，早饭刚吃了，同住在院子里的杨排长领着两三个人来看我了，一个是师参谋长，还有一个旅长，还有一个，你猜猜看是谁，不，不，不是大小姐。没有大小姐，那会儿，大小姐刚刚安排好工作，离我所在的这个唐庄还有个七八里地，才过去几天，根本没有时间来看我。看样子，你根本就想不到，还是老伯父我对你说吧，这个人就是蔡琅玕。

哦，别激动，老侄儿，你又开始咳嗽了，你也和我一样嘛，一激动，就咳嗽，啊咳咳咳，真他娘的难受嘛。那个啥，咱爷俩别相互传染了，今儿就到这儿吧。你也别回家了，赶紧去医院看看，不用往亳州跑了，上啥人民医院，排队挂号，活像老伯父我的前列腺出了问题，滴滴答答，慢得很。咱淝河镇医院就行，你去找焦医生，焦挤巴眼子，他一剂汤药，保管叫你不咳嗽了。

哦，见了他，就说我让你去的。

请了。

第二十五章

哦，老侄儿，你咳嗽严重不严重。

到医院找焦医生看了吧。

这两天我真是有点担心。

你两天没过来，我是有点忧心忡忡。

哦，挂念你是其次，我主要顾虑，这个时候，你不能出啥意外，否则，我这一辈子的故事才讲了一小半，记录的人不在了，那我的故事就说不完了，说不完我的故事，我哪好意思到那边去。我是个党员，完不成任务，即便进了马克思的教室里，咱也不好意思坐下来听课嘛。这个，可是咱爷俩要搞我的回忆录，刚开始那天说定下来的。哈，是了是了，咱爷俩，开个玩笑嘛。咱们这个岁数，没有哪个人到你面前给你开个玩笑了。年纪大了，浑身又骚又臭，他们个个嘴上敬重你，爱护你，心眼里烦透你了，恨不得你马上消失，他们好呼吸几口新鲜空气。咱们自己说几句笑话，找个乐子嘛。我担保，只要有焦医生在，别看他是个挤巴眼子，咱爷俩再活个二三十年，一点问题没有。焦医生相当厉害，是咱们省里有名的心脑血管专家，一九六几年还是一九七几年，被人家从省里弄到咱们淝河集来了，那时候还叫淝河卫生院，黑专家嘛，下乡改造，看不成病了，天天被押着，这个庄劳动完了，再到那个庄劳动。一群猪养的马羔子，也不想想，人家那两手是干啥用的，是修理心脑血管的，叫人家刨地，撒粪，动不动还抬腿踹人家屁股，真不讲道理了嘛。那时候，焦医生也就是三十郎当岁嘛，文质彬彬的，光知道哭，妻离子散的，我心肠就软了。当时我也是看不惯城里乱糟糟的，给你大娘一说，就自个儿搬回李庄咱这个家里住了一阵子嘛，闲腻歪了，就扛着枪漫地里打兔子。这下子就看到公社的几个人，小年轻，孬孙孩子，小麦熟还早着嘛，天还不热，就戴着竹篾凉帽，一个个头上黄灿灿的，押着焦医生一行十几个黑专家，到咱们李庄地里干活，在麦地里薅草。还有唱豫剧的柳河西，现在话儿，那是赫赫有名的大艺术家，他的那个腔调，咱们全亳州没有不会唱两嗓子的，影响大，给劳动人民极大的享受，也被弄到咱们淝河改造了。反正十好几个人，还有个地震专家，还有个教物理的教授，两个人都是白发苍苍了，不好好干活，在地里说着说着争论起来了，争论个啥，争论地震是一种啥样的地壳运动嘛，争着争着，撕巴起来了，公社来监工的几个小年轻，几个孬孙，高兴得戴了孝帽子一般，叫好，黑专家相互打架，黑吃黑嘛，一群马羔子大鼓其掌。咱们李庄的爷们儿心肠好嘛，就去拉架，几个孬孙不让拉架，非要欣赏资产阶级臭老九打架。咱们李庄的人，英勇无畏，抗日时期，鬼子的飞机都敢打，这才几十年嘛，人种退化得厉害，在几个小小的公社干部面前，大是缩手缩脚，个个鳖孙了。这个焦医生，平时里蹑手蹑脚，哭哭啼啼的，这么个人，站出来了，很果断，上前就把两个糟鼻老头拉开了。麻烦了，公社里的这几个孬孙看不成笑话了，一下子围住了焦医生，你推一下，我搡一下，这个打一个嘴巴子，那个踢一下腚帮子，打焦医生不要紧，问题是，这种戏弄性的殴打，我李娃眼里盛不下了。干他娘的，打人都不当人打，打猪狗一般，不像个话嘛。我正在漫地里打兔子，就过去了。哦，是的，我有一杆猎枪，自己造的猎枪，小口径，你大娘在公安局给我备了案的，当时的公安局小王局长是她的老部下了，你大娘是县长嘛,办事儿方便。我这杆猎枪是合法的。老伯父我的枪法你是知道的，大老远的，我啪勾一声，把竹篾凉帽打掉一顶，我啪勾一声，又打掉一顶。当年打伪军，我这招很绝的，不打死，吓破胆，吓破胆比打死他更有教育意义。他们就不敢打焦医生了。我没吭声，过去，把焦医生拉回家了，给我看病嘛，看啥病，看脑袋，我头上挨过一枪嘛，众人皆知。那个时候，亳州以北不敢保证，但在亳州以南，没有不知道我这个老革命的，没有不知道我是个老霸王的。这个事情遇到我，只好就这样了了。哦，公安局小王自己开个车，来咱李庄，带了两盒糕点，把我的猎枪收走了，糊弄人嘛，过几天又开车给我送回来了，纯粹形式主义，浪费时间，浪费汽油，来回瞎折腾，我从前反对，现在还是反对。顺嘴说上一句，小王局长人好，还有学问，他来给我送枪，回去两天后也被打倒了，当然不是我的原因，小王被打倒了，才换上咱们李庄的李方亮当局长嘛。反正，从那以后，焦医生算是认识我了，我给他出个点子，下乡改造嘛，就要到最基层的人民群众中去，他就来咱们李庄了，整天跟在我后边转悠，为老革命服务嘛。后来，没想到这个神医是个书呆子，还非要跟我学打兔子，枪法糟糕透顶，啪啪啪，八九发子弹，连根兔子毛都没着，气得我要死，心疼得要命，你想嘛，那时候想了多少办法，才弄了百十发小口径子弹，咱们不能这般浪费嘛。过了好几年，情况好了，给他平反了，他也没再回省里，就在淝河落根了。为啥，年轻人嘛，管不住自己的两条腿，到处走走也罢了，问题是，他还管不住自己的第三条小腿儿，睡了供销社冯主任的闺女，黄花闺女，厉害得很，那按照咱们这一带的老规矩，那你走不掉了。自然了，焦医生自己也不愿意走了，黄花大闺女，长得又俊，省医院来几趟，都不愿意回去。再后来，上海医学院来请他都没请走，这一下，就在淝河住了一辈子。我有病，不舒服了，他比谁跑的都快。虽说现在也成了糟鼻老头，但是，咱们淝河医院把他当老太爷敬着，永远退休不了，就像我一样，想死都死不成嘛。你这点小小毛病，就是嘛，不就是个支气管炎嘛，算个啥，就是个喘，就是个咳嗽，老侄儿，你这点咳嗽算个啥，他一剂汤药，最多两剂，保管好透了。

他娘的，你这么咳嗽两声，弄得我今儿一上来就说了这么多闲话。下边，咱们书归正本。

上次，咱们说到大年初二，我获得了自由。当时，蔡琅玕过来看我。我一见面吓了一跳，也没敢叫他表哥，摸不清情况嘛。后来知道了，那个时候，蔡琅玕就是团参谋长了，他从军部教导队二队学完军事课目，回到江北自己部队，先是团里作战参谋，年跟前才升为参谋长，因为他的前任到盐城工作了，新成立的新四军军部，要抽调一批干才。新年间，他随团长来师部开会，一听说我这个光景，散了会就拉着他们旅长来看我。为啥非拉着旅长而不拉着团长，就是因为团长和我不熟，而这个曹旅长和我则是老相识了。自然了，现在看来，这个也是蔡琅玕“抢救”我的一个措施。只是，一开始我没认出来。他那边一说，我再仔细一看，不就是他嘛，左边眉毛里有一颗痣，草丛藏珍珠，是副贵人相，就像当年在上海滩嘉禾旅馆看到的一个样子。当年表哥蔡琅玕介绍是他生意上的伙伴，姓张，张先生，我还信以为真，没承想，现在变成了曹旅长。自然了，后来也知道了，几年前在嘉禾旅馆见他们，表哥蔡琅玕除了采购印刷器材，还有一个任务，就是护送这位曹旅长到上海看病。看啥病，新四军干部，能有啥病，枪伤嘛，子弹卡到骨头缝里了，压迫神经。但在旅馆里，他那副精神样子，哪里像个有伤的人。这一点，是后来蔡琅玕给我单独说话时告诉我的。曹旅长相当热情，依旧认识我，还拍拍我的肩膀，给师里江参谋长简要介绍了一下，主要说的还是当年我跑到嘉禾旅馆给蔡琅玕送提货单的事情，称赞我虽然不是地下党，干的却是地下党的事情。我上次说过嘛，杨排长领着两三个人来看我，其中就有这个师里的江参谋长。杨排长一看这么多大官见我很亲热，也有点吃惊，肃然起敬之情跃然脸上，站在磨道里，动都不敢动一下。江参谋长这个人，北人南相，五短身材，后来听蔡琅玕说，这位参谋长打仗时鬼主意多得很。老侄儿，这里我要提醒你一句，这个江参谋长，你可要记住了，后边说不定我还要说到他。当场，江参谋长也很热情，和我握手，说你在战区司令长官部副官处干过事情，师长对这个很感兴趣，只是他太忙，拟定下午约你一谈，到时会派警卫员过来请你。然后，对我决心投奔新四军这一行为，大加赞赏。我写的交代材料，小锅巴交上去了嘛，想必江参谋长也看过了，因为他话里的意思多是从我交代材料里来的嘛。

说到这儿，我要赞扬一声新四军，他们也是很讲究亲情的，不像以前在官邸和司令部听说的那样，铁板一块，六亲不认，等等。哦，没有共产共妻，那是早年的叫嚣，抗战期间，他们基本上也不这样侮辱人了。江参谋长和曹旅长，对我鼓励了一番之后，又决定让蔡参谋长，也就是蔡琅玕，陪我吃顿中午饭，叙叙表兄弟之间的亲情话儿。看，都没有把我当敌人对待，不另眼相看，我很感动嘛。自然了，中午这顿饭就丰盛了一些，米饭里照样是加了一半高粱米，但有三个菜了，两荤一素，炒白菜是个素菜，萝卜干焖回锅肉，还有一份肉丸子，这两个是荤菜。都是大盘子，哪里像现在，一盘子菜也就是一撮子。蔡琅玕虽然是个团参谋长，但新四军里官兵平等，照样和士兵一同吃大锅饭，咱们现在也是知道的，当年新四军生活是很艰苦的，蔡琅玕兴许常年见不到几回肉星儿，胃口大开，连声赞叹，嘴上还说，他能吃顿好的，算是借我的光了。我也是饿过几顿狠的，不免由衷地说好，欢迎借光。一边吃，一边说话，真是千言万语，不知从何说起。那我就先从大小姐说起吧。轰隆一声来到身边，轰隆一声看不见人了，我担心嘛。蔡琅玕说他倒是先见过大小姐了，说她暂时先在战地剧团工作，修改一些剧本，使之更能贴近部队生活，更能唤醒官兵的抗战精神。我觉得这个工作，大小姐可能喜欢，因为，在上海滩时，她是那么喜欢看戏嘛。可是蔡琅玕说，大小姐好像不是太喜欢这个工作，加上形势发展，军部刚刚成立了抗大分校，组织上已经拟定把大小姐调到分校教英语去。那是，在当年，一个高中生那是不得了的，何况又是上海滩洋学堂的高中生，完全可以称之为大知识分子嘛。你看，那个时候，新四军就很民主了，分配工作哦，照顾专业也就是了，还要征求个人意见。哪像现在一些单位，是个铁匠岗位，非塞一个做豆腐的进去。蔡琅玕说着说着，说到这儿，忽一下摆起了参谋长架子，筷头子点着我的脑门，教训我不要心猿意马，家里那一位还等着呢!

老侄儿，真像似霹雳一声。

我当时哪里还吃得下去饭菜，心里边一瞬间千头万绪，时光流转，岁月忐忑。大脚片，陈彩莲，你的老大娘，在那一会儿，在我心里边，真是折磨得我很辛苦的。蔡琅玕说，陈彩莲和二表弟到上海看过你返回来，他俩在徐州那儿上了票车，返回咱们亳州，没想到路上遇到了大能人。蔡琅玕嘴里的二表弟，就是你爹那个混球。咱们李庄人言讲了，蹊跷事天天有，轮到你身上，那得百年一遇。可是，大脚片陈彩莲和你爹两人，运气一个赛一个的好，这里就遇到一回。咋回事，就像我当年投军一样，也是票车抛锚引起的意外事情。大年初二那天，蔡琅玕说的好:“好多路上的故事，都是汽车抛锚时发生的，陈彩莲和二表弟的这件事情，也是如此。”蔡琅玕，先前是淝河集上元和百货铺的少掌柜的，中学一毕业就去走南闯北，本来就能说会道，眼下成了新四军的团参谋长，说起来更是头头是道。他言讲了:“紧跟着后边的事情，那真是千万分里，只有一丝丝的可能性，可是，巧了，偏偏给他们两个碰个正着。这一回，他们不是像我那样，遇上了土匪姜大牙，而是像我那样遇上了王先生和刘先生。”老侄儿，你爹那个混球，后来在文章里也写过这章子事体嘛。王先生就是王一平，北京师范大学的学生，刘先生就是刘文梦，北京大学的学生。当年他俩前往砀山避难，途中解救过蔡琅玕，使之走上革命道路。是的，前边我也讲过这些。那年头，包括到抗战以来，咱们那一带，也就是涡阳蒙城亳州，形势严峻紧张，王先生和刘先生回不了涡阳，一直在砀山一带活动，坚持地下斗争。只是，他们也没有想到，头一回遇见蔡琅玕，第二回遇上的竟然是蔡琅玕的大表弟之未婚妻，以及二表弟。那时候的票车嘛，都是糟货，你爹在文章里说汽车夫弄了一脸油灰，急得直掉泪，也没有修理好。这样一来，蔡琅玕说，“当晚就走不掉了，陈彩莲和二表弟就跟着王先生和刘先生，到了一家干果铺子，实际上就是咱们的地下联络点嘛，歇了一天。第二天，你未婚妻陈彩莲和你弟弟鳎拉，这两位就算走上革命道路了。”后来，你大娘给我说起来这一章子事体，还皱着眉头哇呀大叫：“哎哟，那个破烂铺子呀，铺的盖的，脑油味儿刺鼻子，还潮乎乎的，一摸黏手，虱子臭虫，芝麻一样撒了一床，吓得我一夜没敢睡，坐着凳子趴在桌子上迷糊了一阵子。倒是你兄弟鳎拉，天生是个革命家，管它黏糊糊的被子，管它虱子臭虫，一挨床帮子，呼呼大睡，又磕牙又放屁的。”你可能不知道吧，鳎拉，就是你爹的小名嘛。以前没给你说过，是咱们李庄的老规矩，当着孩子的面，不说他爹的小名嘛。这时候说到这儿，话赶话儿，不说也不行了。按照你爹那个混球的文章所写，他和大姐陈彩莲回到亳州之后，再也没有回老家李庄，彩莲姐姐也没有再回陈桥集上，姐弟两个拿着王先生的信函，径直到了沙土集上，找到了高先生，就这样参加了县独立大队。老侄儿，咱亳州县志上记载着这个事情，当年这位高先生，就是当时中共亳县的县委书记高豪生。那会儿，亳县形势复杂，分了三个势力，有敌占区，有国统区，再就是游击区。抗日救亡嘛，国共合作时期，共产党领导的独立大队，采取的是公开和秘密相结合的方式。自然了，你爹文章里写道：“按照上级的要求，我和彩莲姐姐的工作都是属于秘密性质的。”你看，你爹那个混球，总算有一条出息的，那就是还守着咱们李庄那一带的老风俗，未过门的嫂子，喊姐姐。

这些事情，是今天啥情况都了解了，才这般口气说话。其实，与实际情况也是小有出入的，咱们可以姑且放过不提。

那一年大年初二那天，蔡琅玕说起陈彩莲来，要简单得多，他对陈彩莲和你爹他们的了解，也完全是偶然的。按蔡琅玕给我讲这事情的那个时间说话，就是前年，一位延安来的首长到新四军视察，他所在的营护送这位首长返回延安，路过蒙城亳县，当地武装在接应时，他才和陈彩莲以及你爹那混球相互见面。一说起来王先生和刘先生，那这话就打通了，双方顿时都惊喜得不得了。大脚片陈彩莲，就是乘着这个机会，把当年到上海滩看我的事情，以及父母之言定下的婚约，三年之约定，等等吧，一股脑儿告诉了蔡琅玕。你爹自从小就是屁眼里夹不住粒秕芝麻的鸟孩子，在一旁，少不了添油加醋，自然，屁话很多了。你想嘛，在饭桌上，蔡琅玕这么一说，我哪里还能吃得下去。蔡琅玕还以为我心系陈彩莲，情之所急，又再三宽慰我，说陈彩莲不得了，见她时就是独立大队二连的连长，枪法好，他们上次见面，他蔡琅玕还给了县大队十几支步枪，都是齐刷刷的中正式，还有一只十响的驳壳枪，特意送给了陈彩莲。后来，我见了陈彩莲，才知道表哥蔡琅玕说话太夸张，十响的驳壳枪是真的，十几支齐刷刷的中正式，那指的是十几支破枪，老套筒，老汉阳造之类，当时真叫我哭笑不得。蔡琅玕说了这话，接着，话头儿一转，说表弟你如今也投奔了新四军，咱们一家人又走到一个战壕里了。老话儿说得好，上阵亲兄弟，打仗父子兵。那以后，咱们兄弟合起伙来，把抗日这摊子生意做红火。下午你去见师长，有一句说一句，不可隐瞒，给自己的历史做个清白交代，就等于放下了心理上的包袱，轻松上阵，从头做起，还有，要好好改造思想，改造世界观。是的，蔡琅玕自以为是个团参谋长，就这般谆谆教诲，一番屁话嘛。说世界观，咱们不大懂，但我老觉得，人的思想是不好改造的，毛主席他老人家就是个明白人，他说过嘛，人的本性难改，人的本质难改。原话我记不住了，反正就是这个意思。改造思想，改造世界观这个说法，后来还有故事嘛，也是这个大表哥蔡琅玗，一九六几年还是一九七几年，我记不准了，人家不仅整天要他改造思想，还整天要他改造世界观，开会批斗，他受不了，去找他的老首长哭泣，就是当年这个江参谋长，这时候已是个大大的官了，老革命嘛，斗争经验丰富，鬼点子多，就给蔡琅玗出了个鬼主意，堂堂一个舰队参谋长，竟然以回故乡看中医为名，偷跑到咱们李庄避难，拉着我的手，哭得柳儿喇叭一般。哎呀，老不死的又扯远了。咱们说那蔡琅玗，他对我说完了一番大道理，也吃完了，抹抹油光光的嘴巴，拍拍肚子，和我告辞，出门骑上马，回他部队去了。他有个勤务兵还是警卫员嘛，骑着一匹灰骡子，老鼠色的那种灰色，牵着一匹棕色大走马，在门口等着他。我送到门口，正在给他招手，他就翻身上马了，头也没回，拍马而去，风流潇洒之至。倒是他那个勤务兵，骑在灰骡子上也是得意洋洋，回头给我做个鬼脸，追他的参谋长去了。

这天中午，我没午休。你想嘛，大脚片，陈彩莲，一直在我脑海里翻腾。啥东西青梅竹马，老侄儿，根本没有这回子事体，她是我师父的闺女，从小一块儿学武术嘛，开头拿胳膊捏腿这些基本功，都是她教我的，师父只在紧要关口才指点一二。反正，师父不在跟前，大脚片没少捏我头皮，也没少拧我胳膊。我师父对此心知肚明，但他老人家会装，我学他说话哦，啊彩莲，你咋又打李娃了，你这个小闺女妮子，我叫你给李娃捏捏拳架子，你咋能这个捏法，左胳膊捏得青一块紫一块的也就罢了，右胳膊也给人家小孩捏得青一块紫一块的。看看，就这个，爷俩合伙打我，到末了我还得谢谢他爷俩。哦对了，从前，咱们李庄，把学武术叫做学捶，也不知道现今儿还是不是这样叫法。我担心得很，真怕大脚片找过来，上门大闹一场，你不知道，这个鸟老婆子，从青春少女，到哀哀老太，都是麦秸火脾气，噌一下子，火就上来了，那是不分场合，啥话都能说出来，啥事都能做出来。你说说，我这边刚刚投奔新四军，身份还没落定，她要是上来叫唤一场，那我这一辈子可真够呛了。自然了，这是心理乱了阵势，才有这般幼稚的想法嘛。事实上，无论天时地利人和，当时那个条件，陈彩莲根本就不可能出现在我面前。只是，从小挨打，怕到心里了，只吓得躺下都没敢躺下，就在磨盘上坐了一中午，心如乱麻，哪里还能想起大小姐嘛。

果然，下午师长的警卫员挎把盒子炮，来请我。哦，不是我那把盒子炮，我的是二十响的，纯正德国造，他这把也就是十响的，好像是咱们这边哪个兵工厂仿造的。说来请我，是他这样说的嘛，“师长有请”。我就跟着他去了。老侄儿，咱们有约定，师长的名字我也不能说，他在军史上太有名了，抗战时期他指挥过很多有名的战役，解放战争时期，他指挥的有名战役就更多了。这些战役，我只要说出一个，你马上就知道我们师长是谁了。可是，我不说。老伯父我李娃，真是三生有幸，在那边和战区司令长官朝夕相处，刚来到这边，马上又受到了新四军师长的接见，切切注意了，这一位虽则是个师长，但不管在当时，还是在历史上，他的威名与那边的战区司令长官相比，绝对是有过之而无不及的。即便当时，我在战区长官部，也听人经常说起新四军的这位师长，尤其是祝长官的挚友，那位韩主席，提起他来，咬牙切齿，为啥，老挨他揍嘛。所以啦，我此时去见这位师长，心里忐忑那还用多说。岂料，完全出乎我的意料，师长相貌乍一看也就是个平常人物，但是，言谈举止，让你心里熨帖，让你油然而生敬意。咱们李庄的人言讲了，打仗那年头，一个团长都是天上星宿下凡。这话是有点迷信，咱们李庄的人经常说一些有点迷信的话，可是，你要用不迷信的话说出来，那个味道就没了，没那个精神了，没那个意味了。我随着师长的警卫员进了那家院子，房东手持木锹正在整理院落，前几天下雪了嘛，院子里堆了一堆雪，表面落满鞭炮皮屑，正在融化，房东修一道细细的水沟，顺到院墙下的出水洞口。房东五十多岁，瘦高个子，穿着棉袍，黑棉鞋，戴着兔毛护耳，头上一顶黑色缎面瓜皮帽，脑门那儿，还有一块寸把大的长方形象牙块，是个点缀嘛。警卫员给他打了招呼，领着我朝师长屋里走。房东见我一身国军军装，吁了一声，笑笑地看我。我也对他点点头，咱们李庄的人也是讲礼节的嘛。从整个院落和房子上看，这家房东在唐庄也不过是个中等人家。师长很厉害，不住人家的正房，住的是东厢房，三间东厢房，就占了尽北头一间屋，一张床，好像中午歪躺了一会儿，叠好的被子压痕还在嘛，屋里放了好几把凳子，显得乱糟糟的，估计上午人来不少，阵势在那儿摆着嘛。北墙上还挂着一张地图，红蓝铅笔做了各种标记，我自然看得出，是敌我态势图嘛。我看得懂。一张圆角圆边的桌子倒是干净，除了两个白瓷茶杯，一个竹壳暖瓶，还有一部手摇电话，我看着很惊奇，不由想起祝长官的办公室，整整齐齐，井然有序，鸭嘴式铁壳暖瓶，剔明发亮。天冷嘛，师长穿着棉大衣，骑坐在椅子上，胳膊肘支着椅子靠背，手托着下巴，正在看地图，见我进来，站起来，转过身和我握手，微笑着说："欢迎你到新四军来，请坐。"我感到奇怪，这么一个大名鼎鼎的师长，手很软，柔若无骨一般。要是官邸秦老先生握了这双手，一准称为贵人之手。师长说请坐，我就这样和师长面对面坐下了。警卫员也够胆大的，根本不在意一个国民党军官进了首长的屋里边，他都没进屋，一见师长招呼上了我，马上挎着盒子炮笑嘻嘻帮房东干活去了。师长也没有倒水。咱们现在电影电视里，动不动就是首长亲自倒水，端给部下，或者端给俘虏，真他娘的扯淡。我亲身经历嘛，我们师长就没给我倒水，直接说，上午江参谋长已经告诉你请你过来的意图了，现在就请你谈谈战区司令部副官处的事情。你看，一点都不絮叨，单刀直入，开门见山，你想撒谎都来不及思考一下从何撒谎。厉害。其实咱哪能撒谎嘛，咱们实话实说就是了。当然，我没说在官邸的事情，只是说到官邸去过，送文件嘛。师长也就是问了一下长官司令部机关结构之类的问题，完了，问了一下祝长官的生活和工作习惯。咱们现在想来，这个问题是很玄妙的，我打个不太恰当的比喻，三国里边，司马懿是捉了俘虏，还是降将，我记不清了，也是打问诸葛亮的饮食起居，师长问祝长官的工作生活习惯，恐怕用意和司马懿相似。这是咱们现在的揣测嘛。当时，哪里解得这样深远，随口就把祝长官周二周五到办公厅上班，其他时间在官邸办公，这些琐事说了一下。没有没有，和师长说话，哪能说石副官追屁的事情，乱弹琴。哦，我倒是说了祝长官喜欢喝几杯家乡酒，有点怕太太，生大气了还动手打人这样的事，包括踹王主席屁股这个事情，都变成了是我听说的。如此等等。倒是让师长听笑了。祝长官的事情我知道很多，但咱们李庄的人不是有几分愚忠嘛，哪能一股脑儿全倒了出来，祝长官对我还是相当不错的，咱不辞而别已经很不礼貌了，咋能还把人家啥事全招出来嘛，那是严重的背叛了。好在，师长啥事都不深究，听完了就是笑笑。

最后，师长不笑了，问了我一句："你加入国民党了吗？"

现在想来，这个问题最重要。真是庆幸得很，我在官邸两三年，从来就没有人给我提及过这件事情，我自己也没有这个意识，现在好了，我少了一层麻烦。这个时候，师长问这个问题，我也就实话实说了。很明显，师长表情放松了，这才说他也了解了一下，曹旅长说过我为他们送过提货单的事情，就是印刷器材嘛，蔡参谋长也介绍过我的家庭出身，以及到上海的前因后果，我自己写的在上海的经历和在战区的经历，也都是经得起推敲的，因此，"你来投奔新四军，也是可以信任的。"

这就是说，我投奔新四军这个事情，就此定了性嘛。

至于后边，师长说新四军与国民党军队是有本质上的区别，希望我要经得起各种考验，等等，我都没有多在意，我在意了他那句话，蔡琅玕介绍了我"到上海的前因后果"，也就是说，方强因为啥把我诓到上海滩去，表哥蔡琅玕是知道其中原因的。不过，后来我再见到蔡琅玕，就这个问题追问他时，他有几分暧昧，不正面回答我，诡笑着说，他给师长所说的一切，都是为了让我尽快地走进新四军队伍里来。老侄儿，我可不可以这样理解，蔡琅玕出于亲情，出于关心我，给师长编造了几句善意的谎言，而事实上，他根本就不知道当初方强为啥把我诓到上海滩去的。自然了，陈年旧事，纠缠起来太乏味了。反正，无论如何，我都要感谢方强，若非他如此要个花招，我岂有这番经历。

就这样，我成了新四军的一名战士。

快得很，下午和师长谈完话，马上就发给我新四军军装了。一切手续，转眼办好了，当然，那时候入伍手续也很简单。战争年代嘛，哪能像现在，当兵入伍要填写好几张表格，要过好几道关口，这个审那个批的。穿上新四军军装，我那套国军军官服装，呢料大衣之类的，都给拿走了。做啥用，演戏用，刚才说过师里有个战地剧团嘛。剧团那个管理服装的战士，胖头胖脑的，抱着服装高兴得要命，跑起来直尥蹶子。后来我去看他们演出，一看见那件满是枪眼的大衣，我就想笑。是的，还有那个公文包，也被师部一个作战参谋拿走了，好像姓赵，还装模作样征求我意见，那个算是我私人物品，他当然要征求我的意见了，新四军嘛。我没说啥，物尽其用，他用来装地图装文件，我没有意见。不过，我给他出了个难题。我装作惋惜。我说可惜进水了，翘得厉害，但也有一个办法可以复原它。赵参谋一听，顿时欢喜上眉头，马上向我请教。我说，你用生鸡油或者生鹅油，最好是鹅油，天天擦一下，慢慢养，估计养个两三月就差不多原样子了。这下可坑住他了，整天往伙房里跑，哀求伙夫给他留点鸡油鹅油。那个岁月，鸡油鹅油，都是再好不过的东西，哪里好找嘛。可是功夫不负有心人，这个赵参谋，一旦有点鸡油鹅油，好家伙，就坐在门口擦皮包。我要赞美他，有恒心，有功夫。盒子炮也没还给我，包括剩下的一百发子弹，都归警卫营一连的马连长了。也可以理解的，那个时候，基层指挥员格外讲究“五宝”，一把好手枪，一匹好马，一块好手表，一支好钢笔，一架好望远镜。这几样宝贝，马连长几乎都有了，除了钢笔是偷一个旅长的，其他都是缴获的，现今儿，就缺一把好手枪。他自己这样说的嘛，他说钢笔是偷一个旅长的，那个旅长说话牛哄哄，他心里一别扭，就顺手把人家的钢笔偷走了。那天大小姐被送到师部去了嘛，杨排长和小锅巴他们押着我一回到唐庄，马连长在村口一把揪住小锅巴，小锅巴挎着我的手枪嘛，娘拉个逼的，鬼精，马连长还没说话，这小子就把手枪献上了，恭恭敬敬，双手敬上，嘴巴还甜：“哇塞俺的个连长啊，你神机妙算啊，你看，特意给你缴获了一把二十响的。”你看，那个时候，小锅巴就说哇塞了，所以说，哇塞这声尖叫，并不是现在的港台腔，不是满大街的少男少女乱叫而来的，从前就有的，尤其是小锅巴，常熟人嘛，这声哇塞，叫得那个响亮俏皮，要不是年纪大了，我真恨不得给你学上一声。马连长把我的盒子炮抓在手里，大嘴咧得没扣的裤门一样。宝剑赠英雄嘛。一看他摆弄的手法，就知道是个行家，脸上神情，喜爱得很。自然了，我对这把二十响也是很有感情的，这一路上，我和大小姐，全靠它逃命了。我很心疼，没办法嘛，咱们刚到新四军，是个新兵蛋蛋，咋和人家一个连长争手枪。不过，后来我也没饶过他，他当团长，我也当了团长，没有隶属关系的嘛，他们团打完仗，缴获了很多战利品嘛，他们团二营里的十几个兵，牵着三匹马，扛着三挺轻机枪，就是那种歪把子，从我们团部路过，趾高气扬的，我当场一声断喝，就给他劫了。后来官司打到师部，幸亏，蔡琅玕当时已经是师里参谋长了，要不真够我喝一壶的。说到底，马匹还人家了，武器也还了，自然了，马匹机枪我都给调换过的，把不好使唤的都给他们了。咱们李庄人嘛，不欺负人家，但也不能吃亏嘛。姓马的吃个哑巴亏，后来还向我道歉，说自己当初不该夺人所爱。一下子就冰释前嫌了。战争年代，战友之间，结怨快，和解也快。哪能像现在，人和人之间，斗成了乌鸡眼，还要接着干他娘的鞋帮子。后来在淮海战役，我他娘的，阵地差一点被突破，丢了阵地，脑袋掉嘛，这是军令状，就是这个姓马的，带着部队上来帮了忙。唉，那个时代的人，讲究大义，讲究大道，这个你们不懂。别说你们这代人了，轮到现在这代人，更没几个还讲究这些了。

是的，我当时就分配到师部警卫营了。听梆声，警卫营，很威风，其实，也是有下一章的。警卫营有三个正规连队，还有个机动连，我就在这个机动连，一排一班。老侄儿，你知道机动是啥意思吗，我的理解就是，你不是正规军，非战斗部队，机动嘛，哪里有事了你去哪里机动，就是一盒万金油，哪儿有问题了都可以抹一下，抹哪儿都解决不了问题，反正就是这种连队。这个机动连里几个老家伙发牢骚，那话儿说的好，很有道理:咱们都是打补丁的。我到这个机动连里一看，心想，坏事了，都是老目咔嚓眼的，再就是一群小个子。阿门，愿各位战友在天之灵，原谅我这么糟践你们。事实上，我当初就是这样感觉嘛。咋这样说，你看嘛，差不多都是三四十岁的，还有一个，比我爹看着年纪还大。还有几个伤残的，当然，轻微伤残，拿起枪还可以打一阵子的那种伤残。再就是一群小个子，一个连，不满编，百十人，有三分之一身高都没有一米六。这么着，要是按照国民党征兵要求，都是乙等兵丙等兵。咋这样说，当年国民党征兵标准在那儿明摆着嘛，年龄在三十五至四十五岁的为乙等兵，身高一米五，体重四十八公斤的，算是丙等兵。自然了，咱们这边没那么多条条框框，只要是愿意抗日保国的，只要是愿意革命的，都可以请你站到咱们这边阵营里来。那，老侄儿你又该问了，在国民党那边，啥样的算是甲等兵嘛。这个我知道一点点，在官邸时，几个管征兵的师管区司令，常常到官邸向祝长官汇报征兵的事情嘛。这个要求比较严格，从年龄上说，十八至三十五岁的，从体格标准上说，身高一米六是底线，体重五十五公斤是底线，没这那毛病，就是放屁再臭，也得算是甲等兵。哦，国民党的这个征兵标准，包括兵员补充制度，都是苏联人帮助弄的，那时候有苏联军事顾问驻华嘛，到了一九三八年下半年了，全国才实施了义务兵役法，自然了，按当时的情况，这个兵役法不可能得到很好的落实贯彻。咱们说这话的意思，就是说，要是按这个标准，不客气地说，当年，我们这个机动连里，就挑不出几个甲等兵。当然了，我是个甲等兵，身高一米七七，体重七十二公斤，每天一集合，我长出一截子，又有块头，他们都喊我大个子。哦，我这个头，竟然还他娘的大个子，真是瘸子里边拔将军嘛。连长也得算甲等兵吧，尽管他三十六岁了，但体格好得很，很能打仗，战斗经验丰富。说起我们这个连长，那可不是一般人，是老红军，觉悟高，有水平，我这么打个比方给你说吧，对我而言，参加新四军到了机动连，如果算是我的不幸，那么，遇到这么个老红军连长，那是我的毕生之幸运。老连长姓章，不是弓长张，是立早章。叫做章大春。这是师长的警卫员带我到机动连的路上，特意给我介绍的。他还自我介绍，姓马，没告诉我名字，让我叫他小马就是了。小马很懂礼貌，一边走一边介绍。我背着被包，在后边跟着。是的，新四军不是只发给我军装，还有被褥，合起来叫做被装嘛，全套的，小马帮我打的被包，相当漂亮。说来惭愧，虽然我会打被包，但是，我在祝长官官邸三年多，从来没打过被包，用不着嘛，叠得方方正正放在床上就是了，现如今，这么个方方正正的被包一背上肩，我就觉得人生要改变了，道路要从头走起了。

机动连离师长住处大约有二里地，在唐庄的西头，也就是十八九间房子的样子，说不清以前是做啥用的，有五六间好像是教室，桌椅板凳都靠墙放着，整整齐齐，空出地面打了地铺，大家要睡觉嘛。还有一间放了一辆马车、农具之类，好像是唐庄的公用房。还有一间做了连队的伙房，余下房子自是大家睡觉了，反正都是稻草麦秸打的地铺。哦对了，还有一间房算是马厩，一个机动连，还养了四匹马，不知作何用处。我到的时候，一个老兵正往屋里牵马，后来知道这个人就是马夫老耿。也到了喂牲口的时候，你没有养牲口的经验，冬天春天，夜长昼短，牛马吃草，一吃就是两个多小时，下午三四点钟，凌晨两三点钟，都得把牲口喂上，既不耽误晚上牲口睡觉，也不耽误早上使唤牲口。你呀，当个文化馆馆长，是托了你爹那个混球的福气，你爹是咱们李庄的人，你算不上，一个人没种过地，不懂得与农事有关的常识，就不能算是地道的李庄人。哦，咱们说机动连编制也是机动的，没我时，一百零七个人，我到了，就是一百零八人。没几天，其他兄弟连队，包括师部机关，口顺了，称机动连一百单八将。干他姥娘，真叫人哭笑不得。这十几间房子和唐庄没有连在一起，从村庄里突出来，显得孤单，四周三边都是田地，一边是树林，林间一条河。靠着树林边上的那间房子山墙处，用芦苇搭了一个茅厕，离这个茅厕十几步吧，还用芦苇搭了一个露天洗澡间，我咋知道是洗澡间嘛，因为，我到那儿时，里边正有人洗澡，大年初二嘛，多冷啊，竟然有人洗澡，还洗他娘的冷水澡。这个洗澡间很有特色，芦苇扎成的，围在半空，入口朝向树林那边，站这边看不见里边的人，从上边也看不见人，从下边倒是能看见小腿肚，还有一双大脚，站在一块疙疙瘩瘩的石头上。凉水兜头浇下，就见一双脚趾丫子猛地扒紧石头，水流冲过小腿肚，流到脚趾丫子上，脚趾丫子慢慢松开了。不管是小腿肚子，还是一双脚，都是通红的，活像上了色的卤猪肘卤猪蹄。这边有两三个兵，拎来好几桶水，都是漂着冰碴子的。还有三个兵，朝洗澡间里浇水，个子矮嘛，两个在下边舀水，一个站在凳子上，一瓢瓢次第传送，朝里边浇水。好几桶，我和小马就站在那儿了，看洗凉水澡的，是个景致嘛。咋说好，没有围墙，更别说大门了，这也算是到了连部吧。早有一个兵迎出来了，哦，应当是个干部，挎着盒子枪嘛，也是小个子，个头差不多够得上乙等兵。乙等兵多高多重，身高一米五五，体重五十公斤，这是个底线，国民党的征兵标准嘛，这里且不管他。小马低声说这是梁排长，我心不在焉，点点头唔了一声。梁排长老远就向我伸出手来，拉着握手的架势，招呼我："啊，李娃同志，欢迎来到我们连！"说话就像放鞭炮，声音也奇大，就像咱们李庄人言说的，花椒小，一粒麻了全身，就是这个意思，这么个头儿嚷这么大声音，真叫人惊诧。一握手，又叫人肃然起敬，双手粗短肥厚，但力量够劲儿，幸亏老伯父我是个练家子，要不然得疼得搓半天手片子。梁排长是我们机动连唯一的排长，后来才知道，别的干部都不愿意到机动连嘛。梁排长一声招呼，一个握手，叫我今天都难忘掉。

这个，也就是我初到机动连得到的一个印象。

还有一个印象，就是洗凉水澡的那个。

咱们直说了吧，这个洗凉水澡的，就是连长章大春。这个老红军，很有特点，一瓢凉水缓缓浇到头上，他嘴里长长"哦"一声，由低到高，再由高到低，就像歌唱家练嗓子一般。那个声音，叫人浑身起鸡皮疙瘩，这瓢水浇完了，他还会突然一声闷叫，就像公牛屁股被人冷不丁扎了一锥子。我没法给你学一遍他那个叫声，谁都学不像。大冷天洗凉水澡，看着都浑身发冷，加上这一声声叫，真叫人受不了。来送我的小马，刚听了两声长嗓子，连忙和梁排长交代几句，缩着脖子，牙齿敲着梆子，瑟瑟抖着身子，小跑着走了。这边梁排长朝洗澡间嚷了一嗓子："连长，李娃同志报到！"想必冰水太凉，里边一个苍老嗓门说起话来哧哧呀呀："哧哧，晓得了，呀呀呀，参谋长中午就哧哧来电话通知过了呀呀。"我甚觉惊讶，这里还有电话嘛。事实上，真的有电话的，只是当时，我没有注意到沿途扯过来的电话线。梁排长也不是个省油灯，上前拎起大半桶冰水，递给凳子上的兵，努了一下嘴，凳子上的那个，看样子多当了几年兵，也是坏笑一下，举起半桶水浇下去了。里边高低有序的一声"哦"，变成了一叠声的"哟哟哟"。结尾时骂了一句："我我我操他个小嫩娘的，哧哧，你们这些鳖崽子，又来捣鬼了呀呀呀！"话音落地，章大春连长咯咯咯着牙齿，从面朝那边的入口处转出来了，腰里围条湿淋淋的毛巾，毛巾下边一根大屌翘多高，洗着冰水澡，还能翘鸡巴，尤其是还能翘得挂住湿毛巾，我真是生平第一次见到这般奇人。我一看身上，咋说，都是伤疤，横七竖八的，赤着脚，水淋淋的，全身红彤彤，那才是血样红，头上有几分谢顶，或者说秃了几分，算是个油性头顶，都是水珠子，脸上也不干净，浓密的络腮胡子，搁在咱们李庄，就叫连边胡，水蒙蒙的，毛洞洞咧开一张大嘴，朗声叫道："李娃同志，欢迎来到机动连！"

老侄儿，你说，章大春连长这个出场亮相好不好？

你说好。

你他娘的，你意识里有文艺腔嘛。

哦，你咋能说我们的章大春连长是我设计的，我不懂你这句话的意思。我不可能在自己的回忆录里设计一个人物嘛，我承担不了这个责任，你想想就晓得了，设计了一个人物，就得为这个人物设计一套故事，设计一套台词，还得为他设计命运遭际，主要的是还得为他设计个像模像样的女人，老侄儿，你是知道的，尽管我读了很多书，你文化馆里的书我差不多都读了，你家的小帮助这十几年给我寄来的书，也是堆成山垛成垛，我读的书多，但不代表我就有这个创造能力，再说，设计一个人物，也不是我的回忆录的主旨所在嘛。我只是按照自己亲身经历的事体说话。哎，我往下一说你就知道了，啥都不是我设计的，一切都是命运说了算，都是历史说了算。真的很遗憾，你没有说对，这不是编造的，也不是老伯父玩噱头，事实上，这是真的。这么多年来，我回想往事，一想到老连长章大春，这番景象，如同朝阳，喷薄而出，真是让我怀念得很。

哦，老侄儿，你气色有点泛白了。

那好，今儿就到这儿，你该回家吃药了。

好好吃药，你身体可不能出现大问题。

咱们赶紧请了。

第二十六章

老侄儿，你今儿来得早。

昨天没事吧，说到最后，我看你脸色不朝气。

哦，吃了药就好了。

那就好。

焦医生给你开的是汤剂还是胶囊?

哦，都有呀。

那也好，医嘱很重要，你就按焦医生的吩咐吃药吧。

今天，咱爷俩就不讲那么多了。

你身体重要嘛。

不絮叨。咱们接着昨天的说吧。我到师部警卫营机动连一报到，就参观了一下连长章大春的冰水浴，浑身洗成烧大虾一般。自然了，往后天天看到章连长玩那个冰水浴。我觉得了不得。同时，我也觉得没啥了不得的，天天洗嘛，身体都适应了，不洗他还急得慌，不洗的话，说不准他还要害病。说这话不是我的分析，而是我自己的亲身体会。是的，老侄儿，还是你了解老伯父我的脾气，我也跟着洗冰水浴了。你想嘛，连长洗冰水浴，我们当大头兵的就不敢洗吗，谁没长根鸡巴一样，你长根大鸡巴是男人，那我们长根小鸡巴就不是男人了，天下没这个道理嘛，洗，咱们也他娘的洗冰水浴。第二天，我就提出这个要求。我为啥提出洗凉水澡，我原本是国民党军官，来到新四军当大头兵，咱们不能让人家瞧不起是吧，我得尽快融入这个集体，走捷径，连长干啥咱也干啥。全连失色，章连长给我鼓励，好小子，进来一块儿洗他个小嫩娘的。章连长的口头禅，洗他个小嫩娘的，干他个小嫩娘的，操他个小嫩娘的。说句笑话，老红军嘛，啥都懂，晓得小娘嫩嘛，所以骂人也要大大讨便宜。这一点，就比战区长官司令部那帮爱骂人的高明，他们张口就是干你老娘，干你奶奶，想想真是傻透了。哦，我这一百多岁了，这个难不住咱们嘛。咱们说那，当下脱掉衣裳，赤裸裸进了章连长的洗澡间。外边嗷嗷叫，一群老战士，一群小战士，还有梁排长，激情高涨，欢呼雷动，纷纷主动到河里担水，一个比一个跑得快。冷，咋能不冷嘛，大正月的，过年前后下的雪还没融化，冰天雪地的，一瓢冰碴子水，哗啦一声浇你头上，你是谁，你是二郎神，恐怕也要叫出声来。章连长还是高低起伏有序的一声“哦”，我不叫，咱爷们儿练过功夫嘛，提气，运气，一口气行遍全身，可有用，当然有用，你不懂运气的章法，说了你也不懂。起一层子鸡皮疙瘩，那是身体反应嘛，不值得大惊小怪。然后，毛巾缠在手上，擦身子，先轻轻擦，慢慢用力擦，擦上几遍之后，你就不觉得冷了，你就觉得浑身火烧。“文革”期间，我回到咱们李庄住过一阵嘛，到了冬天，就去流粉河里洗澡，全庄人都觉得稀罕，其实有啥嘛，小四当年六七岁，站在河边吓哭了，咧着嘴，鼻涕眼泪一把，他娘的，我费了多大劲儿，弄出了这么个种，才看见这么个阵势，就吓哭了，真愧为我的遗留物。我一脚把他踢河里了，他扒拉着冰块子哇哇叫，刚上来，我又一脚，下去了。自然了，你的老大娘陈彩莲在亳州城里应付工作嘛，哦，那时候还叫亳县，她是县长嘛，城里造反队多，所以她工作忙，小四是我一个人带着的，在咱们李庄生活嘛，等到她知道了，想和我打架也来不及了，小四天天都要和我一道去流粉河里洗冰水浴，不让去他就哭得嗷嗷叫。说这个，小四得感谢我一辈子，到了现在，五十几岁了吧，还天天洗凉水澡，身体还结实得像个铁蛋子。我这一手就是当年在新四军里练成的，这个光荣传统，小四算是继承我的，不错吧。自然了，我得感谢章连长，我继承的是他的传统精神嘛，咱们的传统精神，就是这样一代一代往下传的。当年，连着洗了月把冰水澡，章连长算是认识我了，全连上下人人都对我热情起来了。咋说，人家看你勇敢，有吃苦精神，咱们李庄人言讲了，能尿一个壶里，大家就不把你当外人了。尤其是，后来一参加他们的训练，大家更是把我当成自己兄弟了。

哦，那自然的事情，当了新四军咋能不发枪嘛。别说我是主动投奔新四军的国民党上尉军官，就是抓的俘虏，经过教育，参加了新四军，也给发枪。第二天就给我发枪了。我一看，这个还能叫枪吗，娘拉个逼的，汉阳造的湖北条子，枪柄都磨得缺皮掉角，准星哦哦，我记得好像没有准星了，枪膛里也几乎看不见膛线了。不过，这个枪咱们也得扛着，好歹还有两排子弹，一排五发，一共十发子弹，事头上总比烧火棍要强一些，照我这枪法，就是用这个不咋样的枪，至少能干掉八个鬼子吧。说老实的，那个时候，新四军的武器装备，和国军真不能比，不光武器不好，乖乖，子弹也金贵得很。即便主力部队，打完仗也要回收子弹壳，这个任务比较琐碎，你还不能厌恶，还得收回来，重新装上弹药弹头底火，再发到部队。你说弹头咋回收，那个更难了，基本上不回收，加上咱们自己的兵工厂，哦，那时候还叫修械所，缺少原料，缺少设备，造出来的子弹相当粗糙，大大影响射击精度。当然了，正规子弹，也就是原配子弹，就像原配老婆一样，也有，但那都是配给枪法好的战士，你枪法不好，那就只能用修械所制造的子弹了。啥啥，你说那话可就外行了，那是电影电视上的新四军八路军，咱们当时要是有电视上演的那些个武器，还到处跑个鸟嘛，拉开架势干他姥娘的就是了。问题是，你爹那混球说过，艺术替换不了生活。所以我不看电影，也不看电视，哦，我看电视，我喜欢看动物世界，好歹动物不搞虚假的嘛。对了，新四军的武器还有一个来源，那就是淞沪会战，国军仓皇退出战场时，几近崩溃，武器沿途遗弃很多，农人收藏变卖，土匪收买一些，土豪劣绅保家护院收买一部分，再就是咱们新四军收买了一部分。这个就不多说了。再就是，汪伪军队的一些伪军官私售军火，咱们也购置不少。这个，也不是啥秘密了。你想嘛，花大价钱买来的好枪好炮，肯定要先装备主力部队嘛，咱们是机动连队，那就只好凑合点儿了。我拿着这支破枪，心里无限怀念我的二十响，我的盒子炮，无限怀念在官邸随同卫队到山里边打靶，那子弹，哗哗的随便用。咱们李庄的人有个毛病，心里有事，脸上就露出来了。章连长看到我这个脸色，老红军嘛，眼力抓色，心里都是孬种点子，也不发作，笑嘻嘻的，叫人抱来一挺轻机枪，说话了，咱们机动连也有好武器，你看，这是去年缴获的，要不，你就当咱们连的机枪手吧。是个啥机枪，就是那种苏联援助国民党军队的苏制轻机枪，我跟着官邸卫队打靶见过嘛，比捷克轻机枪显得笨重一些，后坐力小一些，但有个毛病，枪管热得快。我咋知道，这两种机枪我都打过百十梭子子弹的，官邸卫队也有机枪手，这些东西他们也是讲过的。就这个机枪，我不喜欢。可是，机动连那个机枪手紧张得够呛，是一个粗粗壮壮的兵，说他乙等兵可能有点亏他，算他是个甲等兵吧，眼睛直勾勾盯着我，大喉结上下滑动。那样子，一看就明白了，人家舍不得嘛。我马上换上笑脸，提起发给我的破枪，连说，这个好，这个好得很，我先用着，等打鬼子了，我再自己抢一支三八大盖好了。这个话说的好，我说给自己抢一支三八大盖，那意思就是抢到了也不上交了。章连长很高兴我有这个决心，他一拍大腿，站起来了，那好，咱们开始训练吧。

看，你还得训练，手里这条破枪，一点也马虎不得。

训练啥课目，体能训练就不说了，咱们说枪械训练，射击就练练瞄准，子弹金贵嘛，咋能实弹射击，再就是拼刺刀，这个课目结合实际，也是最顶用的，为啥，你子弹少，你就得拼刺刀嘛。章连长亲自教大家，老红军嘛，这一手相当厉害，我算是正经练过拼刺刀的吧，但是只一下，他就差点捅了我。自然，不是真枪真刀了，是木棍子，长度和上了枪刺的步枪相同。两个人对练拼刺刀的时候，棍头子上包一层棉花，缠布条子的也有，也不知道在那儿弄到的一桶石灰，搅一盆石灰水，两棍头子朝盆里粘一下，开始对刺，谁身上落的白点多，说明谁就死了。和古时候练兵场上差不多。没有办法嘛，有啥条件就说啥话，有啥条件就打啥仗。我和全连战士都对刺过，没落过一个白点子，老伯父我毕竟在家练过齐眉棍嘛。章连长很佩服我，根本没顾忌我是个投诚的国民党上尉军官，给我拉近乎，鼓励我把技术推广，要求全连战士，包括唯一的干部梁排长，都要积极向我学习。那时候就是那样嘛，新四军战术教官稀少得很，谁要是懂点正规训练，那也是很金贵的，况且，我还是训过几批新兵的，有点小经验嘛。哦，战场指挥，我这个还不行，真正到了战场上，那还是章连长顶呱呱，老红军嘛。开头我不知道，后来听我们连的马夫老耿说的，章连长参加过长征，后来到了延安，他和毛主席握过手的，是前年随着延安东援干部大队到新四军的，本来是个团长，但是师里边没有团长位置了，师部也安排他到一个旅里当副旅长，但是，人家也是有脾气的，“干他小嫩娘的，宁为鸡头，不为牛后，俺们不干副手”，接着展示自已的觉悟，主动提出到咱们机动连，打听清楚的，非要把这个连带出来。也就是说，团长的材料干连长的活儿，那章连长算得上是见过大世面的。所以，一眼看出我是受过正经军事训练的，就特别看重，青睐，训练间隙，常和我切磋。照咱们李庄的话说，相互摸两手，就是比画几下子嘛。就这个样子，我的正规军事训练，加上他的实战经验，天天训练，也就是两个月时间吧，连队精神面貌就有变化了，也可以说焕然一新了，兵站有站样，坐有坐样，走路有个走路样子，敬礼，那自然有个敬礼样子了。有一次师长来我们连，离得近嘛，师长经常到唐庄周边住的几个连队转悠嘛，自己走过来，后边跟个警卫员，就是那个小马。一走近我们连部，姑且叫做连部，其实也就是连部，啪啪啪，几个小个兵一敬礼，师长吓了一跳哦，下意识的，还礼还得很正规。到连部走动完毕，非要看看伙房，看完了出来，自言自语："奇怪，没有羊肉，也没有猪肉，啷个回事嘛！"我们军长的口头禅，啷个回事，有时候师长自然要模仿一下子。我们师长那是幽默，不像现在，下级干部喜欢模仿上级领导讲话，做手势，摆派头。你看师长这话说的，好像只有吃了羊肉，吃了猪肉，人才有精神一般。

这个章连长还有一手厉害的，我大大佩服，那就是上思想教育课，没有大道理，没有高头讲章，都是家常话，问答式的，我到现在还记得几句嘛：谁侵犯了我们的国家？小鬼子。谁强占了我们的大东北，谁强占了我们的上海，谁强占了我们的南京，谁强占了我们的北平天津和武汉？小鬼子。谁杀害了我们的父母兄弟？小鬼子。谁奸污了我们的妻子姐妹？小鬼子。谁是我们不共戴天的仇敌？小鬼子。你今天准备好去报仇了吗？我时刻准备着消灭小鬼子，我们要把小鬼子赶出中国去。这些是激励大家杀敌的思想教育，简单易懂，效果很好。当时的西北军，好像也有类似的宣传。反正战争年代的标语，包括战斗口号，都是既通俗易懂，又铿锵有力的。还有，搞一些关于爱护人民的教育。谁是我们的父母？人民。谁是我们的兄弟姐妹？人民。我们来自哪里？我们来自人民。我们吃谁的喝谁的穿谁的？吃人民的，喝人民的，穿人民的。我们应当怎样对待人民？我们应当爱戴和尊敬人民。有人对人民胡作非为怎么办？枪毙枪毙枪毙。我们新四军，应当怎样对待人民？诚实礼貌，不白拿人民一针一线，不进民宅，尊重妇女就像尊重自己亲姐妹。

老侄儿，你还真别笑，那时候，这样的宣传教育是非常有用的，看似简单，实则贯彻了我们的政治意图。你想嘛，那时候的士兵都是来自农村，当时的农村还是处于半封建的愚昧状态，士兵大都是目不识丁，根本谈不上有啥政治常识，所以这种简单的教育，非常有益于他们理解，也好记。

当然，现在咱们知道了，多数新四军活动在江浙地区，也有一部分活动在鄂豫皖，在鄂豫皖的新四军士兵，就没有在江浙地区的新四军士兵识字的多。我们这个师，虽然也游动于江浙地区，但是，我们这个机动连里，你看看大家的岁数，外表形象，就知道都是受苦人家出身的，哪里有念过书的气味儿。我自然念过书了，老侄儿你也知道，当初咱们家算不上地主老财，但算得上小康人家吧，还是上得起学的，加上在上海滩方公馆，常常和一群有学问的人生活在一起，言传身教嘛，甚至耳提面命，比如追随大小姐念书写字，论起来，老伯父我至少算是上初中水平吧。哦，我说的是当时。现在，我又坚持学习到百十岁了，即使赶不上教授，讲师的水平还是有的嘛。在那个时候，一个初中生，也算是个知识分子的，大家都识不了几个字嘛，我就算很有学问的了，章连长觉得我是个宝贝，要尽量发挥我的才干，奶奶个熊，让我教大家识字，学文化嘛。当初我跟着大小姐读诗认字，已经受了一遭罪了，这一回，教这一群大饭桶认字，可真是要了命了。后来我一想，这个不行，我得想个办法，让大家自己学，好嘛，我就请章连长搞几本四角号码字典，我教会大家用字典了，那我就省事了。章连长寻找四角号码字典，可是费了老劲儿，要讲清楚他找字典的那些故事，那真够你写几本子的。

好了，咱们不说那个了。

咱们说我在机动连干了月把时间，来任务了。我记得很清楚，当时，也就是农历二月中旬吧，柳树杨树刚开始冒出麦子大的黄芽，小鸟也分外多了起来，小麻雀，黄鹂，刺啦鸡子，黑喜鹊，花喜鹊，还有老斑鸠，反正在连部旁边的树林里刺啦啦一声飞过去，刺啦啦一声飞过来，刺啦啦落满房顶，叫喳喳的。就这个时候，我们机动连接到一个任务。

啥任务嘛。

一个字，跑。

咋讲嘛。

我先说说当时的大背景。

我先声明一句，咱们只是帮我弄个回忆录，说一说个人的经历，又不是书写整个历史，所以，大的国际背景，大的国内形势，咱们就不讲了，咱也讲不清楚嘛。只谈眼前的日军为了巩固占领区，开始对苏南苏北的新四军进行“扫荡”，山东的八路军也遭到日军“扫荡”，晋察冀那边的八路军也是这样的。当时江浙一带，还有汪伪军队打着“肃清匪共，安定民生”这个旗号，处处给新四军为难，后来又搞他娘的“清乡”运动，这些个情况，对新四军的生存和发展，都形成了不小的障碍。这一段历史，资料很多，想必老侄儿你也了解过的，我也不细说了。咱们说那，在这个境况下，我所在的机动连，也接到了命令，撤离，转移。撤离是咋回事，虽然和撤退不一回事儿，但按照咱们李庄人的理解，反正就是一个“跑”字嘛。转移，在咱们李庄人看来，就是换个地方打他姥娘的。老侄儿，你注意到没有，一说起这些个事情，我动不动就喜欢拿咱们李庄的思维论说，就喜欢拿咱们李庄的视角看待问题，是的，咱们李庄的思维是小思维，咱们李庄的视角是小视角，说啥事好像以小托大，甚不妥帖，但是，事实上，小思维和小视角，具有普遍性，不仅代表着广大民众的传统习惯，也可以代表咱们这个民族的大传统和大美德，你可懂？哦，你半懂不懂。那没有关系，时间长了，你长到我这个岁数，就懂得咱们李庄的小思维小视角是很珍贵的了。哦，咱们说撤离，我个人对这道命令的理解就是，在躲闪中干掉敌人，但绝对不能让敌人干掉，否则，撤离是不成功的，转移也是不成功的。论说，要是就我们这个机动连随着师部，或者大部队，不管是撤离，还是转移，都是没有问题的。可是，我们这个章连长，连边胡子，三十六七岁了，还不知道自己能吃几碗干饭，主动请缨，要求任务，那麻烦事来了你就不能怪别人嘛。师部当时也是忙着组织各个部队撤离嘛，清楚机动连的战斗力，也是相当客气的，说，战地服务大队先行撤离，那你们就跟着他们先走吧，当然，你们机动连也不能光是撤离，你们还要负责整个大队的安全警戒任务。

乍一说，机动连跟着人家先行撤离，这是个好事，但实际上比跟着战斗部队要麻烦得多。跟着战斗部队，你能打就打，不能打就跑，跑掉了你瞅机会下次再打，跑不掉那算你活该，都是相当简单的事情。但是，这个战地服务大队，狗吃糖稀，粘爪子粘牙，你很难伺候。咋说，这个大队是由好几拨人临时组合的，人员结构相当混乱，乱得我一下子很难给你说清楚。

先是抗大分校的一拨人，这个分校方才成立不久嘛，刚刚招来三四百青年学生，天之南，地之北，哪儿的都有，才开始上课，就碰到了这个形势，也得跟着撤离。师生共有五百多人吧，当时统计的有张表格，人数比较具体，现在七十多年过去了，我也只能记个大概了。哦，大小姐那时候已经到了分校，她也得跟着撤离。哦，对了，当时大小姐算是抗大分校的讲师吧，享受连级干部待遇，是有棉大衣的，连级以下就没有棉大衣了，津贴也是三块钱的。哦，当然，一块儿撤退，哪有不见面的。大小姐很有意思，过去叫做革命乐观主义精神，一见到我，就喊我“李娃小鬼，侬过来一下！”大家都笑了。就像当年在方公馆后园里，我听见大小姐喊那声“肖邦，火”一样，心里边热腾腾的，但是，我没有过去。因为啥，我有点自卑心理，你他娘的想想嘛，我和大小姐一块来新四军的，人家是闺女回娘家，连级干部还是连级干部，我倒好，堂堂一个上尉军官，现在成了大头兵，心里边过不去这道坎儿。哈，那个时候年轻嘛，咱们李庄人，又好个面子，思想觉悟，心里境界，都是有局限性的嘛。哦，对了，新四军里政治上官兵平等，生活待遇上也没多大差别，吃饭是一个大锅里搅勺子的，像我这样的大头兵，和班长一样，津贴都是一块钱，梁排长，我们连的唯一排长，拿两块钱的津贴，营长四块，团级以上一律五块，我们章连长享受团级待遇，但是，人家觉悟高，就拿三块，很坚决，说了，连长就拿连长的津贴，这就不错了，按规定党中央领导都是五块钱，实际上都是只领三块钱，我这个已经享受中央领导待遇了。我前边说过，章连长参加过长征，在延安工作过，知道的事情多。

这是抗大分校的一拨人，组织性强，纪律意识强，哈，主要是有大小姐嘛，都是相当好伺候的。

再就是师里战地剧团的一百多号人嘛。

说起这一拨人，简直要命了。除了演员导演编剧，剧务人员，再就是剧团所有的家属，还有二十多个从上海来的专家教授，音乐家，文学家，画家，还有版画家。那个时候，版画很流行，鲁迅先生很欣赏版画嘛。这些专家咋回事嘛，本来军部要成立鲁迅艺术学院分院，专门到上海聘请的，据说很不容易，人托人才请来的，只是，那个分院尚在筹备之中，这些先报到的专家，只好暂时先安排在我们师战地剧团里。这些人不简单，除了本人，有的还带着父母，太太和孩子。首先，这些专家教授，文学艺术家，合家投身革命的行为，咱们要给予充分的肯定，也很赞佩他们。只是这一拨搞文学艺术的知识分子，事情比较麻烦，很难伺候的，他们津贴拿的高，五块到十块嘛，咱们新四军自己部队土生土长的艺术家都是一两块，最高的也就是三块，大家都没啥意见，都清楚嘛，对待大城市来的高级知识分子，需要点特例嘛。可恼的是，他们还牛哄哄的，你要是哪一点做不到，他们一边给你表演脸色，一边给你说几句好听的台词，叫你听了心里边要多别扭有多别扭。当时，这群人还不算更难弄的，大不了咱们这些当兵的勤快一点就是了，个别学者教授没修养，尖酸刻薄又咋的嘛。

还有，还有一拨人更叫人头痛，你再勤快也解决不了他们的问题，这就是印钞厂这一拨人。一说印钞厂，我就一肚子火气，那就得多说几句。当时战乱嘛，全国经济状况一片混乱，国民党的法币，日本鬼子的军用券，汪伪的储备券，也就是周佛海的伪法币嘛，还有韩主席的江苏农民银行券，等等吧，这些还不够，还有小鬼子很缺德，他们还秘密印刷假法币，印刷假储备券，也就是印刷假的伪法币，干他奶奶的，假上加假，就连韩主席的江苏农民银行券，鬼子也印刷了不少，总之，他们就是要搞乱咱们中国的金融秩序，把咱们中国的经济搞崩溃。就是这一年嘛，年初吧，上海的中央中国交通农民，赫赫有名的四大银行，就关闭了，这里边除了汪伪的中央储备银行步步逼迫之外，恐怕与日本鬼子的经济侵略手法也不无关系。当然了，我们也有自己的大批经济学家，能人多的是，为了粉碎日本鬼子的经济掠夺，咱们还是想了很多办法的。时间急促嘛，国民党那边用的啥办法咱就不说了，八路军那边的情况我当时不清楚，后来也没有研究过，新四军这边，当时我置身其中，还是了解一点点的。当时，根据上级的决定，新四军各师根据地，都成立了自己的银行和印钞厂，我们师就有自己的印钞厂，就是现在被编入战地服务大队的这个。说他们难弄，不是他们的人员调皮捣蛋，或者摆个架子啥的，而是，他们的行头太多了，而且基本上都是拖家带口的，大小人口加在一起七八百人，行军队伍羊群拉屎一般，拖拖拉拉，你站在远处一看，不由得头皮发麻。哦，啥行头，光印刷机就好几种，凸版印刷机，凹版印刷机，胶印平板印刷机，等等，咱们都不懂嘛，光听他们说，凸版圆盘机是用脚蹬的，那个凹版印刷机是用手扳的，关键是这个机器还发烫，能把你的手烫得都是水泡。还有号码机，以及印钞票的各种版子，有铜的，还有木头的，看着很稀罕。还有成铁桶的各色油墨，印钞票的道林纸，还有半成品，一捆一捆的，整整齐齐，让人由不得想拿过来两捆子玩玩。等等吧，咱们不懂这些鬼玩意儿，当时只是觉得这群印钞票的工人不简单，他们就是制造钱的人啊。哦，对了，还有一个最值钱的，就是一台从德国进口的高速自动大电机，听他们说得神乎其神，一天可印刷三十二开面积的钞票一万张，咱们也不知道是个啥概念，反正，这个宝贝用一辆马车拉着，十几个人跟在周围扶着，神圣之至。他们不光行头多，家属孩子也多，居然没有一家不带着家禽家畜的，鸡鸭鹅，小猪小羊，舍不得扔掉嘛，还有一条花脸狗算是个成年狗吧，他们还给这条花脸狗取个名字，叫做"汪精卫"。有一次我走过去催促他们走快些，"汪精卫"冲着我龇牙大叫三声，搞得我很紧张，一群小孩见状笑得马羔子一样。

你想想吧，这么一支队伍，咋个撤离法嘛。

好在，金融机构嘛，现在重要，当年也是相当重要的，所以，师部特意从主力部队抽了一个排的兵力，来保卫他们。我留意看过，这个排很厉害，武器装备好，战士手里都是清一色的中正式步骑枪，子弹带满满的插着二十排，一排五发嘛，每人还配了五个日本造香瓜式手雷，很齐整，还有一挺歪把子，一个满脸痤疮的小伙子扛着，屁股后边还有个扛子弹箱子的，这副装备，在那个时候，打一个连进攻都是排排场场的。排长手里都是二十响，一看就是我用的那种，正经德国造。我看着他挎的盒子炮，手都痒痒了，恨不得上前一拳打倒他，抢了盒子炮就跑。自然了，这是咱们李庄小孩子的想法和做法，看人家的东西好，上前一拳，抢了就跑嘛。哦，对了，他们的被包新旧颜色也是一样的，方方正正，背在背上也像个被包样子嘛。咱们这个机动连就不行，武器装备也没啥可比的了，光被包就是有新有旧，背在背上，全连一个向后转，深一块浅一块的，别说从前边看了，人家从背后一看，就知道你几斤几两了。由此联想，让我们这个机动连来做战地服务大队的安全工作，可见抗大分院和战地剧团的分量了，因为人家印钞厂有专门的卫队嘛。哦对了，那个排的排长姓魏，他娘的名字也很雄浑，魏长江。和我高矮差不多，有一会儿，行军嘛，走并排了，我比了比，高矮差不多，我还对他笑笑，以示友好，敬佩，可是，他娘的这个魏长江，侧脸拧我一眼，连个笑脸都没有，大步流星扬长而去，个混蛋玩意儿，有啥好牛逼的嘛。

哦，对了，这个印钞厂，还配了一个四人医疗队，两个年纪大的医生，本来就空着手，还要走两里路歇上一会儿，可见那年头的医生也不注意锻炼，自己的体质也是一般般的。还有两个年轻的，可能是护士吧，老侄儿，不要一说护士你就笑，你想是女的吧，错，是男的，都是大小伙子，各背着一个医疗箱子。不不不，不是咱们常见的那种医疗箱子，你说的这种医疗箱子，是后来咱们这儿赤脚医生背的那种，当年哪里有这样高级的东西，都是木头的，一尺宽，一尺半厚，二尺长，装不了啥东西，一根皮带做的背带，挎在身上，休息时拿下来当板凳坐。就这个，金贵得不得了，有一次我拍了一下，让他走快些，坏了，生气了，大声吆气呵斥我："你这个新兵蛋子，乱拍个啥！知道里边多值钱吗！"我就说："多值钱，比命还值钱吗？"我的意思是，为了安全，大家走快点嘛。他说了："比命值钱！盘尼西林你知道吗？关键时候，一支就能救你命！"盘尼西林，就是青霉素嘛，当时，咱们哪里知道这个，赶紧敬畏得不得了，喂呀，盘尼西林。

表面上，咱们这个机动连和人家那个排，都是暂属服务大队，由大队长指挥，实际上，大队长只能指挥动咱们机动连，基本上指挥不动人家牛逼排。哈，牛逼排是大队长说的。大队长姓周，叫周邦彦，宋朝大诗人还是大词人我忘了，要不有这个缘故，我还真记不住他姓名了。七八十年了嘛。周大队长指挥不了人家那个排，指挥我们时口气就不能那么硬了，还自嘲，咱们机动连直属师部，懂规矩，守纪律，人家牛逼排是主力部队的，有脾气没规矩，我老周操他娘的，还真不想管他们呢！周邦彦四十多岁，胖脸，面善，一咧嘴，一嘴大板子牙，齐整整的，一路上巡逻般前后走动，求爷爷告奶奶，催促大家快走，但他言词诙谐，你听不出求爷爷告奶奶的下作味道，你只能觉得这个人很能说笑话，也很会说话，反正大家天天笑嘻嘻地跟着他走，希望他巡逻到自己面前说上几句逗笑的话。他自己也带了一个排的兵力，装备一般般，不过也比咱们机动连要强很多了，这个排听周大队长指挥。

自然了，咱们共产党的任何行动，历来都是组织严密的，咱们这个大队也是这样的，大队里有个大队长，下面还有几个分队长。战地剧团是两个分队，一个分队是剧团本班人嘛，一个分队是那二十几个从上海聘请来的专家及其家属。抗大分校是三个分队，分校领导和学校工作人员是一个分队，青年学生和教员插花儿分成两个分队，好管理嘛，一个男队，一个女队。各分队下边还有若干个小组。反正一环套一环，每天到了宿营地，一点名，环环相扣，一个不少。其他几个分队长我都记不清了，学生女队的这个分队长我还记得，因为啥，因为这个女队的分队长就是大小姐嘛。哦，是的，大小姐当时就是女生分队的分队长。女队好像一百二十多个人吧，我记不清楚了。那个年代，男女意识还是很强烈的。哦，没有，行军路上我没有时间和大小姐闲谈，条件不允许的。也可能，大小姐在八路军学兵队里学习过，又在新四军军部卫训队当过区队长，所以，她对这个工作相当熟悉，也有一定的经验。白天行军途中，男生队基本上都是到印钞厂队列里，帮助推车，挑行李，驮小孩，印钞厂人多嘛，人多麻烦就多。专门保卫他们的魏长江那个排不帮他们，人家振振有词，我们必须保持旺盛的战斗精力，才能保证你们的绝对安全。不过，后来证明了他们这样做是很有道理的。战地剧团不需要外援，基本上可以自己顾自己。只是上海来的一批专家，头一天还有剧团的小年轻帮助拿行李，第二天就没有人帮他们了，为啥，因为架子大，脾气大，剧团小年轻伺候不了嘛。没有办法，我们机动连只好派出一个班的兵力去帮他们，还要轮换着来，咋说，因为，他们的呵斥大家可以忽略不计，问题是谁都受不了他们的那种腔调，娘个逼的，还用外国话呵斥人。而女生队，则有大小姐带着，基本上帮助本校家属背行李，帮助妇女驮小孩，或者搀扶老人行走，还有帮助推车子的。啥车，奥迪，奔驰，红旗，卡迪拉克，那是不可能的，独轮车是也。当然，马车也有，就是印钞厂三五辆马车，更多的是手推车，他们机器多，小孩多。手推车，一边是机器部件，一边是个柳条篮子，盛小孩。哦，汽车，没有，当年，没有法子嘛。两轮的木板车也就是战地剧团才有几辆，他们要拉锣鼓梯子演出道具之类的嘛。原本他们是有一辆旧汽车的，但是抗战期间燃料金贵嘛，全国，除了蒋老先生可以随时使用汽油，像祝长官这样的前线作战指挥官用汽油没有限制的，甚至，像何长官这样的后方高级将领，除了公干，其他事情是没有汽油保障的。所以了，战地剧团这辆旧汽车相当于报废了。战斗部队撤离或者转移，那是斩钉截铁，干净利索，拍屁股就走。而我们这些演艺界人员，艺术家，知识分子，啥都得带上，音乐家的钢琴，哦，幸亏那会儿还置办不起钢琴，那他的大提琴小提琴总得拿上吧，小提琴他自己可以拿，而且行军时他还可以边走边拉，大提琴他能拉动，但他拿着费劲嘛，这你就得派个战士给他驮着。文学家没有别的，至多也就是一两箱子书嘛，也是拿笔杆儿的，手无缚鸡之力，也得派个战士给他挑着书箱吧。大多数文学家还客气点，走上三五里路，他还要给学生换换肩。有一个文学家很有个性，他不给学生换肩，他胳膊弯里抱着一盆花，小心翼翼，抱一盆珍珠一般。我现在也记不得是啥花了，当时才二月初嘛，花还没开，但枝叶茂盛。路上没事，大家也相互聊聊嘛，就听说这个抱盆花的人是个写书的，叫邱屏，在整个新四军里很有名，甚至上海滩的那些写书的作家们，比如谁谁谁，谁谁谁，都很佩服他。他娘的，这些个名字我一个也没记住，事不关己高高挂起，这些个事情咱们也不懂，我也不热这个行当，不记他们名字。哦，要是你爹那混球在场，那这位邱屏先生就不用天天抱着一盆花了，因为你爹肯定会天天给他抱着，一边走一边给他交流一下写书这章子事体。你爹喜欢写书这个行当，遗憾，那混球写了一辈子，还给我送了三五本子，我也没看出多大个意思，还有县里发给你大娘的几摞子工作用书，和你爹的那两三本子一块儿堆在墙边了，直到前年，你大娘她去了那边，我想把这堆书烧了，给她送那边去嘛，结果一扒拉，都给老鼠啃得稀烂。老侄儿，我这样说你爹，你不会生气吧，哦，你好宽阔的胸怀，不生气就好。

咱们继续说。

咱们说画家。画家的家什不多，纸墨笔砚，还有十几管子颜料，木板画架，都是自己挑着。我很欣赏画家。所以，到了今儿，我对画家很有好感，就是那时候留下的印象好。不过画家们的作品很多嘛，又是木刻，又是国画，又是油画，都是大幅的，装好画框了，不好拿，只好拴上绳子，由战士们分别背着。在行军途中，也是一道景致。一看，过去一幅山崖瀑布，一看，过去一个骑马的人，过去一个马克思，跟着就是恩格斯，接着就是列宁，哦，没有斯大林，有高尔基，再就是莎士比亚，贝多芬，达·芬奇。我咋记得清，我是个大头兵嘛，轮番替画家背油画嘛，这几个人像我都背过的，我背上开步走时，画家就叮嘱我："小伙子，当心啊，这个是列宁同志，全世界的革命老总。"于是，我就小心翼翼，咱们李庄人实在嘛，一路子我都是小心翼翼。还有一次，我背的是莎士比亚，画家就说："小年轻，知道这个人是谁吗？"我一看是秃了半拉脑袋的外国人，就说不知道，实际上咱真不知道嘛，画家就说了："这个是全世界最伟大的戏剧家莎士比亚。"

当时，我就是背着这个莎士比亚，油画嘛，大步流星勇往直前，不大一会儿，就赶上一个教授模样的人，这个人一边走，一边念念有词。一边走，一边念念有词，这样的人，想必你也见过的，很明显，神经有点儿不正常嘛。哦，这个教授戴着大黑框子眼镜，就像电视上那个超级大明星戴的黑框眼镜一样大，这才见我追赶上来，也紧着步子和我招呼。一聊起来，原来也是从上海滩聘请来的，上海滩嘛，那我和他还是有几句话可以说说的。这个教授姓徐，他让我喊他徐老师，准备到鲁迅艺术学院分院文学系当主任的，眼下形势所迫嘛，这个分院虽然基本上筹建完毕，但还未及宣布成立。徐老师暂在师里战地剧团工作，平时给剧团看看剧本，专门针对台词提一些修改建议之类，再就是给剧团的演职人员上上文学课，他很谦卑地说，全团上下对他敬若神明，"真是太过分了啊"。徐老师好像有点不太高兴剧团里的人敬重他，翻着白眼有些生气。这个徐老师很能说，说自己在南京中央大学做过教授，在上海滩那个啥啥大报做过主笔，实在没打算来新四军这边当这个文学系主任的。新四军这边要成立鲁迅艺术学院分院，军部首长亲自致信上海的几位大学者和大文学家，请来帮忙，本想请许广平先生来当院长的，遗憾，许先生正在编辑鲁迅全集，以此纪念鲁迅逝世五周年，不巧孩子也恰恰在病中，一时无法脱身。被邀请的另一位姓姚的文学家因事来不了。姓姚的很著名嘛，很受世界大文豪泰戈尔的器重，"泰老当年到上海，表面上看着陪同的是徐志摩、林徽因，到了私下场合，却和姚先生相谈甚欢，到了吃饭，又连着和姚先生喝了三杯，说是读了姚大师的文章，甚为佩服，借酒表达敬仰之情。这个姚先生也真是，自己来不了，也不肯消停，却顺手推荐我来当这个文学系主任。我真后悔有这么个好朋友，有了一点点麻烦事儿，他就往你身上推，自己躲清闲去了。”等等吧。这个兔子养的，吹得五马长枪的，我还以为都是真的。

到了傍晚，行军队伍在一个小村庄村头停下来，那个小村子不到十户人家，小两千人的队伍，哪有地方住嘛，全露营罢了。说来也奇怪，现今儿，年轻人走几步路就要睡上一觉，那会儿，我们，大人负重，小孩奔跑，一天下来，没有人叫苦叫累，也没有人叫受不了了。特别是战地剧团，精力充沛，简单吃过晚饭，还特别搞了一场小型的文娱晚会，说得好，消除疲惫，活跃气氛，增强战斗意志嘛。真的，我不由要赞叹战争年代的时光，那么苦，人人照样充满乐观的愉快心情，一时间人欢马叫的。我们的章连长，行军很有章法，早把哨兵撒出去了。还有那个魏长江排长，不放心我们机动连的哨兵，自己派了两名哨兵。章连长不管他，只管派我们机动连的夜哨。我被派到下半夜的哨嘛，就瞅空去抗大分校队列里看看大小姐，一说路上同行的这位徐老师种种言谈，大小姐笑得泪花儿在眼里婆娑，一讲，我才知道了，这徐老师，文学准备相当浅薄，学识短浅都谈不上，只能说没有学识，汉魏六朝诗文每说必错，唐宋诗文经常是张冠李戴，他大约自知底短，给剧团讲课时说得更多的是时事轶闻，间或上海滩的野史种种，但他立场鲜明，说起蝇营狗苟之事之人，必定严词痛批，尽管基本上是词不达意的，但用心是好的，这个就容易让一般人相信他了。这个姓徐的，最拿手的是演说蒋委员长的故事，大骂蒋委员长及其夫人崇洋媚外，说的是，英国来了两个三四流诗人，一个叫熬灯，一个叫衣袖呕得，他们到武汉采访蒋委员长愚夫愚妇，采访内容与眼前战事无关，而是几年前这对愚夫愚妇推行过的新生活运动。这对愚夫愚妇高兴得手舞足蹈，请两个英国佬吃大蛋糕，蛋糕有五六尺高，还请人家喝最好的碧螺春，还有进口的法国波尔多红酒。第二天，蒋委员长愚夫愚妇，还亲自拿着通行证，把两个英国佬送上火车，还把他们口袋里塞满了美钞，坐在座位上很不舒服。这样扭动，那样扭动。大小姐一边说，一边学扭动，学完了又笑着说："你看，李娃，这样扭动，哪只口袋里装满美钞才能这样扭动呀？只有口袋里从来没装过两块大洋的人，才能想象口袋里装满美钞的人是这样扭动的。"接着，大小姐低声告诉我，上海那边已经给军部来过消息了，这位徐老师的底细，组织上已经掌握了，等粉碎鬼子这次扫荡之后，就把这位徐先生送回上海去。咱们李庄的人嘛，直性子，急脾气，我不由脱口而出："真是便宜了这个孬孙！还送他回去！"大小姐笑笑，说新四军讲究有来有往，礼送出境嘛。大小姐见我惑然，又说，你刚到新四军里，思想上要有个准备，不要太天真了，共产党的军队，包括咱们这支新四军，绝大多数人的思想品质都是好的，也有些人，受社会环境的影响，无法改变本质。就像一袋子大米，难免会有几粒砂子，甚至，几粒老鼠屎也会有的。"所以嘛，李娃，你要学会心中有数才好。"我的天啊，大小姐很少这样给我说话，这一次谈话，算是我在新四军里，大小姐给我上了一课嘛。刚刚说到这儿，那边锣鼓响起来，演出就要开始了，我和大小姐赶紧分别回到自己队列，观看演出。

哎呀，老侄儿，你气色又不朝气了。

哦，今儿又到时间了。

最后我得叮嘱你一下，你可要按时吃药，保重身体。

我一生的故事还很漫长，这才哪儿到哪儿嘛。

你他娘的，咱爷俩才合作不久，你不能撇下我，撒丫子跑人。

好。今儿先到这儿吧。

第二十七章

老侄儿，你又歇了两天。

我的乖乖，昨晚上我算了半夜，你还不到七十岁，身体就这样衰嘛。在城里，比如亳州，比如北京，再比如纽约，人家六十岁的人，还要搞个小三搞个小四的，连私生子都弄出来三五个。这方面，你得向人家看齐。我这方面是不行了，也是一百多岁的人了，但我说个自己的事情，长短都不觉得劳碌，这才说到兴头上，你又憋了我一天。不过，你身体要紧，你身体好坏，关系到我这辈子还能不能死掉。你想想嘛，我要是不说完我的故事，心里边憋个大疙瘩，咋好意思去那边见你大娘陈彩莲嘛。所以，你要坚持，不就是咳嗽嘛，今天我讲完了这一段，就和你一块儿去找焦医生。这小焦，熊孩子，干他娘的，这点小咳嗽他都处理不了，咱们还要他啥用嘛。

好，请喝茶，我亲自泡的茉莉花。

咱们接着说。

老侄儿，你知道高庄的高麻雀，他唱大鼓书有个习惯，一部大书要是到了寻常段落，他左一个书帽儿，右几百句闲话，生生急死人，要是到了他急着说唱的高潮段落，这一天就没有书帽儿了，也不闲话连篇了，击鼓三声，响板六声，一声“书接上回”，这就开篇了。我很欣赏他这个性格。我今天也到了这个寸劲儿上，咱们也没有闲话了，照直接着昨天的说。

我们这支队伍，继续行军。

当时，尽管已经立过春了，但是严寒丝毫未消。早上起来，还是冻手冻脚，连耳朵边子都是冷飕飕的疼。所以，一上路，就听到十几二十几个小孩子啼哭，左边一声，右边一声，前边一声，后边一声的，中间还有大一点的小孩子叫冷，“阿爹，哟哟，冷得牙疼”，“妈妈，冷，老猫咬手”。加上昨天晚上剧团演出时出了事故，所以行军气氛有点沉闷，有点悲伤意味。出了啥事故，说来也不是故意的，只是奇怪得很。

昨晚演的是一出小戏，行军一天了嘛，演不了大戏，演小戏，讲一个新四军执行任务，在乡亲们的帮助下，干掉了两个伪军和一个鬼子。哈，那个时候，戏剧啦，电影啦，活报剧嘛，都不是很讲究艺术内涵，只讲究内容，只要是结合当时形势的，符合抗日宣传要求的，就行。再说，当时咱们的欣赏水平也在那儿搁着嘛，所以，这样的小戏，观众们照样是很欢迎的，要说我们这样的普通战士欢呼鼓掌，是朴素的百姓情怀，是受剧情感染的，那么，坐在前边那些知识分子大艺术家们，他们鼓掌可能因为演员的滑稽表演，新四军战士还没举起枪，演伪军的就倒下了，知识分子们笑了，鼓掌了。他们坐在前边嘛，那个时候，对知识分子很尊重，待遇也是很高的，即便在行军途中，条件有限，但还是架过来几条子石板，放在前边给他们当板凳。台上新四军战士和鬼子狭路相逢，鬼子还没有掏出王八盒子，我们的战士举枪就是一枪，砰，枪真的响了，鬼子应声倒地，也是寸劲，这颗子弹没停步子，啪一下射到前边知识分子们坐的石条板上，当啷一声，又弹跳起来，一个知识分子，戴着个大黑框子眼镜，吭都没吭一声，歪倒了。咋回事嘛，那时候演戏，又是彼情彼景，没有道具嘛，演员就借了一支真枪，借谁的，大队长周邦彦不是自己还带了一个排的兵力嘛，武器装备一般般，演戏嘛，新四军打鬼子，那得用像样的枪支，就把一支八成新的中正式借给他了。咱们不能笑话人家演员，他们也不容易，上场了也紧张，这个演员就忘了检查枪支，演戏到了节骨眼上，咔嚓一拉枪栓，砰，就是一枪。事情经过就是这样的。别小看咱们的中正式，连日本鬼子都怕，主要怕的就是它的子弹杀伤力太厉害了，被击中了，非死即残，厉害。所以，演鬼子的那个演员当场就死了。台下坐石板上的这位，弹头从石板上跳起来，也不再拐弯，直接就钻他脑袋里了。这个人是谁，戴个大黑框子的眼镜嘛，还能是谁，就是吹吹呼呼要当鲁院文学系主任的徐老师嘛。老侄儿，你别笑，这个，不是因为我对这个徐老师没有好感才这样说的，咱跟人家没冤没仇的，咋会咒人家死嘛。事实上就是这样的，所以，刚才我才说奇怪得很嘛。出了事故，那演出就停了，弄得好几拨人一夜都没睡好觉。连夜找棺材，做木板子，就是插在墓前的那块木板子嘛，得给人家留个姓名不是。还得说奇怪，那么个不到十户人家的小村庄，居然还真就找到三四具棺材，三四具嘛，不由叫人心里疑疑惑惑的，说不定还要死人似的。倒是用了两具，多多给了些钱，抬回来把徐老师和那位演鬼子的演员装殓好，就地挖坑埋了，堆个坟包，坟前各插一块板子，柴广彬之墓，徐不详之墓。回头好几个人在那议论半天，说徐老师名字不好，谐音嘛，就是个枉死的命。后边的事情我就不知道了，因为我是后半夜的哨嘛，把木板插进地里，我背着老套筒枪上哨去了。对了，天冷嘛，地还上着冻，不好插，夯了几铁锨，才弄好。

你想想，半夜里出了这章子事体，第二天行军，那气氛哪还能愉快起来嘛。所以一路上很沉闷。弄得周大队长也没有法子了，自然了，这个情况下，他也不好再谐声谐语，逗大家开心了，只是指挥他手下那一个排的兵力，分头到队伍里帮人家拿东西。魏长江他们排没把这个事情当回事，因为印钞厂的队伍在最前边，金融机构嘛，他们这个排就环绕着印钞厂队伍行进，也走在最前边。我说过，印钞厂人多，家属也多，孩子也多，天冷，大小孩冻得乱跺脚，小小孩哭得哇哇叫，魏长江他们排的战士还吼："小狗日的，别哭！招来鬼子，够你号丧的！"一开始我还觉得他们野蛮，后来才领会到，主力部队几乎天天打仗，见惯生死，死个演员，死个教授，那算根鸟毛嘛，又不是在战斗中打死的。哦，我后来也成了这样的硬心肠，而且处处都警惕得很。

我们机动连的任务是负责整个大队行军时的安全警戒，这是师部下达的命令嘛。前边有开路的，后边有殿后的，中间还要有前后巡逻的。我们连不是有四匹马嘛，平时马夫老耿视若亲出，谁要是偷偷拉一匹出来，骑上去溜两圈，那老耿会呼天抢地，干娘干奶奶，骂得你三天睡不着，这会儿没有办法，也都得用上了。梁排长平时喜欢枪支，行军路上挎着盒子炮，还背了一支中正式步枪，挎着盒子炮说明他是个干部排长，带着步枪说明他枪法好，还带着两名枪法好的战士，兴冲冲骑着三匹马，带着一个排的兵力，撒出去三四里地，在前边探路。怪有意思的是，还有一个向导在他们前边跑步儿，给他们带路。向导都是当地地下党派来的，跑上十里二十里就有下一个接上了，往复轮换。头几天的那几个向导我没注意长相，这一天给我们当向导的，是一个小年轻，二十岁上下，脸上好几个冻疮，腿脚麻利得很，亮开腿脚，苍狼一般，梁排长他们骑马的都追不上。章连长脖子上挂着望远镜，也骑着一匹马，带着二十几个兵前后跑动，大声催促，竭力保持队伍衔接上。殿后的不是别人，正是你老伯父我。是的，今天我不帮他们背油画了，他们也不知从哪儿弄了辆小推车，上好框子的画作，都装小推车上了。啥事都是这样的，一开始没有经验，没有办法，但是，干着干着就有经验了，有办法了。要不，咋说人是高级动物嘛，有的是聪明才智。当然，断后的不是我一个人了，是整整一排人马，也没有个排长，全是一个老兵班长负责。哦，七八十年了，我只记住这个老班长姓黄，名字忘掉了，当年大约也是三十岁出头了，从前嘛，人过三十必称老，黄班长虽然也是个大个子，但又是天生的老相，所以大家伙都叫他黄老头。老黄很有意思，晚上睡下之后，喜欢讲他的儿子，叫响虫，才三四岁，已经分得清公鸡母鸡了，还要说他老婆的奶子和屁股，都是又大又白的，如何如何，如何如何。在驻地唐庄，我和他睡在一个屋嘛，大家都笑嘻嘻，睡不着了。章连长查夜，窗外叫骂："黄老头，操他个小嫩娘的，一群十七八的毛蛋子兵，非给你带坏了不可！"大家顿时闭声。再就是，老黄这个人相当聪明，三个字教他三天，第四天他又全忘了，再接着学这三个字，总之是个好脾气，好性子，耐烦，所以让他带队断后，做这个磨性子的工作。哦，对了，马夫老耿也在我们这个断后队伍里，五十多岁了，走长路喘气都费劲儿，就这，他一边走，还一边嘟嘟囔囔，有气无力，大骂梁排长，因为梁排长骑跑了他的三匹马。

行军顺序是这样的，走在最前边的是印钞厂的一拨人，接着就是战地剧团的一拨人，再就是抗大分校的领导和工作人员，最后是青年学生队伍。鬼子扫荡，部队撤离，不知道哪儿是目的地，或者说，根本就没有个目的地，哪儿安全，就往哪儿走嘛。这样漫无目的的行军，走得慢的走前边，走得快的走后边，这样才能加快行军速度，才能避免掉队，这其中的道理我就不说了，操场上跑过步的学生，都懂得此中原理。昨天我说了，青年学生男生队，都到印钞厂队列里，帮助人家推车子，驮小孩子，还有帮助背钞票的，就是那种半成品的钞票嘛，还没印好，但不能丢了，背上，抽空接着印完它，就成了真正的货币了。今天只去了一半，还有一半不去了，反而到抗大分校那边帮老师家属去了。为啥，昨天在印钞厂那边累得够呛，还受了不少气，今天就不去了。经验嘛，有时候能产生好的作用，有时候也能产生副作用。这样一来，女生队就轻松了，大小姐就轻松了，我心里就高兴了。女生嘛，大都是十七八岁的青春少女，最多二十岁上下，就像大小姐一样，哦，那一年，大小姐和我同龄人嘛，都是二十二岁了，虚岁嘛。那个年龄，哪里闲得下来，一轻松，闹劲儿就来了，又是跳，又是唱，有时候两个追一个，一下子跑出队伍里把地，快乐得很。带队断后的老黄不发火，站在那儿，傻笑着等人家归队。我们这些大头兵也跟着欢声笑语。你想啊，你前边一群欢天喜地的女兵，你还发啥火，走多远你都不会感到累才是。哦，没有，昨天死两个人，这个事，没有影响女生队的情绪，那就等于没有影响我们的情绪。我今天说到这儿，就想到这儿，一想起和女兵们同路行军，我心里就很开朗，阳光灿烂。哦，大小姐也闹，主要给她的一个同事闹，哦对对，她们还有一个女讲师，比大小姐大个两三岁吧，但参加革命很早，讲哲学简史的，张观澜嘛，我一下子就叫出她的名字了，是个近视眼，高度近视，吃饭都得把碗递给她手里，也是个上海人，所以能和大小姐说一块去，生活和工作中，大小姐很照顾她，吃饭给她递碗递筷子，行军路上也是，高度近视嘛，看不清路，大小姐就用根绳子牵着她，告诉她，跟着我，有坡了我上你就上，有沟了我跳你就跳，前边没上坡，大小姐倾身而上，她也倾身而上，没有沟，大小姐跳跃，她也跳跃。近旁的女生们，还有我们后边的粗傻大兵，无不笑得前仰后合。还有一个女生和大小姐很好，陶丽丽，我印象很深刻，杭州人，很活泼，给同伴打赌，过来抓我们的帽子，抢了就跑，你想嘛，我们这群大兵，又老又矮的，哪里经过这个，个个脸红脖子粗，女生队那边笑得越响亮，我们这边越是傻红傻粗。

当时，撤离的队伍很多嘛，包括主力部队，他们不单单撤离，还有作战任务，时不时还要去袭扰一下扫荡的日伪军队伍，所以，交叉来往的队伍很多。有的部队和我们交叉而过时，都是扭着脸行进，为啥，看我们这队女兵嘛，有的脸皮撞在前边枪头子上了，还不回头。顺道的更厉害的，直接过来看望未婚妻。就像张观澜吧，她未婚夫是一个团参谋长，蔡琅玕也是团参谋长嘛，但这个团参谋长不是蔡琅玕，一比起来，人家这个团参谋长像蔡琅玕一样，器宇轩昂，也是玉树临风，相貌堂堂的。叫啥名字，我不能说，我只能说他也姓张，后来随十八军进藏了，前些年我还看到他的回忆文章嘛，谈到这段战地浪漫曲。当时他也是骑着马过来的，潇洒得很，还带着警卫员，警卫员也是骑马的，到了女生队前边，大老远就跳下马，一甩缰绳，马就交给警卫员了，他那个警卫员很牛气，没下马，骑在马上给首长牵马，可见军情紧急吧。这个张参谋长高声喊着张观澜的名字，一路小跑过来，那时候没有拥抱亲嘴啥的，我估计，不是他们不想，是那时候不时兴这个，但他拉住张观澜的手一直没有松开过，因为张观澜是高度近视眼嘛，得有个人扯着，他们那个拉手，也可以看出张参谋长是很爱惜张观澜的。大小姐和她的女生队围着他们边走边笑嘻嘻的。人家不怕嘛，原打算马上结婚的，要不是碰上鬼子扫荡，那就成一家人了。那个时候，结婚有个条件，二五八团，还是二八五团，我记不清了，就是年龄二十五,八年党龄，团级干部。他们够这个条件了嘛。张观澜简直一反常态，咯咯咯笑个不停，一口上海话，密集得很，她那个团参谋长好像是苏州人，说的话咱们也听不懂，反正，两人相谈欢快，能看出他们的款款情意。后来我问过大小姐嘛，原来他们不是用家乡话谈情说爱，而是相互谈论诗歌，谈的是闻一多，大小姐说了几句，我都记住了，到现在我都没有忘掉：你看春风解放了冰锁的寒溪，半溪白齿琮琮的漱着涟漪，细草又织就了釉釉的绿意，白杨枝上招展着么小的银旗。看，一切都出乎咱们这些塑料脑袋的猜想，所以，革命时期的爱情，咱们不要乱猜嘛。想想电视剧里讲的战地爱情故事，黏糊糊胡煽情，我就想日他娘个逼的。哦对了，这个谈诗歌的张参谋长临走时，还送给张观澜一块香皂，花纸头包得整整齐齐，我一眼就看出来是上海滩亨利牌子的，四五十年的老牌子了，上海滩大街上到处都挂着广告牌:泡沫多，去秽易，香气好，身骨坚。张参谋长把香皂给了张观澜，还和她相互敬礼，还给大小姐敬礼，托付大小姐照顾张观澜。上马飞奔而去，叫人遐想万端。我现在想想那番情景，心里就毛草草的。还有，陶丽丽，娇俏伶俐，长得白白的，杭州人，也是有意思的，来看她的不是未婚夫，而是师部的一个侦察参谋，姓宫，小宫，才十八岁，小脸上的茸毛都没褪，也就是咱们李庄人言讲的，胎毛还没褪嘛。小宫随师部行动，和我们走顺道了，当时还有几位师首长，师长，政委，江参谋长，几个人，可能是为了鼓励我们战地服务大队行军吧，陪我们走了一段路程，周大队长是个碎嘴子，一直跟着师首长唠叨。这个小宫，不在前边陪首长，反而到后边女生队里陪陶丽丽，又会说，又会跳，跳新疆舞，还是印度舞，脖子灵便得很，头像钟摆，和神话差不多，不光陶丽丽笑，女生队全笑，我们也跟着傻笑，心里羡慕得不行。现在想来，真是个好，小孩子嘛，天真无邪。大家边走边说话的，就有老兵介绍了，说这个小宫是无锡的，资本家的少爷，参加革命，不含糊，十分了得，经常化装混入日伪军地界侦察敌情，师长非常欣赏他的胆略，等等吧。说话的这个老兵，平时在我们机动连里是个老实头儿，像个闷葫芦，这会儿说起小宫来，相当有口才。小宫和陶丽丽咋认识的，没有说，可能他也不知道嘛。我和这个小宫缘分不够，后来我也调到师部侦察科工作一段时间，很遗憾，当时部队搞精兵简政，小宫下部队当连长还是当营长去了，我和他没有直接的交往过。那边小宫和陶丽丽，两个人正说笑着，前边哨子一响，师部的人要分道而行了，这小宫赶紧从兜里掏出来一个小盒子，双手递给陶丽丽。后来知道是一盒粉，女孩子化妆用的粉嘛，香喷喷的。不，我没有闻到，你动动脑筋想一想，还用闻嘛，女孩子用的粉，还不是香喷喷的。啥意思，那个时候，意思很明显，就是定情物嘛，嘴上不说，但他们双方心里都明白，我们心里也明白。小宫给了粉盒，又给陶丽丽敬个礼，就跑走了。那时候，革命军人，见面敬礼，分手敬礼，都是习惯了。我们都看到了，陶丽丽两串泪珠都挂在脸上了，给小宫挥手，还叫他："小宫，慢慢走哦。"杭州女孩，杭州腔调，现今儿还在我耳朵眼里嘤嘤响呢！

哟，老侄儿，看你脸上甜蜜的微笑，好像小宫是你一般，好像那些事儿都是你的故事一般。唉，哪怕是你亲身经历的，亲眼目睹的也好，你就不会笑得这样甜蜜了。是呀，是的，你说对了，你好像懂点宇宙的规律，好像你真的经历过那番事情一般。是这样的，人生就是这样，喜剧与悲剧总是交叉进行，物极必反，否极泰来。

应当是快过晌午顶了，太阳有点偏西了嘛，队伍才停下来吃晌午饭。不不，哪有那么大的锅嘛，小两千人的队伍，哪里有那么大的锅嘛，都是各单位各自开伙。于是，我们机动连也埋锅造饭。吃啥，你想不到，大米饭干饭肉浇头，那是你他娘的做清秋大梦，那得打大仗才能吃一顿的，要是打了胜仗，你还得命大不死，回来还能再吃一顿。这个时候，你别忘了，刚过了正月，才是二月里，正是缺粮少吃的关头，还想得美。是干饼子，都是出发前准备好的，就是玉蜀黍面和蜀黍面加上红薯面的饼子，哪里有白面呀，反正就是那种红不红黄不黄的饼子嘛，吃不死人，刚出锅，贴锅的那几块，焦腾腾的，还是好吃的，可是回锅一馏，那吃起来可就粘爪子粘牙了。哦，你也是吃过的。我忘了，你也是从苦日子里爬过来的嘛。菜是有的，一人一块咸菜，就是大头菜嘛，一根手指头那么大一块。一碗玉蜀黍面粥，稀汤寡水，甜不甜咸不咸的，照样，大家吃得呼呼山响，欢声笑语。战地剧团伙食分了甲乙两个档次，本剧团人员包括女同志，是乙等的，甲等的，就是那二十多个从上海滩请过来的专家教授大艺术家嘛，还有他们家属子女，他们这些能写会画的，屁眼儿也比较金贵，吃粗粮拉不下来“爸爸”。不是我这样说话，这是他们自己说的原话嘛。抗大分校的师生人多嘛，伙食和我们差不多，我真是为大小姐难过，吃饭时都不敢朝她们那边看一眼，真不知道大小姐是咋样吃下去的。倒是最前边印钞厂那边，欢天喜地，嚷嚷声传多远，一会儿，话儿传过来了，原来他们带着鸡鸭鹅小猪小羊，路上麻烦怕了，这顿饭索性杀了二十几只鸡，杀了十几只鸭，杀了十几只鹅，还准备吃狗肉，已经把“汪精卫”杀掉了，就是那条花脸狗嘛。你看，那个时候，金融机构，生活态度就与众不同了。我们这边一听说，哪里还吃得下去粘爪子粘牙的饼子，一个个端着半碗照人影的稀粥，愣在那里流口水，还有一个陕西兵生气了，他们家乡话，是个万货嘛，斜着眼珠子望大家，叽咕了一声：“日把欻的，吱哇来吱哇气滴，鹅紧火者劫哈驴日哈的！”大家听不懂他的陕西方言，见他那个狠劲儿，也领会他的意思，一时间都笑得喷出饼子来。其实，也用不着去抢，人家印钞厂自有风格，自有觉悟嘛，派了几个人，一个个单位都送了半瓦盆，就是外边粗糙，里边红釉子亮光光的那种瓦盆嘛。搁在咱们李庄以前的老规矩，爹死了，或者娘死了，出殡，长子就得跪在十字路口，高举这种瓦盆，迎着棺材，叫一声爹，叫一声娘，将这只瓦盆摔了。这个叫摔老盆。现今儿，这些老规矩都没有了，年轻人都出去打工了嘛，老规矩老礼节没有人继承了。来给我们机动连送肉的那个人，一看就是个干部，四十多岁，也是个连边胡子，络腮胡嘛，好几天没刮胡子了，和我们章连长的连边胡子有一比，一个端着瓦盆远远地往机动连就餐地这边走，一个老早就站起来拉个迎接的架势，两个连边胡子的脸上都是心领神会的浓浓笑意，眼看着过来了，肉香味浓得不得了，眼见着大家的喉结上下滑动，有人不停地咽口水，咕咚响连天，可是，只听啪的一声枪响，我眼睁睁的看着，来给我们送肉吃的那个印钞厂干部，眉心间现出一个枪眼，他立时站住了，并没有马上倒下，只是下意识地看一眼瓦盆，这才慢慢地跪倒地上，直到他趴下，这盆肉都没有洒一滴子汤汁。他那样子倒下，就是心里还有这盆肉嘛。我一辈子都忘不掉这个，忘不掉一个人是这样死的。上了年纪我不吃肉，就是因为一吃肉就想到这些。

肉，是吃不成了。

咋说，打起来了嘛。

鬼子扫荡嘛，大大的狡猾，就像魔鬼，别说看见了，你根本还没觉察到，他就忽闪一下子冲到你面前了。也算是幸运的，本来是日军的一个大队，好像是小津师团的，还是十七师团八十一联队的，反正当时这两支日军流动性很大，经常性的突然出现在新四军部队附近。这个日军大队一直是尾追我们师部的，想干啥，你他娘的，就是想端掉我们师部嘛。这一路上疯撵，前后脚追到这儿了，我们师部早分道走远了，他们一看，就留下一个中队对付我们，大队人马拐弯追我们师部去了。这是后来知道的。当时不知道,大家都紧张坏了。你想嘛，能不紧张嘛，当时，日本鬼子正是嚣张气焰旺盛的时候，战斗力很强，别说新四军这种武器装备了，就是国军，武器装备要比新四军好得多吧，就那样，有时候一个整编师，都干不过人家一个大队，这不是灭自己威风长敌人志气，事实上就是这样的，我在官邸那会儿，有时候听祝长官骂人，在办公室里跳脚，就是因为这些，当然，也听别的官佐说过嘛，说国军哪个哪个师被鬼子一个大队打散了，哪个哪个军被鬼子一个联队击溃了，等等。你想嘛，一个联队就是一个团，你一个军都干不过人家一个团。由此可想，鬼子留下一个中队来对付我们，算是客气的。鬼子的侦察厉害，一看我们这些非战斗队伍，根本没放在眼里，就留下一个中队，所以我说也算是幸运的嘛，要是一个大队，那估计我们这个战地服务大队要全军覆没。哦,那时候,鬼子一个中队，正常情况下是一百八十多人吧，也有一百九十多人，两百人的比较少。我们遇到的大概是个一百八十多人的中队,机枪和掷弹筒有数可数嘛。枪声一响，接着就是机枪打过来了。我们整个战地服务大队就全乱成一团了，不是作战部队嘛，也没有经过良好训练，更何况还有家属孩子，真是大人喊叫，小孩嚎叫。我们连的那四匹马，拴在一辆大车上嘛，咆哮如雷，乱尥蹶子，弹起泥土翻飞，还有印钞厂的拉马车的几匹马，四蹄乱蹿，咴咴叫成一团。我们这边战斗力已经说过了，就是我们机动连一百单八将，是没有啥战斗力的，周大队长带来的一个排，倒是很勇敢，但武器不好嘛，也没啥章法，趴地上就放枪，喊都喊不住。保护印钞厂的魏长江那个排有点战斗力，很会打仗，手里家伙也好，有章法，那个都不正眼看我的魏排长，魏长江，趴在地上，挥舞着二十响，大喊“全部卧倒”，吆喝大家趴下嘛，小两千人，散散落落一二里地，哪能都听见了马上趴下，照旧乱跑，尤其那些孩子前边跑，母亲后边追，太让人着急了。魏长江排立时进入战斗状态，迎着鬼子就冲上去了，俯卧在地，啪啪打枪，机枪也响起来了。我们章连长很会打仗，他趴地上，端着望远镜端量一下，立刻看出鬼子是两面包抄的阵容，马上高喊魏排长向左边，然后向我们一挥手向右边。你他娘的，当时哪里有挖好的战壕阵地，你面前就是阵地，你在哪儿哪儿就是你的阵地。两边倒是有几处高坡土丘，但都已被鬼子占领了，中间都是庄稼，小麦嘛，农历二月初，刚刚半拃高，几乎就是一敞白地，射界宽敞，毫无障碍，所以这边根本没有地方可以躲避，往哪里跑，别说鬼子两面包抄又堵住了退路，等于三面绞杀，就是前边给你留了一条出路，你咋跑嘛，跑得过子弹嘛，再说，前边印钞厂的辎重多，几辆马车就把路堵死了。所以，这会儿死人，那是难免的。我都眼睁睁看着，我们机动连的一个战士，也就是连部的通信员，小成，成高才，趴地上刚刚抬头打一枪，头上就中了一颗子弹，立时两腿一抻没了。人多就乱嘛，不知道趴下，分头朝魏长江排那边跑，朝我们这边跑，张皇失措，心里紊乱，以为和我们这些拿枪的在一起就安全了，其实更危险。大小姐算是见过打仗的了，眼看着我两次和鬼子打仗嘛，有点经验，鬼子那边机枪一响，大小姐拽着张观澜一下子就扑倒地上了，也是宿命嘛，张观澜口袋里那块香皂，给甩出来了，一个高度近视眼，猫起腰就去满地摸，大小姐嗷嗷叫，晚了，张观澜被打中了，也不知中了几枪，身上蹿出来好几股子鲜血。我也嗷嗷叫，大叫大小姐趴着别动，当时我顾不得了，大吼她的名字："方珊瑚，趴着别动！" 好像这一辈子，就那一次，我算是当面叫过大小姐的名字。自然了，我也是要开枪的。说起开枪，我就想哭，娘拉个逼的，啥枪嘛，瞄的准准的，一扣扳机，就是打不中人家。当时我就哭叫起来了："靠恁姥娘，给我支好枪行不行！" 我急了，就用咱亳州话大骂。那时候，谁个管你嘛。还是啪啪啪，哒哒哒，步枪声，机枪声，鬼子还没冲上来嘛，没有扔手榴弹，没有轰隆声。都打到火热了，还有人乱跑，谁，就是那个写书的，邱屏，手里还拿着他那盆花草，枝叶茂盛，还没开花嘛，朝这边跑，也不知道猫下腰来，后边一个战士大叫着跑过来，看样子想把他扑倒嘛，可是，一下子，两个人并排扑倒在我跟前，噗，一下子，摔倒在我旁边，说难听点，就像狗抢屎一般，哎哟，戗起的一拨土溅我一身，娘拉个逼的，还溅我一裤腿子血。邱屏手里的那盆花草就摔在我眼跟前，盆烂了，花草还在，那名战士的步枪啪一下砸我腰上，疼嘛，疼，但是那会儿哪还感觉到疼，展眼看是一支中正式，一把抓到手里了，这下好像魂儿附体了。老伯父我的枪法啊，啪，啪，啪，打倒三个鬼子，不过百把米的距离，我眼看着嘛，连鬼子的尖叫都听见了。真不妙，枪里边就三颗子弹了。我赶紧就地一滚，去拿这个战士的子弹袋嘛，这个战士还没死，嗓子里呕呕呕的，嘴里一股子一股子的血往外吐，这么个紧急时刻，屌孬孙孩子还抓住子弹袋不丢手。我刚抢过子弹袋子，鬼子的机枪就打过来了，啪啦啦啦一梭子。日本鬼子很有战斗经验嘛，你枪法好，他就盯上你了，枪都朝你打，机枪也朝你射击。我一个就地十八滚，顺手上了一排子弹，五发子弹嘛，翻身就打，自然了，不像在山里打靶了，也不像刚才那样从容了，只是全凭手感了，还是打中了三个鬼子。战场上，那人眼里边是不能揉沙子的。章连长一看我这枪法，马上骂起来了："操他个小嫩娘的，把枪给李娃！" 骂谁，骂梁排长，我滚到他身边了嘛。论说，梁排长也是神枪手，那是在比赛中，或者是在战壕里，打阵地战，有心理准备，这时候突然被袭击，手忙脚乱，有点失神，没有准头了。他的枪是一支八成新的中正式，排长子弹又比战士多十发，而且发子弹时，这个孬孙还私藏了两排，十发子弹嘛，刚才打了一阵子，到我手里时还剩下不到二十发了。但这个已经很了不起了。你说他把枪给我，他用啥，他还有一支十响的盒子炮嘛。自然，他有点舍不得，还是一支很新的中正式嘛。我本想打完这一仗把枪还他的，结果不用还了，鬼子后来用上掷弹筒了，一炮弹过来，梁排长腹腔都炸烂了。鬼子为啥用上掷弹筒了，也不是我一个人的原因，保护印钞厂的魏长江那个排，很牛逼，战斗力真是太强了，而且武器好，会打仗，鬼子觉得粘手，就用掷弹筒了。他们这个排也伤亡得很厉害，到战斗结束时，就剩下十一个人了。我们这边一百单八将，就剩下三十六员天罡星了，真比天算的都齐整。至于周大队长带的那个排，没咋伤亡，就死两个人，当时我们大家很鄙视他们。是的，大家都死了，就你娘拉个逼的活着，你的脸往哪儿搁嘛。收拾战场那会儿，周大队长一直耷拉着脑袋，差点耷拉到裤裆里。事实上，不是人家不勇敢，是人家命大，幸运。你打仗打多了就理解了，很奇怪的，不管仗打得多激烈，要么不死，一个也不死，即使一般小仗，要是死开头了，那就一死一大片。唉，打仗，也是很神秘的，我给你没法解释。有时候，可以死的偏偏不死，不可以死的，枪一响就死了，就像我们连的马夫老耿，他五十多岁了，但他没死，通信员小成，成高才，还有梁排长，都是青春年少，都死了。至于整个战地服务大队一共牺牲了多少人，我实在不想说了，说起来伤心。

自然了，这一仗也不是我们打胜的，而是我们的主力部队过来了。就是蔡琅玕所在的那个旅，而且蔡琅玕那个团还在后边，他们掩护旅部嘛，没赶过来，是另外两个团，也不是有意过来解救我们的，是正朝这边行军，大家都在撤离嘛，凑巧了，一下子扑上来，狠打了一番。你想想吧，两个团打人家一个中队，还是一个被我们打死一些鬼子的中队，居然没有歼灭人家，还叫人家跑掉了百十个，唉，奇耻大辱。由此你也可以想见，这个小鬼子中队战斗力有多强，要不是我们主力部队赶过来，我们战地服务大队后果不堪设想。老伯父我，说不定就没了后来这番恼人的事情了。所以我不看电视剧，尤其是打鬼子的电视剧，娘拉个逼的，净胡扯，好像鬼子都是纸糊的一样，手指头都能戳个窟窿。违背历史真实是一，也不怕贬低对手，等同于贬低自己嘛，真干他娘的。

这两个团打完仗，人家继续行军。

战场是我们自己打扫的。

我们自己打扫的战场。

我不说了。

我喘口气。

我现在告诉你，那个地方叫做霍家湾口。

我不知道现在还叫不叫这个名字了。

一九八几年吧，快九十年代了嘛，好几个战友邀约去霍家湾口看一看，他们去了，我坚决不去。唉，我满心是泪珠子，不想到那儿流去。听说那儿建了个烈士陵园，当年在那儿牺牲的人，大人，孩子，还有两匹马，都在那儿，有名有姓的都立了墓碑，没名没姓的都在一个大墓里，集体宿舍嘛。张观澜的墓也在这个烈士陵园里。她那个参谋长，张参谋长，可能知道了张观澜牺牲了，后来就主动随十八军去了西藏，很遗憾，在兰州那儿病倒了，病了很长时间，就地转业安排了，他还想着张观澜，每年春天，他都要带着老婆孩子到霍家湾口，来给张观澜扫墓，献鲜花，每次还都要摆上一块香皂，还是亨利牌子的那种香皂。我听说以后，心里特别不是滋味。我给你大娘陈彩莲说过这个事，鸟老婆子，眼珠子瞪多大，连着三天，眼珠子瞪多大，也不会说话了，像个哑巴一样。哦，对了，还有陶丽丽，那一次她没死，也没受伤，解放上海时，她就留在上海了。当时，咱们新四军也有一大批去了东北嘛，陶丽丽的那个小宫，也随部队去了东北，然后转战南北嘛。我说过，那时候联络不方便嘛，不像现在，手机比燕子屎都多。陶丽丽在上海等小宫两三年，后来听说牺牲在海南岛了，陶丽丽就转业到地方了，也结婚了，当了一个小科长，这时候，娘拉个逼的，上苍不给造化，天地不给仁义，小宫到上海找她了，一下子找到办公室。唉，世间多情，人间无情。后来，小宫成了高级将领，在东边那个军区当参谋长嘛，九十年代开头上，他临死的时候，坚决不瞑目，只好把陶丽丽请过去了，陶丽丽握住他的手，把当年那个粉盒放他手里。唉，小宫哆哆嗦嗦打开一看，几十年了，一盒粉都成粉饼了。小宫泪流满面，这才死掉了，很幸福。你还问这些事情我咋知道的，我是神仙，啥事都知道。你他娘的，这些年，还有几个老伙计没忘掉我，有来往嘛，有电话了嘛。前几年，不管哪个老伙计给我说点事儿，我心里还说不清啥滋味，难受几天，近几年好了，不管啥事，我听了之后，都能扁扁咽下去了，没牙了嘛。

总之，这次撤离行动，给我的教育很大。我不是说官话啊，不是卖洋腔，这个年纪，没那个必要了嘛。咱们从做人的角度上说话嘛，真的，这场战斗对我人生观的修正起大作用了，也改变了我的性格，这之前我心里边还是懵懂一片，这之后就变得一清二白了，一半变成了铁，一半变成了肉，以前也是肉的，只是，我没有感觉到它是肉的，这之后就能感觉到了。那一场遭际，洞开我心扉的事情很多。当时打扫完战场，埋葬完死者之后，队伍就出发了。下午就分散行动了。我们机动连活着的和魏长江那个排编在一起了，继续护送印钞厂嘛。也可能是一场惊吓吧，活着的小孩子一下子病到十几个，奇怪得很，都是发烧，都烧得痉挛了，印钞厂的四个医生，哦，两个医生，还有两个是护士，大小伙子，手脚无措，眼泪汪汪，咋办嘛，只有打一针青霉素能救命，就是盘尼西林，条件差，就一支盘尼西林，宝贝得很，行军时我拍一下他的医药箱，还被他呵斥一顿。十几个孩子，给谁打，大家举手表决了，给一个孩子打，这孩子是谁，就是那个端着红瓦盆给我们送肉的那个干部的孩子。到了晚上，还真的死了两个孩子，而这个孩子得救了。哎呀，我觉得，人不经过战场，不经过生死，就不知道自己的良心在哪旮旯里。你经过这个事情，你心里咋想，你的心就会变成一半铁一半是肉。所谓的革命感情，革命觉悟，不是天生就是有的，而是这样一件件事情，慢慢激发出来的。自觉，也是这样产生的。就这么一支青霉素，大家都很自觉，让给孤儿，或者说，把生的希望留给了一个最微弱的根系。这一群人的品性，符合咱们李庄人的愿望，这一群人有前途，他们会点灯，他们点的灯，多大的风都吹不灭。

哦哦，是的，我和大小姐也分开了。上级来命令了，目标太大，容易受到鬼子注目，为了防止再次遇到鬼子袭击，队伍分散行动。战地剧团一拨，抗大分校一拨，印钞厂一拨。就像来时一样聚在一起，现在到了散场，又各自掉头走开。虽然都死了不少人，毕竟同时经过一场生死，有了感情，大家挥泪告别。大小姐临别时，抓住我的手，拉着我几步走到一边，抓得紧紧的，一直没松手，就两句话，头一句："李娃，你要向我保证，你不能死。"我就说，我保证不死。大小姐的第二句话："想着我，你就会活下去。"我想都没想，马脸都没红，就说，好，我想着你。大小姐就给我说这两句话，说完就扭脸走了。唉，这两句话，先前是很甜蜜的，我一直努力活着，多苦多难，多激烈的阵地上，我就是不死。老天爷，现在，这两句话成了咒语，活了一百多岁，我想死了，就是死不掉嘛，难道，事到今天，是大小姐还没松口批准我，还是我心里依旧想着大小姐呀。

哦，老侄儿，你微笑了。

你笑起来可不像咳嗽好几天的人嘛。

哦，光说话了，忘了开头说的，今儿讲完了，我要和你一起去看焦医生。

好吧，今儿就到这儿吧。

咱们走，去看小焦这混球儿。

第二十八章

你看，老侄儿，老伯父我还是有面子的，那小焦，不见我不肯拿出真本事嘛。你吃了这个药丸子，睡了两夜，气色好多了。这下好了，我可以放心演说自己的故事了，说完了我的一生，我赶紧死去，老伯父我不能耽误你的行程嘛。哈，这个是说笑话了。其实，我很留恋这个世界的，再活上一百年，我也不觉得长，还可以看到这个世界高低会变成啥样子嘛。

今儿个，咱们爷两个，是接着昨天的往下讲，还是顺嘴开合，想到哪儿讲哪儿，哦，好好，按照你的意愿来吧，不管说啥，有话则长无话则短。这样好。

就像那句俗话，吃一堑，长一智。咱们李庄人言讲了，这一回打群架，棍子拿短了，下一回，大家都得拿长棍子。就是这个念想嘛，我还给章连长探讨了半天。我们护送印钞厂又走了三四天，由一个主力团接手以后，大家分开了嘛，我们机动连也没地方去了，原来的驻地唐庄，暂时还是不能回去的。那个接手的主力团也没给传达上级命令，只是让我们暂时自行撤离，等待上级命令。自行撤离好办，但是，去哪里，目的地不明确嘛。我们这边不是有个魏排长也是主力部队的嘛，一时间也回不了他的老部队，又是老党员了，他建议章连长，先就地打游击，过一阵子命令来了再说。就是魏长江嘛，他们排编进我们连里，总共也不到五十人了。章连长分析了一下当时的形势，也觉得此计可行，打游击他也很在行，毕竟是经过长征的老红军了。而且，为了加强部队领导力度，章连长提议，推荐我先代理排长，说我有文化，枪法好，打仗勇敢，懂战术。说我枪法好，打仗勇敢，这个我也承认，要说我有文化，懂战术，我脸红得很。当时，还开了个临时支委会，马夫老耿还是支委，魏排长也算是支委，还有老班长黄老头，他也没死，胳膊受伤了，吊着胳膊，还是支委，书记是章连长，这个没错的，当时连里边还没有指导员，干部大都不愿意到机动连嘛。这个支委会是在一棵老榆树下开的，都是二月下旬了，树上榆钱儿一嘟噜一嘟噜的，我和两个战士，张宝和王贵海嘛，我们三个爬到树上捋榆钱儿，带的干粮几乎吃光了嘛，哪里有地方补给呀，中午一顿饭就得吃榆钱儿了。他们在树下开支委会。树上还有个老鸹窝，大得像个婴儿摇篮一般，张宝仰着脸，说这么大个鸟窝，肯定有一窝鸟蛋，我上去掏下来，中午饭咱们就改善了。说完，手扒着树枝，脚踩着树丫，龇牙咧嘴的，朝上爬。树下边老黄说，李娃同志还没入党，咋代理排长嘛，咱们是不是先商量一下，问李娃同志想不想入党再说吧。你看，老侄儿，现在想来，当时，新四军干部战士的党性意识，组织意识和集体意识，包括民主意识，都是很强的。当时，我对共产党的认识还是很肤浅的，很模糊的嘛，现在认识深了，党的观念也很强了，这都是后来和章连长一起在战斗的岁月里，逐渐加强了对党的认识，才形成今天这个思想观念。所以说我前边说那话，分到机动连，遇到章连长是我的福分嘛。章连长就仰起下颏子，朝树上喊："李娃，你愿不愿意入党啊？"我随口就答应了："我愿意啊，啥时候入嘛！"章连长还是仰着下颏子向上喊："就现在。"我说："现在咋入党嘛，正捋榆钱儿哪！"我的意思是正忙着嘛。章连长就骂人了，仰着下颏子说："操他个小嫩娘，下来！写个入党申请书。"哦，咱们这会儿不是上党课，是说我的故事嘛，我就实话实说，说当时那个经过。我就下来了，写个入党申请书。哪有这么好的纸，都找不到纸笔，幸亏，马夫老耿怀里掖个小本子，说起来都可笑，他偷偷学识字，怀里纸笔不离身，纸张粗糙，就是咱们根据地的土法造的纸，耳刮子那么大的草纸，撕下来一张，把笔也递给我了，这支笔是杆好笔，我也没细看牌子，也没问老耿从哪儿偷的，我们都见过老耿会戏法把戏，想必玩起顺手牵羊来也很厉害，且不管此笔来自何处，反正就觉得很好使。入党申请书咋写的，章连长和魏排长说法不一样，因为啥，章连长是长征开始时入的党，魏排长是抗战前夕入的党，我这个入党申请书，就是两个历史时期的入党申请新结合，最后，两个人商量一下，统一了意见，章连长口述，我写：

我志愿加入共产党，坚决执行党的决议，遵守党的纪律，严守党的秘密，永不叛党，不怕困难，不怕牺牲，为共产主义事业奋斗到底！下边写上我的名字，日期，就算写完了。我又大声念一遍，把这张纸交给章连长，他作为我的入党介绍人，也要写句话，签名字嘛，还有魏排长，也愿意当我的入党介绍人，也写了一句话，签了名字，这下子，我就算入党了。你说啥，这个你还真不能究讲，特殊环境嘛，特殊年代嘛，特殊事情嘛，特殊处理嘛。后来，往师部交我这个入党申请书时，管这事儿的那个鸟干部，褂襟上斑斑点点，不知是油渍，还是鸟粪，眉头皱得喝了老醋一般，还说不正规嘛，章连长就是用这几个“特殊”给他讲理的。当然，吵了一架，都吵到师长那儿了，师长也是认可的嘛。没想到，后来，就是这么个小事情，也成了我给师长留下印象的一个因素。你现在找到我的档案，打开看看，你就知道我那张入党申请书的长相了。我这一入党，事情就好办了，代理没有了，直接是排长了。这一下子，我就成了新四军的党员干部了，好家伙，一瞬间，我既有了干部的责任，又有了党员的义务，当时让我说几句，我就向党支部建议发展武装嘛。也就是说，咱们得把短棍子放下，拿上长棍子。哦对了，还有一个细节，我刚开口说话嘛，树上边张宝和王贵海两个鸟孩子，尖叫连天。张宝不是想掏鸟蛋改善伙食嘛，他没抓着鸟蛋，抓出一条长虫，就是蛇嘛，咱们李庄叫长虫，就像我的胳膊那么粗，长虫也找吃的，找到老鸹窝里，把鸟蛋喝了，睡了一觉，被张宝抓住了。我推测是这样的嘛。张宝抓住长虫手舞足蹈，赶紧扔给王贵海，王贵海也是忙中失措，居然接在手里，你不接不就行了嘛，不，他接手里了。这下，松是松不掉了，也不知是王贵海吓得不知道松了，还是长虫缠在他胳膊上了，反正哎哟哇塞叫成一团，弄得树下边开不成会了，我想说几句也说不成了。所幸，张宝和王贵海没摔下来，这条长虫还是掉下来了，也没跑掉，章连长一脚踩住脖子，看了一下，老红军嘛，有经验，断定不是毒蛇，索性吃了它。是的，中午饭味道很美，那么粗一条长虫，四五十人，每人弄一筷头子肉吃，死面饼子也不粘爪子粘牙了。章连长吃完长虫肉，抹一下连边胡子，说话了，李娃这个青年战士，是个福将，他一入党，老天爷就奖大家一块肉吃。操他小嫩娘的，好兆头，你这个建议有前途。我的建议，就是刚才说的发展武装。吃饭时说的，边吃边说。没有办法，当时条件苦嘛，吃块长虫肉都会浮想联翩。我就是这个背景下入了党，成了干部，也是在这个背景下向党支部提出了第一个建议，发展武装。老侄儿，榆钱儿炖长虫，估计你一辈子也没吃过吧，等明天咱爷俩找点榆钱儿了，再去流粉河里逮条长虫，拿回来我给你炖，啥佐料都不要放，保证鲜美无比。

自然了，这个也没有啥新意的，发展武装，早就是我们党追求的发展目标之一，也是壮大自己的手段之一。但在当时的情形下，章连长和魏排长都觉得这个思路是对的，马夫老耿，黄老头，都觉得值得研究一下。大家都吃了长虫肉，思维打开了，七嘴八舌，议论得很痛快，说的不到一刻钟，我们这支不足五十人的队伍，已经扩展成满编满装的一个团了，我屁股还没动地方，刚当的排长一下子变成了营长了。为啥，有了枪，才有人嘛，乱世都是这样，何况抗日，只要你枪炮齐全，顿时从者如云。当然了，这个事情光说不练是不行的。要说，还是那时候好，啥事情一想出来，马上就去干他娘的。哪像现在，鞋尾巴一个小事情，开一个会，又开一个会，完了又开一个会，等到决定去干了，黄花菜都凉透了。哦对了，我们当时还给自己起个大号，借用了魏排长的名讳，长江九团，好像前边还有七团八团一般，连我们自己也这样觉得。不管是大革命时期，还是抗战时期，共产党的战士啥时候都得有点理想主义才行。这个话是章连长常说的。章连长还说了，敢于梦想，才能梦想成真。章连长这样一说，我就开始做梦了，我就建议说，咱们不能像没头苍蝇一样，到处乱撞，鬼子扫荡，咱们也给鬼子扫荡。咱们长江九团应当迎面而去，遇见大的咱就闪开，就跑嘛，遇见小的，咱就吃了他，先缴他几支三八大盖再说。章连长很赞赏我这个主意，他和魏排长说，李娃这个梦想可以成真，当年我当红军那时候，打游击就是这样打的。当然了，话是这样说，真的行动起来，还都是经过缜密考量的。经验告诉我们，前期工作做得越扎实，做得越细，后边的效果就越好，收获就越大，牺牲就越小。也就是说，我们长江九团，边走边打探，把问题弄清楚了，才能寻找到鬼子薄弱点所在嘛。章连长水平高，这么一分析，一总结，大家都很有信心。好在，那个时候，老百姓都恨透了日本鬼子，不管是国军，还是咱们新四军，只要打鬼子，老百姓都还是维护咱们的。要不然，你没有根据地，没有补给，没有大后方，一支基本上和上级失去联系的小部队，还打个鸟仗嘛，所以说了，离开老百姓，干啥事都难得很。

你他娘的，真敢想啊，哪里有电台嘛，主力部队才有，一个鸟机动连还他娘的电台，真是痴人说梦，连根电线都没有。哦，哦，不是痴人说梦，真别说，电线还是有的。哪来的电线，鬼子扫荡嘛，到处设据点，修碉堡，随着还和汪伪合伙搞“清乡”，在各地设立了检问所，这么一弄，电话线是离不开的，鬼子喜欢电话联络，骂起伪军来也很方便的，伪军更喜欢电话联络，大家不见面更好嘛，你在电话里给我八格牙路，我在心里边干你八辈祖宗，你还看不见我的脸上表情。到后来打仗，咱们也有了电话联络，果然方便得很。电话是个神奇的东西，早先你大娘办公室就有过几部，先是手摇的，后来是拨号的，哦，还有过先手摇再拨号的。现在发展得快，发展成手机了，那么一小块，半块死面饼子都比它大三倍，前年还是去年，好像是前年，小四给我弄回来一个手机，不光能说话，还能相互看见对方，就像坐在一条板凳上脸对脸说话一个样，你说怪不怪，都坐一条板凳上了，还得在电话里说话，咱们搞不懂。原先我以为，全亳州，只有小四从北京给我买的这个手机，才有这个功能，北京是首都嘛。结果，奶奶个熊的，你们文化馆的那个糖糕，对，就是春咪，那个猫养的小子，又圆又扁，长得像糖糕一般，我老叫他糖糕，他很喜欢我这么叫他，这个猫养的鸟孩子，天天在办公室里玩手机，前些阵子，咱爷俩商量给我写回忆录这个事情嘛，我去文化馆找过你几趟，哪次去，哪次见他玩手机。那一回我带着我这个手机去了，我说糖糕，你的手机没有我的好，我的能视频通话，你的不能吧。小四对我说的，那个双方能看见的玩意儿，叫视频嘛。糖糕伸着脖子，啊呼，啊呼，啊啊呼呼，王八小子鳖羔子，也不知道真是得了哮喘，还是故意笑得喘不过气了，立刻给他爹视频起来，他爹小名叫蚌埠嘛，不是出生在蚌埠，也没有亲戚在蚌埠，咱亳州人以前起名字很讲究，我先前说过的，比如蔡琅玕方骅骝等等，后来就胡屌起名字了，就叫蚌埠了，也是个糖糕脸嘛，又扁又圆的，在亳州市委工作，是秘书还是个秘书长，瞪着眼训糖糕："春咪，上班时间打电话就打电话了，还要视频一下子？"这边糖糕就说了："俺爸，俺李娃爷爷说我的手机不能视频，咱给他显摆显摆啊呼啊呼呼呼。"他爹蚌埠马上龇牙大笑，能看见嘛，咯咯咯，"那赶紧把电话给恁李娃爷爷，我给他说说话，老革命了，革命的活化石了，我看看他精神状态可好？"糖糕就把手机擩到我脸前，照我的脸嘛。我离近一看，差点恶心死了，我劈头就骂，我说："蚌埠，你他娘的，上午吃饺子了？"蚌埠还龇牙笑："俺大爷，您老人家，这百十岁了，真成精了不不不成神仙了，你咋知道我们食堂吃饺子了！"我说："你娘拉个逼的，牙花子上净是韭菜嘛。"是的，我一辈子就烦这个，吃完韭菜馅的饺子，牙花子上带幌子，做人太欠地道，也他娘的有失中国体统。

哦，哎呀，这下子说哪国里去了嘛！

说那，说我们割鬼子的电话线，割完了咱们还卖给他们。有时候，卖给伪军，有时候卖给汉奸土豪劣绅，就是舔鬼子屁眼儿的那些财主嘛。当然很危险，但是，老侄儿，你别担心，一般情况下风险都不是太大。你想嘛，伪军到底是中国人嘛，我不是说他们有中国人的良心，我是说他们不可能跑到日本去嘛，日本鬼子早晚要被打回日本去，你伪军，还得在中国这块地面上混嘛。咱们给他们讲清楚这一层道理，所以，一般伪军不可怕，只有穷凶极恶的伪军官比较坏，碰到这样的铁杆汉奸，咱们也不客气，哄他出来"啪勾"了他。真的，那时候，不是孬种点子多，是斗争形势所需，生死存亡，斗智斗勇，你不干掉他，他就干掉你，你说说，咱们李庄的人，啥时候能随随便便被人家干掉嘛。所以，伪军愿意买我们的电线，花几个钱没啥，买回去，搬着木梯子爬高上低，赶紧接上，免得鬼子发现了，他们日子就会不好过，扇嘴巴子是轻的，掰断手指头也是个小小惩罚，严重了就是枪毙，或者活埋。这些情况，都是后来反正过来的伪军说的。伪军最怕的是活埋，最恨的是鬼子掰断手指头，抓住手指头，咔吧一声，你疼，痛不欲生，嗷嗷叫，鬼子在那儿跳着脚哈哈大笑，一嘴龅牙，有的还镶着几粒金牙。真的，一开始伪军对新四军还凶巴巴的，后来，吃亏多了，也就明白过来了，不仅买咱们的电线，后来等咱们这边富裕了，他还给咱们大做军火生意。有枪的伪军这个样子，那没枪的汉奸土豪更是明白人，一看咱们扛几捆子电线过去了，二话不说，照价全收，收了赶紧给伪军送去，他们一伙的嘛，会不会报销，咱们就不知道了。后来时间长了，弄得大家都不好意思了。但是，没有办法嘛，我们找不到上级部队了，就像小孩找不到娘差不多，找不到娘的小孩子，渴了饿了在外边偷几个青瓜梨枣吃，也是可以原谅的嘛。当然了，偶尔会遇到几个咱们的人，比如民兵啊，县大队啦，等等，或者是地下党组织的人，县委书记，宣传部长，等等。那时候，可不是现在，一个县委书记，请一百个人吃大餐也是毛毛雨啦，那时候，根本解决不了问题，有时候连顿饭都管不起。是的，没有办法，吃饭都成问题。再说，一支部队，你不能天天指望地方武装地方政府支持你吧，何况他们还不是公开的组织，都是地下，或者半地下的，自顾不暇嘛。你得有个相对稳定的根据地，有个基本的后勤保障吧。再说，章连长纪律很严的，不允许给地方组织添麻烦，甚至晚上睡觉都不准进村，大多是村头上草垛里柴火垛里睡一觉，弄不好狗还咬你，你抢了它的窝嘛。好在，天气也逐渐暖和了。反正，那一个多月，我们这几十个人，说句难听的，就像流浪狗一样，生活都很艰难，还咋样发展武装嘛。

但是，机会来了。

刚才不是说割电线嘛，这个机会就是割电线割出来的。咋割出来的嘛，鬼子的电话线基本上都是顺着公路扯的，你千万别想，那会儿的公路都是柏油马路，都是沥青水泥大马路，不是的，都是土路，能铺上一层砂礓的，搁现在话说，都得算是国道了，你知道土公路是个啥性质的，当年咱们李庄西头就有土公路嘛，晴天尘土飞扬，雨天泥泞不堪。公路两边是啥，庄稼，水沟，村庄，小河，树林，水塘，芦苇，就像咱们这一带一个模样。你别大意，这些个地方，随时都会冒出一队鬼子和伪军。是的，当时鬼子小队出动，都会带上大队的伪军。又是兵荒马乱嘛，公路两边荆棘横生，人把高的野棵棵子，有的干死了，有的开始泛青，枝叶招展，说这话都快三月底四月初了嘛。我们长江九团还穿着棉军装，没有补给，又都是年轻少壮的，一走一身汗，只好把棉袄脱下来，两只袖子系在腰里，有的结头在前边，有的结头在后边，咱们章连长系的漂亮，他两只袖子结头系在右侧。有一次我爬上电线杆子，向下一看咱们长江九团这副样子，哪里还是新四军师部警卫营的部队，简直，我都不知道咋形容才好。咱们长江九团四五十人嘛，哦，没有马匹了，原先的四匹马，不是遭遇鬼子袭击，打了一仗嘛，跑掉一匹马，打死了一匹，剩下两匹，给印钞厂拉机器去了，别提这个了，一说这个，咱们老耿就生气，就一个劲儿操娘操奶奶。咱们这四五十人，有前边放哨的，有路两边警戒的，还有殿后的。谁爬杆子割电线，老伯父我，还有张宝和王贵海，我们三个爬树捋榆钱儿，给大家留下的印象，能爬树嘛，这时候就一替一骨节顺着公路割电话线，走一段路，割一段路，割习惯了嘛。这一次，割着割着就不对劲儿了，张宝爬电线杆子嘛，这一下爬上去没动作了，一个劲儿向前方看，片刻间，哧溜一下又下来了，大张着嘴，说鬼子，说炮楼。很紧张。大家哗一下趴地上了，战斗姿势嘛。可是过了好大一会儿，不见动静。张宝的紧张还没缓过来，嘴张得小瓢一样，就是说不囫囵话儿了。章连长就让我爬电线杆子上看看。我是排长了嘛，遇到难题自然要冲上前边。我上电线杆一看，还真是，有座炮楼，三个鬼子，两个坐着，一个站着，坐着的两个没抱枪，坐那儿抽烟，站着的端着枪，就是三八大盖，上刺刀的，要在电视上这个刺刀会闪光耀眼一下，实际上我看那会儿没有闪光，但是我照样看得眼红，当下就一个念头，抢鬼子的枪，就这个念头，都没留意炮楼上还有一挺机枪。要不是下边章连长喊我下来，我差点被鬼子看到。你想嘛。只顾割电线卖钱，都割到鬼子炮楼跟前来了。所以，钱不是个好东西，人不能起贪心，就像咱们李庄人言讲那个东西一样，看着是个蜜蜜罐，其实是个毁人炉。啥东西，你他娘的，六七十岁了，还问啥东西，愧对你那个好爹，女人的东西嘛。也就是说，咱们这一伙人，闯到鬼子眼皮底下来了。咋办。有那么一句话嘛，越危险的地方越安全，也就是咱们李庄人言讲的，灯下黑嘛。你说啥，哦，是的，在公路上看不见碉堡炮楼，视界障碍嘛，还有村庄集镇嘛，公路两边还有野棵棵子嘛。咱们看到的这个炮楼，就在眼前这个小镇子的镇头上，鬼子在炮楼上看不看得见咱们，那我就不知道了，也许看见了没当回事，也许日本鬼子都是近视眼，没看见。哦，说近视眼，后来咱们真撞上一个鬼子，就是个近视眼，枪头子顶到鼻尖上才看见，给他吃卤鸡，接到手里，举到眼跟前寻找鸡屁股，他好这一口嘛。咱们发现了情况，那就得赶紧拿出对策嘛。呼啦一下，长江九团都到路边野棵棵子里了，张宝这个吃货，肩头挎着一大圈子电线嘛，挂住了，回头就是一枪托子，精神紧张嘛，以为是日本鬼子拽住他了。魏排长长江同志一心只想着打，章连长说等摸清情况再说，我也是党员，也是排长，我也长牙了，我的意见也是很重要的。我就说，鬼子的三八大盖不错，我看见了，这样的步枪，咱们应当抢过来，都跑了个把月了，连一支枪也没搞到手，还说啥发展武装嘛，照这样下去，咱们长江九团啥时候才能满编嘛。我这样一说，章连长和魏排长都笑了，大家也哧哧笑。笑得好，我故意把这句实在话说出几分幼稚味道，要的就是这个效果，大家一笑，情绪就放松了，大家一放松情绪，那下边的话咱说了人家能听进去嘛。我就说了，第一，咱们先分成两个小队或者三个小队，分头在附近几个村镇埋伏下来，要不，四五十人，忽一下到一个村镇，太显眼了，太显眼了就不好干事情了，再说，万一遇到大队鬼子，也免得大家都那个、跟着受麻烦嘛。我想说全军覆没，当时神灵一闪，觉得不吉利，就换了个说法嘛。我又说，第二，分头埋伏以后，想办法混一身老百姓的衣裳，这个道理不要说了，然后，各自打探情况，每天换一个村庄，这样，打探的情况就多，情况一多，一比较，咱们就知道哪些是有用的，哪些是没用的，这样，咱们再想办法搞鬼子的枪支就多几分把握了。当然，要是能碰上当地的地下党敌工队啥的，那最好了，碰不上，也不要强行去联系，免得人多嘴杂，节外生枝。

老侄儿，你看看，革命是锻炼人的，大家都是四两脑浆子，聪明不聪明，就要看你有没有经过革命的锻炼，经过了啥样的锻炼，一个人的才智高低，和这个都是很有关系的。你赞扬我，哈，你他娘的赞扬晚了，当时章连长就赞扬过我了，连主力部队的魏长江排长，一下子对我刮目相看，再也不对我白鼓眼珠子了。当时，大家很高兴，也不像现在企事业单位，遇到大麻烦，一旦想出解决的好办法，那就得喝几盅，我们那会儿既没有这个风气，也没有这个条件，主要是没这个条件嘛。当下，花了不到五分钟时间，长江九团就分成三个营了，真的，章连长当时要求大家，就是这样对外宣传的。一营长自然是章连长了，他带着一个班长老黄和十几个人走了。魏排长是二营长嘛，他也带着一个班长老庞和十几个人走了。我一看，刚才咱还嘴头子叭叭响，到了这时候不能装孬种嘛，一咬牙，也带着十几个人走了。当然了，事先大家也都谈妥了接头时间地点和啥方式嘛。

哦，对了，我这边的老班长就是马夫老耿嘛。

老耿这个人很有意思，前边我说过他的长相嘛，哦，没有，那好，我现在说他长相。咋说嘛，那一年老耿五十三岁了，比我爹，也就是你爷爷，小不了十岁，你爷爷那一年、我算算，哦，你爷爷那一年六十一嘛。你爷爷不显老，生活仔细，讲究得很，袜子非得是白布缝的，见天一洗，没有洗衣粉，也没有肥皂，都是用皂角。咱李庄西头那棵老皂角树现在都还在嘛，真能活，比我年龄都大得多，唉，哦哦，我可以死了，皂角树不能死，是咱李庄历史的见证物，是咱们李庄的纪念碑嘛。当年你爷爷就喜欢这棵皂角树，他老是用皂角洗衣服嘛，咋能不喜欢。三双白布袜子，一天换一双，换下来立时就洗了，自己洗，坚决自己洗，不是热爱劳动，是怕别人洗不干净，还天天洗脚，冬天热水，夏天凉水，一年四季，天天都洗，那个讲究，干净，说句不好听的，脱掉鞋，脱掉袜子，伸到饭桌上都不觉得脏，都不会有味儿。光这个，我们这个老班长老耿他就不能比，我和老耿合伙共事那半个月，彻底被他这一双臭脚打败了。哦，与这双臭脚相比，长相还有啥重要的嘛，说句不好听的，连里的那四匹马没被他熏死，现在想来，算是奇迹了。行了，不说老耿的长相了，我一说老耿，你就想想一双臭脚就是了。

章连长和魏排长带着人马分头走掉了。章连长向东，魏排长向西。东边这个村庄远看着很小，我们约定的，到了晚上，大家在这个小村庄会合一下。西边这个村庄远看着很大，魏排长主动要去这个大村庄，想必魏排长去了大村庄，做起事情来会如鱼得水一些，来自主力部队的人嘛，喜欢干大事情。自然了，没有高山，也没有丘陵，都是一马平川，一眼看多远，三月底四月初了嘛，小麦都齐膝高了，春芝麻也快齐膝高了，还有油菜，已经过膝高了，也开花了，还不到最热烈的时期，蜜蜂蝴蝶花大姐还不多嘛，都是零零星星的在花上飞。哦，花大姐，七星瓢虫是也，咱们李庄人叫花大姐，外地人是不是也这样叫，我就不知道了，反正李庄人与众不同嘛，说啥话都得带点荤腥儿。没没，没看到春稻子，也许还没到插秧季节吧，反正没看见稻子，倒是看到偶有一些坟包。坟包多的有一两棵松柏，坟包少的就没有树。还有一个孤零零的坟包，土还是新的，想必是新埋的，柳树枝儿做的引魂幡还在飘飘然。我咋看这么清楚，望远镜里看的嘛。当时章连长把望远镜摘下来，让我和魏排长也观察一下周边地形地貌，以便大家相互串动起来别摸不着路在哪儿。

按照计划，我这伙子人马，就是要到眼前这个镇子上去。章连长说了，李排长，你在上海滩生活过，身上有那股子洋气，这个镇子上比较适合你去。章连长这个话，意思咱们是懂的，所以当时立刻就答应了，你想嘛，新干部，新党员，接受任务还能不痛痛快快的。可是，你咋去，镇子里的情况不明，有没有住着鬼子，有没有住着伪军，总共住了多少鬼子和伪军，你不知道嘛。再说，镇子与乡村不一样，乡村的群众基础，也就是种地的老百姓态度，是比较好掌握的，地理环境与社会环境，都在那儿搁着嘛。镇子上就不一样了，你来我往，人员流动性大，三教九流，弄不好栽他们手里了，你傻乎乎还要请他们喝上几盅。就像咱们淝河集上，我眼看着人上当，哦，小时候我老赶淝河集，到老姑父蔡九家吃饭，他家饭好吃嘛，吃完饭也不走，还得住几天，蔡琅玕整天领着我到处玩儿，啥没见过嘛。我这么一想淝河集，忽闪一下子，我心里不毛躁了，天下乌鸦一般黑，天下小镇一般黑，哦哦，就是这个意思嘛。当下，我就和老耿商量了，我和张宝王贵海先到镇子上摸摸情况，老耿带着其他人到那边油菜地里趴着，小麦才齐膝高，油菜要高一些嘛，所以就到油菜地里趴着，等我们回来再商量。老耿不同意，他说张宝王贵海一脸煞气，人家一看就是打家劫舍的，倒是他耿大爷老眉咔嚓眼，像个乡下老头儿，又是一脸老实相，人见了也不会起疑心，先自警惕起来。看看，老耿也是见过世面的，斗争经验比我丰富，只是他考虑的长远和我差不多，他也不想想，进了镇子一旦遇到紧急情况，跑起来我还得背着他，岂不麻烦。简单商量了一会儿，我就拿定一个万全之策，由张宝带着其他同志先到油菜地里躲藏，一旦发现情况不妙，不要管我们，只管带领大家自行先跑。张宝这个人，平时有点马大哈，关键时刻很讲究革命道德，讲究战友情谊，哪里能同意这个。我就生气了，给他讲道理。我说就像做生意一样，咱们本钱小，给人家拼不起，再说，就我们三个人，有了情况，即便都给干掉了，也就是才赔上三个人，你们还有十好几个嘛。再说，三个人毕竟是目标小，人家不会太在意，也说不定我们仨都能跑掉，要是发现了接应的，那就是性质不一样了，敌人就会重视，敌人一重视，肯定会调集兵力，那，咱们就麻烦了，想跑掉恐怕就不那么容易了，这是其一。还有其二，惊动了大批鬼子，恐怕还会给章连长和魏排长他们带来巨大的危险，咱们这个发展武装的计划就实现不了。我这样一说，愣头青张宝不吭声了。张宝就像你爹那个混球一样，啥事情一开始就是喜欢拧着来，得给他讲一番道理才捋顺了，也不管这个道理有多么似是而非，即便是歪理邪说，但你得讲一番道理才行。我们一起到了油菜地里，吩咐张宝就在此处等着，不要探头探脑，更不要到处乱跑，偌大的油菜地，一望无际，一乱跑，等会儿我们回来就不好找了。“一定要有耐心啊，同志们，我们会回来的。”临走时，老耿又叮咛了一句，这句话本来是句好话，但彼时听起来，不像是一句好话，有几分苍凉感觉。

我们去镇子里，自然不能带步枪了，我倒是可以带短枪，也就是一把盒子炮嘛，十响的，还是梁排长的，梁排长牺牲了，我不仅接替了他的排长职务，还接过了他的盒子炮。战争年代就是这样的，在战场上，班长死了，老兵党员骨干，就得自动顶上班长这个指挥位置，排长死了，那骨干班长就得自动顶上排长的指挥位置，连长，营长，以此类推，都是这个顺序，主动顶上指挥位置，没有这个自觉性，那正打着仗，岂不乱了章法。团长死了，自然了，团长都死了，那这个仗可就打大了，一般情况下，团长在战场上牺牲的不多。老侄儿，你写我的回忆录嘛，不要写这些一个顶一个的事情，到了这儿，你就可以这样写，我接过先烈的枪，继承着先烈的遗志，勇敢地走向危机四伏的五明口镇。

是的，我们要去的这个小镇就叫五明口镇。以前我零零星星给你讲过这一段嘛，这是老伯父我参加新四军以后的人生转折点，是光辉的转折点，也是灿烂的转折点。所以现在再说到这儿，也就不必回避这个真实的地名了。哦，你还记得呀，那就好了，倒让我少费一番口舌了。现在是不是还叫这个名字，咱们不知道了，但打开地图一看，我一下就能指定这个小镇的位置。说起来也是好奇怪的，那一带地名都带个“口”字，不管村庄集镇，离不开一个“口”字，霍家湾口，侯堆凹口，崔成口，张家口，哦，彼张家口非此张家口，此张家口是个城市，战争年代是个军事重镇，彼张家口只是一个小镇，战争年代没有啥名声，但在老伯父的人生中，你一说张家口，我首先想到了是我战斗过的那个张家口。哦，那个叫做张家口镇。

关于五明口镇，我以前给你讲过这一段，但不知咋样讲的，哪些说过了，哪些没有说，年纪大了嘛，记性差，要是讲过的，我今天再说起来，你就当我啰嗦吧，咱们李庄人言讲了嘛，絮屌。这个方言就包括了啰嗦的意思，还有重复，唠叨，废话多，不着板眼，等等，既可以当褒义词，也可以当贬义词，更多时候它就是个中性词。总之，咱们李庄的一些口头禅，一些方言，你解释不清楚，也解释不准确。我说过，当时，我们还都穿着新四军棉军装嘛，要进镇子，就想换身便装，现在电影电视里，新四军也好，八路军也好，甚至到了解放军，遇到需要便装的时候，马上就换上了，随口吐唾沫一般简单，反正，当时我们也想到要换身便装了，可是，到哪儿去换嘛，既没有服装师，也没有化装室，作难嘛。干脆，反过来穿吧，或者依旧把两袖子往腰里一系，军帽掖进裤袋里，松开绑腿，挽起裤腿，将绑腿带子束在腰里，就这样，提溜耷拉的，朝小镇走过去了。半路上老耿还捡了一根干杨树枝子，把分叉掰巴几下，拄在手上，真像个逃荒要饭的老头子，佝偻着腰，可怜兮兮，我和王贵海还笑嘻嘻地赞扬了他几句。王贵海一嘴大板子牙，上下牙都有点往外翘，一笑，那样子，真叫我忍俊不禁，咯咯。

就像从前我说过的一样，顺着路有一条浅沟嘛，这条土公路通往小镇，顺路的这条浅沟如影随形，也通往小镇，我们就是顺着这条浅沟走到镇头上的。其实走路上也应当没有事情的，但当时，毕竟是做贼心虚嘛，也可以说是出于警惕，所以才走浅沟里的。想起来就觉得妖怪得很，顺着浅沟走到镇头这儿，我们遇到一个真的叫花子，那光景和我们差不多，也是穿着一身棉衣，叫花子嘛，也没衣服换嘛。我们两三个月没换衣服了，脑油味多重，后背看不见，前襟子上都是灰渍汤痕，那时候生活苦嘛，又在军旅生涯，时间也紧张，日常生活没养成好习惯，吃馍掉渣儿，喝汤溅汁儿，有的人不讲究卫生，吃完饭还要嘬几下手指头，嘬完手指头往哪儿擦手，一般人都往前襟子上抹几下嘛，所以前襟子很脏。和我们不同的是，这个老叫花全身都是明晃晃的，你说不清是油渍还是污垢，通身磨得闪闪放光，相似一身盔甲，好在还不是破破烂烂，虽然脏，还比较齐整，脚上一双黑棉鞋，也是这样的，好像上了一层桐油一般。他头上套着一顶线帽子，颜色咋说嘛，算是黑的吧，就是咱们李庄所说的“马虎灯”那种帽子，正躺在浅沟坡上晒太阳，脸上除了多长的胡子眉毛，就是多厚的灰渍，两眼都是眼屎，但明显能感受到，他脸上的神情是幸福的，安详的，没有啥挂念的。哦，这个叫花子身边还有条半截口袋，口袋上压着一只砂海碗，裂纹带豁的，就是那种碗底是原砂色，半节碗边子上了一层釉子，湿沙子色的釉子。总之，这样的砂海碗，你也没见过，现在没有了，过去的叫花子，基本上都是用这样的砂海碗。你市长有市长的规矩，宾馆会所有宾馆会所的规矩，人家叫花子也有叫花子的规矩，穿着打扮，手里东西，那都是有讲究的，现在电视里的叫花子，一看就是假的，碗都拿不对嘛。当然了，这些知识，都是我后来慢慢积攒的。人生就是这样，一辈子活下来，积攒了很多有用的知识，也积攒了更多没用的知识。

咱们说这个叫花子懒得很，或者说是个老江湖了，半眯着的双眼一斜，瞥见我们，一点都不吃惊，连动都没动一下，眼睛又挤巴上了，嘴里呜呜噜噜，说了一声：“还不到饭头上，晒会暖儿，等正当饭口了，再进去，好要得很。”说完了，移动一下身子，象征性地移动，又说了，“挨边躺，地方是大，咱么这行当，都懂得，啥都不能糟蹋是吧。”显然，他把我们也当成同行的了。我和老耿对望一眼，又给王贵海一个眼色，就挨着老叫花子躺在浅沟坡上了，浅沟坡被阳光晒得暄暖，躺上边很舒服。哦，对了，这个老叫花子说话口音干巴巴，腔调硬帮帮，应该是苏北徐州一带的，你知道，徐州话和咱们亳州话是很相像的，所以，听了老叫花子的话，我感到很亲切。我就用咱们亳州话给他说话嘛，这一搭腔，老叫花子听出来了，他就说听口音咱们老家离得不远嘛。说话呜呜噜噜，嘴里噙个热茄子一般。我就给他照直里说了，是亳州人，家乡来了日本鬼子，待不下去了，出来要口饭吃，混个活命。老叫花子哈哈笑，腔调一转，好像高麻雀唱大鼓书道白一样，响快快地说：逃荒要饭不为垮，丢掉棍子骑大马，前朝有个朱洪武，当今数我李大傻，洪武朝廷当皇帝，剩下我在沟里趴，起早贪黑皇帝苦，不如我这老叫花，四面八方狼烟起，天大地大我最大。老汉我姓许，言午许，几位仁兄贵姓啊。这么一说，我才知道老叫花子不是唱顺口溜，而是盘道嘛。他自报家门姓许，也未必真的就姓许，三教九流，金皮彩挂，叫花子算是一门。只是遗憾，从前我跟师父陈祈合学功夫，也听他念叨过几句金皮彩挂之类，只是，唉，他娘的，真是书到用时方恨少嘛。这叫花子属于哪一门，我还真不知道了。自然了，咱们李庄的老规矩了，不懂，咱们就得谦虚一点嘛。我就傻乎乎说，俺们几个没咋出过远门儿，这个集镇也没来过，也不知道谁家富谁家穷，有没有日本鬼子啥的，还请你老人家多多指点指点。老叫花子嘴里哧了一串子声音，好似自行车胎撒气了，哧哧哧，你这边切口对不上嘛，他不免骄傲起来，有些不屑于你就是了，还嘀咕几句“空子”，“念攒子”，也就是说我们外行，没心眼儿嘛，这两句江湖“语子”我还是懂的。接着，老叫花子有些恃强自夸，海口一番，说这个镇子名叫五明口镇，不讲商户店铺，总共有六百二十三户人家，三千七百多口人，加上店铺商户，哪有多少户多少人，我老汉就两眼一抹黑了，几位要想知道根梢，那得到田会长家去打听一下就知道了。田会长是个善茬子，田大善人，从这头进镇子，第六家，大门朝南，大门楼子很高。我头一回往他家大门楼前一站，只说上一声，田大善人，行行好，给个白面蒸馍吧，夹一块碗面子就好了。两个拿枪站岗的孬货，就来撵我滚蛋，四条腿一起踢我，田大善人不让我滚蛋，骂站岗的四条腿踢我，两个站岗的，一个人两条腿，一个人骂一顿，还喊来个四五十岁的老婆子，脸上涂粉抹油，拿给我两个雪白的蒸馍，都夹上一块碗面子，我不吃，拿着这两个白蒸馍夹碗面子，挨家挨户走动，谁家一看我手里拿了这个，就知道咋回事了，人家田会长都给了，咱家也得赶紧给呀。就是这个，我要饭不发愁，先到田会长家要个白蒸馍，加不加碗面子都不要紧，拿着这个白蒸馍转上一小圈，咱么，这个口袋就要满了，咱么，不贪，这个口袋一满，咱就走了。啥事，都得讲究个道，你有道，你就能活儿。咱么，要饭的郎君，也有道，今儿个就尊这个道，恁几位是生人，待会儿赶饭口上，我先敬恁，几位先去要，可是不能贪，不能要断了我这个饭根儿。

老侄儿，你看，蛇行蚁走，各有其道，叫花子的世界咱们不懂嘛。叫花子的道，咱们也不懂。他们也有自己的小宇宙。凡人不能小看不是。当然了，咱们是干啥来了，不是要饭的，是要来干大事情的。没承想，还没进镇子嘛，就摸到一条重要情况，这么容易嘛。哦，碗面子，你知道，就是八大块猪肉，二指宽一拃长，咱们李庄又叫八大块，红事白事，席面上离不了。有的地方叫原油肉，咱们不懂因为啥。你也会做，你也吃过，我就不说这个八大块的烹饪过程了，又要糖又要油的。我要说的是，这个老叫花子是很有口福的。说到了田会长，门口有两个站岗的，还拿着枪，那估计就是日本鬼子用的维持会会长。为了弄清情况嘛，我就故意问叫花子，田会长是啥会长，咋还有日本鬼子给他站岗，每家都站岗，那镇上得有多少鬼子嘛，田会长还敢骂日本鬼子，那他不得了嘛。老叫花子自恃道行高，忘了江湖水深，张嘴就说，站岗的不是鬼子，是田会长请的两二皇，他们当地，都叫伪军二皇，田会长是维持会的会长，和鬼子关系很好，能穿一条裤子，能使一个老娘们。镇上住多少鬼子，田会长知道，我老汉不管这个。我也不管他汉奸不汉奸的，只要给我白面蒸馍夹碗面子，我就叫他大善人，靠他姥娘的，这个世道，咱么，能咋的。老叫花子这声村骂，倒是活似咱们亳州话了。我当时估计这个老叫花子也可能就知道这些了，要是想探得细情，那还真得到田会长府上走上一趟。这样一想，我马上和老耿王贵海两个人一对眼色，老耿就说也正好到了饭口跟前了，我立时就给这个老叫花子连说了几声谢谢，三个人爬起来就往镇子里走，老叫花子都没动一下，要饭的嘛，懒字当头。不想大老远了，老叫花子又嚷嚷一声:“恁几位，不要贪啊，可不能断了咱这饭根儿！”

好了，今儿个说的不少，暂先到这儿吧。

老侄儿，你今儿个气色没有变化，看样子小焦他拿出了真本事，特意给你配制的药丸子，大丸子，小丸子，都有，神效得很。回去吧，路上骑电瓶车当心一些，回到家里早点歇着，明天轻轻松松把今儿个说的写好了，后天早点过来，咱们接着讲在田会长家的事情。以前说的都是粗枝大叶，明天说详细的，上次没说田会长家的小老婆嘛，明儿好好说说这个小娘们儿。

慢走啊，不送。

第二十九章

老侄儿，你今儿来这么早嘛。

那好，我给你泡茶，不不，你别动，你是个伤病员，我来为你服务一次，咋说也不能老是让你伺候我嘛。

药丸子大的吃两颗，小的吃六颗，你能记住吧。

哦，就是这样吃的，那就好了。

那，咱们爷儿俩开始说吧。

五明口镇上的这位田会长，名叫田卓然，乖乖，老世家了，有学问，会起名字，田卓然，卓然不凡，卓尔不群，绰约风姿，卓越成就。可是,他们家可不是那么好进去的。这也不能怪老叫花子没有说清楚，只能怪咱们没有侦察经验，问的不够详细。赶巧了，正午饭当口嘛，街上行人稀少，又在镇头上，很容易就混到第六家了，也就是田会长大门楼跟前。一看，哪里有啥站岗的，门两旁倒是有两棵椿树，生满了椿蹦子，咱们李庄叫椿蹦子，别的地方叫啥我不知道，我知道书上叫做椿象。那一年我到北京小四家住了几天，小四的儿子双坛才七岁，拿一本子彩色画书，问我，爷爷，你懂得椿象为什么那么臭吗？我一看图片，老天爷哪，这个不就是咱们李庄人叫的椿蹦子嘛，书上竟然称之为椿象！看看，北京城里的小孩子就是这样学坏的。到了这个季节，四月里了，又是大中午的，正是椿蹦子放臭屁的节骨眼上，还没走近大门口，就闻到一股子臭烘烘的味道。你也知道，椿蹦子分泌的那个臭味多难闻嘛。我和王贵海几乎是捏着鼻子走过去的，老耿浑然不觉，他有一双臭脚嘛，敌强我更强，克敌制胜，上前啪啪敲门。哦，大门黑漆漆，紧紧关着的。电视里到了这个时刻，都是趴在门缝上张望，哪里有门缝，大户人家，谁家的大门不是严丝合缝的，大门有缝，起家不正，只有小户人家的大门才可能漏缝儿。还没听到里边有人说话，先是听到几声狗叫，凄厉，狂野，一溜狂叫声冲过来了，一听狗这个叫声，就知道这家子不是善茬儿。接着就听里边有人说话了，先是说狗："小夜，嗤，嗤。"是个尖嗓门的男人，好像是制止狗叫。狗叫声和蔼了一些。尖嗓门又说狗："夜哥，别叫别叫，嗤嗤嗤嗤。"后来搞清楚了，当地人说话嘟噜舌头，说"夜"就是"二"的意思。尖嗓门说完了"夜哥"，这才向门外问道："谁啦？这才刚刚摸上饭碗子！"老耿赶紧应声："田大善人，行行好，给个白面蒸馍吧，夹一块碗面子就好了。"我一听，吓一跳，还真以为是那个老叫花子，可是眼跟前就是我们的老耿嘛。我们老耿别看脚臭，但有绝技，戏法那是大家都知道的，还有这个模仿能力平时都不知道，这时候可赞扬一声，也是相当超凡。哦，老侄儿，说这是口技行不行，你说行，那就好。我们老耿口技相当超凡。就听门里边一个装模作样的好声音："阿三婶，拿个热腾腾的蒸馍，夹两片原油肉啦，又是要饭的老许头来了！"活见鬼了，这个地方把碗面子叫做原油肉。说着话，吱呀呀开门了。这时刻短暂，间不容发，咱们看清了他，不能让他看清了咱们，你知道这个意思的。就像我上次说过的，这个人留个茶壶盖发型，穿一身松松大大的灰色衣裳，挎着一支二十响，枪在匣子里装着嘛，照样，我一眼就看出和我那支二十响一模一样，纯正德国造，老伯父我一见这个，刹时间两眼都红了。哪里容他拔枪，生死关头，叫一声都不允许，上前一个冲天炮，下巴卸下来了，叫唤不成了嘛。随之左手抓住他右胳膊肘猛地一顿，跟着右拳砸在他肩膀上，这条胳膊算是也卸下来了。那货，立时痛昏过去。我的好兄弟王贵海一搭手，把他靠墙放在过道门后边了，还没忘顺手摘下了二十响，真是个好兄弟，有眼色，有头脑，胆大妄为，心细如发。老耿进来关门落闩，戏法手段一般快。反正，咱们这整个过程不超过十秒钟，要不然咱们都得大麻烦，又跑出来一个嘛。这一个，我以前也说过几句嘛，太匆匆，出门忘了拿枪，到了院子里，看见情况不对，也没有及时返回屋里拿枪，而是唤狗咬咱们，在狗后边，撵鸡一般，唤狗咬咱们。张皇失措嘛，我理解。狗也是个生灵嘛，是不是懂人性咱们不知道，但它是个生灵，也知道察言观色，也知道害怕，一见我和王贵海凶神恶煞一般，大踏步闯上前来，哼唧一声，夹着尾巴掉头跑屋里了。你观察一下，狗这个生灵，就是这样的，抬头往前冲是翘起尾巴的，掉头往后跑是夹着尾巴的，要不，咱们形容逃跑之人狼狈模样，称之为夹尾巴狗，骂胆怯之人，就喜欢骂狗东西了嘛，那德行你爱恨不得。这一耽误，出来的这个人，再想回屋，可就没有我跑得快了。不啰嗦。这个人浓眉小眼，相当聪明，马上跪倒地上，连声说好听的："四爷饶命，四爷饶命，万事你说了算。"当年，那个地方就是这样的，坏人把新四军称作四爷，也不是一些文艺作品里这样叫四爷，那是我亲身经历的，亲耳听到的坏蛋叫四爷。我们三个虽然棉袄反穿，但明眼人一看就知道咱们是新四军。咱们李庄人说话了，杀人不过头点地嘛，人家都跪地叫爷爷了，那咱们这把刀就落不下去了。跪地上的这个也有点名堂，就是住在镇子上的伪军连长，大号侯千陌，算是田会长的内侄儿，也就是田会长大老婆的娘家侄儿。自然了，这都是过一会儿他自己说的嘛。弄到堂屋里，这么一看，情形了然，正在吃饭嘛，都在，包括刚才被呼唤的那个阿三婶，四五十岁的样子，立在旁边，伺候会长全家人吃饭嘛。主人田卓然会长，五六十岁吧，天庭饱满，地阁方圆，加上一缕子短髭，可以说相貌敦厚，有几分风度，可是，娘拉个逼的，这个相貌，干啥不成，非要当汉奸才舒坦。他的大老婆，是个黄脸婆，暂且略过，他的小老婆十分俊俏，她这个俊俏也不是在脸上，而是在眼帘上，她那个眼帘忽闪之间，有的男人就站不稳脚跟了。老侄儿，你是个书呆子，你不懂这个。哦，我说错了，你也是懂这个的，原先淝河集东头那个姓董的小娘们，现在还在那儿开药铺吗？哦，咱们不说这章子事体，老侄儿怪难为情的。哦，田会长的小老婆，眼波流荡，这样的女人现在不多见了。现在一张口就是大美女，啥是大美女，光说咱们亳州的电视主持人叫个啥玩意儿，忘了，就知道大家称之为海棠花，光说她是个大美女，过年前市委一群人来慰问我，就是蚌埠那个孬孙孩子领来的嘛，这个海棠花是主持人嘛，她随机报道，来采访我，举个铁棒子戳我嘴边，请我说几句，我看她几眼，那算个啥大美女，光脸盘儿周正不行，没眼波儿，眼帘眉目之间，没神没态，光是笑脸那不行，笑也有死笑活笑，她这个笑就是死笑，一脸死相，没打我的眼，没说话，没采访成。很多男人不懂何为男女愉悦，没看过女人的秘笈，上来就是三点一线，直奔目的地而去，就是个牲口嘛。老侄儿，别看你也六七十岁了，年轻时候也花里胡哨过，但要比这个学问，你还有距离的，我这边还是有余地等你请教的。

闲话几句哈哈哈。

说那，田会长的小老婆，反正也不是我这个回忆录里的主要人物，咱们也就不说她到底咋样俊俏了，反正我一说到她，她那个眼帘闪动之态就出现在我眼前了。这样说吧，她比田会长要年轻多了，也比田会长的大老婆年轻多了。只是，我也不知道她叫啥名字，不重要嘛。倒是有一对双胞胎，左边一个，右边一个，都是两三岁的小男孩，白白胖胖，才孵出的小鸡娃那般喜人，刚满月的小狗娃那般可爱，后脑勺上留一根小辫子，还是掺着红头绳编成的，搁在咱们李庄，这条小辫子叫做奶奶拽，咱们李庄人妖怪成精，这个叫法最贴切不过，奶奶一拽这个小辫子，那千万种心情，一块儿来了。娘儿三个坐一条凳子上，拦着这个，那个下去了，满地乱跑，吱吱呀呀，进来三个生人，也满不在乎，一头扎在老耿裤裆里藏猫猫。老耿年纪大，但是变戏法的手段多，看似拧着身躲小孩子，实际上伸手把侯千陌挂在椅子背上的手枪摘手里了。我的乖乖，你还别说，伪军装备真不孬，都是德国造的二十响。电视里的维持会会长也好，伪军连长也好，如果不是无恶不作，那就是阴险狡诈，阴一套阳一套的。那会儿我们也是这样想的，心里的警惕性也是很高的，我也把手枪拔出来，拎在手里，拿个样款儿嘛，喝令王贵海去大门后边待命，好好看着门，让首长吃口热饭。田会长是个明白人，侯千陌也是见过世面的，一听我这样说话，那就赶紧请老耿坐嘛，请长官用餐。老耿年纪大，身手又灵巧，在他们思维里，新四军当大官的肯定就是这样子了。老耿这个老混账东西，我现在说他啥好嘛，开头几句还像个样子，后边就扯鸟蛋了。见我这个架势，把他当了首长，马上把裤裆里的小孩子拉出来，自己坐下，把小孩抱在膝盖上，姿势和神情，都是很和蔼的，开始说话，还拉着调子，我一听就是模仿我们师长的腔调嘛。老耿说，我们九团，从此地路过，并不想打扰诸位，只是想了解一下镇子上的情况，希望你们实话实说。说到这儿，又冲我严肃起来，小鬼，别那么凶嘛，大家都是中国人，他们为鬼子鞍前马后跑个腿儿，也是迫不得已的嘛。田会长和侯千陌还真被唬住了，连忙追随老耿的话，一个劲儿说还是长官明白大是大非，他们也真是迫不得已的。老耿又训我，驴脸别那么紧绷着了，放松，好好听老乡说情况吧。说了我，又对田会长和侯千陌说，这个小鬼是我们团的战斗英雄，很能打仗，就是爱紧张，动不动就开枪，你们别怕，我在这儿，他不敢放肆，你们只管大胆说吧。我没有办法了嘛，只好顺着老耿的话头儿，把拳头攥得咔吧响。田会长和侯千陌，两个人，鸡一嘴，鸭一嘴，把镇上的情况说了一遍。原来，这镇子上常驻的鬼子只有十九个，原来二十个，过年时有一个夜里醉酒，出来尿尿，冻死了。每月下旬鬼子巡查队过来，在镇上住一天，加上巡查队的二十四名鬼子，也就是四十三个鬼子，再就是侯千陌的一连伪军，不满编，只有一百来个兵，前天二排长又带着三四个兵开小差了，现在还都不满百了。说着话儿，味道上来了。咋说，老耿这个老混账，说着话不自觉，习惯嘛，坐在椅子上两脚把鞋子退下来了。我心里那个生气嘛，眉头一皱，老耿误会了，对我说，小鬼，你有什么想法，也说出来吧，咱们不能耽误人家吃饭。你先说，我和这个小鬼玩一玩。一边说，一边把枪从枪套子里拔出来了，逗弄怀里的小孩子，另一个小孩子觉得好玩，也下了凳子扑过来玩儿。老耿一会儿把机头打开，一会儿关上，手法灵巧，两个小孩笑咯咯。田会长吓得直掉汗珠子，侯千陌也紧张得磕着牙直笑。你看，老耿这个老货，够奸猾的吧。我也觉得这个震慑法子不错，趁机问清楚了常驻镇子上的这十九个鬼子都有啥武器装备，他们的生活规律，作息时间，以及田会长他们和鬼子的日常往来，平时关系，包括到了下旬，鬼子巡查队来到镇上的种种细节，这么说吧，凡是我能想到的，我都问清楚了。那会儿，咱们也搞不清楚田会长和侯千陌两个人心里打的啥主意，问啥说啥，你说了我还要补充。到末后，老耿又让田会长准备便衣，有多少要多少，没有办法嘛，最后把大门后边那个货的衣服都扒下来了，才凑够十套男人衣裳，又找了个花单子包得整整齐齐，走亲戚一般。老侄儿，你懂的，很自然了，我和老耿，还有王贵海，三个人也轮流换上便衣，就是在田会长堂屋里换的，当着他大老婆和小老婆的面，还有那个阿三婶子，那么大岁数了，我们换衣裳，她还扭过脸去。我们脱掉的棉衣，那由田会长他们自己想法处理好了。最后很友好的，我们告辞时，田会长还出来送我们，两个小孩子，都拉着老耿的手不放手，又喊又叫的，他们想让老耿住下，陪他们玩儿。老耿敢吗，他不敢，轮到我我也不敢，都是火中取栗，刀尖上的买卖，这个风险不能冒。当然了，两支二十响也没还给他们，都自己挎上了，也没打借条。人心隔肚皮，虎心隔毛叶，二十响一旦回到他们手里，那情形就不是咱们能掌握了。也多亏田会长请求，出大门时，我顺手把门后边留着茶壶盖发型的那小子胳膊接上了，下颏子也托上去了，疼得直龇牙，当时也说不了话儿，只是忍着疼点头哈腰。哦，刚才忘了说，这个人姓白，名字我忘了，是侯千陌的一个排长，两个人都是应邀到田会长家喝闲酒，都没穿伪军军装，因为这个五明口镇上的老百姓很厌恶伪军。

哦，对了，田会长家里还有电话，是日本鬼子给他安装的，使唤起来方便，有事情通报起来也相当方便嘛，但是，那一天，田会长没敢打电话，看我眼光很注意那个电话，他还主动离电话远一些。想不到出门来情况突变，紧张得很，我们这边一出门，就撞上了鬼子，四五个鬼子，押着三十几个老百姓，抬着七八根三把粗的树身子，往那边走。巧得很，迎头撞上，你说咋办，还有两个鬼子扛着大锯，一个鬼子扛着大锛，都是木匠的家伙嘛。扛大锛的那个鬼子，人还没有锛大，咔咔走过来了，唔咦哇啦，田桑，侯桑，唔咦哇啦。田会长和侯千陌立时迎上去，皇军辛苦大大的，都是朋友大大的，便衣下乡大大的，找花姑娘的大大的，给皇军大大的。田会长和侯千陌说了一堆话，大概意思就是这个。扛大锛的鬼子直给我们竖大拇指，哟西哟西，辛苦大大的。说着话，掏出香烟，“糖白果，糖白果，糖白果”，给我们三人一人一支。看，人家说话咱们听不懂，但人家都发烟了，按照咱们李庄的礼节，你马上就得笑脸迎上，接住香烟，不能马上就吸烟，得先夹耳朵上。我把香烟往耳朵上一夹，带头儿弯下腰来，给鬼子一个笑脸。我不弯腰不行，鬼子矮小，看我笑脸他得仰脖子，那多费劲儿，咱拿了人家一根烟，就得给人家行个方便嘛。老耿有烟瘾嘛，笑眯眯。王贵海紧张，学我往耳朵上夹烟，手法生硬，掉地上了。几个鬼子见状，笑得前仰后合的。过后我们分析了一下，田会长和侯千陌之所以主动上前解围，还是怕在他们家大门口打起来了，那样，田会长家那一对宝贝双胞胎就很危险了。因此，也就应了大家常说的那个道理嘛，杀人自落两手血，与人方便，自己方便。

哦，对了，出了镇子，王贵海还埋怨，说那么好吃的一桌子菜，居然一口没吃，真是后悔死了。他这么一说，说得我直流口水，咋说，老耿一个劲儿地念叨嘛，焦皮鸡蛋，笋丝炒肉，碗面子，粉蒸鸡腿，油炸花生米，松花蛋，狮子头，还有啥，我没看见是啥酒水，唉，娘的年纪大了，眼神不好，脑子也不好，当时咋就没转过这个弯子嘛。老耿那个老馋嘴，也是耿耿于怀。看，老侄儿，那时候很艰苦的，环境造成的，也是心理上造成的，见到好吃的没吃成，人就这个样子了。我们就这样空着肚子回到了油菜地里，张宝他们还眼巴巴等着我们带回吃的来。

简洁说吧。

大家饿着肚子，好容易熬到天傍黑，我们就去了章连长所在的东边那个小村庄。也很容易就找到了，章连长布置的哨兵老远就发现我们了。章连长他们就在村东头一间大车房里。那时候，那一带差不多每个村庄都有个公用大车房，全村的大件农具之类的东西，都放这儿嘛，咱们李庄这一带，从前也是这样的，也是哪庄村头都有一两间大车房。不得了，章连长到底是老红军，经验广，办法多，也不知道从哪儿借了一口那么大的铁锅，还买了七八只鸡，正在炖着，老远就闻到香味了。我和老耿进去时，章连长正在剁疙瘩菜，准备往锅里放，一看见我就问："你们是吃过饭来的，还是没吃饭来的呀？"我自然听出他话里的意思，就是心疼几块鸡肉，不想管饭嘛，那可不行，我就给他讲在五明口镇上摸到的情况，听完了他就不问我们是不是吃过饭了，只是说赶紧找个碗筷吃饭吧。俗话说了嘛，赶早不如赶巧，大家高高兴兴吃了一大碗鸡汤疙瘩菜，每人还发了一个杂面卷子，也不知道章连长他们是从哪里弄的。也是刚吃完，魏长江他们就回来了，我这边十几个人还庆幸着自己吃了鸡肉，魏长江他们没有赶上，可是，魏长江说他们打了土豪，撞上西边那村的财主过生日，他们这一伙子人过去，还能不给吃的嘛，吃了鸡，吃了鱼，吃了鸭蛋，还吃了猪肉和羊肉，还有牛舌头牛百叶，这两样东西蘸着蒜汁真是好吃得很，到末后，还给大家搬回来一坛子咸鸭蛋，个个都是煮熟的。说完了，一招手，跟他去的庞班长进来了，庞班长大腮帮子，笑嘻嘻，牙龇得棍子戳的一般，就拎进来一坛子鸭蛋。当时让我们羡慕得不得了，七嘴八舌，纷纷赞扬魏排长不愧是主力部队出来的，不仅吃好的，还拿好吃的。章连长当时很严肃，质问魏长江给钱了没有，“你们付钱了没有，付了多少钱？”跟章连长一块儿办事的老黄班长，我说过他是个老实人嘛，章连长这句质问，也不知触动他哪根筋了，马上接口说：“哎呀，连长，咱们也忘了给钱了呀！”大家一起哄笑起来，一边纷纷拿鸭蛋吃，一边狗腔猫调，怪声怪气的一顿笑话，打破了章连长的原则性。搞得章连长只好做了原则上的变通，先是解释说他们给钱老乡们坚决不要，他们只好把老乡们的这份情谊记在心上，等将来多杀几个鬼子，以此来好好报答老乡们。接着又表扬魏排长几句，又是机智，又是集体意识强，再接着就是讽刺我几句，说我带领着大伙执行任务，好饭好菜摆到桌上都不吃，非要饿着肚皮回来吃自家的，部队纪律倒是遵守得好，只是，缺少点儿革命的智慧，缺少点革命的随机应变能力，还需要经过更多的战斗锤炼。如此这般。如此这般而已。当然了，最后也表扬了我们，弄回来十套便衣，也是大大有用处的。完了又派出去了四名夜哨，大家也跟着纷纷休息。章连长和魏排长，还有我，三个人在墙角里小声嘀咕，就是合计一下摸到的情况嘛。哦对了，我夹在耳朵上的那根香烟，让魏排长摸去抽了。这个魏排长，也是有烟瘾的，放屁也很响很臭，三个人小声交流情况，他连着放了好几个响屁，差点儿臭死人。三方面摸到的情况，性质大致相同，只是说法小有出入。做完了分析判断，又研究好应对计划，做好了周密安排，庄里边公鸡都叫三四遍了。我感到奇怪，随口说了一句，这么小个村子，公鸡还真不少嘛。章连长有点生气地说，少鸡巴废话，睡觉。我们三个这才靠着膀子挤挤睡了。党员干部嘛，就得比普通战士多辛苦点儿不是。

在战争年代，你不能说谁说话不算话，因为万事变数太大，太快，各种因素都起作用，一分钟之前，你觉得这个仗可以打，一分钟之后，你就会觉得这个仗就不能打了，因为啥，新情况出现了嘛。我们在五明口镇遇到的就是这个情况。第二天，按照计划，我们打算再次到五明口镇侦察一下，想和田会长还有他的内侄儿侯千陌再见一面，进行一次全方位的沟通，说服教育一下嘛，看看能不能取得他们的配合，所以天才刚刚亮，我和章连长带着张宝王贵海，还有老黄，几个人又去了五明口镇。哦，没有让魏排长去，他相貌凶险，恶煞一般，不适合，老耿也不适合，不是脚臭，是腿脚跟不上嘛。就我和章连长带着张宝王贵海，四个人去的。自然了，换了便装，也都带着短枪，昨天不是刚弄到两支二十响嘛，我和章连长都换上了，换下来的十响盒子炮，给张宝王贵海他们用上了。四个人腰里还都装两马尾巴手雷，是魏排长他们那个排牺牲的战士遗留下来的装备。论说，准备得很充分了，但是，没敢进镇里去，情况变了。我们还是顺着傍公路的那条浅沟去的嘛，还没到镇头，就闻到气味不对劲儿了，身上也到处紧绷绷的，为啥，你要是经过那年头那阵势，你就知道了，革命的嗅觉是十分灵敏的，革命的神经也是相当灵敏的。我们几个，一下子趴沟里了，小心抬头，远远打量，就见镇头上有一棵大槐树，大槐树下边，有一张三尺长的窄条桌子，桌子后边一个红漆木椅子，椅子上坐个鬼子，右边挎着王八盒子，左边挎着东洋刀，这个鬼子左侧后方还有一个板凳，板凳上也坐着一个鬼子，没有王八盒子，也没有东洋刀，只有一杆三八大盖，抱在怀里，一脸好奇神情。前后错开的两个鬼子，都是翘着腿坐的，鬼子腿短嘛，翘着腿坐，是个奇观。还有四个伪军挎着步枪，分别站着桌子两头，干啥，正在盘问过往的早行人，又喊又叫的，不管是挑挑子的，还是推车的，哪怕空着手，肩上搭条口袋的，都得停下来接受盘问。

我恨得牙根子痒痒，心想姓田的王八蛋，真是个狡猾的孬孙，昨儿个还喜笑颜开，这一夜才过去，就使上坏心眼子了。我心里憋着气，就说，走吧连长，晚上摸黑再来，我非活劈了姓田的杂种不可。章连长很沉着，叫我先别激动，说情况有变化咱们不怕，主要得弄清楚到底是个啥样的变化，原因何在。“走，咱们再绕着镇子看看别处再说。”结果一个样子，除了镇子东头接近鬼子炮楼我们没去，西南北三个方向的六七个进出路口，都是这样的，都有鬼子和伪军把守着，盘查进出行人。我们四个人虽然穿着便服，毕竟不是当地口音嘛，间或遇到几个行人，想打听一下，结果人家一听口音不对，不接茬，扭头就走。自然了，这个也不是当地人缺少热情，你想嘛，战乱岁月，除了日本人，兵匪嚣张，横行不法，一听口音不对，哪个敢随便搭话嘛。搁在咱们李庄，要是当年那光景，搭话的人肯定会有，也肯定没有人会说一句实话。人同此心，心同此理嘛。我们绕着镇子转了两圈，没打听到情况，章连长就说，先回去商量一下再说。于是，我们几个就回去了。哦，哪能还回到那个大车房里嘛，我和章连长四个人出发时，大家就撤了，撤到哪儿了，庄稼地里嘛，麦地里，油菜地里，反正不能原地待着不动，要是这个小庄里出个孬种孩子，往鬼子那里也好，往伪军那里也罢，一报信，那不就出大事了嘛。按照约定，我们要在油菜地里或者麦地里和魏排长他们会面。说起来，也很费劲，魏排长警惕性太高，带着队伍跑得太远，差不多有十里地远，又是一望无垠的庄稼，麦地里，油菜地里，春芝麻地里，找了一上午，都晌午顶了，才找到他们。可气得很，他们正在吃干粮，啥东西，就是昨晚上没吃完的杂面卷子，鸡汤没有了，有两三个战士，居然还藏了几块鸡肉，就着这个好菜，嚼巴杂面卷子。真叫人哭笑不得。当下我们三个干部，还有几个骨干班长，碰头一分析情况，有两个看法，一个是，田会长，还有伪军连长侯千陌，这两个人把咱们卖了；再就是意外情况，可能鬼子有啥大的行动之类。最后又拿出一个计划，到晚上看看能不能趁黑混进镇子里去，再摸一下情况做决定。商议完毕，又拿出杂面卷子，给我们四个也吃了，这才躺到庄稼地里休息。你看，忙了一天连口热水都没得喝，战争年代真是很苦的。当然，没死掉，还有杂面卷子吃，已经很幸福了。

我那时候毕竟年轻，又连着几天奔波，别说庄稼地里，闻着油菜花香，又晒着太阳，就是睡在墙头上又刮着小北风，我也照样睡得着。这一场好睡，连个梦都没做，一口气睡到黑夜降临，繁星密布，醒来一看，一个人都不见了，真像做梦一样。当时我倒吸一口凉气，想都不敢往下想了，忽地一下坐起来。这时候，王贵海顺着垄沟爬过来了，哧哧笑，说李排长你睡成死狗了，摇都摇不醒你。原来，章连长看我乏成这个样子，晚上行动就没叫醒我，反正又是黑夜，看不清嘴脸凶险，就和魏排长一起，带着张宝和老耿去了，为啥带上老耿，因为老耿能摸着田会长家门嘛。留下王贵海，是保护我的。章连长觉得王贵海比张宝机灵一点儿嘛。其他人还是散开的，反正都在庄稼地里，又是夜间，有情况了打个口哨就会过来。我当时后悔得不得了，真的想参加这个行动，一旦摸进田会长家里，即使不杀他，我也能狠狠打他一顿嘛，娘拉个逼的，竟然敢给四爷耍歪心眼子。脑子里也就是刚起这个念头，就隐隐听到飒飒飒飒的声音，传来一阵子响动，也就是庄稼棵子摩擦裤腿子的声响嘛。果然是章连长他们回来了。这一回，咱们可真是哭笑不得了，为啥，老耿这个老混球，把田会长的一对双胞胎抱过来了，或者说是给偷回来了。不用说，他们肯定摸到田会长家大门了。只是，还没进门，院子里狗一叫唤，两个小孩子几声喳喳呀呀，几个人一咋呼，张宝一把抓住章连长，生拉硬拽，一口气跑出镇子外了。张宝也没做错，保护连首长嘛。等两个人停下步子，一口气还没喘过来，魏排长就夹着两个小孩子窜过来了，再就是老耿过来了，气喘吁吁，两人咯咯笑。镇子里一瞬间叫喊起来。间不容发嘛。章连长他们只好带着两个小孩跑回来了。章连长这么一说过程，大家都感到这下负担很大，你想嘛，带着两个小孩子，庄稼地里就藏不住了，又是黑夜里，吱哇一声传多远。没有太好的办法，也不能把两个小孩子扔下吧，全世界的人都知道，孩子是无辜的嘛。好吧，咱们四五十个革命战士，新四军，轮流驮着汉奸会长的这两个小孩子跑路吧。

反正这一夜就没闲着，一口气向西北跑。天明时分，才到了一个村庄，王鳖口村，你听，这个村庄，这么个倒霉名字吧。还算比较幸运，虽然鬼子还在扫荡中，但这个王鳖口村一直还太平着，想必鬼子也讲究口彩，讲究吉凶兆头，不进王鳖口。咱们可就顾不上这些了，先进去歇歇腿脚，弄口热水喝喝再说，一夜狂奔，口渴难挨，老耿闲聊时说长征路上没有水喝，渴得喝马尿，这时候要有马尿，我也能喝一泡。这个村头上没有大车房嘛，倒是有个祠堂，无人看守，高高大大，很宽敞，我们暂时就在这个祠堂里落脚了。田会长的两个小公子，睡醒过来，哭哭啼啼，要找他娘嘛，那只好还交给老耿带着了，老耿很会逗小孩，他会戏法嘛，两个小戏法一耍，两小会长哪里还想起他娘，一个劲儿咯咯咯咯。完了，老耿还到村子里买了十二个鸡蛋，每个小孩一天两个，反正是三天的零嘴嘛。老耿还弄了个绿玻璃瓶子，也不知道是酒瓶还是油瓶，刷得干干净净的，祠堂里嘛，除了他们的列祖列宗牌位，再就是老鼠很多，在牌位之间来回穿梭，老耿手多快，就抓住一只老鼠，他表演戏法，老鼠经了他的手，嗑了药一般，老耿手指一指，老鼠自己朝玻璃瓶里钻，钻是钻进去了，但是，哪里还出得来嘛。连我们大人都觉得大大神奇，那么大个老鼠，那么小的瓶口，老耿给老鼠传授了啥样的秘诀，它们会自动钻进瓶子里嘛。老鼠自己钻不出来，但是，老耿又告诉它们一个秘诀，老鼠就钻出来了。老鼠还钻上了瘾，一会儿进去，一会儿出来。两个小会长呀呀直叫，兴奋异常。乖乖，怪得很，到现在我都想不明白是咋回子事儿。那一天我们四五十个大人，两个两三岁的小孩，有了这个戏法，过得很是开心。我当时也是跟着傻笑嘛，忘了问问老耿，老鼠钻进瓶子里，这个机窍何在。哦对了，两个小孩子和老耿很快就玩出了感情，两三岁的孩子嘛，知道好歹了，可能觉得老耿苍老，没有他们会长爹脸皮光滑，就叫老耿伯伯，两小孩，一个膝盖上爬一个，摇摇晃晃，左边这个说伯伯，脚臭，右边那个说，脚臭伯伯。老耿给弄得红头酱脸，赶紧去洗脚，一边还嘟嘟囔囔，两鸡巴鸟崽子，说我脚臭，我又不给你小嫩娘睡觉，怕个啥嘛。

就在这天傍黑时分，来了一个生人。

是谁嘛，要是高麻雀唱大鼓书，他得唱上三天才能告诉你来者是谁，咱们不卖关子了，直接告诉你是地下党。

当地县委敌工部的龚部长。

龚部长三十多岁，个头不高，细眉大眼，典型的江浙人长相，嘴里还镶了金牙，上下两颗，错对着，初看起来真像个生意场的掮客，有点奸诈耍滑的气息。后来，龚部长说，这两颗金牙也是革命工作的需要嘛，这么一说，大家立时理解了。当时，要不是魏排长的老熟人，我们还真的不敢相信他。咋说嘛，鬼子扫荡之前，魏排长所在的主力部队，在这一带活动过，当地县委送来几扇子猪肉，几挑子鸡蛋，还有粉条等等，龚部长是带队的嘛，而迎接他们的正是魏排长他们这个排，两个领头的，一个人扛一扇子猪肉，边走边聊，有肉吃了嘛，人不仅熟得快，而且记得牢。只是没想到，在这儿又撞上了。这时候，乍一见面，也不握手，亲热得抱在一起连撞六下子肚皮，那个年代，有好多久不相见的老战友乍一见面，不是握手，而是抱在一起连撞几下肚皮，这细节不雅观，没有引起大家的注意，所以，后来书里边没见有人写过，当今电影电视里也看不见这章子事体。老侄儿，这个老战友相见的方式，你照实记录就是，出了问题我负责。哦，咱们说龚部长一见魏排长在场，错把我们当成了主力部队，也热情得很，四五十个人，一个一个握了一遍手。一看到两个小孩，这个龚部长顿时手舞足蹈，说他这一路子打听，一路子追踪，果然没有白费功夫。原来，那个田会长真不简单，托关系找到龚部长，请他帮忙找小孩。为啥，很明显嘛，头天我们几个到他家去过一趟，第二天晚上又去了一趟，乱了一阵子之后，人家小孩没有了，傻子一思考，也能想得到是咋回事嘛。因为早前龚部长曾托人做过他的统战工作，所以，他这会儿顺着杆子就爬过来了。章连长也称赞龚部长了不得，说我们是一夜急行军，走的都是庄稼地，你居然还能一家伙找上门来，了不得呀了不得。龚部长说，咱们自己的部队有个特点，走到哪儿都会留下一股味儿，我鼻子尖，闻着味儿就找过来了。大家笑了一场。我后来想想，觉得这个龚部长说的不是笑话，天天在敌我之间来回穿行，也可能他真的练出了闻味儿的超绝本领。也得赞扬一声田会长有本事，要不是他，咱们就是想找龚部长，恐怕还没地方找嘛。

情况一沟通，那接下来的事情就好办了。当然了，两个小孩我们还得养着，等田会长配合我们办成了事情，再毫发无损地给他家送回去。我们的目的很明确，就是要端掉这个据点，干掉十九鬼子，把手枪步枪轻重机枪拿回来，就这么个简单事情，大家一块儿想想办法吧。龚部长也赞成这个事情，他说姓田的虽然不是恶贯满盈，但坏事也没少干，又爱财，又贪色，鬼点子又多，还是老滑头，早先做他的统战工作，给的都是模棱两可的鬼话，这一回，幸亏点中了他的穴道，就给他一硬到底，管教他帮咱们做成了这件事情。点中啥穴道，就是两个小男孩嘛，田会长年过六十，好容易弄出来这两根香火，视若珍宝，视若祖宗，心情可以理解，万事没有不答应的。龚部长熟悉情况嘛，所以，判断起来就比较准确了。果然，章连长和龚部长，还有我，带上张宝和王贵海，再次潜入五明口镇，到了田会长家。那家伙，田会长不仅答应了咱们的要求，还主动表示帮咱们想一个好办法。自然了，又摆了一桌，一个电话喊来他的内侄儿侯千陌，也就是那个伪军连长，还有他那个手下，姓白的排长，对，就是留着茶壶盖发型的那个。一进门就被张宝王贵海下了枪。酒桌上又好好商议了一番，当场都表示了，赶紧创造机会，做好这个事情，让两个小表弟赶紧回家。连他家的狗，见了生人也不汪汪叫了。真是他娘的，自古以来，都说酒桌是个很好的交际场合，战国七雄，唐宋元明清，有好多事情都是在酒桌上办成的，我们这个事情，也是在酒桌上定下方案的。

我们又回到王鳌口村，根据田会长他们提供的新情况，又研究半天，决定做两手准备，一种是蒙汗药，一种是杀猪刀，反正尽量不要开枪，因为枪声一响，临近的鬼子据点就会过来接应，那就麻烦了。龚部长他们当地县委的工作做得也很到家，王鳌口村的乡民也是很好的，不仅口风紧，而且主动给我们提供不少方便，还送吃喝，自然了，这一次我们是都付了现钱的。研究的结果是，蒙汗药肯定是不行的，龚部长说了嘛，送酒送肉，鬼子都会叫你先品尝了再说，咱不能没麻倒鬼子，先把自己麻倒一大片嘛。又左右琢磨了一回，最终决定用杀猪刀。龚部长很厉害，三天之后，就带来了二十把杀猪刀，还带来一个姓胡的外科医生。那时候，啥东西都讲究，手艺人讲究声誉嘛，杀猪刀也讲究，连把带刃一尺二寸，钢口好，又锋利，现场试验，吹毛断发。哪能像现在，行行都造腥货，没有不带套路的，咱李庄李红旗他娘，买把菜刀，剔明发亮，拿回家一斤肥肉没切完，刀口就死了。反正，现在连杀猪的也看不见了，杀猪刀更不知道咋样了。我们在五明口镇用的杀猪刀，堪称宝刀。龚部长是干敌工的嘛，对敌经验丰富，考虑问题也周到，他带来的那个姓胡的外科医生，戴个眼镜，细条个子，随手拿出来一张人体解剖图，给我们讲解，左右心房，左右心室，心尖，心包，右心耳，你看，心还有耳朵嘛，反正都没啥大用处。当然了，最有用的是，胡医生讲的如何根据人的高矮胖瘦，来判断心脏的位置，掐诀念咒，相当精到。所以，现在，有个人但凡从我眼前一过，我一斜眼就能看见他的心脏霍霍跳动。当时还扎了二十个稻草人，都是按照日本鬼子的身高体型扎成的，胸口心脏位置都掖一布包石灰，上身都穿着褂子，乍一看像模像样的。我们选出来的二十个人，天天拿着杀猪刀捅稻草人胸口那包石灰。那位胡医生，现场指导了一两天，等大家都掌握了如何避开肋骨，一刀刺进石灰包，他才和龚部长走了。这里边当然有个技巧，我就不介绍了吧，免得把我的回忆录写成了杀人说明书。总之，我们按照整个计划，设定了一套系列动作，天天苦练，不光练动作，还要练表情，就像章连长要求的那样，有条不紊，沉着冷静，面带微笑，你不能往鬼子面前一站，让他一眼就看出你要杀他，所以还要练表情。天天练，不出去干，单等养出心劲儿来，再去干，一蹴而就。为了达到这个效果，训练间隙，我还讲了几段鬼子怎样杀咱们中国人的事，都是当初在祝长官官邸随同长官卫队到山里打靶时，听他们讲的嘛，改头换面，都成了我亲眼所见之事，尤其是一个新兵在战场上端着刺刀不敢捅鬼子，反而被受伤的鬼子捅了好几刀这个事例，我说得很详细，言讲时也激愤之至。目的就一个，就是想激起大家的愤怒情绪，激起大家的胆量和勇气嘛。你想想，事到临头，有人下不去手了，那不就坏大事了嘛。而且，前不久，大家也是亲身经历，眼睁睁看着自己弟兄倒在鬼子枪下的嘛。所以这么一说，大家心头的仇恨和胆量就被挑起来了。后来事实也证明了，章连长和魏排长，还有我，制定的这个训练措施，采取的这种临战前的教育动员，都是相当有效果的。哦，对了，我得打破一下你的想象力，我们这二十个人，不是你想象的那样，个个都是身强力壮，而是经过精心设计的，有高的，有矮的，有胖的，有瘦的，有年轻的，也有年纪大的，总之，这二十个人，往鬼子面前一站，得让他们放心才行。所以，老耿也得参加这次行动，天天和我们一起训练握着杀猪刀捅稻草人。魏排长自然参加不成了，那一脸煞气嘛，章连长也没有参加，因为他是个连边胡子，没办法扮演个老实人，他们只好准备带队接应。我当然可以了，咱们祖传的马脸，一绷起来，整个神情相当木讷，完全可以扮演个缺心眼儿的傻子之类。

好了，时间差不多了，今儿就到这儿吧。

老侄儿，你也回去早点休息，按时按量吃药丸子，养足精神，下一回咱爷们一块儿杀鬼子去。

请了。

第三十章

今儿废话不多，上来就说。

我们在王鳖口村训练用杀猪刀捅鬼子，练到大概有十五天的光景，龚部长过来了，不是他自己，他还带着四五十个武工队的人，挎着长枪短枪。龚部长带来两个消息，一个是，我们师部又回到了原住地，各撤离移动的部队也正在朝师部靠拢，“你们是不是也可以考虑回去了”。这个时刻，箭在弦上，咋能回去嘛。就像咱们李庄老少言讲的，大半橛子了，出门做工，赚钱不赚钱那另说着，你总不能十个手指头出去的，回到家里还剩下仨手指头嘛。所以，我们当场表示了，就是回师部，也得把这宗生意做了再说嘛，要不，这半个多月白白忙活了，大家都忙，工夫耽误不起嘛。这么一说，龚部长才说第二个消息，他说前天下午田会长捎信了，他昨天下午带人去了一趟五明口镇，情况了解得相当详细。按照鬼子们的活动规律，每月底，鬼子巡查队到来之前,五明口镇鬼子据点和伪军都要进行一次军事演习,迎接巡查队嘛。奶奶个熊，鬼子也来这一套，也迎接检查。好就好在，鬼子和伪军演习是分开的，其中奥妙，咱们不懂，但咱们可以琢磨嘛，小鬼子就是不想让伪军看到他们的战法，伪军是他们喂的狗，那也不能看。今天是鬼子进行小队演习，侯千陌的伪军在镇上值班巡逻，明天是伪军进行连进攻演习，鬼子在镇上执勤。按照习惯，鬼子头天演习，第二天田会长就得给鬼子送去酒肉，慰劳鬼子嘛。也就是说，明天，田会长就得给鬼子送卤鸡卤猪蹄子，鬼子爱吃这个。你想想，这个事情，真是荒唐之至，自己的队伍在演习，却要拿着酒肉犒劳鬼子，哪里有道理可讲嘛，估计也就是在汉奸伪军那儿能行得通。自然了，田会长慰问鬼子，也不需要他掏钱费事儿，他派饭，派饭你是知道的。五明口镇五六百户人家，所以，田会长派饭比较省事儿，反正一次派二十家嘛，一两年都轮不上一遍，肯定有很多人家没在鬼子脸前露过面的。咱们呢，就钻他这个空子，明天派饭，就派到咱们新四军头上了，反正也是个生脸嘛。老规矩，一只卤鸡，两只卤猪蹄，一壶烧酒，这些东西，田会长自会准备好的，现在就等着回话，咱们明天去不去。哦，最后田会长还问了一句，两个小孩都还好吧。那自然是好着嘛，专职保姆，老耿带小孩子带上了瘾，他还说等打跑了鬼子，他就申请回老家办个幼稚园。是的，那时候，幼儿园就叫幼稚园。

我们料定田会长不敢再耍花招，自然要去了，要不，天天拿着杀猪刀捅稻草人干啥，神经病。这个行动，章连长，龚部长，魏排长，还有我,几个人脑壳子都想烂了,终于制定了一个万无一失的周密计划。我们自以为万无一失，到时候是啥样子也没有十成的把握。当天下午，二十个稻草人都收起来了，以我为首，玩杀猪刀的二十个人，每人还吃了半只鸡，章连长特批的。龚部长还建议吃过半只鸡的人早早睡觉，其时哪里睡得着，亢奋不安，生死未卜，事实上也真是这样的，你一刀干不掉鬼子，就可能被鬼子干掉，拿小命儿赌博的当头，和即将上前线那心情差不多的，哪里能睡得着嘛。哦，你不懂临上前线时的心情，就是明知道你要死的心情，害怕到你都不知道害怕的程度。哦，看你问的，好像我是神仙一样，哪能不害怕，我也害怕，整整一夜大脑一片空白。反正胡乱合了一会儿眼，部队就集合出发了，自然还留下一个照顾两个小孩子嘛。谁留下了，张宝嘛。张宝气得要命，那也不行，谁让你们把人家小孩子抱回来的，万事都是有个因果的嘛，反正一脸煞气，也不利于参加这次行动，腿脚又快，但凡有个风吹草动，携着两个小孩子也跑得快，不管结果如何，咱们得讲诚信，保护好两个小孩子，不能让老百姓指咱们脊梁沟子。章连长这样一说，张宝更是气得说不出话来。不管他，咱们得赶紧开拔，因为还有点距离，前不久撤离那一夜，一阵子乱跑，没承想跑出了四十多里地嘛。哦，没有，这时候哪能还去给田会长通消息嘛，万一，他要是变卦，那岂不是自投罗网嘛。要说，还是人家龚部长斗争经验丰富嘛，昨天留下话了，不管去不去，明天早上五六点钟之间，镇子西头的岗哨要松动一下。松动一下，你明白吧。

咱们话儿朝省事里说吧。

田会长没有变卦，见到我们只是有些紧张。当时章连长和魏排长他们都在镇子外边，钻到炮楼附近的庄稼地里藏着嘛，还有龚部长带来的县大队的四五十人马，都在等着接应嘛。是龚部长带我们二十个死鬼到田会长家的。真的，当时我们二十个人都把自己当成死鬼了，不害怕了，那还怕个鸡巴嘛，屌都不怕了，那自然是谈笑自如了。真的，人只要将生死置之度外，那就轻松了。一见我们这种态度，田会长还是放松不下来，倒是他那个小老婆，虽然也是泪淋淋的，倒是有见识，骂田会长孱包，事情都到了这个关口，没有退路了，只管把事情做了再说，他们要是不把孩子还咱们家，那他们新四军就没有诚信了，以后也别想在这地方落脚了。看，往往在关键时刻，还是女人能横下一条心，比男人强得多。我自然向他们保证孩子安然无恙，每个孩子一天两个鸡蛋，我们吃杂面卷子，给小孩子吃鸡汤面条。这一下子，田会长也把心横下来了，笑脸出来了嘛。有的人横下一条心来，是满脸杀气，有的人横下一条心确实满脸带笑，分啥样的人，分啥样的事情。看光景也有八点多钟了，田会长家里电话响起来，鬼子催促快把酒肉送过去。一开始看到装食物的器皿，我们还以为是龚部长吩咐的，后来才知道，以前田会长为了拍鬼子的马屁，特意准备了几十个又宽又扁的阔口大坛子，以前派饭分到各家各户使用，这时候轮到咱们家用上了,这个就是巧合。戏里电影里的巧合都带有人为的戏剧性，我们这个巧合完全是偶然性的。坛子里各装了一只老母鸡，两只猪蹄子，几块肥嘟嘟的猪肉，还有大半坛子油汤，刚好淹没了杀猪刀。我们往坛子里放杀猪刀时，田会长那个脸色，痉挛了一下，还小心翼翼地问我一声不是放手枪嘛。我一笑而已，心想你哪里知道杀猪刀的厉害。准备停当了，田会长扤着一篮子烧酒，一二十个斤把装的小坛子嘛，领着我们二十个死鬼，用毛巾或者旧衣裳垫手，捧着滚烫的阔口坛子，朝镇子东头走过去了，鬼子炮楼在镇子东头嘛，再说以前也是把酒肉送到那儿的。哦，老侄儿，你的脸色有点紧张。放松放松，又不是叫你去干这档子杀戮事情嘛。你看看人家龚部长，胆子多大，居然就坐在田会长家里等候,要不你过去先陪他说说话儿。哦,论说起来，也是很凶险的，走到镇子上，在一个街拐角那儿，碰上六个鬼子，巡逻的，老远一闻到香味儿，一下子跑过来了，围着我们又笑又叫，龇牙咧嘴，田桑，哟西哟西。阔口坛子嘛，看着油光光红彤彤的肉，想要动手动脚，田会长赶紧阻止他们，太君小心，村上太君脾气大大的。这么一说，几个鬼子缩回手了，舔着嘴唇，馋涎欲滴，嘴里念念有词，米西米西的有，好来西，好来西。跟在我们旁边，亦步亦趋。这架势看着凶险，其实，在一定程度上倒也帮了咱们的忙，一到镇子东头炮楼那儿，另外十几个鬼子，不自觉间就放松了警惕，有他们同伙押送嘛。只是炮楼这边的鬼子阵势有点怪，虽然不是全副武装，但都是衣帽整齐，像是列队欢迎，老远就拍巴掌嘛，还有一个戴眼镜的小个鬼子，眉清目秀，拿个照相机拍照。田会长怕我们生疑，以为他刹那间动了手脚，连忙给我们解释，照相的有，照相大大的，报纸的大大，皇军报纸大大的。你看，他紧张了，给咱们说起了日本话。我一眼看见一个鬼子中尉，可能就是田会长说的村上太君，一点也不像电视里的样子，粗粗短短，大眼珠子，仁丹胡子，不是的，这位村上，甚至可以说有几分书卷气的，军装整整齐齐，连扣子都擦得闪闪发光，腰里挎着王八盒子，还有一把军刀，笑眯眯的，双手戴着白手套，左手放在王八盒子上，右手放在军刀柄上。我们刚刚走到跟前，这个村上，哈嗤一声口令，鬼子们不拍巴掌了，赶紧站成一列横队。村上叫了一声田桑，田会长赶紧上前几步，就听村上哇啦哇啦几句，田会长连连点头，过来让我们这二十个死鬼也端着坛子站成一列横队。这一下，险些露出破绽，你想嘛，咱平常训练，各种动作都是习惯性的，一说列队，动作就跟上来了，幸亏老耿临危不乱，说了一句，大伙儿多向太君学学，站齐点儿。这下子，故意慌乱半天，总算是站齐了。村上很警惕的，一听见老耿说话，马上叫田会长过去小声嘀咕几句，田会长这儿自然要说好话了，村上一听脸上露出微笑，有点得意。所以说，人是不能随便得意的，你这边一得意，那人家那边事情就好办了。干啥嘛，鬼子要摆个仪式，拍个照，上报纸，中日友好，骗人的把戏嘛。古往今来，形式主义，风行全世界，不光咱们这边有，日本鬼子那边也有。全世界都明白，形式主义害死人，但是，全世界都没有警惕形式主义的危害。哦，形式主义。光开头一个交接，就让鬼子吃个苦头，你想嘛，一坛子热油汤，多热，咱们是毛巾旧衣裳垫手的，鬼子只捧住坛子，那得多烫嘛，但是，咱们得称赞鬼子还是有毅力的，捧着坛子照完相，才放地上，两手直搓手，左右手相互安抚一下嘛。田会长也真是配合咱们，马上叫大家给太君拿猪蹄子拿卤鸡，咱们赶紧屈膝弯腰，从坛子里取出猪蹄子递给太君，可烫，哪有不烫的，可是那会儿，哪里还顾得烫嘛。鬼子啃着猪蹄子，哈哈大笑，哟西哟西。我伺候的这个鬼子，大脸大眼，墩实个头，啃着猪蹄子，还咧着大嘴问，花姑娘的有，花姑娘 ×× 好来西。那两个字，我都羞于出口，日本鬼子张口就来，好像喊自己奶奶一般。你看，啃着你的猪蹄子，吃着你的卤鸡，还要你的花姑娘，×× 好来西，别说咱们中国人不同意，美国人算是大度的吧，鬼子要是跑到美国，过圣诞节，吃着他们的火鸡，还要他们的花姑娘 ×× 好来西，美国人要是同意，我见天给他们一块六毛钱，让他们买雪糕吃。所以说，鬼子这种畜生，活在世上，除了祸害人，干不了好事情的，要他干啥嘛。田会长自己从坛子里拿出一只猪蹄子，陪着啃嘛，要不，鬼子咋能放心吃你的东西，所以，十九个鬼子，每次都得准备二十个坛子嘛。这多出来的一个，就是给田会长准备的。这个田会长够滑头的，他虽然知道他这个坛子里没有杀猪刀，但是，他拿起一只猪蹄子，就躲开坛子，佯装热情，在鬼子旁边转来转去，还一叠声地说太君米西米西，大大的好。鬼子高兴，油手大拍他的肩膀，一个猪蹄子还没啃完，又伸手要第二个。好嘛，咱们递上一只猪蹄子，再递上一只猪蹄子，再递上一只卤鸡，再拿出来的就不能吃了嘛。可是，不能吃，你也得吃下去。只听我咳了一声，刹那间，二十把杀猪刀拿出来了，热乎乎的烫手，还滴着油汤汁儿，散发着浓郁的花椒大料味儿。老天爷，猪蹄子，卤鸡，卤煮得红红的肥猪肉，明晃晃的油汤，一股股子鲜血泚出来，溅得猪蹄子上卤鸡上坛子上到处都是，人身上当然少不了的，头脸上都是。真没想过，人血能泚那么高。唉，过于血腥了。所以，这一段我从来没有讲过。尽管杀的是日本鬼子，我也不认为这么血腥的事情有啥值得炫耀的。哦，连叫村上的那个鬼子中尉，都没有幸免，王贵海发疯了一般，一连通了他七八刀。炮楼上那个鬼子不是杀猪刀捅死的，他冲着下边刚开枪，就被庄稼地埋伏的魏排长用步枪一枪击毙了。魏排长枪法顶好。

后来我自己分析了一下，觉得鬼子太大意，上了日常习惯的大当。习惯形成了规律，就会给人钻空子。镇子上的人送酒肉，开头几次可能小心翼翼，因为没有事故，又有田会长陪吃，所以麻痹大意，哪里料得到咱们要做他们的生意嘛，正好又碰上他们搞形式主义，拍个照片，要个仪式，这下好，咱们虽然准备充分，但是，鬼子无意间提供的这些偶然因素，也增强了咱们成功的系数。所以，成功也不全是咱们制造的因素，也不值得骄傲。当然了，章连长到底是老革命，战场上的道德意识很强，还是命令大家打扫好战场，把十九具鬼子尸体码放整齐，又搜出他们的白床单，一一蒙住脸面。总之，这不是两军对垒中干掉敌人的，是奇袭，或者是偷袭，你得对你干掉的鬼子有个态度是吧。咱们现在想一想，也没觉得有啥不光彩的嘛，强盗临门，手持利刃，你还能给他讲啥孔孟之道，讲啥四维八德，礼义廉耻，忠孝仁爱信义和平，没有用的，他照样该抢就抢，该奸就奸，该杀你就杀你。咱们这样做，不输大理。哦，咱们不理论，很多事情，越是理论越是矛盾。总之，咱们算是大胜而归，十七支三八大盖，两挺轻机枪，三把日本军刀，四把王八盒子，配套子弹若干。别看东西不多，但在当时那是很大的俘获，凭着鬼子的这般武器，战斗技术以及死亡精神，咱们一个团打人家一个中队，都未必能缴获这么多武器，甚至，能不能干过人家还是两说的。所以，我们干的这件事情，当时影响很大，既打击了日军的气焰，也鼓舞了咱们部队的士气，同时还让老百姓大长了精神，自然了，后来也引来了日军更疯狂的报复。

这是后话了，且不说。

当天，我们扛着这些战利品，又回到了王鳖口村的祠堂里。自然要庆祝一番了。老侄儿，那是我第一次喝酒，酩酊大醉。这些年来，我没说过，那一天我为啥酩酊大醉，因为我自己也说不清楚嘛。思考了这么多年，我现在分析，就是杀人之后觉得内心太空洞了，虽然杀的是日本鬼子，虽然也开枪打死过不少鬼子，但这次是脸对脸的手刃，感受不同，所以杀人后感到内心空洞得厉害，那种空洞是啥东西都填补不了的，不是恐惧，胜似恐惧。这些年来，一刀捅进鬼子胸膛的那个片段，疼痛变形的嘴脸，惊恐绝望的表情，还有一声苦闷的尖叫，很折磨人的。尤其是最近几年，百十岁了嘛，我一想到这些，就一下子看到自己的灵魂，唉，杀人的情景就像一片镜子，你一照就看到自己灵魂了，就像小鬼看见钟馗，你会发抖，在自己的灵魂前发抖，会尿不出尿来。哦，哦，你他娘的，这样说可就是抬举我了，啥是人性的思考，咱们一个乡巴佬，天生的一点善良与纯朴，不需要这么深的层次。自然了，人性是一个复杂的话题，我也是思考过的嘛，今天说到这个，那么，我来问你，是人性重要，还是家国重要。你呜噜嘴了吧。我给你说，这个问题咱们笨脑瓜是搞不懂的。反正，我是这样认为的，站在民众的层面上，我是选择家国的，要是站在个人的角度上，我就选择人性。哦哦，这好像是个哲学问题嘛，哲学问题，就是一团糨糊，矛盾重重的嘛，当然了，没有矛盾，就没有宇宙，就没有哲学，只有解决了矛盾，才能得出正确的哲学理论。他娘的，咱们只弄我的回忆录，不弄这个，不要纠缠于我个人的片面思考嘛。

咱们说那，事后，还出现一些意外情况。

那就是第二天早上，天刚麻麻亮，我们就准备开拔了。田会长的一对双胞胎，我们委托龚部长派人给田会长送去。都准备好了，弄两个团筐，铺上被褥，一个筐里一个，睡得小狗娃一般，四个武工队员，两条杠子，让两个小会长享受一下嘛。老耿还直有点舍不得嘛，粗啦啦的手，摸摸这个小脸蛋，又摸摸那个小脑门。当时龚部长带着县大队的四五十个人，还像模像样地给我们搞了个送行仪式，他们很高兴，第一次和新四军主力合作，没费一枪一弹，一个人没死，就分了五支三八大盖，还有我们战士换下来的十多支中正式，子弹两箱子，高兴得很，再三握手，希望下次合作。我们也很客气，因为我们走了，在王鳖口村的善后工作，还得他们劳作嘛，送还借的东西，垫付粮钱菜钱，还有柴钱，都在一张纸上写着嘛，等等吧。

就是在这个时候，六十多个伪军找到了王鳖口村，就是那个姓白的排长带队，哦，哪个姓白的，你忘了这个人嘛，就是在田会长大门洞里被我卸了下颏子的那个，除了他，还有一个伪军官，也是个排长嘛，前边说过，侯千陌的这个连三个排长开小差一个，就剩下两个排长了嘛，带着六十多个伪军，都是全副武装，还带了一挺机枪，捷克式的，当时搞得我们大大紧张了一会儿。我头天晚饭喝酒多嘛，还有点宿醉，头还有点晕，脚底下还有点飘乎乎。大家很紧张。可是，那个姓白的排长过来一说话，大家不紧张了，反而觉得这也是一件麻烦事情。白排长说啥，他说，你们新四军是最讲道理的对吧，章连长就说对对对，白排长就说，那咱们就理论理论，你们把十九个鬼子都杀了，一个活口不留，那这个事情我们就说不清了，我们也担不了这个责任，我们要参加新四军，你们要不带我们走，那鬼子追查下来，我们都得死，想必你们也听说过，有过先例嘛，黄家湾口据点五个鬼子被杀掉，这边一个连的人都被鬼子机枪嘟噜了，我们可不想等着鬼子架起机枪来嘟噜，对吧，反正我们也是中国人嘛，也受够了鬼子的欺辱，和新四军从来也没有过冤仇，你们算我们反正也好，算我们投降也好，算是俘虏也罢，反正我们就是要跟着你们走了，你们打鬼子，我们就跟着打鬼子。当时真的让人吃惊，不是吃惊别的，是这个姓白的排长太有口才了，要是咱遇到这种事情，真不一定能说得像他那样头头是道。是的，章连长和我与魏排长，还有龚部长，开个简短小会，议论了一下。看，那时候真好，就是这样，大事小事都很民主的。针对这个事情，我当时还真没有主意，魏排长坚决不同意，他是主力部队出来的嘛，哪里看得上伪军，龚部长倒是觉得这件事可以考虑的，章连长毕竟是延安过来的老红军嘛，那思想开阔，想的比咱们一般人长远，他说，别说伪军，就是日军，只要我们说服教育得法了，都能改造成革命战士。还举了几个例子，被俘日军经过教育，组成反战联盟，影响大，作用大，反正吧，说的都是确有其事，我也听说过的。尤其是，章连长最后搬出了毛主席，他说毛主席说过，要联合和团结一切可以团结的抗日力量。这样一说，魏排长就不反对了。你想嘛，那时候，不管是八路军还是新四军，只要一说是毛主席说的，比啥都灵，毛主席威望高得很。当下，就决定接受这五六十个伪军加入新四军，以啥名义嘛，反正，算不上，俘虏，也不是事实，最后，还是龚部长经验丰富，他说就算是主动投奔的吧，当然，这个也是实际情况。魏排长到底是主力部队的，警惕，建议把伪军的枪栓都卸下来，由咱们统一掌握，龚部长也觉得是个好主意，但是，章连长坚决反对，他说这样会引起人家心理上的反感，不利于改造思想。正说着嘛，白排长下口令了，主动卸下枪栓，要交给章连长，这下子，搞得咱们很被动。最后，还是白排长想了办法，让大家都没法说话了，啥办法，就是把枪栓还给各人，别在腰里行军。龚部长毕竟是搞敌工的，还是多了个心眼，说他的武工队也想加入新四军主力，但是，县委开展工作也离不开这支武装力量，最后，他决定自己留下十五名武工队员，再慢慢发展队伍嘛，其他三十五名，全部由章连长带走。后来我琢磨过来了，因为我们机动连人员不满五十，伪军六十多人，长途行军，一旦出点意外，那咱们在人数上就不占优势，所以，他补充过来三十五人，这样，咱们在人数上就占优势了，行军路上也相对安全了。后来过了很久，我和章连长议论这个事情，他笑嘻嘻说，操他个小嫩娘的，你小子锻炼出来了嘛。说这话时，章连长已经是旅参谋长了，而我也是一名新四军连长了。只是后来，我没有再见过龚部长，但是，就像小学课本里那句话，这个老大哥的音容笑貌，一直活在我脑海里。

哦，对了，那天出发，麻烦事很多，田会长也找到王鳖口村来了，可以说拖家带口，带着大老婆，肯定也带着小老婆，就三个人，找上门来了。为啥，昨天晚间鬼子电话过来了，巡查队的干活，明天的过来，村上君那边电话一直无人接听，哦，不是，在“服务区”是肯定的，就是无人接听嘛，联系不上，田会长一听就魂不附体了，这才明白过来，事情大了，过于严重，他那小肩膀还真的扛不动，哪里还敢坐等这边给他送孩子，当时收拾细软，一口气找上门来了。当时，一见到一对双胞胎在团筐里睡得狗娃子一般香甜，三口子人哭成一团，尤其是，看见比在家还养得白胖，又是千叩首万磕头的。最后也想跟着新四军走，家里是不能待了嘛，要逃条活命。现在想想也可以理解，这个事情，对他来说，就是个天大的祸端，他真的扛不住，鬼子去了五明口镇上，非杀他全家不可。那田会长说了，我们杀鬼子的当天下午，整个镇上五六百户人家，差不多都逃走了，“就跟马蜂窝着了火一个样啊，我的老外婆哇，嗡嗡嘤嘤，都跑了”。想想那情景，我心里真是复杂得很。田会长当场还把内侄儿侯千陌骂了祖宗八辈子，骂他无情无义，出了事故，丢下队伍不管，连亲戚也不管了，亲姑妈啊，都不管，夹着尾巴跑得无影无踪，平日里酒肉，真不如喂了狗才好。也真是奇怪，一直到解放，我也没再听到过这个侯千陌的消息，好像人间蒸发了，蒸发了也不是好事，这种人，污染空气。自然了，当时咱们咋能让田会长跟着行军嘛。后来，魏排长想了个主意，说不妨到他们老家去吧，山东聊城还是菏泽那边嘛，我记不清了，反正就那一片嘛，离咱们亳州很近的，当年八路军新四军都经常去活动的地方，可能也比较太平吧。这样一说，随手，魏排长还给家里写了一封短信，让田会长带上，说只要家里人看到信，自然会安排好一切的。我们这才知道魏排长是山东人嘛，家里是做大饼生意的，要不哪来这个倔脾气嘛。后来，我们华野和三野合并了，成了第三野战军嘛，在山东打仗，几个人还真的跑到魏排长家里看过，田会长和他大老婆都去世了，就剩下小老婆带着两个小孩，小孩都六七岁了，她也没有再嫁人，以卖大饼为生，素衣素裤，两手面块，眼波儿还是那么有风姿。放屁，咋会嫁给魏排长嘛，那会儿魏排长都是团长了，刚刚结的婚，他老婆是个后方医院的护士，老魏负伤住院认识的，这章子事体，还需要我多说嘛。哦，又他娘的说发岔了。既然发了岔，那就再说几句。也就是一九八几年吧，我还在咱们亳州荣军院里嘛，在电视上又看到那两小孩，也都是四十大几的人了，但我一眼就认出来了，为啥，都成了大魔术师了嘛，现场演出，现场直播，演的啥节目，老鼠钻瓶子。哎呀他奶奶个熊，这个世界，冥冥中的因果关系，你真说不清楚，所以说，啥事咱们一解释不清楚，就喜欢用两字来概括，宿命。岂知，宿命有时候很残酷，有时候也是很幽默的。

我们这支成分复杂的队伍，走了一天一夜，又两个多小时，才到达唐庄，也就是我们原先驻地所在嘛。说起来，这一路子真够提心吊胆的，觉都没敢睡。想必你也可以理解的。倒是章连长经验多，他给伪军做思想工作，说咱们新四军很苦，经常性的日夜行军，你们是不是真心投奔新四军，能不能成为一名合格的新四军战士，那就先看看这一夜行军你们能不能坚持下来。当时我就明白了嘛，一夜行军，把大家搞疲乏了，你就没有精力再琢磨古怪事情了。真的，一天一夜，走到第二天黎明时刻，真叫是人困马乏，我都不想走了。老耿年纪大了嘛，开始气喘吁吁骂人，操东操西的，搞得伪军们也开始松懈下来，怨声载道嘛。这个情绪很容易引发事故，当时我和魏排长也有点担心，忍不住呵斥起来。章连长刚刚下命令休息一会儿，这时候，师长的那个警卫员小马，就是最初送我到机动连报到的那个小马，骑着一匹枣红马，神采奕奕地奔过来了。当时正是朝阳初升嘛，我看着一个人骑着枣红马背着日光奔驰而来，一下子掏出了盒子炮，现在想想，当时真是精神高度紧张到极点了。小马一看见我们，也是一愣，紧急刹车，也就是紧急勒马，转了两圈才停下来。他当然紧张了，一层便衣，一层伪军，一层新四军嘛。后来看到章连长，看到我，看到魏排长，这才翻身下马，咋咋呼呼的，说连着两天，师长派他跑出来找我们，"昨天向北跑了几十里，到处找不见，还以为都死光了呢，今天向南刚跑二十里，就找到你们了，同志们，辛苦了"。小马没意识到，大清早的，他这话有点不吉利，还摆个大首长的谱儿，给我们招手，还同志们辛苦了。不过当时哪里计较这个，一看见小马，那就相当于看见师长一样嘛，兴奋之情霍然而起。伪军们也顿时振奋起来，纷纷站起，用热切的目光看着小马。首长身边的警卫员嘛，不摆架子，也有架子，哦，我说的是气势方面嘛。章连长马上快步上前，简单地给小马介绍了一下情况。小马对伪军招手示意，大声欢迎他们加入新四军队伍，伪军也是掌声雷动，大声疾呼，搞得小马比师长还神气。这么搞了一下子，我们就算到家了。

不过，我们到了唐庄，没进去，就在村头上待命。小马英明，说等待首长迎接大家。他拍马进村报告去了。其实，咱们心里都明白，一支队伍，脱离上级指挥机关小半年，虽说特殊情况，那你回来总得让组织上审查一下吧，又何况，你还带了六七十个伪军嘛。小马，在首长身边走动好几年了，就是个傻子也会变聪明的。也就是半个小时左右，我们师里的江参谋长过来了，还带着十几个干部战士，也就是连长排长班长的吧。小马自然也过来了。我们和江参谋长都认识，小马给伪军介绍嘛，首长身边的警卫员就是警惕高，他只是说江参谋长是师部首长，没有介绍身份，我们明白嘛，纷纷鼓掌。江参谋长笑眯眯的，说话很厉害，讲了几句话，致欢迎词，也引用了毛主席的话，团结一切可以团结的抗日力量，然后说队伍行军一天一夜，一定又渴又饿，先休息一下再说。话音一落，一个参谋上前两步，也是笑眯眯的，说事情来得急促，没有准备，大家分头到各个连队就餐完毕，再安排休息。接着直接下达口令，那十几个连长排长班长，每人带着七名伪军分头进村。

你别笑嘛，你这个笑不是好笑，有点坏，我就不戳破你那点小心眼了，但我得给你讲清楚，咱们分开伪军，出发点也是好的，一个是防止意外事故，二是方便教育改造，你想嘛，咱们拉块木头回家，你不加工加工，也成不了家具嘛。你能理解就好，不能理解也必须理解。我们机动连的原班人马和魏排长的那十几个人也分开了，当天，魏排长他们就回老部队了，人家主力部队嘛，战斗人员金贵，一袋豆子，一粒也不肯落下。分手时，章连长要送给他们一挺机枪，拔鬼子据点时缴获了两挺机枪，也有人家一份功劳嘛，魏排长坚决不要，只拿走了一把日本军刀，说是送给他们连长一份见面礼就行了。龚部长的那三十五名武工队员，到了这儿，任务算是完成了，江参谋长命令他们吃过饭就得返回的，我们章连长歪心眼上来了，哪里肯放走这批生力军嘛，笑嘻嘻要求编入我们机动连。江参谋长发火了，说地方武装发展起来不容易，人家龚部长发展这批队伍得花费多少心血呀。章连长眼皮活泛，看出武工队人员大都想留下，当时就是这个样子，县大队之类的地方武装，都想进入主力部队嘛，章连长也了解这个情况，他就给江参谋长使个杀手锏，说那让他们自己表决吧。这一下，三十个人坚决要求留下，有五个人看样子有点顾家小嘛，说了个两来子话，留下也好，走也好。他妈的，那就让他们走吧。江参谋长没办法了，就给龚部长写了封信，让那五人带走了。这样，我们机动连就有七十一人了，还是回到了唐庄西头靠着树林的那十八九间房子里。当然，我们是在师部伙房吃了饭才回来的，顺道儿还派了二十名战士，又走了七八里路去军需供给处那边，领了一批新军装，一个是马上夏天了嘛，二个是咱们也早就该换装了嘛。自然了，我们还受到了师长的接见，不不，没有开会，没有啥仪式，我前边说过嘛，. 师长一旦有空闲时间，就爱到师部附近的几个连队转悠嘛。有一天下午，师长到我们连部，了解一下我们端掉五明口镇上鬼子据点的经过，问得很详细。我们大家都觉得是个荣誉，后来自己人闲聊起来，或者给兄弟连队吹牛，都说师长亲自接见了我们。不过，后来师里开大会，师长真的在会上把我们这个事例表扬了一番，说机动连在这次反“扫荡”中打了一个漂亮仗，是一个典型的奇袭战例。自然了，我也是被点了名的，这个奇袭战例，是从我的发展武装的思路那儿来的嘛，弄得我们机动连在全师都很有名，我在全师也很有名了，我们机动连到哪儿都可以昂首挺胸了。也有扫兴的事情，就是师部警卫营嘛，算是我们机动连的顶头上司，赖兮兮的，觍着脸要走了五支三八大盖，一挺机枪，搞得我们机动连就剩下三挺机枪了。不给也不行，章大春这狗崽子，当了警卫营营长嘛！哦，对，当年战争期间，干部调整很快的，你想嘛，打仗也不是光死战士的，团以下干部，哪一仗下来不得死几个十几个的。那是自然嘛，我们机动连干部也做了调整，张宝和王贵海都当了排长，老黄也当了排长，机动连没有干部位置了嘛，我只好当连长了。老耿没当排长，哦，那时候，各根据地依赖各师，都成立军分区了嘛，分配老耿去军分区管理股当股长，老耿不去，老子也是主力部队的战斗员，去干那个闲差事，操奶奶操娘，一上午骂骂咧咧，后来就没去军分区，反而成了我们机动连的太上皇。咋说，连里有啥事我得给他商量嘛，老侄儿，你别以为连长好当，没人给你把住舵，你天天累几头汗，都未必能当好。所以，我觉得机动连离不开老耿这个太上皇。老红军嘛，爬雪山过草地，活过来就是我们的一笔财富，经验大死学问，啥事情别住角了，他都有办法帮你解决掉。事例很多，今儿就不一一说了。

接下来的一段时间里，形势相对安稳一些，部队经过反“扫荡”，都大大折腾了一番，也需要休整一下。而且，不光我们机动连带回来六七十个伪军，其他部队在反“扫荡”的过程中，也俘虏一些伪军，还有一些伪军趁机反正，过咱们这边来了，没有几个人死心塌地当汉奸嘛，加上新近又补充了一批新兵，部队必须进行整顿学习教育一番。还是咱们李庄的那句老话嘛，木头是拉回来了，你就不动斧子，不动锯子，那就成不了材料，做不成家具，要成为啥样的材料，做成啥质量的家具，全在于你加工时下多大功夫嘛。说实话，我个人在这次整顿学习教育中，也是受益匪浅的。比方说，这个军阀思想，我先前在祝长官那边哪里懂这个，后来不管是当兵还是带兵，我全是凭着咱们李庄人的这点忠厚做人做事，后来一听我们师政委讲话，我弄清楚了，光做人做事忠厚，不等于没有军阀思想。说起我们师政委，其实他也是个不起的人，知识渊博，说话风趣，我给你讲这个事情，也不说他的姓名了，一说他姓啥名谁，那下边的事情就不好说了，不说姓名，那说起事儿来，咱们好褒好贬，既没有拍谁马屁的嫌疑，也没有故意糟蹋谁的嫌疑嘛。我们师政委在全师干部大会上的这个讲话，题目就叫《彻底铲除军阀思想》。我当时做笔记，像模像样的，记得还比较详细，后来打仗嘛，笔记本就不知道跑到哪儿去了，所以，现今儿记不全了，不过，我还记得军阀思想的五大表现，一是奴役人民。二是对士兵的残酷性。三是虐待俘虏。四是不尊重地方政权，把地方政权机关当做替自己当差办事的办事处。五是对部队的私有观念与私人干部政策，把部队看成是个人私有的，成为个人升官发财割据地盘的武装工具。我们师政委当场还打个比喻，说部队不铲除军阀思想，是没有发展前途的，最后只能是“瓮头里养乌龟，愈养愈缩”。会场里笑成一片，当然了，表面上是笑这句话，实际上，是政委的讲话精神感染了大家的心灵。这个讲话对我影响很大，对我以后带兵打仗有很大的帮助。后来小四当兵，刚当班长，我就给他上过这一课，等他成了干部，我又给他上过一次课，讲的都是这些内容。当然，现在部队情况我也不了解了，估计应当不会再有军阀思想之类的恶习了。哦，对了，当时抗大的教授也到各部队讲课，来我们师部讲课的一位教授是绍兴人，三十岁不到，讲课很精彩，绍兴话嘛，咱们也没听懂几句，说他精彩，是他讲课的动作，手舞足蹈，手势很好，一直是脱稿讲，到结束时，反倒拿起稿子朗读起来，这几句绍兴话我听懂了：资本主义的思想体系和社会制度已日薄西山，气息奄奄，人命危浅，朝不虑夕，快进博物馆了，惟独共产主义的思想体系和社会制度，正以排山倒海之势，雷霆万钧之力，磅礴于全世界，而葆其美妙之青春。师长当然听得懂，大鼓其掌，也不知大家听明白没有，反正看见师长鼓掌，大家都跟着鼓掌。

哦，哦，见了，见过大小姐两次，第一次是开会碰上的，因为人多，几乎没说上几句话，看到双方都很平安，两人就很开心了嘛。第二次我特意请了假，还跑到营部找章大春借了一匹马，去抗大分校看她，当时她们分校离我们唐庄还有二十多里路嘛，我还在小镇上买了两包点心，就是大小姐最爱吃的小酥糕嘛，只是太遗憾了，也没能说上几句话，老是有学生过来向她请教英语单词，真他娘的，一个个不长眼色，还给我敬礼，做鬼脸，小青年学生也就算了，还有部队抽过去上学的干部，营长连长，还有县团级速成班，老大年纪了，也来请教，也给我做鬼脸，还问大小姐，方老师，这位老弟台是谁呀。大小姐就笑，说，回头上课时告诉你们。走时，我低声对大小姐说，大小姐，你要当心点，那几个老家伙没安好心眼，一个个笑得哈巴狗一样。大小姐咯咯笑，也没说啥，挎住我的胳膊，在他们学校里绕个圈子，当时我还高兴得不行，身体挺得直直的，昂首阔步的。不不，不是你想象的现在这种校园，那时候哪有这么好的条件嘛，是一座庙宇，周边有那么二三十间房屋，我们就在大殿前走廊里转悠嘛。我数着来嘛，转了整整三圈，大小姐就把我送走了。我当时没意识到，过了好几年才明白大小姐的用意，啥用意，你说她是爱上我，那是你的误解，但我觉得，她是用这个办法向那些老家伙表明态度。也就是，我成了她的挡箭牌，挡住了比基尼之箭，哦，对对，是丘比特之箭。唉，老侄儿，你看看，过去，两个人相见一次多难，所以，觉得美好，哪像现在，天天黏糊在一起，能有个啥意思嘛。哦，对了，大小姐知道我入了党，还当了连长，就不叫我李娃了，直接喊我首长，叫人怪难为情的。

那一段时间，虽然没有打仗，但部队是很忙的，热情高涨，除了学习，还要训练。我对训练比较苛刻，尤其是刺杀训练，就是拼刺刀嘛，动不动就高声骂人，踢屁股，哈，都是自己在新兵营传染的坏习惯，但用意也是一样的，都是为了上战场晚死一会儿嘛。我不打耳光，不用拳头凿击胸膛，不能刺激士兵的尊严嘛，咱们踢屁股是想让他学好学会，学会本领，保护性命要紧。哦，那个新兵在战场上不敢和一个受伤的鬼子拼刺刀的事例，我在训练拼刺刀时，给大家讲了好几遍，每次都说得人人一脸愤怒。

说起训练，我与章大春吵了一架。为啥，咱们训练，拼刺刀咱们可以，扔手榴弹咱们也可以，战术训练也行，但有一条，射击训练，你不能光是让大家趴那儿练习瞄准嘛。我反对这个。我还是坚持我的看法，神枪手都是子弹喂出来的，这是我的经验之谈。一发子弹都没打过，上了战场，你还打鬼子，你就挺起胸膛挨子弹吧。我带兵，不要求人人都是神枪手，但你拿起枪总得打几枪像样的吧。所以，我也没有请示，实弹训练时，按规定是五发子弹，这是情况好转了，才五发子弹，还得分两天打，第一天两发，第二天三发，以前就是三发子弹，糟糕的时候，一发子弹，最糟糕的时候，一发也没有，你拎枪上了战场就开打，那哪能行嘛。我就说了，每人十发，分两天打。打完了，我带着连里的通信员尹小阁，排长王贵海，去营部要子弹，营长章大春不在，他也得参加训练嘛，当时全营领来的训练子弹都在营部放着嘛，还有几箱子没发完，叫人看着眼红得不得了。我们连这个通信员尹小阁是个小孩子嘛，没个规矩，上前就要拿，营部那个鸟通信员不让拿，眉清目秀的茄子一样，尹小阁捋胳膊挽袖子就要揍他。你看看，一个连部的通信员，要揍营部的通信员，这就是我带出来的鸟兵。我拦住他们，骂那个营部的通信员，说娘拉个逼的，我们连的机枪都给打走了一挺，好好的步枪拿走好几支，现在来拿两箱子弹还抠逼手。我说的是咱们李庄的方言嘛，大概就是吝啬的意思嘛。你看，一件看似小小事情，不就两箱子弹嘛，可是，一旦上纲上线，那就不得了了。章大春回头跑到我们连训练场上，当时我们连跑到唐庄东北角，二三里地，有一片盐碱地嘛，我们就在这片盐碱地上训练实弹射击。章大春暴跳如雷，要不是刚刚开会讲过铲除军阀思想，他非得抽我耳光不可，当然了，抽耳光也没用了，子弹全部打完，敬请验收。不大一会儿，师部也来两个参谋查看这件事，他们听到枪声不对嘛，过来了，非要究讲。说实话，当时章大春还是厚道的，到底是老红军，有胸怀，有担当，知道爱惜部下，硬说是对我们机动连进行特殊训练嘛，才把两个参谋蒙走了。但是，私下没完没了，天天晚上找我谈心，本位主义，英雄主义与要英雄的区别，大局意识与局部利益的关系，个人利益与集体利益的关系，自我主义应当为集体主义让步，“自然了，要让你这个混蛋意识到自我主义应当为集体主义让步，恐怕还是需要一段时间的”。我素不知他口才如此之好，水平如此之高，但是天天说这些，后来我就烦了，让老耿想想办法，老耿真有办法，啥办法，一个是老脸面嘛，一个是要戏法，东拼西凑，估计是连蒙带骗，反正也不知从哪儿弄来了两箱子弹，我派通信员尹小阁给章大春扛营部去了。按说这下应该没事情了吧。可是，麻烦更大了，章大春非要弄清楚，这两箱子弹从哪儿弄来的。又是天天晚饭后过来给我上课，咱们共产党人要光明正大，决不允许偷偷摸摸，我就顶了一句，我们不是偷来的，是借来的。章大春说那就更不允许了，咱们共产党人，决不允许挖东墙补西墙，你说说，借谁的吧。看看，老侄儿，这个连边胡子，够迂腐的吧。我就知道你要说是，我要说不，我觉得吧，像章大春这样较真的共产党人，啥时候都不能少了。但当时我还没有这个境界嘛，只是觉得好好一个章连长，当了营长之后，娘拉个逼的，就卖起洋腔了。腻歪得很，这个事情，就像羊角风一样，他想起来就过来纠缠一阵子，全营一开会，他就洋腔洋调的敲打，旁敲侧击嘛，一直纠缠到过年，这个事情还在纠缠不休。幸亏，刚出正月，上级把他调走了，调到一个旅里当参谋长去了，大家鼓掌欢送，尤其是我们机动连，列队鼓掌，手都拍红了。我带头使劲拍，大家还不拍红了巴掌。分手时，我给他握手，吉祥话不断："祝贺营长高升，大家开心得很，欢迎老首长经常回咱们老连队指导工作！"他还不依不饶，说："操他个小嫩娘的，李连长，你记住这两箱子弹的事情，咱还没完呢！"咱们李庄爷们儿开始骂人了，靠他姥姥，买他两根黄瓜，多给他八块钱了，秤上他还坑咱，咱只好想哭了。不过，这时候形势有变化了，我们机动连也很快有了新的任务，这两箱子弹的事情也就不了了之了。你看，老侄儿，宇宙就是这样的，一切麻烦事情，无论多麻烦，只要拖得够长久，最终，时间都会给你个好结果的。

好了，你看，太阳光又斜过来了，时间差不多了。

今天就说到这儿吧。

第三十一章

老侄儿，你又咳嗽了。

咳得怪厉害的，牵连得我都想咳嗽了。

药丸子吃完了吧。

哦，还有，那就是说这个药丸子不起作用了嘛。

按照我这一辈的吃药经验，药这个东西就是这样，你老吃一种药，这个药就失灵了，你的身体里就产生了抗药性。这和打仗差不多，老是采用一种打法，人家摸透你的规律了，你就打不赢了。咱们换个方子吧。走，今儿不讲了，咱们爷俩再去找焦医生一趟，干他娘的，这个小焦。

咋，你不去，你说没事儿，好，你一定要没事儿啊。

不管说啥，你这一回也得坚持到我把故事说完了，半途而废可不是咱们李庄人的性格，也没这个规矩。

现在开书。

新的一年开始了，新变化的形势，也摆在你面前了。这一年刚开年，日伪又开始了对我苏中苏北苏南根据地进行扫荡，和这次扫荡配合的，还有汪伪实行的清乡运动。除了去年的清乡余绪，这一次搞得更邪乎，啥东西，梳篦式的扫荡，军事清乡，政治清乡，延期清乡，高度清乡，等等吧，我也说不全乎，鬼子汉奸他们想的那些败国点子，咱们哪里搞得懂嘛。反正就是捣乱嘛，他不安宁，你也别安宁，连我们也都不得安宁。一下子，咱们各部队又进入高度警戒状态，或者说战备状态。这一次不单单是转移，不光是周旋，还要瞅准机会敲他们几下子，要不他们就把咱们新四军当成好欺负的老实小孩了。所以，动员大会一开，一番鼓励，各部队士气还是很高的。我们机动连回来先开了一个支部会，党支部嘛，老传统嘛，支部建立在连上嘛，我是支部书记。你不要笑，我也是经过战火淬炼过的，思想丰满，我也有牙齿，我也有信念，我比大家开的会多，受的教育多，见识当然也多很多嘛。你他娘的。我现在想想，当时我思想上确实还是比较成熟的，工作上也是比较积极的，口才也练出来了。所以嘛，我们支委会几个人，在连里也做了扎实的思想工作，制定了一个目标，就是在这次反“扫荡”反清乡中，要缴获一挺轻机枪，二十支三八大盖，四五把王八盒子，一把或者两把日军指挥刀，当然了，还要响应师部提出的口号，每天打死一个鬼子，这个要求不高，但是实现起来，也有相当的难度。自然了，咱们自己也要做出牺牲的思想准备，为国家，为民族，为党，为抗日，为广大人民，牺牲自己也是值得的，也是高尚的。不过，我又说了，咱们尽量减少牺牲自己，你要杀敌，最好自己先活着，你要杀的敌人越多，你越要好好活着。为了胜利，不惜牺牲自己，这种精神咱们要有，但是咱们的目标是干掉敌人，最高目标是活着。真的，我当时就是这样说的，根本就不像现在电影电视里那样，到了这个时候，都说一些冠冕堂皇的屁话，其他部队有没有说那种高尚的屁话的，我不知道，反正我没那样说。包括后来，我带兵打仗，战斗动员时，我总要强调我这一套，所以，我的兵总是比兄弟连队伤亡的少，尤其是后来我从亳州带回来的四十七八个兵，都是你大娘陈彩莲他们县大队的嘛，土生土长的亳州人，老乡，对我这个套路领会得更深刻，一直到全国解放，这四十七八名亳州兵，才牺牲十五六个。哦，老侄儿，我这样要求大家，也不是我心里多么神圣，主要是，我老实说吧，训练一个新兵太费劲儿了，老兵啥都懂，打起仗来有眼色，领会你的意图很快，你一个手势，他就知道进退，但是新兵太麻烦了，一上战场，很快报销，最后损失多少都是你的数，影响连队的战斗成绩是一，主要，打起仗来他害怕，一个兵害怕，十个兵胆寒，我最讨厌胆小如鼠的兵了，影响战斗情绪，要命的是一旦冲锋，他还乱跑，遇到炸弹，老兵还得保护他们，老兵会打仗，战场道德好，战友情谊深，所以，老兵金贵。所以嘛，我就要求我们机动连的兵，尽量不要死打硬拼，要活下来。哦，你说我打小算盘也好，说我保护实力也可以，你想嘛，你实力都没有了，你还与鬼子打个鸡巴仗嘛。再说，一仗打下来，人家连队齐装满员，你连队缺胳膊少腿，那你只好哭了。不，你别给我讲大道理，我也不给你讲大道理，我的目的就是，打胜仗，不死人。很难是吧，越是难的事情，咱们越是要做好它，啥叫棋胜一着，啥叫技高一筹，只有这样，才能显得咱们比别人牛嘛。反正，我当连长，这个连我说了算，我当营长，这个营我说了算，我当团长，你他娘的，都当团长了，这个团还不是你说了算嘛。老侄儿，你说我的工作算是做到家了，我也承认我的工作做到家了，但是，都没用到刀刃上。为啥，这一次上级给我的任务，主要不是打仗，主要还是护送。上一次是撤离，这一次是护送，基本内容一样，你说这不是宿命是啥嘛。护送啥，就是护送一批旅团级干部去延安学习。

细处说来，也很简单，当时抗日已经到了战略相持阶段，形势变化了嘛，党中央能人多，毛主席看得远，为了提高我党我军中高级干部的思想水平，能使之适应新的形势，顺应未来发展趋势，就从全党全军抽调一批中高级干部，到延安学习。你他娘的，哪里是镀金，哪里像前一个时期，一群王八蛋，就知道镀金镀银的，我们那个时候，是真真切切的充电。我们师，以及我们师所在的当地政府，抽调了二十多名县团级以上干部，克日前赴延安，我们机动连，就是护送这批干部前往延安嘛，几个师首长对此事非常重视。出发前，师长亲自找我谈话，我看他表情特别凝重，他说，李连长，这次去延安学习的干部，都是我们军地的精华人才，所以任务十分重要，对你是个大考验，对你们连也是个重大考验。你们连在上次反“扫荡”中表现骁勇，而且足智多谋，赢得了师党委的高度信任，加之，经过人员调整补充，你们连的训练抓得好，比如实弹射击，不惜子弹，练好枪法，使你们连的战斗力大大增强了，所以，这次任务，师里指定由你们连完成，希望继续发扬大无畏精神，敢于胜利的精神，一定要把这个任务完成好。你看，师长亲自给咱们戴高帽了，还说了实弹射击的事情，那咱们还说啥，保证完成任务就是了。不过，我给师长提了点请求，就是要带足弹药。这里，我有个小打算嘛，弹药一领下来，就是咱们连自己的了，扛多少都不嫌累，这个任务要是用不完，不不，我压根就没打算还给章大春，打完就打完了，还还个鸡巴嘛，哦，现在应当称呼章参谋长了，我是想，有了多余的子弹，那往后训练，咱们就可以让战士们多打几发子弹嘛。我就是出于这个目的。师长当然很爽快地答应了。当时，我也不知道师里是不太相信咱们连，还是为了保证此次任务万无一失，另外还抽了我们警卫营三连参加护送，只是，他们三连是从陆路挨站接应，而咱们机动连，是随赴延安学习的干部队乘船走水路。

这个安排，也是根据当时情况采取的一个韬略。你想，日军这次扫荡是梳篦式的，陆路上封锁十分严密，不仅交通要道，就是寻常村头路把儿，都有鬼子伪军设的据点卡口，这么一群高中级干部队伍，咋个通过，一点闪失不得嘛，所以只有走水路。哦，对了，为了更好的完成这个任务，师部还给我们这两个连队配发了便装，当然不是工厂或者公司那类制式的服装了，乱七八糟，啥样的都有，有灰的，有蓝的，还有褐色的，有粗布的，还有洋布的，刚刚进入二月里，都是棉夹袄，棉夹裤子，就是咱们李庄人说的薄棉袄薄棉裤嘛，当然也有长袍子了，我就穿了件褐色棉袍子嘛。反正，咱们这个机动连一换上便装，和武工队县大队之类的地方武装差不多，相互打量，一阵阵笑嘻嘻。

要说走水路，那就得先说说蔡琅玕，我的亲表哥，就像说我的故事，得先说老姑父方仪望一样。当时蔡琅玕不得了，调到海防大队当参谋长了。哦，是的，那时候，咱们新四军有两三个海防大队嘛，护送这批团以上干部赴延安学习的这个海防大队，就是蔡琅玕所在的海军部队，哈，这样说也没啥错，当年的海防大队，基本上也可以算作咱们海军的雏形嘛。蔡琅玕这个大队，是大有历史的，故事很多，在当年那是咱们华中地区的一条海上交通线，西药钢管，还有枪支弹药，反正各种物资吧，基本上都是这个海防大队运来的，包括从咱们江北根据地派往江南的干部，从江南走水路转往延安的干部，以及上海过来的高级知识分子到咱们根据地，还有出席苏中区党委会议的干部往来，等等吧，走的都是这条海上交通线。我咋了解这么清楚，全是后来蔡琅玕从头到尾给我讲的，“文革”开始不久，蔡琅玕是舰队参谋长，天天被斗争，后来他的老首长，就是那个江参谋长，给他出主意回故乡看中医，他就跑回来了，刚好那一阵子我嫌城里乱糟糟，也回到咱们李庄了，就住在咱家里，就是现在这个家里，当然，那时候没装修，条件比较差一点，蔡琅玕就追到咱们家，也住下来了，和我都睡在堂屋里，天天说到半夜还说不完，谈古论今，往昔岁月，其间就讲了他当年参加组建这个海防大队的很多事情。所以这一段我就不给你说了，一个是与我个人的回忆录关联不大，再个是，蔡琅玕后来也写了本回忆录，高级干部嘛，退下来没事情干，就组织个班子写回忆录嘛，你要是想了解这个海防大队，也可以找一本看看。哦，你要是找不着，给小四打个电话，让小四给你找。小四那孩子，十六岁去当的海军，年龄不够嘛，就是找的蔡琅玕，他表大爷一句话的事体嘛。还有我家老大老二，当年参军，都是蔡琅玕出点子，也弄去当海军了。这个嘛，看上去是走后门，实际上不是，因为蔡琅玕这个人，怪脾气多，一个是他要是干啥，那他恨不得把亲戚朋友都拉去干啥，二个是，要是在那个地方吃了亏，受到损害，那他想方设法都得把这个事情找平了。他之所以把亲戚朋友家的孩子都拉过去当海军，那也是有原因的，就是当年在海上打了一仗，伤亡惨重，忘不掉这个，这才把亲戚们拉过去的。他在回忆录也谈到这个事情，说的好听，父子兄弟齐上阵，哪怕花上两代人的工夫，也要建设一支驰骋海疆的强大海军。哦，他那个视野咱们不具备，先不说他。哦，现在，小四和蔡琅玕的几个儿子关系都好得很，他们都是小一辈的表兄弟嘛。要说蔡琅玕这个鸟人，有艳福，找个青岛老婆，教授的闺女，又骚又漂亮，两口子当年都是个干家子，一口气生了五个儿子两个闺女。

哦，别说跑题了。

咱们说我们机动连走水路，护送赴延安学习的干部队。接受任务后，我们机动连和三连一夜急行军，携带的机枪步枪，都是用稻草包扎好的，弹药用柳条筐盛着，扛的扛，挑的挑，远看近看，你都弄不清咱们是做啥生意的。到了海边后，三连按照他们的路线沿着海边陆路走了。我就不说是哪个县城了吧，我们上船的那个地方，倒也可以说一下地名，叫奶奶湾，咱们搞不懂为啥叫这个名字，当地有当地的传说，有当地的习俗，咱们不管这个。那时候也没有码头嘛，船就停在海水里，我们脱掉鞋子，裤腿挽到膝盖上，蹚了一百多米的浅水海塘子，才上了船。海水真凉，不光两腿针刺一般，连屁股蛋蛋也跟着麻嗖嗖的。老天爷，啥舷梯呀，没有，那时候咱们连军舰都没有，还舷梯个鸟毛。都是木船，舷梯就是一把竹梯子，顺下来，一头插在海水里，一头搭在船帮上，大家就顺着这个竹梯子，爬船上去。啥样子的，你从来没见过大海，肯定也没见过海上渔船，我给你说不清，只说几件东西吧，两根桅杆，一张大帆，好多条帆缆，木舵，木甲板，木船舱，好了，你自己组装吧。当时，蔡琅玕就在船上，指挥船上战士帮助我们上船，他们也都换了便装。一见到我，蔡琅玕仰天大笑，高声大叫："啊哈哈，李娃表弟，原来是你，咱们哥俩又上一条船上了啊！"把大家搞得一惊一乍的，船舱里的人也出来张望。我一看，又惊又喜，谁嘛，大小姐。你问了，大小姐也不是团级干部，怎么会在船上。这个问题，也是我想问的问题。后来上了船，才了解情况嘛，其他干部都是团以上领导，唯有大小姐是个例外，但是，大小姐"是个特殊人才，是延安马列学院点名要过去的"。当时一见我和大小姐很熟的样子，曹旅长马上咋咋呼呼的，这么给我介绍了一番。咋，曹旅长你都忘了，就是张先生变成了曹旅长了嘛，就是他。哦，你记起来了。这位曹旅长也是赴延安学习的高级干部之一，他很热情，夸我进步很大，都当连长了。我自然给他敬军礼，客气一下子嘛。

上了船我才知道，这个事情，比我想象的要复杂一点，除了这三十多名赴延安学习的高干之外，他们还都带了随从人员，部队的高干，有的只带一个警卫员，或者带个参谋，地方县长之类的，有的带个跑腿的文秘，有的带个办事的科员，反正比较棘手，尤其棘手的是，还有几个大官都带着老婆，比如刚才说的曹旅长，他就带着老婆，好歹，他老婆也是部队的，就是他们旅卫生队的副队长，名字很好听，叫金娥，也是个营级干部嘛，结婚小半年，怀孕三四个月了。还有几个地方高干的老婆，一个个眼看着都比她们当家的年轻多了，打扮得洋学生一般，围着金娥，在船舱里说悄悄话，时而尖笑几声。六七个老娘们儿，碍手碍脚的，当时我心里还这么嘟囔了一句。哦，大小姐也在，也换上了便装，还是在直塘镇王姐姐给她的那套衣裳，靛蓝色棉袍，橘红色毛线围脖，喜兴得很，这么一身打扮，又稳重又清秀，和那一群娘们儿在一起，格外异样。自然了，大小姐不碍手碍脚，她不嚷嚷，也不乱动，虽然没和我说句话，但是，我们两个，还需要用话语交谈嘛，每次对视一眼，就知道对方说啥了。大小姐一侧脸看过来了，啊，李娃，真巧啊。我的眼神，哦，我的命就是这样啊。翻译一下，就是，哎呀，李娃，又是你来护送啊。是呀，这可真好，大概是命中注定要这样的。大小姐的眼神，保密纪律。这意思就是，她事先没有告诉我，要去延安，是保密纪律不允许嘛。我的眼神，唔，知道知道。大小姐的眼神，有你在，这一路上我就不担心什么了。我的眼神，那是当然了，只要咱们俩在一起，逢凶化吉遇难成祥嘛。你看，眼神一对，不需言谈，过往今昔，万千事情，款款展现。遗憾的是，我和大小姐很快就分开了。因为人多，我们机动连一百多号人，赴延安学习的干部及其家属和随同人员共有六十余人，加上海防大队也安排了一个班的护船兵力，以及两条船的船工舵手，当然，他们也算作海防大队的战士，但也不能称呼他们船长大副吧，还是老习惯，称呼他们船老大和船工子，我这里客气，把船老大称作舵手，的确他也很重要嘛，再加上蔡琅玕，他是海防大队特派的指挥员，专门负责这次海上运送任务的，幸亏当时他们海防大队兵员少，要不，这趟差事也轮不到我们机动连，就这样，总人数也有小两百人了，在那个时候的海上行军，队伍也算是相当庞大的了。所以，海防大队准备了两条大船嘛，按照蔡琅玕的说法，把他们海防大队最好的家底都亮出来了。是啥嘛，一条五桅船，一条两桅船，那现在的说法，那前者就是他们的旗舰，后者就是他们的护卫舰了。啥动力，风就是动力，要是没有风，那在大海上，木船直打转不前行，急掉牙也不走。你又说雷达通讯啥的，我直接告诉你，因为时间急迫，还没来得及安装嘛。你他娘的，那个时候，咱们的木船没有雷达，没有通信，和岸上联络的唯一手段，就是各种各样的流星。啥叫流星，大而化之的说，就是焰火，专门请鞭炮作坊制作的，一根竹篾杆杆，头上绑只炮仗，一点火，哧溜一下飞向高空，啪的一声，一片烟花四散，各种颜色都有，啥颜色代表啥信号，我都搞不懂了。

当时，咱们这个海防大队，不管白天还是黑夜，海上船只相互联络也好，海上与岸上联络也好，都是用这个方式。不过，当时也欠考虑，这个流星保密性不好，你想嘛，飞到半空炸出一团烟花，得有多少人看到嘛。

当时，我们机动连的全体官兵，也被分到两只船上，这个安排有技巧，也是比较周全的，一句话，就是预防海上出事故，日本鬼子的军舰啦，巡逻艇啦，还有大风浪啊，万一有危险了，你不能让这批赴延安的干部队全部那个啥了吧。就是这个意思。我派老黄带着他的一排，王贵海带着二排的两个班，上了旗舰，就是那只五桅大船，和海防团的一班兵力，共同担负旗舰的安全护卫。赴延安的干部们和随同人员，花插着分成两船，家属一律在旗舰上，我带着三排和二排的一个班，全部上了这艘护卫舰，就是两桅船。当时，我本想到旗舰上去的，蔡琅玕坚决不同意，他说旗舰上有他一个人指挥就行了。我心里气得要命，为啥，大小姐在旗舰上嘛。倒是曹旅长是个过硬的领导干部，果断坚决，直接跳到我们这只船上，根本没考虑他老婆金娥已经怀孕了，海上颠簸，最是需要他照顾的时刻。我很感动，特意叮嘱三排长张宝要保护好首长的安全。曹旅长拍拍腰间小手枪，很豪爽，牛哄哄地说道："我也是打过多次恶仗的！"也是，当年曹旅长毕竟还不到三十岁，也正是血气方刚的年纪，豪气逼人。

扬帆起航，心胸开阔，大海如圆镜，细浪如鱼鳞。

老天爷，像咱们这些乡巴佬，何止不知天高地厚，你还不知道大海有多么广阔。你眼跟前光看着船大，到了海上，再大的船，连一片最小的树叶都比不过，光看着你的个子大，一到海上，你就会觉得自己连根鸟毛都算不上。我当时就是这个感觉。大家都很兴奋，纷纷挤上船头眺望远海，还向旗舰上高声呐喊，五桅船在后边，只是挂了半帆，速度快，与前边我们这条船相距不远，你喊我应，也听不清说啥话，只听一阵阵笑声传来传去。曹旅长急忙喊大家到船舱里去，因为海上视界开阔，小心日军舰艇张望。一见我们这条船上的人纷纷回到船舱里，他们那条船上也很快回舱里了。只有我和张宝一左一右，在曹旅长两边，靠近船头俯身远望。我带有望远镜，连长嘛，出门执行任务，哪能少了望远镜。周边远处海面，一片汪洋，连条渔船都没有。当然了，我自是悄然向后边船上看了几眼，你知道我看啥，我看大小姐嘛。还真的看到了，大小姐坐在船舱门口，只露出上身，左手托着下巴，右手托着左手腕儿，一直眺望海面，好像有些心事，我不知道大小姐心里想些啥，但我敢肯定，她不是在想我，那个表情我懂。毕竟海上风疾，潮气重，又是初春气候，一会儿身上就有了凉意。倒是两船上的舵手和船工，个个都是好汉，一个个仅仅穿着夹袄，外罩坎肩，露着半截胳膊一片胸膛，都是古铜色的，忙得头上都是细小的汗珠儿。曹旅长回到舱室里，大发感慨，说等打跑了日本鬼子，咱共产党也得创建海军，也得制造军舰，到那时，就不会像现在这样了，窝在木船上，小心翼翼地航行了。这个想法，他给很多首长畅想过，也给很多战友说过，包括，后边船上的蔡参谋长，他们俩就这个话题深谈过几次，当初，蔡参谋长调到海防大队，还有几分不大情愿，是他曹旅长做了不少思想工作才去报到的。说到这儿，曹旅长朗声一笑，扭脸看我，说："李连长，等到那时，你愿不愿意到海军当个舰长？"咱们能说啥，就是画个饼子，首长递给咱们了，还不得快点接着。我说，那我当然愿意了。曹旅长又微微一笑，说我决心很好，可是，当个好团长不容易，但要想当个好舰长，那是更不容易的，你首先得有文化知识，光认识几个字不行，你得懂得天文地理，还要懂得海洋的规律。等等吧，说了很多，反正都是当一个好舰长所必备的素质，也都是我听不懂的奥妙言词。我这儿不知所以然，曹旅长那边却说得大得其趣，滔滔不绝，如同海浪滚滚而来。只是，舱室里的听众们听得都昏昏欲睡了。咋说，上午九点不到就出发了，一直航行到了午后时分，很多人都开始晕船了嘛。曹旅长是个神仙，他不晕船，精神好得很。大家都知道，晕船真是难受，你没体验过，给你说不清楚。而且我也没体验过，真是神奇，很多人都晕船，我不晕船，我不知道晕船的滋味。很奇怪吧，就像打了一辈子仗，我从来没挨过枪子，打完仗了挨了一枪一样，不是身体过硬，都是命里的事儿，很奇怪。但我见过晕船人的脸色，以及人晕船时的种种行状。呕，呕，我一想那情景，就想呕吐。还是不说了吧。船工过来指导大家，不要只盯着眼前一小片地方，要看远方，尽量看远一点，想睡觉的，可以睡觉，最好挤紧靠牢一些，免得跌跌撞撞，吐得更厉害。等等吧，都是防止或抵御晕船的要点，反正我不晕船，也没用心记住。我倒是趁机看后边的船，用望远镜张望一阵子，很遗憾，没有看见大小姐，舱室门口能看见的几个人，也是一脸菜色，胸口挨了几闷棍一般。只有蔡琅玕，也是个神仙，俯卧船头，吹着口哨，眯着两眼张望前方。是的，我没听到口哨声，但他那个口型，就是吹口哨的口型，吹的还是咱们亳州的小曲儿，“打铜巷的小铜匠”，不是个啥正经曲儿，是个和小娘们调情的小曲儿。哦，我不会吹这样的小曲儿，咱们是正经人家，喜欢真枪真刀，吹啥曲儿嘛，又不是街上痞子。我和他打小一块儿扒插过来的，他那点动作，我还不知道他在干啥嘛，他就喜欢吹这个浪兮兮的小曲儿。就像咱们李庄人言讲的，老伙计，你一撅屁股，我就知道你拉干的还是拉稀的。说这个，也是宿命，蔡琅玕这个不晕船的特长，天生就是适合当海军的嘛，所以，后来，建国前后吧，具体时间我记不清楚了，华东军区组建海军，蔡琅玕一听说，气都没喘利索，拔腿就跑过去了，跑过去一干就是一辈子，还不算，自己几个子女都是干海军的，还没算完，沾亲带故家的孩子也都弄到海军去。哈，你说是走后门也行，反正大家都为海军建设出力了。哦，对了，一直航行到傍晚才吃了一顿饭，好多人还都吃不下去，晕船嘛，没胃口了。但是，我得吃，我不晕船，只是很饿了。干粮，杂面烙饼，船上倒是有小菜，就是腌的咸鱼，我得提个意见，小鱼腌得太咸了，盐疙瘩一般。谁都不敢吃多，咋说，没有水嘛，就一大坛子淡水，平时或许够喝的，这次船上人多，每人就分的少些，赴延安学习的干部队一人一碗，几乎倒光了，我这个机动连的干部战士，两个人一小缸子，哪里够用。忍着吧。曹旅长真有风格，本来分给他一缸子水，他都没喝几口，分给咱们战士了。他的形象很好，一直在我心中是个好形象。

一夜航行。

一夜无话。

黎明时分，海上的风骤然变小了，风一变小，那就是说木船动力也变小了，动力一变小了，那木船就得在海上航行很慢。曹旅长赶紧走到船头上，引颈观望，想寻找到灯塔，也没有看到，只好看海岸线嘛，大海上是没有参照物的，只能看海岸线，寻找参照物嘛。论说，从时间上分析判断，应该到达目的地了。过了一会儿，后边五桅船靠上来，就是将要靠帮嘛，两个舵手高声大嗓子，交流，说是应该就是这个地方。他们船工在海上常来常往，吃水上饭的，比较有经验嘛，纷纷说到地方了，一边忙着放下篷帆来。这样一说，大家都从船舱里出来了，熙熙攘攘的，东看西看。于是，曹旅长和蔡琅玕两个首长，也是各据船帮而站，交流了一下，决定给岸上发个信息，让接应部队过来。自然了，也不只是我们警卫营三连了，还有当地的地下党和当地武装力量也会派人员来接我们。这样一说，就放了三颗流星嘛。头一颗是黄的，再一颗是蓝的，最后一颗是红的。你看看，那时候别说高科技了，又不是行军，护送一群干部去学习嘛，轻装简行，大意了，连电台都没有携带，所以就用这种原始的通信方法。我刚才说过嘛，半天空里，蓦然间升出几朵焰火，哪里还有秘密可保。果然如此。也就是不到一刻钟时间，顺着海面传来了马达声，我刚端起望远镜，就听我们这边船上的舵手喊了一声："鬼子！"气氛一下子紧张到极点，刷一下，两条船上的人全都矮下身子，蔡琅玕和曹旅长也命令各船上的人员隐蔽。我当时反应还是比较快的，马上用望远镜一看，天还没大亮嘛，光线不太好，看不清鬼子啥模样嘛，两三艘汽艇开过来了，膏药旗迎风招展，越来越近了。曹旅长还让大家隐蔽，让"船老大上前，见机答对"。我心想这还隐蔽个鸟儿嘛，即使这么多人都能躲进船舱里，那日本人也不是傻子，他们会上船检查的，何况船舱里根本就躲不下这么多人，一旦靠近了，鬼子一抬眼就看见了。所以，我毫不犹豫下达了准备战斗的口令。蔡琅玕也是精明的，表兄弟嘛，心有灵犀，他也下达了准备战斗的口令。曹旅长这才醒悟过来，躲是没地方躲了，只有干他娘的，他也下令不要乱开枪，等鬼子靠近了再打。鬼子汽艇也作怪，一靠近我们的木船，一边喊话，一边盘旋，海妖才能听懂他们喊的是啥，反正，我意识到一场恶战在所难免，那就先下手为强嘛。我举起手枪，啪一声，干掉一个鬼子。那就没啥说的了，反正枪一响，战斗就开始了。老侄儿，说起来，相当惨的。你木船对抗汽艇，咋打嘛，人家机械化移动快，你是木船没有动力，在海上转圈子，老天爷，这仗该咋打法嘛。而且，海上枪声一响，鬼子又来了一艘军舰，两只汽艇，横冲过来。后来才清楚，这儿离我们要到达的目的地，还有很远一段距离，反而离鬼子的一个海边据点倒是很近的，所以，日军增援军舰和汽艇很快就赶过来了。你说这个仗咋打嘛，人家一艘军舰，五只汽艇，你就两条木船，你想创造奇迹，条件不允许嘛。这个时候，咱们李庄人言讲了，靠他姥娘的，反正活不成了，给驴日的拼了。还真就是这样的。曹旅长脾气上来了，挥舞着小手枪，大叫“干他娘的”，我们这边机枪就打过去了，手榴弹也开始往汽艇上扔，往军舰上扔。别说咱们是木船了，即便也是军舰，海上战法咱们也不懂嘛，光知道脚下不得劲儿，晃荡嘛，枪法不准了，手榴弹扔不远了。很惨。很惨嘛。我眼睁睁看着我的兵一个个中弹摔倒，胸膛中弹，脖子中弹，头颅中弹，鲜血乱喷。那个时候，你想再升起篷帆撤退，但你升不起帆来，就是升起来你也退不掉，风停了，没有动力嘛，基本上是被动挨打，你不是神仙，你没有办法。我们这条船上的机枪手牺牲了，张宝，排长嘛，抱起机枪挺身就打，很残酷，张宝也在这次海上遭遇战中牺牲了。当然，我们的手榴弹也扔到鬼子汽艇上了，有两三只汽艇爆炸起火，鬼子军舰上的重机枪手，也被我们干掉了，舰面上也扔上去不少手榴弹，炸死炸伤了十几个鬼子，我看着嘛，七八个鬼子在甲板上挣扎。我也不知道自己打死几个鬼子，反正就是一个劲儿开枪。很惨的，曹旅长也中弹了，就在我身边嘛，胸口中了三四发机枪子弹，鹅蛋一样大的伤口，咕嘟咕嘟往外冒血，泉眼一样，一个劲儿看着我，那眼神很愤怒，很绝望，很想说话，就是说不出来，一句话也没留下，就在我眼皮底下死了。古人说，天地有知，感天动地，我觉得这是真的，天地间是有神灵的，大海是有神灵的，以强势装备，欺负我们弱势装备，天地不容，大海不容。曹旅长刚刚牺牲，海上就起大风了，忽然间，大风咆哮，片刻间波涛汹涌。鬼子军舰左右摇晃，汽艇几乎飞离海面，这帮杀人强盗，怕遭天谴，也可能考虑到自身安全，赶紧撤了。我们这两条木船，也是左摇右晃，几近倾覆，又被子弹打得到处漏水，你想嘛，船上伤亡狼藉，海水一冲进来，那是个啥光景，片刻间，船舱里都是血水，荡过来，漾过去，我看着半船舱血水，整个人都傻掉了。这一辈子，我都忘不掉那半船舱血水，荡过来，漾过去。约摸有一顿饭的工夫，风浪才停下来，我们两条木船都已经漂泊到海边了。真是幸亏，当时八路军的一个连在附近活动，听到枪声赶过来。那时候，山东地界上八路军很厉害的，当然，后来和咱们新四军合成一家了。也就是来了这一连八路军，我们这才上了岸。现在想想当年，八路军对咱们新四军帮助很大的。

很惨。

我心里不是滋味，就不细说了吧。

反正伤亡惨重。

我们机动连一共牺牲二十三四名战士，一名排长张宝，另外两个排长没有牺牲，老黄，王贵海，都没死，也没有挂彩，真是奇怪，就是战士，也是我们这条船上牺牲的多，一十九名，他们船上才三名。前边我说过嘛，打仗就是这样，很邪门的，要不死都不死，要是死开头了，那就一死一大片。我迷信，到现在我都信这个，但是，我解不开这里边的规律何在。赴延安学习的干部队，除了曹旅长牺牲外，还有两名地方县级干部也牺牲了，一名团长战死，九名随从人员战死，一名副旅长负重伤。所幸，躲在船舱里的家属们没有损失，而为了保护这些家属们，海防大队的那一个班，只有年龄最小的一个战士幸存，其余全部牺牲了，你想嘛，战斗最激烈的时候，他们都挡在船舱门口，为啥挡在船舱门口，你他娘的，他们是一群硬骨头嘛。当时，蔡琅玕哭得拉不起来，也不光是痛哭牺牲的战士，还有他的两条木船，都被鬼子的重机枪还有手雷，打成废劈柴了，照他的话，那可是他们海防大队最好的家底嘛。现在，家底没了，人也没了，他回去咋交代嘛。真的，那时候的军人，就是有这个思想境界，有责任心，有担当意识，压力大。我自己想嘛，后来蔡琅玕之所以那么坚决地投身于海军建设，与这次海上惨败是大有关系的，当然，他自己在回忆录里也是这样说的嘛。不过，当时蔡琅玕也有所幸，那就是，他的两条船上的舵手和船工无一伤亡，这也是个神迹。那一连八路军真不愧为老大哥，帮我们埋葬了死者，还把那名负重伤的副旅长抬走了，他们也有任务嘛，不能护送我们，但他们找来了当地的游击队护送我们走了一程，游击队有办法，雇了五辆马车，让家属们和几个轻伤员坐上。哦，对了，老耿也坐马车上了。他没死，也有受伤，只是走不动路了，悲伤得很，一个劲儿抹泪。你知道，年纪大的人悲伤在心里，比嚎啕大哭更伤神的。一上路，悲恸的情绪浓浓的，但没有哭泣了，连金娥都不哭了。金娥也比较坚强，本来，蔡琅玕返回时，准备带她回去，但她就是不回去，一定要去延安，她丈夫死了，她代替丈夫去延安学习。她真是带个好头，这么一说，牺牲的地方两名干部家属也要跟着到延安去。老侄儿，你要知道，当时能去延安，那有多么光彩，多么荣耀，一万个人，有一万人都企盼自己能去延安嘛。也可以理解的。只有那名牺牲的团长没有结婚，受重伤的副旅长，他老婆还有他的警卫员，随着八路军的担架走了，去照顾他嘛。另外，凡是牺牲干部的随同人员，一律跟随蔡琅玕返回了。

反正就是这样了，大家只有上路，才能继续奔向前方嘛。

本来，到了这儿，我们机动连就算完成任务了，下边由从陆路上接应的警卫营三连护送这支干部队继续前进，可是，他们也不知啥原因，一直没有出现，一开始还以为他们到了原定的目的地，也就是终点站的接头地点嘛，结果，让王贵海和八路军的一班骑兵去找，也没找着，那这个任务咱们只好接过来，人家八路军也有自己的战斗任务嘛。后来，才知道，三连在原定地点等到了时间，等不见我们，先撤退一旁，静观情况如何变化之际，遇到鬼子的巡逻小队，边打边退，等到转了一个大圈子甩掉鬼子，得到消息赶过来找我们时，我们已经上路大半天了，他们只好返回部队了。

接下来的这条路线就比较好走了，每一站都有地下交通员接应，一站接一站的。老侄儿，我们接着走的这条路线，我可以说出真实的地名，你一听就很熟悉了，过宿迁，绕过宿县，直奔新兴集，绕过涡阳，终点站是涡阳以西五六十里地的城父，也就是咱们亳州以东五六十里地的城父嘛，从沈丘赶来的接应人员，也会赶到城父这个地方，和我们进行交接。然后，他们奔沈丘到周口，到漯河，到郑州，到洛阳，到西安，到延安。也就是当年柳老师带领大小姐去延安的路线嘛。当时我也知道，这条地下交通线是新四军四师开辟的，安全系数很高。大小姐这一回是第二次走这条线路。到了城父，算是路过咱们家门口了。后来，我随军部的那位大首长去延安，差不多走的也是这条交通线。只是那时节，我们眼下所走这条线路，对我们也是绝对保密的，我说过一站接一站嘛，这一站的交通员只知道自己这段路往哪儿走，不知道下一站朝哪儿走，交通员嘴巴都是相当严密的，只管带头走路，根本不随便给你说话。要不，行军路线大家都知道了，万一走漏风声，说不定从哪儿钻出一大股子日伪军，迎头堵你，那咱们岂不尿床了嘛。老侄儿，老伯父今儿说句不怕你笑话的话，当时我倒是知道涡阳这个县城，但不知道城父这个小镇，小时候没出过门嘛，一出门，忽闪一下，直接到了上海滩。接下来的好几年，人在军旅，倒是隐约听说过几耳朵涡阳这个县城，在咱们亳州东边，有一百多里地，因为没去过嘛，脑海里也就没有个距离概念，总以为这一百多里地大约有五六百里地那么远。是不是很奇怪，是很奇怪，有的人，大脑里经常会发生这种现象，心理学可以解释清楚这个怪事体，当年在方公馆，大少爷方迈克就说过这个，讲得很透彻，可惜我都没记住。城父这个地方，早先听都没有听说过，就更不知道了。当然，现在知道了，涡阳现在都划归咱们亳州了嘛，当初我们也绕道而行，没进涡阳，尽管这个县城也发生过惨烈战役，咱们这会儿还是不说它了吧。城父这个小镇，原本就是咱亳州的，现在还是咱们亳州的，只是，有多少个外人知道，这个小镇已经有三千六百多年的历史了，春秋时期还出了几个有名人物，楚平王的儿子建，就镇守在城父嘛，还有他的老师伍奢，太傅嘛，也就是伍子胥的老爹爹，后来楚平王听信谗言，杀了伍奢及其长子，才有伍子胥反出昭关，一夜白了头嘛。原来这出很有名的大戏，就是出在咱们亳州的城父，了不得。还有军事谋略家张良，都是城父人嘛。早几年腿脚还能跑动，时不时的，我还去过几次城父。自然，我不是寻访古迹名胜，你说得对，而是旧地重游，忆往昔峥嵘岁月。我们当年到达城父时，周边形势相当复杂，但是，交通员介绍得比较简单，只是说了利害关系，他言讲涡阳县城现在国民党手里，国民党九十六军和九十二军各有一部驻在涡阳东南边，警戒宿县方向的日军，国民党骑二军骑二师的两个团，驻扎涡阳西南巩店倪邱一带，拱卫阜阳界首太和三县，警戒亳县方向的日军。咱们要去的城父，属于亳县，也在日伪控制下。反正，不管日伪，还是国民党，都不会轻易让咱们从他们地盘上通过，况且，国民党的这个骑二军的骑八师，和咱们新四军四师还有着血海深仇。自然了，这个交通员是给我一个人说的，因为我毕竟是连长，是负责护送干部队的连首长嘛，他对我很尊重的。当时涡阳蒙城亳州太和，因为都是平原嘛，就像很多平原地区一样，为了打鬼子，或者说为了躲避鬼子，到处都挖了交通沟，从横交错，我们这一队人马，这一路上就是沿着交通沟过来的。也就是在城父小镇南边交通沟里，那个交通员把我拉到南北沟和东西沟的拐角处，给我说了这一番话。哦，不知道他叫啥名字，他说姓张，谁知道他是不是真的姓张，战争年代嘛，做他们那种工作的，恐怕三天两头都会换名字的。

说实在话，那一会儿，我心里又惊又喜，咋说，因为一眨眼间，我就回到了咱们亳州，真是如梦如幻，遗憾的是，这个时候，咱们亳州居然在日本人手里，应了高麻雀唱大鼓书常说的那句话，离家时芍花开满园，回家时老鳖爬满院。他娘的，我心里激动，不单单是高兴的激动，还交错着惆怅与恨的激动。我知道，老侄儿，你也了解咱们亳州的这段历史，你可以掐指一算，我们护送首长们赴延安学习的这个时段，咱们亳州是不是就在日伪军手里。但是，你未必知道，当初侵略咱们亳州的是哪里的鬼子，守卫亳州又是哪里的军队，哦，你不知道，那是你研究问题不深入嘛。我告诉你吧，当初侵略咱们亳州的是日军第十师团，这个师团是日本十七个常备师团之一，是甲种师团。这个师团攻打亳州，日本的十六师团侵略归德，归德就是商丘嘛，两个日军师团南北配置，相互呼应，也就是沿着陇海线西犯嘛。当时守咱们亳州的是西北军出身的六十八军四二九旅，参加过喜峰口战役，军长刘汝明，是西北军的名将，旅长是刘广信，是西北军有名的智多星，他这个旅守亳州，布置一个团守城池，其余部队配置城郊构筑野战工事。激战数天，相当惨烈。鬼子有重炮，有装甲车，后来城池破了，巷战激烈，守城的这一团官兵，整个连，整个营的都拼光了。这些事情，我不是从咱们亳州史志上了解的，我有一个老熟人，姓罗，叫罗义亭，在咱们亳州比我有名，他是那一场战事的亲历者，他给我讲过，你要想了解细节，那你得去找他采访采访，哦，你采访不成了，罗老好像是前年还是去年去那边了。哦，说起采访了，前几年，北京有一个人，来咱们亳州采访，哦，戴个眼镜，还带了几本子他自己写的书，他写的书真厚，比砖头都厚，他娘的咋写这么厚嘛。咱们亳州政协文史办很当回事，组织个座谈会嘛，请过去一帮糟鼻老头子，咳嗽一声就漏尿，就这么一帮老头子。文史办的那个研究员，叫张啥东西，我想不起来了，咱姑且就叫他张邦昌吧，介绍北京来的这个鸟客人，说是专门研究抗战史的专家，又是啥鸟学者，又是啥鸟作家，又是啥鸟主编，经常上电视，香港人说话了，问候他老母，反正一大串子头衔嘛。照眼前时髦话儿，北京来的这个鸟人有范儿，摆个谱儿，真是侃侃而谈，有理有据，他说据他研究，当初日军没有来过亳州，所谓发生激战，也都是想象，都是传说。说着话，还拿出好几张地图，说是托日本亲戚从日本买来的，是从日本防卫厅的战争档案里复印的，地图上标出的几条日军进军路线，只有一条临近亳州，也是从宿县到永城，直接到商丘了，没有来到亳州。这个鸡巴人，说完了地图，又拿出几本子书，也是复印的，据他说，日本人做事相当认真，日本防卫厅编印的战争日志，都是机密文件，可信度相当高，他手里这几本子，都是与亳州临近几个地方的战争日志，但是，他看了好几遍，也没有发现在亳州发生的战役记录。还说，咱们国内的抗战资料，他基本上全部看完了，也没有发现日军进犯亳州的文章。看看，这样一个鸟人，问候他老母，桌子上的一摞子厚书，估计都是从一堆旧书里抄出来的，有了这几本子砖头样的新书，以为就是研究抗战史的专家了，一说这些事情，还言之凿凿，很有道理一般。当时呀，气得大家不行，都是糟鼻老头嘛，说话不客气，就是那个罗老，当时他还活着嘛，老先生，平时文质彬彬的，接上话头了，说，北京来的这位客人，我请教你两个问题，一个是，你如何保证日本鬼子编制的这些资料都是真实的；二个是，日本鬼子干了你奶奶，你分析一下，他会不会如实写进日志里，日本政府又是否允许这样的日志公之于众。罗老是咱亳州人嘛，又是亲历者，脾气上来了，骂了一通。大家哄堂大笑。当时，我也觉得罗义亭故意骂人，现在，我觉得这话问的有几分道理，咱们不说清朝人修的明史，咱们说自己经过的事情，你还记得我救大小姐的事情吧，扔掉的那辆吉普车嘛，日本鬼子画报上是咋样宣传的嘛，这是个鲜活的例子，这就证明了拿日本人的话来证实咱们中国的历史，多半是靠不住的。

哦，一下子说的太远了。

唉，老年人，一生气就激动，一激动话就多，就发岔子。

说那，我们护送赴延安学习的干部队，到达城父。

城父是咱们亳州的一个小镇嘛，当时咱们亳州还叫亳县，还在日本鬼子手里，而且到了这年冬天，那个啥东西，哦，汪伪的“东联会”还在亳县设了支会，还搞了一个防共情报网。哦，就是大东亚联合会，类似大东亚共荣圈,反正都是个屁嘛。自然了,这个“东联会”亳县支会,后来被中共亳县独立营给他捣毁了。哦,对了,就是县大队改编为独立营前后的事情。是的,当时你大娘陈彩莲就在县大队嘛,后来改编为独立营时,你大娘是当副营长还是连长,我就搞不清楚了。那老婆子的事体,妖魔古怪,不给我交流嘛。没有,我们路过时,你大娘陈彩莲不在亳县,一年前四五月份吧,形势紧张,中共亳县县委,以及抗日民主政府,还有县大队,有的自行解散,回家潜伏,有的随着新四军东撤了。我现在能把话说这么清楚,还是那句话,是过来人回头说从前的事情嘛,摸得着根梢。对对,你说对了,我这样说,就是想说明,想强调一下,当时形势对我大大不利,万一出了事情,连个帮手都没有嘛。接下来的事情,你知道个大概了,我从前也零零星星讲过两次,也都是三言两语,明天我再详细讲讲。

咋样,今天就到这儿吧。

你今天的朝气,好像没有昨天好,中途咳嗽了好几声。

我的故事还没有讲完,咱们身体可不要出岔子,要不然,咱们这个回忆录可就搞不成了。

早点回去歇着吧,哦,别忘了吃药。

第三十二章

哦,老侄儿,你今天来的有点晚了。

看,阳光快到我脚跟前了嘛。

你只管坐下,茶我已经泡好了。

你可去尿泡尿,哦,不去了。

那好,那就打开你的录音笔,咱们这就接着讲吧。

事情就像我先前说过一样。那个交通员把我们交给沈丘过来接应的人员后,顺着交通沟返回了。哦,交接很仔细,一个个对人头。可见，那时候，环境虽然恶劣，但是，大家工作还是很认真的。沈丘方面，除了一个带路的交通员之外，还过来了一班人，都是便衣，带着短武器。我们机动连和大家告别，没有啥仪式，就是握手嘛。你想想，一路出来，海上一场血的遭际，还萦绕在眼前，大家心情不一样，握手都是紧紧的。我们一连人贴沟边站着，去延安的人排成一行，从我们面前走过，一个个握手，就是这样。曹旅长的老婆金娥和我握手时，脸绷得紧紧的，嘴也绷得紧紧的，好像没有了呼吸，我给她说了一声“保重”，她也没理我，也没点头，像个木头人一般从我面前走开了。我自然要和大小姐握手告别了。不，你想多了，没有拥抱，大家都不拥抱，凭啥来到我李娃面前就要拥抱。不过，大小姐右手握着我的手，左手做个吸烟的动作，说了一句话：“肖邦，想着给阿拉点火。”就这么一句话，胜似千言万语，我全明白了，大小姐让我好好活着，她还等着下次见面时我给她点火嘛。一瞬间，上海滩，卡尔登大戏院，维腾贝格先生家里，方公馆里，我和大小姐来来往往的身影，在方公馆后园里，她佯装抽雪茄，等等吧，一呼啦，风吹浮云，快速地在我心里过了一遍。不不，这不是浪漫的想象，是真的情景，我一直记在心里，如同刀刻一般。为啥这样深刻，因为，大小姐刚说完这句话，那边枪就响起来了。枪一响，诸多美景顿时云散。我当时脑袋嗡的一声，刹那间的意识，真就这么挫折，但凡我和大小姐在一起，咋总是有人捣乱嘛。我大吼了一声“隐蔽”，顺手楼着大小姐肩膀，伏下身子，扭脸一看，根本不需要望远镜，就清清楚楚看到一大群鬼子和伪军冲过来了。

咋回事嘛，后来知道了，一部分是咱们亳州城里的鬼子，带着伪军到义门扫荡，说是扫荡，其实就是抢掠嘛，再就是，日军得到了情报，知道了咱们一批高级干部赴延安学习的事情嘛，命令宿县的鬼子骑兵追击。那时候，鬼子的通信系统还是不错的，马上联系亳州这边的鬼子截击，所以，到义门烧杀抢掠的这队鬼子，马上转个方向扑过来了。你知道，义门离城父不过二十里地，鬼子骑兵一个冲刺就到了，好在，他们要驱使伪军奔跑，所以速度才慢下来一些。咋办，干他娘的吧，没有好办法。当时，交通沟里又是一阵叫嚷，叫得人心乱分神。我很烦这个，有点麻烦事就会一惊一乍的叫嚷一片。我觉得自己了不起，临到事头上还是可以的，头脑比较沉着，眼见得敌我距离这么近，当下命令全连上刺刀，顺着交通沟散开队形，对应敌人阵势，进入战斗，命令沈丘来接应的一班人马，赶紧带着干部队顺着交通沟快跑。打算盘一样，这么一扒拉算珠子，就有个秩序了。沈丘过来的那名交通，一听命令，拔腿就跑，他路熟嘛，要不，其他人别想跑出东串西连的交通沟。沈丘那边过来接应的一班人马，也是有战斗经验的，有风格，集体意识较强，分别拉着轻伤员和随同家属，飞奔而去。那会儿，千钧一发，大小姐根本没时间给我说话，就被一个黑大个子拉跑了，我听见大小姐还叫了一声“肖邦，火”。

我一生打过无数恶仗，这一次算是恶仗第一遭。幸亏士气旺盛，大家都抱着战死的决心。为啥，海上一仗，被鬼子打得太窝囊了嘛，这时候见了鬼子，肯定都想出口恶气的，而且，子弹充足，心理上也不害怕了嘛。是的，我们和那一连八路军分手时，他们一听说当时的情况，三连来不了嘛，他们就给我们补充了大量子弹，“前途漫漫，不知凶险，我们另有任务，不能护送，弟兄们任务艰巨，就多带些弹药吧”。八路军的那个连长很有水平。后来我知道了他们是哪一部分的，但是，再也没有见过面。唉，战争年代叫人怀念，真好，都是在同一个信仰的基础上，产生的友谊也不带半点杂质。哦，咱们说那，追击过来的鬼子，一见我们火力强，鬼子和伪军迟滞了步子。鬼子战场经验多，伪军也都是老油条，也有一定的战斗经验，哧溜哧溜，哧溜哧溜，一块儿都跳进交通沟里了。鬼子的骑兵相当凶蛮，挥舞着马刀硬是往前冲。谢天谢地，谢谢交通沟，要不是遍地交通沟，鬼子骑兵一个冲锋过来，我估计，我们这八十几个人，剩不下几个了。哦，鬼子骑兵大约有三十多个吧。哦，这个数已经很多了。老侄子，你不懂，在战场上，尤其像咱们亳州这一带的平原上，步兵和骑兵是没法对抗的。这个时候，我前不久犯过的错误，又显现出它的正确性来，咋说，实弹打靶挨了批嘛，现在，好处展现出来了，战士实弹打靶打过十发，他就有十发的经验，只打过三两发子弹的战士与这个不能比。新战士不胆怯了，老兵也更能发挥聪明才智，几个老兵大声喊叫“打他妈逼的马”，砰砰几枪，放到两匹马。射人先射马，擒贼先擒王，平时这句话磨破了我的嘴皮子，本来要求是上了战场先干掉敌人的指挥官，不想这会儿大家是这样理解这个“马”字的。战马中弹倒地，那骑手不如瘸子。马背上的日本鬼子也不是神仙，连人带马摔倒后，爬起来的动作照样很笨，照样很狼狈。这下子，算是暂时止住了鬼子骑兵的铁蹄。只是，他们人太多了，尤其那些伪军，在鬼子的驱使下，顺着交通沟一边开枪，一边疯子似的冲过来。我们只有两挺机枪嘛，只好分开，一挺对付鬼子骑兵，一挺扫射交通沟里的伪军。在战场上，但凡枪响一片，要说不死人那不可能的。这种对阵，往往头一阵子交锋是最激烈的，你死多少人，这开头的一阵子冲杀，基本上就决定了你最后要死多少人。这不是定律，也不是他娘的啥鸡巴战场原理，完全都是我自己的亲身经历总结出来的。无数战场，屡次激战，百试不爽。这头一阵子，日伪军死多少我不知道，我们这边死了十六个，通信员尹小阁顺着交通沟窜了一趟，回来给我说的嘛。他说:“连长，十六个。”说完就要哭。我喝了一声:“娘拉个逼的，滚一边哭去。”他没敢哭出来。老侄儿，你没有上过战场，你不知道，不管冲锋多么疯狂，炮火多么凶猛，两厢冲杀，总要有个停顿的间隙，即便现在打仗，恐怕也是这样的，因为，机器还有个熄火的时候，人也得歇口气儿。我们和日伪军交锋第一个回合，大约有四五十分钟吧，而在当时，就觉得只是一瞬间的事情，就觉得，眨眼间，枪声又稀疏下来了。两厢间歇估计也有八九分钟嘛，但当时觉得也就是八九秒，枪声再次响起来，比头一阵子更急更密。很显然，鬼子急着想干掉我们，继续追击我们护送的干部队伍。那是肯定不行的。你想嘛，这是我当连长以来亲自接受的第一个任务，要是出了差错，回去给师长咋交代是一，第二，要是挡不住这批鬼子，完不成这个任务，那我们机动连以后在兄弟连队面前，基本上就彻底完了，再别想昂首挺胸，就是夹着尾巴，人家也会朝你吐口水的。咱们李庄人的性子嘛，就是死光光也不能受这份嫌弃是吧。第三，出发之前，师长专门给我说过了，这批干部都是精华人才，要想方设法保护好他们，更何况，队伍里还有大小姐，她要是跑不掉，你他娘的，我都不敢往下想。当然了，对我来说，这第三个原因比前两个好像更重要一点。说实话，当时我意识里主要就是这个，就是想让大小姐跑掉。所以，咱们得拼命嘛。真是这样的，你心里只要有一个坚定的目标了，那你就会拼命的。其实，当时不拼命也不行，接下来的枪声急促，而且，东边交通沟里来的鬼子和伪军都快冲到面前了，鼻子眉毛，耳朵眼里的长毛，镶的金牙，后槽牙上的牙垢，都能看到了。我喊了一声："拼刺刀！"咋说，光开枪不济事了，换子弹都来不及了，咋办，拼刺刀，干他娘的，死了拉倒。沟里死了好几个战友嘛，我顺手捡起一支步枪，就冲了上去。老侄儿，你知道我的身手，但你不知道我训练出来的队伍是啥样身手，那时候带兵训练，讲究三大技能嘛，投弹，射击，拼刺刀，不管干部战士，哪一样不过关，都不能算是个合格的军人。要知道，这在当年那种条件下作战，这三大技能就是胜利的本钱，这个是我练兵时再三强调的。尤其是拼刺刀，我随祝长官的卫队到山里打靶，休息间，听吴大队长和几个打过仗的老兵言讲过，鬼子拼刺刀厉害，他们一边说，一边比画和鬼子拼刺刀的技巧和要领，而且都是现场试验过的，所以我在训练战士们拼刺刀时，就特别注重这一点，反复练习，哦，你知道我的兵是钢货还是面货了吧。哎呀，总之，当面一场混战，就像刮大风下大雨，霹雳闪电。真是谢天谢地，谢谢交通沟，后来听说咱们当地又叫抗日沟。日伪军顺着沟冲过来的，丈八宽的沟里，他们展不开队形，在沟里挤成一堆，被我们一阵子狂吼，一阵子乱戳乱捅，丢下十多具尸体，退后了。也就是三五分钟的事情，就把他们干退了，一口气后退百十米，从东西沟退到南北沟了。沟里没死利索的六七个伪军，还有三四个鬼子，还在嚎叫挣扎，但他们的伙计不管他们了，一口气跑走了，我那个通信员尹小阁过去照顾他们，十六七岁的一个小兵蛋子，战场上拼出血性来了，勇敢得很，一脸血，不知道是他自己的，还是敌人的血溅到他脸上的，端着刺刀，一个一个地补上一刀两刀，惨叫，绝望的惨叫，恐惧的惨叫。叫得我心里打颤，差点儿喝住尹小阁。自然，这个时候，鬼子骑兵趁机冲过来，沟左边的王贵海他们又打机枪，又投手榴弹，慌手慌脚，总算扛住了鬼子骑兵的这次冲击。这一下子，日伪军消停了很大一会儿，连鬼子骑兵也纷纷下马，躲到交通沟里，估计商量新战法。鬼子真奇怪，鬼子的马匹也是真奇怪，人离镫，马背轻松，这群牲口不跑，自动卧在麦地里一动不动，根本没有啃食麦苗。由此可以想见，鬼子的战马也是训练有素的。鬼子的能人不少，这个可以称赞一声。你想嘛，正是二月里，麦苗青青，纵横交错的交通沟之间，都是田地，还种着小麦嘛。老百姓苦，得吃饭不是。鬼子们躲在交通沟里研究战法，伪军们就不地道了，探头探脑，喊话，喊啥话，先是叫咱们投降嘛，接着叫咱们闪开，逃走，皇军的目标不是你们，大家都是乡里乡亲的，谁都不打谁，给你们留条活路，逃命去吧。挡是挡不住的，你们见过哪家队伍能挡住皇军大大的，别说你们县大队了，收家伙吧，别在那儿癞蛤蟆垫桌子腿强撑了。等等吧。咱们穿着便衣嘛，他当成县大队的了。一听就是咱们那一带的口音，不是三关的，就是十河的。我当时心思哪在这上边，一看这次交手，又死了八九个战士，我的脑子里边一下子转了十几圈。我想这可不行，咱们整个连不能都死在这儿，加上海上激战，已经伤亡过半了，咋着也得留几个不是。当下一横心，低声命令通信员尹小阁，跑过去通知老黄，带上剩下的新兵和老同志，还有几个受轻伤的小战士，悄悄顺着交通沟向南撤离。尹小阁传达了命令回来时，老耿佝偻着腰跟过来了。老耿居然这次又没死掉，可见他命大。他不走，说自己年纪大了，跑不动了，就死在这儿吧，好歹还能挡上几分钟的。我一听就骂他混蛋，别他娘的倚老卖老的，年纪大就是死在这儿的理由呀，轮不到你，赶紧滚蛋，别在这儿碍手碍脚的，一会儿撤退，谁还顾得了你这根老鸡巴。战场上，枪林弹雨之下，那还文明个鸡巴嘛，我说话相当粗鲁。老耿还磨叽，我给尹小阁一个眼色，尹小阁掐着老耿后脖子把他拽走了。加上老耿，还有三个轻伤员，老黄总共带走了十五个兵。老黄确实想走，因为他老是惦记着他老婆的大屁股，还有他儿子响虫，他儿子那一年应该是五岁了吧，肯定不光分得清公鸡母鸡，公鸭子母鸭子估计也分得清了。老黄平时给我唠嗑，笑嘻嘻的，说过嘛，打仗他不怕，但要是撤退了，不要安排他掩护，尽量让他先走，他儿子响虫还小，要人养活，老婆还年轻，他还想搞一搞嘛。不管他说的是不是笑话，到了这个时候，我就一下子想起这个来，就让他先撤离了。奇怪的是，尹小阁押走了老耿，他自己又回来了。本来嘛，才十六七岁的青春小毛孩，平时很机灵，我想让他活条命嘛，让他执行这个命令，就是给他一个机会嘛，你想嘛，到了这个时候，轮到谁，都会跟着老耿一起走的。我就骂他死脑筋，咋不跟着走，我以为他会说“死也要跟连长在一起”，你想，这个兔崽子说啥，他有点愠怒，说，“你刚才咋不这样说”。你看，小战士，执行战场命令，一点也不懂机动灵活。遗憾，我当即下命令让他走，他也走不掉了。鬼子发现了老黄带人撤退，尖叫着开枪，还有十几个鬼子爬上交通沟，朝麦地里的战马跑去，那咱们咋能让他们上马追过来嘛，我也来不及下命令了，蹿过两步，推开机枪手，抱起机枪就打。二十几匹马打倒了两三匹，余下的转着圈子直往麦地里的鬼子跟前跑，真是，日本鬼子把马匹都训成这个样子了，不得了。都是个生灵嘛，我现在想想都心寒。当时情形哪里容我心慈手软嘛，鬼子骑兵冲过来那是不得了的，索性，我又是一梭子打过去，又倒了三四匹，有两个鬼子已经爬上战马了，这时候战马被我打倒了，马身上的鬼子活像掷到麦地里的棍棒子，拖拖拉拉，跟头把式似的，摔了多远。剩下马匹彻底惊了嘛，骑手呼喊失灵，终于四散奔去。这一下子，戳了马蜂窝，鬼子顿时疯了，打个不恰当的比喻，就像外庄的人打了咱们李庄的狗，咱们李庄的人一哄而上一个样，鬼子也是这样，心疼战马嘛，一哄而上，狂叫，机枪冲我这边倾泻过来，打得我趴在沟里几乎抬不起头来，要不是王贵海端着机枪压制住鬼子的火力，那我就很麻烦了。

事情过去了很久，才知道当时我们在城父小镇的南边阻挡日伪军，居然挡了将近五个小时。到后来，子弹都打完了，我也不知道自己还剩下几个人，反正就是杀红眼了嘛。老侄儿，咱们李庄动不动就说，打红眼了只管打，杀红眼了只管杀，可是，哪一个知道啥叫杀红眼了嘛。我说，就是麻木了，肉体和思想都麻木了，自己挨几刀不觉得痛，毫不犹豫变成杀人机器。到不了这个境界，都算不了杀红眼。到了这个境界，那真是没有了生死界限，面对鲜血，面对惨叫，谈笑风生，佛挡杀佛，鬼挡杀鬼，天下英雄，舍我其谁。说起来那时候也是年轻，体格好，挨几刀，泚出来几股子血，都能扛得住。肉搏，白刃战嘛，不光要技术，不光要力量，还要狭路相逢勇者胜，得有股子血性，得有股子傻劲头儿。咱们李庄人言讲的，你有这股子傻劲头儿，世上没有你干不成的事情。咱们虽然剩下的没有多少人了，但是，这一场肉搏，连日军都敬佩咱，咋说，有个伪军开枪打倒我们一个兵，当时一个鬼子小头目嚎叫一声，一挥军刀，把这个伪军的胳膊砍掉了。现在想嘛，可能是日本人的武士道劲头儿上来了。我偷眼瞅了一下，我们这边都不到二十个人了，个个都成了血人，而鬼子伪军还有一大片嘛。我当时就一个念头了，完了，这回非死这儿不行。明知道死，那也得拼嘛，到后来，我都不知道手里的家伙咋换的，步枪变成了鬼子的马刀。鬼子和伪军还在往上扑嘛。老侄儿，你凭良心讲，我身材不算巨人吧，但要和鬼子比，我就是个巨人了。现在电影电视里的日本鬼子，和咱们拼刺刀的鬼子不一样了，变高了，纸糊的一样，一戳就倒，娘拉个逼的，戏法嘛，而且，要论拼刺刀，咱们基本上是拼不过人家的。哦，我当时不仅因为学了一身好功夫，也可能是超常发挥了。这时候，眼看着一下子扑上来三四个鬼子，可能我太能打了，引起他们的注意，合伙儿给我干架。我一看那个头，都舍不得痛下杀手，咋说，其中一个鬼子，也就是三拃高吧，在我右后方蹦蹦跳跳，大个头的兔子一般，端着刺刀，突然一个冲刺，扑哧一声，戳我屁股上了。没有剧痛，感觉不到，只是有点烦，都说日本人拼刺刀厉害，原来也是偷偷摸摸在背后捅刀子，背后捅刀子的小人，咱们中国有这个产品嘛，轮不到日本人背后下手。我一转身，迎面一刀，这个三拃高的鬼子举起钢枪一个搁挡，没料这一刀是虚的，我一翻腕子，秋风扫落叶，惨不忍睹，这个鬼子像面团做的，被劈成齐齐两截子。另外的三个鬼子嚎叫一声，开始群殴。打群架，咱们李庄人最拿手的嘛。我也不知道劈出去多少刀，自己挨了多少刀自然也不知道了，反正就是拼了命嘛。老侄儿，你可知道啥叫拼命，就是说，命是拼出来的，你只有敢拼，你才有活命。城父南地里那一仗，我就是拼命了。日本军刀你知道，很厉害吧，照样被我砍掉了好几个豁口，掉牙的小孩子一般。那也得砍嘛，我只有砍下去，才能活着出来，我不能死嘛，我不是音乐家，但我是大小姐的肖邦，大小姐还等我点火嘛。是的，当时意识里就是这个念头，像灯泡一样，一闪一闪的，就是不灭。也真是到了生死关口，忽然鬼子背后一阵子呐喊，朦朦胧胧的，一大群人冲过来，人手一把片刀，片刀你没见过吧，哦，回头说片刀，还有一个使铡刀的，铡刀你见过，片刀类似铡刀，只是小一些，片刀，铡刀，上下翻飞，没办法了，这一下我可挡不住了，眼前也模糊了，血水糊住眼了嘛，照样，也得拼命，但见眼前有人影动弹，挥刀就砍。眼看着一口铡刀过来了，我赶紧退后一步，摆了个守式，刀法没有了章法，但咱的架势还在嘛。还顺手擦了一把眼睛，再看这个拿铡刀的，人影混混沌沌，像人像仙又像鬼，像风像云又像雾，我顿时觉得天旋地转，差点合身扑倒。拿铡刀的上前一步托住了我，在我耳旁边喝了一声："李娃！"

看看，你大娘陈彩莲，大脚片，我的老伴儿，就是这个时候出现的。她经常给你们言讲的，在战场上救下我狗命一条，就是这个情景。就像她形容的，我成了个血水浆过的人儿，还拿着豁豁丫丫的日本刀，摆个架势，准备给她打呢，结果脚步一动弹，像条断脊梁的狗一样，软下来了。照你大娘说的，她当时一塌腰，把我扛了起来，脚朝前，头朝后，她左手搂着我的两腿，右手拎着一把十八斤重的铡刀，扛着个血身子，一口气狂奔三十六里地，才救了我一条狗命。很传奇是不是，一个女人扛着一个男人，一口气能跑三十六里地，真神奇。这是后来我和你大娘吵架老说的话嘛，是不是真的跑了三十六里地，我记不得了。哦，当时没死，算是昏迷吧，电视里港台娘们儿说话了，有喘息，有喘息。我隐隐约约记住了一点，身子一起一伏，忽高忽低，坐船行在浪尖上一般，呼吸缓慢，漫长，出气进气之间，我隐约感到一股味儿不对劲儿，越往这边来，这股味儿越强烈，等我在一阵子唏嘘声中停下来，顿时就明白了，这是故乡的味道。人是不可思议的。我就是这样回到故乡的。你大娘陈彩莲说的，血淋淋的，往床上一放，挤着眼不喘气了，还以为死了，我一叫他，忽一下，笑了。没笑出声，就是那种不出声的笑。他那个笑，就像一滴子血滴进水盆里，慢慢洇开的。

你大娘把我救到哪儿了，你也是知道的，就是现在的双沟镇嘛。哦，当时，国民党县政府叫它双沟区。你也知道，亳州陷落日寇之手，咱们家的拐弯亲戚方仪礼搬到双沟来了。哦，你忘了。乖乖，你咋能忘了呀，方仪礼就是方仪望的弟弟嘛，当年，我到上海滩之前，原本是到他家乾泰昌药号里学徒的，请的就是咱家亲姑父蔡九老板做的荐头，海参席都摆了两桌嘛。他娘的，一个糟鼻子老头给另一个糟鼻子老头讲故事，真麻烦，一个是动不动就想不起来了，一个是动不动就忘了前边讲的都是啥了。哦，你想起来了。就是他儿子方强，也不知出的啥妖怪点子，把我诓到了上海滩，一路子东扭西晃，歪歪斜斜，没想到，又回到方仪礼他老人家府第上了。这几年，人老透气了，我老是说宿命，老侄儿，你说，这个，算不算宿命嘛。唉呀，旧话一说，十分漫长，人生短暂，时间如同黄金般金贵，那些与我的回忆录没有直接关系的种种故人旧事，咱们爷俩就不多说它了。咱们说正经的。但方仪礼他老人家，我还是得说上几句。日本鬼子进了亳州城，生意没法做了不说，要命的是有汉奸，尤其是咱们亳州的汉奸，鬼心眼子多，坏到不能再坏，明明知道方家二少爷是国民党的海军军官，军舰上的，嘴上不挑明这层厉害，只管引着日本鬼子，三天两头到乾泰昌揩油，打秋风，要钱嘛。看看，一块肥肉，啥时候都招苍蝇。方仪礼何等人物，何等气概，哪里咽下这口恶气，卷卷摊子收了生意，悄悄挪到双沟集上隐居下来。论说起来，双沟集离亳州城也没多远，但当时，山影重叠，人间歧路，张三李四王二麻子，各占一方，你在城里可以称王称霸，三宫六院都是可以的，但你一出城门，那有可能眨眼间脑袋钻洞身首异处，大家都知道这回子事情，汉奸当然也懂这个，所以不敢到双沟来找方仪礼的麻烦了。自然了，双沟集上有咱们方仪礼的老亲戚，这位亲戚很有名头的。说起来话长。唉，给你们这些后人说事情，费劲，说长了吧，费嘴费舌头，还费时间，不说长了吧，你们又听不明白。我简短了说吧。早年双沟集上有一个会道门组织，叫“黄樱枪会”，就是现在一些老年人言讲的“黄会”嘛。方仪礼家的这个亲戚，就是这个“黄会”的头面人物。叫啥名字，我忘了。哦，我就是没忘也不能说，人家还有后代子孙嘛。咱们亳州一带的人都是啥性子，你是知道的，一方水土养一方人，这个性格和脾气也都是有传统的，可以想见，双沟集上的这个“黄会”，早年间也是风生水起，不买官府的鸟账，官府打不过他们，后来国民党过来了嘛，有枪有炮，狠狠镇压过一回，这才把“黄会”的势力压下去了，但是，根儿还在嘛，也就是咱们李庄人言讲的，柳树你杀了，柳树根子还在，明年春上还会发芽嘛，也就是说，老习性老传统还在嘛。就是这个道理。尽管斗转星移，日月换了，但这个“黄会”的习性流风，还遗留在当地老百姓的骨子里，早年会里一些头面人物，威风尚遗后辈嘛。方仪礼能在双沟住下来，那靠的就是这个亲戚的门面。哦，方仪礼在双沟集上没做生意，我说过是隐居嘛。那时候，双沟是一条东西街，一条南北河，这条东西街是主街道嘛，这条南北河就是赵王河，穿街而过。方仪礼就住在河西，借的就是这个亲戚家的一片宅院嘛。都是老房子，墙厚堂高，屋里显得有几分空旷，还吊了房顶，陈旧了些，坠下来的灰串子一嘟噜一嘟噜的。你大娘陈彩莲把我扛到方仪礼家里，当时就放在堂屋里一张木板床上。哦，你问得好，大白天，一个大闺女扛着一个血人，穿宅越院，街上没有人看见吗，她是咋扛回来的呀。你问得好，我没法回答，因为我是晕过去的人嘛，后来也没想起来问问这个事情，你要想知道清楚，得到那边问你大娘去。唉，老婆子走了五六年了，我也想过去看看她，可就是阴阳界限过于分明，我过不去嘛。老侄儿，你记住这个事情，到时候，咱爷俩一块问问她。

哦，咱们说那，我躺在木板床上，昏昏沉沉睁开双眼，第一眼看到的就是吊顶上一嘟噜一嘟噜的灰串子，第二眼看到的就是方仪礼他老人家，第三眼看到的是董老川，第四眼看到的就是你大娘陈彩莲了。这都是一瞬间的精神，看完这三个人，我就觉得精疲力尽了，马上又闭上眼小憩嘛。方仪礼他老人家，当年到咱们家去过，看芍花嘛，他们药栈药行里的老规矩，我开头几天讲过这些的，到涠河看芍花，由咱们家的高客蔡九老板陪同，中午饭就是在咱们家吃的嘛，吃喝得很高兴，临走还给你爷爷一包刚开封的小金龙，香烟嘛，那时候算是全亳州最好的香烟了，你爷爷迂腐嘛，赶紧让你奶奶捞了十个咸鸭蛋还了这份人情嘛。老辈子人，讲究礼节，现在看来迂腐可笑。可是，现在没有了那些俗规矩，人与人之间，就变得生分得很嘛。那时候的方仪礼，虽然神态风度赶不上他哥哥方仪望，但在咱们亳州这一带，也可谓风度翩翩了。这才过去几年嘛，我眼前再见，好似芍药花儿褪了色卷了边，仪态不再，穿戴也迥异于当年，两鬓白花花的，只是脸型轮廓变化不大，所以我还记得。他弯腰看着我睁了一下眼，讶叹一声："哦，就这个孩子呀，唉，彩莲，他和小时候大不相同了。"他这一声讶叹，我自然听明白了，关于我的事情，关于陈彩莲的事情，老先生应当都是知道的了，而且，他还记得我小时候的样子。我扭脸第二眼看到的是董老川，一个白胡子老头，要不是他的手搭我的脉口，我以为自己还在昏迷中，眼前出现了一个老怪物。当时我还不知道董老川这个人物，是咱们亳州的名中医，与城里留学德国的名医苏归海老先生齐名，有一句话嘛，亳州城里苏归海，亳州乡下董老川。在咱们亳州，有关这两个人的传说很夸张，一个赛一个，都有着起死回生的本领。尽管我当时伤得不至于丢掉小命，但我屁股上的那些伤口，确实是董老川治愈的，治好刀伤不算神奇，神奇的是没留一点疤痕，这个了不起，要是搁在今天，开家美容医院，恐怕也是顾客盈门。老侄儿，古往今来，老中医和药栈药行药号都是有来往的，这个董老川和亳州城里的乾泰昌药号往来密切，自然了，他和老板方仪礼也是交情匪浅的，所以，这个时候，自然请他来救我小命了。当时，老头儿一把我的脉口，松了一口气，笑嘻嘻，说：“五脏俱好。反过身来。”我自己是翻不动身了，还是你大娘陈彩莲把我反过来的。一看屁股，老头子“哟”了一声，陈彩莲一把抓住我的胳膊，失声问道：“俺董叔，这人可能活了呀？”董老川咘的一声笑，说：“臀部重创，小命无妨。叫着他。”他们说的话，我咋记这么清楚，那是，我只是流血太多，身上软得很，意识时而模糊时而清醒嘛。过去老中医手段嘛，施救危急患者，总是让家人呼唤着他的名字，免得昏迷过度，魂魄远离肉身嘛。现在是不是这样的，我不知道了，反正那个时候是这样的。不叫你睡深了，睡得太深了，那就可能醒不过来了。你大娘陈彩莲，就一声声地叫我：“李娃啦，李娃啦，李娃喽，李娃喽，李娃啊，李娃啊。”你大娘一连喊了我六声，我被她喊得耳朵发痒，浑身发痒，忍不住，想大笑，没力气，就微微一笑。我这一笑，给大娘留下极其深刻的印象，以至于她后来说起我这一笑，话里边有学问了，就像朗诵抒情诗一般。

哦，哦，他没死，王贵海命大，打了无数仗都没死掉，全国解放了他都没受过伤。遗憾，后来上了朝鲜战场，牺牲那里了，还有咱们亳州的下大铲子，都死在朝鲜那儿了，好像是柳潭里还是下葛隅里，我没敢细打听，伤心嘛。我们在城父南地里，和鬼子肉搏嘛，你大娘带领的县大队突然冲杀过来，又是片刀，又是铡刀，鬼子溃去，我被你大娘背走了，王贵海和县大队的同志们打扫了战场，把牺牲的战士全部埋在那块地里了，鬼子和伪军的尸体没埋，都给码放在交通沟了，摆放得整整齐齐，等着敌人来收尸嘛。这是战场道德，王贵海打过恶仗嘛，知道规矩。所以后来，大队鬼子来寻找他们的尸体，见到那般情境，很佩服，不仅没有扒撒咱们掩埋的烈士，还在咱们烈士坟墓上烧纸祭奠。这个事情，是后来当地老百姓说的，他们看到了嘛。王贵海当时没有到双沟集上去，一说是新四军，那咱们亳县县大队很亲热，极力提供帮助，抬着几个伤员，领着王贵海十几个人，去了卞铺，就是在双沟南边的一个小集。为啥到卞铺，因为县大队有两个小队长老家就是卞铺的，群众基础好嘛。两个小队长是双胞胎，一个卞大铲子，一个卞小铲子。后来，卞大铲子牺牲在朝鲜战场上，卞小铲子后来成了咱们亳县物资局的局长，退休后成了通灵师，有一阵子和我来往密切。安排好十几个新四军包括伤员之后，当天傍晚，卞大铲子哥俩带着王贵海到双沟集上看我，来的还有尹小阁，老天爷，真是幸运，尹小阁这孩子还在，要不，我这一辈又多一层不安生，才十六七岁个孩子嘛。他们来到时，我已经醒过来多时了，身上血衣也都换过了，就是不能起来，趴在木床上，连身都不能翻，为啥，屁股上敷了一层膏药嘛。王贵海一进屋，扑通一下跪在我面前了，我在床上趴着，他在地上跪着，两个人脸对脸。王贵海呜咽抽泣，说:“连长，就剩下十四个人了，哦，算上你，还有十五个。”这是头一句。第二句:“连长，真没敢想，你还能活着。”第三句:“连长，你没伤着心肺吧。”你大娘一听，越说越不像话，赶紧拿过来个小板凳让王贵海坐下，说:“这个大兄弟，您白担心了，就是受点小伤，猪嘴獠牙的，马上一会儿就好。”你大娘的意思是我很皮实，就像猪啃碗碴子，割破了嘴，过一会儿就没事了，王贵海不懂咱们那一带的方言嘛，一下子站起来了，给你大娘吵架:“你这个老娘们儿，我们连长又不丑，你咋能说他是猪嘴獠牙的！”后来，这成了个笑话，你大娘给我说闲话，一说这个就笑得前仰后合的。

两天之后，王贵海带着尹小阁和没受伤的十多人先回部队了，走时我还给师长写一封信，说明情况，让他带着，空口无凭嘛。王贵海本来是说笑话的人，口无遮拦，走的时候变得很沉默，生死，鲜血，让一个人换了脾气，变了样子。在卞铺养伤的三四个人，由我委托卞大铲子兄弟俩好好照顾，保证安全，等养好伤，再和我一同返回部队。是的，当时我就是这样计划的。这样安排妥当了，大家都好好养伤嘛。

老侄儿，我在方仪礼老先生家里养伤这个事情，你也是知道一点的。但是，其间好多细节，恐怕你大娘都不好意思给你说，你也未必知道多少。说起来，我真要感谢董老川老先生，这个老怪物，配制的草药膏涂抹了一屁股，颜色像猪屎一样，说腥它腥，说臭它臭，说香它还香，董老川说是用小磨香油调制的。头七天，我天天趴在床上，不能翻身，也不能侧身，一屁股膏药嘛，先是麻飕飕，冷飕飕，后来就像一万根针尖扎屁股，又舒服，又难受。你大娘陈彩莲也跟着受罪，头几天，我屁股伤口没结疤嘛，拉屎不能蹲下，一蹲下，屁股撕肉一般，鲜血滴成片，你大娘就像把着小孩便便一般，在我身后边弯腰托着我两腋下，减少重量形成的压力，保护屁股伤口不要撕裂嘛。老天爷，要知道，虽然她当时二十五六岁了，但毕竟还是个黄花姑娘嘛，一句怨言都没有。那多难为情，我脸红嘛，她还说，咱俩谁和谁，你还脸红，有啥过意不去的呀。所以，这一辈子，她给我吵架，不管嚎叫多厉害，我一声不吭，一旦给我打架，我就只躲闪，只招架，不还手，就是这份大恩厚情都还在嘛。你大娘当时是县大队的领导，是大队长还是副大队长，我也没细问过，管她正的还是副的，反正她有威望，说话算数，里里外外安排得都很到位，门房里住着两个县大队的队员，丁超峰和马文启，都是梅城集上的，两个人枪法好，都是驳壳枪，日夜值班，连沿街生意门面，也都安插了县大队的便衣。陈彩莲陈大队长，当着我的面下的命令嘛，“咱们县大队当前的主要任务，就是保卫新四军的李连长”。

哦，对了，当时双沟集北头还驻有国民党的一个连队，他们主要是防御双沟北边十河集上驻的伪军嘛，伪军也是一个中队，是汉奸张岚峰的部队，两者相距不足二十里地，狗咬狼，两下里怕，两下里搞得都很紧张，戒备森严，他们没有工夫管别的事，所以，我在双沟集西边方仪礼老先生家里才能安心养伤。这个，也是你大娘再三要求县大队防守严密的原因嘛。反正这个国军也好，伪军也罢，都不是我回忆录里的要紧事情，咱们且把他们当屁放了，不提也就是了。哦，对了，你大娘知道我是新四军的连长，头两天对我说话很客气的，当着县大队的几个队员，还叫我首长，第三天就不行了，很严正，提名道姓，问我，李娃，咱俩在上海火车站咋说的，说好好的，让你过三年回来娶我，这都六年了，你咋不回来，你死哪儿去了。自然了，当时那个形势下，我哪里能全告诉她，含含糊糊，只说国家危难之际，老姑父让我到队伍上了，新四军里纪律严，哪里能说回就回来嘛。你大娘直撇嘴。老侄儿，你知道，别人撇嘴是不相信，轻蔑，冷嘲热讽，等等，反正不是褒义词。你大娘与众不同，她的习惯，赞佩人家就先是撇嘴，又连连点头。她说了，咱们县大队，常年和新四军打交道，新四军的纪律我也懂，在遵守纪律方面，党员干部，是要起到模范带头作用的。可是，你连封信都不能写嘛，哪怕捎个信也是好的呀。嘟嘟囔囔，大道理小道理，没完没了，想必后来当上县长，与她这个口才也大有关系。我很烦，心里有那个啥，北京人说话了，有猫儿腻嘛，所以，也不敢发作，任她指责。你看，当时我都是连长了，还得这样受气。所以说嘛，在外边这长那长，回到家放屁不响，就是这个道理。哦，你大娘，她就不一样了，后来当了县长，回到家照样耀武扬威。当然了，修理这样的县长，老伯父我是有办法的，啥办法，那就是让她生小孩子嘛，生一个，再生一个，咱们笑一笑，又生一个，所以我孩子多嘛，两个闺女四个儿子。

自然了，当初我养伤期间，你大娘除了嘟囔几句，整体上还是好的，有时候比较安静的，有时候是比较温柔的。咋说，要是方仪礼和董老川都在，她就比较安静，要是两个老人不在，她就比较温柔，比如，问我五六年不回来，死哪去了，就是温柔的。整个情况是这样的，每天，董老川给我屁股上涂抹好膏药，就洗洗手，半躺在临门的躺椅子上看书，哦，不是药书，不是医书，是传道书，就是《圣经》嘛，那时候咱们这儿叫传道书。方仪礼他老人家，也是半躺在临窗的躺椅上，抽着大烟，给我说话，说上海滩，说他哥嫂，说几个侄子，侄媳妇，也就是大表嫂段喜良嘛，还有大小姐珊珊，他这样称呼嘛，说一遍方公馆的人，包括管家王西三两口子，厨子汤呜，看门人樊小六子，也就是樊阿大嘛，等等，反正都是以前他去上海滩几次，住在方公馆里的见闻嘛，说得眉开眼笑。当然了，我也随着他的话头儿说几句，忍住了几分感慨，说些我在方公馆的诸多见闻。闲话不觉得嘛，老先生说起他很想念唯一的小侄女珊珊，知道哥嫂去了重庆，心里也就安然了，大侄儿，大侄媳妇，都是大人了，都经过大世面，有能耐，双胞胎侄子，都在外国，几个人都无需挂念，只有这个小侄女，只知道没有跟着爹娘去重庆，不知道现在哪里，情况咋样，想想模样，也该出落成大闺女了吧。我自是感到老先生一腔惆怅，差一点儿顺嘴说出来，我这次，就是因为护送大小姐他们去延安，才稀里糊涂顺道儿回到老家的，说不定，大小姐前几日去沈丘，就是从双沟路过的。后来，抗战胜利了嘛，又见了大小姐，我两个这话儿一通，才知道她当时真的就是路过双沟集上，直奔南丰，过钱店，到达沈丘的。只是，当时在方仪礼老先生家里，我没说护送大小姐去延安这个话，哪能说这个话嘛，一方面是保密纪律，另一方面，屋里还坐着你大娘嘛，你想嘛，你大娘要是知道我是护送大小姐才差点丢了小命，她心里咋想，再好的姊妹恐怕也会闹别扭的。咱们李庄人言讲了嘛，女人是女人的假朋友，女人是女人的真天敌。哦，这句话，好像也不是咱们李庄人说的。唉，管谁说的，反正是个事实。我没犯这个低级错误。是的，你大娘很细心，天天看着董老川给我上药，完了，就搬个板凳坐在一边，听我和方仪礼老先生说闲话，有时候她也插嘴，说当年去上海滩的事，说方公馆的排场，干爹干娘的热情，王西三老夫妇的周到，表哥表嫂的说说笑笑，那个妹妹真是能得很，领着他们，就是她和你爹那混球嘛，说那个妹妹领着他们上街逛，上海真大，真高级，大楼都高到冒天云里了，上海唱戏的真好笑，一会儿站着不动，驴桩一样，一会儿满台子乱跑，羊角风一样，又哭又嚎叫，也不知道为个啥，妹妹还会点菜，外国话也说得溜得很，在大楼里，一出电梯，见个洋人，妹妹上前就和洋人说上了，说得洋人一个劲儿给妹妹竖大拇指。老侄儿，你大娘说的就是她从上海滩临回来时，大姑妈让大小姐请他们在华懋饭店吃饭，吃完了，大小姐领着他们坐电梯下来，在大堂里偶遇卓别林这件事情嘛。琐琐碎碎，倒是让方仪礼老先生破涕为笑，消了一肚子惆怅。

是的，那时候，方仪礼老人家，光从外表上就能看出来，有些颓废嘛，爱抽几口大烟。大烟的气味不简单，真是香，满屋子异香，别说我心旷神怡，就是屋檐下墙缝里的屋龙，就是旱长虫嘛，藏在墙缝里吃老鼠，吃蝙蝠的，闻到大烟味儿，都从房檐上吊下半截身子口滴涎水。你可想嘛，当年在咱们亳州那么风光的一个人，那么大的生意，都因为日本鬼子来了，只好收了生意，卷了铺盖，隐居老亲戚家里，毕竟是上了年纪的人，经不起折腾了，所以有些颓废，也是可以理解的。尤其是，二儿子方强，曾经叫方骅骝，虽然知道去向，但是，乱世里常年难通音信，不知现在何处，所谓母子连心，父子连命，老人家心情可以想象，所以抽几口大烟，那也是常情嘛。你看，老侄儿，我这样推测，是不是很有道理的，你说是，那不行，人家方仪礼不这样认为。他说生意歇了本钱还在嘛，日本人，也不能在咱们中国待上一辈子，他不敢，不要多，他要能待上一百年，不要咱们拿枪打他，他就变成和咱们一样了。日本人凶残，当年满人也凶残，咋样，满人后来咋样，惨得很。咱们汉人根底深，不是新栽的树，过来个外人，摇晃几下子就死了。咱们亳州人说话了，家大业大，人高马大，日本就是鞋尾巴那么大片地方，人个头又小，人心可以不足，长虫要想吞下大象，啥样结果，还要言语嘛。又说方强，说骅骝这小孩子，胎带的邪气，从小就不省事，万事只管跟大人拧着来，横八竖八，到了十六岁那年，也不知是犯了啥阴气，还是犯了啥阳气，长了一身牛皮癣。这时候，那边看传教书的董老川就插上一句，不是牛皮癣，牛皮癣我还治不好嘛。方仪礼老人家接着他的话说，痒痒得厉害，请多少名医都没看好，连董老先生都失手了。董老川又插话说了，老辈子言讲了嘛，医生不治癣，治癣必丢脸。方仪礼赶紧扭脸朝那边连笑了几声，没丢脸，没丢脸。又扭过脸说，到末后，实在没有办法了嘛，去找苏归海老先生，留学德国的嘛，有洋办法，一间屋子门窗封死，煮上一大锅盐水，放了一把药片子，冒出来的蒸汽齁咸，还酸得倒嗓子，这边骅骝跑得通身大汗，往屋里一钻，让蒸汽熏上一两个小时，才能出来。那边董老川接上一句，这回该妙手回春了。方仪礼冲他摇摇手，你知道的，是见轻了，但是，没有除根嘛。苏归海老先生就给个建议，让骅骝去当个海军，或是到海边跟渔民上船住上三年两载，常年下海打渔，海水盐分大嘛，说不定这个皮肤病就除根了。我这一大家子人，都觉得这个法子很玄的，不让去，出点子让他去上海治病，他大伯家里又宽敞，住上一两年，治好病再回来嘛，就是不回来，在他大伯家银行学会做银行生意，哪怕找份儿事情干，也是很好的嘛。方仪礼说到这儿，两眼就盯着我，说，也赶巧了，那时候不是恁姑父蔡九过来说好的，你要来乾泰昌学徒嘛，骅骝知道这个事情，高兴得很。咱们这一家人，只看着他高兴，忘了他小时候妖魔点子多，更料不到他摘个点子会使到你身上嘛。我估摸，你就是这样遭了骅骝的鬼点子，去了上海的。我不知道是不是这回子事，也顾不上，那一会儿呀，骅骝跑出去好几个月没有影儿，家里急翻天，还给上海滩我大哥拍电报，大哥又回电报又回信的，骅骝也没去上海滩嘛，倒是知道你去了上海滩，你家那头不急了，咱家这头还是急急如律令。后来，骅骝考上海军学校，来信了，咱们家里才放下心。有一点我不满意，骅骝自打上了海军学校，只回来过一趟，匆匆忙忙，话不及细说根梢，住上两天就赶回去了，说是上军舰实习去。自此，年年放假，也不再回来，都是上军舰实习去了。再往后，就是日本人来了，骅骝这孩子，也再没有音信过来了。你们这新四军，恐怕和他们也不便联络，李连长，想必你也不知道骅骝的消息吧。以后得便，也打听打听，给我个消息。

你看看，老侄儿，原来只说我是糊里糊涂去了上海滩，谁承想后边还有这么一章子事体嘛。现在想想，也有几分不通之处，你想嘛，方骅骝，也就是方强，他去不去上海，都不妨碍他去考海军学校嘛，就是把我留在他家乾泰昌药号里，也不影响他啥事情嘛，那他为啥非要给我使个妖魔点子，把我弄到上海去呀。想不通。这一辈子了，没想明白。你想嘛，当时我能说啥。我一句话都没敢说，只是唔唔两声。当时真的很尴尬的。就是你大娘，也是才知道我去上海滩，里边竟有这么一个因素，一时间，嘴里喂喂呀呀的，坐在那儿东看看西看看。倒是董老川那个老怪物，见缝插针，说话了，他说："恁几个没话说了，那我就开始传道了，今天说说摩西出埃及记。"这个老怪物，又要讲《圣经》了。

哎哟，时间过得真快嘛。

这才说了多大一会儿，一眨眼嘛，又到时候了。

你看，阳光又到我脚边这儿了嘛。

好吧，今儿就到这儿吧。

第三十三章

老侄儿，茶已泡好，你且坐下，歇歇腿脚，一边慢慢喝茶，一边听我言讲。

哦，前天说到我在养伤那阵子，你大娘陈彩莲和老人家方仪礼，常常陪着我说闲话嘛，每次这边话头一停住，临门躺椅上的董老川那个老怪物，就开始讲他的传道书，就是《圣经》嘛。那一天他说的是出埃及的摩西，一路上磨难重重，但关键时刻，那个耶和华就会来指引他。我也没觉得有啥稀罕的，这和孙猴子保着唐僧西天取经一样，一步一个磨难，都有神通相助，天大的难题，难不住南海观音，难不住西天佛祖。都是一个样子的嘛。哦，是的，那时候我没看过《西游记》，可是，西天取经这个故事，我小时候还是听过几场子的。所以，董老川说摩西出埃及，我觉得这个事情有点耳熟。是的，我以前偶尔说点《圣经》里的事情，都是那时候听董老川讲说的。啥东西大卫王年纪大了，寻觅黄花闺女脱光腚围住他，给他取暖，这个孬孙，真会享福，我这个年龄了，冰天雪地照样洗凉水澡，他还找黄花闺女取暖，搞腐化嘛。还有约伯抱怨上帝，被上帝训斥一通，顿时心服口服。

董老川不光讲这些，每次讲完一段，他还低声吟唱，哦，就是赞美诗，当时咱们不知道赞美诗嘛，只是觉得这个老怪物真是唱得有板有眼。我当时也没有用心记它，可是怪得很，这么多年过去了，我竟然还能记住几段：一轮明月，数点寒星，映照羊身色如银，数位牧人和蔼可亲，围坐草地叙寒温；奇光灿烂，歌声绵蛮，牧人俯伏愕且惊。云中天使，报告同声，神子已生伯利恒。真好听，我再唱几段好不好，你说好，那我也不唱了。我一个革命老干部，老唱这些个玩意儿，那不成了传道士了嘛。一说起这个，我就想批评你大娘，去那边头里五六年之间，几乎迷上了这个《圣经》，天天看，天天吟唱，天天高声朗读，可见，当年陪我养伤，受董老川的荼毒匪浅。我批评她，一个退休老县长，一个革命老干部，整天着迷这玩意儿，咋咋咋的。她马上回击我，你每次打仗都死那么多人，主要原因就是没有把敌人的情况摸透了，孙子曰，知己知彼，百战不殆，你要想反对《圣经》，你就得先把《圣经》吃透了。走开吧，出去转转去，吹吹风，板结的脑子也松动一下。你看看，这个老婆子，我当初手把手教她认字，教她查字典，还教她写字，教了好几年，教得她一肚子歪理邪说，还要动不动对我冷嘲热讽一番，真是天苍苍，野茫茫，风吹草低见牛羊，叫人无话可说了。

对对，当年，你大娘伺候我养伤，我们不吵架。哪还吵啥架嘛，人家那么细心周到，可以说是无微不至，连后来小四上学，用“无微不至”这个词造句，小四这样写道：俺爸受伤屁股稀烂，经过俺妈无微不至的照顾，俺爸的屁股很快就好了。说起来还是很感人的，头十天，端屎端尿，喂吃喂喝喂药，哦，你他娘的别笑嘛，话可以连贯着说，事情不能连贯着想，那意思你是明白的嘛。是的，除了敷药，还要喝汤药，三天一换方子，汤药真苦，喝了足有半个月。哦，对了，里里外外的衣服也都换了新的，你大娘领着老太太使唤的那个小丫头上街买布做的嘛。再就是，趴着睡嘛，趴一会儿还行，整天趴着睡，那就不好受了，又是硬板子床。你大娘马上派人弄来木头，买来几窝子麻批子，借来刨子锯子斧头，自己动手，三下五除二，做了个床架子，又是自己搓麻绳，半天就攀扯好一张网床子，这下，趴着睡就好多了嘛。过了十天，伤口结疤了，就不再睡堂屋里了，方仪礼老人家还有家眷，老太太，还有一个使唤的丫头，名叫香芝，十六七岁了，起居不便，你大娘就把我搬到西厢房里了。哦，你别误会，老太太对我也是很好的，前边我没提她，不等于她慢待了我，而是说事情总要有个先后顺序嘛。就像你大娘比我大三岁一样，老太太也比方仪礼老先生大三岁，那时候大概有六十好几了，我问过，方仪礼那年就已经"岁至一甲子"了嘛。老太太很好，慈祥又能干，不懂医道，但懂膳食，饭菜做得好，我恢复得快，与她老人家做的那些好吃好喝的，也是大有关系的。

我说过，方仪礼住的是亲戚家的老房子嘛，老房子都讲究对称，西厢房有五间，东厢房也有五间，大门两边各有两间耳房，很合老礼的建筑结构嘛。县大队派在街面上的那十几个暗哨，白天在街上吃喝，晚上就回来住在东厢房里，加上大门耳房里的丁超峰和马文启，十六七个好手保护着我，很了不得的。我就住在西厢房尽北面的那一间，你大娘就住在我的隔壁，没有别的意思，方便照顾伤病员嘛，晚上陪我说话，时间长点也不影响他人休息嘛。我五六年不回家了，现在说很多老家的事情，之所以就像亲眼看到一般，都是那会儿你大娘给我讲的。当时还觉得你大娘话头子太稠，现在想想，她有很多话是不能给外人说的，憋在肚子里好几年，见了我，那还不得说个够。你大娘说，陈桥集上咱爹咱娘，都没在家，我从上海回来那一年，给两个老的一说你在上海的高低，都放心了。你大娘嘴里的"咱爹咱娘"，就是我师父和师母嘛，只是头一次这样称呼，我还有点不习惯，有点恍惚，恍若身在仙坛，听高人说法。你大娘说，咱爹说了，你和李娃定下了亲事，家里也就没啥挂念的了，三年时间还长着，我和你娘想趁空儿去九华山看看，过三年我准回来，给你俩办喜事。李娃，你看，咱爹咱娘临去九华山，还在操心这个事情。咱爹去九华山看师弟赵怀根。

赵叔叔原名叫赵根宝，他年轻时候，也是因为婚事不就，一生气出家了，还改名叫赵怀恨，他给家里不联络，倒是偶尔给咱爹联络。他们师兄弟感情好，赛似一母同胞。李娃，你早些年到俺家学拳，咱爹也给你说过赵叔叔呀。我赶紧点头回答，说过说过，这赵叔叔一身好轻功，说得我心里直痒痒，恨不得眨眼看到赵和尚。你大娘笑笑，忽又皱了眉头，叹息似的唉了一声说，两老的能掐会算，你三年没回来，两老的也是去了三年没回来。咱大哥，咱二哥，两人商量着要去九华山看看，呀，兵荒马乱的，也没去成，反倒陈桥集上待不住了，也都是我惹的事情，保密工作做的不好，都知道我参加了共产党，参加了县大队，国民党找麻烦，日本鬼子来了，那就更麻烦了，索性，两家子人去了陕西，到现在也没个音信，大人还好说，两家人还有四五个小孩子，老天爷可怜见。我的娘啊，也不知道这仗还要打到啥时候才算毕头，一家人啥时候才能团聚在一个院子里。这下好了，你这一回来就好了，我也算是有个偎靠了。

一时间，你大娘说得我心里酸酸的，可是，那个时候，思想很怪，人在组织嘛，心就在部队，还是想着要回部队的嘛。不说这些大道理，就说咱们李庄人的性格，说话算话，吐口唾沫钉颗钉子，执行一趟任务，总得回去跟师长一个交代嘛，就是想回家了，那也得把话说清楚，当初咱们来到新四军是有点模模糊糊的，但要走了，你得清清楚楚，你得光明正大的吧。这个是我当时的思考嘛，很幼稚，很有感情，人嘛，一旦动感情，想法就幼稚。这些想法，当时自然不能给你大娘说嘛，人家伺候你十多天，坐在你床边说着心里话儿，两个人的手还没拉在一起过，你不能冒出几句凉腔倒板的话嘛。况且，你大娘后边几句话，说得我男儿心怀兴起，恨不得铁肩担山，给她一片场地，让她奔走自如。一时间，我心里热吵吵的，就一把抓住你大娘的手了。哦，看你说的，老侄儿，老伯父我那时候哪里懂得爱情是蛤蟆还是蝌蚪嘛，就是想拉住她的手，以示我李娃是很强大的，万事有我嘛。很笑话，你大娘吓得哆嗦了一下，低下头，嘟囔了一句："喂呀，李娃呀，你屁股还没好呀。"

自然了，你大娘也给我讲了咱们家的事情，也是一口一个“咱爹咱娘”，这个称呼你不能小看，未过门的媳妇，和未婚夫这样称呼双方父母，那就相当于盖了钢印。你大娘说，李庄恁家里，咱爹咱娘，现今也都不在家，都去了颍上县咱二姐家。原先陈桥集这边，咱爹咱娘去了九华山，大哥二哥也去了陕西，我在县大队，偶尔回趟家，也都是回李庄，傍黑去看看两个老掌篙的，天不明就得走，世道乱了，不能给两老的添麻烦。也说了你在上海的事情，两老掌篙的都放心了，一心等着三年后你回来，咱俩成亲。可是，你们李庄那边出了几个汉奸，就是张寨的拐子，还有后杨庄的杨武，几个鳖羔子，去李庄咱家里劁猫骗狗的，讹诈过两回，咱爹咱娘把你写的信拿给他们看，说你在江浙做皮货生意嘛，又给了钱，才算是一时平安，后来烦得不得了，两老掌篙的就去了颍上咱二姐家。颍上那边有国民党的骑兵部队，日本鬼子没去过，汉奸更不敢去了。咱爹咱娘在那边还算是安生的，二姐家行医，家里生活好。我专门托人去看过，两老的都还好，你就放心吧。李娃啊李娃，我算是混到家了，娘家婆家，都不能回了，平时想爹娘了，就到咱们方叔叔家住两天，说说上海的干爹干娘，说说娘家婆家，心里边才有那么一点暖意。今年过年前，就是腊月里，咱们县大队到淝河那边去了，逮住了张寨的拐子，还有后杨庄的杨武，没杀他俩，批评教育一顿，放了。也不是专门去治这两孬孙的，主要是去发展基层抗日武装嘛。发展基层武装很难，当地的国民党乡镇，论起抗日不咋样，控制咱们共产党，那是下狠手的，好多村庄发展不起来。李娃，说起来还是咱们李庄的人有种，很快就组织成一支小分队，打着保家卫国抗日的旗号，有一百多号人。李娃，你还不知道吧，前年后秋里，亳县城里的鬼子到古城集攻打国民党的保安队，顺路拐到咱们李庄去了，李庄的人腿脚有多快呀，大人孩娃一个人也没有抓着，反而把李庄的老母鸡全抢光了，日本鬼子真缺德，满庄满家，水缸里面缸里都拉上屎。咱们李庄人恨鬼子恨到心里了，要不，哪那么容易就能组织起来呀。县大队给他们二十多支步枪，还有两把盒子炮，就是咱们李庄东头的李方亮当队长，盒子炮给他一把。李方亮你咋能不知道，小名叫茄盖子呀。哪回见了我，就叫小婶子，叫得我脸红，咱们家辈分高，人家那么叫咱，还不能说啥。县大队本来想派蝎拉回李庄带着个小分队的，哎呀，李娃，回头见了蝎拉，你可得好好数落一下咱这个兄弟，目无组织，不守纪律，不回李庄也就算了，组织上费多大劲儿，安排他到淝河中学教书，他人是去了，书也教上了，好好的还没三月，给一个女学生好上了。你可知道是谁家闺妮子，就是淝河集南头邱木匠家的二闺妮子。邱木匠早就不干木匠活了，在集上开个木料行，给淝河镇的镇长勾勾搭搭，手里有钱，我早就看不下去了，准备收拾他，咱们县委高书记要做镇长的统战工作，不让动邱木匠，也只好暂时这样了。蝎拉，我恨不得扇他几个嘴巴子。

老侄儿，蝎拉就是你爹的小名，我给你说过。你大概不知道你爹有这么一段花里胡哨的光荣历史吧，今儿个说到这儿，我才讲给你听的。哦，你早就听你大娘说过了，哎呀，这个鸟老婆子，啥话都给小辈孩子乱说。自然了，你大娘家的事情，还有咱家的这些事情，也不是一天半天说的，你大娘伺候我养伤，将近一个月，都是拖拖拉拉讲的。那时候，傍黑你大娘到我屋里，就说一会儿话，吃了晚饭就各回各屋了，你想嘛，满院子都是县大队的人员，她这个大队领导，又是个未过门的大闺女，虽说也是二十五六岁了，那也不好意思钻到我屋里一说半夜话嘛，孤男寡女的，出了事情不好办。所以你不要误会。今儿只是为了言讲方便，我一块儿都说给你听了。哦，是的，我养伤期间，你爹那个混球没去看过我，这也不能怪他，是你大娘不让告诉任何人的，保密纪律嘛。不过，到底是一母同胞的亲兄弟，血浓于水，我能不想见他吗？我很想。只是伤口还没有好利索，你大娘哪里都不准我去嘛。都说伤筋动骨一百天，我倒是没有伤到筋骨，加上董老川使了绝招，医道深密，咱们不懂，称之为绝招，所以，我屁股上的伤疤，不到一个月就好利索了。要说董老川咋是个神医，那我举个小例子你就知道了。我屁股上结的痂很多，薄的掉了，厚的不容易掉，一抠就淌血，不抠它就痒痒，让你恶触得慌，就像咱们李庄人言讲的，癞蛤蟆跳到脚面子上，不咬人，恶触人。下午董老川手里拎包草药，过来了。刚才头几天，老头儿是天天上午过来敷药，闲聊，讲《圣经》，往后，每天就下午来一趟，查房巡诊嘛。给他一说伤口结痂这个情况，董老川这个老怪物笑嘻嘻，说，那是当然了，我这边方子还没用完，你那边当然不能算好了。说了，就叫耳房里的丁超峰马文启，让他俩刷个大砂缸，把手里的这一包草药往缸里一放，到底是啥东西，用纱布包的，我也不知道，看着好像是草药嘛。然后大锅烧水，滚开水沏茶一般，冲了大半砂缸滚水，盖上草盖子搁在我屋里先闷着。然后，过堂屋里和老人家方仪礼说闲话去了。你大娘心焦嘛，一会儿过来摸摸砂缸，一会儿过去问董老川："可管哩俺董叔。"丁超峰和马文启在大门口，你一句我一句，笑话她。一大砂缸药水放在我屋里，哧哧响，好像个炸弹拽了引信一般，隔着草盖子都能闻到一股股酸甜的味道，对，有点像是白糖拌西红柿的味道。过了好大一会儿，董老川过来了，大家都过来了，董老川拿开草盖子，一看水色，笑了，撵着大家走开，让我脱光了坐砂缸里泡着去。那个过程我就不说了，反正这一辈子你也用不着它。我这一泡，一两个钟头，农历三月里了嘛，天气热了，开水凉得慢，泡得我满头大汗，浑身舒展之至，坐在水缸里迷糊了一会儿。醒过劲儿我伸手一摸，屁股上没硬痂了，我还以为没摸着，又摸了几下，果然没有了，一块也没有了。我就叫嘛："大姐，大姐！"就是叫你大娘嘛，打小在她家学拳，就是这样叫的，叫惯了。你大娘在东厢房南头那间厨房里，正帮着老太太准备晚饭嘛，天都麻挤眼了嘛，一听我叫她，赶紧过来了。我就说，痂掉干净了。你大娘哦了一声，很惊讶，非要看看，你想嘛，那个情形，我咋能光腚站起来给她看嘛。我坐在水缸里不起来，你大娘拽我，我就说吃了饭再看。就是不想给她看嘛。

这下子，老怪物董老川得意洋洋。等我穿戴利索了，过来给他见礼示谢，他又摸出一小瓶药膏，叫我涂在患处，就是掉了痂的地方，都是嫩皮嘛，涂上药膏，起到复员和保护作用。一天两遍，连涂七天，保证你像刚生的小毛娃，屁股光溜溜。到这儿，董老川对我的治疗，算是胜利结束了。很出意外，董老川治好了病，是要算账的，结果，还是方仪礼老人家拿出来三十块大洋，这个老怪物才欢天喜地走了。是的，我眼睁睁看着嘛，三十块银元，装进董老川的褡裢里，哗啦啦的响。我表示惊诧，觉得收费没模子，太高了。方仪礼老人家坦然一笑说，皇帝佬也不能白使唤人，董老川医道深，诊金也高，他有他的规矩，他不要票子，不相信，只要银元，给谁看病也只收银元，没有银元，那就拿东西挡也行。

老侄儿，我开始叫董老川老怪物，你还皱眉头，觉得人家给我看病了，我还叫人家老怪物，似乎不妥嘛，现在你看看，他是不是老怪物。不过，他真有古怪的本领，包括他泡的洗澡药水，都是神奇的，酸甜的味道，褐红色的汤水，泡了一两个小时，身上肉皮没染上颜色，但是手指甲和脚趾甲染上色了，就像眼下小闺妮子们的染指甲，用胰子都洗不掉，叫人惊讶叫人喜欢。

吃了晚饭后，你大娘也不再帮着小丫头香芝洗碗刷锅了，一下子钻到我屋里，好奇得很，先是看我的手指甲和脚趾甲，再后来要看看我屁股掉了痂是啥样子的，不光看，她还摸来摸去的，别看你大娘壮硕，脚板子大，可是她的手小嘛，又软乎乎的，这就摸出问题来了。所以，我们家的老大，要是严格一点说，就不算是合法婚生子，所以，一般情况下，我不说我们家老大这个话头，一说就得牵动这个不光彩的旧事嘛。天明起来，大家都知道了，你大娘从我屋里起床，欢天喜地，笑嘻嘻去了堂屋里，给方仪礼和老太太两个老掌篙的说了。那好，这个事情就这样办了吧。方仪礼老人家又破费了十多块大洋，让丁超峰和马文启出去买了高香红蜡烛，肉蛋大鲤鱼，他言讲了，岁月烽火，时值动乱，喜事简便，佛祖喜欢，天作之合，和谐万年。我和你大娘两个人的父母不在眼前，方仪礼和老太太，两个老人，就代表了双方父母，坐在高堂，受了我们三叩首。哟，真是简便，连个鞭炮都没放。

咱们是啥身份，当时那形势，不敢放鞭炮嘛。哪能像电影电视里，革命年代的婚礼比现在还要气派，新郎新娘新衣裳，放炮的，吹响的，一个都不缺，那是他们有能耐，咱们没有这个本事。哦，幸亏我当时一身衣裳都是新换的，腰里扎了一节子红缎子，哦，对了，你大娘有风采，换了一件高级衣裳，就是从上海滩带回了的那件，老侄儿，你忘了，就是大姑妈送她的那件盘金对襟马褂、龙纹马面裙套装。大姑妈当时还声明了，算是干妈送的嫁妆，等到你大娘和我大喜那天穿戴的嘛。话儿一说，句句不落空，这儿就穿上了。自然了，里边还有那件红缎地摘绫绣多子多福肚兜，这个也是大姑妈声明的，也是大喜这天穿戴的。我咋知道的，这一件是晚间才知道的嘛。你他娘的，不要笑嘛。由此可以想见，你大娘还一直牢记着大姑妈说的话嘛。说实在的，当时我也很感动的，觉得你大娘重情义。高低有了这一套高级衣裳，也总算给我们的婚礼增加了几分光彩。是的，你大娘从上海滩带回来的两皮箱旗袍啦套装啦，都还放着，参加咱们县大队后，都存放在方仪礼家里，这时候就派上用场了。这两皮箱衣裳，你大娘珍贵得很，一直放着，当了县长还放着，下班回到家里，一件一件的穿上过过瘾，后来发福了，穿不上身了，只好拿在手里，坐在那儿发呆。这是后话。

老侄儿，你看看，老伯父我的婚礼就是这样的，你们后辈想象不到。所谓的婚姻和爱情，大概就是这样的，两回事，你有爱情，你不一定有婚姻，你有婚姻，你不一定有爱情，此事古难全。自然了，那时候咱们不懂爱情嘛，也没见谁用过这个肉麻词儿，结婚这个词也不常用，那时候，咱们用“成家了”这个说法，来解释婚姻与爱情的。没，没有，我和你大娘没有讨论过这个话题，年轻少壮，你贪我恋，只知道这个真好，后来分别数年，天天打仗，哪里有空思考婚姻爱情这一摊鸭子屎尿，再后来，我从上海滩回到咱们亳州，算是终于团聚了，但是，工作忙，孩子小，双方父母年纪大，没有工夫，也没精力谈论爱情和婚姻这一坨子麻烦事体嘛，我和你大娘都是用吵架打架来代替婚姻和爱情，因为打完吵完，感情愈浓烈，婚姻更牢固嘛。你们这代人嘛，和我们吃的用的不一样，所以，你们不懂我们这些老辈人的心理。

按照咱们这边的老规矩老风俗，上午举办婚礼，下午要到祖坟上禀告一声嘛。过去咱们李庄也是这样的，我这几年老不出门，也没啥交际，不知道现在还是不是这样了，常年论辈子，也听不见娶媳妇嫁闺妮子的声音，没有敲锣打鼓吹笙放炮的嘛。哦，都出去打工了。不提也罢。咱们说虽然当时形势不好，但这样的老礼不能省了，那个年头，大家都死心眼嘛。再说了，又不是千里遥远，双沟集上离咱们李庄也就三十多里嘛，骑上快马，四蹄还没亮起掌来就到了。你说得对，当时哪来的马匹，没有快马，只有自行车，那时候还叫洋车子嘛，是的，就是你大娘缴获日本鬼子的那辆自行车，咱们亳州文史资料上，就有你大娘缴获鬼子自行车这一段故事，是你爹写的，拖拖拉拉，写的很长，自我表扬，好像自行车是他缴获的。就是这辆自行车，对对，菊花牌的，当年日本鬼子和伪军，经常骑着这个牌子的自行车下乡嘛，你大娘带着县大队搞伏击，一下缴获了三四辆。方仪礼搬在双沟集上，你大娘就在他家里放着一辆，常来往，方便不是。我给你说吧，你大娘能耐大了，像个大老鼠一般，走到哪儿，啥东西都往窝里拉。当然，她不是谋私利，不像现在的贪官污吏那样，啥东西都往腰包里划拉，你大娘她是为公家谋利益，要不，县大队哪来那么多枪，哪来那么多子弹嘛。当然，后来当了县长，亳县要办纪念馆还是博物馆，这辆自行车就上交公家了。到了一九八几年呀，这辆自行车的主人，一个老鬼子，满头白发，来咱们亳州重游旧地，看到了这辆自行车，一下子失魂落魄，痛哭流涕，非要用汽车换这辆自行车，哪怕是世界上最好的汽车，都可以。哦，当时咱们亳州还叫亳县，你大娘刚刚退休不久，县里的几个迷糊虫，带着报社记者，领着那个老鬼子，到咱家拜访你大娘，要换自行车。你大娘问了老鬼子一句话，你的日本自行车，咋能跑到俺们亳县来了嘛。老鬼子一下子不说话了，跪地上给你大娘磕个头，不提自行车的事情了。县里的几个迷糊虫，还请我做做你大娘的工作，我生气了，就问他们，话里话外你们都向着这个老鬼子，我能理解，他是恁奶奶的老相好嘛。

我那时候脾气大，说话带刺，喜欢骂人，不像现在这样，言语少，偶尔说一句半句的，也平和。哦，咱们亳州的报纸上还报道过这件事情，大拍你大娘的马屁，老县长嘛，爱国主义精神，不忘历史之类。他娘的，我说的那句话，只字不提。

哦，说多了。

又说发岔了，敬请原谅。

咱们说那，这下子，藏在方仪礼家的这辆自行车也派上新用场了，我和你大娘拜堂成亲那一天下午，就是骑着这辆自行车回咱们李庄给祖坟禀报喜事的。我那时候还不会骑自行车，你大娘换下那件宝贝衣服，上身穿了蓝底黄花的夹袄，下边是黑粗布灯笼裤，练武的人嘛，讲究穿衣服能展开手脚，哦，还梳了两根大辫子，扎了红头绳，喜事嘛。你还真别说，你大娘这个打扮有型得很，身条儿就像雨后的小柳树，呈现出青春状态，从里到外，散发着革命的气息，很迷人的，我很喜欢。她往外推自行车，还问我会不会骑洋车子，我说不会骑，但我会骑马，丁超峰和马文启两个兔崽子，笑得直不起腰来，后来我才知道，你大娘有个外号，叫大洋马，和寻常妇女相比，你大娘显得人高马大嘛，县大队的人背后都这样叫她。你大娘知道自己这个外号，以前也不生气，这次也没有生气，推着自行车出门时，皱着眉，拉着脸，训斥丁马二人没有规矩。

那当然，不带枪哪能行，当时那个形势逼迫嘛。你大娘带着一支盒子炮，就是那种十响的，也给我带了一支，也是十响的。你大娘毕竟是县大队的首领，考虑问题周到，即便新婚大喜，头脑也没晕乎，周边形势所迫，她不敢掉以轻心，所以，除了枪里边是满匣子弹，还另外带了四五十发子弹，都装在一个褡裢里，你大娘骑车子，我肩挎褡裢坐在后边，上路了。不是，我们不是走小路的，那时候的小路磕磕绊绊，还到处都有交通沟，咋骑自行车嘛。我和你大娘走的是大路，这条路很有发展，现在的一〇五国道，就是在这条路的基础上兴建的嘛。这样一说，你就知道了，从双沟大集，到卞铺小集，哦，卞大铲子到双沟集上报告过，住在卞铺小集的那三四个伤员也基本上康复了，已经隐蔽到乡下，天天帮助县大队搞训练，就等我康复后一同返回部队了。我刚才没说这些，是顾不上嘛，现在路过卞铺，我这里顺便插上一嘴。我和你大娘在卞铺没有停留，更没有通知卞大铲子他们，而是直奔淝河集，然后从淝河集东拐，回咱们李庄，这条路线也不是我们设计的，前人都是这么走，活生生硬给走出来的。

那是自然了，一路上你大娘和我说了不少她的经历，我这里也就不重复了，你也是很了解的。当县长的嘛，她的历史，点点滴滴，早就被咱们亳州的文史资料收录个差不多了，第一辑，第三辑，第五辑，第八辑，第九辑，第十三辑，我记得就是这几本吧，都有你大娘的光辉事迹，那一辑都占了半本子，有趣的是，差不多都是你爹那个混球写的。你爹那混球，是县文化馆里的干部，写县长的历史事迹，那还能少了拍马屁，而且，你爹又是个善于想象的人，他写的文章，就像他说的话一样，真的就像假的，假的就像真的。老侄儿，我知道你是具有分辩能力的，你大娘的革命经历，历史足迹，你完全可以从你爹的文章里辨别出来，哪些是真的，那些是假的。所以，你大娘她个人的故事，我就不说了。总之，你大娘是个有福气的人，一辈子都是吃苦不吃亏，打仗也是这样的，从来没受过伤，别说子弹了，连刀划一下都没有，从战争年代里走过来，这得说是个奇迹。那一天我们骑车回家，路上她还给我显摆这个，夸自己的身手，夸自己的枪法，夸自己的精明智慧，夸自己的领导才华，等等吧，简直就是老王卖瓜。要说她的精明智慧，我也领教了，从小一块儿混过七八年嘛，刚刚又亲密相伴了一个月，一个媚眼，一个计划，小软手一摸屁股，就和我把亲成了。说她的领导才华，我没见过，倒是见过了她的领导威望，像丁超峰马文启，像卞大铲子兄弟，他们都有点怯她，给她说话，那神情，那姿态，那口气，瞎子一看，也知道谁是发话的谁是跑腿的嘛。这样不好，官僚主义。我们师长如何，比你大娘高级多了吧，指挥千军万马，平和得很，给他说话，也不必紧张得缩紧屁眼儿嘛。要说你大娘的身手，多次过招了，这点我丝毫不怀疑的，但是，要说枪法，那在我李娃面前自夸枪法，可得小心点了。你大娘自然不知道我是子弹喂出来的枪法嘛，也没并肩作战过，心眼里自是有一点点小视了。你知道，我不是好显摆的人嘛，你大娘问我枪法咋样，我在后座上，她骑车飞快，我一手搂着她的腰，随口应了她一句，枪法咋样，那得看手里这把枪准不准。我说的是枪的质量有没有问题。你大娘说，准不准不是枪说了算，是你的枪法说了算。我就说，那要是这样的话，我的枪法，还有啥说的，百发百中嘛。说完了我大大得意，还随手拍拍她的肚子，搂着她的腰嘛，顺手的事儿。你大娘笑了半天，莫名其妙，那个笑声，就像小四在作文里写的，“俺妈的笑声像银铃一般”。笑完了，骑了一会儿自行车子，忽地又笑一声，咱们听出来了嘛，不相信，笑得咸不咸淡不淡的，问我，李娃老弟，那你这么好的枪法，是在哪地方练的呀。我就说，在山里边练的嘛。顺着话头，我还多说了几句在山里打靶的事情，就是当年随着祝长官卫队到山里边打靶嘛。当然了，我一开口就是意识到自己话多了，在祝长官那边的事情，这个时机哪里能说出半句嘛，所以，只说子弹哗哗的，随便用。好在你大娘心里想着旁的，没有追问下去，只是笑嘻嘻说了一句，俺还以为是在上海那大地方练的枪法哪。你看看，这个话一说，我才知道自己刚才是个傻子，没弄明白你大娘的话语指向。唉，娘们儿心，天上的云，咱爷们搞不懂，动辄就上当。老侄儿，想当年，你爹在这个方面，也老是上当嘛。我们兄弟俩，别的方面拧巴得很，只有在这个方面很对脾气的。

老侄儿，咱们不乱开玩笑，我和你大娘没再深入讨论这个话题，咋说，你知道，从卞铺到淝河，也就是眨眼之间，我们刚进淝河集北头，就觉得不对劲了，哪里还讨论黄色话题嘛。我说过嘛，从小我老到老姑父蔡九家住着，和表哥蔡琅玕混着玩儿嘛，对淝河集，那是从头摸到脚，熟得很，逢双是大集，逢单是小集。我和你大娘回去那一天，逢小集，人不多。论说，逢小集逢大集，那赶集的大人小孩都朝街中心走嘛，热闹嘛。可是那一天，不是这样的，赶集的人稀不伶仃，一个个寒脸怯色，急匆匆往集外奔走。我和你大娘赶紧下车子，还没打听，一个老头就冲我俩嚷嚷，哎呀，恁俩还往街里边走，街南头杀人哪，赶紧掉头跑吧。一边说，一边从我俩旁边踉跄而去。一下子说得我和你大娘面面相觑，我赶紧一把抓住一个卖豆腐的挑子，问这个事情，卖豆腐的是个中年人，一说话露一嘴黑牙根，说南头桑行子里杀人哪，恁小两口儿赶紧跑吧。说着，竭力挣扎要逃。我没松手，问谁杀谁嘛。黑牙根说，土匪姜大牙，领一铺子小土匪，钢刀盒子炮，要杀崔老板，要杀蔡老板，还有学校的李老师，都吊桑树上了，镇长带着镇丁都跑了，你赶紧松手，俺家里猪还没喂呀，我得赶紧回家喂猪去。

这么一说，我心里咯噔一下子，哪里还要细想，一翻手，摘下肩上褡裢，两把手枪拿出来了，赶紧就往集南头跑嘛。你大娘飞身骑上自行车，叫嚷："快上来！"那是自然了，自行车比人跑得快嘛。老侄儿，你可知道咱们淝河集南头那片桑树行子，哦，你大概没见过，大炼钢铁那一年，桑树都砍光烧尽了。还是早年间，咱淝河集上有家蚕行，集南头的财主崔宝才，淝河集有名的大亨嘛，就是他家开的蚕行嘛，买卖蚕丝，还有蚕蛹子，买蚕丝的都是杭州来客，买蚕蛹子都是亳州大饭店里的，老姑父蔡九抠门儿手段嘛，我来赶集住他家里，舍不得割肉，就让蔡琅玕领我上街买上两碗蚕蛹子，大油小盐，半炸半炒，上桌就是大菜了。那时候不懂，尽管吃到嘴里恶觫得慌，只是贪那点油香咸味，还是好吃嘛，要是搁到现在，那可是一盘好菜，高蛋白，低脂肪，不去专门的饭店，你还吃不着了。自然了，卖蚕丝的，卖蚕蛹子的，都是咱们淝河集南头那些人家，以大亨崔宝才为主嘛，种了一二百亩桑树，自己家养蚕，自己家缫丝，算是个家庭经济作坊嘛。哦，当年在上海滩，方公馆里，大小姐也喜欢采桑养蚕，我心里清楚这个事情，只是嘴上不敢多说，刚到方公馆，才见大小姐嘛，哪里敢多言多语的。

哦，哦，先不说这个，我这会儿和你大娘在一起嘛。

我和你大娘赶到集南头桑树行子，果然，正在杀人。自然了，咱们那一片地方，就是那个风水嘛，没脑子有胆量的人还不少，先见的，是一群围观的，有那么百八十号人吧，散落在桑树行子里，也不叫嚷，又闷又好奇，眼神呆滞，看热闹。很显眼的，有三棵并排的桑树上绑着三个人，是吊起来绑到树身子上的。惯匪嘛，经验还是丰富的，吊绑的高度有讲究，也就是个方便开膛摘心的高度。我咋知道是这么个高度，因为他们已经杀了一个，血腥之至，开膛摘心。被杀的这个，就是淝河集上的大亨，开蚕行的崔老板，也不是啥大老板，不过是个蚕行的经纪人，咱们这一带，称作蚕丝经纪，崔老板是蚕行的行头，众人都叫他崔老板。据你爹言讲，当时，土匪姜大牙要敲出崔老板八百块大洋，崔老板拿不出，不过是一个开蚕行的，哪里有八百块大洋，姜大牙手下小土匪打嘴巴，用枪托子砸膝盖骨，崔老板的牛脾气是淝河人都知道的，暴躁，骂不住口，还高声大喊老牤牛干姜大牙的小妹子，姜大牙恼怒了，开膛摘心。哎呀，这一段想必血腥得很，幸亏我没有眼见，不能说出那份凶残，倒是你爹，亲身经历，言之所见，后来他曾应约给报社写过文章，写的就是这一段，因为太真实，难免血腥之至，报社没敢采用，你爹很生气，气得发疯，他一发疯，就失去理智，一失去理智，他就来找我唠叨。那时候我还在亳州荣军院住着嘛。你爹拿着稿子，骂骂咧咧。说句公道话，你爹的钢笔字真是下过功夫的，全亳州没几个比他写得更好的。我看稿子了嘛，其中写姜大牙杀崔老板，开膛摘心的情节，“眼见得姜大牙手中肝肺颤抖，心脏跳动如同蛙鼓，树上吊着的崔老板胸膛内空空如也，口中犹自叫骂不停”，令人不寒而栗，我现在一想那些字句，心里边还颤颤的。所以，与你爹的文章相比，我咋样重复这个细节都是苍白的。我当时所见，是你爹被吊绑在树身上，嚎啕大叫，哭骂不清，都是咱们李庄的方言，想必那姜大牙也未必听得懂。哦，姜大牙，头上戴顶姜黄色草皮帽，上身穿的是黑红相间的花夹袄，布盘的扣子，扣到脖根，下边是一条土黄色的裤子，腰里别一把盒子炮，手里一把牛耳尖刀，也没带几个人，打眼一扫，也就是四五个人嘛，一个个端着枪，背插单刀，在人群前边哧哧笑。奶奶个熊，还有两个叼着烟卷的。唉，我不由要叹息一声，桑树行子里围观的人群有百十号，竟然眼看着这么几个焉头巴脑的土匪逞凶，这个说明了啥，骨子里的怯懦，是劣根性，人越多，这种怯懦意识越弥漫得厉害，自私自利，明哲保身，所以公众这个概念，没有啥前途的。人啊，丢了勇敢，是很可怕的。

我和你大娘路边丢开自行车，轻手轻脚，混进人群里了。那边你爹越骂越厉害，骂恼了姜大牙，另一个小土匪上前扇嘴巴，你爹是个狗脾气，小时候我打他，越打越犟，小小土匪哪里止得住他骂嘛，还是嚎叫哭骂，姜大牙就近前了，一扬手，亮起了牛耳尖刀，这个时候，旁边树上吊绑着老姑父蔡九说话了。他老人家说："姓姜的，他还是个小孩子，鸟毛还是黄的，杀了他，你到了地狱会下油锅的，要杀，你杀我好了。反正我儿子你也劫过，两人都认识了，你杀了我，将来，他也好找你理论呀。"姜大牙哈哈大笑，转过来用刀子拍打蔡九的面颊，连声说好："你儿子不怕我的刀子，他老子也不怕我的刀子，你们爷儿俩都是大英雄，我姜爷爷就喜欢这一套，今儿个剖了你，我单单要看你的胆儿有多大，有没有牛蛋子大。"想必之前，姜大牙和老姑父蔡九有过一番交流了，这才说出这样话来。后来，你爹在文章里把其中缘由讲的很清楚了，老姑父蔡九和土匪姜大牙的对话，也很精彩，你方便时找找你爹的手稿，看一看你会很震惊的，主要震惊于你爹有那么超拔的想象力。我眼见的是，姜大牙说了这句话，刀尖一拐道儿，顺手下划，利刃切豆腐一般，老姑父蔡九的几层衣裳都划开了，刀法娴熟，白白的胸膛和肚皮完美无缺，半点血丝都没有。这时候，姜大牙后退一步，一个拎着酒葫芦的小土匪上前，往手心里倒酒水，给蔡九洗刷胸膛，一边龇牙咧嘴地叫着："大当家的，膘儿厚呀。"我知道这时候迟疑不得，挥手一枪，拿酒葫芦的那个小土匪，仰面倒地，姜大牙手握牛耳尖刀稍一迟疑，你大娘陈彩莲啪的一枪，太遗憾了，只是打掉了姜大牙头上那顶姜黄色草皮帽子。姜大牙身手好，四五十岁的人了，就地十八滚，爬起来时盒子炮已经抓到手里了，还没瞅清响枪的方向，我又是一枪。

咱们暂停片刻。

现在，老侄儿，我来问你，一只手握着盒子炮，那个面积，是不是要比鹅蛋大得多，当年我跟着祝长官卫队到山里打靶，练习手枪准头，鹅蛋大一块石头往空中一扔，我抬手一枪，石头粉碎。那么，他姜大牙手握盒子炮，又不往空中飞，我一枪能不能打中他握枪的手。对对，自然中的。这个事情，你爹文章里也是有记载的。你爹写道："我哥哥抬手一枪，打断了姜大牙的手腕。"这个说法有误，这一枪误打误撞，打掉了姜大牙的食指和中指，都是齐根打断的，剧痛之下，手枪坠落在地。我好枪法嘛。哦，人群没有跑散掉，咱们这一带的人嘛，不是胆子大，而是喜欢看张景，还要看个究竟，啥事情都要看个归根结底。电影电视上拍到这情境，只要枪一响，看热闹的一哄而散，那是出于本能，是演职人员出于对本能的猜测，如果有机会，你不妨给他们提个建议，拍电视拍电影之前，应当到咱们这一带来体验生活，那他们就会提高一点对这个世界的认识。三五个小土匪，手里都是长枪，又被你大娘一枪打掉一个，剩下两三个疾奔如星火，就想跑嘛，也没跑掉，看热闹的百十号人，眼看着机会到了，有便宜不占要遭雷劈的嘛，绊子脚使上了，生擒活捉，齐打太平拳。那是自然的，姜大牙被捆住了，摇头三叹，连说"大意了"。一问，才知道他说的是，他带几个兄弟，只是到太和县给老朋友"铲"个事儿，"抿山"罢"啃个牙淋"，就是喝罢酒喝完茶的意思，反正就是一嘴江湖黑话嘛，这才走到了洍河，见这儿人好欺负，就想顺手做单生意，谁想阴沟里翻了船。要是摆开阵势，带上他的千把人马，哈哈哈。你看，土匪头儿，不愧是拜过香过过堂的，真是过硬得很，盒子炮顶着头巴子，竟然还能笑得这般爽朗。一时间，弄得我觉得这么样毙了他，实在丢我手段。当然了，哪里能放了嘛，他刚杀了一个人，别说杀的是洍河集上的大亨崔老板，就是一个寻常百姓，那也得要他狗命嘛。杀人偿命，自古道理。只是，我和你大娘没动手，你大娘不让嘛，说是新婚大喜的日子，杀人不吉利。

于是，招呼一声，把姜大牙以及几个土匪，绑在树上，看热闹的人多嘛，争相叫嚷，好事的爷们儿嚷嚷着去找镇长镇丁去了。我和你大娘一时也不敢离开，主要怕有姜大牙的内线乱动手脚嘛，坐在桑树行子里等了半天。

那是，咱们淝河集上的人嘛，热情，当即就有人送来了板凳茶水，街北头开饭店的大眼张庆，还抬来一桌子酒食，非要犒劳英雄好汉，我自然还记得大眼张庆，只是，他不敢认我，也许他认出来我了，当时那情形不敢说破而已。其中缘故，你不明了便罢，我也就不做解释了，你且当做咱们淝河集上人心精明最好。就是老姑父蔡九，掖好衣裳，只是谢我谢你大娘，不露半点都是亲戚的口风。你爹那混球，都不看我，垂着眼光，给我和你大娘鞠了一躬，就和邱木匠的闺妮子手拉手走了。我们亲兄弟，五六年不见面，如今见了，竟然这般凄惶，话都不能说上一句，真是环境之下，情态逼人。哦，我当时能理解，现在更能理解了，你爹他还是有点心眼的，还是有点革命毅力的，在亲情面前还是克制住自己了。是的，你想嘛，整个淝河集上都轰动了，本来邱木匠把闺妮子锁在家里，不敢出来，这会儿听说抓住了姜大牙嘛，父女俩自然也大着胆子出来看热闹。邱木匠很魁梧，一张国字脸，有点英武相貌，想必他自己这副样子，心眼里瞧不上你爹，那也是可以理解的嘛。说句老实话，邱木匠的闺妮子确实长得俊，小名叫凤凰，老天爷，你由此可想，啥样个状况吧。那天，邱木匠家里的凤凰穿着件花夹袄，扎着齐耳小辫子，眼泪汪汪，拉着你爹的手，比你爹个头还高半头，硬是将脸歪倒在你爹肩膀上，那样子，恨不得化在你爹身上才好。很遗憾，后来你爹和她也没成，都是邱木匠这个老混蛋，生拉硬拽，把闺妮子骗到阜阳去了，后来嫁给阜阳一个绸缎庄的掌柜的，你说造孽不造孽，干他娘的。我想，后来你爹一肚子花花肠子，文化馆里一班女同事，县剧团里一班女演员，还有文联里的两三个女作家女诗人，肚皮奶头腚尻子都摸了一遍，如此堕落，那是与这个事情大有关系的。

又过了个把小时，淝河镇的尹镇长才带着三四个镇丁过来了，这个孬孙婊子儿，刚才听见土匪姜大牙来了，带几个镇丁骑着骡子一口气跑出去十八九里地，这时候来到面前，还气喘吁吁的。先前你大娘给尹镇长打过一两次交道，县委高书记一直在做尹镇长的统战工作嘛。尹镇长后边还跟着三四个镇丁，挎着枪牵着骡子的，笑嘻嘻的，好像是他们抓住了姜大牙。尹镇长一到跟前，赶紧给你大娘打拱嘛。你大娘很严肃，说话很硬：“尹镇长，你也知道，姜大牙算是个大土匪了，今天被我们新四军的李连长活捉了，送给你，算是你活捉的，报到你们县政府，肯定会奖赏你的。眼跟前，我和李连长另有任务，把几个土匪都交给你，你看着好好处理吧。”看看，你大娘，看着大大咧咧的，关键时候，还是很有心眼的。尹镇长处理姜大牙一并几个小土匪，可谓简单粗暴，我和你大娘骑上自行车刚刚到街上，还没有向东边拐，就听见集南头七八声枪响。

响当当的土匪姜大牙就这样被毙掉了。

一直到现在，咱淝河集周边的一些老人，都还记得这个事情，寂寞时机，无聊之际，年轻少壮的都出去打工了嘛，几个老头儿凑在一起闲谈，时不时的，还说起这一章子旧事体。自然了，你大娘去那边了，你爹那个混球也去那边了，如今，这件陈年旧事，再没有人比我记得更清楚了，有时回头一想，像似在戏台上，枪毙坏人，总是把坏人押下去，灯光渐暗，幕布缓缓拉上，片刻的寂静中，突然爆豆般响起一阵子枪声。又是片刻的寂静，戏台上灯光大亮，幕布缓缓拉开，掌声雷动中，我和你大娘在咱们李庄小分队的簇拥下，来到咱家祖坟地里，烧纸放炮，向九泉下的祖宗禀报喜事。晚近几年，这几幕老是在我脑海里次第展开，节奏很快，紧密相连，几乎没留点空儿让我喘口气。

好了，阳光又斜过来了，到我脚跟边这儿了。

今儿就到这儿吧。

老侄儿，这一场结束了，搭把手，咱爷俩一块儿拉上幕布吧。

第三十四章

老侄儿，你昨晚没有睡好。

两眼皮都是黑的，两眼泡子也膀起来了。

你咳嗽又厉害了嘛。咋回事，难道这个小焦敢给咱们藏掖手段，谅他也不敢嘛。哎呀，你千万不要生病。我给你说过几回了，我这一辈子快到尽头了，心里明镜相似，知道，没有机会和时间再从头讲一遍我的光辉历史了。如今已经讲到了这儿，下边的事情还卡在喉咙里，如鲠在喉，不吐出来，会憋死人的。

哦，你没事最好，有点小事也得挺住，轻伤不下火线嘛。

当然了，这一场战役，那一场战斗，还有很多事情，但凡以前讲过的，也就是说，我觉得是以前讲过的，就不再重复了。我刚从亳州荣军院回到李庄咱们家里那一阵子，一到星期天，你就从淝河文化馆跑回来看我，咱们爷俩坐下来一喝上茶，你也不是像现在这样专门采访，我就给你说了很多当年打仗的事情。咱爷俩拉呱嘛，也是刚刚从城里回到乡下，回到咱们李庄，虽然是我自己的决定，但心理上还是有波动的，有些寂寞，有些黯然，说说往事，排遣一下低落的情绪嘛。你当时也听得津津有味，陪着我高兴了一天又一天。我讲鲁南战役，莱芜战役，济南战役，淮海战役，渡江之战，解放南京，战上海，这些事情，都给你讲过了，讲的基本上都是我在这些战役中的亲身经历，耳听来的，少之又少。那时候不是写回忆录，就是闲拉呱，讲得比较尽兴，也比较详细，你现在让我重新讲一遍，恐怕还要丢三落四的。所以嘛，咱们就不再讲那些了，也是为你的身体状况考虑嘛。好在，你当时还拿个砖头样的大厚本子，做笔记，乖乖，每次都能记上三四十页子，上海几场硬仗还没打完，你那个大厚本子就用完了，当时你还朝你大娘要了一叠子信纸，记录我三野将士血洒苏州河南岸的事情嘛。哦，因为打上海市区，不让用重武器嘛。我记得当时我说得很惨烈，也很精彩，连你大娘都听入迷了，她那本《圣经》摊在膝盖上，也不看了。老侄儿，现在说起这个事儿，我还想批评你，当时你咋不给我说实话嘛，要知道你给报社写稿子，那我也可以说得再详细一些嘛。当然了，后来你还是把每一期的报纸送来了，我也看了，得赞扬咱们亳州这个报纸，做了一件好事，办的这个栏目很有教育意义，只是小家子气了，每期都是小半块，早知道就登那么一点儿，那我就不讲那么多了，也不必白白耽误你工夫，每次都记了三四十页，字又写那么小。不过，当时言说这些事情，还是叫我心情相当畅快的，时不时还有几分豪情重燃，好似回到当年的灿烂岁月。现在看来，你记录的那些也没有白费工夫，等回头你按照我人生经历的足迹，按照时间顺序，加进我的回忆录里，不也是一样的嘛，既免得我再讲一遍，也免得你多麻烦十好几天，又是录音又是笔记的，给你这个小身子骨添负担。唉，老侄儿，你身体是有些过于羸弱了，还没有我这一百多岁的人硬实，真叫人心生怜意。咱们，也不能光讲究孝道，不照顾你的身体嘛，下边我就只讲那些以前没说过的事情，有些事，甚至连你大娘也不知道，可能还得简略许多，以便我赶紧讲完自己的故事，赶紧到那边向你大娘忏悔去。

老侄儿，咱们快跑几步吧。

那好，咱们赶紧把幕布拉开，这时候我已经回到了部队。快吧。我站在师长面前，向首长报告这一个多月的经历。老侄儿，你希望事情是这样子的，我也希望是这样子的。回忆往事嘛，总是有一些人生的片断出现在脑海里，前不搭后不连的，只管往来奔突，就像演戏那样。但是，真实的历史不光需要逻辑性，也应该有着严密的连续性，它是一步一个脚印走过来的，所以，咱们还要话儿赶着话儿，接着事儿说事儿。是的，我和你大娘回到咱们李庄，心里感慨颇多，古诗有云：十五从军征，八十始来归，中庭生旅谷，井上生旅葵。这几句好像不是唐诗，忘了在那儿看的了，但我记得，我一看到这几行子诗句，一下子就想起了当年，想起我和你大娘回到咱们家的事情。我和你大娘到祖坟里烧了纸，报了喜事，赶紧回家看看。游子归心，游子归心嘛。可是，咱们家大门紧锁，家里没有人嘛。咱们前边说过，你大娘讲的嘛，我爹我娘，也就是你爷爷奶奶，都去颍上县你二姑家避战乱了。我用力推大门，合缝松动，我这才从一线门缝里看了一阵子，都没变化，庭院里没有生旅谷，井台上也没有生旅葵，只是庭院里这棵石榴树，长大了不少，又是二三月里，已经生出片片嫩叶子，那个长势，我就知道它一旦长成了，定会果实压满枝头，事实上，后来这棵石榴树真是这样子的，你看看，现在这棵石榴树，葳蕤之势有增无减。老侄儿，你也是吃过不少这棵石榴树结的石榴嘛。哦，当年，除了这棵石榴树有些生机，其他景象有些败落，先是落了一院子树叶，窗台落满灰尘，再就是堂屋门上挂了几张蜘蛛网，晚霞辉映之下，更显满院子寂寥气味，我心里凉嗖嗖，趴在门上掉眼泪。后来你大娘说，当时看着我哭成那样，她的心刀尖扎了一般。我俩方才是那夫妻情态，有米有汤的，她说的话我相信。所以，等我提出来要回部队时，你大娘非常支持我。这种事情，你是不能想见的，那个年代，燕尔新婚和革命事业是不能相提并论的。你大娘不仅在思想上支持我，还在行动上支持我。我当初执行任务，是带着齐装满员的一个连队，这一路上，水里火里，净死人了，活着返回部队的，也就三十来人了，你说，我回到部队，咋交代这个事情嘛。心里有负担，晚上睡不好觉，做不成其他事情了，你大娘想了一会儿，当即决定，从她的县大队里挑出四五十人，让我带走。这么大个事情，你大娘都没给县委高书记商量一下，硬是做了这个主。按说，当时的形势下，这个举措也不算是过分嘛，都是抗日，而且地方武装升格变成正规军，那也是个荣耀嘛。县大队的缺额，咋办，你大娘有办法，把咱们李庄的小分队增补过来了。对，对，你也是知道这个事情的，当年咱们李庄这个小分队说是小分队，其实咱们李庄大，人口多，这个小分队有一百多号人嘛，应当是个中队，能进入县大队，那也是不得了的光荣，你争我抢的。你大娘也不得了，算盘打得好，我从她的县大队带走了四十七八个人，她从咱们李庄编走一百多号人。只是，当时形势不好，条件有限嘛，编入县大队也没有营房住处，只是偶尔形势好转了，集训几天，有了任务集中起来，一旦形势紧张了，马上化整为零，隐藏在乡下。你也知道的，咱们李庄的李方亮是个能人，肚子里有十几个妖怪点子，他带着人在咱们李庄南地里挖交通壕沟，挖出来一门土炮，说是捻军时期的土炮，就是那种生铁铸造的，李方亮一看这个铁家伙，马上请个铁匠修整一番，装上火药铁丸子，试了一炮，一声巨响，火光四射，天崩地裂，土炮完好无损。唱大鼓书的高麻雀好说无巧不成书，也真是他娘的巧了，刚好一架日本鬼子的飞机，从南边往北边飞，当时咱们空中力量基本上等于零，至多大于零嘛，所以，一般情况下，日本飞机飞得很低，也就是一树梢子高吧，地上的人都能看到开飞机的鬼子，戴着飞行帽子，活像戴个笼头的驴子，开飞机的鬼子，自然能看清楚地面上的景物了嘛，看到地上一群人往来奔跑，一方面好奇，一方面轻蔑，一方面起了坏心眼儿，想绕回来扔个炸弹，他就绕回来了，这下子，赶上钟点了，轰隆一声，土炮响了，飞机变成了火球，像头燃烧的老牛一般，哞哞叫，一溜斜烟，侧着翅膀一头扎进李后庙庄东头池塘里，轰隆一声，响了个遍地惊雷，池塘里飞上了一大片死鱼，都是鲢鱼草鱼和鲤鱼，还有几十只老鳖。真是匪夷所思，鬼子的飞机性能广泛，掉进池塘里还能炸鱼鳖。李后庙就在咱们李庄西北角二里多地嘛。那这个景致还要多说，李方亮都没下口令，大家齐刷刷一口气跑过去，一看，飞机烂了三四瓣子，还有两块大的飞机身子着着火。池塘也不深，种的都是藕嘛，荷叶片片，荷花朵朵，成群结队的蜻蜓在荷叶和荷花上飞来飞去。飞机里边的两个鬼子已经死了，就像从火堆里爬出来的两只大老鼠，半拉身子耷拉在铁架子上。这些都是后来李方亮给我说的。后来全国解放了嘛，县大队要正规化，编成了县公安大队，天下太平，人心思归，原来李庄小分队的，大多数人都复员回李庄了，老婆孩子热炕头的诱惑，咱们李庄的人，哪里扛得住嘛，这个李方亮也想回来，公家不让他回来，后来就是从县公安局退休的。我在亳县荣军院期间，李方亮经常过去给我拉呱嘛，讲从前的事情，说这个土炮飞机的事情，说得口舌生香，手舞足蹈，荣军院的老伙计们放声大笑，马上自觉地载歌载舞。

从那以后，这尊大炮就成了咱们李庄小分队的利器，动不动就要拉出来装上弹药，试巴试巴要干谁一家伙。有一回，也就是抗战胜利后，国共开战不久嘛，蒋委员长从徐州飞洛阳，路过咱们李庄，李方亮他们也是正在演练土炮嘛，情况不明，哪有尊卑，土炮架上了，一见飞机，那得开炮嘛，就朝蒋委员长的座机开了一炮，自然了，飞得高，没打住。后来，国民党国防部发电令，要彻查在亳县和太和之间是谁的军队，竟然敢对委座的座机开炮嘛。对了，咱们亳州文史资料上没有这一段，只停留在民间传说上，怪可惜的，应该载入史册才对嘛。哦，我知道，你早就在研究这段事情了，现在正查询国民党国防部的这道电令，一旦查到，那这个传说就有了重要的史料价值嘛。看来，老侄儿，你对咱们这一带的历史比较关注，也研究得比较透彻。是的，抗战期间，咱们这一带，谁要是缴获一支三八大盖，就可以立功受奖，政府奖励三斗小麦，两块大洋，要是打下一架飞机，该如何奖励，好像没有个参照，当时国民党县政府在古城集嘛，派人过来一看，当即规定，奖励一百块大洋，三担小麦。是的，当时咱们李庄这个小分队，加入县大队是秘密的，名义上打的还是抗日保家园的旗号嘛。这一百块大洋，是咱们县大队花的，从一些开小差的逃兵手上买了十几支步枪，要不是逃兵，两杆枪也买不了，那时候，一杆新枪也得几十块的，只有逃兵，三五块钱就把枪卖给你了。三担小麦也没有分掉，县政府说明了是奖给土炮的嘛，一直和土炮放在一个屋里，就是咱们李庄东头大车房里嘛。放了十几年，后来大炼钢铁，这尊土炮进了炼钢炉，化成一股子铁水，最后变成一块铁疙瘩，上缴到淝河公社革委会，再上缴到亳县革委会，最后变成了啥东西，咱们就不知道了。哦，现如今，咱们李庄的小分队，包括李方亮，到了前年后秋里，已经全都去那边集合了，我在梦里，经常看见你大娘给他们开会，讲话，厉声大骂不止，而他们全都大笑个不停。眼跟前，只好再次祝福他们，在天堂里好好快乐吧。哦，你问那三担小麦，一直没动嘛，土炮拉走了，大家研究这个功臣小麦咋分嘛，结果打开布袋一看，早就被虫子吃的只剩下麦麸子了。哎呀，这个，真值得咱们深思一番，三担小麦，一直和土炮就放在庄东头大车房里，一二十年了，生活条件也不好，常常有人饿肚皮，咋就没人动它嘛。

哦，今儿一上来先开了一炮，多说了几句，也是咱们李庄的历史嘛，我毕竟是咱们李庄的人，弄我的这个回忆录，说几句李庄的历史，那自然是难免的，基本上也是融洽的，而且，这个也可以说明，老伯父我来自一个具有战斗精神的村庄嘛。

咱们现在说那，我带着县大队四十七八个人，还有伤愈的三四名战士，回到部队，当然受到了热烈的欢迎，受到了师长的亲自接见。老耿老黄，还有王贵海和尹小阁，围着我团团转着，又哭又笑。接着师长叫我单独谈话嘛，我把情况汇报了一遍，包括我和你大娘拜堂成亲的事情，我都一五一十交代。师长很狡猾，自然了，当师长的哪有不狡猾的嘛，老侄儿，咱们这儿说的这个狡猾，是当褒义词用的，你不要误会。师长一直很有耐心，笑眯眯的，我说完了，他才说情况基本了解，王贵海回来时已经讲过了，讲得也很详细，不过又听你说了一遍，情况一样，让人感到你们两个都很诚实的。说到这儿，师长收了笑容，有点严肃，说，结婚这个事情，尽管部队有规定，但木已成舟，就以当地风俗为大吧，以后就不必炫耀了。接着，师长又说我在这次任务中的表现，是可以完全肯定的，也是值得赞扬的，只是有个变化，他想给我谈谈。啥变化嘛，很简单，我的工作变动了，机动连的工作现由王贵海同志负责，王贵海当了连长嘛，让我到师机关侦察科先工作一段时间，另有任务安排。在战争年代，这个事情，是个小事情嘛，根本用不着师长亲自来说，直接让我们警卫营营长通知我一声就可以了，至多派个参谋过去，领我到侦察科报到，那就算高规格了嘛。现在师长亲自给我说这件事，我当然有点受宠若惊了，当即愉快接受。不过，我也向师长提了个小小建议，就是希望我从家乡带过去的这四十七八名兄弟不要分开，都留在机动连里嘛。师长想了一下，很短暂，也就是眉头蹙展之间，当即答应了。我一时很高兴，连着给师长敬了三个军礼。我说过嘛，我的军礼是很标准的。师长笑着说:“行了。”你看，就是这样，咱们县大队一下子四十七八个人参加新四军了，而且都在一个连里，这个相当不容易的。后来他们都很感谢我的。其实，这四十七八个人里，除了卞大铲子和丁超峰马文启，很多人我都叫不上名字了。对了，卞小铲子没来，双胞胎，战乱经年，你得给人家留下一个在父母跟前行孝的嘛。后来，也就是过了两天，我还专门去找了一下王贵海，要他搞好团结，搞好训练，不能放松，不能因为战场上的救命之恩，放松对他们的严格要求。我这个话的意思，大家都懂的，你想嘛，要不是这个县大队及时赶到，那我们在城父南边遭遇日伪军，当时情况你知道的，大有可能死光光的。王贵海多聪明嘛，后来对我带去的这四十七八个亳州老乡，十分照顾了，朝死里训练，人人都练出一身好本领。过了一年多之后，在数次作战中，已经感到日本鬼子衰落得显著，而我们部队发展迅猛，所以，没有多久，王贵海带的这个机动连，还有警卫营二连，都编到主力部队了。你知道的，那个时候咱们亳州人抱团嘛，又练就一身过硬的战斗本领，所以，血战百场，一直到全国解放了，这四十七八名老乡还剩下二十八九名，这是个了不起的数字。哦，老侄儿，你不了解战场，一个冲锋上去，整个排整个连就没有了，一群生龙活虎似的好兄弟，你眼睁睁看着他们齐刷刷地倒下去。所以，且不说这二十八九个人后来大多数都走上了领导岗位，单说四十七八个人能活下来二十八九个，就相当了不起嘛。为此，我感谢王贵海，等以后九泉之下见了面，好好敬这个兄弟几杯酒。

哦，这里我得提示一句，当时形势变化多端，我们师部已经不在唐庄了，基本上是根据敌情变化而经常移动，警卫营自然也要随着师部移动，我回到部队时，师部和警卫营都到了一个小镇子上，距离唐庄有两百多里，具体地名我就不说了。这个时候，师部变化也是很大的。去年底嘛，中共中央发了一个文件指示，要求各地党政军彻底实行精兵简政，咱们新四军也得执行中央指示嘛，只是当时，新四军各师都是根据自身现实情况，要求从坚持斗争出发，彻底精简党政军各机关。我们师辖地党政军各机关精简后，那么多部门都加在一起，也就是七八十人了。从各机关精简下来的人员，都到基层部队了，也是落实中央精神，加强基层力量嘛。又赶上敌我情势变化也比较严峻，日伪集结大批兵力，又一次对新四军根据地进行所谓的清乡、扫荡，妄图从军事上政治上经济上包括文化上，给我们一个打击。可见，日本人和汪伪里边也有长脑子的，还是有不少想法的，也是毒辣的。汪伪宣传机器也开动起来了，报纸、收音机、墙报，天天就是这一章子事体，还出了一本杂志，叫那个《清乡前线》，咱们新四军缴获的嘛，这四个字的刊名还是李士群题的字，真是狗头上长角，装他娘的羊嘛。哦，你也知道李士群这个大坏蛋呀，那我就不讲他了。这个时候，咱们新四军的战略计划也有了很大的调整和变化，反“清乡”反“扫荡”，也不再像以前那样只是转移了，而是跳出合围，瞅准时机，对日伪军进行有效的袭击，战斗力强的主力，甚至采取攻势战斗姿态，给日伪以致命打击。这方面的例子，也很多，咱们暂且不说。

在这种情况下，把我调到师部机关侦察科，真不知道是个啥原因。那时候头脑简单嘛，不考虑这些问题，一个心眼，就是服从命令。但是，说实话，我到了师侦察科，一开始真有些不习惯。一个是，机关工作和连队工作是两回事儿嘛，再就是侦察工作太重要了，行军打仗，须臾离不开，简直就是指挥官的耳目，我业务不熟，不知从何入手，压力很大的。咋办，那只有学习嘛。当时侦察科加上我也只有三个人，一个郭科长，还有一个侦察参谋蒋兴昭，这两个人很厉害，你想嘛，当时机关很多干部都精简到基层了，侦察科原先那个小宫，都到基层任职去了，而他们俩还在岗位上，那就是说有资格，守得住。蒋兴昭比我还小两岁，咱家这张马脸显老相，蒋兴昭是个小圆脸，少相得很，像个大孩子一样，极其机灵，深得师长赏识，已经是个老侦察了。郭科长给他的任务，就是手把手教我业务技能。这个蒋兴昭要求很严格。举个列子，比如看地图记地图，那除了下苦功，还真得有点天赋，好，一张五万分之一的地图摆在你面前了，山川河流，城镇村庄，道路走向，地形地貌，你都得记得清清楚楚。要是敌我态势图，那你还得记住敌我双方兵力部署，主官姓名，各部之间的关系，以及战斗特点和战斗力，等等，你都得记住，不记住不行，蒋兴昭反复考问我，很严肃，两次说不对，他就脸拉多长，亚赛咱家马脸。我在祝长官官邸时，不咋接触地图，后来随巡察小组在皖南新四军军部，听参谋处那个赵处长指着地图介绍作战部署，我以为自己已经懂得地图了，事实上那是自我感觉良好。哦，这个赵处长，在事变中叛变了，又接受敌人的安排，打入新四军，后来露馅了，被抓了起来，一班兵押着他去军部，过河时他借机想逃，被击毙了。这个也是一种说法。唉，历史嘛，好事坏事，总是有很多传说的。咱们不说他了，说地图。我看地图的真功夫，还是这个时候由我们师的侦察参谋蒋兴昭训练出来了，可以说，现在你随便挂一张地图，我只看一眼，就可以做到过目不忘。我有这个能耐。科长郭韶予，比我大三四岁，侦察经验相当丰富，他给我说过，一个合格的侦察员，要具备良好的素质，胆大心细，头脑敞亮，思维反快应，还得钢牙铁嘴，就是保密性要强嘛，尤其是要有过人的记忆力，凡事记在脑子里，不能记在纸上，侦察员是干啥的，行军打仗你得打前站，平时你得出入敌占区，搜集情报嘛，这个工作有时候是很危险的，如果被捕了，你身上搜不出半个字条，你牙关咬住，那敌人就无法从你嘴里得到啥东西，地下人员设法营救你，也是一个好条件。当然了，不光嘴上说，还有实践。我说过嘛，当时师部经常移动，下边旅机关团机关也是一样的。每次移动前，郭科长都会带着我换上便衣到前边去侦察一番，有时候拿着地图，现场对照着讲解，地形地貌的特点，在军事上的优劣之处，啥样的地形易守，啥样的地形易攻，从啥样的路线进，从啥样的路线出，在啥样的拐弯处布哨，利用啥样河流涵洞伏击，还有桥梁树林，甚至田地里的坟丘，等等，都得记住。不仅如此，还要到村庄集镇上调查当地的风土民情社情，各行各业，光看过听过还不行，回头路上他还考我。郭科长有耐性，对待同志，就像后来雷锋同志说的，像春天般的温暖，我要是答错了，郭科长就及时纠正，我要是不服气，那他就带我走回头路再看一遍。郭科长不得了，记性比照相机都好，也不是天生的，应该就是苦练出来的。解放后郭科长到一个警备区里当司令去了，我也没有再去看过他。但我忘不了，自己好记性这个本领，是郭科长亲自训练出来的。说起来，我毕生都要感谢郭科长和蒋兴昭，因为我后来带兵打仗，这些本领可真是帮了我的大忙，让我打了不少胜仗。是的，没有谁生下来就会打仗，都是跟着一些能人学会打仗的嘛。侦察科的任务很多，除了前沿侦察，还要在辖区内设置情报站，在敌占区设置情报点，要不然，你耳不聪目不明，咋打仗嘛。这方面也有很多突出例子，鉴于你的身体状况嘛，我也不举例细说了。

侦察科还有一个任务，我要说说，那就是迎来送往，各师之间的首长走动，各师辖区的地方领导相互走动，包括京沪杭的地下党来往走动，咱们侦察科都得参与，其中道理我不说你也可以领会的，情况熟嘛，保证安全系数高。有时候，临近一些城市里的地下党领导干部，从我们师辖地过往，侦察科也得参与护送的。我调到师部侦察科两个半月还是三个月嘛，就执行过一次这样的任务。当时，我接到的任务说是护送上海地下党的一个要紧人物，后来见了面，我才觉得和这个人似曾相识，过了好大一会儿我才想起来他是谁，这个人很有名的，解放后也是个部级干部了，这里也不说真名字了，为了方便说这段事情，咱们姑且称之为白先生吧。要说和这位白先生似曾相识，那还得回到上海滩说事，老侄儿，你还记得我在方迈克心理诊所跑腿的事情吧，记得就好，有两次事情，这位白先生都露面了，一次是方迈克去找孔大少爷，一次是方迈克去找警察局的汤局座，两次都带着我嘛，两次都是救人，两次乘坐的都是崭新的福特车，老侄儿，你再想想，开福特车的那位汽车夫吧，是个双眼皮嘛，对对对，就是他，就是这位汽车夫，现在他就是上海滩地下党的要紧人物。一开始，初见面，这位白先生不认识我了，六七年了嘛，我变化大一些，他没咋变化，还是双眼皮嘛。自然了，我也不便上前相认，那个时代的要求就是这样的，不管在啥场合，只要不摸底，即便是自己队伍上的，说啥话也得留几句嘛。白先生要去军部，啥事情我不知道，那个哪能随便乱问嘛。前一站兄弟师派人送到咱们师辖地，咱们负责护送到下一站嘛。这个任务就是我带队完成的。当时白先生还带了一个随从，两个人装束打扮，像是老板和伙计的样子。白先生是白色府绸褂子，青色吊带裤，白皮鞋，黑色洒金纸扇，像个富商。他那个随从就是个跟班伙计打扮嘛。我当时哪里知道白先生的真实身份，只是觉得他应该是上海地下党的重要人物，有可能是大表嫂的上级，咋这样说，我们师长都亲自和他会面了嘛。而且，师长让我带上一个特务班护送，还给我强调，一定要保证白先生的绝对安全。所以，我觉得白先生是上海滩地下党的大人物。特务班也就是警卫营的兵，师长习惯上把警卫营称为特务营嘛。警卫营来了一班战士，一看个个都是挑出来的，由一名排长带队，我是老警卫营了，和他们都是认识的嘛，知道这一班战士算得上是精兵强将了，他们也都换了便装，清一色的短枪，显得很精干。值得庆幸的是，这次任务一路上也没发生啥意外，半路上虽然下雨了，但基本上是顺利的。只是白先生说了一件事，让我大是揪心很长时间。

白先生说的啥事情嘛，咱们细处说来。

我们当时是坐船走的，一只运货的木船，也是我们侦察科安排的，相当可靠。当时军部也不在苏北盐城了，也转移了，从我们这边去军部，最安全最方便的是走水路，恰巧，这条水路也是郭科长带我走过的，比较熟悉了。那一带河流湖泊，水网地形，要不咋称作江南水乡嘛。半路上下了雨，冒雨乘船，白先生来了谈兴，和我聊得很开心，尤其我说到在上海待过几年，他更是热情，说这说那的，说的也都是上海滩的吃喝，上海滩的闻人轶事嘛，一直到达了目的地，这位白先生都没说这件事，也一直没敢和我相认。可能是因为下雨嘛，来接应的人没有及时到，我和白先生也就没下船，把船靠在岸边以后，我让那名排长带领战士上岸，分头去找兄弟师那边前来接应的人。

等待之间，白先生脸上露出那层意思来，你知道那层意思是啥，好像有一点点不敢肯定嘛，就试探问我在上海住哪儿，做啥营生，我说起方公馆，他还竖起拇指称赞了两次，我又一说方迈克和段博士是我大表哥大表嫂，他马上唔了一声，脸上颜色变了。我心里咯噔一下，但没说啥，木愣着马脸等他说话。白先生犹疑了一下，终是敞开说了。他说，李参谋，其实一开始就觉得你眼熟，原是这层关系呀。几年不见，你进步这么大，真是值得称赞。既然如此，有个事情，我想还是给你说一下为好。我就好奇嘛，就请他说。结果，他告诉我，大表嫂段喜良被捕了，一两年了，是秋天发生的事情。我当时就懵了，赶紧问他详细情况。白先生说，后来因为工作变动，他与段博士不再联系，详细情况他也不太了解，听说是叛徒出卖，段博士才被铺的。当时上海滩是日本人和汪伪七十六号的天下，酷刑之下，没有招供，公开枪决，以儆人心。他倒是亲眼目睹了段博士临刑前的一幕。那天，他也是路过，在一所教堂前的广场上看见的。我问是哪个教堂，白先生说就是虹口那边的一个天主教堂。我在上海滩时，有一个时期，在方迈克的心理诊所听使唤，方迈克老是派我跑腿嘛，虹口那边我也去过几次的，脑海里放电影一般想了半天，才想起那边是有个耶稣圣心教堂。我当时没有向白先生印证这个，心里乱草一般，你想嘛，大表嫂对我很关心的，人又好，又漂亮，遭日本鬼子的酷刑，又要枪毙，我头脑里嗡嗡响，一团乱麻。白先生说，他路过教堂前的广场时，正好，卡车停下来，先是跳下一群黑衣黑帽的特务，七十六号的，再就是一群日本兵，端着上了刺刀的步枪，阻拦行人，逼迫围观。段博士受了酷刑，血淋淋的，几乎不能自己下车了，由两个黑衣特务拖下车的。段博士从地上爬起来，拢一下头发，她的头发被血水凝成一绺子一绺子的，她看看周围的人群，忽然间蹒跚着向这边走过来。被迫围观的有各色人等，其中一个卖花的苦妇十分显眼，衣衫寒酸，提着竹篮子，篮子里放着几枝玫瑰，还有几枝康乃馨，表情又好奇又忐忑。段博士走到这个卖花苦妇跟前，要买一支康乃馨，没有钱，卖花的苦妇就送给她一枝康乃馨，当时，很多人好像忘了日本兵就在眼前，纷纷掏出钞票给那个卖花苦妇，为段博士付账。段博士给众人鞠了个躬，当胸手持康乃馨，蹒跚着向教堂走去。大家议论起来，一个翻译样子的汉奸在那儿叫嚷,这才知道段博士临刑前要求到教堂忏悔一次。白先生分析，日本人是想知道，一个共产党地下组织的重要头目，在临刑前会忏悔些什么，这对他们做宣传也是很有利的，所以答应了段博士这个要求。白先生说，他亲眼看见两个日本兵和两个黑衣特务押着段博士进入教堂的。广场上被迫围观的人群，面面相觑，小声嘀咕。白先生还听见有两个像是大学教授样的人在那儿低声议论说，共产党还要向神甫忏悔，向耶稣忏悔，真是稀罕。一言未了，就听教堂里响起来一阵子急促的枪声，刹时间，广场上人群骚动起来，紧接着一个日本兵跑出了教堂，叽哩哇啦大叫，广场上的日本兵和黑衣特务，像苍蝇一样，急惶惶，一股脑儿拥进教堂。接着，上海滩风声鹤唳，日本兵全市大搜捕，传说段博士在教堂里被当场击毙，还当场击毙几名潜入教堂妄图救她的共党分子，第二天上海滩好几家报纸都登载了这个报道，还有段博士和几位死难者的遗照，报道标题字号醒目，但是照片有点儿模糊不清。紧跟着还有传说，说段博士从教堂地下密道逃走了。反正上海滩紧张了很长一段时间。白先生说，一直到现在，他也没再得到段博士的消息，他估计，逃走的可能性很小，一个受过酷刑的女人，在那么严密的押送下，进了教堂，怎么可能逃得了，再说，日本人既然同意段博士到教堂忏悔，那事先肯定要把这个教堂搜查个底朝天的。

白先生说这个事情，是个阴雨天嘛，我和他坐在狭窄的船舱里，他说，我听，外边雨点淋漓，河面上圆圆的波纹，一圈绕一圈，让人感到几分迷离，我现在一想起来，还有几分梦境况味嘛。白先生说完了这个事情，也是恰好，接应的人也找到了，他们接上白先生就走了。我这趟任务也算完成了。白先生临走时还和我握手，可能看我脸色不好吧，还安慰我，李参谋，要坚强起来，目前抗日时期，国难当头，咱们共产党员是不怕牺牲的。英烈就义，后有来者，前仆后继，最后的胜利一定属于咱们的。最后，白先生还说了一长串子话，我哪有心听嘛，也没记住。哦，白先生一口汉口话我现在也忘不了。是的，白先生说的这件事情，像一块石头般压在我心里了。我心里乱得很，返回的路上，懵懵懂懂的，回想两年前的秋天，我在哪里，大小姐在哪里，大小姐是否知道大表嫂被捕这件事情，要是这件事情是真的，那么，大表哥方迈克现在又在啥地方，他有没有出事情，老姑父和大姑妈他们是不是还在重庆，他们是否知道大表嫂被捕，是不是知道大小姐现在延安，会不会挂念我这个在方公馆待了三年的亲戚，一时间，这些事情，如同千刀万枪，迎面劈刺而来，我难以抵挡。再加上来来回回，水上行驶了几乎一整天，又下着雨，可能也受了点水汽潮气的，主要是急火攻心嘛，回到师部我就病倒了，发高烧。人就是这个嘛，身体上经得起折腾，心里上经不起折磨。不说老姑父和大姑妈，单说大表嫂对我有恩情嘛，她要是真的牺牲了，没有了，这份煎熬，让我发一场高烧都是轻的。老侄儿，你知道，咱们李庄的人都是很重恩情的嘛。

哦，回到师部，我高烧了两三天，很厉害，三天硬是退不下烧来，连我自己都浑浑噩噩，意识到自己可能要死了。当时，师长都急坏了，首长关心部下是一，再就是，他把我调到侦察科，吩咐郭科长和蒋兴昭用心培养我，就是为了一个重要的任务，护送军部一位大首长到延安开会。这个大首长是谁，你是知道的，咱们李庄的人都是知道这一段的，但只是知道有这么一件事，只知其表不知其里。现在我再细讲这一段，你要写进书里，那就不能再提这位大首长的真名字了。这个你要记住。当然，军部也有很多好手段的干部战士，因为当时精兵简政嘛，大都下到基层部队了，也说不清军部是咋安排的，准备从各师抽调精兵强将，组成一个特别大队，护送首长去延安。刚好王贵海返回部队，向师长汇报情况，我还给师长写了一封信嘛，正好赶上这个事情，师长当时就决定派我参加这个特别大队。这是过了几天我病好了，彻底康复了，师长派我执行这个任务时才说的前因后果嘛。

师长说，你的枪法好，身上有武艺，敢拼敢杀，又有点子，作为一名战士，已经很优秀了，临危不惧，机动灵活，作为一个基层指挥员，也基本上是合格的，但是，这次保护首长去延安，情况不同往常，这边有日伪的扫荡，那边也有日伪扫荡，尤其是那边还有汤恩伯胡宗南的部队，他们在抗日上敷衍了事，对我们共产党那是绝不留情的。所以，这次护送首长，需要一批全能战士，要求在各个方面都得是出类拔萃的，这也是把你调到侦察科接受训练的原因，本来还想让你到作战科训练一下，但是，时间上不允许了，首长即将出发，你也要赶紧准备一下，派一个排送你去军部报到。前几天你发高烧，真是急我一头汗，王处长和柴院长都给我立下了军令状，一周之内，保证你彻底康复，现在看来，他们还是医术高明，很自信的。

师长这么一说，我才明白发烧那几天，卫生处的王处长和后方医院的柴院长，亲自带着两个医生来看我两三趟，原来是这个缘故，当时我还以为他们关心伤病员，很具有敬业精神嘛。老侄儿，你看，重视你和不重视你，那都是有缘故的，所以，人生当中，遇到一些起起伏伏，也不必要抱怨这个，抱怨那个。当然，你可以看出，那个时候，上下级之间，关系非同一般，上级掏真心关怀下级，下级对上级绝对忠诚，这个，从我们师长身上可见一斑，他选派我参加特殊大队，护送军部首长赴延安开会，在这件事情上，师长可谓用心良苦嘛。

哦，当然见过了，在师部工作，咋能没见过师长的老婆嘛，那个时候，很多首长的家属都是跟着首长转战南北嘛。我们师长的老婆是农村的，听说和师长是青梅竹马，人不能说很漂亮，但很耐看，懂大道理，明是非，一点架子也没有，我们师机关的不管年龄大小，一律叫她嫂子，有的比师长还大好几岁的，也叫嫂子，就像老耿，过来看我，也叫她嫂子。我发高烧那几天，老耿他们几个都来看过我嘛。哦，嫂子还给我炖了一只老母鸡，腆着肚子，就是大肚子了嘛，连肉带汤，都端过来了，你想嘛，我哪能吃，不说师长，不说一个孕妇，就说她家里两个小女孩，炖了一只老母鸡，我吃了，也咽不下去嘛。是的，嫂子很朴实的，师长没有小灶，日常饮食都是由她照顾的，吃的与战士伙食一个样子，有时候比战士伙食还不如，还给师长缝夹袄，给裤子膝盖打补丁，给褂子肘部打补丁，缝鞋底子。现在电影电视里，那个年代的师长一露脸，穿戴得都很整齐，好像拍电影电视的那帮鸟人，都是从那个年代过来的，真的见过穿戴那么整齐的师长。别说现在你们这些人很难想象的，当时我都很难理解，你想嘛，当初我在那边也待过，祝长官虽然饮食有度，但毕竟有自己的小灶嘛，而且伙食质量还是不错的，祝太太更不用说了，穿的是绫罗绸缎，吃的是猴头燕窝，玩的是金条，金首饰玉首饰，都不稀罕了，只稀罕铜首饰了，现在两厢想想，一比较，真叫我茫然喟叹。对对，当时师长就两个闺女，平时都是师长的马夫老倪带着玩儿。我们师长万事都好，只是有点重男轻女，连带马夫老倪，警卫员小马也熏染出这个思想，后来嫂子又生了个女孩子，师长拉了几天脸子，老倪气得马都不喂了，师长的小白马饿得直踢槽帮子，小马这个年轻人更过分，连口热汤都不愿意烧了。后来江参谋长过来骂人了，小马还不服，说别的首长都是生儿子，我们首长生丫头片子，脸上没光彩。这些都是我从延安回来后听说的。不过，后来打济南的时候，嫂子生了儿子，师长当时正在前线指挥部嘛，后方送弹药的还是送给养的，上前沿，工作报告完毕，报告了这个好消息，师长高兴得不得了，小马也高兴，自作主张，把师长招待客人的两盒美国香烟拿出来，欢天喜地发给大家吸。哦，那时候已经打了很多胜仗嘛，缴获了很多洋玩意儿。师长不抽烟，他放的香烟，都是招待人的，也不是啥人都招待，主要招待下属，哪个旅长和团长，甚至是营长和连长，只要你打了胜仗，师长都记着你，你开会啦，他去视察啦，反正只要碰到时机，师长就会给你点根烟。

哦，哎呀，年纪大了，思维也是有气无力的了，走不成直线了，一说事情就是曲里拐弯。正说着师长派我参加特别大队，保护军里一个大首长去延安的事情，话赶话儿，竟然说到师长家里的事情上了。这一段嘛，就不要写进我的回忆录里了。

今天时间还够用的，阳光还没到我脚边上嘛，只是担心你的身体，我讲了大半天，你咳嗽了小半天，太不朝气了，唉，你这个身体状况。

老侄儿，今天就到这儿，你回去顺路，再到医院里找焦医生看看，让小焦给你拿点真药丸子吃吃。下一回我要讲护送军里的大首长去延安，你要保证身体不出毛病，不要一个劲儿咳嗽，免得影响我说往事的情绪。

请了。

第三十五章

哈，老侄儿，你看出来了，我心情很好。今儿我就要去延安了，心情是有些激动。你也知道，延安是革命的圣地，是全中国大多数人向往的地方，尤其是在那个年代，能去趟延安，那是不得了的一章子事体，要是能见到毛主席，那是你祖上八辈子积德给你修来的。老伯父我，三生有幸，护送我们的军首长，不仅去了延安，还见到了毛主席。头先我给大家说这个事情，谁都不相信，都说我做梦，连你大娘都不相信，她也说我头上挨了一枪，伤到神经了，思维方面容易走火入魔。气死人了，后来再见到任何人我都不说这事情了。现在，你来帮我弄这个回忆录，这一段不说不行，而且，我这段经历你得重笔浓墨，好好写上，因为这是我人生中最为光辉灿烂的事情。

好，废话少说，或者不说，现在，咱爷俩一块儿回味一下这段幸福往事吧。

你不知道，战争年代，无论到哪儿开会，可不像现在这样简单，坐火车，坐高铁，坐飞机，还要坐头等舱，舒服得很，到了地方，车接车送，住大酒店，大宾馆，门童开门，小姑娘穿制服，给你弯腰施礼，莺歌燕舞，先生请，这边走好。那个时候，通知你开会，只告诉你大概地方，咋去不管你，步行骑马，骑自行车，还是坐轿子，那看你方便了，一走几天十几天，都是再正常不过了。会场在哪儿，你自己能找到的嘛。有马骑，有自行车骑，那是烧高香了，骑马骑车，一跑二三百里地，开完会你还得连夜返回部队，下了马下了自行车，你都不会走路了，可还不能休息，马上得集合部队，传达会议精神，研究战斗部署。当年我们师里开会，各旅各团参加人员都是这样赴会的，军部开会也是这个方式，那个年代嘛，开会就是这样的。去延安开会，也是这样的，只是，那路上的时间更长了。我们这个特别大队，护送军部的这位首长去延安，走了三四个月，八月底出发，十二月底到地方，正好四个月嘛。我们这个还不算时间长的，到地方才知道，海南岛那边的与会人员，到延安开会，路上走了整整一年半时间。你问了，咋走这么长时间，我告诉你，也不是天天赶路了，那时候就是那个形势，走走停停，躲躲闪闪，既要防备日伪军，更要防止国民党军队，一路上不是这个事情就是那个事情，时刻都得警惕。有时候白天走，情况变化了也只能走上半天，下半天就得隐蔽下来，有时候夜里走，一样，也是看情况，有时候上半夜急行军，下半夜休息，有时候上半夜休息，下半夜急行军,都得根据当时当地的情况。有时候一连几天情况都不好，日伪军或者国民党军队活动频繁了，那就得找个地方隐蔽下来休息几天。说实话，还不如打仗爽快。夜里行军嘛，难免磕碰受伤，半夜急行军，出几身汗水，完了也不管山沟坟地，也不管有风有雨，倒头就睡，难免生病嘛，很耽误时间的，别看天天跑，就是走不了多少路。论说，我们护送军部首长，走的这条线路，基本上也是大小姐他们走的那条交通线，只是略有改变而已，我们没有走宿县或者蚌埠怀远，也没有走涡阳蒙城阜阳，我们直接从淮南到沈丘，一路往郑州西安延安那边走的，沿途都有地下交通接应，应当说不会出问题的。问题是，我们这位首长想顺路做点调研工作，了解一下当地民情社情之类的，经常临时改变路线，这个不仅大大耽误时间，在首长的安全保障上也增加了难度，你想嘛，一旦脱离了原定路线，那新去的路线都得重新侦察，有点匆忙，难免有不细致之处，万一哪个地方出点漏洞，那我们谁能负得起这个责任。所以，特别麻烦。加上我们这位首长又是个诗情豪兴的性格，除了访查当地民间疾苦，弄清敌我部署，他还要看地形地貌，还要访问古迹名胜，这都得费时间，都得费心思先去侦察一番。细节很多，要是一一讲来，那要花很多时间，说上几天几夜也说不完。

哦，没有，当时哪能穿军装嘛，小二百人的队伍，穿军装太招摇了，都是便衣，一律佩戴短枪，清一色的二十响，哦，还有军部特意配发的百十杆八九成新的步枪，是的，就是要用过的，用过了才知道好不好使唤嘛，还有四挺轻机枪，两挺捷克式的是咱们自己装备的，两挺鬼子的九六式，是从日伪手里缴获的嘛，这些长家伙都是用麻布包起来，还有随身行囊，分别用独轮车推着，用担子挑着，外人看不出是军队行军，以为是一帮子做完工的苦工回家，当时日本鬼子和伪军抓民夫做苦役，国民党军队也抓民夫做劳工嘛，我们就是照这个做了伪装，也是很逼真的。但是，一路上我还是提心吊胆的。所以，首长随意改变行军路线啦，沿途做调研啦，看名胜古迹啦，我对这些举动很不理解，特别怕出意外，有时候在村子里，或者在镇子上，首长这边正给人说话，那边有人高声叫一声，或是弄声大响儿，我头发梢子一下子全竖起来，特别是在山路上，看寺庙嘛，忽然一块石头滚下去，叽哩咕咚，我都要吓出一身汗。后来到了延安嘛，首长和毛主席对面坐着说话，谈笑风生，言语之间，一说沿途风情，敌我情况，首长如数家珍，得到毛主席的赞扬，我才知道，首长做事情很用心，不怕麻烦，不怕危险。有那句话嘛，既要读万卷书，又要走万里路，做个有心人嘛。你坐高铁，你坐飞机，你坐在头等舱里，你很爽快，你到了地方，领导一问，你三不知，你就成了个啥，成了一块木头嘛。所以我佩服我们这位军部大首长，一辈子都很佩服。那是的，三四个月嘛，一路上哪能不和首长说说话。再说，我又是这个特别大队的副大队长，大队长是兄弟师的作战科科长，姓程，程万里，很吉祥的名字，所以他当大队长嘛。程老兄这个大队长，当得比较窝火，吃喝住行拉撒睡，这些琐碎事情都是他的事情，所以一路上他比我操心。我只负责沿途和宿营的侦察警戒，保证首长的绝对安全，这个是出发时军部分工好的，谁哪儿出了纰漏，你就是掉脑袋也赔不起的。所以，赶路时我和首长说话较少，沿途侦察嘛，只是到了宿营地，我要检查首长住处安全嘛，有时候检查完毕，会和首长说几句话。当然，也长聊过几次的，都是因为下雨天，上不了路，我布置完警戒，撒好哨兵，会过去和首长说上一阵子话。首长聊天放得开，谈自己的经历，说一些古时人物，讲上几个典故，评述一下时事，就是说抗日的事情嘛，讲日本的国情，世界的格局，太平洋战场的情况，日军在中国战场上已经到了即将衰亡的地步，等等吧，都是咱们没有听说过的，反正我觉得大首长看问题的眼光，分析问题的思维，都远不是咱们这些普通人所能攀比的。当然了，首长也谈国共两党的长处和短处，他言讲了，共产党代表的是广大民众的群体利益，国民党代表的是少数官僚政客的个体利益，单单从这个方面，就可以断定，共产党最终必将战胜国民党。虽然我听得一知半解的，但有的问题我觉得首长分析得很有道理。自然了，也不全是这些大话题，首长给我说的更多的是家庭情况，个人经历，以及个人的想法，有啥样的喜好，很平凡的家常嘛。我自然要说自己的情况了，在大首长面前，还有啥好隐瞒的嘛，到上海滩，在方公馆，投军当兵，救大小姐，参加新四军，英烈壮举，打几次仗，个人感受，等等吧。首长觉得很有意思，说我虽然经历是曲折的，但也是短暂的，走上了革命的道路，那是光明的，同样也是漫长的。当然了，我也有藏着没说的，比如在祝长官官邸那一段，就是一带而过的，庆幸的是，首长也没有细问，倒是对我在上海滩这一段感兴趣，随便问了几句，然后给我提个要求，那就是，“空余时间多学文化”，首长说了，学好文化，才能更好的抗日救国，学好文化，才能更好的发展革命事业，等打跑了日本鬼子，搞国家建设，还是需要有文化的人才。自然了，这些话也不是一天半天说完了，刚才说过嘛，都是阴天下雨不能赶路，和首长拉呱交流的。有一次下雨天，赶不成路，我给首长说闲话，又说上海滩，又说方公馆嘛，也是话赶话儿，我就说了大小姐目前在延安马列学院学习的事情，今年初春随同赴延安学习的干部队伍来的，还有海上一番遭遇，等等吧，说这个目的，就是想提个要求，希望到了延安能去看看大小姐。首长说春天的那个事情，他是了解的，这个也是我们没有自己的海军才吃的亏，等以后形势转变了，我们自己壮大了，也要建设自己的海军。说起我要去看大小姐，首长认为也是人之常情，亲戚嘛。“哦，李娃同志，看你眉开眼笑的，是不是对人家有点意思呀？”你知道，在革命时期，大首长和蔼可亲，很喜欢拿婚恋话题给下属开个玩笑的，我们这位大首长也是这样的，顺着话头儿，就这么打趣了我一下。当时咱们不理解首长的这层幽默嘛，马上红头酱脸，急不择言，说自己已经成家了。说完了，自己也吓一跳，为啥，严格地说，我和你大娘结婚拜花堂这件事，属于违反纪律私自结婚的。那时候部队有个规定嘛，是二八五团还是二五八团，我记不清了，我讲过这回事情嘛。反正我不够条件的。但话又说回来了，我成家也不是故意违反部队规定，一个是当时这方面的意识比较单薄，另一个就是没经得住你大娘的流氓手段嘛。我们师长对此一笑了之，没有批评我，也没有处分我，那是师长英明，根据社会现实情况，机动灵活地处理了这个问题。而我们现在护送的这位大首长，不知他对这个事情又是啥态度嘛。孰想，首长顾不上这个话题了，因为，程万里端来了一盆炖鸡，刚出锅，热腾腾，香喷喷的。那时候鸡味道像个鸡味道，公鸡就是公鸡味道，母鸡就是母鸡味道，公鸡肉是个公鸡肉，母鸡肉是个母鸡肉，哪里像现在，不管公鸡母鸡，不管炖到天荒地老，都是一锅酸汤流水，鸡肉劈柴相似，咋回事嘛，是鸡退化了，还是咱们人退化了，反正不是个味儿了。哦，这个算不得奢侈，算不得特殊化啥的，一路上也不是首长一个人吃鸡嘛，挑选出来的小二百号人马，大都是常年战斗在江浙一带的，多是水乡嘛，往西边走，干天旱地的，饮食有别，水土不服，加上整天步行，赶脚一般，体力消耗大，偶尔还是得讲究点营养，才能确保完成任务嘛。可是，别说一路上多是穷乡僻壤，就是偶尔过了小城小镇的，一下子哪里买那么一二百只鸡嘛。所以，我们轮流吃鸡，今天你们这个排吃鸡，明天他们那个排吃鸡，要不然，首长也不吃嘛。首长说了：“格老子不吃独食喽！”首长言说国内国际形势，分析古今战役得失，那是一个十分理性的人，但在有些事情上，又是个性情中人，不装腔作势，喜欢吃鸡就是喜欢吃鸡，一轮到他吃鸡了，那高兴劲儿溢于言表，宛如少年：“龟儿子，今儿又轮到老子吃鸡喽！”不过，这一段你不要写进书里去。当然了，写进去也没关系，既可以给我的个人经历添辉添彩，也可以说明首长不掩饰自己的性情，也有很率真的一面嘛。

因为当时的那个形势，我们一般都是避开交通要道，有时候还要来回绕圈子，你知道的，我这个人，早先坐汽车不晕车，坐船也不晕船，但就是老迷方向，尽管经过数次战斗的洗礼，不咋迷方向了，可是那一回，那个交通员好像有点迷糊，胡子拉碴的，脚上圆口布鞋，头上扎条白毛巾，上身穿着白粗布夹袄，下面穿一条黑粗布缅裆夹裤，都快进十一月份了嘛，那时候的天气，比现在冷的早，也有个冷的意思，对，就像打腰鼓的那个打扮，带着我们绕村庄走丘陵，转来转去，从早晨转到中午，又他娘的转到原来出发的地方了，他也不是故意的，也是转迷路了，那一带就是村庄丘陵，几乎都是一样的，灰突突的村庄，灰突突的丘陵，既没有树林，也没有河流，你可以想见嘛，那个地形看似简单，但是，辩证法说了，有多简单就有多复杂嘛，我们是看着地图走的，走着走着就走成这个样子了，进了迷宫，出不去了。就像咱们李庄人言讲的，遇上鬼打墙了。当时大家都觉得好奇怪，首长也感到奇怪，摆开地图，把走过的路线研究半天，也没发现哪儿走错了。首长脾气就上来了，说，格老子的，孔明也没到过这儿咧，咋就也摆上八卦阵啰！龟儿子的，撇开这条鸡肠子鬼路，老子就走他阳关大道。刚才说首长是性情中人嘛，一时间豪情万丈，那咱们能说啥，也要豪情万丈。当下按照地图所示，定下路线，直奔大路。当时我还建议把队伍分成三部分，我带一部分人前面侦察开道，程万里大队长带一部分人殿后，首长带几个贴身警卫和一部分精干官兵走在中间，拉开距离，看似散散落落，实际上是内有联络的，所谓形散神不散。老侄儿，这个队形你是不懂其中奥妙的，也就不细说了，首长老打仗，是个老干家子，一听就同意了，还赞扬我脑瓜子灵活。

说起来那天的事情，也是怪事接二连三，我带一拨人在前边，刚上大路，没有多远，就看见路边上丢了一个露天轿子，前几年小四请我到峨眉山旅游，坐过一回滑竿，我们那天看到的这个玩意儿，和滑竿相似，咱们这一带叫做露天轿子，两条抬杆还有座儿，都上了暗红的油漆，座儿上面还绑有一个黄灿灿的绸缎面子的坐垫，也不知道是啥人丢下的，周边一搜查，又捡到几件绸缎衣物，一个晶莹润滑的烟嘴，红玛瑙的，还有一个墨镜，水晶的，我戴上试了一下，凉嗖嗖的很清爽。几个人一分析，想必是土豪劣绅，或者回乡探亲的富商官员，在这个地方遭到打劫的了，或者是几个轿夫行到此处，起了黑心，才有了这个场景。我当时撒开警戒，沿途移动着，携带着这个玉质烟嘴和水晶墨镜，赶紧跑到首长面前，把情况报告了。首长一看这两件东西，断言说绝不是土豪劣绅，可能是富商官员，还是有学问的，不然不知其妙，不会用这样的物件，这个水晶墨镜我晓不得，这个烟嘴是红玛瑙的，润光润色，恐怕也有二三百个年头了。首长端看着两个物件，欢喜之情溢于言表，忽然眉头一转，扬声大笑，说话了，格老子的，眼下咱家就是那位富商或者官员，大家不妨称咱家为孔老板，适才和汤司令长官办完事情归来，顺路游玩一番，闲杂人等休得阻拦盘问。首长这么一说，我马上明白了，在上海滩待过嘛，知道姓孔的厉害，孔夫子，哦，是孔老先生，孔老太太，孔大少爷，孔二小姐，你看，我们首长还是知道很多事情的，要装扮孔老板，人马队伍，这个阵势，人一见，即使不把此孔老板当成彼孔老板，也会揣摩两位姓孔的关系非同一般。加之我们此时又在汤司令长官辖地上行走，这一说法，也算是个好主意。自然了，首长出了妙计，咱们赶紧执行，我马上和程万里通了气，和十几个干部骨干一说，路上战士们一律称首长为孔老板。当即队形改变成三路纵队，盒子炮都现出来了，当然，机枪和手榴弹之类的还是独轮车推着嘛，我带着十名好枪法的战士前面开道，四名彪形大汉抬着露天轿子，首长坐在轿子上，戴着墨镜，点了一支烟卷，用上了红玛瑙烟嘴，叼着，八名战士围着轿子行走，这样一弄，那是很有气势的。余下的队伍由程万里大队长带队，推独轮车的，挑担子的，随后紧跟。

哦，沿途没有日本鬼子，也没有伪军，那一路都是国民党的驻军，要不，咋能弄这个张景嘛。

这一上大路，前途光景就不一样了。路上偶有行人，赶紧避让一旁，侧立路边，不敢直视。迎面还遇到一个骑驴子的，小财主模样，大老远的，就摘下瓜皮帽，按在胸口上，骑在驴子身上低头弓腰，表示礼貌嘛，只是，可能他的驴子少见这种阵势，掉头就想返回，背上的主人不同意嘛，拽缰绳，这么一来，就在路边打转了，一圈又一圈，一圈又一圈。我们这支队伍知道自己是干啥的，一律视而不见，大步快走。只有我多看了几眼，你要问我咋看了，肩上担子不一样嘛，我负责沿途侦察警戒的，就是路上跳过一只癞蛤蟆，我都得看清它是三条腿的还是五条腿的。倒是我们首长看了，吆喝一声，龟儿子，拣直走喽!小财主这才松了缰绳，双脚直踹驴肚皮，那驴子这才扑扑踏踏一溜小跑而去。那副样子，惹得首长笑了一阵子，自然了，我们也笑了好几声。尽管看过地图，知道前边就是一个小镇，叫那个啥东西来着，哦，石鼓镇，没错，就是石鼓镇。我由于职责所系嘛，在路上接连拦着两三个行人，询问镇上情况，结果得到的回答大同小异，这个镇子上没有驻正规军，只是有县里派驻的一个保安队，也就是三四十人，就保安队长有把盒子炮，其余都是步枪，也没啥战斗力，有一次镇上进了二十个土匪，保安队吓得跑精光。我把这个情况给首长一汇报，首长不以为意，叫我到后边和程万里说一声，他们要是让老子安稳过路，那就么子话不说，要是不让过路，那就敲掉他龟儿子。大首长嘛，有时候很霸气的，不过我们这些部下，最喜欢的就是自己的首长霸气十足，你想嘛，一个班长要是没有几分霸气，那他就带不出来几个像样的兵，一个团长要是霸气十足，那这个团的干部战士都不是好惹的。我当然也是喜欢霸气的首长。我一辈子都喜欢牛哄哄的大领导，有个性嘛。首长说完了，叼上红玛瑙烟嘴，吸着烟，坐着轿子，满不在乎，往前走了。我到后边给程万里大队长一说，程万里比较谨慎，说首长亮一亮首长脾气，咱们不能当真，能不动手就不动手，咱们的主要任务是保护首长去延安开会的。还嘱咐我，进了镇子加倍小心点，要确保首长万无一失。又叫一个干部把这个意思一直传到后边去。可是，等到进了镇子，连个保安队的人影子都没见，本来我们是由东向西穿街而过的，不巧，由北向南的一个丁字街口拐上来一队人马，大约有二十多人，都是穿国民党军装的，带队的是一个上尉军官，他们也是抬着一顶轿子，和我们这个一个款式的，他们那个轿子上坐的是一个女人，看打扮是个太太，看表情是个官太太，白白净净，眉眼里有几分强梁态度，两厢人马刚好在丁字街口对上头了，我在最前边嘛，一心想快步走过去，结果那个坐轿子的女人"切"了一声，就是那种居高临下目中无人的声儿。那个上尉军官就过来了，喝斥我们站住，让他们先走，我就不服气嘛，就说你可得告诉俺为啥嘛，那个上尉军官把手放在腰间佩戴的手枪上了，厉声喝斥我，哪那么多废话，你敢和桂太太抢路巴子，活足月了是吧。我心想管你他娘的谁家桂太太，说话噎人我打你个孬孙孩子。我这个脾气嘛。我们首长后边搭上话了，哪位桂太太喽！是桂子弦老弟的夫人吗？那个上尉军官一愣，马上脸色缓和了，回头看桂太太，坐在轿子上的桂太太也直起身来，笑意上来了，粉面变成花朵一般，张嘴就是一口川妹子腔调，敢问这位先生是啷个？我立时上前一步应道，这是我们孔老板，在汤司令长官那儿刚刚办完事情，顺路游玩一下，没承想巧遇桂太太。桂太太笑里边有些茫然，疑惑，嘴里低声连说了两次，孔老板，孔，孔老板。后边我们首长令人朝前走走，到了桂太太轿子跟前，首长说，桂太太不认识我也是情有可原的喽，子弦老弟做了师长之后，军务繁忙，我们兄弟之间，往来稀疏亦，前几天在汤长官那儿，也就是恩伯贤弟那儿，还谈起过子弦老弟，恩伯贤弟对桂师长赞赏有加，哈啊，还说起了桂太太，漂亮得很，今一见，果然光彩非凡。李参谋，命令部队稍息，请桂太太先走，免得将来和子弦老弟见了面，说起这话儿不好解释嘛。我便冲队伍下个"稍息"口令，又伸手请桂太太先行。那个上尉军官变成了顺毛驴，这么一拍，喜形于色，也不敬个军礼，耍开了江湖气，流里流气地冲我一抱拳，挥手令他们的队伍开步走。桂太太面上笑颜绽开，但是，我看得见她脑子还在混沌中，正在记忆中拼命打捞，试图捞起孔老板这个人物，抬轿子的走多远了，她还回头向我们首长招手致谢。首长给我个眼色，我马上挥手示意，让队伍随后而行。谢天谢地，真是有点危险，就是因为跟着这位桂太太的队伍，到了镇西头，设卡检查的保安队显然认识桂太太一行，以为我们和桂太太是一路的，也没有检查，让我们通过时，那群保安队员还一边微笑着频频挥手致意。他娘的，镇子东头不设卡，在镇子西头设卡，这个败国点子是哪只花猫出的，也不知道。出了镇子，桂太太向南，我们向北，分手时我们首长和桂太太还高声致辞，互说再见。这个事情，到现在我也没理清楚头绪，只是觉得是个巧了。我们护送首长去延安开会，这个要算是路上碰到的一件有意思的事体。后来我问首长，咋和那位桂师长认识，首长朗声大笑，我哪里认识啷个鬼头，不过，咱们新四军征战南北，掌握详细的敌情，也是制胜法宝之一喽。你看看，我刚才还说首长一路上擅自改变行军路线，沿途走访细致，给我们的安全保卫工作增添了不少麻烦，现在想想，也是很有用的。所以，看事情要一分为二，是个真理嘛。

话休繁琐。

我们是十二月底到达延安的。天气奇冷。那个时候，环境是自然的环境，气候也是自然的气候，说热那叫真热，说冷那叫真冷。尽管沿途我们陆陆续续置换了棉衣棉帽棉鞋，但还是适应不了延安那边的气候，那种干冷，叫人觉得脸皮绷得紧紧的，手指头一碰就会裂几道口子。好在大家一看见宝塔山，心里边顿时暖洋洋，到延安了，不觉得冷了嘛。我们首长自然被接到城北杨家岭去了，毛主席住在杨家岭嘛，首长和毛主席是老战友了，一个是要向毛主席汇报情况，一个是老战友说说话儿。我们队伍就住在城东郊一个小镇上，至多也就是三五十户人家，好像叫做桥儿沟，就在延河边上，当年延河两岸的山沟里都是窑洞嘛，密密麻麻，远处一看，很壮观，现在不知道还有没有了。哦，桥儿沟还是有一个教堂，建筑很辉煌，好像是洋人建的，当时听说是鲁迅艺术学院的人住在那儿。我们住的是窑洞，小二百人，才配给了十孔窑洞，我的老天爷，晚上睡觉挤得都不能翻身。就这个，还是中央管理局总务科想了很多办法才解决的。是的，当时延安条件很苦的，咱们就拿住房来说吧，只有中央首长，一部分年龄偏大的高干，才能分配一孔窑洞，再就是已婚夫妇可以分配一孔窑洞，自然了，那个时候，能在延安结婚的，为数不多，基本上都得是高干，都得是老革命了，你想嘛，革命了大半生，结婚了，组织上还能不分配一间房子嘛，要不搁哪儿生小孩子，革命也是需要下一代的，前仆后继嘛。当然了，这些都是有条件的单位才能这样安排，还有条件一般的单位，住房紧张，那已婚夫妇，只有到了礼拜六，才能享受单位提供的一夜窑洞。你想嘛，这一夜他们得忙成啥样嘛。他们还有个开玩笑的说法，把这个叫做“礼拜六制度”。干部战士，都是住集体宿舍，晚上睡觉，白天当办公室，一张长条桌，三尺长，二尺半宽，三个干部使用，要是方桌，那就是六个干部使用，我真不知道这个平行四边形的方桌六个人咋使用的。睡觉，就是大土炕嘛，每人铺位二尺半，这是在平时他们自己睡觉规定的，到了我们外来的，那这个规定就不能用了，为啥，我们小二百人，才配了十孔窑洞嘛，一个窑洞将近二十人，你分不到二尺半嘛。当时咋睡的，现在我忘了，七十多年了嘛，反正就三天时间嘛，大家一凑合就过去了，都是经过行军打仗的，风餐露宿习惯了，有个窑洞睡下，不用站岗放哨，不用担心，不用警惕，能安心睡觉，那还有啥好说的嘛。吃饭，是的，我们跟着吃大灶嘛。现在几百人到哪儿吃顿饭都是个小事情，想当年，一二百人的队伍，在哪儿吃饭是个大麻烦事，都是个大问题，何况延安当时生活条件确实一般，我们到的那一年，还算是好的，开始那是很穷的嘛，经过大生产运动，多种经营，情况好转了，但是，我们也只能吃大灶的。延安当时灶别分大中小，但是，我看了，区别不大，主食都是以小米为主，副食略有变化。哦对了，还有特级灶。高级知识分子，中央首长，部长以上，都是吃小灶，毛主席也是吃小灶，只有外宾，也就是来援助咱们的国际友人，才吃特级灶。你看看，那个时候，生活艰苦，大家都很自觉，哪里像前段时间，随便一点点个鸟官，都他娘拉个逼的住大房子，住别墅，一个人占有十几套几十套房子，吃的就不用说了，前段时间，不是报道过嘛，一个啥东西主任，至多算是个处级干部嘛，早餐都得喝人奶，专门雇哺乳期的妇女，现场喝奶，真是造孽嘛畜生。

哦，你问我，就在延安待了三天，啥事咋能搞这么清楚，是啊，头一天就搞清楚了。因为我们是新四军的战斗部队，不远万里来到延安，大腊月里，哪里能掉头就返回嘛，党中央特批我们住三天，让基层部队感受一下延安的氛围，所以，除了安排吃住，还安排我们参观了一下延安。是的，革命的圣地，民主和进步的象征，国内外享有盛名，我们有必要参观一下嘛。我知道的这些事情，就是头一天参观时听那个讲解员讲解的。那是个扎辫子的女八路，穿着鼓囊囊的棉衣，但是，束着牛皮带，显得干净利索，而且精神抖擞，面带微笑，一说话一嘴小白牙，这个尤其让我印象深刻，因为我那天看到的几个人都是大黄牙嘛。这是头一天。第二天安排的是去参观中央党校，我心里不免有些焦躁，因为我们首长被接到杨家岭时，我给首长说好的嘛，第二天我想去马列学院看看大小姐，首长同意了，还要我注意礼节礼貌，不要给新四军丢脸。我原本想请个假，第二天不去参观的，结果程万里大队长说上午去参观党校不能不去，下午你再去看你家亲戚吧。那我就不好说啥了，人家毕竟是大队长嘛，主官，我只是副大队长，下级服从上级，部队的纪律咱懂，咱们也是学过的嘛。尽管次日下午才能去看大小姐，我今晚照样激动得一夜无眠。当时，也是革命形势的需要吧，延安创办的各种学校很多，除了党校，抗大，还有马列学院，自然科学院，延大，陕公，女大，鲁艺，医大，俄文学校，行政学院，等等，据介绍，这些都是党中央直接领导的，咱们不懂嘛，不知道是不是这样的，就是觉得党中央一下子管理这么多学校，也真够忙的。当时，那个女八路在前边讲解着，程万里在后边还小声给我说，哎呀，毛主席太辛苦了。

党校在延安城北小沟坪，不知道现在还有没有遗址了，我没再去过嘛。为了参观党校，程万里大队长和我商量半天，准备练几首歌曲，做做准备，走在路上，到了党校，高唱战歌，也彰显一下咱们新四军的精神面貌。你看，当大队长的，考虑问题就比较周到，我一听也觉得很有道理，马上同意了。从这个小事情上，你就可以看出，我只能当副大队长。所以，到了晚饭后，我把队伍一集合，程万里站在队伍前边喝了几道口令，整理好队列，简单宣讲了唱歌的理由和重要性，开始指挥唱歌。哎呀，你不要按照现在的逻辑猜想从前的事情，那个时候，哪里有灯光，哪里有舞台嘛。有星星，延安的夜空，星星真是稠啊，繁星密布。舞台就是我们住的窑洞前边，没有观众，只有夜风，腊月之夜，北风嗖嗖，陕北的黄土高坡，小北风割耳朵呀，但是我们不觉得，心潮澎湃，热血沸腾，哪里觉得寒冷，唱得浑身热腾腾，要不是一个巡逻的战士小分队过来制止，我们得唱到天明。第二天起来，亢奋劲头儿还在，都很激动嘛。早饭后，列着整齐的队伍，就是昨天那个女八路，早早过来了，带领着我们，赶往小沟坪。在革命圣地延安，咱们新四军虽然没穿军装，虽然武器被收起来集中保管了，但也要拿出新四军的气概，队伍笔直，有角有棱，步伐整齐合一，训练仨月都不一定能走得那么整齐，真是昂首挺胸，一路上高唱《新四军军歌》，高唱《义勇军进行曲》，高唱《抗战进行曲》，高唱《中华男儿》。当然了，论说我们还会其他几首，但程万里就选了这几首。你问得好，是的，我们在部队，新四军嘛，训练之余，也学唱歌，唱歌可以陶冶革命情操，可以提高战斗精神，也可以舒扬革命情怀。哦，那时候的革命歌曲也不是坚硬的口号，它既有革命的现实主义，也有革命的浪漫主义。比如《日落西山》这首歌，哦，你也会唱，你唱几句听听。哎哎，不是不是，头一句不是日落西山红霞飞，而是：日落西山满天霞，对面山上来了一个俏冤家，眉儿弯弯脚儿大，头上插了一朵小茶花，哪一个山里没有树，哪一个田里没有瓜，哪一个男子心里没有意，要打敌人可就顾不了她。老侄儿，你知道田汉吧，那时候田汉很有名的，这首歌，就是田汉写的，我很喜欢，但是，程万里大队长说，这首歌训练间隙唱一唱还可以，长途行军时唱一唱也是可以的，但是，到党校去参观，唱这歌有点不像话，所以，那一天就没唱这首歌。我们唱了其他几首，歌声嘹亮，斗志昂扬，步伐整齐，到了党校，歌声停住，那个带领我们的女八路，还在拍着巴掌打拍子。

老侄儿，我知道，你对延安时期的中央党校素有研究，解放后全国各地的党校情况，你也有过研究，你还在咱们省城日报上发表过几篇研究党校的文章，因此，咱们亳州党校想调你去工作，你没去，我知道，老侄儿，你这是热爱家乡，我得赞扬你。正是因为话儿说到这个份儿上，我们在延安参观党校的过程，就不必一一介绍了。但有一点我要说明一下，那天虽然是个星期天，党校领导还是派出专门人员接待我们。校园里，哦，虽然散散落落的，咱们还是姑且称之为校园吧，自然是热热闹闹的了，打球的，散步的，坐在朝阳的窑洞前大声辩论的，还有贴换墙报的，很多人，有的还远远地鼓掌，呐喊，欢迎我们嘛。反正我们一边走一边看，走一处见一处景致，像教室啦，像作坊啦，运输队啦，像供销合作社啦，我印象里走了很多路，转了好多地方。是的，当时就那个条件嘛，党校各个单位也得参加生产经营，都显得很有生机的。我印象深的是中央党校的大礼堂，真叫大嘛，因为在延安所见多是窑洞，恍然间这么一座建筑拔地而起，巍峨兮。据介绍，这个大礼堂可以容纳两千六百余人，很厉害，是党校自己人建造的。那个女讲解员说，全体师生职工苦干一百天，就把这个大礼堂建好了，神乎速乎。我们正在看礼堂正墙上镶嵌的四个大字，听那个女八路讲解这四个字的大大来历，忽然一个女的从我们队列一侧走过去，本是平常事情，但我心里激灵了一下，扭脸看过去了。那个女的穿着八路军军装嘛，戴着军帽，天气冷嘛，她围着一条蓝色围脖，我一看立时就认出她了，哪还有啥话可说，马上低声给程万里打声招呼，就朝那个女的跑过去了。

是的，是大表嫂段喜良。

在咱们李庄的传说中，大家都知道我在延安和大表嫂相遇了，但是，没有人知道我们是这样相遇的。老天爷。我冲过去，叫了一声：“大嫂。”不，没有呼喊，声音也不高，就像在方公馆里叫她一样的声音。大表嫂站住了，一扭脸，也没有欢声雷动，也不是拍手跳脚，极其寻常，就像路遇一个同事那般，就像在方公馆喊我一样的腔调：“喂，李娃。”我这才顾得上看到她抱着两本子厚书，手上戴着一双灰棉布手套。大表嫂好像瘦了很多，居然有几分显老，除了神态依然从容，在她身上，再不见当年的绰约风姿，照人的光彩。当时，我鼻子里酸乎乎的，下意识似的，又叫了一声：“大嫂。”喊完了，我心里真想拥抱一下大表嫂，这个冲动很奇怪。但我知道，要是大表嫂还是在方公馆里的那样子，我就不会有这种冲动了。大表嫂很自然地看了一眼参观的队伍，现在我知道了，她是看一下周围的环境，然后，微笑着说：“跟我来吧。”就是这样的，当时我和大表嫂相见就是这样的。哦，对了，大礼堂正墙上镶嵌的那四个大字是“实事求是”，这四个字是毛主席写的嘛。几年前，你因为研究党校历史这个课题，还特意跑到延安参观中央党校，看到了这四个字嘛。到如今，七十多年过去了，我经常琢磨这四个字，越琢磨越觉得这四个字不得了，要是能扎扎实实做到这四个字，那么，大到国家必定昌盛，小到家庭必定幸福，具体而微到个人，一辈子内心安静，灵魂安生。

我跟着大表嫂到了她的住处。

临近党校，走上一段路，再上两道坡，就是一溜窑洞，是一些高级干部和高级知识分子的住所，大表嫂当然是高级知识分子了，就住在这里。大表嫂住的窑洞里是很简朴的，临门一张方桌，还是半旧的，邻桌的是一把带扶手的椅子，扶手还用绳子缠绑了十几道子，麻绳子是染红的，倒是别有几分心情意味。大表嫂一坐上去，吱吱呀呀的响，好像要散架了。我要是没在方公馆生活过，或者没见过大表嫂当年的日常生活，这时候也许不会辛酸，可是，我见过呀，所以我真的不敢想象，平时里大表嫂就是坐在这样的椅子上看书写文章的。当然了，那时候延安生活条件艰苦，像大表嫂这样有桌子有椅子，单独住一孔窑洞，已经是很高的待遇了。哦,还有两张磨得光溜溜的凳子。后来我才知道，那得是相当级别的干部,才能配两张凳子,哪能像现在，一个科长处长，办公室搞得富丽堂皇，像似殿堂。再就是一张土炕，炕上铺盖都是供应部门发的军被，叠得整整齐齐，还有一件大衣，也是叠得整整齐齐的。炕上还一个褐色木箱子，木箱子上一个黄色小碟子，碟子里还有半支白蜡烛。我这样一说屋里的状况，你就知道当时延安的条件有多艰苦了。不过，大表嫂回到自己屋里，还是展示出本色，展示出在方公馆里的热情来，让我坐在方桌旁边的一张凳子上，她还给我倒一杯开水，哦，就是那种白瓷杯子，桌子上还有一个搪瓷缸子，她自己用搪瓷缸子喝水，让我用白瓷杯子喝水。这是个细节，是个礼节，好饮食敬父母，好茶器敬客人嘛，大表嫂还是保持着好礼数的。是的，很热情，在那种环境那种条件下，这样就是最热情的了。后来说起话来，我才知道大表嫂原是在中共中央研究院的，刚刚并入党校不过大半年时间，现在称作党校第三部，部里大多是知识分子和理论工作者。这些都是和大表嫂叙说前情后事之间了解到的。我刚开始和大表嫂说话时，似乎有些局促，心里边敞不开，总好像隔了一道鸿沟那般。我现在明白了，我这种感觉，是因为大表嫂说话不多的缘故。我本来想多讲讲离开方公馆之后，在祝长官那里的一些情况，意在探寻一下当初我到祝长官那里从军，是不是大表嫂的主意嘛，想问问她咋个想的嘛。大表嫂一笑而已，没有肯定，也没有否定，只是说，人生漫长，就像革命道路曲折，你有这一番经历，也算是个成长经验呀。我又说事变后我救出大小姐，以及随同大小姐投奔新四军的事情，大表嫂先摇头，后一笑，说这个出乎意料，完全是个巧合，也许是个冥冥之中的安排。我那时不懂这句话嘛，也没好意思多嘴多舌相问一声。话到了这儿，我才试探着说了来延安之前，护送那位白先生去军部，听他说过的那件事情。哦，就是白先生讲大表嫂被捕的事情嘛。你他娘的，忘性真大。大表嫂呵呵笑了两声，既没提白先生的事，也没说自己的事，她的笑容还有些在方公馆里欢笑的影子。大表嫂说，一个革命者，都会有这样那样的复杂经历，尤其是女革命者，所有的经历，都带有这样那样的传奇。说完了，盯着我问在延安能待几天。那我就不好再追问这个事情是真是假了，大表嫂都转开话题了嘛。所以，你小心了，现在很多人讲述从前的故事，越是逼真，越是想象的空间大，尤其是讲述真实的历史事件，看似引经据典，头头是道，就是因为窟窿太大，所以才要千方百计地打补丁，以至于补丁多了，遮住了本来面目，成了新的观瞻，导致大家都以为原来褂子是这个款式的呀。这是几句闲话。尽管后来我还有机会遇到大表嫂，但是时机都不巧，我再也没有问过她这件事情。如今，轮到你来帮我弄这个回忆录，要是提到这件事情，你就照我讲的写下来就行了，千万别玩弄想象，别为了感动人，要个小聪明，我不同意，不同意你为了自己的文章显得真实而玩弄历史，这样是不道德的。自然了，我在延安相遇大表嫂，还说了很多话，主要是我说的，就像小学生和老师久别重逢一般,心情激动得很。我问老姑父和大姑妈，不想大表嫂和父母也久未联系了，不过，大表嫂叫我不要挂念，说只要有爸爸在，一切困难都会化为乌有。我自然相信的，因为老姑父方仪望在上海滩闯荡经年，风雨从容，老奸巨猾，没有啥事能够难为住他的。只是，我问起大表哥方迈克时，大表嫂犹疑了一下，就是一个瞬间，我也顿时看见她心里风雷交加阴晴难定，飘摇得很。很快，大表嫂说，方迈克很好，你们表兄弟总还会相见的。事实上，我再也没有见过大表哥方迈克,尽管有一次他和我近在咫尺。现在,我的理解是，大表嫂当时之所以没有细说方迈克，一个方面是出于纪律，一个方面是出于个人的修养，从另一个角度上，也可以看出大表嫂的坚强性格。现在，咱们回想一下，按照时间推算，我和大表嫂在延安相遇时，方迈克他人在香港，依旧从事着心理学研究，尽管当时香港也沦陷于日军之手，但衣食无忧的方大少爷，足不出户，绝游息影，过他的书斋生活，倒也平安无事。我曾经推测，也曾经坚信，方迈克一定在等着大表嫂到香港去，或者等到天下太平了，他还会回来和大表嫂欢聚的。

结果，我这个推测也不是正确的。哦，这个话题一说，就发岔了，就说远了，我年轻时候不是这样的，没想到上了年纪，一说往事就要信口开河，离题万里，不过，我很喜欢自己的这种改变。

你看看，太阳影子到哪儿了，最多还有一刻钟，又到时间了。剩下的这几分钟时间，咱们就说说我遇见大表嫂期间的一件小事情吧。那一天，我和大表嫂正在说话，天冷嘛，关着门，拉开棉帘子，刚好太阳临门，有那么几道阳光从窗纸上照进来，感觉屋里生了几缕暖意。大表嫂忽然低下嗓门说，这边抢救运动刚才消停下来，你虽然只住三天就走了，但在这期间，言谈还是要谨慎为好，在国民党军队那边的事情，就不要再说了。如果在这边遇到熟人，尽量不要上前攀谈，点头即过。我当时自然有几分惑然，一时不知所措。大表嫂淡淡一笑说道，目前环境特殊，又是特殊时期，发生一些事情不足为奇，组织上也正在努力调整，相信以后会好的。接着，大表嫂好像缓和了一下情绪，又说大小姐也在延安，“李娃你是知道这个的，当初还是你护送了一路的嘛”，来到延安后就去了马列学院那边，因为柳雪琳老师在马列学院那边工作，把大小姐要过去了。她俩很要好，当初在公馆里就很要好，“你也是知道的，来到延安后，工作也很忙，只是偶尔星期天会来这边看看我，说说话。李娃，你下午过去看看她吧。她给我说过好几次了，你们在危难时刻分手后，她一直很挂念你的安危，恐怕这次见了面，想必小妹会高兴得跳起来。”大表嫂说得我心里热腾腾的，恨不得马上就能看到大小姐。这时候，有一个人敲门，高声嚷嚷：“段教授在吧？”我这边刚起身准备开门，这个人就自己推门进来了，见到我，一下子又站在那儿了，这个人也没有穿军装，穿着皮大衣，戴着貂绒帽子，很阔气，和当时延安的风情极不相称，上下打量我，笑容满面，嘴里连声哦哦哦哦：“哦，有客人啊。”我见大表嫂都没站起来，虽然微笑着，但没摘手套，就那么戴着手套，落落大方，朝我一伸手，介绍说：“这是我弟弟，新四军那边的，他们首长的警卫参谋，随首长过来开会的，抽空过来看看我。”又看我一眼，说：“弟弟，这是杭主任，我们同事，快见过去。”大表嫂这眼神我还看不懂嘛，俺们在方公馆也是共过事儿的嘛。我马上站起来，虽然没有穿军装，但习惯养成了嘛，啪的向杭主任敬个礼，伸手握手。这位杭主任赶紧摘手套和我握手。大表嫂的眼神在那儿搁着嘛，我手上自然使劲了。我很热情嘛，就像大表嫂说的，下边部队来的嘛，热情。可是，别太热情了，热情一过头，就显得粗鲁了。咋说，我差点捏死杭教授嘛。孬孙孩子，松开手，手都哆嗦了，还佯装关怀，问我，你们首长是哪位啊，也许我认得的。我就报了首长的名讳。他不说认识了，胡乱点点头，连声说，你们新四军比八路军还厉害，八路军握手都是很温暖的，你们新四军这个握手方式可真是够呛，力大无穷，手都给我握碎了。所以，大表嫂才那样说嘛，说的很严肃，但她心里的笑声我是听得见的，银铃一般。这个是我在延安和大表嫂相见期间的一个小插曲，有意思，现在想起来，我还想笑一笑。是的，这个杭教授是想追大表嫂嘛，且不说大表嫂已经有了大表哥，即便杭主任本人，也是个有家眷的人了，想占便宜，哪里能行嘛。不过，平心而论，这个杭教授确实是个大学问家，你们文化馆里还有他的著作嘛，煌煌几大卷，都是精装书，布面烫金的书名，威武得很，头一次我看见，恰似老友相逢，还笑了半天，你还记得吧，当时你还傻乎乎问我笑啥，我没给你说嘛。对对，就是这套书，就是这个人。今天你回去，再到文化馆里翻翻去，知道了这个情况，再看他的著作，别有一番趣味。咱们不说他的名字了，这里称他杭教授，还是给他留点面子的。

今天说来，我还觉得蹊跷，那一天事情就像发了疯，我这边刚才教训了一个想占大表嫂便宜的杭主任，过了不到一盏茶的工夫，又和野战部队的一个旅长打了一架。对对，咱们李庄的那个传说，讲的就是这回事嘛，说我在延安给人打了一场恶架，惊动了毛主席，还要负荆请罪啥的。传说嘛，经常神乎其神。其实，哪里能惊动了毛主席，不过是第二天毛主席就知道了这件事情而已。细处说来。哎呀，时间很快。过去有人老是酸溜溜，说啥时光如梭，白驹过隙，还真是这章子事体。我的魂儿还在那时候的延安，我的身子却在现在的家里，不知不觉间，时间又到了，看看，太阳照到这儿了。

老侄儿，你今儿没有咳嗽，你是好样的。

今天就请了吧。

第三十六章

老侄儿，你今天想咳嗽就咳嗽。

我这儿没那个规矩，不需要憋着。

哦，你是不是咳嗽病又加重了，才这样接二连三，咳个不停。

咳，咳，咳，咳。

老天爷，他娘的，你这么一咳嗽，我都给勾得连咳了四声。

你喝口热茶，好好的铁观音，和茉莉花味道迥异，叫人振奋，醒人耳目，细细一品，煞费思量，这个，是你没到之前，我喝了一杯，才有的一点点心得体会。

哦，你说上一罐子茉莉花，咱爷俩喝完了。天天一大壶，都喝了一个多月了，还能喝不完呀。这罐子铁观音，还是你家小帮助那个孬种孩子，年前从北京回来带给我的，说的天花乱坠，多好多好，小四他们几个，给我寄的茶叶多，我没顾得喝小帮助这个铁观音，就一直放在冰箱里。从今儿开始，咱们开始喝这罐子铁观音，我估摸着，这罐子铁观音喝完了，我的故事也就到尾声了。我希望如此。咱们争取做到这样子。哦，不是我一生的故事不够长，也不是我讲累了，而是你身体不朝气，我担心，我漫长的一生往事，宛如五千年的历史，源源不断，一天天讲下来，正好似添砖加瓦，一段一段垒上来，忽然间就压垮了你的身子骨，你要是有个三长两短，是否对得起别人咱们且不管他，那么我的历史才讲了一半，悬在半空，非常难受，有可能前功尽弃，颠倒黑白，最终成了一抹烟尘。所以，你的责任重大，身体要紧，你要出了麻烦，那该由谁来接着，由谁来帮我续写伟大的回忆录，由谁来帮我完成伟大的个人历史嘛。哦，笑话归笑话，事实上我也很着急，现在恨不得简短洁说，三两句说完我的一生，大功完了，拍拍手赶紧到你大娘那边吃饺子去，我都闻到香味了，是油脚拌的春韭菜，哎呀，你大娘好手段，薄薄的皮，大大的馅，咂咂，老婆子啊，你可得给我留几个嘛。

哦，一说这个，我有些神魂颠倒，有点神游八极的意思，一会儿在这个世界上说说话，一会儿到那个世界上聊聊天，飘飘然乎。且住了疯狂的遐想，现在咱们赶紧接着往下说吧。昨天说到和一个旅长打架，因为时间关系，没能讲下来。这也好，到晚上吃罢饭，我躺在躺椅上小憩，脑海里又重新打了那个孬孙旅长一顿，一下子把许许多多的细节勾连出来了。这是个好事，塞翁失马，焉知非福耶。就像看《金瓶梅》，要是昨天看，有可能是个洁本，你想看的啥也看不见，但是你今天看，那就是个全本的了，你想看的，都在那儿搁着嘛。昨天说到，我告辞大表嫂出来，赶紧去找我们的队伍嘛。哦，老侄儿，你说我没说到这儿，说到杭教授就停了。哎呀，是这么回事儿。那个杭教授就不再说了，我讲在延安遇见大表嫂这件事，这位杭教授，是他自己钻出来了，被我捏了一把之后，没啥用了，可以不再提他了，他就像咱们看书时用铅笔随手做的一个记号，随兴而记，无甚用处，即使偶尔想起书中情节，想起书中字句，找得到找不到这个记号，都没有啥关系的。

咱们说我辞别大表嫂，一步快似一步，赶紧奔向大礼堂。有一段距离嘛，我大步流星到了礼堂，我们的队伍自是早到别处参观了，我向一个扛木梯子的小八路一打听，这个小八路抬手一指，说是参观队伍去了那边，我谢他一声，赶紧向那边跑去了。哦，对了，这个小八路才冒出胡须，上唇毛茸茸的，就像冬瓜纽儿上的嫩毛毛。前边我说过好几次了，我这个人，一到新地方，就容易迷失方向，拿咱们李庄的话说，出门超过三里地，就分不清东西南北了。我就是这样的。顺着那个小八路的指点，我疾步快走了半天，也没看见队伍在哪儿，不免有些着急，莽莽撞撞跑到一排窑洞近处，我不由自主停下了步子，为啥，没法再跑了，出了情况了。先是从一孔窑洞里出来一个女八路，接着又出来一个男八路，这个女八路好像有几分羞臊，出来就用手背护在嘴上，好像被老虎舔了一下嘴唇。哦，她还戴着灰色棉手套。那副神情，那个样子，几分害羞，几分恼怒。那个男八路，大概有三十出头的样子，是个大块头，一出来就哈哈大笑着，哦，手里还拿着一本子书，奔走间书页翻动，因此看到书上面盖了好几个红印章。这个男八路追过来，非要把书塞给女八路，人家不要，非朝人家手里塞。就是咱们常见的那番情景，你一看就懂得的。我当下呆住了，双脚好似陷入泥潭，半点动弹不得，急得一身火气四溅，咱们李庄人的坏脾气，从丹田里冉冉上升，已经到了腹腔里了。哎呀，非得明说了你才明白，我为啥生气，那个女八路，就是大小姐嘛。这件事情，我从未给别人说过，只是，给你大娘说过一回，还是说了个大概，你大娘整整一个星期没搭理我，看见我就噘嘴，正在迎面走过来，抬头一见我，马上掉腚而去，你让人说啥才好，一个县长，居然也要起了农村娘们脾气嘛。现在，你大娘去了那边，我第二次说起这事情，主要是因为咱们要弄我的回忆录，这个事情，算得上是我一生中的大事之一，不能马虎简略。下边，我掰碎了给你细说。

前边，我说过，各地都有代表到延安开会嘛，有的去得早，有的还没到，像我们护送首长这时候到来，现在看来，那得算是早的，毕竟延安这个会过了一年多才开嘛。是的，我们首长在延安住了一年多，开完这个会才回去的。是的，很多来早了的代表，大多分到各个学校，一边学习，一边参加延安的各种活动，包括整风运动。这些个事情，故事很多，要是说起来，三天也说不完，咱们不说这个了。单说有一个主力部队的代表，比我们早到一两个月，哦，咱们还是直说了吧，就是追求大小姐的这位旅长，实际上他的身份是副师长兼旅长，但他喜欢自称旅长，他不喜欢那个副字嘛。要说他的名字，那可是大名鼎鼎，也是一员猛将，在毛主席那儿都是挂上号的，我就不说他打过的著名战役了，一说你顿时就知道了他姓甚名谁，咱们这里还是不说为妙。缘由如前。依照前例，为了说事方便，这里咱们也姑且称之为钟旅长，祖籍是革命老区江西，参加过长征，目前在晋察冀那边的八路军部队里。这位钟旅长来到延安后，闲住了两天，就按捺不住了，你想嘛，一个主力部队的旅长，你让他天天打仗那是可以的，你让他天天吃饱了在屋里闲坐着，那个滋味他哪里受得了。也巧了，偶然间听说一个老战友目前在马列学院学习，那肯定得去看看嘛，战争年代，战友之间的友谊，你们不懂得。但是，这么一说，你就明白了，钟旅长在马列学院撞见大小姐，英雄美人，弯路相遇，斜眸而视，佳话由此诞生。是的，和现在电影电视里有几分相似。只是，大大不同的是，大小姐不同意，坚决不同意，说钟旅长没文化，粗人，不过是个草莽英雄。就像那个时代的婚恋故事一般嘛，组织上出面了，组织上了解大小姐的来历嘛，马上请柳雪琳老师从中劝说，要知道，当时柳雪琳老师的身份非同一般了，她到延安后很快嫁给了一个大首长，在咱们的党史上也是赫赫有名的，这里也不说他的名字了，也不说他的革命功绩了，总之，照咱们李庄的话说，这个大首长一辈子没干过丁点儿坏事，算得上是个好人。你想嘛，大首长的老婆出面说话，这个分量就不一般了。但是，柳雪琳老师相当开明，又和大小姐交情匪浅，很尊重大小姐的意愿，就向组织上表明了态度，希望钟旅长另寻佳偶。

这些情况，都是后来了解到的。

大小姐在马列学院工作，咱们已经知道了，至于做啥工作，和我的回忆录关系不大，细说起来又要费时间，所以，咱们也不必表述了。我说过，我们参观党校是个星期天嘛，大表嫂说过，大小姐偶尔会在星期天过来和她说说话，今天就是这个情况，是个巧合，不是特意的谋篇布局。大小姐是和柳雪琳老师一块过来的。柳雪琳老师的丈夫住在这边，但她还是住在学校里，和大小姐一个宿舍，也就是一孔窑洞嘛。我看出来你有疑问了，你想问柳雪琳咋不和她丈夫住在一起，这个，你不懂了，那个时候，老一辈革命家都是以工作为重，哪能天天想着两口子的事情嘛，再说，当时形势急迫，她丈夫是个大首长，工作夜以继日，柳雪琳老师夜里老爱说梦话，大笑，哭泣，咳嗽，怕影响丈夫的工作，所以她住在学校里，和大小姐一个宿舍。自然了，她是信任大小姐的。是这回事嘛，要不然，我咋能知道柳老师夜里说梦话，就是后来大小姐告诉我的嘛。当然，柳雪琳老师的这个习惯，也不是天生的坏习惯，据大小姐分析，有可能是早年里长时期在白区从事地下工作，压在心里的东西太多了，一下子到了延安，一颗心落地，情绪慢慢放松，白天里还有警惕意识，到了睡梦里无意识状态，开始释放心中积压的情愫。大小姐这个分析，我觉得有几分道理嘛。哦，柳老师的丈夫也是有些资历的革命前辈了，论资格也分配了一孔窑洞，但因为柳雪琳老师的缘故，就像一些住房紧张的单位一样，柳雪琳家的这位大首长，也很欣赏那种“礼拜六制度”，他赞美这是一种讲究科学的夫妻生活。每次，大小姐和柳老师到了大首长这儿，都是和首长打声招呼，就去看大表嫂了。人家夫妻，一周见一次，有些事情要处理一下，你不能傻乎乎待在人家里嘛。今天也是这样的，大小姐和柳雪琳老师刚到，才和首长说上几句话，未及告辞，咱们这位钟旅长就追过来了。乖乖，还是骑马来的，可见门路不小。咋说，那时候，延安条件有限，马匹是主要的交通工具，中央管理局，就是负责中直机关后勤的嘛，对这个马匹使用，制定了一个严格的制度，中央委员才能配备一匹马，再就是党中央各部正副部长，以及军委各部的部长，局长，才有一匹马，处级干部还有高级技术人员，因特殊需要必须配备马匹的，还得经过中央管理局审批。反正，各个单位在使用马匹方面，都有一个严格的审批制度。所以说，这个钟旅长能骑着一匹马追过来，那可见他在延安的老领导很多，老战友很多。这一下，柳雪琳老师只好给他一个机会，“你们自己好好谈谈吧”，说了就和丈夫出来，两口子去哪儿散步去了，天这么冷，或许他们另找地方说话也不一定嘛。哦，是的，钟旅长骑的马就拴在窑洞前边不远处的一棵枣树上，是一匹白马，就像唱大鼓书的高麻雀说的那样，浑身上下一团雪亮，打着灯笼照了三天，也没找到一根杂毛。可见，能使用这匹白马的，一定是一位大首长了。后来才知道果然是位大首长，而且是钟旅长的老领导。钟旅长过来追求大小姐，有了这匹马，还不够，因为柳雪琳老师向他转述过大小姐的态度，其中一条是嫌他没文化嘛，所以这一次他过来就带了一本书。你别笑，当时在延安，由于各种条件的限制，就像许多生活用品一样，书籍也相当匮乏，哪儿有了一本新书，好多知识分子争相抄录。有一个写文章的作家，好像还是上海滩那边过来的，听说瓦窑堡那儿有一本新书，多好多好，好得不得了，他居然借了一匹马跑去抄书，抄了二十多天。你知道的，瓦窑堡离延安还有一两百里地嘛，你要说他是个疯子，那当年在延安知识分子里的疯子可就多了。那个年代的知识分子，都有股疯劲头儿。现在，没有了，退化得厉害。当时，在延安各机关单位，藏书最多的是鲁迅艺术学院，就在我们住的桥儿沟那边嘛。哦，不不，我在延安时并不知道这些，才三天嘛，不可能知道，这是后来上了年纪，想起来这段心事，翻看了一些资料才知道的。钟旅长手上的这本书，就是他特意跑到鲁艺借的，请一位姓周的教授推荐的，书名是叫《死灵魂》，还是叫《死魂灵》，我记不清了，去年冬天，一天夜里，我想起这件心事，第二天还特意去你们文化馆看了一下，原来叫做《死魂灵》。这么一来，一匹白马更加彰显出钟旅长的神采，一本《死魂灵》也彰显出钟旅长是有文化的。只是，向大小姐求婚嘛，你拿着一本书是可以的，但是这本书名，好像不大吉利。大小姐也可能觉得不吉利，她不要嘛，钟旅长龇牙咧嘴追出来，满脸笑开花，非要朝大小姐口袋里塞。两个人都是穿着棉军装，天冷嘛，身形都很臃肿，手里一本书推来推去，好似两熊瞎子掰棒子一样。大小姐很烦，先是严词拒绝，接着就厉声呵斥，钟旅长打仗出身的嘛，脸皮厚到极点，值得赞佩，居然抓住大小姐的手不放开，一副很英雄很流氓的样子，龇着大牙，哈哈大笑。哦，平心而论，钟旅长相貌还算是英俊的嘛，只是他的粗鲁习性涣散了他的英俊相貌。我这边就沉不住气了，先是"哎哎哎"，哎了三声嘛，钟旅长那边才松开手。大小姐一看是我，“哎呀”一声，脱身奔跑，过来了，一把抓住我的胳膊，失声叫了一声：“好李娃，侬还活着！”一边说话，一边朝我身后躲。我感到她心跳如蛙，呼吸急促。我心里很难过。我想起上海滩，想起在方公馆里的大小姐，所以我心里很难过。这个你不懂。老侄儿，非亲身经过前后事体，你难解我心中苍凉。我难过，我气愤，咱们李庄人的脾气嘛，好打抱不平，我彼时比打抱不平更多了一种复杂的情绪。咱们那位钟旅长浑然不觉我的心情，依旧龇牙咧嘴，大声吆喝：“喂，小鬼，你是干甚的？”好像是甘肃话，又像是汉中话，后来我知道了钟旅长是哪儿的人氏之后，才觉得他们那地方的话真是有趣味，笑嘻嘻的说出来，竟然像似吃了枪药一般戗人。我当时没穿军装嘛，所以，钟旅长有此一问，还拿着首长口吻，叫我小鬼。也是初次见面嘛，不明底里，也不知道他是个旅长，还以为他是延安八路军部队的嘛，心里还埋怨，八路军咋这样子嘛，牛不喝水强按头，不好。我就拿腔作调，学他话嘛：“你这个老鬼，是干甚的？”钟旅长不以为忤，大声嚷嚷：“自家婆姨，说个床帮子话哩。”你看，这个孬孙钟旅长，八字还没有一撇，就称作自家婆姨了。一边说，一边大踏步走过来，一边奸诈地笑道：“你这小鬼，忙自家事去吧，待会儿误了事情，首长批你哩！”一边伸手要抓大小姐，“家里事情，回屋说嘛，别在人前闹，叫人笑话咱嘛！”大小姐在我身后，赶紧朝一侧躲，我这边就接住了钟旅长的手。钟旅长的手真够粗糙的，常年在晋察冀一带奔波作战嘛，北风凄厉，风沙干燥，手心手背都粗糙如同砂纸，加上延安天冷，手指关节上都冻裂了几道口子。人有时候触景生情，会联想的嘛，我就想了，要是这样的爪子摸在大小姐的脸上，那将是，我都不敢想下去了。所以了，我接着钟旅长的手，就抓着不放手了。他挣了一下也没挣开，也是个急脾气，手里握着一本书嘛，抬手就朝我脸上砸，耍开了军阀作风。我没躲，一躲就砸着大小姐了嘛，我抬手抓住那本书，他一挣，我一拧，一本书当时在延安那么珍贵，就这样被两个鲁莽的好汉拽成了两瓣子。接下来，那还消说，就打起来了嘛。当然了，我俩几乎同时请大小姐站开一些。我得说，钟旅长身壮臂长，力大无穷，抓住我的两手腕，把我甩起来了，我好歹也算是个壮汉，一百六七十斤，他像扔个泥球似的，一下扔多远，我的身子都飘起来了。我借他寸劲儿，一个旋子，落地站稳脚步。钟旅长倒是为我喝了一声好。大小姐也惊呼一声，有些担心，尽管大小姐见过我的身手。我就拿定主意，要钟旅长摔几个狗抢屎给大小姐看看。一步一动之间，我就看出了，钟旅长是不会功夫的，但他常年与敌厮杀，还是有些经验和技巧的，而且不服输的精神可嘉。我也没有使用杀招，只是连摔了他两个狗抢屎，没承想哦，他就开始拼命了，一旦抓住我，死不松手。有一次抓住了我双肩，用膝顶撞我的裆部，就是直接要命嘛。我双肩被他抓得疼极，活似铁钩子钩住了，火气就上来了，沉肘挡住他的膝盖，顺势一记冲天炮，饶是击中下巴，娘拉个逼的，钟旅长好似是个铁人，浑然不觉一般，依旧抓住我的双肩往下按，依旧提膝贯裆，我要是力量小一点，或者反应慢一点，真会毙于他手。由此，也可以看出，钟旅长性格真是比较粗鲁，也比较倔强，真有股子大西北人那种认死理的劲头儿。我只好照他右胳膊老鼠肌上打了一拳，疼得他右手一松，我顿觉左半边身子解放开来，一记小和尚撞金钟，没头没脑，照脸一拳，他的鼻子顿时流血了。哎呀，我和钟旅长打架这个过程，当事人觉得不过三个眨眼，两个来回，后来听大小姐说，我们两个居然打了二三十分钟。就在柳雪琳家住的一溜窑洞前边嘛，柳老师的丈夫是大首长，那一溜窑洞里住的都是大首长，外边扑扑通通的打架，就惊动了窑洞里的住户，都是大首长及其家属嘛，叫嚷嚷出来围观，责问，是谁这么大胆子，敢在这儿打架。恰好，柳老师和她丈夫回来了，柳老师赶紧上前喝止我和钟旅长。其实，这时候我和钟旅长已经停下来了，双方的意识回来了，就像魂儿附身了，明白过来，革命军人在延安打架，好像有点不妥，只是火气才熄下去，不好意思马上就露出笑脸来。哦，钟旅长脸上中了一拳，鼻子流血了，我外表看着没有受伤，但双肩被钟旅长抠得火辣辣的疼。柳雪琳老师家的大首长也不生气，还风趣，指着我问："良辰美景，英雄美人，情意场上方才相见，半路就杀出个程咬金，是何道理？小鬼，你是哪个部门的？”大小姐和他熟嘛，马上过来说明情况，说我是新四军那边的，柳雪琳老师这才认出我来，过来和我握手，还给她丈夫介绍，居然把我说成是她当年在上海时期的小同志。这下子，一场大风波才算平息了。要知道，那个时候的延安，整风运动刚才消停下来，柳雪琳丈夫的权势相当厉害，他要是究讲我这一场打架，那有可能把我当成一个啥分子抓起来也说不定的。现在想想，依旧后背凉浸浸的。不过，当时他也没给我说几句话，听大小姐说我是新四军的，就便问了几句新四军的事情。我简便回答之后，又说自己是护送我们首长过来开会的，到党校参观，乘便看望大表嫂，如此等等，简单说了一下。这位首长好像急着有事要办，朝四下挥挥手，围观的人等散去，他又朝钟旅长招招手，钟旅长上前两步，给他敬礼，我觉得场面好笑得很，钟旅长脸上中了一拳嘛，鼻子淌血，嘴唇也肿了，这个样子给大首长敬礼，场面上有点不够端庄，好像敬完礼好告状一般。柳雪琳老师家的首长对钟旅长说，钟旅长，这件事情到此为止了，天涯何处无芳草嘛，英雄凯旋，鲜花美人，都会有的。你先回去吧。然后又指指我，说，你这个新四军的小同志，赶紧和小方一块儿去看望段教授吧，回去多做自我批评，解决问题，动拳头不是唯一的方法。雪琳，咱们回屋吧。这么一说，我才知道和一个旅长打了一架，心里很不好意思，就给钟旅长敬个礼，相互握握手。就这样，一场潜在的祸事算是消解了。柳雪琳和丈夫匆匆回了窑洞，天冷嘛，进屋就关上了门，拉下棉布帘子，啥也看不见了。钟旅长朝白马走过去，解开缰绳，翻身上马，脸上挂着幌子，骑在白马上，鼻子淌着血，尤显英姿勃发，走到我和大小姐跟前，勒住马，十分豪爽，叫嚷道：“原来是新四军的小兄弟，手脚够狠的，过八路这边来吧，到咱这个旅里，咱让你当连长！”我赶紧给他敬个礼，说谢谢钟旅长了，今天打了这一架，我知道了八路军太厉害，别说当连长，跟着你当班长我都不合格。气得钟旅长哼了一鼻子，打马而去。人着军装，骑着白马，奔跑起来，那一道风景无边嘛。是的，钟旅长骑着白马奔去的背影，给我留下了深刻的印象，甚至在我梦里出现过好多次，直到前几年，电视上播出他老兄逝世的消息，我心里极其难过，一连好几天，眼前老是出现了幻觉：他骑着白马，迎面驰驶而来，到我面前忽地勒住白马，白马四蹄尚在移动，就听他叫了一声，新四军的小兄弟，较量较量乎！

战争年代，出那般英雄人物，精神风流兮，魂魄倜傥兮。

哦，老侄儿，你的想象力是正确的，接下来就是这样的情景，就是我和大小姐畅谈的画面。我和大小姐离开柳雪琳老师家那一溜窑洞，顺着路坡朝大表嫂住处那边走，我已经没有了时间观念，压根想不起自己是来参观党校的，忘掉了还有自己一队人马尚不知现在何处。你看，这就是见到大小姐之后，我有些忘乎所以嘛，老侄儿，不需要解释其中原因了吧，当然，你要我解释，我也解释不清楚。要是说给大表哥方迈克，他可能会从心理学的角度解释，可能会说起性欲，说起梦境，说起亲情，反正会说得头头是道。大小姐也欣喜得很，提起在城父镇南边交通沟里分别的情景，神态很急切，再三问我是咋样脱险的。老侄儿，我能活下来，虽然是你大娘在危急关头救了我的命，但是，我舍命拼杀的意志，却源自于大小姐把我当成肖邦的缘故，她还等着我给她点火嘛。是的，这一句原本是两个青少年玩耍时说的诙谐话语，在那个时刻却成了活命的口诀。自然了，你大娘带领县大队救我于将要毙命之际，我也告诉大小姐了，保留已经没有意义了嘛。大小姐大是惊讶，她很难理解这样的巧合，就像我不解命运给了我们这样的安排。唉，咱们都是凡夫俗子，不懂宿命的原理嘛。我给大小姐说了你大娘陈彩莲的简略情况，知道陈彩莲目前是县大队的副大队长，大小姐微笑着喃喃自语了一声："彩莲姐姐。"你看，话头都说到这儿了，肚里的话就留不住了嘛，我就把你大娘伺候我养伤的事情，包括拜堂成亲的事情，一股脑儿全说了。哎呀老侄儿，你这个人，六七十岁了还是个坏孩子，摸屁股的事情哪里能说嘛。我原以为大小姐会祝贺我几句的，不料大小姐嘴角嚅动了三下才微笑出来，又过了两三分钟才说了一个

"好"字。我心里顿时乱成一团。咱爷们，是个乡下人，但咱们也有本能的觉悟，大小姐那样笑法，咱心里还能不明白嘛。咋说才好，咋说你才能说明白，这样说吧，就那两三分钟，真够漫长的，几乎够我从人生的这一头走到那一头的。那是，像大小姐那么聪明的人，当然不会陷入自己的情绪里，她马上摘下自己的左手套，光着手在军装上抹了抹，沙沙响，是的，沙沙响，然后，把手伸出来，像在阳光下晾晒手帕一般，先是手掌，再是手背，接着，翻过手掌摸了一下自己的面颊。鬼使神差，我顿时明白大小姐要说啥了。大小姐的手变得粗糙了，手掌上五根骨节处都有了茧子，手指甲边缘的肉皮上长了倒刺，几乎每个手指节上都冻裂了口子，手背纹理里都是灰渍，她的脸颊，经过陕北风沙尘埃的洗礼之后，变成褐色了，皮肤也有几分粗糙了，耳朵眼里都是沙尘，甚至，汗毛孔里都藏着隐隐的灰渍。这些，都使大小姐的相貌显得比实际年龄要大很多。哦，大小姐和我一般大，那一年也是二十三岁，现在看来，这个年龄不算大，但在那个年代，早就该成家了。我当时心里很难过，莫名的难过，方公馆里的大小姐，和眼前这个大小姐，两个形象，在我心里轮番转换，如同聊斋，一时美人，一时鬼魅。大小姐一边戴上手套，一边说："现在我这双手，要是抹一抹绫罗绸缎，准会刺啦一声起一片丝毛的。"说到这儿，微笑一下，又说，"李娃，你还记得从前我种桑养蚕吧，蚕吃桑叶，就会吐丝，全世界的丝绸织物，几乎都是蚕丝加工的。只是眼下，不管绫罗，还是绸缎，我这样的手可就碰不得了。"我当时不明白大小姐说这几句话的意思，还以为她是有意转移话题，转移心情，但到了全国解放后，我才明白，早在延安时期，大小姐就有了去国之意嘛。

现在想起来，我和大小姐在延安相见的时间很短，包括和钟旅长打架的时间在内，前后也就是个把小时。大小姐刚说完那几句话儿，也就是种桑养蚕的话儿嘛，我们的程万里大队长就派了好几组人马分头找我，在延安嘛，他的人不见了一个，他很紧张。现在想想，命运有时候是十分诡异的，在方公馆里，大小姐要让我有时间，我就会有时间，但彼时我们不知道何为畅谈，只知游戏玩耍，可谓天真无邪，凡事不需思考，因而没有念头，所以，到了老年，回头一想，才觉得少年时光耐得咀嚼，只是身在其中，不知人生此刻意味十分珍贵。现在长大成人了，特别是有了些经历，双方相见，很想畅谈一番，却偏偏没有时间了，也偏偏没有了那份无邪情怀。我和大小姐在延安相遇这件事情，除了你大娘陈彩莲，大到咱们亳州，小到咱们李庄，几乎再没有第二人知道，所以，这件事情，完全不像我在几个战役中立下的英勇战绩那样，在咱们亳州大地上到处传扬。当然了，这里边也是有个原因嘛，学校里，工厂里，市委组织的活动，包括在古井酒厂的爱国主义教育大会上，都请我去了，我讲的都是莱芜战役，鲁南战役，济南战役，淮海战役，渡江战役，解放大上海，讲的都是亲眼目睹，亲身经历。说这个你也能理解的，在那种场合，他们就喜欢要我讲这些战斗故事，咱们哪里能讲私人情感问题，哪里能讲自己和资本家大小姐的一些风烟往事嘛。今天，我把这段事情说给你听，也不是我一生中的华彩乐章，但它是一个重要场景，前牵后连，辉映在我一生中，我不允许你美化它，也不允许你唱赞歌，我希望，是一就是一，是二就是二，就像我伸出一根手指头，你原样画出这根手指即可，不需要再给它戴上一枚戒指。

从城北小沟坪回到城东桥儿沟我们的住处，已经下午三四点了，论说路途不算太远，主要是参观内容多，大家都没来过延安嘛，有些流连忘返，心情是可以理解的，当然，由于我个人的一点原因，也耽误了个把小时的工夫，下午就没再去参观马列学院。当然了，对我个人来说，这个算不得大遗憾了，因为我毕竟见过大小姐了嘛。伙房里还给我们留着羊肉汤，等着下臊子面，天冷嘛，又加热了一回。说句良心话，当时延安生活艰苦，但对我们这些远道而来的新四军，在伙食上还是照顾了不少。那顿午饭，吃的是羊肉臊子面，相当好吃。那时候，真是年轻，体力好，吃完饭，好多战士还精神抖擞，议论所见所闻，包括程万里大队长，一边说一边唱的，侦察科长出身嘛，因为观察仔细，所以言谈形象，满嘴顺口溜，说得大家时而哄堂大笑。我是打了架，费了力，见了人，乏了神，往炕上一躺，一脑袋杂乱念头，好似一把安眠药，眨眼间鼾声大起。也不知睡了多长时间，忽然间窑洞外边有人叫我，我醒来一看，天已经黑了，窑洞里点着半根白蜡烛，大伙儿有的还在眯着，有的挤在炕上低声争论，我还以为到了吃饭时间，结果不是，而是有人来找。是谁嘛，是我们首长的贴身警卫员，他不在我们这边住，他住在首长那边。叫啥我忘了，姓高，我还记得。当时，程万里大队长也过来了，和小高站在窑洞外边等我出来，窑洞里边住了十几个人，站不下脚了嘛。小高已经穿上了八路军的军装，右肩上挎个不大不小的包袱，左手里提着一盏马灯，小圆脸被灯光映得一明一暗，脸上有些急色，对我说，明天早饭后到杨家岭去一趟，首长找你有事。好像怕我找不到路，又讲了一下最近的路线，还说到时候他会在杨家岭路口等我。说完了，把肩上的包袱摘下来给我，要我明天过去时，换上这身军装。“李副大队长，这是咱们新四军的军装，首长特意给你准备的，你明天一定要保证军容整齐啊。”是的，一路上，大家都是这样称呼我，李副大队长嘛。说完了，给我敬个礼，笑嘻嘻走了。他都走到窑洞下边坡路上了，我才想起天黑了，路不好走，从这儿到杨家岭还有好长一段路嘛，我就叫他等一下，想派几个战士送他回去，他一边往下走，一边笑着，拉着长腔回答：“在延安，走个夜路还有啥好担心的呀！”我想也是，就没派兵送他，只是站在窑洞前看着他，一盏马灯，逐渐向远，上上下下，左左右右，那一点微光终于消失在黑夜里。我这个印象很深刻，以前我给你大娘说过一次，说到后来，她就哭了。哦，不是悲伤，是激动，鸟老婆子，太激动了，喜极而泣嘛。为啥激动，你且听我讲嘛。当时，程万里大队长还不知道我和钟旅长打架的事情嘛，和我嘀咕了一阵子，猜测首长叫我过去有啥事情。我以为是打架的事情，但我没给程万里说这个，我说咱们明天就返回了，可能首长有啥指示吧。要不，明天你和我一块去好了。程万里当即拒绝了，他快速眨巴着两眼，两手摇摆如风中荷叶，很严肃地说，别看首长一路上有说有笑的，黑下脸来，骂得你想钻地缝儿。说到这儿，程万里又龇牙笑了：“李娃，我的亲兄弟，还是你一个人去吧。”

哦，没有，一句话，一件事，老伯父我咋能就一夜失眠了嘛。哪里能像现在一些鸟官员，三天前一听首长找他有话要谈，这三天他会食肉不知其香，吃屎不觉其臭，自然，睡也不安生。我不是这般人，在这个世界上，无论哪个大首长要找我，我都不会变成这个样子的，除非，哦，除非大小姐要找我，我才会这般不堪。你也是知道的，二十多年前，得到大小姐要来咱们李庄看我的消息，我就是这样子的，失魂落魄，寝食难安，天天被你大娘骂得狗血喷头。唉，到如今，想得到这般体验也不能了。

次日早饭之后，我就赶往杨家岭。是的，我换上了新四军军装。当时换军装时，我还感到神奇，在延安，竟然还有一套新四军军装，更神奇的是，我穿在身上，几乎是量身定做的。当然不是新的了，半旧，但是干干净净，好像从干洗店里取回来的那般干净。哎呀，那时候当然没有干洗店了，是现在，咱们李庄一些败家子，一些懒虫，不管单衣裳还是棉衣裳，都送到淝河集上干洗店里干洗，几个败家子还穿着干洗好的衣裳给我看过，动员我也把衣裳送到干洗店嘛。小四给我买的那件鸭绒衣，穿脏了，我就试着送到干洗店，洗好了拿回来一看，真比手洗的干净，乖乖好奇怪。后来见到我们首长，才知道这套新四军军装的缘故。老侄儿，你还记得吧，那年春上，我们乘坐海防大队的船只，护送一批旅团级干部赴延安学习，从海上走的嘛，哦，你记起来了，那就好，这套军装就是其中一个团长的，我们军部首长到了延安，他们当然要过来看望一下子了，都是穿着新四军军装来的。我们首长就记住这个细节了。等到我和钟旅长打架的消息传到我们首长那里，他就做了这么个安排，让警卫员小高借了这套军装，让我穿了来见他。这些，都是我见了首长以后，我跟着他一边走路，他一边言说的嘛。当时首长可能是想让我放松一下紧张情绪，还谈到他和毛主席前天见面的事情，要不，我咋能知道他和毛主席坐在碾盘上谈笑风生，咋能知道毛主席赞扬他了嘛。哦，没有让小高在路口等我，我是自己找到首长的。那当然了，一个干过两三个月侦察参谋的人，还能找不到路呀，尤其是随同首长来延安，一路上摸爬滚打，要是到了延安找不到路了，那我一头攮进尿罐子里溺毙自己算了。首长没有再让小高跟着，直接带着我出来了，一边走，一边说话，说着说着，顺声就问起了我和钟旅长打架的事情。别看平时咱们李庄的人撒谎成精，但是，在那个时候，咱们哪能给首长撒谎嘛，我就老老实实把情况说了。首长一听，说好，一会儿见了毛主席，你也要实话实说。一开始我以为首长幽默，这点小小事情，咋能还要见毛主席嘛。首长很认真，说是真的，"我们现在就是向毛主席那里走。"我当时有些紧张，你问有多紧张，我觉得两腿肚子不是自己的了，走路步子僵硬。首长看出来了，还笑我打起架来像只老虎，一说要见毛主席，变成了一块木头，格老子的，把腰杆子给老子挺起来！我一下子明白了，首长特意让我穿上新四军军装的用意所在。咱们李庄人嘛，怕激将法，首长这样一说，我就豁出去了，当时心想，要是毛主席说枪毙我，咱们就挺起胸膛挨这一枪。老侄儿，你说我这个想法是不是很可笑。可笑归可笑，估计十个人轮到这个时刻，恐怕九个人大脑里一片空白，我当时还能有这么一个清晰的想法，很勇敢，很不容易的，我现在说起来还很骄傲。

我和首长边说边走嘛，抬头间，一个人迎面而来，是个女的，穿着八路军服装，外边还有一件灰大氅，因为这件大氅，我就猜测这是个连以上干部。咋说，在咱们新四军里，连以上干部冬天才有大氅嘛。八路军这边，估计也是这样的。这个女干部还戴着一顶军棉帽嘛，天冷，还围了一条绛红色围脖，罩着嘴脸，正急匆匆地向这边走，想是和我们首长认识，走近了，还扒下围脖露出脸和我们首长打招呼。这下子，我差点惊叫一声，我的乖乖，你猜是谁，老侄儿，你做梦都想不到，就是当年我在从徐州到上海的火车上遇到的那位女客。对，她还吃了我五粒大金果子嘛。那是第一次遇见她。第二次是我陪同大小姐在卡尔登戏院看戏，演的是《玩偶之家》，她演娜拉嘛，只是，她是台上主角，我是台下看客，我看得见她，她看不见我，尽管如此而已，那也算是我第二次见到她。第三次就是我离开上海滩前去祝长官麾下投军，在上海北站遇到她，当时她似乎有些落魄，临进检票口时茫然回眸，和我的目光不期而遇，她还恍然片刻，省悟之后，还给我做了个吃东西的手势,就是吃大金果子嘛。然后这几年呼啦啦好似火车驶过，谁还记得时光中的一个人影，谁还记得心意中的一个念头。说老实话，如果不见面,我真的不会再想到她。我前边说过,我一辈子见过她四次，就包括在延安见到的这最后一次。人生漫长如此，一次偶遇不足为奇，两次偶遇那是巧合，三次偶遇就是惊诧了，到了四次偶遇，那恐怕不是缘分就是宿命了吧。当时谁承想嘛，后来这个人呼风唤雨，戴个眼镜，手舞足蹈一场。我现在想想，当时我们首长路遇此人，持礼甚厚，竟然立在道旁，笑语应承，等她过去了，方才举步，这一点我现在还记得。这个女人自始至终，都没有正眼看我，只是和我们首长说话时，眼睛的余光从我脸上一扫而过。我那时不懂事情轻重嘛，跟在首长身后，小声嘀咕，说自己好像认识这位女八路。首长很警惕，也很慎重，问我在哪里见过。我口无遮拦嘛，才说了“在上海”三个字，首长即抬手止住我了。一边走，一边骂我龟儿子，还说我肯定认错人了，后边还说了一句“此事休再提起”。当时我还莫名其妙嘛，直到解放上海滩我中枪伤愈之后，回到咱们亳州，又过了十几年，风雨交加的日子过来了，才明白我们首长是个大好人，爱护部属，思想前瞻性很强。

哦，从此后，此人此事休再提起。

咱们说那。我和首长到了毛主席住处，自然要经过毛主席的警卫员通报一下了。是的，毛主席也是住在窑洞里，几年前你去延安，参观了党校，还参观了毛主席故居嘛，我不知道，你几年前看到的，和我七十多年前看到的，是不是一个样子了。我和首长哪里知道毛主席又熬了个通宵嘛，一进小院子，就大声向毛主席问好。毛主席正在窑洞前散步伸懒腰，锻炼身体嘛，我一眼看到，毛主席棉裤膝盖上补了两块补丁，当时，我简直不相信这两块补丁是补在毛主席膝盖上的。

现在电影电视里，但凡触及延安时期的毛主席，基本上都是穿的很新很好很整齐，连穿着都不像，更不要谈在风格上在气势上相差万里了。我敢说，再过一百年，在这个世界上，也没有人能演出毛主席的神韵来。毛主席看见我们，马上招手示意，迎过来了。我们首长和毛主席是老战友嘛，见面握手，相互问好，我就得先敬礼，毛主席伸手给我握手我才能和毛主席握手。我当时就是这样理解的嘛。我和毛主席握手时，我们首长说话了，主席，这就是我们新四军的莽撞鬼，叫李娃，在你眼跟前，吃了老虎胆子，和钟旅长打了一架。李娃，先向主席做个检讨喽。我还没做检讨，毛主席就笑了，说，敢和钟旅长打架，那说明你也是个愣头青，也是个英雄人物嘛。说得我很不好意思，只好咧嘴傻笑。毛主席面带笑容，打量着我，说话了，情况我也了解喽，钟旅长有追求爱情的自由，试问李娃同志，吹皱一江春水，干卿何事嘛。我被毛主席问得红头酱脸，咱们李庄人的脾气上来了，照直里说了，我就说，毛主席，牛不喝水强按头，牛就摇头，角就伤人，咱们都是自己人，不必要呀。我以为这样直说会惹毛主席生气，哪料到毛主席竟然爽声大笑，拍了一下我的肩膀，赞道，李娃同志言之有理。说了，又问我哪里人氏，我一说亳州，毛主席又赞叹了一句，怪不得！原来李娃同志来自魏武故里喽。然后，毛主席哈哈大笑，扭脸给我们首长说，这件事情就此放下吧。我们首长这才笑逐颜开，命令我感谢毛主席。你看，我还没向毛主席作检讨，这个事情就解决了。我觉得给毛主席说实话是很重要的。我们首长又向毛主席汇报，我们这个护送大队，要是编入八路军，大家也都同意，就不回去了，要是不准备编入八路军，那今天午饭后就出发返回部队。你想想，毛主席是个啥胸怀嘛，要是到延安的部队都编入了八路军，那成了啥事体嘛。毛主席让我们返回新四军。我们这边正说着话，警卫员进院里报告说，吴记者过来照相了。毛主席点头。警卫员出去了。即刻有一个八路军进了院子，胸前挎着一个照相机，扫了我和我们首长一眼，点头示个意，转向毛主席，叫了一声主席好。这个人也是大名鼎鼎的摄影家吴老师，咱们现在看到的毛主席在延安时期的照片，有很多都是他拍摄的。他那天过来，是为报社拍一张毛主席的照片，咱们赶上了嘛。毛主席就站在窑洞前，刚刚点燃一支香烟，正是九点半十点钟的太阳嘛，辉映得毛主席的笑容很灿烂。这个光线，连那位姓吴的摄影家都很满意。后来，这张照片我经常在报纸上和画报上看到，每次看到这张照片，我就会想起当时的情景，但是，没有几个人知道，毛主席照这张照片时，我就在跟前。当时情形是这样的，毛主席照完了，很随意的，朝我一招手，说，魏武帝的小老乡，过来，我们来合个影。我还一愣，我们首长推了我一下，我才跌跌撞撞地跑过去了。毛主席身材高大，万众瞩目，我身材不算高大，你也知道，为了让画面协调，吴摄影家把墙边的凳子搬过来，请毛主席坐下，我再站在毛主席身后右侧，像是毛主席的警卫员，当时光线很好，吴摄影家咔嚓一声，我就永远留在毛主席身边了。

毛主席真是伟人，说话算数，这么一件细微小事，他老人家居然记在心上，一年半以后，我们首长返回部队时，毛主席特意让他把这张合影捎给我。你想想，毛主席多忙，有多少事情需要他思考嘛，我这么一件针尖小事，他老人家竟然还记得心里，这就叫君子一言驷马难追。我拿到照片时，战友们的羡慕祝贺，师长和其他首长们的鼓励表扬，简直让我如沐春风，洋洋得意。这张合影带给我的无限荣光，咱们可以忽略不计，但是，这张照片在后来产生的作用，我要提一下的。这个，得从我在上海滩头养好枪伤回到咱们亳州说起，哦，是你大娘到上海接我回来的，等安顿好了，你大娘整理我的行装，翻出这张合影，非要我说个究竟，说一遍还不行，连说了好几遍，她还控制不住自己的感情，每次，一说到那天晚上我们首长的警卫员提着马灯来叫我，她的眼睛就开始发亮，一说到马灯的一点微光渐次消失在黑夜里，她的两行泪就要流个不停。要不，我刚才说她激动嘛，就是这个因由。后来，咱们家的这位县长，亲自去照相馆把这张合影放大，装进相框里，挂在堂屋当门正墙上。

真别说，这么一挂，毛主席真就成了菩萨，保佑了你大娘好几次，你也是知道的。别的不说了，只说方仪礼他老人家，解放后有一阵子日子不好过，你大娘是县长嘛，早年受到方家礼遇甚重，恩情无限，这时候自然要庇护方仪礼了，就把老人家接到家里，哦，那时候我和你大娘还在城里住，县里分配给你大娘的房子嘛，我是你大娘的家属，又是革命功臣，房子自然要大一些，方仪礼老人家住过来很方便的。我天天陪着老人家闲谈，他说药号的往事，我说打仗的事情，说当年在双沟集上在他家里养伤的事情，有时候，我们爷俩还说说方公馆的事情。当时那个政治气候嘛，你爹吃了大疯药，和几个混球在一起，纠缠这个事情，眼下五六十年过去了，你爹都死了，其他几个混球还有没有活在世上的，很难说了，所以，我就不指名道姓了吧，以你爹为首的这几个混球，天天和你大娘争吵，有一回从办公室闹到家里，进门一看我和毛主席的合影，一下子呆住来了。我就拉个架势，很和蔼的架势，给他们说，你们的革命觉悟是值得赞扬的，你们的革命思想是值得肯定的，但是，你们对毛主席思想的领悟能力，有待进一步提高。毛主席在战争时期就说过，要团结开明绅士，要团结有进步思想的资本家。我们要团结像方仪礼这样的开明绅士。你们不必再闹了，就是闹到北京毛主席那里，毛主席他老人家，也会这样给你们讲的。你们要是再闹，那就是违反毛主席思想路线了，你们看看，我是保卫毛主席的，你们反对毛主席，那我就要拿起枪杆子，和你们作斗争。我这样说了，就问你大娘把我的手枪放哪儿了。装模作样嘛。哦，不是我理论水平高，打仗岁月天天听首长们讲话，学也学会十句八句的嘛。看，你爹知道我的脾气，也可能想起来小时候我打他的手段，也就不说话了，和那几个混球灰溜溜走了，再没闹过。过几年太平日子，方仪礼老人家就是在城里的我那个家里去世的。后来城里太乱了，恰好你爷爷也去世了，我就回到咱们李庄自己家里，在你奶奶跟前，尽了几年孝道嘛。当然了，我和毛主席的合影也带回来了，也是挂在堂屋正当门墙上，你奶奶很喜欢，高兴得不得了，天天上香，上香时还要说一声，李娃，你朝一边站站，我给毛主席上炷香。我就笑笑，到门外去了。一直是这个样子，直到他老人家去世。也就是你奶奶去世那一年，蔡琅玕在队伍上挨批受难，跑回故乡，来到咱们李庄，就住在咱家里，那些人跟踪而来，吵吵闹闹，结果进门一看，就像咱们亳州城里的几个混球一样，呆在那里了。你看看，这些幸运的事情，都是我和毛主席的这张合影带来的，也就是说，这些幸运都是毛主席他老人家带给咱们的。

喂呀，老侄儿，你咋啦，你咋摇晃起来了？

哦，你有点儿头发晕。

哎哟，都是我这个老不死的，说起来就忘乎所以，没有了时间观念，忘了老侄儿你的身体是有小毛病的。

好，咱们今天就说到这儿吧。

你先静坐一会儿再走。

前天你只是有些咳嗽，今天头又发晕了，脸色白菜叶子一般。

你这个样子，哪里还能走嘛，叫人不放心。

我打个电话，让糖糕来接你一下。

你发个啥呆嘛，糖糕，那个猫养的，就是你们文化馆那个玩手机的傻孩子嘛。

第三十七章

哎呀，老侄儿，你这头一发晕，咱爷俩可就歇了一个星期。

今天你高低来了。

看你脸色，又变成了新鲜的羊肝，想必头晕病好透了。

小焦那驴日的，见面就吹自己有日天的本事，看看这一回，你不过就是个小小不言的咳嗽，吃了他的秘方药丸子，咳嗽还没除根，又添了一条头晕，真是个庸医，乱下虎狼药嘛，得闲了我非拿棍敲他十几下，头给他敲得疙瘩摞疙瘩，他才会老实用心给人看病了。哦，咱们不骂他了，我早晚要是有个小毛病，他治起来还是怪拿手的，咋就到你这儿不中用了嘛。你比我小了三四十岁，身子骨可没有我经折腾。我这百十岁的老人，一口气连说了一个多月，既不口干舌燥，也不昏昏欲睡，越说越精神，越说越成了老顽童。你这个做记录的，摇晃几下笔杆子，还配个录音机，咋就越听越萎缩了嘛。难道真是应了高麻雀那句话，说书的有说有唱响屁连天，听书的无精打采瞌睡连连。你这个样子，可有点儿影响我言说的兴头，我真担心，我这一生的故事还没讲完，就没有了听众。要知道，你是我唯一的听众。说实话，我比你着急，我真想快点讲完自己的故事，身心干净利索，去了那边也没了牵挂。这大概就是我的宿命，不讲完自己的故事，老天爷，还有上帝，这两孬孙，就不放我去那边和你大娘相会。唉，老婆子在身边真好，一顿饭也不让我做，她拍拍手不讲我了，自己去了那边，我天天一做饭就想她，哦，这几年做饭手艺也练出来了，饭做得好，天天做好饭我就想叫她起来吃饭。哦，咱们不说这个了，万一哪一天真把她叫起来了，那可就麻烦大了。咱们说这个，我原本打算，将自己的一点一滴，一步一个脚印的经历，说与你听，即便不能有助于你写一本完美的回忆录，至少可以帮你描画出我个人命运的完整轮廓。偏偏不巧，又碰上你这个身体状况，又是咳嗽，又是头晕。我难免有几分沮丧。哎呀，这个也是宿命的一部分吧。你休养了一个星期，我也思想了一个星期，不得不承认，咱们这类小人物，实在是干不过宿命的。那么，为了防止你半途抽身而去，我好多亲身经历的事情，不得不跳过去了。好在，舍去的那些，其中也有许多是我人生中的主要部分，先前都在机关学校工厂里讲过了。眼下，还有几件事情，不得不说，不过，我向你保证，再用三天或者两天，我就把自己一生的故事结束掉。事实上，我希望今天就把我的一生交代完毕。哦，你他娘的，想想真是有违初衷嘛，原先咱爷俩商量着要弄我的回忆录，说说个人的历史往事，谈谈人生体悟，本来是个趣事儿，没承想说到现在，反倒成了负担，还影响到你的健康，是不是嘛，本来说个趣事儿，却让你受累了，真是个罪过。

可是，人世间就是这样的，好多事情，本来很有趣儿，弄着弄着就累人了，很古怪的，咱们猜不透其中奥妙。下边，为照顾到你这个身子骨起见，再说的这几件不得不说的往事，能简略的，我就简略，不能简略的，我就朝细里说上几句，老侄儿，你可要挺得住哦。

好，咱们快马加鞭，今天一开篇，就说到日本鬼子投降了。

那一天，我们师里开会嘛，营以上干部参加，我也参加了。

这里我要说明几句，我从延安回来，本来要求到作战部队去，师长不同意，又让我在作战科当参谋，是的，先是在侦察科嘛，现在又到了作战科，可以想见，当时师长大概真是想培养我的。作战科也不是光看地图的，也不是仅仅制订作战计划，打起仗来，作战科的参谋甚至科长，也会经常到前线去，一个是帮助部队贯彻首长的作战意图，一个是,检验一下你作战科制订的作战计划是不是可行的,利弊所在嘛。哦，上了战场，才知道战场是锻炼人的，尤其锻炼作战参谋这一类人。要知道，战场上的情况，瞬息万变，经常超出你的计划，要想实现作战意图，你就得脑壳子灵活，机动应变能力很强。这一年，我好几次到前线参战，真是见过很多能人，上至旅指挥所的指挥官，团指挥所的指挥官，下至在火线的基层连排长，甚至是班长老兵，这些人点子多，不怕死，突发奇想，制胜能力很强，我后来带兵打仗，能打胜仗，大多都是从他们身上学到的经验。当然，谁都不是天生的军事家，都是打仗打多了，就像卖油的老头儿言讲的，唯手熟尔。是的，基本上都是和日伪军打仗，和国民党军队也偶有冲突。敌人的情况也变化很大，比如日本鬼子，开头两年的鬼子和末后两年的鬼子就不一样了，头两年的鬼子给你接上火，那种嚣张，疯狂，叫人咬碎钢牙，明明是你占有绝对优势，但他们这些小狗日的鬼子，依旧拼命死战，坚决不投降。抗战初期的鬼子,甚至到了抗战中期的鬼子就是这样的。我亲眼所见嘛，有一次打扫战场，发现一个鬼子藏在军毯下面装死，咱们就想活捉他，结果几个兵刚围上去，这个鬼子立即开枪抵抗，那没有办法，只好干掉他。后来搜查时，在他衣袋里搜出一张纸条，上边写的日本文字嘛，叫来咱们的翻译人员一看，原来写的是，请求敌手在他战死之后不要砍掉他的头颅，好让他有一个完整的魂魄返回日本。你看看，这个鬼子，腔子里也是有着故乡情结的，话又说回来了，你留恋故乡，那你来中国干啥，你要是观光旅游做生意，想家了你可以随时回去看看，谁也不会拦着你，你现在到中国是来烧杀抢掠的，那，不管你多想家，到了回不去的那一刻，咋说你也回不去了。末后两年的鬼子就不行了，战斗力下降得厉害，知道打不过，也不硬扛了，马上打白旗投降。头一次鬼子打出白旗，大家都很吃惊，当时一个副团长在阵地上疯狂跑动，大声叫喊，小鬼子完蛋了，小鬼子完蛋了。像疯子一样。现在一说起来，那个疯癫情景，那种撕心裂肺的喊叫，犹在眼前。是的，我们真正与鬼子正面作战的时候，对手已经不是当初最能打最凶残的那一批鬼子了。这是到了抗战末期，鬼子不仅学会了投降，而且，我们走到鬼子俘虏面前时，他们都会立正，又敬礼又鞠躬，满口“太君”。于是，连我也意识到，鬼子毕头了。只是，这些战场冲杀的事情，包括战场上的逸闻趣事，我都不能侃侃而谈，鉴于你的羸弱身子骨，无论我多么想言讲，都得生生咽下去。老侄儿，我这样也算是照顾你的身体，等你身体啥时好了，这一场场战事，我再给你娓娓道来嘛。当然了，咱们和日伪军打了几次狠仗，消灭了很多日伪军，自己部队损失也是很大的，干部伤亡厉害，有一个团的团长和参谋长都战死了，旅里希望师部给他们配备几名干部，师里就把师部警卫营营长配备到这个团里当副团长去了，师部警卫营营长这个空缺，师长就让我顶上去了，我原本就是警卫营机动连的嘛。这样，我就是营级干部了。其实，这个也不稀奇，战争年代嘛，干部升得快，自然了，死的也快，这个规律，特别适用于营以下干部，我前边好像也讲过了。

这里讲这么多，目的就是这个，说明我是这样成了营级干部的，所以，那一天师里开会，营以上干部参加，我就参加了。当时，师长正在讲当前的形势和我们的主要任务，侦察科通信组的一个通信参谋拿着一张电报进来了，那个参谋姓田，是个小参谋，我记得清楚，一进来，满脸笑开了花，不会说话了，一个劲儿地哈哈哈哈哈哈，手里举着电报，哆嗦得哗哗响，当时大家有点发蒙嘛，侦察科科长郭韶予，老郭嘛，就喝了一声，这位小田参谋置之不理，径直走到师长跟前，把电报往师长面前桌子上一摊，还是笑个不停，真他娘的邪气。师长看了一遍电报，又仔细看了一遍，马上站起来了，一拍桌子，大声叫了一嗓子："同志们，鬼子宣布投降了，我们伟大的抗战胜利了！"顿时，会场里欢呼一片，喧嚣，叫嚷，凳子都踢倒了，相互抱着转圈子，一个姓韩的团长抱住了师长，泪流满面，用肚子猛烈地撞击师长，师长也是两眼泪花，猛烈撞击韩团长的肚子。真的，大家都疯了。打了这么多年，吃了多少苦，遭了多少罪，流了多少血，死了多少人，残废了多少人，多少人家破人亡妻离子散，多少村庄惨无人烟鸡犬无声。现在，鬼子投降了，大家发疯了，老天爷还能说啥嘛。

是的，早些年会场里会突发一些你想不到的情景，有的很神，有的很怪，有的匪夷所思，有的叫人笑破肚皮，总之，会场上洋溢的那种真实的气氛，生机勃勃，你在眼下会场上是不敢想象的。一句话，那个时候，在会场里大家都会真情流露，坦率之至。哪像现在，开个会死气沉沉，笑声是呆板的勉强的，鼓掌是机械的，应付的，为啥，因为老八板嘛，基本上都是那个形式，教条得很，殊不知，想当年，毛主席就很严肃地批评过教条主义嘛。毛主席说，主观主义的表现形式之一，就是教条主义嘛，经验主义也是主观主义的表现形式，但是，毛主席说了，教条主义的危害性更大，它束缚人们的思想，窒息革命精神，所以要树立一切从实际出发，理论联系实际，实事求是的马克思主义作风。毛主席很伟大，经常说些名言，经常说些真理。哦，毛主席说过的很多话，到现在我还记得，这多亏了你大娘嘛，她是县长，一到党委班子学习，在家里我都得拿着书本一句句教她，教她背会，要不，到了会场上说啥。不知不觉，时间长了我自己也会背了。你大娘没啥学问，但她记性好，有口才，敢于发挥想象，所以，一开会，她在台上能够滔滔不绝，有时候也可以讲得头头是道。

哦，原谅我这个老人吧，说着说着又发岔了。

说那，日本鬼子投降了。

可是，国民党不允许日军向八路军和新四军投降。还命令八路军新四军原地待命，这一段历史你也是知道的，现在各种资料也纷纷呈现出来了，我也就不详细言讲了。别说咱们党中央和毛主席不买国民党这个账，搁在咱们李庄，谁都不会买这个账的，你想嘛，打架时我们李庄也去了几百口子，头打烂几十个，胳膊打断几十个，阵亡了几十个，现在轮到发钱了，你不发给我们李庄，那不是明摆着还要再打一架嘛。所以，这个胜利果实，你国民党不能独吞不是。咱们党中央的方针是针锋相对，寸土必争，给八路军新四军发布个命令，向日伪军大举进攻，全面接受侵略军投降。八路军那边用的啥办法，我当时不清楚，我知道当时新四军采用的办法是，你不向我投降，那我就包围你，迫使你投降，你再不投降，我就打你老母鸡养的。像高邮那边，都是经过激战竟日，鬼子才投降的。是的，我没到高邮那边接受鬼子投降，距离太远了嘛。那会儿，师部各部门很忙嘛，忙啥，一说你就知道忙啥了，国民党一边命令日军只能向他们投降，一边把大后方的大批部队紧急调运过来了，当然不是全来受降的，不少国民党军队直奔解放区插过来了，那个意图相当明显。当时，我们师里有些人认为日本投降了，天下太平了，思想上麻痹了，但是，我们师长不这么认为，师部几个首长都不这么认为，开会讲形势，讲利害关系，要求部队做好各种斗争准备。所以，很忙。

咱们李庄的老少爷们儿，都知道我接受过鬼子投降，这些年来传说纷纭，只把我形容为天人。其实，这件事也是碰巧了嘛。我们师辖区东北角和沦陷区接壤的地方，有一个县城，我就不说这个县城的名字了吧，驻有一个大队的鬼子，已经被我们部队包围了，但是，鬼子不给包围他们的部队谈判，要求我们师部去人谈判。师部很忙嘛，师长就派我去了。当然了，去之前，师长要我牢记一条原则，就是要鬼子放下武器，无条件投降。至于其他，可以机动灵活掌握。为了让鬼子明白我们的政策，还派了宣传干事何滴和我一起去的，何干事口齿伶俐，很厉害，有演讲天才。同去的还有一个日语翻译周抱一，政治部搞敌工的，这个人，咋说嘛，你说他厉害，不如说他狡猾得很，要是演员，咱们得称赞他是个好演员，鬼马善变。就我们三个人去了这个县城里受降，我是主要代表嘛。要说这个县城，当年也是个军事要地，通火车，向北通往济南，往南通往南京，是日军转运军火和兵力的重要交通枢纽，当然，那时候这条铁路线也是经常被咱们地方武装破袭，三天两头通不了车。我们三人骑马连夜赶到地方时，整个县城已经被咱们紧紧包围了，咱们有两个旅的兵力，但是，鬼子很沉着，四门紧闭，城墙上戒备森严。我们三人转了一圈，主要是看一下形势，让围城部队知道师部来人了，让干部战士心里明白事情的发展走向。最后，我们在南门停下来，当然了，咱们中国人的传统嘛，坐北朝南，南城门才是正门嘛。我坐在马上，让周抱一喊话。都这个状况了，小鬼子还要孬种点子，要求我们从东门进城。我一听就炸了，让周抱一告诉鬼子，从南门进城是谈判受降，从东门进城就是消灭你们。咋的，咱们阵势在那儿嘛，枪炮兵马，随时万箭齐发。当时围城的总指挥是谁，你猜不到吧，是章大春，我的老连长！那配合得好，一个命令下去，四面部队动弹起来，佯装准备攻城嘛。城墙上的鬼子一看形势不对，匆匆开了南门，我们三人一进去，鬼子马上就把城门关上了，我心想，操他姥娘的，关上城门了，这下估计有点儿不妙了。但我表面上不能露出怯意嘛，骑着马高高在上，跟随两名带路的日军到了他们的大队部。我到现在都还记得，鬼子大队部设在一个中学里，校园不大，树木很多，鬼子还保持着警戒状态，几乎三步一岗五步一哨。鬼子大队长一行三四个人，在那个小操场上等我们，还摆了一张条桌，几把椅子，反正就是一副请客吃饭的张景嘛。我到了操场边翻身下马，把缰绳甩给前边的鬼子，周抱一与何干事也学我，下了马把缰绳甩给鬼子，周抱一用日本话命令鬼子把马牵一边去。我当时有些盛气凌人嘛，军装齐整，还穿着马靴，挎一把小手枪，英姿飒爽。哈，当然了，这些都是为了谈判受降新配备的嘛。我这一打扮，有几分器宇轩昂。你知道，日本鬼子的名字都是很奇怪的，但也比较好记住，不像俄国人的名字，你连读三四遍还记不住是啥斯基啥诺夫，所以，多少年过去了，我还记得这个鬼子大队长名叫深泽四郎，是个少佐，乍一见面，我有些吃惊，因为他太干净了。这几年，我不断地和鬼子打交道，很少见过相貌堂堂的鬼子，一个个短粗，龅牙，手指甲里都是灰渍，整个人脏得很。现在，电影电视里的日本鬼子，都是很漂亮的，甚至细皮嫩肉，眉清目秀，我们这边也是这样的，不管是八路军，还是新四军，也是细皮嫩肉，发型相当漂亮，衣着相当干净。娘拉个逼的，事实上全不是这样的，战场上的军人风吹日晒，晓行夜宿，不管是日军，还是咱们，基本上都是粗糙的脸孔，粗糙的手指，浑身上下都有一种跋涉的色彩，奔跑的气味，不自觉的，表情里还潜藏着亡命徒的成分，反正，往面前一站，我哼哧一下鼻子，再一抬眼，一下子就看出这是个处于战争环境下的军人。尤其是鬼子，我给他们面对面拼过数次刺刀，他们那种布满污垢的粗糙面孔，耳朵眼里满是灰尘，给我留下了深刻的印象。所以，此时看到干干净净的深泽四郎，我真的有些惊讶，他的十指如同葱白，脸皮像剥了二层软皮的熟鸡蛋，而且彬彬有礼，好一派谦谦君子形态，让谁都不相信，这么一个人，会剖开孕妇的肚子，把刚成型的胎儿剥出来炖吃了。你看，这个畜生，表面上这么迷人，背地里就是不干人事。当然了，咱们这边也有这种人，我这一辈子，见过三四个，表面上风度迷人，背地里不干人事，我把这种畜生，都当作深泽四郎。深泽四郎是个少佐嘛，咱们的日语翻译周抱一介绍我是少校，军衔相等，但我们是胜利者，所以，深泽四郎先给我敬礼，我给他还礼时他有些吃惊，他显然没想到中国军人居然能敬出这般潇洒果断的军礼。然后就是谈判嘛。其实，你他奶奶的祸害我们这么多年，还有啥好谈的嘛。深泽四郎很狡猾的，他表示所有重武器全部交给我们，轻武器他们还要带着，到了济南，还要向国民党军队交差嘛。那我哪能同意，明确告诉他，无条件投降，首先就要放下所有武器，至于你们的私人物品，按照我们的优待俘虏政策，你们可以全部带走。这么一说，其他两三个鬼子军官相互交谈了几句，然后又和深泽四郎交谈一番。周抱一低声告诉我，鬼子大致上同意了我们的要求，他们正在沟通协商。不要看我现在说得这么容易，其实，整个谈判过程很花时间的，鬼子狡猾得很，谈判时锱铢必较，一直絮叨到中午两点时分，深泽四郎才向所有的鬼子军官宣布了向新四军交出全部武器的决定。这个决定一宣布，鬼子们就不那么紧张了，岗哨也撤了，中午还请我们三人吃了一顿饭。鬼子们的饮食习惯，咱们可接受不了，大米饭有点夹生，芹菜胡萝卜，还有花生，倒上牛奶，加上鸡肉，一起煮，日本鬼子这个吃法，真是考验人的，尤其是，最有味的鸡皮都剥掉了，锅开了还放了糖醋，吃起来酸不酸甜不甜，没点勇气你真吃不下去。但是，周抱一说，这个算是日本人最好的待客饭菜了。哦，当然，日本清酒还是要喝的，你想嘛，那个时刻，就是毒药，咱们也不能后退，不能让日本鬼子笑话嘛，何况又是一群投降的鬼子。饭后，深泽四郎集合队伍，列队，宣布向我新四军投降，命令打开城门，让我们的队伍进城接收，接着，鬼子的几个中队长高举指挥刀向我报告人数，并按顺序把轻重武器排列放好。到末后，深泽四郎问我皮带要不要上缴，我看着一个个面色仓惶的鬼子，就说算了，给你们留点军人的面子吧。周抱一把这话一翻译过去，深泽四郎连连给我鞠躬。后来，这个混蛋鬼子在苍老之年，写回忆录，讲述在中国作战的事情，讲到投降这一章，还再三强调中国受降官李十分威严，尊重军人魂魄，没让他们上缴皮带，给他们留了一缕军人的体面，他心存感谢的同时，也深深感到中国军人的精神所在。深泽四郎的这本书，也是小四从北京潘家园给我淘换来的，现在还放着嘛，回头你到走廊下那一垛书里找出来，拿回去看看，很有意思的。事实上，当时，那些鬼子已经没有了军人的样子，根本谈不上军人的体面了，深泽四郎刚刚宣布完解散，整个大队一哄而散，甚至欢呼雀跃，有的就地打滚，有的相互摔跤嬉闹。深泽四郎见状一脸愧色，犹自强作精神，大概不想失去帝国军人的那点尊严，居然用中国话给我说，代表先生，我们虽然投降了，但这不是我们军事上的失败，因为顽固的苏军打进了东北，狡猾的美国人在我们国土上投下了原子弹，天皇陛下可怜众生，不得已才宣布失败的。要是，单单和你们中国军队打仗，你们是打不过我们的。他娘的，还真别说，他的中国话还相当流利的。我一听，觉得这个小鬼子还有点不服气嘛，就冷笑着给他打嘴仗，我说了，刚开始，我们的军队是打不过你们的，但是，打到现在，形势你也看到了，你们的军力下降得厉害，你们的军队也越来越不经打了，你们被俘虏的也越来越多了，我们一个炊事兵到了跟前，俘虏们都要立正，高喊太君。别的不说，就看眼前，你们的士兵现在这种状态，还可以打下去吗？深泽四郎不说话了，转脸看了一会儿鬼子兵们乱糟糟的情景，突然一下子，蹲了下去，捂着脸大声哭泣起来。

这就是我到鬼子军营受降的经过，并不像咱们李庄人传说的那样，钻刀枪阵，和八个日本武士比武，最后打得八个武士跪地求饶。大家的爱国心情是可以理解的，想象力也是值得赞扬的，只是，对待真实的历史，咱们不带这样夸张的。

日本投降后，咱们新四军的发展变化日新月异，先后组建了中原军区，山东野战军，华中野战军，还有华中军区，到了年底，党中央决定新四军军部兼山东军区领导机关，统一领导苏皖地区新四军，还有山东八路军及其地方武装。咱们的很多师旅也都改成了纵队。老侄儿，你知道我是哪个纵队的，所以，这方面我就不多介绍了。但这里边有个趣事，我上次讲新四军师旅变成纵队的事情时，忘了说这个，现在趁便说几句吧。党中央电令山东野战军和华中野战军合编嘛，两支野战军合编后，第一次合作的战役就是鲁南战役，当时的后勤保障跟不上嘛，加上又是刚刚合编，山野的部队还是那种土黄色的八路军军装，咱们华野的仍旧是青灰色的新四军军装，敌人都知道这个，一旦碰上土黄色军装的队伍，都是躲着走，八路军战斗力很强，他们怕八路军嘛，要是碰上青灰色军装的，就觉得好欺负，死命和咱们干。娘拉个逼的。

这个情况一反映上去，咱们华野司令部下命令了，山野打他们三下，咱们打他八下，给他们点厉害尝尝。后来，一连打了几仗狠的，打得漂亮，憋着一口气嘛。敌人被打残了，后来再遇到土黄色军装的队伍，逃跑三里地，再遇到青灰色军装的队伍，逃跑八里地。有意思得很。再后来，你大概是知道的，到了一九四七年十一月份，新四军番号取消，接着就变成了中国人民解放军第三野战军嘛。然后就是淮海战役，就是渡江战役，渡过江，不咋打仗了，就剩下一个“追”字了，兵败如山倒嘛，这个时候的国民党军队，一触即溃，没命逃跑，咱们就玩命追赶，没日没夜，一路狂奔，说起来你感到奇怪，他们逃跑的有跑死的，咱们追兵也有跑死的，你想嘛，人又不是机器，一个劲儿地狂跑，一个劲儿地狂追，肺都跑炸了嘛。哦，我也是，有一次跑得我一头摔在地上，半天不动弹，感觉胸口要炸了，头也要炸了，幸亏我的警卫员家里是干中医的，会点推拿，前胸后背推拿了一阵子，我才活过来，否则，现在哪还会坐在这儿给你言讲这章子事体嘛。哦，是的，渡江战役时我已经是团长了,有两个警卫员嘛。咱们这边一口气还没喘过来，前锋就到上海了。咱们部队一旦打到上海，我前半生的主要故事基本上就算结束了。

当然了，要打到上海，也不像嘴上说的这样快，还得经过几件事情以后，我才能打到上海嘛。这个，也是我命中决定的。

日本鬼子投降后，国民党军队不仅抢占日伪军占领区，还要侵占咱们解放区，那咱们哪里能干吗，不能干，于是，两边军事冲突不断，他们不仅没讨到便宜，还让咱们夺了几块日伪占领的地盘，他们一看此事不妙，就要求停战，还搞了个“停战协议”，发布个停战令。按照现在的说法，这个停战令就是个霸王条款，它不包括关外，因为关外一停战，那他们的军队就不能再往东北那边运送了，兵力不够，那就没办法和咱们争夺东北了嘛。所以，虽然停战令下达了，但是，枪声停不下来，当时有个说法，叫做“关外大打，关内小打”，没消停过几天嘛。

鬼子投降大概有小半年吧，各地国共不时冲突，也是让人很头疼的，所以到了年初，也就是一九四六年年初吧，在北平成立了一个“军事调处执行部”，是由国共两党和美国人组成的。你看，美国人从那个时候就喜欢插手别人家的事情。是的，抗战时你帮助过我们家，那也不能我们家里的所有事情都该归你管嘛。你要管也可以，就算你是好心好意的，但我们要问了，你能一碗水端平不，你端不平嘛。这个闲话，不说了。说这个军调执行部，咱们中共的代表是叶剑英叶帅嘛，国民党代表是郑介民，美方代表罗伯逊，咱们基层官兵文化水平有限嘛，不会说英文，叫不上来美国人的名字，干脆都叫萝卜心嘛。这几个人我都没见过。这个执行部干啥用的，就是调节国共两党的军事冲突，监督停战协议的执行。哦，这个军事调处执行部，是南京军事三人小组决议的执行机构，“三人军事小组”，三个人，就是咱们的周总理，国民党那边的张治中先生，还有美国人马歇尔老先生嘛。就是说，“三人军事小组”，领导这个“军事调处执行部”，这个执行部下边还有三十多个小组，在全国各地检查停战协议和整军协议的执行情况。这一段历史，资料很多，你们文化馆里估计就有不少，你回去翻一翻就知道了。

其时，我对这些情况也不太了解，突然就接到一个命令，要我随同纵队首长前往徐州参加谈判。是的，这时候我们师改成了纵队，师长成了纵队司令员。战争期间，部队纪律相当严格，令行禁止，体现在方方面面，纵队官兵顿时都称呼师长为司令员了。我这里也称呼师长为司令员吧。随同司令员参加谈判的，除我之外，还有四五个人嘛，集中后我才知道，他们几个到徐州参加谈判后，还要参加执行小组，到各处视察，而我，只是作为警卫参谋，随从司令员参加谈判，之后，再随从司令员返回部队。他们几个的任务多，而我的责任重，你想嘛，首长到了徐州以后的安全，包括来回路上的安全，全压在我双肩上了。我那时候刚当上警卫营营长不久嘛，正处于想露几手的劲头上，丝毫没有压力，反而觉得光荣得很。

到徐州谈判这个事情，搞得很正规，我们大家都换上了新军装，佩戴上军事调处执行部的胸牌和臂章，那个臂章有点意思，形状像片犁铧，上端蓝色底上有“军调”二字，下端红色底上有个黄色三环交叉的图案，有点像奥运会的五环嘛，代表的是国共两方和美方。你的姓名年龄，性别，部别，还有职务，胸牌上都标得一清二楚。除了这个胸牌，胸前还别了一枚圆圆的徽章，上边有“中共代表团”字样。我的胸牌上标的是少校警卫营长，司令员佩戴的是红杠杠勋章，将军身份嘛。是的，我们是坐飞机到徐州的，美国人驾驶的飞机，那是我头一回坐飞机，嗡嗡响，吵死人了，说话都得大声嚷嚷。

哦，对了，那一天天气不好，阴天，有点小雪。刚出正月嘛，是春雪。春雪掩禾苗，春光映门楣。刚到了徐州，我心里大发感慨，想当年，我一个小孩子就是从徐州出发的，跟头把式一般闯荡了好几年，跟做梦似的到了现在，我居然又回到徐州了。哦，老侄儿，你说这个是不是有几分宿命意味嘛。当时国民党有个徐州绥靖公署嘛，他们派的车，把我们拉到中共代表团住处。到地方我才知道，咱们新四军各部都派了代表，有军区的，也有其他纵队的，也有解放区地方政府的，大家平时各自作战，工作很忙，没机会见面，这下子见了面，热闹得不得了。哦对了，好像还有冀鲁豫军区的，因为事先没有沟通好，他们不算是正式代表，算是列席代表，也没和我们住在一块，他们住在国民党徐州三青团团部。那是自然的，国民党代表，还有美方代表，也不和我们住一块，他们比较讲究享受，住的都是相当豪华的楼堂馆所，莺歌燕舞，鸡鸭成群。

到了这天晚上，国民党徐州绥靖公署宴请各方代表嘛。我觉得，在这一点上，国民党做得还算是体面的，立场不同，意见分歧，但是，谈判嘛，吃个饭还是要讲究个排场的。这场宴会是在徐州道尹公署举行的。道尹是个啥官衔，哪个朝代的，老侄儿，这道问答题留给你了，算是课后作业，你要好好完成，回头我要检查的。很明显，这个公署新近装修过，金碧辉煌，既有咱们中国古典建筑的富贵典雅，又有西方建筑的冷漠沉稳，看样子，这个负责搞装修的不是个凡人，还是动了一翻歪脑筋的，他既要讨得中国人的喜欢，又要赢得外国人的欣赏。只是，我不喜欢，也欣赏不了。你想嘛，好端端的一套中式房子，搞得不中不洋，非驴非马，纯粹居心叵测嘛。

就是在这种场合下，老侄儿，你猜猜看，我遇见了哪个?

不不不，你猜不着。

连我也是做梦都没想到，我遇见了祝长官。

其时，宴会刚一开始，我就看见祝长官了。宴会主持人姓张还是姓谢，我记不住了，好像是个上校，应该是国民党徐州绥靖公署的参谋，这里，咱们管他的，姑且称之为谢参谋吧。这个谢参谋先是高高扬起两手，右手上还戴了个金戒指，大拍巴掌，接着，声音洪亮地喊叫道，各位代表，各位来宾，稍作安静，下边请尊贵的祝长官致欢迎词。我该咋样给你描述当时的情景呀，宴会主持人谢参谋的话音刚落，我的心跳就开始加速，尽管眼见着大家鼓掌，但我就是听不到掌声了，一切都像无声电影，哦，你们文化馆里搞过一次老电影回顾展演，放过几部无声电影，但总还是有声响有音乐的嘛，但在当时，在那么热闹的场合下，我一点也听不到声响了。哦，这是感情变化过度起伏，身体自动关闭了听觉机关，从而影响了视觉效果，所以，我眼见得祝长官慢慢地走上台，那种缓慢，就像在水里边行走一般。终于到了台上，祝长官抬手向大家敬礼，台下再次拍巴掌，我看得见，但我还是听不到声音，祝长官开始讲话，大概讲了三四分钟，我一句话也没有听见。我真的很着急。这时候，一个侍者用发亮的银托板送上一杯酒，就是那种高脚玻璃杯，杯子里的红酒在灯光下红莹莹的，就像一块红玛瑙。祝长官高高举起高脚杯，说了一声：“干杯！”是的，这下子我听到了，就是这样的。咱们重来一遍，祝长官高高举起高脚杯，说了一声：“干杯！”

接着，各种声音，在我耳畔一下子响起来。

你说奇怪不奇怪。

我觉得特别奇怪。这个怪异状况，缠绕我很长时间，也就是说，缠绕了我大半生。我在上海滩头上中枪，在医院养伤期间，想起了这个怪异状况，被活活折磨了一个多月，也没有想明白。咱们没啥文化嘛，很可怕，有很多问题想不通，越是想不通，还越要使劲想。论说身边也有文化人嘛，咱们也不知道请教一下，就知道自己瞎琢磨，我就是一直琢磨到昨天，才明白过来咋回事。咋回事，之所以听觉失聪，原因就是我过于思念祝长官了，长久地隐忍在心里，不得抒发，一瞬间见到祝长官，千般情绪，万般渴念，一起迸发，导致听觉失聪。

老侄儿，你说我这样分析是不是很有道理的。

哎呀，没有，祝长官不可能和我攀谈一番。当时那个特定的历史时期，当时那个场合，当时那个人员结构成分，很复杂的，我咋形容嘛，金碧辉煌的大堂上，弥漫着一股浓烈的外交气味，叫人讨厌得很。祝长官端着杯子，自然先和美方代表碰杯，主持宴会的谢参谋在旁边介绍着，满嘴都是马屁言词，当时，有很多国民党军官见了美国人，拍马屁都是出于本能的，很自觉嘛。美国人自诩文明，实则没有礼貌，有些高高在上，连给人碰杯的姿势都很傲慢，好像一辈子也没有挨过打一般。咱们新四军这边的代表还算是有骨气的，走动间相互敬酒时，还是很有分寸的，和美国人碰杯，也是礼貌性地蹭一下杯子而已，全不像国军代表，非得给人家碰一个响亮的不可。我不是说瞎话，糟蹋他们，当年要是有录像机，你就能看到那般情景了，你就能听到他们把酒杯碰得有多响了，你就能听到他们的笑声了，你就能听出美国人的笑声有多么傲慢，国军军官的笑声是多么的拍马屁了。当然了，我还是和祝长官碰了杯。你想嘛，他是个高官，在那种场合下，自然要走上一遭，给大家碰碰杯嘛。祝长官面带微笑，走到我面前了，你看，前边和人碰杯，都是边走边碰杯，蜻蜓点水一般，轻轻一碰，举杯一倾，杯沿一碰嘴唇，算是过了一个人，到了我面前，祝长官停住步子了，伸手让人续了大半杯红酒。一见这个光景，咱们这边的，他们那边的，都纷纷围了上来，尤其那个姓谢的上校参谋，讨好祝长官，赶紧介绍我。其实，我和祝长官之间，哪里还需要谁来介绍嘛。但是，高官就是高官，祝长官很沉得住气，耐心听谢参谋介绍完，这才故意地看了一下我的胸牌，然后满脸带笑，说道："营长也算是基层干部了，比较辛苦，我要和这位李营长干一杯！"哎呀，我说啥才好嘛，当时，我真想叫他一声"长官"，可是，我没叫。三五年不见，祝长官鬓边有了几丝白发，面颊明显老了几分。我一干而尽，完了，还给祝长官敬个军礼。祝长官很厉害，马上给我还了个军礼。大家又是热烈鼓掌。我当时就明白了，祝长官肯定早知道我来了，咱们的人员名单早就传递过来了嘛，在这个场合上，祝长官做出这番姿态，把要说的话全都说出来了，就像咱们李庄人言讲的，千言万语，都在这一杯酒里了。从另一个角度上讲，他这样子，也算是精心地保护了我。咋说，你想嘛，要是他表示出老熟人的那层状况，那我回来该如何解释嘛。

当然了，咱们这边也有高人，像我们司令员就看出一点端倪了。自然了，司令员也是知道我的历史的，我刚到新四军时，就向他报告过在长官部副官处的经历了，那会儿他还是师长嘛。从现在我执行的这个任务上看来，咱们共产党人，虽然也讲究你从前干过啥，但主要是看你现在干啥，干的咋样，我干的咋样，有目共睹，所以，这几年来，首长还是对我信任的嘛，派我执行这个光荣任务，就是最好的证明。前边我说过了，谈判完毕，我就要随同司令员返回部队嘛。我们是乘坐小轿车返回的，小轿车是兄弟纵队提供的，他们也是缴获的，当时咱们缺少汽油，用酒精替代燃料，一路上酒香四溢，动不动就抛锚了，急得司令员哭笑不得，后来，也就是离咱们纵队司令部驻地还有三四十里的样子，这辆小轿车干脆趴窝了，幸亏当时咱们纵队的骑兵团在附近活动，给我们提供了两匹马，还派了一个班的骑兵护送，我和司令员才顺利返回的。我把司令员送到司令部，见到参谋长，才算是彻底完成任务，这才说返回警卫营嘛，这个时候，司令员叫住了我，笑着说，这次任务你完成得很好，尤其是那一杯酒，喝出了咱们新四军的气度。也不是我善于察言观色，当时司令员那语气那表情，咱心里还是掂量出几分味道嘛。好像鬼使神差，我马上立正，说，既然国民党的大官能显示出胸怀来，那咱们新四军的小官也能显示出胸怀来。司令员一怔，马上哈哈大笑起来，说：“好你个李娃！将我的军，考验起我来了！你他妈的，回警卫营好好工作去吧！”你看，我们司令员也是个有胸怀的人嘛，他都说“你他妈的”了。没过多久，我要求到作战部队，司令员还是批准了，等到后来在莱芜战役中立功的营级干部很多，当然也死了好几个，团级干部也有伤亡嘛，轮到要提升两三个团级干部时，有个别首长又提起我是从国民党军队过来的老底子，司令员根本不买这个账，还是力主把我提升为副团长。自然了，这是后来的事情，得便再说。现在咱们说那一天，我回到警卫营之后，半夜睡不着，一个人在被窝里流了半天泪，就像咱们李庄人言讲的，枕头哭湿大半截。哭啥，你说哭啥，因为祝长官而流泪嘛。是的，阶级不同，阵营不同，但人是有感情的嘛。到了现在这个年岁，针对祝长官，我还是心安的，因为，这一生我从来没有忘记过他，也从来没有说过他半个不字。若要论说这个，咱们真的没有多少冠冕堂皇的道理可言。到现在，我一想起后来有很多仗都是和祝长官的部队打的，心里矛盾重重。唉，我想，祝长官在天之灵，一定会理解这些的。反正我希望，他在天堂里想起自己做过的错事时，能够深深反省并内疚不已，时而想起自己做的好事时，也能够开心一笑。

哦，今天暂先说到这儿吧。我本来想今天讲到解放上海滩，把我前半生讲完了，咱们好好休整一段时间，调养一下你这个小身子骨，可是，今天说着说着有些激动，情绪上来了，再讲下去，就不能客观说事了。老侄儿，你今天情况还好，没有头晕嘛。中间是咳嗽了几声，那算不得啥。

咱爷俩先请了吧。

第三十八章

老侄儿，你请坐。

你一夜睡得还好吧。

你再受累一天，发扬一下战斗精神和革命意志，我向你保证，今天无论如何，我也得把上海滩解放了。哦，我本以为，一个人的一生十分短暂，简短洁说也就是三言两语，细说起来也不过十天八天，从来没想到，真要是讲起一生的事情来，竟然是这么漫长。我这一生，咱们隔一天讲说一次，你又生了一两次病，加起来恐怕也讲了两三个月了嘛。咱们是农历二月初二说起的，眼看着快到了小麦收割季节，天干地燥，太阳灼人，小麦的香味原先是青草味儿的，现在变成了呛鼻子的粮食味道。院里的这棵石榴树也到了花开盛期，到了七月底，石榴肚子鼓起来，就没有花了。树上的大蝉还没有叫，亚蝴蝶早叫起来了，就是说，今年又快过去一小半了嘛。你看，咱们说了这么久，居然还没有说完我的上半辈子。真叫我不由感叹一声哎呀呀，哎呀呀，说啥人生短暂，实际上好似窑子里的裹脚布，又有脚臭，又有粉香，想起来怪迷人的，闻起来骚烘烘的，又他娘的长得没个头尾。哦，可叹呀，你又像个玉蜀黍面做的窝头，掉渣裂纹，老是生病，弄得我也有些疲惫了。昨夜里我忽然醒悟到，要想讲完我这一生的故事，也是一个大工程，着急不得。所以，我宣布，今天再讲一天，讲完了我的上半生，算是到了节口上，咱爷俩就好好休整一段时间，攒足了精气神，咱们再接着讲说我的下半生。

那好，今天咱们接着昨天的话茬语意，继续讲述我上半生的最后几件事情。

昨天咱们说到"军调"，说到停战协议，说到停战令，又是谈判，又是视察，其实这一切都不过是万事万物发展的几个过程而已。事实上哪里能停战，哪里能太平下来，哪一代的江山都说是铁打的，哪一代的江山不都是拼抢下来的。都没闲着，国民党那边一边搞停战，一边要求全国军队整编裁减，而他们自己，悄悄地调兵遣将，大搞作战部署。刚开始，咱们这边，有的部队还真上他当了，搞啥裁减兵员，后来，连毛主席也觉察出来了，这个时候精简军队是个经验教训。十几年前，不，是二十多年前，我看到过一篇文章，在文章里，毛主席说，今年一二月间，以为蒋介石有办好事的模样，结果还是办了坏事。我们复员吃了亏，部队不充实，减少了民兵。这个说的就是那个年头发生的这件事儿，哦，是我经过的事情嘛，所以这段话我记得很清。是一本杂志嘛，叫做《党的文献》，一九九四年第四期。你看，我的记性好吧。我给你说吧，我想记住的事，喝了迷魂汤也忘不了，不想记住的事情，枪口顶在脑门上我也想不起来。一般老年人基本上都是这样的。哦，这个《党的文献》很不错，建议你们文化馆也订上十份八份的，也给咱们淝河镇人民普及一下党的历史知识嘛。我看的这一份，是发给你大娘的，你大娘是县长嘛，虽然退休了，但是，待遇没变，像书报之类，该有的还有。咱们不扯远了。当时八路军那边的情况我不了解，咱们新四军这边，其他纵队我所知道的也不多，我只说我们这个纵队。你想想，我们师长，也就是我们司令员，他老人家那个胸襟，会遵守国民党国防部下发的文件吗？还是那句话，你有你的跳墙计，我有我的老主意。当时咱们纵队这边敌情十分严重，国民党的几个整编师，呼啦啦都开过来了，虎视眈眈，战争一触即发。司令员对形势看得比较透彻，他不提倡精简军队，还要扩充军队，他把当前的敌情和自己的想法向野司汇报，向党中央汇报，得到批准之后，我们纵队就开始这一工作了。抓得很紧，当初一个连百十号人，很快扩充到一百五六十人，这么一来，我这个警卫营就很壮观了，原来全营有一个算一个，不过三百人，现在就是不讲三个班的伙夫马夫，还有五百多战斗人员了，一整队伍，齐刷刷很喜人。尤其是，经过整编，队伍更加像模像样，清一色的棒小伙，几乎都是甲等兵。哦，是的，那些年老的，有些伤残的，都转到地方政府或者军区里一些服务保障部门工作了，就像我们老耿，骂人了，指着我的鼻子，哭天抹泪，骂了好几天，最后还是分到军区招待所了。为啥骂我，前边说过，他不想离开老连队嘛。只是，这边队伍刚有起色，我就调到战斗部队了，走时看着那场面，我都有点舍不得走了。自然了，武器也大批更换了，换下来的武器都配发到地方武装。后来证实，这个做法是对的。后来嘛，你也是了解的，几乎都是大兵团作战，而且以运动战攻坚战为主，每一个战役下来，都不是一次战斗就能解决的，有时候，你得连续打上好几天才能结束掉。就像淮海战役，打了六十五天嘛。那时候打仗有个规律，咱们总结下来了，一般情况下，一场战斗下来，一个连伤亡二三十个，你剩下一百二三十个人，无需补充你还能继续作战；再一场战斗，又伤亡个二三十人，你剩下一百余人，还可以再打个冲锋嘛。这个第三次冲锋很重要，往往能决定胜负，你想嘛，你伤亡，敌人也伤亡，你惨，敌人也惨，你人数上稍占优势，这个冲锋你就把敌人打垮了。这些经验，都是付出血的代价，付出生命的代价，才总结出来的。所以，我老是说嘛，战争，武器重要，人更是决定性的因素嘛。哦，是的，我也说过武器很重要，这个要根据战场形势而定的，不能教条嘛。哎呀，想起那段时间，真是忙得蹄爪不得闲。我这边刚把警卫营的兵力充实好，才开始一边休整一边训练，上级就把我调到战斗部队了，因为我老是叫着要到战斗部队嘛。不，没有提升，是平调的，平调我也愿意呀，到了战斗部队，你只要能打，你就可以放开了打仗，不像在警卫营，左右你都得以保卫师部为主，师部安全了，你就得撤，实在不过瘾。是的，我原先从咱们亳州带到部队的四五十人，就是从你大娘的县大队抽出来的嘛，这一次我带走了一个班，清一色的亳州人。本来这个是不允许的，但我给参谋长磨叽，就是江参谋长嘛，我左说右说，他咬定牙关就是不答应，我就找司令员死磨烂缠，最后把司令员都给气笑了，一摆手，兔崽子，带走吧，将来打不好仗，咱们一起算账。这一班亳州兵，跟着我一直打到上海滩，都没死一个。后来没想到，上了朝鲜战场，一个也没回来。

哦，这个不提了。

我今天主要想讲的不是这个。

咱们说那，我这边刚刚交接完毕，背包刚才放下，还没和全营官兵见面，团部的一个通信员就骑着马过来了，让我到军区招待所一趟，说有个亲戚来访问我。这个鸟兵,声音尖尖的,不是眼见着他,光听说话,你很难分得清是男的是女的，而且，他这话说的也有点怪怪的，啥叫来访问我嘛。我就问了，啥亲戚嘛。这个通信员说不清，他也是接到纵队的电话通知，那边只说是个女同志。我一听，心里就咯噔一下子，有两个人，同时跳进脑海里，左边一个是你大娘，右边一个是大小姐，两个人手拉手，一跳一跳的，跳进我脑海里。哦，现在算起来，这个时候你大娘已经当妈妈了，我家的老大，都已经两三岁了嘛，真可怜，当时咱们亳州形势相当紧张，国民党天天抓共产党，你查查咱们亳州的党史资料，看看那时候有多少共产党被杀害，有多少人被活埋，很残酷的，你大娘照顾不了小孩，也不敢放在方仪礼老先生家，只好寄托在咱家一个老亲戚家里，当然了，咱们姓李的骨血嘛，哪能放在她姓陈的老亲戚家。也真是幸运，咱家这个老亲戚尽心尽力，这孩子总算没有闪失，到了咱们亳州解放，这孩子四五岁了，一条小狗命壮实得很，只是不在父母跟前，性格有点怪怪的。等到我从上海回到亳州，这孩子七八岁了，见了我也不叫爹，开口叫我哥哥，咱们亳州的鸟孩子，自古以来就是这样，见了生人张嘴就叫哥哥，这个风俗习惯不好，到现在也不知道改一改。加上我在上海养伤很长时间，不劳动，光疗养，精神状态很好，白白净净的，也显得年轻嘛。你大娘当时是刚选上的县长，腰里还挎着枪的，人家县长配的都是小手枪，她不管，就挎着二十响，蹲在地上，抓住孩子的小手，笑得咯咯响，对他说，糖果，这是你爹爹，叫爹爹。糖果就是我家老大的小名，他比你大了五六岁吧。那个时候糖果稀罕嘛，所以你大娘就给他起了这个名字，用意很甜美，想想很怅然。我当时辛酸之至，你想嘛，我就像一只小鸟，衔着一粒种子，粗心大意，掉进你大娘地里，自己浑然不觉，拍拍屁股远走高飞，孩子七八岁了父子才得相见，那份儿心情，你享受不了，就像我的眼泪你欣赏不了一般。哦，今天是讲我个人的回忆，以我为主线，咱不说我家老大的事情了。好在，前几年你大娘走后，才隔了一年，他就追了过去，小孩离不开妈嘛，他和他妈亲得很，估计，现在已经到了你大娘身边。哦，大脚片，你眼前有了一个使唤的了，你先使唤着，等我说完自己的这一生，我也小步快跑着去找你。哦，咱们赶紧说回来吧。我当时不了情这些情况嘛，也没想有小孩子的事情，只是想，很大程度上是你大娘过来了。咋这样说，因为大小姐在延安嘛，肯定不方便过来，而你大娘，那个性子，风风火火，天不怕地不怕，老天爷老二她老大，妖怪点子多，咱亳州离我们当时的驻地也不算太远，应该是她找上门了。不不，我没有惊慌，也没有生气，正相反，我心里高兴极了。你想嘛，新婚燕尔之中离开的嘛，吸大烟乍然间断了顿，好在整天忙得脚底板击打头巴子，哦，咱们李庄的话嘛，头巴子就是后脑勺，忙嘛，这边刚丢下这章子事体，三个大烟泡儿又送到面前了，你想想那该是个啥劲头儿嘛。当时，二话不说，一把推开团部的那个娘娘腔通信员，飞身上马，打马而去。通信员骑着马来通知的，好像这马特意为我准备的嘛。通信员嗷嗷叫，尖声尖气，李营长，那是团长的马呀呀呀呜呜呜啦啦啦。我已经跑远了，听不见他下边都说了些啥话。

是啊，条件变化了嘛，咱们解放区相对稳定了，各个军区都有招待所，有的军分区也有了。当然了，那时候的招待所，不像现在的楼堂馆所，设备齐全，那时候只是具备简单的生活日用品，一张床，一套被褥，夏天有一张蚊帐子，一个洗脸盆，半根蜡烛，好一点的可能还有一张桌子，脸盆里有条毛巾，要是碰巧在城市里，会有电灯和马桶，不过，有马桶的房间，一般都是高级首长住的。我去的这个军区招待所，就在县城边上，离我们纵队大约五十多里地，以前是个财主的宅院，三进三出，青砖青瓦，白灰粉墙，虽然格局不大，但也称得上小巧玲珑，又值五六月里，树木葱茏，花草奔放，鸣蝉息声，鸟雀叽叽声音细碎，院子里倒也幽静得很。哦，这是我到了招待所以后才看到的嘛。你想嘛，我那个心情，又是那个天气，一路狂奔，到了招待所时，我浑身汗淋淋的，那匹马一站住，汗水顺着蹄子往下淌，眨眼间地面上淌湿了四个小圈圈。这时候，你知道谁出来了，老耿出来了，他被分到军区招待所当管理员嘛，一看那匹马被我骑成这个样子，二话不说，劈头大骂，一边骂一边流泪。他是马夫出身嘛，爱马，心疼马，当初我们机动连有四匹马嘛，一个战士没事逗马弹踢后蹄子，被老耿一马鞭子抽得鬼哭狼嚎。我此时哪有闲工夫给他磨牙，把缰绳扔给他，让他遛马去，一转身就朝院里跑。老耿哭泣着一边遛马，一边骂我嘛，丝毫不把我当成上司对待。

我进了院子，也不知道你大娘住在哪个房间嘛，就大声喊叫："大姐！大姐！大姐！"

大步流星，一溜烟，大喊着，过了二道门，才把人喊出来。

哦，不是你大娘。

是大小姐。

我咋形容嘛，这个时候的大小姐，变化是显著的，还是拿那句老话儿说吧，她这时候，就像一枝正在绽放的海棠花。

大小姐走出门，站在廊子下边，微笑着朝我招手："不是彩莲姐姐，是我。"

老侄儿，我当时心里是啥样子的，你猜猜吧。

我当时恍若如梦，几乎不敢相信，大小姐咋会出现在这里嘛。咋说，自打延安分手，岁月一如白驹过隙，不知不觉，过去两三年多了，只以为她在圣地延安不再有钟旅长纠缠，生活得愉快，哪里想到，在眼下敌我对峙枪刀并举的时刻，这一个绕梦人会冷不丁地站在你面前。我真是激动万分，忘乎所以，胆大妄为，大踏步从走廊里冲过去，一把抱起大小姐，转了一圈，又转一圈，哎呀，又转了一圈。哦，我没觉得不好意思，大小姐也没有觉得不好意思，你也不要觉得有啥不好意思的，我们这个举动，都是心情之所至，率性而为之，好像久别的老朋友见了面紧紧拥抱一下相似。只是今天想来，那真是我最幸福的时刻。是的，幸福就是这样的，总是不期而遇，总是不声不响地降临在你头上，你不觉得，你浑浑噩噩，岁月蹉跎，过了好久好久，你才能省悟到幸福已经早就来过了。是的，我能明显感觉到，这一次见面，大小姐心情很轻松，好像小鸟飞出了掌握，对，就是那种自由奔放的感觉。老侄儿，你说啥，心心相通，如果这个词不是说爱情的，那么，老伯父我也不反对嘛。一刹那，鸣蝉叫了起来。刺啦啦，一群精悍的小鸟从前院飞到后院，刺啦啦，一群精悍的小鸟从后院飞到前院，它们就像穿梭织布一般。我跟着大小姐进了她住的房间，房间里设施就像我刚才说的那样简单，只是床头多了一只灰色皮箱，想必是大小姐的行囊，门边多了一只水桶，水桶里满满一桶水，还多了一个盆架，盆架上一个瓷盆，盆子里大半盆清水，一条带兰花图案的白毛巾叠成四方块，浸在水盆里。大小姐让我洗把脸，她说原以为我会跑步过来的，谁料想是骑马过来的，也照样跑得大汗淋漓，灰头土脸。等我洗好了脸，大小姐又取笑我："还没进院子，就大姐大姐的喊叫，一下子看见是阿拉，是不是很扫兴呀？"我哪里扫兴，同样是高兴得很，要是大姐来了，就是你大娘陈彩莲嘛，大姐来了那是个好，是好到骨头缝里的好，大小姐你来了，那也是个好，那是好到心眼里的好。我就这么对大小姐说的，也不知道是不是说的不得体，大小姐不说话了，但还是笑着。只是这个笑，咋说嘛，咱们是否可以称之为带着思考意味的笑，对，就是带着思考意味的笑。我赶紧转移话题，咱们李庄人的老俗话嘛，问大小姐啥时候来到的，一路上还顺利吧。大小姐说，她是昨天傍晚到的，直接奔到我们纵队司令部去了，找谁，找江参谋长嘛，哎呀，你皱眉头，说明你忘了这个江参谋长，给你们这些人说往事，真麻烦，前边说了，后边忘了，你们这个记性，党和人民敢把啥事业交到你们手里嘛。你想想，刚才我还说他不同意我带走一班亳州兵，就是这个江参谋长嘛。哦，你想起来了。就是的，大小姐过来时，江参谋长已经变成了我们纵队参谋长了，还是五短身材，足智多谋，坚持原则。也是我被押在磨道里那一次，大小姐和江参谋长熟悉的，他俩熟悉比我和江参谋长熟悉早几天，因为江参谋长先和她谈的话嘛，大小姐说起大表嫂，江参谋长知道，又说起柳雪琳老师，江参谋长顿时把大小姐当成自己同志了，因为他和柳雪琳老师不仅是江西老乡，还是前后脚参加革命的，更重要是，他和柳雪琳老师是同时入党的，对着同一面党旗宣誓的，这一点，在老一辈革命家眼里情谊最重了。哦，你看看，不管过去，还是现在，即便将来，有个熟人，总是好办事情的嘛。所以，大小姐这次一过来就找了江参谋长，只是，当时形势所迫，敌人在动，我们也要动嘛，江参谋长很忙，虽然没有时间和大小姐见面，但还是派人把她送到了军区招待所住下了，到了今天早饭时分，才想起大小姐所托的事情，故此才让人给我们团里打电话，通知我来军区招待所嘛。这个缘由一说明白，我和大小姐不由得轻松了许多。那时候我很傻，脑子里整天木不登的，尤其涉及感情方面的事体，思维简单得很，当然，现在也是这样，现在不仅简单，而且更单纯，更固执。所以，我又问了，话说得直通通，我说大小姐，你是有任务过来的，还是专门过来看我的呀。大小姐咯咯咯。笑了两三声，这才说她是有任务的。大小姐刚要细说，招待所的服务员送来一壶开水，就是那种竹篾壳子暖壶，还有一只瓷缸子，瓷缸子就是搪瓷茶缸子嘛，服务员是个大婶子，可能是部队干部家属吧，赤红面子，很开朗，很热情，一听言语就是个领导干部家属，说耿管理员下命令了，要对你们两位同志服务热情周到，“你们需要啥东西，只管叫一声就行了。军情紧急，你们两位谈工作吧，我这边给你们准备伙食了”。自然，耿管理员就是老耿嘛，看样子，骂归骂，骂完了还是要款待一下老战友的，同生死共患难过嘛。大小姐倒了两缸子水，把一些话儿给我细细说起。不过，眼下我当然不能给你说得那样细致了，你这个身子骨架不住嘛，我概括地说吧。

大小姐要执行的这个任务，直说了，就是要到美国去，劝说他的爹爹方仪望和两个哥哥瞅机会回国来。当然，主要是劝说老姑父回来嘛。两个哥哥，也就是我前边提过，但从未见过的那一对双胞胎嘛。哦，看你这神色，就知道这么乍然一说，你一定觉得很突兀，因为前边咱们说到老姑父方仪望，只是披露了他在重庆，并没有说他在美国。唉，本想概括地给你讲一下这件事情的轮廓，看样子我的概括能力很差，凡事不多说几句，就说不清楚。可是，这个事情，我从哪儿说起才好嘛。咱们从上海滩沦陷说起好不好，那会儿我刚刚离开上海滩，已经投军在祝长官麾下的新兵营里，就从这个时节说起。这时节的上海滩，形势很乱，老姑父方仪望，并不像一些有钱人那样，变得谨言慎行，甚至销声匿迹，他老人家照样参加公开活动，虽不发表言论，但他用行动代替自己的言论。比如，上海滩沦陷那一年年底，全上海开展群众性的献金活动，哦，啥是献金活动，你去查查相关资料就知道了。哦，献金干啥用，救济难民，支援前线嘛。这个献金活动历时两年有余，可以说成绩斐然。咱们老姑父方仪望第一次献金后，还写了短章一篇，借以抒怀，这篇文章是发表在《大公报》还是《东方杂志》上，我记不住了。多少年了，当年在军区招待所里大小姐讲这个事情时，我兴趣不在这上面嘛，所以，也没太留意。现在，我想找到老姑父的这手笔，也不知道上哪儿找去。老侄儿，你还记得吧，前几年，我曾托你找解放前的《大公报》和《东方杂志》，目的就是想看到老姑父的这篇短章，结果你也没给我办成事，不免让人扫兴三分。老姑父第二次参加献金活动，也就是向上海难民救济协会捐赠了十三万八千元，并声明是专做医疗卫生经费的。这个协会的理事长是虞洽卿先生，那可是上海滩赫赫有名的人物，副理事长是麦克诺登先生，我不知道这个人的来路，能干上副理事长，想必也不是一般人物。老规矩，既然捐了款，那就有收据嘛。老姑父是捐款人，他所持的收据单号是零九六一一零，时间是民国二十八年十一月二十六日，也就是说，一九三九年年底前后，老姑父还在上海滩方公馆里。哦，那会儿大小姐可没讲这么清楚，这个单据编号和单据上的时间，是后来我亲眼看见的嘛。说起这个事情来，又得回到一九九二年了，你也知道，大表嫂段喜良那一年到咱们李庄来看我嘛，她知道我和老姑父情义重感情深，就把与老姑父有关的这一点信息也带了过来，我亲眼所见，那个签名正是老姑父的亲笔，他那个“仪”写的是繁体字，他老人家总是写不对，总是少了那一笔嘛。自然了，也许是他老人家故意的。我当时睹物思人，泪流满面。哦，你问我大表嫂的这张单据是从哪儿得来的，哎呀，我都没问，也不用问嘛，你想想，以大表嫂的人生阅历和做事风格，她想保留这张单据，那还不是很轻易的事情嘛。我估计大小姐应该没有见过这张单据，一个是，从时间上算，她这个时候应该刚从八路军学兵队毕业，或者是随着东援干部队伍刚刚到达新四军军部。二个是，我们在军区招待所细说前情时，她仅仅提到老姑父第二次献金，具体的钱数都没有说，所以，我觉得她只是听大表嫂说过两次献金的事情，没见过老姑父第二次献金的这个收据。

哦，咱们不能说跑题了，我脑子里东西多，一跑题我又收不住了。咱们说上海滩沦陷后，老姑父方仪望是何时离开上海滩的。老侄儿，你还记得中田觉五郎嘛，对对，就是这个日本人，写了一本书，书名叫做《中国古钱币图鉴》，遭到老姑父的嘲笑，还到方公馆拜访过老姑父，上海滩沦陷后，经常性的到方公馆骚扰，这个事情，我记得前边说过了，这儿就不再讲了。当然，中田觉五郎这个日本人，孬孙孩子，经常登门骚扰，也算是老姑父方仪望离开上海滩的一个原因。但这不是最主要的原因。主要原因还是和金钱有关，和性命有关。论说起这个事情，大致上和“皖南事变”是一个时期发生的。当时汪伪政府成立中央储备银行，发行中储券，就是祸害当时的经济秩序嘛，那时候上海滩是经济中心，这就等于祸害上海嘛，上海的工商金融界不干了，一致反对，全上海的银行业联合抵制这个中储券。汪伪在台上嘛，又不是民主政府，娘拉个逼的，就开始使用暴力，镇压，那个臭名昭著的七十六号特工总部，大肆暗杀和绑架各个银行的职员，搞恐怖活动。日本的特务羔仔也插手其中，用炸弹袭击中央银行，还有中国农民银行，还杀人，杀了中国银行出纳科的副主任张筱衡，杀了中国银行新闻办事处的主任曹善庆。哦，哦，这些事情都是有历史记载的。新千年伊始，有一个时期，我专门看过这方面的资料。所以，这些惨案对老姑父方仪望影响还是很大的，虽说老人家八面玲珑，终究也是老奸巨猾的，眼看屠刀临颈之际，谈何气节，溜之乎也。当然了，大小姐给我说这个事情时，不会用这样的言词。这个事情，大小姐也是听大表嫂说的，大表嫂说这些事情，也不会用这些言词。这些言词，是我说的，我如果不用这样的言词演讲老姑父的事情，那就等于我不了解老姑父嘛。现在，咱们从时间上推断，老姑父夫妇和管家王西三夫妇，还有厨子汤鸣，他们五人离开上海滩前往重庆，这个时期，应该是我把大小姐救出魔爪，刚刚到了新四军不久嘛。之后，我和大小姐的经历，我都讲过了，你也都是知道的，而其他人的经历，你就像我一样，一无所知。老姑父他们在重庆是怎样熬到抗战胜利的，我所知甚少。论说咱们李庄老少爷们儿，善于制造传说，但在这一块儿，基本上还是个空白嘛。是的，你说得对，围绕着老姑父方仪望一家人，咱们李庄的老少爷们儿，也制造了诸多的传说，其中一个传说是关于方仪望家的银行的，说他家这个丰盛银行原本就是个空架子，靠的是挖东墙补西墙，癞蛤蟆垫桌子腿，强撑个门面，这是一个说法。还有一个说法，说方仪望先是去了重庆，把财产转移了一部分，然后又去了美国，通过原先留在上海的一个叫双印儿的亲信，把上海的财产彻底转移到美国了，等到上海解放，丰盛银行宣布破产，一场黄金白银的连台大戏，顷刻间化为清风一缕。我比较欣赏这个传说，虽然同一件事有这两种传说，而且都是有声有色充满矛盾，有头有尾尽是破绽，我也从来没有动过脑筋，思考过这个事情的归根结底，尽管双印儿也是个长寿的人，但我从没想过要去找他打探一下。当然了，双印儿也死了好几年了，现在方家银行这个事情就成了一道谜语，还是没有谜底的谜语。这下，就更容易滋生传说了，这个很好，因为事实与传说相比是短暂的，而传说的生命力是永恒的。

大小姐说，抗战胜利后，也不过三月时间，在重庆的父母，王西三，吴大婶子，还有厨子汤鸣，这五个人，就好像一把手，五根手指，没有分开，一同去了美国。没承想，我们的党，我们的组织，关注到这个了。

这个话一说就长了，咱们还是捡要害的说吧。基本上就是源于大表嫂的缘故，上海地下党一直很重视老姑父方仪望，既关注他本人，也关注他的银行及其诸多生意，方方面面的情况综合起来一分析，认为他是个具有进步思想的资本家，尤其是他在上海金融界的身份和交际圈，在经济领域里的作用，对我们的革命事业都是很有裨益的。等到日本鬼子投降，国共两党目前这个局面，我们党，自然要在各个领域里都做好准备嘛，在经济领域里，组织上关注到一些资本家，其中就有老姑父方仪望。所以，这才派大小姐去美国一趟，劝说方仪望先生回国，继续发展他在上海的各种资源，为革命事业多做一些贡献。

我现在回想起大小姐所说的这些言语，仍然觉得，这个应当就是大小姐离开延安，去美国的缘由嘛。这个理由很好。尽管后来我曾经质疑过这个理由是否合理，甚至怀疑过这个理由恐怕只是大小姐去国的遁词，但在当时，哪里还顾得上思想这些，我就知道流泪了，热泪滚滚。你想想嘛，一说起老姑父大姑妈他们，层层往事重现，波涛一般滚滚而来，我情不自禁，哎呀，曾经多少事，化作泪两行。我当时心情急切嘛，几乎要哀求大小姐，赶紧把老姑父大姑妈接回来吧，我心里好想见到他们，想得很。大小姐咯咯笑，连声说好。我当时也没有觉得大小姐有何变化，事后一回忆，才觉得当时大小姐还是有变化的，除了心情，还有她的外貌，也是有变化的，浑身上下，少了一层干燥的气色，多了一层湿润的葱郁，她的头发也不是干巴巴的翘着了，也不是短发了，哦，也不是披肩发，头发只是到了肩头，簇拥着脖颈而已，她的双手也干干净净，手指甲剪得圆溜溜，五个手指肚像是米面捏就，再蘸了薄粉一般，她的面颊，虽然还有着陕北高原上风吹日晒的浅痕，但是，也正在焕发出原本那种风姿，哎呀，就是上海滩资本家大小姐身上的女人韵味又回来了嘛。我不知道咋样才能形容出来大小姐当时的模样。我记得我还憨乎乎说了一声："哎呀，大小姐，你你，咋就一下子变得漂亮了呀！"印象里我好像说了这么一句，但是，这些年来，我总觉得这句话好像是我幻想出来的，包括大小姐的相貌变化，都是我幻想出来的。你说怪不怪。哦，大小姐说的啥，大小姐没接我的话，她心里明显很快活，两眼水灵灵地波动着，注目凝视我半天，才说了一句话："李娃，侬不觉得，其实，阿拉最鲜艳的岁月是和侬在一起的。"呜呜呜，我发誓，这一句话不是我幻想的，确凿是大小姐说的，要不然，我肯定不会记住的，呜呜呜，我真没有能力幻想出这句话嘛。这句话，就像细风里的铃铛，在我的耳畔响了一辈子。好，我不哭了。我发誓，这句话就是大小姐说的。七十多年了，我不能忘记这句话。一想起来，大小姐说这句话的神态就会出现在我眼前。呜呜呜。我不哭了。给我一块糖吃吧。这之前，我常常在枪林弹雨里来往，之所以没有死掉，就是有个咒语，有个心愿，就是想成为大小姐的肖邦，用一生给她点火嘛，要是说我这个想法有几分嬉笑色彩，或者很幼稚，但是，越是有些嬉笑色彩的幼稚想法，越在关键时刻能保住你的小命儿。我之所以活到今天不死，当然不再是想当肖邦这个想法了，而是大小姐的这句话，好似佛言金句，一下子定住了我走向死亡的脚步。我一直忘不掉这句话，就像记住了永生的咒语，这个自然是幸运的，也是甜蜜的，同时，也是可怕的。一棵树活到年头了，也能感知性命大限，根须自动萎缩，灵虫蛀空躯干，慢慢枯枝败叶，哦，噗哒一声，糟渣委地，一线魂儿升了空，咱们再看它不见，哎呀呀。是这样的，活到今天，我已经明明知道了，我要想死掉，首先就得忘掉这句话。哦，老天爷，你让我忘了这句话吧，我累了，想去大脚片陈彩莲身边坐下来，歇歇脚，喘口气嘛。哦，老侄儿，我从来没有给你大娘说过这句话，将来，你要是到了那边，千万不要失口，走漏了风声，闹翻了阎王殿，一群鬼都会笑话咱们的。

后来，大表嫂曾到咱们李庄探寻我，哦，咱们又得回到了一九九二年，你大娘坐在这边，大表嫂就坐在你现在坐的地方，就是那张藤椅，她满头银发，面带微笑，和蔼慈祥，倾着上身，亲口对我说的，大小姐原本可以从西安坐飞机到上海的，都已经给香港的方迈克通了消息，让他回上海接上大小姐，护送她到美国去，但是，大小姐非要拐到这边来，她说了，去国之前，“一定要见一见李娃”，弄得方迈克只好转到南通这一带来接大小姐。我这才恍然大悟，原来，我和大小姐在军区招待所说话的时候，大表哥方迈克就在附近等着大小姐嘛。一九九二年大表嫂说这个时，我还不明白方迈克为何不愿意见我，等到后来，我明白了，大小姐和我在军区招待所见面的那个时候，方迈克才刚刚修炼到这个境界，仅仅不愿意见一个熟人的境界嘛。对，是的，你是知道的，大表哥方迈克后来在香港当了和尚，一个心理学家出家当和尚，这个恐怕算是一个对心理学的最大反讽。至于方迈克为啥出家，我不知道，因为他从来就没告诉过我是啥原因，主要是没有机会嘛。那一年，大表嫂来咱们李庄探寻我，就是从香港返回来，拐个弯儿过来的。是的呀，大表嫂去香港看望大表哥嘛，同去的还有一个大官，就是当初方迈克巧施妙计，让汤局座卖给公共租界医学院做活体解剖的那个犯人，他的心理学造诣，甚至比方迈克还高超，我有幸亲眼见过嘛，很厉害的。对，就是他。我在延安还救过他一命嘛，前几天咱们言讲我护送我们首长到延安的事情，因为说的都是一些要紧的人物，要紧的故事，没顾上他这个小插曲，就没说他嘛，也没有说在延安碰到的其他人，包括在方公馆聚餐会上贪酒险些闯出祸端的胡先生，戴个眼镜，胡子拉碴，对，就是他，我也没有提及这位。但是，现在咱们谁都不多说了，单说这位坐过国民党牢狱的心理学家，后来成了相当级别的官员，退休后要发挥余热嘛，主动要求和大表嫂一同前往香港，因为他和方迈克有那么一场缘分嘛，他想劝说方迈克回来，继续研究心理学。大表嫂说，这位老朋友，忆苦思甜，今昔对比，说了整整一个上午，唉，一个上午，方迈克一直面无表情，一言不发，甚至看大表嫂时目光也是如睹空墙。大表嫂怅然一声叹息，返回了，接着就来到咱们李庄了。我不知道大表嫂为啥要来咱们李庄看我，我不懂其中奥妙所在，我也不想知道其中奥妙。后来，在僧门佛界，大表哥方迈克成了有名的大怪僧，人送绰号“不言僧”。从眼下往前推十年左右吧，台湾那位极富盛名的和尚，曾去香港拜访咱们这位

“不言僧”，长枪短炮，记者围观采访报道嘛，台湾这位和尚精神抖擞，滔滔不绝，禅林偈语，佛典箴言，讲了整整四个小时，试图给咱们“不言僧”一丝开示嘛，可是，天哪，他开讲时“不言僧”那副嘴脸，开示完毕，“不言僧”还是那副嘴脸，没有办法了，禅林金句都说完了嘛，只好告辞。不过，这还没完，这位著名的台湾和尚后来写文章嘛，对，这个和尚喜欢上电视演讲，还喜欢写文章劝世，仿佛世外高僧坐在云端，向芸芸众生弘扬大法。他把“不言僧”的这一德行，形容为只有大德高僧坐化时刻，才会有这种超然物外的庄严法相。咱们李庄人都知道，和尚尼姑一开口说话，不是凶兆就是吉祥，台湾这位和尚的文章面世当天，咱们的这位“不言僧”就圆寂了。这个事情电视里都播了，我留意到了，凤凰卫视中文台嘛。

哎呀，人老了就是思维活跃，联想丰富，说起往事，思接千里，唠唠叨叨，说不到正梗上。说到了现在，时间过去了一大半了，还没讲到最关键的地方，这样下去，今天咋能讲完我的上半生嘛。老侄儿，你今天好像状态很好，没有咳嗽，也没有头晕，真好，来，我给你吃块糖果，以资鼓励。咱们抖擞精神，你再稍稍忍耐一会儿，咱们这就讲完了。下边，快马加鞭，驾驾驾，直接解放上海滩。哦，哎呀呀，你说的那些战役，都是我亲身经历的不假，也都是讲过的，都是有录音的，你可以借来先听听，不足之处，咱们再补充。哦，济南战役嘛，这一段是在咱们淝河中学讲的，他们学校搞爱国主义教育嘛，校长丰孖展就请我过去讲了一课。打济南之前，陈老总开了个团以上干部会议，对，当时我是团长了，莱芜战役之后就提副团长了嘛，打济南之前刚提升的团长，那个年代，人命短暂，晋升很快的。陈老总要求部队进入解放城市要做到“四不”嘛：眼不花，心不想，嘴不馋，手不痒。这“四不”，我终生铭记，就像我想死死不掉一般，想忘都忘不掉。乖乖，大首长就是厉害，你看看，他提的要求通俗易懂，但要是做到了，那所有的问题都解决了。当我讲到，我从城墙上往下跳，哦，为啥跳，咱们攻上城墙，敌人火力大，突破口不能扩大，连巩固都很困难了，战士们都是好样的，冒死往上冲，死伤累累，我一看，再犹豫片刻，我就成光杆团长了，一挥手枪就冲上城墙了，战士们一看团长都上去了，那还有啥好说的，冲了上来，那时节，虽说小命儿不是小命儿，可是，冲上来了也不能在城墙上当靶子，咱们得赶紧往下跳嘛，我这一跳，一下子砸在一个敌机枪手身上，敌机枪手是个胖子嘛，我就像跳到弹簧床上一般。我这样一说，全校师生哄堂大笑，好像我当众撒个弥天大谎。搁在大操场上讲的嘛，教室里哪能坐得下，全校师生,都坐在大操场上听我讲,就连看校门的蔡包子都过去听了。哦,对,就是和咱家亲戚蔡九本门近支的那个蔡包子，麻袋肚子滚圆。哦，咱们家亲戚蔡九后来的故事，我现在就不讲了，亲姑父嘛，放一放再说，讲故事又不是搞他娘的裙带关系。我讲到，战士们冲进敌人仓库，看到遍地美钞，美元，不认识嘛，当废纸点烟，你一只，我一只，他一只，你想想，几百张美元就这样点着了。我是见过美钞的嘛，为银行家工作过嘛，顿时大声喝止战士们。我这边还没开始教训，后边蔡包子就叫喊起来了:靠他姥娘，一群败家子！此言一出，恍如霹雷，全校师生，鸦雀无声。校长丰孖展，当场把蔡包子批评了一顿，指责他没有文化，不懂文明为何物，身为学校守门员，如此粗鲁为哪般。你知道，老伯父我言讲往事，都是自己肚子里的，不需要讲稿，当时也没有人记录，但是，丰孖展有个录音机嘛，录了四五盘磁带。哦，你猜错了，他不是当啥珍贵资料，抠门嘛，天生的抠门，他怕第二年再请我演讲，还得拎一篮子水果嘛。到了第二年，又是爱国主义教育季节，丰孖展就用大喇叭放上一遍磁带，算是交了差，娘拉个逼的。和他爹一个样子，他爹我认识，有点小病，膀胱结石，也是那个抠门德性，就是尿出来一块谷粒大的石子，也得当做糖粒子抿到嘴里含化了。所以，这一段，虽说是我军旅生涯中精彩的篇章之一，我也就不再说一遍了，丰孖展那鸟孩子虽说退休了，磁带估计还在他手上，你便时找他，拿回家听一遍，整理出来就行了。哈，哈，淮海战役，这个也不用再说一遍了吧，以前的不说，光这十几年来我都给你讲过好几遍了，你也做过详细记录，还整理出一篇文章，后来发表在咱们省里的《文史探究》上面，整整三十七个页码，还让你得了奖，评上了啥职称，长了一级工资，给我买了八个螃蟹，一兜子柿子，吃完了，我拉了三天稀屎，对不对嘛，当时咱们不懂得，吃了螃蟹就不能再吃柿子了嘛。老侄儿，但要记得，这些名誉和利益，一方面是你文笔好得来的，一方面，也是主要的，因为我讲的都是亲身经历，比起那些纯粹从一堆堆旧资料里抄出来的臭书，抄出来的臭文章，要真实得多，要可信得多。历史可以抄写，但不能重新经历一回嘛，要想知道真实情况，且看我讲的嘛。你回头把这些现成的文章和录音稍加整理，按照我的年谱，在咱爷俩开讲之前，你早就弄了我的年谱嘛，现在按年头把文章安插进去就是了，既省了我的口舌之忙碌，也免了你的屁股之劳苦，耳朵之烦扰，岂不快哉。

哦，渡江战役也不说了，八年前就讲过了，古井酒厂也是搞爱国主义教育嘛，请我去讲了一上午，我讲的就是渡江战役，酒厂有钱，他妈的大土豪，一下子雇了三四个速记员，不是，好像是八个，这边坐四个，那边坐四个，都是十八九岁的小闺妮子，一个个怪水灵的，八个小闺妮子都对我笑眯眯的，我在台上讲，她们在台上两侧，噼啪噼啪，十个指头凿击电脑，估计都记录下来了。你们文化馆的糖糕，那个孬种孩子，他大舅是酒厂里的老总，哦，是副老总哦，那就副老总嘛，回头你让糖糕找他大舅，把这些记录要过来，你看哪儿要商讨的，咱爷俩再细细商讨。

现在，我一刻钟也等不了了，我要马上解放上海滩。

其实，我在解放上海这一战役中的亲身经历，也是给你讲过的，每场战斗讲得都很详细。我也看过你写的这篇文章，后来好像也是发表在咱们省里的文学杂志上，四十多页，一气读完，大致上我还是比较满意的。历史背景交代的也是清楚的，战役过程也是真实的，局部细节，尤其是我们团攻打苏州河南岸的诸多细节，我看了还像是身临其境，仿佛战斗情景重新来过一遍。只是，我讲的这个攻打苏州河南岸的战斗，其中有三十几句话，虽然血腥，虽然惨烈，但是真实的，你原稿倒是写上了，发表出来的文章上没有了，是你自愿删掉的，还是哪个王八蛋删掉的嘛，说实话，刚看到时我很生气，现在，不再生气了，时光荏苒，乌发变成白头，哪里还计较这些流水章节。说句实话，老侄儿，你还是有点文采的。你可能不知道，我今天给你说吧，也就是这篇文章写得好，我才答应你帮我写回忆录的。不是恭维你，至少，咱爷俩能合作，弄我的回忆录这件事情，你这篇文章起了决定性的作用。自然了，我知道，为了写好我在解放上海战役中的亲身经历，你做了很多准备，与解放上海滩相关的资料，凡是能找到的，你也都找来看了一遍，还做了大量的笔记。当然，这也是你借助工作方便，加上你勤奋，取得的成绩嘛。我现在再次赞扬你一声，因为你帮了我的大忙，今天我在回忆录里讲述这一节子，就不必事无巨细都要讲给你听了，而且啥事我一说你就明白了。哎呀，我说你知，心领神会，这种状态十分难得。再说，咱们又不是写军史，没有必要从军事学的角度来言说每次战斗的过程和细节，而且，要是从这个角度，你也写不到点子上嘛，要是我家小四写这一章，那他能写好，他是专门研究军事，专门研究作战的嘛。你这次再写到这个历史时期，就不要全文照抄你那篇旧文章了，能用上的用上，不能用的扔掉就是了。老侄儿，请注意，我有个声明，比较郑重的声明，这一次，我不允许你再像上次那样，添油加醋，搽油抹粉，老伯父我李娃何许人也，咱们不需要颂扬，也不需要烘托，咱们老实人嘛，一切都要以事实为根据，发扬咱们李庄人的老传统，说老实话，办老实事儿，做老实人，写出来文章，不能叫外庄的人看了，大声笑道，啊哈哈哈，大家快来看呀，李庄的那个谁谁谁，又把大嘴贴在牛腚上了。

你说好不好?

你说好，那就行。

现在，咱们都知道了，解放上海这一战役，从五月十二日外围战打响算起，到了五月二十七日上海全部解放，总共不过半月时间。蒋老先生让汤恩伯守半年，结果半个月也没守住，你说还要他有啥用嘛，剁巴剁巴喂鸭子算了，鸭子吃饱了还能下两个臭鸭蛋嘛。如果单从时间上看，不过就是半个月，好像很简单，事实上，就像那句老话，台上一分钟，台下十年功，打上海真是花了不少功夫。毛主席他老人家，在战役开始之前，曾经做过一个指示嘛:“打上海，要文打，不要武打。不仅要军事进城，而且要做到政治进城。”咱们现在看这个指示，的确高瞻远瞩，你想嘛，要是把上海滩打个稀巴烂，那就是解放了，还有个啥意思嘛。当时，为了落实毛主席和中央的这个指示，咱们三野可真是下大功夫了嘛。是啊，咱们新四军一九四七年快年底的时候，取消了番号嘛。而打上海的这个时候，已经是中国人民解放军第三野战军了。打上海之前，早在三四月份，参战部队就开始了学习培训，学习毛主席指示，学习党中央关于解放上海的一系列精神。当时，也就是曙光初现的那会儿，咱们有解放大城市的先例，就像北平天津南京，有和平解放的，有经过激战解放的，还有一些经验教训可以借鉴。但是，上海这个城市与其他城市不一样，你不能几下子把它打个稀巴烂，哦，你上篇文章里也说过这些了。你上篇文章里还说过，咱们没有管理大城市的经验。是的，所以嘛，当时我们学习，不仅仅学习解放大城市的作战经验，主要学习解放以后的大城市管理方法，学习各种规章制度，要求更好的落实毛主席指示嘛。这些事情，你他妈的，在上篇文章里你也写过了，我就不废话了。我记得，部队学习培训了二十多天，其间我还被叫到前线指挥部一趟，因为我毕竟在上海生活过三年嘛，有一些地形地貌还比较熟悉的，上级了解我的经历嘛，叫我过去了，也就是想听听我对哪些地形地貌的熟悉情况。你看看，打上海不容易，得收集多少相关情况嘛，哦，情报方面的事情我了解不多，那是侦察人员和情报人员的工作，上级把我们这些熟悉上海的人召集过来，也可能为了证实一些情报的确切性，或者是，只是广泛收集情况，再进行综合分析吧。这个我搞不懂。反正，当时去了二十好几个师团级干部，情况大都和我相似，都在上海生活过几年，也有几个本身就是上海人。后来，我才明白，上级向我们这些人了解情况，进行综合分析，只是一个方面，重要的是，这样做也关系到解放上海的整个作战部署，就是说，你熟悉这块地方，那你就在这个地方作战，可能会得心应手一些。我因为多说了几句苏州河，结果到了作战时，我们团真的就被部署攻打苏州河蒋军防地了。唉，惨烈，想起来令人泣泪。苏州河阵地的蒋敌七十五军，很能打，也不是就这一个军，还附有两个师，一个是蒋敌九十五师，一个是蒋敌暂八师，都是凶残成性的敌手，哎呀，挡住了，咱们弟兄，硬是打不过去，一个个倒下了，一片片倒下来，也不是咱们不能打，而是不让用重武器嘛，伤亡很重，前边咱们请示好几次，想把大炮拉过来打两炮，就打两炮，可是，后边就是不批准，气得我们旅长电话都摔了，破口大骂好几句“干他娘逼的”。这个事情，一想起来我就想哭几声，我也想干他娘逼的。都是拿着鲜活的肉身子迎着子弹往上冲嘛。唉，现在让我哭几声吧，呜呜呜，呜呜呜。唉，中途多亏汤恩伯将军聪明透顶，忽然把七十五军抽去增强高桥方面的防御，换上苏州河阵地的是交警总队，一看他们刚才交接完毕，咱们就趁这个机会，冲了过去，交警总队有个啥打头嘛，咱们一鼓作气，攻下了苏州河以南市区，这下子，对解放上海滩，起了大作用了，汤恩伯老弟，顿时把指挥所转移到海上去了，在军舰上指挥，这就是拉个要跑的架势嘛，动摇军心，蠢货。哎呀，原先我以为说给你听了，你写下来，咱们弟兄虽然战死了，虽然惨烈，但也有个记载嘛，可是，谁给删掉了，王八羔子老龟孙。

哦，咱们说那。

当时，我们二十几个师团级干部在一栋大楼里报到之后，被集中在一个大厅里，墙上挂着一张大大的上海市地图，哦，不是作战示意图，就是普通地图，我一眼就看到了方公馆所在的位置，以及一些我熟悉的街道，常去的三马路四马路，还有我和大小姐看过戏的卡尔登大戏院所在地段，等等吧，当时，我心里很亢奋，思维十分活跃，居然当场幻想出一幅幅画面，上海解放了，街道上锣鼓震天，欢迎的人群载歌载舞，我驾驶着敞篷吉普车，威风凛凛，后座上坐着我的两个警卫员，怀抱冲锋枪，十分警惕，张望前方。当时的这个幻想，现在想来甚不合理，有些蹊跷，哪有团长开车，警卫员坐在后边的嘛。也正是因为这份儿怪哉，所以我印象十分深刻。现在我意识到了，这个幻想的画面，大概就是冥冥之中的某种暗示。

哦，对了，就是这次会议之后，我再次遇到了大表嫂。我汇报完毕，就出来了，急着回部队，正值大战前夕，忙得要命。碰巧了，华东局机关也在那栋楼里办公嘛，我在楼道里大步流星正走着，路过一间会议室，有个宽大的落地玻璃窗嘛，我一眼就瞥见大表嫂。是的，当时，也就是打上海之前，咱们华东局调集了一些熟悉上海经济的经济学家，商讨解放上海之后经济领域里的保护措施和建设走向，这个专业性很强的话题，我说不清楚，但意思你是懂的，我就不多说了。我看见大表嫂了嘛，她好像是主持人，正在发言。一晃五六年没见过了，我哪里还管他三七二十一，啪啪啪，敲了三下大玻璃。屋里众人都扭脸看，一张张脸，都是愕然的，只有大表嫂，给大家招招手，说了一句啥话，可能是介绍一下我嘛，接着，就起身出来了。我兴奋异常，叫了一声“大嫂”，啪地两脚一磕，给大表嫂敬了个标准的军礼。大表嫂也很诧异，也很兴奋，显然高兴得不行了，握起拳头在我胸前打了一拳，叫了一声：“李娃！”你猜猜，大表嫂给我说了些啥。你猜不着。大表嫂说，李娃，这次你也参加呀。我说，是呀，我们团还可能使在刀刃上呢！大表嫂点点头，说，李娃，你一定注意安全啊。我就说，那是当然了，我还有好多话要和大表嫂说呀。我说的是真的，我想问问大小姐回来没有嘛，还想问一下老姑父和大姑妈他们回来没有，还有大表哥嘛。只是当时时间紧嘛，啥都来不及问一下。大表嫂向玻璃里边望了一眼，说，等上海解放了，咱们好好说上三天。透过玻璃，看得很清楚嘛，大家都在张望我和大表嫂，那脸色分明都是急等着大表嫂回屋开会嘛，咱们李庄人有这个眼色的。我赶紧说，好，咱们说好了，等解放了上海，咱们一块儿回到方公馆，好好言讲言讲。你看我一激动，把咱们李庄的话说出来了。说完了，我又一个标准的军礼，就和大表嫂告辞了。

这是在战役之前，我和大表嫂见过一面的经过。

等到战役结束，上海解放，我再去找大表嫂，却没有找到她。

细处说来。

五月二十八号，上午嘛，哦，哦，我有点着急了，咱们从头说起。事实上，二十七号上海就全部解放了，战斗部队还没有撤出上海，我们部队还住在市区休整，一场大战刚刚结束，首长们也是想让官兵们轻松一下，就让文工团，那时候好像叫战地服务团吧，我记不清了，我对这个不感兴趣，反正就是叫他们搞一次娱乐活动嘛。进了大上海了，他们也想时髦一下子，就找了一家俱乐部，大白天的，搞了一场舞会，让官兵们跳舞。你知道，那时候当兵的，大都是土包子，哪里会跳舞嘛，就挤在一起打扑克，掰手腕子，说笑，新战士喝汽水，没喝过嘛，一瓶接一瓶的喝汽水，小伙子嘛，循环快，一次次跑厕所，满脸笑容去尿尿，满脸笑容跑回来，还有一些老兵，吊儿郎当地抽着烟，眯着眼睛看女兵，半笑不笑的一脸坏相。也有一些连排干部，两个一对嘛，哥俩架着胳膊，揽着腰，跳舞，很笨很笨的。想起来，咱们那些在战场上不怕死的英雄们，在舞场上就是这个样子的，哦，我不觉得这是闹笑话。你问我，我自然要跳了，团长算个啥，刚下战场，大家都是生死兄弟，谁也别摆长官臭架子。我跳得好，当年我跟大小姐学过嘛，名师出高徒，掌声不断，哄堂大笑，起哄嘛。只是我心不在此，因为部队接到了通知，今天再休整一天，明天就得撤到郊区了，这个决定当然是对的，部队住在市区，总还是影响市民日常工作和生活嘛，我想就趁今天这个机会，找到大表嫂，一块回到方公馆看看。当然了，我是团长，战场上要起到模范带头作用，在娱乐活动中也得起到这个作用。反正，我还是要应付一下子嘛。我和一个女干部跳舞，好像是文工团唱歌的，小脸蛋抹得红扑扑的，满嘴薄荷糖的气味，哦，你瞎说，哪能亲嘴，是我闻到的嘛，她一边跳舞，一边问我是哪个部队的，叫啥名字，声音又甜又亮，水灵灵的两眼忽闪忽闪的。如此等等。记不住了。心不在焉。哦，当时毕竟刚刚解放嘛，空气里还有炮火味道，社情和环境都不摸底，所以，部队在这家俱乐部房顶上还架了七八挺重机枪，每个窗口都架了一挺轻机枪。完全是临战状态。是的呀，战争年代嘛，娱乐归娱乐，警戒归警戒，啥时候都不能麻痹大意，你一麻痹大意，敌人就钻你空子了。说起来也巧，负责警卫工作的，正好是我们团的士兵，我的参谋长和副团长都牺牲了，政委也负伤在医疗中，是由政治处王主任带队执勤警卫。我跳了两圈舞，心里猫抓的一样，老是想去找大表嫂一块儿回方公馆，这个念头，特别强烈。拿咱们李庄的迷信说法，人到了一个大关口，大脑就被神鬼支使了，我当时好像就是这样的。我就从俱乐部里出来了，就是天意嘛，正好我们参谋长，哦，就是军里参谋长，坐着吉普车到了门口，对，就是江参谋长嘛。我一说想去看一眼方公馆，江参谋长也是知道咋回事的，可能他也是急着想跳舞吧，当场大手一挥，把车借给我了。我没使唤他的司机，我自己开的车，喊了两个执勤的战士，自己的兵嘛，抱着枪坐后边，就是那种敞篷吉普，你想一下，我开车，后边两个全副武装的战士，是不是很威风嘛。

当然了，大街上实行军管了，但江参谋长的车上贴的有军管会发的通行证嘛，要不，我哪里能开他的车到处乱跑。我开着车直奔马拉斯花园，我一大早就打听好了，华东局的领导机关刚搬到那儿。他们刚进城时住在圣约翰大学，当时北站还在打着，现在全部解放了，他们就搬到马拉斯花园了。哦，就是后来的瑞金宾馆嘛，不知道现在叫啥名字了。结果到了地方，一看，戒备森严，警卫人员简直六亲不认，我是团长也不行，当然了，团长到了这儿，连泡鸭子稀屎都不算嘛，有军管会的通行证也不让随便进，他们要查准核实了才能进。娘拉个逼的，老子拼死拼活打下来了，随便走走都不行。当时一肚子气嘛。不过也是可以理解的，因为，虽然解放了，但是，当时的敌情还是很复杂的，整个上海滩隐藏着很多特务，不只是国民党特务，全世界哪个国家的特务都有，上海滩嘛，曾经的十里洋场，解放了也照样有偷猫骗狗的。后来我看过一个资料，说这个时期，上海隐藏了总共有多少特务，很具体的数字，哦哎呀，我一下子想不起来了。咱们就说华东局和华东军区所在的这个马拉斯花园吧，也就是瑞金宾馆，住进去没过两天，就查出来两个看大门的浙江人都是特务。蒋老先生真厉害，这儿放两个特务也得放浙江人。你说危险不危险。后来听说，又在马拉斯花园周边抓住了很多特务。所以，首脑机关一开始住进去，戒备森严是必须的。

所幸的是，我正在门口等待几个警卫核查，有个老熟人过来了，你道是谁，你猜不出，就是当年我们护送到延安开会的军部首长。他现在是咱们三野的大首长了，也是咱们华东军区的大首长了，他一下车，立即跑过来一群人上前迎接，有穿西装的，有穿军装的，一群人急惶惶的。我一看这个机会，就叫了一声："老首长！"咱们首长扭脸一看见我，那么大个首长，大踏步过来和我热情拥抱，老首长很激动，都挂上泪花了。古今相同，警卫人员都是认得大首长的，就是不认识，从里边出来一大群人迎接，人家那个谱儿在那儿搁着嘛，一见这个情况，那还用说，不仅放我进去了，还告诉我华东局机关住在几号楼。不过嘛，吉普车没让开进去，我的两个战士也没让进去。首长很忙，一群人簇拥着他朝一号楼那边走，哦，大首长们都住在一号楼嘛。那群人七嘴八舌，首长点头应声，到了拐弯处，还扭脸招呼我："那个李队长，有空过来耍喽！"我当然没有再过来耍，咱们知道这地方不是好耍的嘛。马拉斯花园很大的，到处乱哄哄的，华东局机关还在搬家，那么个架势，还有一些东西在卡车上，正在卸车。那时候，华东局机关部门很多，人来人往，自然都是欢声笑语的，上海滩打下来了嘛，解放了嘛。我上前一问，还真碰到了认识大表嫂的，是一个五十岁左右的男人，穿着军装，看样子是大干部，他把大表嫂称之为"小段"嘛。他说"小段"还在郊外，有些事情还没处理完毕，应该明天才能过来。这么一说，我不免有几分失落。要是我活便一些，等大表嫂进了城再去方公馆，也许就不会有后来的这个糟糕事情了。刚才我说了嘛，人到了一个大关口跟前，大脑小脑就被神鬼支使了，当时也真是这样的，一心一意就是想到方公馆看看去，所以知道了大表嫂还没进城，我也没在马拉斯花园过多盘桓，就大步流星急匆匆出来了。两个战士还在吉普车上等着我嘛，我出来时他们和几个警卫战士正在吹牛，讲前两天攻打苏州河南岸敌军阵地的事情，两个人一唱一和，天花乱坠，口舌生香，把几个警卫战士说得满脸神往。所以，我到了车旁，那几个原本不让我进去的警卫战士马上一个立正，向我敬了个持枪礼。我还礼上车，轻轻一鸣笛，吉普车就驶上了马路。

刚刚解放，大街上还是一片欢庆的气象，有很多市民打着标语，举着小旗子，搞那个游行庆祝嘛。有一个纺织工人模样的女青年，往我车上抛彩条，撒纸花，还冲我笑眯眯的大撒媚眼。我也不敢开快了，几乎行如蜗牛，一个大学生模样的小伙子，趁机在车盖上写粉笔字:热烈欢迎解放军! 这个感叹号画了好几笔，分外显眼。我现在想想，这些情景恐怕真的是某种预示，人去那边的时候，都是有很多人送的，但在当时那个境况下，哪里会想得这样遥远。可以说，欢天喜地，我满脸笑容。好容易迎面来了一支队伍，全副武装，齐刷刷的步伐，估计应当是去哪儿换防，或者是去哪儿执勤的部队，游行人群顿时围了上去，跟着队伍载歌载舞，我这才乘机驶出了人流。

是的，上海滩我毕竟生活了三年，街道路径，大体上我都是熟悉的。也就是片刻工夫，就到了方公馆所在的这条马路上，说起来很是怪怪的，一拐上这条马路，我心里马上就慌张起来了。这个况味，想必你是解得的。就在接近方公馆大门口这段马路上，我心里谁都没想起来，满腔空落落的，只是感觉两眼发花，影像重叠，都是往昔的帧帧画面，最后快到门口的一刹那，我忽然看到当年我坐着黄包车在门口停下来的影像。车子停下，我下车，脚步有些踉跄，险些马失前蹄，一个垫步向前，稳住步伐，往大门走去。就像当初一样，樊阿大一见有人走过来，马上拎着短木棒子迎了出来。哦，不，不，樊阿大不是当初的那个样子了，你是知道的，方公馆里的人走光了，只有樊阿大没走，他是个尽职尽责的守门人嘛，就是那个中田觉五郎的原因，日本人伙同汪伪七十六号的人，抓走了樊阿大，让他受尽酷刑，最后凶残地砸掉了他的几颗牙齿，还用一根烙红的铁钎子，从左边的腮帮子捅进去，穿过口腔，又从右边的腮帮子捅出来。哦。瞧瞧一群畜生干的好事嘛。尽管，樊阿大失去了原来的面部轮廓，因此也没有了冒坏水时的特有表情，自然，也失去了微笑的能力，但是，我还是一眼就认出了他。可惜，樊阿大没有认出我来，他用手里的短木棒子朝我一指，操着不伦不类的上海话，喝了一声："止步！阿木林，止步，当心一顿皮榔头！"

就是这个时候，枪响了，我根本没有感到疼痛，只觉得，刹那间，眼前的一切都变得模糊不清了，包括意识和记忆。我最后的印象是这样的：我在水里仰躺着，慢慢往下沉，一个鸡蛋磕烂了，整个儿落进我眼前的水里，一开始清是清黄是黄，慢慢的，十分缓慢的，渐次失去了界限，走了形状，直到和水融为一体，最后化为乌有，一片漆黑，就像拉上幕布，关上所有的灯。

第三十九章

就像拉上幕布，关上所有的灯。

我父亲的稿子到这儿断了篇儿。

现在，终于轮到我说话了。

我试着讲清楚这件事情的来龙去脉。

我要首先声明，尽管五岁那年我就立下永不撒谎的誓言，但在这里，我也不敢保证自己所说的全是真实的。我在二十岁那年因为年少轻狂误打误撞中了别人的巫术，吃错了别人的解药，从此我的世界与众人迥然不同，在我眼前发生的事情我常常以为是幻觉是想象，而在幻觉和想象中的事物我常常以为是真实的，常常以为自己正置身其中。正是因为这个原因，接下来的这二十多年来，我的思维和判断能力都受到了严重的影响。我看过很多精神病医生，也请教过好多享有盛名的心理专家，他们这些高明的医生和专家一致认为，我的幻觉和想象都是属于阵发性疾病，疾病发作时，我的理智与意识都是模糊的，灵魂也处于混沌状态，当疾病不发作时我与好人无异。但是，几个回合下来，这个疾病最终还是击败了我绝大部分清醒时刻，以至于在何时何地我都无法分清疾病发作与不发作的界限，所以，这一刻，我基本上搞不清自己是站在疾病的左边还是右边。

我自认为目前我是站在清醒的这一边。

所以，我赶紧先说说我是谁。

我不是凭空而来的，我是从父亲的稿子里钻出来的。

我就是在父亲的稿子里被李娃爷爷提到过几次的那个小帮助。李娃是我的大爷爷，我的亲爷爷小名叫鳎拉，他是李娃爷爷的亲兄弟。在我的记忆里，我的亲爷爷是一个极具传奇的人物，早年参加革命，负责宣传工作，他精通诗文，会缝制古装戏的凤冠霞帔，会烹炒北方和南方好几种风味的菜肴，尤其值得一提的是，他一辈子都善于勾搭女人，精通撩妹术，特别是在晚年，他全心全意地在勾搭女人这个课题上创造了数不清的种种奇诡传说。我六岁那年就知道有一个名叫凤凰的女孩子，是淝河集上邱木匠的闺女，她是我爷爷的初恋，最后嫁给了外乡人。这是我奶奶告诉我的，我小时候一直把这段故事当做一个传说，当做一段古戏，并动用自己可怜的想象来丰满这个故事。如今，我父亲的手稿里也提到了这件事情，虽然言语不多，但足以说明我奶奶说的这件事情并不是传说，也不是古戏，而是真实的往事。唯一不同的是，我奶奶说凤凰嫁给了一个贵州人，而在我父亲的手稿里，确凿地指明了这个凤凰嫁给阜阳一个绸缎庄掌柜的。我无意究讲这两种说法孰真孰假，但可以肯定的是，我爷爷的初恋情人小名叫做凤凰是肯定的。除此之外，我少年时代还经常听闻到爷爷的一些花花事儿，经常看到爷爷奶奶两个人大吵大闹大摔器皿，原来其主要根源就在这儿。我现在也过了不惑之年，已经有足够的理智看待这些事情了。如果早些年的那些女人都是传说的话，那么，他老人家六十六岁那年，也就是我奶奶被他活活气死两年之后，我亲眼看见他围着红围脖穿着黑色皮夹克在一个街角僻静处和一个年轻女人亲嘴，这是不争的事实。爷爷本来就是个近视眼，到了这个时候几乎成了瞎子，而且头发脱落殆尽，几乎是个秃头了，只有右边鬓角那儿还有一缕头发，他展示魔术手法，使这几缕头发如同中邪似的，服服帖帖地爬过头顶，老老实实地趴到左边鬓角上，不过，要是遇到有风吹过来，哪怕一点点的小风，我爷爷苦心经营的这一小撮头发乱成什么样子就很难说了。那一年我整整十五岁，当时，我父亲已经到了淝河文化馆工作很多年了，我还住在亳州城里的爷爷家上初三，放学后我背着书包回家，刚刚拐过街角，就看到了这一幕。因为我是在爷爷的花花故事里长大的，所以当时一点也没有感到惊讶。我神态自若地打量了一下那个女人。那个年轻女人活像一朵雨后还在滴水的牡丹花，她看见我以后，视若无睹，很风骚地在爷爷光秃秃的额头上点了一指头，又给我一挤巴眼，然后理了理披肩发摇曳而去。我爷爷是来接我放学的，他老人家，最喜欢等我放学以后和我肩并肩在街上走动，尽管当时我已经比他高出大半头了，但他很喜欢这种爷孙勾肩搭背活像兄弟般逛街的感觉。他拉着我的手一边走一边兴高采烈地说，小帮助，爷爷不是夸海口，刚才你也看见了，别看这个小闺妮子跳蹄子，一跳八九尺高，爷爷嘴对嘴喂她一颗糖果，马上给我消停下来了。那一幕情景和爷爷的话都给我留下了深刻印象，尽管我拿不准这件事是真实发生的还是来自我的幻想，但后来我在大学里经常这样喂女生糖吃，在享受这种美妙的滋味之时之中之后，我情不自禁都要从心底感谢一下手段高超的老爷爷。到现在，虽然他老人家已经去世多年，我心底里依旧很敬服他那种风流潇洒的生活姿态。但是，在我父亲的稿子里，我爷爷算不上是一个光荣的角色。很显然这不是我父亲的责任，我父亲不过是一个老实的记录者，而讲故事的人是李娃爷爷，谁都知道这个老人是个天生的老霸王，他愿意这样讲述自己的亲弟弟，那我们这些做小辈的还有什么可说的，只管坐听就是了。

我想，从上边一段话里你应该明白我的身份了，你要是还不明白我与这本回忆录里的所有人物都是何等关系，那我也没有办法了，我不会再多做解释，因为我早就知道这个世界的任何角落总是少不了一群智商有限度的人，就像处于疾病发作时间里的我自己。小帮助是我的小名，我不想说出我的大名了，就像我父亲的稿件里李娃爷爷所说的那样，在特定情况下，一旦说出真实的姓名，就等于给事物定了性质。不管在理性中还是在盲目中，不管是在疾病之中还是在疾病之外，我都不想给任何事物确定性质。但有一点可以说明的是，我现在北京工作。众所周知，北京是我们的首都，但就像巴黎是法国的首都一样，未必真的就是一个充满幻想的地方。我刚到北京那些年，北京几乎常年晴空万里，偶有风沙，而现在的北京是一个常常被雾霾淹没的城市。北京是一个相当现实的城市。我不是老板不是白领也不是官员不是公务员不是有钱的商人，我只是一个极其普通的仓库管理员，储藏图书的仓库管理员。我工作所在的这个仓库位于北京的南郊，它巨大无比，几乎可以装满全世界的妄想和尘埃。我是这个仓库的老大，你懂的，所以，我喜欢把这儿称之为我的仓库。我的仓库大到漫无边际，划分区域用二十六个大写英文字母都不够，以致每个字母后边都要加上阿拉伯数字，从个位数到百位数。仓库最后一个区的编号是 Z369。这个 Z 字打头的区域码放的全是退货。对于书籍而言，退货不等于垃圾，在这个过于喧嚣和浮躁的时代，一些好书卖不掉也是极其正常的事情。你现在应该明白了，我的仓库里码满了各种各样的书籍。这些书籍，有一半是来自北京的各个出版社，另一半是来自全国各地的出版社。外地出版社总是把北京当做图书销售中心。不管是北京的出版社，还是外地的出版社，他们把新出版的书拉到这儿来叫做入库，然后再通过各种运输渠道发出去叫做出库。我不喜欢做这些无趣的入库出库手续，这些无聊的事情，我都是分派几个说话甜蜜做事严苛的人去干。我喜欢骑着自行车穿行在书垛之间，在书垛之间快速穿行时，我脑海里全是另一个世界的场面，仿佛在火星上穿行，或者在幽冥之中穿行，遥远的四周闪烁着星星的光辉，嘈杂的暗夜里到处是鸟兽鱼虫的鸣叫声，一点也不奇怪，我的仓库面积之大足以支撑我的这种幻想。去年暑假里我儿子到我这里消闲，按他的说法，这也算是暑假里搞了一次社会实践，谁承想他差一点消失在书垛里，我骑着自行车几乎转遍了仓库也没有找到，只好用大功率的扩音器在辽阔的仓库里大声喊叫。原来，这个十六岁的高中生半躺在一个书垛的缝隙里迷上了一本书，这本书有一个俗不可耐的名字：《花好月圆》。

骑着自行车穿行于书垛间并不是我最大的喜好，最令我迷恋的是一天到晚开着叉车，把成包的新书叉进来放到该放的位置，再把成包的新书叉出去，装上即将驶向远方的卡车。我在做这些工作时，视线里成包的书不再是单纯的书籍，它们变成了一块块刚出炉的食物，就像刚出炉的面包那样，方形的或者圆形的，菱形的和条状的，还有扁成一只乌龟状的，它们一律散发着诱人的香味，冒着烫手的热气，如同小精灵一般，老老实实地趴伏在长方形的牛皮纸包里，等待我把它们叉出去，送到大城市里书店里，或者送到遥远的山区和草原，甚至送到人烟稀少的沙漠地带，最后统统进入到人的大脑和肠胃里。在我刚参加工作那几年，我从来没有怀疑过每一本书都要有这样一道行程，而在这些年里，有很多书籍免去了这道行程，我用叉车把它们叉出去放到超级大卡车上，卡车直接把它们拉到了纸浆厂，这个时候，我望着装满书籍的卡车飞驰而去，总是想起奥斯维辛集中营的烟囱。这些书籍，从来不需要打开牛皮纸包，仿佛命中注定，生下来就是个死胎，甚至连享受埋葬的权利都没有，更不要说被捐献到边远山区或者贫困乡村，能够乘坐卡车观赏一下美妙的沿途风景了。每到这时候，我都会抽出一两本书来，带到我的办公室里坐下来跷着腿翻看一阵子，就仿佛面对屠刀下救出了两个婴儿，放在腿上仔细观看他们不幸的面容。

我的办公室就在仓库的正中间，仿佛心脏，它同样宽大无朋，同样也码满了书籍，不同的是这些书没有包装，而且大多都是单本的，至多有三四百种是复本的。值得自豪的是这些书都是我看过的，有很多是我从纸浆厂的卡车上救下来的，更多的是出版社来仓库送书时随手给我带了十几种。说老实话，阅读并不是我的所长，也不是我的专业，我在大学里学的是图书馆管理专业，稀里糊涂混到了这个图书仓库工作。一晃二十多年过去了，我依然还在这儿工作。我老家李庄有一句荒诞的话说得有几分道理，一个卖老鼠药的无论多么小心翼翼，早晚都会不自觉地吃上几粒药丸子的。也正是这样的，我在疲惫或者无聊之际，坐在办公室里也会翻看几眼他们当做小礼物送给我的书。就像吸毒，由尝试到上瘾是不需要多少过程的。简单说来，我就是这样嗜读成瘾的。这二十多年来，我读过的书可以堆成山，如果摆成一条直线，是不是可以到达南美洲我不敢保证，但要是到达我老家李庄的话，那倒是可以摆上十几个来回的。

我的阅读兴趣十分广泛，有一段时间，我看了大量的中国革命史和各种名人传记，我个人觉得，这方面的书籍如果都是一本正经的，没有一点点传奇气味与野史色彩，那简直是味同嚼蜡。所幸的是，也有少量的此类书籍蛮有兴味的，遗憾的是我从来记不住此类书籍的名字。最近，我又看过一些新出的这方面的书，从长征到抗战，从解放战争到朝鲜战争，这些新出的书，形形色色的这类书我几乎一页也没有拉下，全看了一遍，说老实的，它们真没有让我感到惊讶，我觉得这些东西算不上是最新的研究成果，至多是从一堆堆旧书旧资料里抄出来的一本本新书。当然他们是付出劳动的，我们知道，一个事件，一场战争，过去了大半个世纪，诞生的与之相关的书籍资料汗牛充栋，有中国人写的，也有外国人写的，即便是外文的，他们也可以付酬请人翻译成中文，使用起来反倒让人觉得新鲜……总之，他们要把能找到的一个事件一场战争的大量资料罗列出来，根本不去研究，只是进行重新排列，重新组合，甚至不惜虚构历史细节，就可以制造出一本本畅销书来。这些，也是出版社一些熟人朋友来仓库送书时闲聊的谈资。我对这类书看得很快，我不看它的文采，因为它没有文采，我只看它的事件，而它讲述的事件大体上都是我在其他这类书上早已看到过的。所以，这类不管多厚的书，我至多一天半就看完了，然后把它扔进我要捐出去的那一架书里去。有一段时间我迷上世界简史和外国古典文学名著，有一段时间我迷上法国红酒常识和天文科学，有一段时间我迷上了中国古典文学和各种版本的人体解剖图谱，有一段时间我迷上了科尔波特先生的《脊椎动物的进化》和达尔文老兄的《物种起源》，这两本书让我着迷了整整八个月，第九个月，我开始迷上了被称之为天书的《尤利西斯》和《万有引力之虹》，说老实话，这两本容易让人产生狂躁和迷恋的书把我读拉稀了，拉了半个多月，我经常坐在马桶上一边拉稀一边阅读这两本书，拉得我两腿都发软了，最终，我把这两本沾染了我大便气息的天书扔进了要直接化纸浆的书垛上。还有一段时间，我迷上了各种画册，虽然我不懂美术，但当我翻阅这些画册时，我似乎能看到画家是怎样造型和运用色彩的。随之而来的是对各种地图集的疯狂迷恋，我在对比不同年代出版的地图时，经常会因为发现了些微不同而兴奋异常。说实话，这些书籍都如同细风一般袭面而过，而能够长期停留在我脑海里的只有一本鱼类常识，那就是诺门先生的《鱼类史》，这本书一直是我的案头书，当我疲惫，当我无聊，我就打开这本书，让各种形状各种类型的鱼群从我的眼前列队而过。过去了一群沙丁鱼，过去了一群非洲肺鱼，接着是异耳鱼，紧随其后的是骨舌鱼，因为这两种鱼形状相似，虽然它们并不生活在同一个水域，但我喜欢把它们前后排列在一起。看哪，带须子的手口鱼和光口鱼过来了，它们中间是像蚯蚓般的大口鱼。我有一个秘密，我喜欢把水虎鱼排在中间，我把这种鱼称之为鱼类里的小坏蛋，这种鱼最大的不过二尺，以体积论不足为道，但我欣赏它们的攻击性和集群性，它们的丑陋面貌也不让我反感，我非常欣赏这种鱼的嘴巴就像剪刀一样，咔嚓一口，满嘴是肉，任何活物一旦闯入它们的领域，后果极其恐怖。有一个醉鬼骑着马从一条水虎鱼生活的河边路过，不幸跌落河中，他的两三个好伙伴马上赶来时，捞上来的只是完整的衣服和人马的骨头，人马的骨头像剥制的标本一样干干净净完整无缺。我恨这种鱼的残酷和凶狠，所以，在这群小坏蛋的后边，我安排的则是被称为切肉机的 Pomatomus，这种鱼外表很像海鲈鱼，每条可以重达十几磅，也是集群性强，简直就是一群水中饿狼，所到之处，了无活鱼，即便遇到体型庞大的鱼类吞食不下，它们也要咬掉鱼尾，任由躯体下沉或者随波逐流，最可怕的是，这种鱼非常贪吃，即便胃里装得满满的，一旦遇到新的攻击对象，它们就会把胃里的东西全部吐出来，接着吃新的。当然了，这个还不算最厉害最凶残的鱼类，在它们的后边，我还要安排上箭头鱼，这种鱼因为没有鱼鳞而游动极其迅速，而且逢鱼必吃……

哦，我无法说出我读过多少书，就像我不知道有几个人可以体验到嗜书成瘾的快感和神秘，我无意泄露或者炫耀阅读的奥妙，不过，我坚信我的大爷爷李娃应该是体验过这种快感和神秘的。

二十多年来，每一年我办公室的书越积越多，几乎泛滥成灾，有时候我简直希望有大批的老鼠深夜里把它们啃成碎末，一旦大风起来，我抓起这些碎末随手一扬，这些缺胳膊少腿的文字碎末就会消失得无影无踪。我时常希望每一本书里都生满蛀虫，在不知不觉中将它们蛀成粉末，当我拿起一本书时，粉尘扑簌而下，最后留在我食指和拇指之间的也是一撮粉尘。当然，这都是缘于我的阵发性疾病，幻觉和想象，事实上这是不可能的，在庞大的仓库里，连一只老鼠都没有，所有的书本等不到生虫就去了它们该去的地方。

办公室里的书基本上算是我的个人物品，我必须经常处理堆积如山的书籍，装箱打包，印刷品挂号，寄回家。一部分寄给我父亲，请他摆放在他的文化馆里供乡亲们阅读，一部分寄给李娃爷爷，这是他老人家郑重其事多次嘱咐的。原先，我以为李娃爷爷又认识不了几个大字，他读书大概是为了消遣所剩无几的时光，就像一头老牛在倒下之前总是想仰起头眺望远方的田野。李娃爷爷好像不是这么想的，我隐约记得他老人家有一次在电话里催我给他寄书时说过几句话，他说他喜欢一边读书一边思考，他思考的不是未来也不是现在，因为对于一个百十岁的老人来说，现在和未来都不需要他操心了，他读书的目的就是想增强一点思考的能力，想弄明白这一辈子亲身经历的事情的本质，想明确地知道所经历的事情哪些是黑的哪些是白的。自然了，我现在也说不准这个是否就是李娃爷爷让我给他寄书的理由，也不敢肯定他老人家给我打电话时是不是真的给我说过这一段话，我甚至不敢确定他老人家是否真的给我打过电话。因为你知道，我很难分清这一刻我是在疾病之中，还是在疾病之外。

我给李娃爷爷寄书的时候，他已经从亳州荣军院回到了我们李庄。不管是在疾病之中，还是在疾病之外，我都敢肯定，这个是他老人家主动要求的。他放弃了一个为革命做过许多贡献的老军人的所有待遇，自觉回到李庄，大奶奶不仅尊重他的这个决定，还跟着他一同回到我们李庄，就像她自己说的，眼看着到了迟暮之年，才算是彻头彻尾真个儿成了李庄的媳妇。两个老人回到李庄，住在我们家的老房子里。我们家的老房子就在李庄最东头，大门朝南，门外边就是一望无际的农田，站在大门口，一年四季都能看到各种农作物轮番生长，小麦和大豆，芝麻和棉花，油菜和高粱。门东旁就是一条河，这条河叫做流粉河，河水随着季节而丰沛而瘦小，就像大海涨潮和落潮。河两岸都是高大的蹿天杨树行子，冬天的傍晚会有大片的飞鸟栖息枝头，夏天的中午会有无数的鸣蝉长鸣十里。大奶奶当过县长，早年受过不少苦，当上县长之后过惯了养尊处优的生活，她用自己的退休金把房子修缮一番，并根据风水先生的建议，在大门口左前方十米处打了一口水井，并且还安装了电动自来水系统，安装了空调，修建了卫生间，还特意安装了一个特大号的浴缸，从城里来的装修队真是苦恼之至，简直绞尽脑汁想尽了办法，才解决了排水问题，因为我们李庄毕竟是一个平原上的村庄,不像城里那样到处都有下水道。幸亏当时恰逢农村通电了，否则这位大奶奶肯定还要置办一台小型发电机。我记得两位老人刚回到李庄那一年大奶奶刚好七十五岁，这位古稀之年的老太太身强体壮，花样百出，她把每个房间里都铺上木质地板，走廊里和院子里铺上石料防滑地板，连院子里的那棵石榴树也围上了大理石瓷砖，在大门东旁还修了一条砖石小路，直达流粉河堤岸，甚至在河岸上的杨树间修了一条蜿蜒曲折而又漫长的鹅卵石小路，傍晚时分，流粉河西岸便成了她散步和思考的地方。我在大二那年夏天，回到我们在李庄的这个家里，刚开始我简直被大奶奶的奢侈和她老人家在设计方面的智慧惊呆了，难以相信这一切都是出自一个古稀之年的老人思想。我在这个家里住了整整一个暑假，赶上几个细雨霏霏的天气，每一个雨天，我都能看到大奶奶打着一把硕大的花布伞在河堤上漫步，当时我对这个古稀老人真是担心之至，根本想不到她老人家正在霏霏细雨中怀想往事。

在我的印象里，大奶奶一直保持着一个县长的体面和习惯，也许还有几分养了一辈子的风度和姿态。她要求家里从里到外都要干净利索，了无杂物，而我后来无意之间破坏了她的这个规矩，或者说，我给李娃爷爷寄回去的大量书籍，常常把庭院里和走廊里弄得一片狼藉。每一次回老家，我肯定要到李庄去看望大爷爷和大奶奶，我进了家门的第一件事情，就是把满院子的凌乱书籍搬到走廊的墙边按照开本大小码放整齐，这件劳作基本上成了我每次回到老家的必修课，也印证了大爷爷常说的宿命，他老人家说我天生就是伺候书的。头几次我对大爷爷的行为大为不解，他看书总是随手一抱一摞子，随看随扔，如果不在庭院里堆出一座小书山，那他肯定会在走廊上堆成一座大书山。自从我源源不断地给大爷爷寄书以来，几乎每一次回到李庄，一进家门我就会看到这样一幅景象：大奶奶坐在院子里的石榴树下，膝盖上摆着那本黑羊皮封面书口刷金的大字版《圣经》，她老人家戴着老花镜，嘴唇翕动，显然正在诵读那本神书的某个章节。这本珍贵的书是她老人家退休后亲自跑到亳州基督教协会要来的，协会的会长一见老县长亲自来要《圣经》，立刻毫不犹豫把仅有的一本珍本送给了她。大爷爷要么在庭院里，要么在走廊上，反正都是无一例外地坐在一大堆书山上，戴着老花镜，非常奇怪的是他脖子上还吊着一个军用水壶，捧着一本书正读得津津有味，一脸的痴呆与入迷。好几次我都是在院子里站了良久，也不能唤醒神游八极的两个老人，我忍不住要高声喊叫大爷爷大奶奶。往往这时候大奶奶最先反应过来，她先是抬起右手按在心口低声念道一句我的神啊阿门,这才站起来把我让到屋里。没有一次，大爷爷会抬一下眼皮看我一眼，他好像被神秘的咒语定身了一样，一直盯着书本，满脸神情活像嗑药了，昏昏欲睡，飘飘欲仙，嘴里还要念念有词,有一次他一叠声的咒骂,有一次他咯咯咯地笑了好大一会儿。不管是咒骂还是放声大笑，反正都要吓我一跳。这个时候大奶奶就会说上一句:“这个人哪，走神了。”或者是:“这个老同志，心里边又碰到老熟人了。”

我敢肯定上述诸事不是我的幻觉和想象，因为这些事情发生时我还没有遭受那个人的巫术，更没有吞下那个人的神秘药丸。

我现在还是站在好人这一边。

我自己的家在淝河集上，在文化馆的东边，我父亲修建了一栋土兮兮的两层小楼，但楼顶上修成了漂亮的晒台，成了我父亲消闲所在，也成了我的消闲所在。太阳直射时分，晒台上晾满了各色衣物和床单以及各种鞋子，到了傍晚时分，衣物床单和鞋子就会收起来，晒台上满是寂寥与凋落的意味，我父亲会坐在晒台上的藤椅里，长时间地欣赏晚霞辉映下的小镇景象。我也喜欢这个晒台，因为站在晒台上眺望故乡风情时，我的心神就会自动进入美妙的恍惚之中。人生恍惚不可多得，因此在暑假或者寒假里，我几乎都是在晒台上度过的。晒台，我的恍惚之地，也是我父亲的恍惚之地。但是，我大二的暑假却是在李庄我家老房子里度过的，这是我父亲的安排，他指令我陪伴两个老人度过一个假期，我明白他的用意，他试图借以两个老人的革命经历来矫正我一直漂移着的人生观和历史观。事实上那时候我正是目空四海的年龄,满脑子里想的是和一个女同学嘴对嘴喂糖果吃的事情。我虽然住在装修奢侈的老房子里，实际上对两个老人的人生经历和革命历程没有任何兴趣，因为时间太久了，那些事情过于遥远，偶尔听到一星半点的事情，直觉得简直就是天方夜谭。比如，有一天我看到大爷爷坐在院子里石榴树旁翻看鲁迅的《故事新编》——这本书是我父亲给他送来的，一看就是从我们淝河镇文化馆借来的，就是那种小三十二开的小薄本，封面上有着鲁迅先生的浮雕头像，书脊下端贴有标签，标签上用橡皮戳盖的编号，封面和书口上都盖有文化馆的藏书印，最叫人厌恶的是封底内里还粘了一个插书签的牛皮纸袋，可怜的书，好像一个披枷带锁的囚犯，好像一头戴上夹棍和绳索正在拉磨的瘦驴子——我十分惊讶，很难相信像大爷爷这样一个大老粗在古稀之年还会喜欢读读鲁迅，即便像我这样的大学生，恐怕读得懂并喜欢读鲁迅的人也是屈指可数的。大爷爷好像看出了我的疑惑，他朝我伸出右手食指勾了三下，要是在学校里或者在大街上，这个手势肯定会遭到许多女性的反感和怒目而视，我全身顿时起了一层鸡皮疙瘩，但我还是迟疑着挪到他面前了。大爷爷先是咳嗽一声，这声咳嗽有些倚老卖老的意味，接着他老人家慢腾腾地说："我眼下看看鲁迅，并不是很喜欢他的文章，只是借体还魂，借着他写的书回想一下当年和他见面的那场情景。"我大吃一惊，尽管我耳闻过大爷爷青少年时代在上海待过几年的一些事儿，但要说他见过鲁迅先生，我是绝对不会相信的，我觉得这是天方夜谭。制造天方夜谭般的轶事轶闻几乎是所有老年人的专利。大爷爷卖弄似的又咳了一声，微笑道："当时我才到上海滩，也不过两月时间，天天下午三四点钟，陪着老姑父沿街散步，听他说些上海滩人文典故，真是长了不少见识。那一天，老姑父说得高兴，信步而行，走得远了一点，不觉间走到了莫利爱路上，刚要折身返回，迎面过来了一群人众，有先生，有太太，有中国人，有外国人，有一个中国人身材短小，嘴上一部短髭，手里拿着烟嘴，且行且抽烟，偶尔抬头看路，有些睥睨道路的意思。他旁边是一个外国老头，身材高大，满头白发，一部胡须也是白飘飘的，和这位身材短小的中国先生形成鲜明的对比，所以到现在我记得清楚，印象深刻得很。我正看得发呆，忽然老姑父迎上两步，拱手抱拳，叫了一声‘夫人好’，内中一个夫人，仪态万方，停住步子，微笑着向老姑父说了一声‘方先生好’，又说正在送客，便时再谈。她说话的声音又亲切，又稳重，又是那么不容置疑。此言一了，给老姑父招招手，和一行人翩然而去。第二天我给老姑父送报纸，看到报纸上刚好有这几个人的合影，照片下边还注有名字，都是繁体字和洋文，我那时候哪里识得全，后来听老姑父一说，原来，我们昨天遇上的竟是孙夫人一行。这也是咱们李家积了八辈子大德，好报竟落在我头上，叫我竟有缘见了孙夫人一面。哦，那个外国老头就是萧伯纳老先生，那个短小的中国人，就是鲁迅先生，我至今想起他的风度，依然觉得堪可仰视。其他那几个人，报纸上说，是蔡元培老先生，史沫特莱女士，还有林语堂老先生，还有一个叫罗伊生的外国人，我不清楚他的情况，不过，另一个外国人史沫特莱女士，我后来又见过她一次，遗憾的是，人家根本就不记得和我见过一面了，你说奇怪不奇怪嘛。”我虽然只是个大二的学生，学的又是图书馆管理专业，但蔡元培鲁迅林语堂这些人物的名字还是经常响在脑际，时刻挂在嘴边的，这边听了大爷爷的一番话，虽然不是绝对信以为真，但是内心里倒是有几分羡慕大爷爷与这些历史名人有过一次偶遇。自然而然，刚才还因为与两个老人住在一起而产生的几分约束几分小心翼翼，一下子抛诸九霄云外。更有甚者，当天晚上我还放下一个大学生的青涩与傲慢，毕恭毕敬地用热水给大爷爷洗了一次脚。大爷爷躺在竹椅上，一边享受着我给他洗脚，一边又讲了一段让我惊骇的事情。大爷爷说的还是当年在上海滩那位老姑父带他去见段祺瑞的往事："老姑父方仪望早年是见过段祺瑞段公的，蒋老先生和陈先生他们在上海办交易所，要北洋政府发执照嘛，陈先生就请咱们老姑父去北京走一下路子，都是安徽老乡嘛。那个时候，大爷爷我还是小孩子，对这个事情自然所知甚少。不过后来，段公晚年从天津移居上海，咱们老姑父倒是经常去看望他。哦，段公移居上海，有两种说法，一个是说陈炯明和段公勾结联日倒蒋，谋事失密，被蒋老先生施计策反了段公的侄儿，将段公骗到上海滩暗中监视起来了；再一个就是比较普遍的说法了，说日本人嗾使段公出山组建华北政府嘛，就像伪满洲国一样，段公不答应，日本人逼迫日紧，蒋老先生和段公有师生之谊，一是担心段公遇到不测，主要为了保住段公的晚节大义，就派人暗中将段公接到上海养了起来。这两种说法孰真孰假，烟云变化，黑白无常，百口莫辩孰南孰北。反正段公住在上海滩时，咱们老姑父方仪望时常去看他,这个是没有错的。我知道这个事体嘛。而且，有一次老姑父竟然带我去了一趟，叫我抱着一个锦盒，锦盒里一方砚台，虽然没有多沉，但我知道珍贵之至，因为上车下车，老姑父都要说一声‘李娃小心则个’。当时段公住的是花园洋房，德国建筑，二层还是三层我记不清了，我只记得有八根圆柱子支起的长方形饰花拱门，真是气派得很嘛。段祺瑞段公，哦，不知道你们课本里讲解这段历史时，又是咋样评价段公的，反正我个人觉得，不管他一生是是非非如何评论，但在近代史舞台上，一时间叱咤风云是否定不了的。咱们老姑父见到段公，很是恭敬，段公对他也很有礼节的。一见咱们带去的这方砚台,段公很高兴,捋着山羊胡子端看再三,指着砚底刻的‘完白山人’四个字，说果然是邓石如手笔。完了又慨叹一声，说篆书衰落数百年之后,我们皖人邓石如使之重放异彩,功莫大焉。我老迈临池，学书为乐，能得到邓怀宁用过的宝贝，也是幸甚。我那时不知道段公移居上海之后，常以书法自娱自乐，偶得颇多，站在一厢里听他谈吐，直如听天书是也。老姑父是个附庸风雅的人嘛，说了几句行家话赞美段公一番。接着两人攀谈了一会儿，说来说去，就说到了咱们亳州的姜桂题，就是姜老过嘛，你这小孩子听说嘛？哦，听说过就好。他们不是同时代的人，但都在袁世凯麾下共过事情，姜桂题是右翼长，相当于师长吧，段祺瑞段公是营长。说起姜桂题来，他原本和袁世凯的父辈袁甲三是同僚，都是因镇压捻军立功授勋，后来姜桂题守旅顺失了城池，免职抹帽子成了光杆，袁世凯在小站练兵时节，姜桂题前去投奔，袁世凯素时称姜桂题‘老叔’，这时候自然接纳重用。姜桂题死时七十八岁，段公也五十八岁了，驱车上将军姜府吊丧，慨叹了这么一句，姜桂题死了，我理应前去挥泪哭老友，徐菊人万一有这么一天,我恐怕没有眼泪哭他。由此听出,段公和徐世昌之间的关系一般般。哦对了，姜桂题的墓志铭还是徐世昌写的嘛。之所以，段公和咱们老姑父说起这番话，是因为，想当年，老姑父到北京城找他办事，就是打着咱们亳州同乡姜桂题上将军的旗号嘛。他们这边刚说了一个章节，管事的来报，说姓吴的那个学生到了。老姑父一听，赶忙告辞，因为他知道这个姓吴的学生是个下围棋的,段公正在贪恋围棋的关口上嘛。这个姓吴的学生也不得了,后来成了世界围棋界的顶尖高手。小帮助，你注意到没有，自始至终，段公就没有和我说过一句话，我记得他连看我一眼都没有。唉，这个老魔鬼，竟是这般目中无人嘛。”

在那个暑假里，大爷爷给我讲了很多诸如此类的陈年往事。由于他讲的这些事情有很多在史料中都有着真实的影像，你难说他是望风捕影，加上他说的这些事情本身就十分有趣，具有典故和轶闻的强烈魅力，而且他说这些事情时的表情和腔调也十分迷人，你不能不承认他老人家曾经穿行其中。即便到了现在，我也很难分清他讲的那些事情哪些是真的，哪些是假的，哪些是他真实的经历，哪些是他的妄想，因为上了年纪的人，尤其是像大爷爷这样高龄的老人，往往会把妄想中的片段当成现实中正在发生的事情，常常把谵妄中的想象当成自身经历过的某种往事，就像我不久以后中了巫术吃了神秘药丸一样。即便在我父亲的手稿中，大爷爷所言讲的漫长而散乱的往事，也没有谁敢保证每一件都是真实的。我这样的病人是绝对不配保证的。我父亲堪配保证，但他是否敢保证，我不得而知，因为半年前父亲已经去了另一个国度，他的灵魂就像一片白云，还在冉冉上升着。

大爷爷每天中午都要睡上一觉，他在睡梦中也要不停地讲述往事。他不喜欢空调，总是让我把竹床搬到院子里那棵高大的石榴树下，他躺下之前一定要用毛巾被把自己盖得严严实实，那种小心翼翼的样子好像他躺下去就不准备再醒过来，真叫人可怜又恐惧，然而，只要躺下去后脑勺一挨枕头，要不了一分钟他就会发出细微的鼾声。忽然之间他大笑起来，忽然之间他喃喃自语，忽然之间嘤嘤哭泣，忽然之间他的表情变得十分温柔，紧接着就是操一口嗲声嗲气的腔调，说上一大段谁也听不懂的独白。我茫然不知所措。这时候，大奶奶就会幽默似的说："你看看，心里有个人，梦里一见她，就开始说上海话。小帮助，你听不懂吧？老家伙猴精，梦里头说私密话儿，也说上海话，咱们大家听不懂嘛。真亏了他这一辈子，没去干地下党。"大奶奶说这些话时，她的两手紧紧按着膝盖上那本《圣经》，抬起头，满脸鲜明的嘲讽，眼神从老花镜上方飞出来。先前我并不知道大奶奶的话语指向，现在看完我父亲的稿子要是再不知道，那真像我儿子看见我站在疾病的中央时所言我几乎就是智障一族了。

大爷爷在午睡或者到田野里活动的时候，大奶奶偶尔也会说一些她自己的往事，说的最多的一个是她早年的革命经历，一个是当年大爷爷到她家学武时她是怎样痛揍大爷爷的，一说起革命经历她老人家语重心长，一说起痛揍大爷爷她老人家朗声大笑满脸得意。大奶奶说，在革命年代，生活很艰苦，危在旦夕，共产党男的都是脑袋吊在腰带上，女的都是把脑袋拎在手心里。有一段时间，她几乎天天和死人和鬼魂打交道，因为当时风声很紧，大爷爷是新四军的连长，回家一趟枪毙了土匪姜大牙，倒是扬名立万了，同时也给她带来很多麻烦，鹿邑那边过来的国民党二十九师要抓她，在古城的国民党党部的一群王八蛋也要抓她，商丘那边张岚峰的伪军要抓她，亳州城里的汉奸"东联会"也抓她，日本人更是点了名的要抓住她，一时间好像天下之大，没有了大奶奶的存身之地。大奶奶白天东躲西藏，晚上都是在野地里坟地里睡觉。有一次，她竟然推开一具未及埋葬的棺材盖——因为日本人怀疑失盗的军火与死者有关，不让埋葬，还在墓地顺手杀了几个人——把死人拉出来，自己钻进棺材里睡了一觉，黎明时分觉得有人拉自己的袖子，她一睁眼，看见几条野狗拱开了棺材盖子，正想把她拉出来撕吃了。大奶奶说，她一个小丫鬟倒卷帘，一脚踢得野狗叫得没有人腔，接着，大奶奶从棺材里跳出来，几条野狗吃死人吃红了眼，低声呜吠着朝她扑上来。大奶奶说，她一顿拳打脚踢把几条野狗打得狼狈逃窜，睡了一夜棺材正嫌晦气，没想到几条野狗倒叫她撒了一肚皮恶气。大奶奶说："小帮助，你不知道，都是你大爷爷干的好事，当时我都怀上你大伯糖果五六个月了，上帝啊，我还睡在棺材里，阿门。"大奶奶把手放在心口上，念叨了一声。大奶奶说事情是有惯性的，她老人家说野狗吃死人说上了瘾，又说起当年淮海战役时期，咱们亳县组织民众支前，由大奶奶带队前往。大奶奶说："那时候根本不知道你大爷爷也在战场上，咱们上了战场只管忙咱们的，送吃送喝抬担架送伤员，等一场战役结束了，咱们还要帮助大军打扫战场。哎呀，冰天雪地的，死人真多，成片成片的，咱们的大军，也有蒋匪军，遍地檩棒子一样，硬邦邦的，走路不小心就绊一个跟头，成群结队的野狗，把一些尸体吃得白骨森森，突然间一个人被野狗咬得苏醒过来，站起来鬼叫着和野狗拼命厮打。咱们就上前把这人救下了。结果一看是个国民党兵，后来一问，你说巧不巧，就是咱们淝河东边杨小桥的，是国民党抓壮丁抓走的，也没有受致命伤，只是腿上钻个枪眼，他是生生吓死过去的，野狗一咬他又苏醒过来了，都是亳州老乡嘛，又是淝河的，离得近，后来咱们就把他带回来了。解放后还见过几次，成了个瘸子，做布匹生意，就是家织的生土布。可惜，一九六〇年饿死在路边上，大腿上的肉被野狗啃个精光，骨头上还有一道子豁口，就是子弹穿过去留下的豁口。我带着工作队下乡检查各个公社的存粮，看到狗吃人的那番情景，我心想这才是宿命，该这样的，就会这样，命里要遭狗啃，死了肯定被狗啃个精光光。"大奶奶和大爷爷生活了一辈子，近墨者黑，近朱者赤，她老人家说起事情也像大爷爷说事情那样活龙活现，而且在某种程度上比大爷爷说的还要有根有梢真实可信，因为一个当了一辈子县长的她，是不可能撒谎的，尤其到了晚年迷恋上神圣的《圣经》，那上帝更不允许她虚构曾经的往事。我不止一次听到大奶奶朗读《诗篇》里的那句话，"凡油滑的嘴唇和夸大的舌头，耶和华必要剪除"。有时候，大奶奶还要念叨几声仙逝于武当山的父母，也就是大爷爷学武时的师父师母，后来成了他的岳父岳母。我小时候也听说过大武术家陈祈合先生，只是生得太晚无缘得见这个老人，在我父亲的稿子里，虽然提到早年的报纸上有这个老先生的照片，但我不想到时间的尘埃里去翻找报纸端看他的仙容了，仅凭我父亲稿子里的短短两段文字，我都可以想象出这位传奇老人的神采。大奶奶也会说几句上海方公馆里的干爹干娘，但她说的更多的是恩人方仪礼。解放后，乾泰昌药号先是公私合营,最后变成了国营,因为方仪礼把自己的股份无偿捐献给政府了。大奶奶偶尔也会提到方强方骅骝，她没有见过恩人方仪礼的这位二公子，但她知道，这位二公子后来成了国民党海军的将领，她当县长时为统战部门给这位二公子写过一封信，因为没有下文也就不了了之了。

大奶奶的这些故事，都是她老人家亲口讲给我听的，不管是站在疾病的左边还是右边，我都敢保证这都是大奶奶的亲身经历。可是，说句老实话，在那个暑假里，不管是大爷爷还是大奶奶，他们讲的这些陈年旧事丝毫不能引起我的兴趣。那一年我刚好二十岁，正是青春勃发的时光，就像一只年轻的公羊那样骚劲冲天，我感兴趣的是和女同学嘴对嘴喂糖果吃，一边吃糖果一边相互抚摸身体的突出部位。我这个女同学叫朱红霞，是个东北姑娘，有着泼辣的性格，她的额头有几粒青春痘，这使她的青春气息显得更加洋溢迸发，她的身体就像一株汁液充盈的樱桃树，结满了让人馋涎欲滴的鲜艳樱桃，我极其迷恋她的樱桃，常常手口并用迷途其中，若不是这个小闺妮子态度坚决，一次又一次毅然决然地阻止了我，那我有可能走得更远，可能就会直接抵达她甜蜜的最深处。很遗憾，她仅仅喜欢嘴对嘴互送糖果这套多情的仪式，她把这个当成一个梦境。而我现在想起来那种味道真的好像一个梦境，一切感受就像我站在疾病的左边或右边。午后斜阳，刮起了微风，炎热的大地变得凉爽下来，这个时候，我也会到田野里走上一圈，一边闻着庄稼的真实清香，一边不停地向远处眺望，我在想象朱红霞从田间小道上慢慢向我走来的情景。我会把她拉进高粱地里，我会把她扳倒在枝叶茂盛的大豆地里，我会和她坐在芝麻地里，晚霞辉映，虫鸟飞鸣，一只青虫从一粒青虚虚的芝麻棱子里钻出来，迟疑而执着地钻进另一粒青虚虚的芝麻棱子里，大肚子蝈蝈挺立在高耸的大豆棵子上振翅鸣叫着，响亮的叫声足以震破我的耳膜。只是，这样的情景从来没有发生过，不管站在疾病的哪一边，我都可以明白无误地肯定，这一切都是来自我的想象。事实上晚霞落下来的时候，大奶奶就会换上一袭旗袍，喊我将她常坐的那把绿黄色藤椅搬到大门左边，大爷爷也会换上一身绸料白色夏装，他会自己拎出一把红漆小椅子放在大门右边，然后两个老人各坐各的位置，我则搬一把原木凳子放在大门以里的正中间，然后坐下来一言不发陪着两个老人张望远远近近的风色，张望着晚霞慢慢变淡了，张望着一群群飞鸟掠过大片的庄稼，然后栖息在流粉河两岸的杨树行子里。古稀之年的大奶奶身着旗袍，坐姿优美，她的两个膝头永远是并拢的，腰背永远是直挺的，完全不像一些和她年龄相仿的乡镇老太太那样，无论坐在哪儿，上身几乎折叠好几层，而且两腿大开裆门敞亮，基本上没有了性别与尊严。坐在红漆小椅子上的大爷爷，也是坐姿端正，腰杆笔挺，双手按在膝盖上，完全是一副老军人的庄重姿态。我现在当然知道了大奶奶的旗袍来自何方，在我父亲的手稿里就有这个答案。即便现在我一旦想起那年暑假里大奶奶满头银发身穿各式旗袍的样子，心与神顿时进入飘飘然之中。我虽然不敢肯定这些情景都是来自真实的生活，但我很怀想坐在两个老人中间的时光，聆听他们稀疏而又细微的说话声。有时候两个老人会说几句眼前的事情，有时候会唠叨几句旧事，你一言我一语，不紧不慢，仿佛那些神话般的往事就发生在昨天，甚至正在眼前发生着，他们置身其中，从容应对。而在我听来，两个老人所说的一切都仿佛浮云幻影，戏里人生。有时候，两个老人一句话也不说，只是面对着田野，一任风色变化云舒云走，他们只管在心里回味往昔的时光，也许，他们什么也没有回味，只是那么宁静地坐上一会儿。

这个时候，一个人背着大鼓，手打响板，一边说说唱唱，一边一步一个踉跄地从田间小道上走过来。我可以保证，这个绝对是我想象出来的情景。只要我想起大二那年的暑假，这个人就会以这种方式出现在我想象里。这个人就是说唱大鼓书的高麻雀，他是个秃头，却偏偏又是个络腮胡子，虽然已经苍老，但他宽阔的面颊上布满了雀斑，就像高大的俄罗斯人的面孔，他的艺名高麻雀就是因此而来的。在贫穷时代的乡村集镇，这位鼓书艺人曾经红极一时。我小时候，曾在我父亲的文化馆里数次听他说唱《薛刚反唐》《瓦岗英雄传》，还有《新儿女英雄传》，到现在我都忘不了牛大水牛小水的故事，忘不了张金龙这个大坏蛋，还有杨小梅和黑老蔡，在黑夜里，我常常幻想杨小梅突然站在我的床前，一把拉起我穿过高粱地去打鬼子。鼓书艺人高麻雀怀揣着摄人魂魄的邪技，他善于制造一个个极易穿越的时空，也善于制定善恶之间的最佳距离，左进一步就跨到善的一面，右进一步就跨到恶的一边，他摸清了听众的喜怒哀乐，由此他非常娴熟地塑造了一个个能够迎合听众善恶观念的人物形象。他巧妙地运用这些，就像操纵提线木偶，调动着听众的复杂情感，他善于使用历史人物望风捕影制造幻象，吊儿郎当地在真实历史的缝隙间一边自由行走，一边信手编织出一个个情感丰沛的故事，让所有的观众都神秘地深深陷进他魔法般的世界里。我不止一次看到大鼓书散场时，有很多老少听众两眼泪花一脸欢笑，好像从充满欢乐和忧伤的大梦里醒过来。到了我上大学时，高麻雀的大鼓书这一传统说唱艺术，在我们那一带基本上走到了穷途末路，我父亲的文化馆决不再请他说唱了，因为没有收益了，而我父亲这时候已经开始收集与大爷爷的人生经历有关的书籍资料了，他要为他的老伯父作传的一颗雄心正在缓缓膨胀。基本上所有的乡村也不再请高麻雀唱大鼓书了，不是付不出份子钱，是没有人听了，大家都到城里打工挣钱过上另一种方式的生活了，他们的娱乐也换成了现代化的声光电。但是，唱了一辈子大鼓书的高麻雀依然有着顽强的诉说愿望，说书成瘾犹如吸食毒品，他自降身段想方设法，偶尔还到个别村子里说唱，从以前的好酒好肉招待，变成了自带干粮甚至白开水，最后到了连说唱的场地都没有了。这时候我家大爷爷刚好放弃了一个老军人的所有待遇，从亳州荣军院回到我们李庄，他老人家邀请高麻雀来家里说唱大鼓书，包吃包住管饭管酒，一部大书说完了才算告一段落。很遗憾，我大二那年暑假里没能看见鼓书艺人高麻雀，他在我们家院子里说唱大鼓书的场景也都是大爷爷大奶奶他们言说的。高麻雀第二次来到我家院子为两个老人说唱的大鼓书，叫做《大红袍》，平时要用两三个月才能说唱完的这部《大红袍》，在我大爷爷翻来覆去地催问之下，他用了一周时间就说唱完了，之后，和我大爷爷多喝了几杯酒，在返回高老庄时酒醉失足跌倒在路边土沟里，土沟浅不及膝，但等到人们发现时，高麻雀满脸带着满足的笑容，已经离奇地到了另一个世界说唱去了，他手里还紧紧抱着那面大鼓，苍白衰老的鼓面上有几只蟋蟀剑拔弩张地对着阵势。从我父亲的稿子里，也隐约可以看出高麻雀说唱的大鼓书，对晚年的大爷爷还有着相当的影响，从只言片语到字里行间，还能感受到大爷爷对这位鼓书艺人的欣赏和喜欢。我想，之所以这样，大概是因为大鼓书这种传统的文艺形式所制造的氛围，暗合了他老人家沉湎于往昔的那份心情，稀释了老头子思念繁艳岁月的焦渴之情。

大爷爷在晚年迷恋大鼓书我只是听我父亲说过的，因为唱大鼓书的高麻雀我确实是熟得不能再熟了，所以这个事情可以算作有一半是真实的，另一半算是出自于我的幻想。接下来，大爷爷迷信上一个通灵师，我就说不准是真实的还是完全来自我的幻想了。我对这个通灵师充满了恐惧和憎恨。论说起来，这个通灵师也是大奶奶的老部下了，他退休之前我们亳县尚未晋升为亳州市，还叫亳县，这个人就是亳县物资局的一个副局长，姓卞，他进门时大奶奶称呼他卞局长，而大爷爷则坏笑着叫他小卞卞。现在，读过我父亲的手稿，我才知道这个卞副局长不是旁人，就是当年大爷爷在双沟镇上养伤时期结交的卞小铲子，他的哥哥卞大铲子当年跟随大爷爷参加了新四军，后来牺牲在朝鲜战场上。卞小铲子比大奶奶年轻七八岁，但他和大奶奶是前后脚退休的，大奶奶退休后就在家迷上了《圣经》，再后来回到李庄我家老房子里依旧迷恋《圣经》，而卞小铲子退休后迷上了通灵术，他在家苦苦修炼了八年才算得了神通，终于见到了已是亡灵的哥哥卞大铲子，他当天兴奋难挨，先是到亳州城里白布大街路东里会见了和泰公绸缎庄的少奶奶，接着又到水没弯街上吃了一顿刘协酥肉，这道当年的亳州名贵菜肴真是吃得他口舌生香，这才得意洋洋地回到他的老家卞铺小街上喊来当年的教书先生大骂了一顿，要不是时间有限，马上就得回来，他还要扇那老家伙几个耳光，以报当年教鞭痛击掌心的刻骨仇恨。通灵师卞小铲子讪笑着滔滔不绝，直说得大爷爷跃跃欲试。大奶奶对这样的迷信活动不屑一顾，她没有拿手里的《圣经》批驳卞小铲子，而是用唯物主义教训卞小铲子一顿。卞小铲子从前对于县长的教训都是唯唯诺诺的，现在他自以为已经打通了生死界限，可以任意穿越时光，难免趾高气扬和县长辩论起来。他们一会儿争论是唯物论的反映论，还是唯心论的先验论，一会儿又争论起是英雄们创造历史，还是奴隶们创造历史，再就是人的知识是先天就有的还是后天才有的，当他们刚开始争论天才论时，大爷爷拍拍巴掌止住了他们。大爷爷说："狗皮膏药管不管用，咱们现场试验一下子就知道了。来来来，小卞卞，你先把我送到一九三四年五月里吧。"大奶奶掐着指头一算，顿时止住卞小铲子继续作法。我当时不知道因为什么，现在读过我父亲的手稿才明白大奶奶为什么要阻止卞小铲子，那一年五月，大爷爷在方公馆后园里第一次见到了方家的千金小姐。大奶奶灵机一动，伸手一指我，命令卞小铲子先让小帮助和他爷爷见上一面再说。那时候我爷爷去世刚满三年，按照我们老家的风俗，他老人家的灵魂经受住了尘世的诱惑，完成了和亲人的彻底离别，可以信马由缰优哉游哉地前往天堂报到了。大奶奶虽然蔑视我爷爷，但她老人家也知道我和爷爷感情最深，所以她想让我和爷爷再见上一面。我当时不过是一个二十岁的大学生，根本就不相信这等无稽之谈，而且想当场戳破谎言的欲望就像性欲一样强烈。卞小铲子和我爷爷也是好朋友，他一边呼喊着我爷爷的小名"鳎拉”，一边向我施法。卞小铲子施法不像巫师那样蹿蹦跳跃，他没有一点动作，他只是让我不错眼珠地盯着他的眼睛。不一会儿，我就看到他眼睛里慢慢冒出一缕棕色烟雾，随着烟雾爬出来一条无限长的蚯蚓，蚯蚓散发着臭鸭蛋般的泥土味。我想这就是一个人被催眠的最初感受。那条蚯蚓在烟雾里消失了，烟雾也渐次退去，慢慢有鸡鸣声隐隐传来，鸡鸣声越来越清晰了，叫喳喳好像哄抢鸡食。我一睁眼，就看到一大片一大片的公鸡母鸡，正在草地上啄食，公鸡的样子怪怪的，母鸡的样子也是怪怪的。我没有看见我爷爷，但我看到两个干干净净的老头子坐在一片草地中间的矮凳上说话，有一个老头子满头乌发，上嘴唇还有一道子短髭，这个老头子叼着烟斗，穿着白色长衫，脚上一双白色皮鞋；另一个老头子满头白发，脸上刮得光光的，穿一件黑色长衫，脚上一双黑色皮鞋，手里拿着两颗镀银的铁球。这一黑一白两个老头子对面而坐，正在交谈，恍然不觉我在他们身旁走来走去。就听穿白色长衫的黑头发老头哈哈大笑说，长岛气候宜人，养鸡消磨时光，要比在那边蝇营狗苟活得好吧。穿黑色长衫的白头发老头也笑了笑，好像有些心绪不平，他说道，先前我不知道，蒋先生竟是这样胸怀，彼此一生相辅，诸事完全可以明示的，非要小蒋宴请我门下小余小张吃饭，还有那个一门陈姓的作陪，酒是好酒，宴是好宴，席罢了这姓陈的和我门下小余小张告辞出来，分手时这姓陈的转达了小蒋先生一句话，我门下余张二人家都没回，径直来转告，先生，放手吧，人家骂你是混球了。方老哥你想想，不管这话真是小蒋先生说的，还是这个姓陈的编造的，这样分明的话，显然有着老蒋先生的意思在里边，我哪里还敢染指党务，顿时放手，才来这儿养鸡消磨残年的。说了，这个老头儿还叹息一声，又说道，一点也不如你老哥哥，富甲天下，云游世界。那个穿白色长衫的黑头发老头儿苦笑一声，说了一句“老弟弟你是和尚不知道士难处”，又唏嘘一声，话音突然低了下去，好像收音机被人一下子关小了音量。我急得忍不住探耳朵倾听，就见两个老太太穿着宽大的花袍子高声喊叫着快步走过来。我一个激灵，睁开眼就看到大奶奶拉着我的手大声喊叫我的名字："小帮助，小帮助啦！快醒过来！"一见我睁眼醒了过来，赶紧把冲好的药丸子灌进我嘴里了，这才横眉冷目地指着卞小铲子斥骂起来，她极其严厉地警告卞小铲子，要是吃了他的药我还有什么不妥的地方，严重的后果将是卞小铲子承担不了的。

谁料想到，从此起，我就患上了这个邪病，常常分不清哪里是现实哪里是想象，就像大爷爷说的那样，邪病缠身幻象丛生，天道不仁尽生孽子。我把所见所闻告诉了大爷爷，他老人家眉头一皱两眼珠一转，马上失声抽泣起来，攥着我的手梢子，再三说："小帮助，你看见的是老姑父和陈先生嘛！小帮助，我的好乖乖，给你一颗糖吃，你快说说老姑父和陈先生提到我没有？"大奶奶也很愕然，马上愤怒地瞪了卞小铲子一眼。卞小铲子指着我说："刚才没顾及这孩子经的岁月太少了，扛不住我的通灵术第二境界，一下子搞得年头太久远了些，看见了生人，一会儿使用初级境界，保准让他见到他爷爷鳎拉。"

卞小铲子的通灵术害我匪浅，我当然不会再次体验它的狗屁法术了。但是，大爷爷从此喜欢上了卞小铲子，他全力扛住大奶奶的挖苦打击，坚决地要求卞小铲子每个月要到家里三次，他要会见所有的亲友战友和熟人。后来听我父亲说，卞小铲子这一套通灵术相当厉害，在整个亳州红极一时，很多人都请他到家里施法，都希望和死去的亲人相见，平生实现不了的愿望都希望在他的法术里实现了。他的信徒们传说得更是神乎其神，说你想回到过去的时光里那不算啥难事，即便你想回到过去时光里某一个特定时刻，只消给卞大仙师多鞠个躬说明情况就行了。很多人在卞小铲子的法术里回到了过去的时光，会见了所想见到的故人，情人，甚至仇人，他们与情人厮混，向仇人报仇，还有很多饕餮之徒，在他的法术里兴趣盎然地大口吃肉大口喝酒，等到他们清醒过来，诉说所见所闻所吃所饮时无不历历在目，简直让人如同身临其境，不仅能闻到他们说话时口腔里散发的酒香肉香，甚至还能明显地感受到他们身上弥漫着往昔岁月的醇厚气息。

我父亲坚决不相信这套鬼把戏，他认为卞小铲子只是掌握了善于调动他人记忆与幻想的技巧，巧言善辩，善于引诱他人产生联想而已。但我父亲也承认，大爷爷那段时间极其着迷卞小铲子的通灵术。尤其是后秋里那位神奇的女部长到了我们李庄之后，大爷爷对通灵术的迷恋几乎到了无以复加的地步，甚至，他不需要卞小铲子的法术凭自己的思念也可以回到过去的时光里。我父亲在手稿里借助大爷爷之口，多少也谈到了这个事情，当然，不像他自己说起这事情来讲得那么明白。关于大爷爷的故事我和父亲曾经有过一些交流，所以我们父子之间说起这事简单明了。我父亲有几分亢奋地说："你大爷爷不离嘴的大表嫂到咱们李庄来了，段部长，段博士，老人家真是风度不凡，百十岁的老人家，眼不花耳不聋，腰背不弯，行走起来脚步不粘不连的。"我父亲说，这位老人家给大爷爷带来一个天大的喜讯，她说方仪望老先生的那位千金还在人世，目前在意大利，一辈子从事桑蚕研究，师从世界著名的遗传学家翁加雷迪教授研究蚕的遗传。我父亲说，他从李庄回到文化馆就查阅了相关资料，方才知道早在六世纪中叶，中国的蚕种和桑种就由两个印度僧人带到君士坦丁堡，献给皇帝查士丁尼，由此开始了罗马帝国的蚕桑业。到了十七世纪，意大利的产蚕量位居世界第二，仅次于中国。到了二十世纪初期，意大利的养蚕和缫丝技术都达到了世界先进水平，世界上第一台缫丝机就是由意大利人发明的。我父亲最后强调，虽然蚕桑业起源于咱们中国，但是，方家的大小姐后来选择到意大利研究蚕桑业，也算是非常明智的。让我父亲得意的不仅仅这些，我父亲说："当场，你大爷爷还和方家那位千金小姐通了电话。"我父亲说是段部长的大哥大，那真是一个神奇的电话。我现在可以想象当时的场景，在上个世纪九十年代初期，大哥大，别说我们李庄，就是对于北京人来说也是可望而不可即的物件。我父亲说，两个老人并没有决定马上相见，而是把这一令人发疯的时刻放在千禧年到来那一天。可以想见，他们对自己的健康充满了相当的信心。大奶奶虽然没在电话里和那位千金说话，但她有足够的信心和耐心等待和干姊妹相见那一天，她甚至不再阻止大爷爷频繁邀请卞小铲子来家里施法，反而在大爷爷醒过来时还要详细询问和人家相见的种种情景。这个美梦一直保持到再过三个月就是千禧年了，可惜，噩耗传来，在意大利的那位老太太偶染风寒没坚持住径自去了。大爷爷不吃不喝一病七天，到了第七天全家人都以为他也要过那边去找人家了，结果他又坐起来了。老年人好像有个相互呼应一样，大爷爷坐起来了，大奶奶却躺下了。我父亲说:“老人家没有受罪，上午坐在堂屋里还好好的，吃完中午饭老说有点冷，咱们家没有暖气呀，她老说冷，我就搀扶她躺下了，不让盖厚被子，要盖个毛毯就行了，一直面带微笑，笑了一会，叫你大爷爷过去了，我也过去了，就听你大奶奶给你大爷爷说，我一直等着，想看看你这辈子最光彩的时刻，现在看不成了，女主人公先离世了，这出戏唱不成了。李娃，咱们俩厮守了一辈子，你从来没给我说过囫囵个的，总是藏下最好的那一骨节，这一回，你不用说了，自己留着暖心吧。我去了。”完了，又扭脸对我父亲说:“大侄儿，回头把那箱子旗袍给我带上。老大老二，小三小四，还有两闺女，他们几个回来，也没有话要说了，叫他们各自安生吧。”我父亲说完这话哇的一声哭起来，长长的哭。

大奶奶去了。

返回故乡的几个子女埋葬完老人之后还要返回各自家里，返回各自的工作岗位。他们，老大，论辈分是我的大伯父，他是南海舰队的干部，大奶奶去世时他已经退居二线，即将彻底退休。大爷爷的次子是东海舰队的高级工程师，大奶奶去世时他也即将退休。大爷爷三儿子我叫他三叔是海军的一名医生，他是个心脑血管专家，目前已经退休。大爷爷的第四个孩子是女儿，她也是一个海军医生，在北海舰队的一家医院里工作。大爷爷的第五个孩子就是在我父亲稿子里被大爷爷唤作小四的这个人，按照我们李庄的排行习俗，女孩子不占排行，我叫他四叔，大奶奶去世时他在海军的一个科研单位工作，现在已经退休。大爷爷最小的孩子是个女儿，暂且忽略不计，因为我从来没有见过她。

有一点需要说明的是，这几个人之所以都是海军，是因为他们参军时走的都是我们家老亲戚蔡琅玕的路子。从我父亲的手稿里得知，在战争年代蔡琅玕在海上吃过大亏，所以他发下宏大誓愿，要建设一支属于咱们自己的海军部队，驰驶万里海疆，再不受别人欺负，事实上他也真是这样做的，不仅把自己的后半生全部投身于海军建设中，还恨不得把所有亲戚朋友都拉到海军里做奉献。这些人物在我父亲的手稿里只有小四被大爷爷提到过多次，大伯父被提到过一次，其他人几乎只字未提。也许大爷爷不提他们自有他不提的道理，我这里也将他们全部放下不提了。当年，这几个人都想把大爷爷接到自己家去，但是，大爷爷哪儿都没去，就一直住在李庄我家老房子里。我父亲在淝河集上文化馆工作，在没退休之前，每星期回家看大爷爷两次，等到退休之后，几乎每天都会骑着电瓶车回到李庄和老人家聊天。大爷爷仿佛抛掉了所有的牵挂，越活越精神，我大伯父已经去世了他还活着，我的二伯父也因病去世了，他依旧活着，看他那个劲头，看他那个样子，甚至我父亲都已经去世了，他照样生机盎然，他那绵长的生命力真让我有些骇然。

那个神奇的卞小铲子在大爷爷的生活里再也没有出现过，大奶奶刚去世那会儿后，他就和大爷爷绝交了，他极其愤怒地对大爷爷说，我伺候过你这么多次，你都见到了谁我都是眼睁睁看着哪！没有一次，你没有一次主动见一见老县长。你是个没有良心的人，想当年，你屁股被日本鬼子戳成狗啃的一样，是不是老县长天天伺候你，衣不解带，寝食不安，你没良心。卞小铲子过于愤怒，他回到家里给自己施法，面向老县长陈述自己的愤愤不平。老县长正在涡河大堤上散步，就像战争年代一样，一旦准备偷袭鬼子的据点，或者准备袭击蒋匪军的小股部队，她就会挎着盒子炮在涡河大堤上一边漫步一边思考。好像眼前这一场战斗至关重要，她老人家必须做一个缜密的思考，就这样一边思考一边漫步，越走越远，以至于紧随其后的卞小铲子迷失了回家的路径，慢慢地消失在自己制造的黑暗之中。

现在，我父亲也消失在黑暗中了。

也许将来我父亲有希望上升到明亮的天堂里。

我父亲是一个天资笨拙的人，或者说是一个老实人，他笨到连大学都没有考上，老实到一直在我们县城文化馆里干了好几年临时工，幸亏当时我爷爷是文化馆的领导，幸亏当时有那么个政策，允许子女在本单位做临时工，要不然我父亲连个饭碗子都没有。幸亏当年还有那么个政策，国家机关和事业单位的干部或职工到了退休年龄，其子女可以接班。凡是经过这个历史时期的人，一定都会记得这档子事。我爷爷退休后，我父亲接班，按照当时当地的政策，他要是继续留在县文化馆里，他只能是个一般馆员，但要是下到乡镇文化馆里，两年后可以提升为副馆长，于是在我爷爷的花言巧语之下，我父亲到了故乡浉河镇文化馆。这是一笔暧昧的糊涂账，也是我父亲的清晰履历表，内中有着时间的概念，有着历史的因素，一切就像我父亲自己所说的那样，一个小人物的命运和大历史的进展是紧密相连的，千万不要因为自己是个小人物就自暴自弃，不关心国家大事，不关心历史进程，事实上自古以来，王朝的兴盛与颓败，都与咱们这些小人物息息相关。当然，这些见解都是我父亲当了浉河镇文化馆馆长以后经常发表的言论。我在青少年时代，对我父亲的这些言论奉若神明，现在，从他为大爷爷撰写的回忆录里，也可以看到他这一思想意味依然十分鲜明。

我父亲要帮助大爷爷撰写回忆录这个念头早就有了，我在读高中时他就开始做些准备工作了，他先是费尽心血不厌其烦地给大爷爷做了一个详尽的大事年表，然后根据这个年表开始搜集资料，除了利用工作和职务之便，把浉河镇文化馆里的相关书籍资料搬到家里来，还要到县城文化馆的图书室搬回来一包包书籍资料，有时候，他要到省城图书馆借回来一包包书籍资料，每一个房间里都有几堆这类书籍资料，我父亲走到哪屋就蹲在哪屋里看上一阵子。很显然，我父亲很严谨，他不想凭空捏造，所以他就像一头踏实的老牛吃草一样，一垛一垛的吃完了所有的资料书籍。更有甚者，他还花了将近三年的假期，跑到大爷爷工作和战斗过的地方实地考察了一遍。当然不是自费，我父亲在这方面自会巧立名目公费出游。不仅如此，他还打着录制老一辈革命家原声讲述历史的旗号，用公费买了一台很贵的小型录音机和很多磁带。这个宝贝玩意儿简直使他如虎添翼，他几乎天天挎着这个军绿色的录音机出门采访，他不仅采访了大爷爷的很多老朋友，还就个别事例或某个战役细节多次采访过大爷爷。我父亲的录音带装满了两个按规格每箱可以装盛一百块香皂的纸箱子，那两个纸箱子放在高高的衣柜顶上，当时对我充满了巨大的诱惑。我在寒暑假里曾经多次偷听过这些录音带，说话的老人们大都是破喉咙哑嗓门，痰声轰隆隆山响，咳嗽声接二连三，这些鸡叫鸭鸣的声音没有任何神秘可言，简直让我扫兴之至。有一回无意之间，我还听到一盘带子里发出奇怪的声音，有男人有女人，一会儿是男人呼呼哦哦的喘息，一会儿是女人咯咯咯的笑声，这个男人的喘息声小心而细微，似曾相识，甚至很熟悉，而这个女人的咯咯笑声十分鲜明，我一下子就听出来是淝河集东头药铺里的董医生。董医生不是医生，她只是略懂医药，是个卖药的，三十余岁，长的就像《庐山恋》里的女主角，她男人是阜阳地委王书记的司机，就像王书记的皮带和鞋子一样，那得时刻待在一起，所以很少归家来。董医生皮肤细白善于打扮风骚过人，喜爱文艺，经常到镇上文化馆借书看。那个时候还不像今天这样开放，今天，类似开房约炮等同儿戏，那时候环境和时代风气均有所限，我的头脑就像很多那时候的高中生一样简单，我的思维也就是到此为止，根本不像现在的高中生，无什么事情，一下子就思考到点子上。很不幸，我偷听那么多老人的录音带从未被我父亲抓住过，只有这盘暧昧的录音带，刚听到一半还在糊里糊涂之中就被我父亲抓住了。我父亲毕竟是个有文化的人，他没有打我，只是满脸怒气两眼血红盯着我压着嗓门吼了一声："滚出去！"我跑到学校操场上打了半夜篮球，从此后对我父亲的这些事情完全失去了兴趣，包括他写好一摞稿子后会大声朗读，在我看来都是平淡无神秘可言的日程生活。我父亲的朗读很有规律，早上就在院子里，面对冉冉升起的朝阳，声情并茂，抑扬顿挫，就这样朗读一个战斗故事之后，还要努力地擤几下鼻涕。我父亲的朗读很有规律，早上他在院子里朗读，到了晚上他就会到文化馆小礼堂里，打开所有的灯光，一个人站在空荡荡的舞台上，手舞足蹈，高声朗读，他常常把自己感动得流泪，甚至哭出声来，朗读完了他为了平息自己的情绪，通常会一边擦泪，一边擤鼻涕，就这样浪费掉很长时间，直到全身心得到了最后的满足，他才会一个一个关掉所有的灯，在黑暗中走出来。

应当说，大爷爷的这本回忆录是我父亲守候十数年方才下手猎取的。他曾经有过无数次强烈的冲动，经常按捺不住地给我打电话说他可能要动手了，因为他觉得万事俱备，就等大爷爷开口讲述了。我父亲说，就像一堆劈柴在烈日下曝晒到一定的时间，他已经闻到火焰的味道，感受到火焰的氛围了。但是，我没有迎合父亲的热情，因为当时我已经参加工作，就是在目前这个图书仓库里，而且正处于不美妙时期，我失恋了，那个生机勃勃的东北女孩朱红霞最终离我而去，我虽然再三努力过，但没有抵达她甜蜜的最深处。现在我明白了，正是因为我急于想抵达她甜蜜的最深处，她才离开了我。当时我很低迷，每天故意工作到疲惫状态，然后躺在床上阅读《作为意志和表象的世界》或者《存在与时间》，就是这样的，每当我失望失败或者茫然时刻，我都是阅读这类枯燥的书籍以获得精神的寄托，并希望由此产生联想和幻觉，就像中了下小铲子的法术一般，不知不觉间到达一个陌生的维度，眼之所见耳之所闻都因为陌生而新鲜无比。

就像我父亲在稿子里所言，他和大爷爷合作这本回忆录，真正动手也就是在今天的农历二月初二，他们就是要选择这个龙抬头的好日子。事实上，春节期间我带着老婆孩子回去过年时，父亲就把这个日子告诉我了。我跑到亳州城里，给父亲买了一台笔记本电脑，出了商场我心里咯噔一下，又返回商场买了一支最好的录音笔，由此可见，父亲当年的录音带事件对我的影响还是很深刻的。我父亲兴高采烈地玩弄着这两个电子产品，他发誓要把大爷爷所说的话一字不落地记录